新版 評伝与謝野寛晶子 明治篇

逸見久美 著

八木書店

寛の短歌（著者蔵）

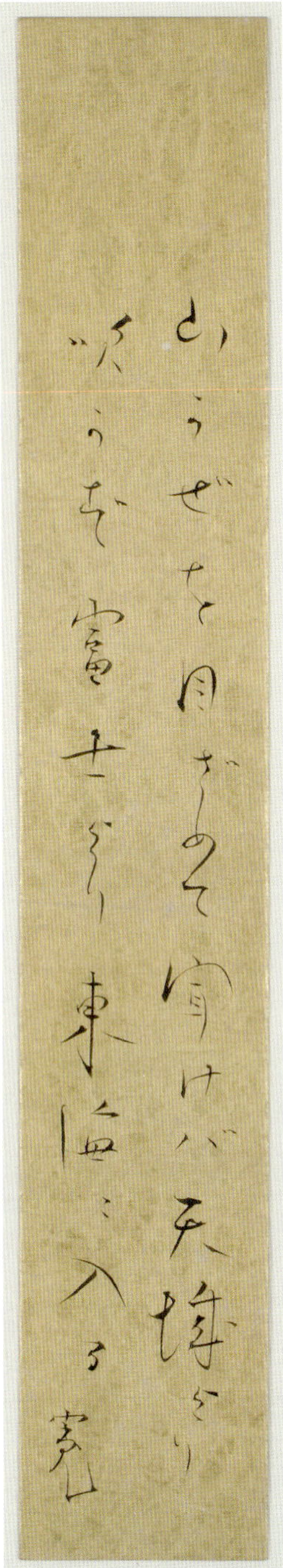

山かぜを目ざめて聞けバ天城より吹くかぜ富士より東海ニ入る　寛

晶子の短歌（『みだれ髪』(75)所収　著者蔵）

何となく君にまたるゝこゝちしていでし花野の夕月夜かな　晶子

『恋衣』〔山川登美子・増田雅子・晶子詩歌集〕（明治38年1月、本郷書院　著者蔵）

（本書第3編第6章参照）

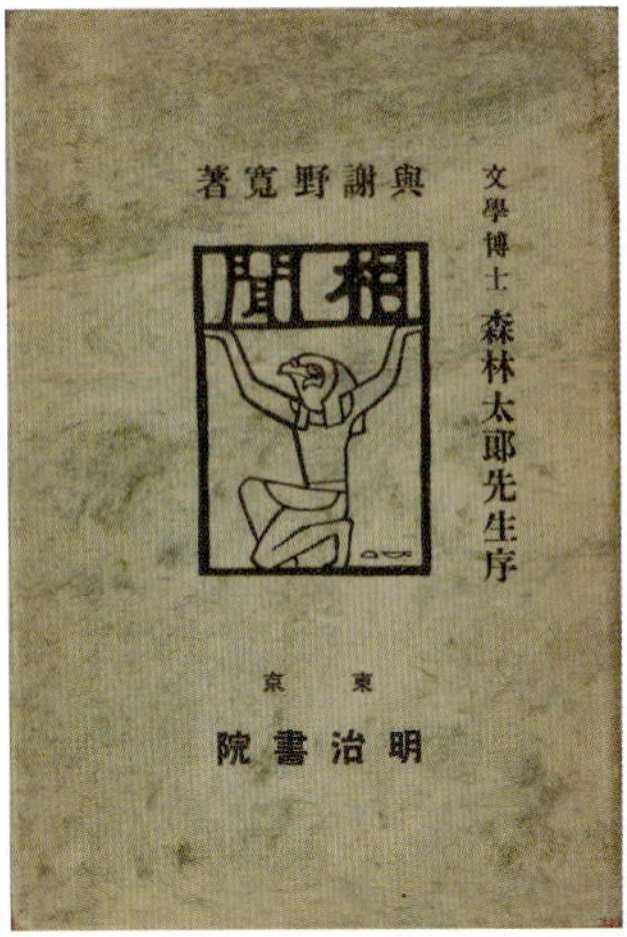

『相聞』〔寛歌集〕（明治43年3月、明治書院　著者蔵）

（本書第3編第11章参照）

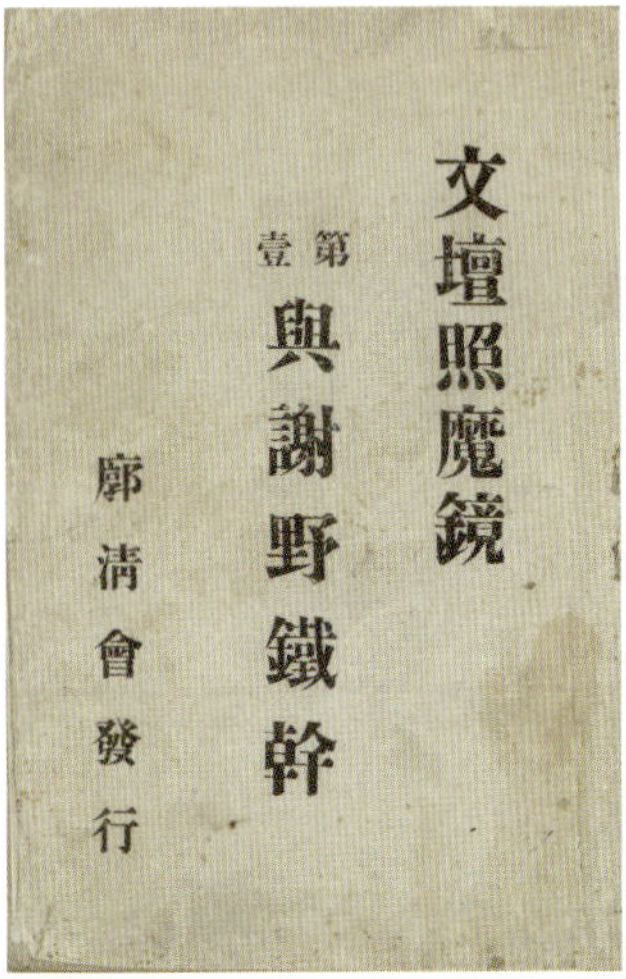

『文壇照魔鏡』（明治34年3月、廓清会　著者蔵）

（本書第3編第2章参照）

『新派和歌評論』（明治34年10月、黒瞳子〔平出修〕著、鳴皐書院　著者蔵）

序

『評傳 與謝野鉄幹晶子』（昭50）出版の三年後に『みだれ髪全釈』（昭53）を出版したのをはじめとして寛と晶子の歌集の全釈に挑んだ。そのあと『むらさき全釈』〈鉄幹〉（昭60）、『小扇全釈』（昭63）、『鴉と雨抄評釈』〈寛〉（平4）、『夢之華全釈』（平6）、『新みだれ髪全釈』（平8）、『舞姫全釈』（平11）、『鴉と雨全釈』〈寛〉（平12）を出版した。そのうち『みだれ髪』は全釈の不備を反省して再度挑戦した。しかし『鴉と雨』は三校の段階で差別語の咎めにより六〇頁削除されて出版された。その八年後に元の原稿を補正加筆して再度出版した。この間に『与謝野晶子全集』二〇巻（昭56）、『天眠文庫蔵与謝野寛晶子書簡集』（昭58）、『与謝野晶子「みだれ髪」作品論集成』（平9）、『与謝野寛晶子書簡集成』四巻（平15）を仕上げた。このように寛は詩歌集二冊の全釈と共編書簡集二冊を出し、他はみな晶子であった。

ところが突然、平成一二年の秋、勉誠出版から『鉄幹晶子全集』の話が持ち上がって翌一三年五月から着手し、今年の九月には昭和期に入り二三巻が刊行される。これと並行して本書の明治篇が『評傳與謝野鉄幹晶子』以来三二年ぶりで上梓されることになった。『鉄幹晶子全集』四五巻は明治大正期で六年かかり、あと四、五年はかかるであろう。全集完結前に、本書の大正、昭和篇を完成せねばならないと念じている。この長きに亙った与謝野研究の足跡が、これまでの私の人生であったように思う。この二つの大仕事と共に余生を精一杯頑張って完遂させたい。

平成一九年七月

逸見　久美

『新版 評伝 与謝野寛晶子 明治篇』目次

第一二章　明治四四年（寛38歳・晶子33歳）……701

凡　例

・寛、鉄幹の呼称について、本書では以下の通りとした。
　明治22年まで―寛
　明治23年から渡韓以前（第一編第三章）まで―寛（鉄幹）
　渡韓以後（第一編第四章）から明治37年まで―鉄幹
　明治38年から明治44年まで―寛
・本書で引用した書簡は原則として次の二書から引用した。
　『天眠文庫蔵　与謝野寛晶子書簡集』（八木書店、植田安也子・逸見久美編）
　『与謝野寛晶子書簡集成』（全4巻、八木書店、逸見久美編）
　右記以外については適宜出典を明記した。
・寛、晶子の散文は、『鉄幹晶子全集』（全45巻予定、勉誠出版）より引用した。
・引用資料中のルビは、短歌についてはすべて原資料通りとし、散文については適宜採った。原資料になく著者が任意にルビを振った場合はルビを（　）で括った。
・引用歌は、歌集から採ったものは歌番号を記載し、初出から採ったものは歌番号を記載せず出典を示した。
・歌集からの引用歌について、例えば、「第三編第六章第二節『恋衣』」において『恋衣』からの引用歌は歌番号を歌頭に、それ以外の歌集からの引用歌は歌番号を歌の末に掲示した。
・寛・晶子の共著の場合、歌番号を□で囲ったものは晶子の歌であることを示す。
・『東西南北』『天地玄黄』は、原本では二行書きだが、本書では改行せずに追い込んだ。
・本書では、以下の歌集・評論集については原則として発行年月・発行所を省略した。

明治二九・三〇年

『東西南北』（鉄幹詩歌集）（明治二九年七月　明治書院）
『天地玄黄』（鉄幹詩歌集）（明治三〇年一月　明治書院）

明治三四年
『鉄幹子』〔鉄幹詩歌集〕（三月　矢島誠進堂）
『紫』〔鉄幹詩歌集〕（四月　新詩社）
『みだれ髪』〔晶子歌集〕（八月　新詩社）
明治三五年
『新派和歌大要』〔鉄幹詩歌文集〕（六月　大学館）
『うもれ木』〔鉄幹詩歌文集〕（十二月　博文館）
明治三七年
『小扇』〔晶子歌集〕（一月　金尾文淵堂）
『毒草』〔鉄幹・晶子詩歌文集〕（五月　本郷書院）
明治三八年
『恋衣』〔登美子・雅子・晶子詩歌集〕（一月　本郷書院）
明治三九年
『舞姫』〔晶子歌集〕（一月　如山堂書店）
『夢之華』〔晶子歌集〕（九月　金尾文淵堂）
明治四一年
『常夏』〔晶子歌集〕（七月　大倉書店）
明治四二年
『佐保姫』〔晶子歌集〕（五月　日吉丸書房）
明治四三年
『相聞』〔寛歌集〕（三月　明治書院）
『女子のふみ』〔晶子〕（四月　弘学館書店）
『檞之葉』〔寛詩歌集〕（七月　博文館）
『おとぎばなし少年少女』〔晶子童話集〕（九月　博文館）
明治四四年
『春泥集』〔晶子歌集〕（一月　金尾文淵堂）
『一隅より』〔晶子評論集〕（七月　金尾文淵堂）

第一編　与謝野寛

第一章　与謝野家

第一節　与謝野礼厳《れいごん》（寛の父）

㈠　おいたち

　礼厳の生涯を知る資料として以下のものがある。㈠「礼厳法師歌集の初めにしるしおく文」（『礼厳法師歌集』序　明43・8　与謝野寛）、㈡「与謝野寛年譜」（『現代短歌全集』第五巻　昭4・10）、㈢「与謝野寛年譜」（『与謝野寛短歌全集』巻末　昭8・2）、㈣「与謝野寛編『礼厳法師伝』」（「国文学」昭35・7　谷林博）、㈤「専能寺のこと」（「浅間嶺」昭48・10　佐藤亮雄）。これらを使用するに当たり、本稿では「資料㈠」・「資料㈡」・「資料㈢」・「資料㈣」・「資料㈤」と表記する。「資料㈤」の「専能寺のこと」には「温江《あつえ》村細見七郎左衛門三男礼広、法名礼岩」とあり、礼岩は再婚の時礼広と改めた、とあって、礼厳の名は記されていない。

　礼厳については大正期「明星」掲載の「兄（一二）」（大15・7）に多く触れている。また礼厳の臨終については『鉄幹子』に歌文「袖の霜」（40首含む）、父母に関わる歌は『紫』（明34・4）に九首、『鴉と雨』（大4・8）では父の一三回忌として四首あり、「父の碑」（「資料㈢」）には一三首あり、他にも時折歌っている。右の㈠から㈣までの資料には、礼厳が丹後国、与謝郡温江の細見儀右衛門の次男として文政六年九月一三日出生、法名礼厳、号尚絅《しょうけい》、童名長蔵、幼名儀助、元服後儀十郎とある。さらに、細見家は江戸初期から農業を営み、代々大庄屋で、礼厳は幼少から国書、和歌、儒仏の学を好んでおり、東都に憧れていた。一三歳の時、同郡の加悦《かや》村の西本願寺末寺浄福寺住職礼道の次男として養子となり、法名を礼厳と言ったともある。後に寛は、与謝郡温江村にいたころのことを

与謝郡温江《よさこほりあつえ》の村《むら》に鍬《くわ》とりて世《よ》の嗤《わら》ひより逃《のが》れなむかも　（『相聞』448）

と回顧している。専能寺の生活は温江村以後のことなので礼岩・礼広の号は一時的なものと見なされる。「資料㈢」では、与謝野の姓は与謝郡の地名をとって明治初年「与謝」の新姓を立て「与謝の礼厳」と称し、同七年戸籍法の制定により「与謝野」の姓を届け出たとある。「資料㈠」によれば、弘化二年四月、礼厳は京都西本願寺の学林に懸席し仏学・国学・儒学・和歌などを学び、同年五月西本願寺で得度した。京都で学んだ数年間は国学・和歌を本居宣長系の国学者八木立礼《たてあや》に師事し、尚絅の名は、立礼が詩経から選んで命名したとある。二七歳の時、京に上り畿内を漫遊して伊勢神宮に詣で、東海道を行脚して江戸に出た。このように見聞を広めた礼厳は、時勢の急変を憂い、勤王精神を以て公益事業に献身した。その後、一時丹後国に帰り若狭国大飯郡高浜村の専能寺の養子になったとある。「資料㈤」によると、礼厳は専能寺八代目住職となり、先代の四女絹枝を妻にしたが、長女峰野生後一年で長男響天懐妊中に妻絹枝と不縁になり「峰野を連れ専能寺を去る」とある。寛は後に『紫』（81）に、

娘つれてことばに京のなごりあり御僧《ごそう》いづこへこの河わたる

と詠んでいる。「娘」とは峰野と思われるが、『新派和歌大要』（明35・6）で、この歌について寛ははっきり説明していない。「資料㈤」によると峰野は三歳で死すとある。長男響天については後述するが（65頁参照）、「資料㈢」では、その後も礼厳の一三回忌には寛らと共に響天は法要に加わっている。さらに「資料㈤」によれば、礼厳は専能寺で寺の再建を図って七年間住職をつとめた後、姫路に出たともある。専能寺を去った後は京に上り、本願寺の役僧となって畿内付近を布教した。安政四年五月一五日、山城国愛宕郡（京都市外）岡崎村にある真言宗の願成寺《がんじょうじ》

に入り、同年八月六日、その寺の住職となったと記されてある。

この寺を巡る数奇な伝説めいた話と、礼厳一家の運命的な罪過を背負った不運の連続を描いた寛の小説「蓬生」（「新声」明42・3）には、礼厳の願成寺時代を思わせる一面が見られる。小説中の「願泉寺」は、寛の生家願成寺をモデルにし、願泉寺は願成寺と同じ西本願寺派の別院なみの寺となっている。願成寺は京都の岡崎にあって岡崎御坊と言われた。「蓬生」（前掲）では願泉寺の格式は一等本座と言われたほどだが、出費が多い割に収入は殆どなく、また本堂も庫裡も相当古く、一町四方の広い敷地は昔の大門の礎が残っているだけの貧乏寺であった。代々学者で法談の上手な和上が住職となり、諸国を巡回して得たお布施で生計を立てていたと書かれてある。現実の願成寺も「資料㈢」の明治六年の項では「一戸の檀越も無」いほど貧しかったことを伝えている。小説中の「願泉寺」は、村人たちが真言宗の道場であった旧地に建てた寺で、住職は妻帯しない清僧だったが、その掟を破った道珍和上は頓死し、その後の住職となった朗然は妻帯したためか災難が起こった。道珍は後述する山崎演暢（22頁参照）をモデルとしており、その後継者の朗然は礼厳をモデルにしている。朗然について「もともと天下を我家と心得て居《ゐ》る和上《わじやう》は岡崎の土地などを眼中に置」かなかった。朗然は、「在所の者に対して横柄な態度」をとり、「和上は勤王々々と云つて」「今に御寺の本堂を」諸国の勤王浪人たちの陣屋として貸し、「この岡崎を徳川と浪士との戦場にする積りだらう」と言って村人たちは朗然を憎んだが、「檀那寺の和尚では無い」ので放逐できなかったとある。この朗然はまさに若き日の礼厳の生き方を偲ばせる。

現実の願成寺について、田上静（寛の妹）は「岡崎別院願成寺（その1）」（「雲珠《うづ》」昭28・2）の中で親鸞上人が越後に流罪されるまで居を構えていた岡崎の草庵が後の願成寺であり、それが旧跡となったと書いている。しかしその後、西本願寺が、真言宗の廃地だった、この岡崎御坊の一帯を買い取って一宇を建立したとも、また維新のころ会津藩が禁裡守護職にあった時に願成寺は会津の武士七〇人の宿舎となり、志士を本堂の後ろ堂や茶室などに匿い、絶えず浪人や画家、歌人などが居候していた、とも書いている。

㈡　勤王家として

以下「資料㈠」と「資料㈣」を参照して述べる。礼厳は薩摩藩の八田知紀と親友で、毎月同藩諸士と共に岡崎で歌会をかねて会談し、その中には後に旧派和歌の巨匠となる高崎正風や会津藩の歌人らもいた。元治元年、薩摩藩の藩命により礼厳と薩摩藩の志士との往来が始まった。この年から慶応三年一二月まで礼厳は京都各地に探索方を置き、幕府や諸藩の内情を探るために昼夜奔走して薩摩藩に報告した。慶応元年、西本願寺と薩長両藩の親和を図って和解させた。慶応二年、長州藩と会津藩の久しい反目を融和させるために、書画会を開いて両藩の懇親の宴を張った。同年一一月薩州侯が上京して相国寺に大兵らの陣所を頼んだが断られた。しかし礼厳は薩州侯を同寺の大檀にさせる約束をして大兵らを入れさせた。同年の冬、「朝幕破裂」の危機に際し必要な意見を数回西郷、大久保、内田を通して朝廷へ建言し、西本願寺に近畿の末寺から僧兵を集めさせ、一時皇居を守護させた。法内（皇居諸門を守る町民）四家のうち富裕な呉服商に軍資金を献納させ、朱印寺（京都にあって多年朝恩を受けていた名刹）百寺余りにも献金させるなど薩摩藩を通じて国事に尽力した。明治元年一月二日、西本願寺に朝命が下り、翌三日、西本願寺の新門跡が在京中の僧を召集し、法衣に刀や槍をつけ、正信偈《しょうしんげ》を唱えながら皇居の四方を警備し巡行した。そこで礼厳は急使を諸国に向け、若い僧侶たちを上京させた。世人はこれを「無量寿隊」と言った。一月五日以後、ご用金献納を法内の四家から勧誘したのも礼厳の尽力によるもので、三日以内で三万金を上納させた。朱印寺にも朝命が下り、僧家町家からの献金は同月一五、六日ころまで続いた。

明治元年一月四日、鳥羽伏見の戦が起こり、礼厳は薩摩藩からの依頼で軍資金三万金を町民数人より調達して同藩へ献上させた。一月一〇日ごろ礼厳は参与所へ北陸鎮撫の勅使を特派させ、また北陸道は本願寺の寺院や信徒が多かったので、寺院の使僧をも勅使に随従させ、同月中旬に勅使は先発し、礼厳ら一行は二三日に京都をたち、二九日、若狭の小浜で勅使の本陣と合した。

二月一日から若狭国の各宗僧侶社寺奉行を召集して、礼厳は王政復古の趣旨と幕府の罪状を述べ、尊王報国の大道を伝えた。二日、礼厳は行先ごとに国情をさぐり、軍資の献納を勧誘すべき特命を勅使から受けた。その後、各地で王政復古の趣旨を演説し、本願寺末寺の僧侶に国情をさぐらせ、加賀国大聖寺に至る間、寺院や民家からの献金を三万金まで集めた。三月一一日、礼厳一行は越後高田に着き、北越の西本願寺僧侶に国情を内偵させ、太政官へ復命のため三月二四日帰京の途についた。帰りもまた沿道の藩士僧侶に朝命の趣旨を演述し、四月一九日に京都に着くと、朝廷および西本願寺に復命した。

明治元年六月、北越地方で賊勢さかんなのは「神仏判然」の趣旨を農民が誤解して廃仏毀釈の政治をほどこしているためだと唱えた。この誤解を融和させるために、真宗の信者の多いこの地の西本願寺に勅書を賜わるように図り、門弟の僧侶に勤王報効の趣旨を諭示させるべきだと礼厳は強調した。

その後、数日で勅書が西本願寺に下り、礼厳は本願寺の使僧となって七月中旬、京都から越後に向かった。各地で「神仏判然」の趣旨を説き、諸民が安心して家業につくべきことを奨めた。このようにして一年あまり、北越の民心をおさめるために尽し、翌明治二年八月二七日に礼厳は帰京した。三年二月、大参事に推挙されたが、桑門の身をもって任官につくべきでないと言って辞した。四年の春、播州姫路藩で神葬祭の布達（告示）を出したので、西本願寺派の信徒が処々で騒動を起こした。そのため礼厳は西本願寺使僧として藩庁に出張し、四月から七月まで各地を巡演して民心を鎮め、また藩庁と図って神葬祭を延期させた。

以上記したように、礼厳は勤王のために建言し、また諸藩、本願寺、諸藩同士の不和を解決するなど、尽力を惜しまなかった。勤王の蔭の尽力者としての礼厳の活動は意義が深い。ただしこれらは寛側の記事であるが、正確な裏づけがないのですべてが事実か否かは判定し難い。

㈢ 公益事業家として――小説「蓬生」をめぐって

礼厳は王政維新を実現するために人智の開発、産業の振興、窮民施薬など、また廃仏毀釈の思想を排除するために公益事業として京都府立病院創設を志し、友人である金閣、銀閣、大徳諸寺の住職らを主唱者に加え、自ら率先して病院創設費百円を献じさせた。明治四年一一月から翌年一一月にかけて山城、畿内、紀伊などの各宗寺院を巡回して有志の献金を得た。明治六年一一月には、英国の医者を主任として粟田口青蓮院《しょうれんいん》内で開院式を行った。府立療病院の名称はまた礼厳の命名によると言われている。この療病院について「資料㈢」の明治六年の項に「明治に於ける病院の嚆矢」とあるが、『明治事物起源』によれば、明治元年に横浜病院、四年に横浜の共立病院が創設されているので寛は誤解している。人智開発のために欧米の新智を導入し、礼厳は率先して洋服を着、神戸居留の外人と交わり、また舎密学《せいみがく》（後の化学）を始め薬物学、鉱物学、分析学、染色術を研究した。このころの礼厳をモデルとした前記の「蓬生」では礼厳に扮する朗然について「伏見の戦争が初まる三月《みつき》程前から再び薩州邸《やしき》に行つた切《き》り明治五年まで足掛《あしかけ》六年の間一度も帰つて来なかつた」とあり、その間「少しの仕送りも」せず、妻一枝は「嫁入の時に持つて来た衣服や髪飾りを売食して日を送つた」とあって、さらに

明治五年の夏、和上は官界を辞してぶらりと帰つて来た。フロツクコオトを着て山高帽《ぼう》を被《かぶ》つた姿は固陋《ころう》な在所の人を驚かした。再び法衣を着たことは着たが、永《なが》の留守中荒《あ》れ放題《はうだい》に荒れた我寺《わがてら》の状《さま》は気にも掛けず格別修繕しようともせぬ。毎日洋服を着て書類を入れた布呂敷包《づつみ》を小《こ》脇《わき》に挟《はさ》んで、洋杖《すてつき》を突《つ》いて、京都府下の富豪や寺院をてくてくと歴訪する。其れは隣村《となりむら》の鹿《しし》ヶ谷《たに》に盲唖《まうあ》院《いん》と云ふものを建てる趣意書を配つて応分の寄付金を勧誘《くわんいう》する為であつた。

と書かれている。現実の礼厳について、「資料㈢」や「兄（一）」（大正期「明星」大15・6）では、礼厳の成した功績をさらに詳しく書いている。それは明治七年、礼厳が京都の仙洞御所を借りて、全国に率先して博覧会を開催したこと、また京都府大参事と協議し、京都市内や各郡を巡回して各宗僧侶および民間の有志らと会して小学校を創設したことで、これを聞いた滋賀県では、礼厳を招請した。そこで礼厳は滋賀県内の各寺院を遊説して大津小学校を始め二、三校を開校させるに至った。同じ年、礼厳は窮民の生活安定を図るために京都勧業場を設立して、養蚕製糸、煙草、鹿子絞り、桑樹や茶の栽培など、生活の糧を得る仕事に従事させるようにした。他に人形作り、寄木細工、硯物など郷土芸術も奨励し、礼厳自ら願成寺を開放して妻子にもこれらの仕事に従事させた。明治八年、礼厳は京都府庁の舎密局設立に尽力し、府下の諸鉱山を巡視して鉱石の分析を試みた。また京都東山に丸山鉱泉場を経営し、それを「洋法」によってわが国の衛生事業に応用した嚆矢だと記している。この他に諸種の洋酒や西洋薬を輸入し外国人の意見を容れて薬店を設けた。

これらに関わることとして前記の「蓬生」の中で、主人公の貢さんが母親に話しかける場面がある。父親について「京の街《まち》で西洋の薬《くすり》や酒の店を出す」という噂を聞いて「本当か」と母親に念を押すと、母親は「阿父《とう》さんの事だから何を為さるか知れ無い。昔から二言目《ふたことめ》には人民の為だもの」と言って、さらに「日本で初めて博覧会と云ふものを為《な》さるんだつて」と母親は答える。こんな会話から現実の礼厳の成した種々の公益事業が想像される。例えば、「ポン水」（今のラムネ）や「点眼薬真球丸」などを製造販売し、西洋葡萄の栽培も試みた。これらとは別に礼厳の成したもっとも重要な公益事業はすでに述べてきた勤王思想と仏教国益論を具象化させたことであった。これは廃仏毀釈による人心の不安を救うための、仏教復興の政策であったと言える。

このような諸事業による新知識の開発は、時運いまだ到らず保守姑息な人たちの嫉視的な妨害もあってか、明治一二年になって療病院の他は悉く失敗し、負債は数万に上り、寺院や家財は競売され、すべて債権者の手に移った

（「資料㈠」、「資料㈢」）。この時の様子が「兄（一）」（大正期「明星」大15・6）に詳述されている。明治一二年、願成寺を追われたが、すでに先駆的な事業に貢献してきた礼厳に同情した京都市各区の区長や市の有志らは、礼厳の巨額な債務の残金を区費で償却する方法をとった（「資料㈢」）。このように礼厳は事業では失敗したが、その精神は何らかの形となって京都市の行政に継承されていった。

㈣　その後――願成寺を追われて

子らつれて岡崎去ると日記《にき》にありわれよその春七つの童《わらは》

（『紫』88）

京都を追われた礼厳は、一三年四月、西本願寺から鹿児島出張所の顧問として派遣され、二男龍麿（後の赤松照幢）、三男巌を伴って赴任、鹿児島市西本願寺別院に入り、県下の布教につとめた。七月、礼厳は京に帰り、再び妻初枝、寛、修、静を連れて鹿児島へ。一四年以後は鹿児島加治木《かじき》町の説教所の主任を兼ね、布教のかたわら鉱業、養蚕、楮、葡萄の栽培を奨励した。そのために桑植、葡萄の苗木を東京から購入し、寺内に移植して無料で需要者に分けた。また士族の子弟のために国書儒書や舎密学を講じたり、各村の公益事業にも尽力した。県知事渡辺千秋の依頼で鹿児島県士族の窮乏を救うため、士族授産場「興業館」の設立に尽力し、西本願寺に基本金三万円を寄付させた（「資料㈢」・「兄（三）」〈大正期「明星」大15・10〉）。礼厳の鹿児島時代の生活については後述する（33～36頁参照）。

一五年、礼厳は病のため死に瀕したが、長男正麿（のち和田大円）の勧告により、西本願寺の職を辞し、寛、修を伴って京都に帰り、暫く市内の木屋街仏光寺橋下ルの加茂川添いに僑居。「資料㈠」の序ではこの年を一七年としている。しかし「資料㈢」一六年の頃に、

此の一月、父は西本願寺の勧告に由り、洛北一乗寺村（今の左京区一乗寺町）の西本願寺別院、通称北山御坊

に隠栖す。爾後また世事に干与せず、布教せず、専ら念仏・読書・作歌を楽み、傍ら教を乞ふ所の後進のため
　に国書和歌を講ず

とあるが、「資料㈠」の序では一乗寺にいたのを一八年としており、このように一年ずつずれている。その後、礼厳は殆ど目立つ活躍をしていない。鹿児島での公益事業も失敗するが、新しい知識を早急に活用させ、すべてに先鞭をつけようとした礼厳の先覚的才能は、寛の文芸上の先駆と相通ずるものがある。

㈤ 礼厳の生涯――静（妹）と寛の回想に見る

「岡崎別院願成寺考（その三）」（「雲珠」昭29・2）の中で寛の妹静は、「老耄の父の繰り言の一つとして……さしも由緒深き親鸞上人の御跡を社会の為めにとはいへ、自らの不省のために跡方もなく頽廃せしめたことは、仏恩に反き慙愧に堪へずと、悔恨の涙を流して述懐せられた」と兄たちに語っていたと書いている。また

父は自己の創意を活かすためにあらゆる努力をしたが、しかし自分は余り表面に立たず、影の子として活躍し、身は一介の雲水僧として、生涯墨の衣、黄袈裟に身を裡《ママ》ひ、決して色のついた衣を着けたことはなく、妻子ある身ながら常に一所不在、かの西行や芭蕉を思はせ、知足安分の生活を貫いた人でした。我等兄妹は皆かうした環境に育つたので、経済に疎く、無欲、恬淡、清貧に安んじて居られるのは、幼き頃より二十歳近く、殆んど世に出る迄は金銭を自分で使つたことはなく、従つて物の買ひ方も知らなかつた為めでせう。

とも記している。「父は敬虔な僧侶で」「真言宗の流れを汲み、妻帯はいたしながら真言密教に篤い信仰を以つ」た人だとも言って父への畏敬の念を述べている。そのころの礼厳の姿を寛は後に、

　ありし日は破れごろもにつぎあてて乞《こ》食法師《じきほふし》と人の見し父　（「父の碑」―『与謝野寛短歌全集』「資料㈢」）

と歌っている。また寛の『東西南北』（明29・7）所収の詩「若紫（五）」では、礼厳の成した公益事業を具体的に

うたい、それらの失敗をも詠じている。さらに前記の「蓬生」に描かれていた村人に対する朗然の傍若無人の振舞いは「早期的急進的」であったためか、周囲の無理解や反感や怨恨をかう言動もあったようで、礼厳の性格のある一面を見せている。これは世の誹謗の多かった寛の性格とも通ずるところである。

晩年の礼厳について「資料㈠」では「二十七年、寺務を見るを厭ひて愛宕郡高野村に僑居し」とあり、「念仏と詠歌とを以て老余の月日を楽しみ、貧寒頻りに身に迫るも意とせぬ生活を送った」と寛は書いている。「資料㈢」の二九年の項では、「此春、父北山別院を辞し、母及び弟妹と京都市外高野川原（今の左京区田中町）に僑居す。専ら長兄と仲兄より衣食の資を送れり。九月二日に母没す。寿五十八。東山大谷の墓に葬る」とある。礼厳が洛東の中山清閑寺に移住した年について「資料㈢」では三〇年とあり、「資料㈠」では二九年冬となっていて晩年の住処は一定していない。しかし礼厳の死については「資料㈢」と「資料㈠」では共に三一年の夏、「徳山の照幢の許で」とあり、『鉄幹子』（明34・3）の歌文「袖の霜」でも然りである。ここには礼厳の病状悪化から死に至るまでが叙されている。それによると、三一年八月一五日、長兄大円と共に徳山に赴いた寛は父の危篤を知る。「十六日の夕つ方、……辞世の歌五首ばかり詠み給ひて」とあるのは『礼厳法師歌集』の末尾にある辞世の歌四首（なにかわれ言挙《ことあげ》はせん天地の足りそなはれる中《なか》に死ぬとて・鷲の山まよひ出でし折《ママ》は忘れしか月見てかへる秋は来にけり・花と言へば身の終るまでなぐさみぬ来ん世のかをり俤《おもかげ》にして・生けるほどは花に眠りて過《すぐ》しけり今日さめゆくは夢にかあるらん）のことである。ここでは「礼厳法師歌集　完」となっているが、次頁には寛の詞書として、礼厳の死の前日、枕元で子等に「永き別れの歌よめとのたまひければ、泣く泣くもきこえまゐらせける」とあってそれぞれ詠む。

もろともに仏の道をよろこびて後の世までも親子とや言はん　大円
親といひ子といふも世のかり名にて入我我入のさとり楽しも　照幢
親といへばなほ人の世のわかれなりまた遇ひ難き仏とぞ思ふ　寛

これらの三人の歌を聞いて礼厳は翌「十七日の午前二時十分」（『鉄幹子』）に七六歳で没した。『鉄幹子』には父への挽歌が多く、『紫』は両親の墓参と追慕の歌、『鵜と雨』（大４・８）には父一三回忌の歌が載せられている。

世の中に親なき人のさびしさをけふは我身になげかる、かな　（『鉄幹子』162）

せめてこれ御魂やすめんひとつなり親の御墓に手をとりてこし　（『紫』117）

天地《あめつち》をうた楽《たの》しと掌《て》合《あは》せて謎《なぞ》の如《ごと》くも死《し》にしわが父《ちち》　（『鵜と雨』177）

(六)『礼厳法師歌集』

(1) 出版の動機と礼厳の生き方

『礼厳法師歌集』は明治四三年八月五日、礼厳の一三回忌を記念して刊行。編集兼発行者は与謝野寛で、発行所は神田錦町の明治書院と神田東紅梅町の新詩社発行の二種類あるが、内容はまったく同じである。明治書院の方は定価五〇銭とあるが、新詩社版に定価の記載がないのは、非売品として配布したのであろうか。八〇頁、四六判、六三〇首収載されている。『礼厳法師歌集』編纂計画はすでに刊行の三年前からあったらしく、明治四〇年元旦の次兄照幢宛ての寛の手紙（「資料(四)」）に、

……亡父の遺稿を出版致度と存じ候が彼の歌の草本は何処に有之候か多分おくの兄と存候がさ候はば全部一と先づ御借用致度と存候、明治の旧歌人中今日より考ふれば亡父は有数の作家なりしと信じ候故私費にて出版し世にとゞめ申度と存候　決して高崎翁などに遜るものにて無之候。

とある。「高崎翁」とは言うまでもなく旧派歌壇の巨匠高崎正風のことである。歌の草稿について「資料(一)」では、

父が若き頃より壮年に到る草稿を京都なる兄大円より、晩年の詠草を周防なる兄照幢より乞ひうけて

とあることから、右の書簡中の「おくの兄」とは長兄正麿（和田大円）のことである。また右の寛の文では、礼厳

の「歌の数は長き短き打まじへて三万首近」くから選んだとある。それ以外にも旅中で詠み捨てたもの、「勤王志士らと交遊のあつた頃及び鹿児島時代の歌などはほとんど伝わつていない」ともある。またこの歌集には壮年のころの歌は少なく、晩年の詠草が多く「ここに六百参拾首を輯め」とあるが、正確には本文に六二六首、また末尾には前記（12頁参照）のように父の死の前日、大円、照幢、寛の三人が詠んだ歌が一首ずつと、その後の訂正追加の一首も合わせて六三〇首である。さらにまた礼厳が残した「旧りしものの次次《つぎつぎ》に忘られゆくは憂痛《うれた》きかな」と寛は嘆き、礼厳の若いころの知人や晩年の友や教え子に礼厳を偲ぶ助縁をしてもらうために出版した、と言っている。しかし晩年の述懐には「おのづから世を恨み己を果敢なみ給ふ声の、惻惻として」いるが、「寒岩枯木の人とはならず「一片の壮心掩はんとして掩ひ難く」とし、

　折にあへば如何なる花か厭はれん時ならぬこそ見劣りはすれ

などの歌を引いて、「無為空寂をよろこぶ世《よ》捨人《すてびと》の歌」と言い、また時熟せずしてみとめられず、老いてもなお壮心を失わなかったと寛は見ている。また礼厳は古事記、万葉集、古今集など古典的素養が深く、一方で抒情や叙景の歌には直情的なもの、特に述懐の歌について「煩悩起伏の醜き自己をあからさまに披瀝せられたるなど花鳥風月の旧株を守れる近世の歌人以外に立ちて異色を放つと謂ひつべし」と記し、礼厳の歌には直情的な自己表白と旧派的な糟粕から脱した詠風がある、と見ている。

　礼厳は幼少より父母の感化を受けて「内典」に親しみ、その「鐘愛ことに深く十三歳の冬」に「出家し」その後「王政維新」、「宗門」、「公益」「社会のため」と「幾多の辛労を重ね」たが、その功のすべてが他人に渡ってしまった。礼厳の伝記について「資料㈠」の中で寛は「父が伝記は寛別に詳しく一冊に編したるものあり」と書いているが、今日それは見当たらない。これとは別に寛編『礼厳法師伝』の写本が、今は焼失したが、以前は山口県徳山の徳応寺にあったのが、後に「資料㈣」に掲載された。またその資料には『礼厳法師歌集』刊行の三ヶ月前の、明治

四三年五月の照幢宛て寛書簡が紹介されている。

啓上　静子よりの来書により思召の程伝承致し又西賀茂上人の御同書も有之候故旁、尚綱遺稿を十三回忌までに選び印刷致すべく候。参百部も印刷して配本致したく候、勿論非売品たる性質の物故印刷実費は諸兄よりの御喜捨を乞ひ申し候。右につき亡父の遺稿全部大至急御送り侍上候、全体より五百首抜き申したく、各時代の特色と粋とを択び候積りに候

さらにその後、寛は

啓上、先日申上候亡父の遺稿全部を直ちに小包便にて御送相成度願上候、猶右と御同封にて亡父の小形の古今集その他数冊の歌集をも悉皆御送被下候　草々　五月十二日

と照幢に書き送り、八月五日に『礼厳法師歌集』は出版された。その年の八月一七日には京都の錦小路の順正寺で異母兄大都天城響天、大円、照幢、静と寛は会して一三回忌の法要をなし、西本願寺法主大谷光瑞は礼厳の其旧勤に対し、浄念院の院号を遺族に贈った。また後年大正六年一一月一七日、大正天皇より特旨をもって従五位を贈られることになる（「資料㈣」）。

(2) 礼厳の生活

(イ) 岡崎時代――願成寺のころ

『礼厳法師歌集』には、嘉永元年（一八四八）から没年の明治三一年（一八九八）までの五〇年間のことが歌われている。明治以前の父母の死について

222 親となり子と生れしはみ仏の国にみちびくめぐみなりけん

などと詠んでいる。歌頭の数字は『礼厳法師歌集』の歌番号である。礼厳は弘化二年（一八四五）四月に上京し、その翌月、西本願寺で得度している。『歌集』ではその後「おなじき六年、相州浦賀に異国のいくさ船わたりきて、世の中さわがしかりし折」と詞書して、

224 聞きなれぬ国なればこそ駭けどその亜米利堅もおなじ日のもと

と鎖国時代の様子を詠み、また新時代に向かっては「明治の御代をよろこび祝ひて」と詞書して、

179 何事も面がはりする新世《あらたよ》に老いぬればこそ稀に遇ひけれ

と平和に満ちた新しい世を寿いだ歌五首を詠んでいる。その後388の歌の詞書があって七首ある。その中より引く。

維新前後二十とせばかり、御国のために甲斐なき身も聊か報いまつらんと思ひ立ちて、薩藩を初め諸藩の間に立ちまじり、心を砕くこと多かりしかば、家を思ふに暇なくて、わが岡崎の寺は屋根より雨漏り、畳皆がら朽ちはてて、白く黴びたる床板の落ちたる裂目よりは竹萱草などさへ生ひ出でぬ。もとより檀徒といふものふつと無き寺なり。一とせ旅より帰りきて、この荒れたる中に家守る妻子のあはれなりければ詠める。

388 直土《ひたつち》に藁解《わらと》き敷きて寝《ね》ぬること常と思へば悲しきものを

392 男子《をのこ》は国を歎けど若草の妻の歎くは家のため子の為《ため》

また、そのころの作と思われる歌を紹介する。

洛東岡崎の里に住みける頃。

362 わび人の住める野末の霜枯に松の戸ほそく立つ煙かな

などと歌っている。明治一二年、寺も地所も競売となり、一家は転々としていた。

(ロ) 鹿児島から比叡の一乗寺に移ったころ

「資料㈠」で寛は「薩摩大隅の間に布教せられし頃の作」が殆ど伝わっていないと書いているが、『歌集』には「大隅国の加治木にありて」と詞書して一首(199)、また「薩摩大隅をわたりあるきて、煩はしき事ありし頃」とあって二首(230・231)がある。「資料㈠㈢」によると、これは明治一四、五年のころ「煩はしき事」とは、恐らく鹿児島における礼厳の公益事業の失敗を意味するものであろうか。同じころ「薩

摩国より帰れる時」と詞書があって、

425繁糸《しげいと》のいとも苦しや世の中は長しみじかし心みだれて

など、薩摩での対人関係の不如意をも思わせる歌もある。

その後、「明治十六年夏、薩摩より京に帰りて、次の年、比叡の麓一乗寺の里に世を避けて」と詞書して五首あり、

122翡翠《かはせみ》も世をや厭ひしのがれきてわが山の井に処定めつ

などとわが身の遁世の姿を翡翠に比喩し「一乗寺の里に住みける夏」と詞書して

399かよわくて夏痩したる老が身にてる日を避《よ》けよ夕立の雲

と詠み、また「おなじ頃、蓮の咲きければ」と詞書して次のようにある。

402よそに見て蓮《はちす》の音をちらさめや来ん世にかをるわが魂にせん

一首目は衰弱した老体を詠み、二首目には蓮の開く音に来世のわが魂を幻想しようとする清浄な生活が偲ばれる。

(ハ) 徳応寺での晩年　その後、『歌集』には、二男龍麿（照幢）を「九年の春、周防徳山なる徳応寺の養子に遣すとて」と詞書があって、

378形こそさもあらばあれ墨染の色をうき世の水に洗ふな

など一一首ある。「明治二十三年の春」として一首、

499六十路あまり八とせの春は越えぬれど心老いせぬものにぞありける

と歌っている。この『歌集』にある詞書と右の歌を照合すると、「資料㈠」にある文政六年（一八二三）という礼厳の出生年月は事実であったことが確認される。

「明治二五年二月五日、ふと老が身のおぼつかなさを思ひつめて癡《し》れがましく打咽び、世をも子等をも恨みなどしつつ、昼つ方より夕までに二百首ばかり詠みける中に」という詞書があって三一首が収められている。

490七十路に老いくづをれて妻子にも放たれんとは思ひがけきや

などには老いの孤独と寂寥が綿々と歌われている。そのあと「明治二十五年の春、久しくまからざりし丹後国の与謝に下りて」という詞書があって三首、そのうち一首、

285見も聞きも涙ぐまれて帰るにも心ぞのこる与謝のふるさと

と懐郷の思いを感傷的に歌っている。また「明治二十五年の秋、周防国徳山なる照幢の許に遊びにまかりける途中」とあって二首、その後に「そこに冬までありて、京に上らんとする時」として二首、そのうちの一首は、

504おもひやれ浪路を帰る老が身のわかれは死出のここちこそすれ

と、二五年には死を予想しているが、「明治二十六年の元旦に」とあって、

507立ちかはる年の吉言《よごと》にみ仏の御名《みな》をとなへて祝ふ春かな

と新たな生の喜びを歌い、同じ年の二月初旬、雪の中を291の歌の詞書に「明治二十六年きさらぎの初、雪ふりける日、人人と修学院村道入精舎に遊びて、百首歌しける折」とあって一首、さらに「明治二十六年の夏、子等の集ひきて、祖先を初め、無縁となれる身内《みうち》の亡き魂をまつりて供養しけるうれしさに」と詞書があって、五首あり、

540ありし世をしのぶにゆかし亡き人の魂の行方と蓮葉《はちすば》を見て

544亡きかずにいつか入らんと父母の魂まつるにも我世をぞ思ふ

と、この世のつとめを果たし得た者の死期の近づきを思わせるかのようである。

二七年は日清戦争の始まった年で、戦いに関する歌が四首ある。その冬に二首詠まれたうちには、

267雪ふかき荒野の上に御軍《みいくさ》の臥すと思へば我も寒けし

があり、また「おなじ年、わが子大円の征清軍隊慰問使として真言宗より遣され行くに」と詞書があって、

269国のため軍《いくさ》に向へ父母にこころなおきそ道をつとめて

があり、「明治二十七年七月十二日、人人と一日百首催しけるに、いみじく暑き日なりければ」と詞書があって

549 暑さには己が家すら草まくら旅ごこちして置どころ無し

と詠んでいる。また高野河畔の春夏秋冬の歌に、

147 春の夜は隙間《すきま》がちなる宿もよし閨もる風に梅が香ぞする（以下傍点は筆者）
241 家は荒れておほしたてねど竹垣の朽目《くちめ》より咲くなでしこの花
552 秋風に肌《はだへ》すずしく午睡《ひるね》して聞きごころよきひぐらしのこゑ
281 老が身も晴れたる朝の野にぞ来《こ》し小松の雪の見まくほしさに（傍点は筆者）

など貧しさの中にも風流心を忘れない礼厳の日常が偲ばれる。「高野川のほとり」と詞書のある歌一八首は、いずれも自然に親しみ、独居のわびしさ、寒夜に思う老が身、荒れ果てたあばら屋などが歌われている。

二七年には「次の年の夏、韓国にあるわが子寛の重き病煩《わづら》ふよし聞きて甚《いた》く打歎きしが、十一月二日夜更《ふけ》て門叩くを誰かと問へば、寛の声なりけり」とあって一首のみ詠まれている。

270 病には命換ふやとかなしみき生き顔を見る老のうれしさ

と無事に戻ったわが子寛を見て喜ぶ礼厳の姿が彷彿とする。これは寛の第一回目渡韓の折のことで「病」とは二八年の夏、寛が腸チブスのために漢城病院へ入院した時のことである。右の詞書から第一回目渡韓の帰国は一〇月末近くだと想像される。

また「資料㈠」では「同二十九年の冬、洛東歌の中山なる清閑寺の幽静を愛でてそこに移れり」とあって三〇年冬、周防徳山へいくまで礼厳は中山にいたことになる。妻初枝の死は明治二九年九月二日だから高野河畔にいたころのことだと思う。それより前、「妻初枝と、吉野、高野などをめぐりて」の詞書があって一首（299）詠み、その後、妻の死を悼む歌一三首中、二九年作の歌は九首、「またの年の秋も更けて」とあって、三首あり。そのうちの

一首、

571 なにゆゑに涙のもろき我ならん月見る毎に眸《まみ》のしめれる

と詠み、また「歌の中山に移り住みて詠める、くさぐさの歌」と詞書があって、

589 ひとり栖む山を静けみ真木の戸もささで白める月を見るかな

と老境にある「孤影悄然」とした礼厳の生活感情が偲ばれる。高野川で妻子と共に暮らしていた時も独居のように歌った歌もある。しかし妻亡き後、三一年正月を次男照幢の養子先の徳応寺で迎えた礼厳は、

614 世を知らぬ老が今朝くむ水にすら若してふ名は憎《にく》からぬかな

と老いの身でありながら「若さ」を懐しみ、「また同《おな》じ頃、何となく身の終りの思はれければ」と詞書があり、

618 月花にうかれつくして身の果は露のかをりに骨も清《きよ》けん

など、「清虚な寂滅為楽」の心境を歌う。また徳応寺で臥すようになってからは

621 暑き日もわが臥す床の涼しきはこの竹蔭《たかかげ》のあればこそあれ

と「竹蔭」にある涼しい床に感謝している。

平穏な大往生を成した礼厳についてはすでに述べた（12～13頁）ので省く。

なお、集中には明治八年一一月に八六歳で死した礼厳の親友蓮月を悼んで詠んだ歌がある。

206 しら蓮の月てふ君に別るればわが心さへなきここちする

(3) 万葉歌人礼厳、「十三回忌」の記念に

以上、年代的に『歌集』の内容を見てきた。礼厳は旧派と新派の歌の中間をいく「中間歌人」と言われ、また万葉歌人とも位置づけられて、福本日南、丸山作楽、天田愚庵らと共に文学史上に残っている。万葉歌人と言ってもこの歌集で万葉的な言葉を使っているのは「ましてしのばゆ」「わびしらに」「冬かも」「老木にもかも」「涙ぐまし

も」「啼くも」などで全体から見て僅かである。しかし父母の死、懐郷の念、妻の死、大円、照幢、寛のこと、一家離散の不安感、貧困生活、また老いのわびしさや心細さや悲哀などの思いを素朴に切々と歌ったところに「万葉集」のもつ真実に通じるものがあると言えようか。

寛は『歌集』の序で礼厳を「新思想の人」「進取の気概に富まれたる」人として評価し、その生き方について「軽薄なる世情に対して」「痛憤の抑え難きもの」「みづからの嗔恚を戒め」る克己心もあったと書いている。それはまさに寛の生涯を貫いた理想的な生き方であったに違いない。

明治四三年という父の「十三回忌」にこの歌集を出版したのは、寛にとって一つのけじめとして考えられよう。この年に寛は唯一の歌集『相聞』（3月）、詩歌集『檞の葉』（7月）を出版している。また渡欧（明44・11）の前年であり、「明星」廃刊以来の陰鬱だった寛の内面に蘇生の気配が見え始め、父に対する深い愛情もさることながら、父の存在と業績を世に知らしめることで、それまでの自らの生き方を再認識したかったのであろうか。

十《とを》あまり三《み》とせ経《へ》ぬればそのかみの放逸《ほういつ》の子《こ》も父《ちち》を思《おも》へり　（「以下四首父の十三回忌によめる」176）
おもかげに見《み》ゆるわが父《ちち》やぶれたる黄袈裟《きげさ》を被《かづ》き白菊《しらぎく》を折《を》る　（右同　179）

と後に『鴉と雨』で詠んで父の面影を偲んでいる。

第二節　母　初　枝

㈠　富裕から極貧へ

初枝（旧姓、山崎）について、「資料㈢」と「岡崎別院願成寺考（その一）」（昭28・12田上静）では寛の生まれた願成寺の前住職は山崎演暢であったが妻子がいなかったため、細見礼厳を養子に迎え、弟山崎惣兵衛の長女初枝と結婚させたとある。惣兵衛は幕末に単身能登から京に上って、蔵元茶染屋五兵衛の店に仕え年期があけて暖簾をもらい、その店の預り娘富子を妻とし京都市車屋町二条下ルに米穀商を開いた。この惣兵衛と富子との間に初枝が生まれた、とある。初枝について寛の妹田上静が記した「岡崎別院願成寺考（その三）」（「雲珠」昭29・2）によると、

　お乳母日傘の町娘として育てられ、縁あつて伯父の演暢の後継礼厳に迎えられ、町娘が格式高く由緒ある別院の奥方として筋壁の寺に棲む身となつたことを非常に徳として、慎み深く謙虚な生涯を送つた。まことに明治の妻、明治の母であつた。

とある。こうした格式ある寺に嫁いだのだが、夫礼厳は家族の生活を顧みず、自ら好むままに過ごした。その礼厳一家を小説にしたのが前記した「蓬生」である。礼厳に扮する朗然の妻についてこの小説は初枝をモデルにしている。小説に描かれた極貧の生活が、初枝の日常そのものであった。初枝は村の娘たちに手習い、裁縫、手芸、また養蚕、製茶、鹿子絞りなどを教え、苦労の多い生活であったが、誇りをもって夫に尽し、子供たちの教育には熱心であった。初枝は父惣兵衛在世中、仕送りを受けていたが、父の死後家は零落し、仕送りはまったくとだえてしまった。右の小説では村人たちに不吉な噂が立てられ、また気ままな住職朗然に対して「在所の者は誰も相手にしなかつた」とある。現実の礼厳と初枝との結婚は安政五年八月一三日、礼厳三三歳、初枝は一七歳であった。「蓬生」では朗然と妻との仲は「婚礼の当初から何《ど》うもしつくり行つて居無かつた」とある。その理由として一六年の年齢差のある和上朗然は「学者で貧乏を苦にせぬ豪邁な性質」とある。二人の年齢差については現実と小説は符合している。「蓬生」では

　奥方は町家の秘蔵娘《ひざうむすめ》で暇《ひま》が有つたから三味線を出して快活に大津絵でも弾かう、小児《こども》を着飾《きかざ》らせて一人々々《ひとり〳〵》乳母を附けて芝居を見せようと云ふ豪奢《がうしや》な性質《たち》、和上が何かに附けて奥方の町人気質《かたぎ》を賤むのを親思《おやおも》ひの奥方

は、じつと辛抱して実家《さと》へも帰らうともせず……

と書かれている。この我慢強く気丈な「奥方」は初枝の性格に通じ、母としての初枝の厳しさについて、『天地玄黄』（明30・1）の「断腸録」の中で、母について「極めて厳正」、「些の過怠あるも仮借」せず、「苛酷に傾く」とも言われ、「常に」「男子ハ武骨に生ひ立てよ。女々しき振舞あるべからず。十二歳にして、他人の家に苦労し、十七歳にして、独立自営の志あるべし。久しく父母の膝下に恋々たるが如きハ、丈夫の器にあらず」と書き、さらに「兄弟六人、末の一女を除くの他、一人として八九歳の交に於て、家を離れ」ない者はなく、「老年にのぞみ、茶話の上にのたまひけるハ、母ハ亥の歳の生れ」、「亥ハ野猪なれバ、わが性の我強《がつよ》くして、子を育つるに厳《きび》しかり所以なりとて、笑ひたまひぬ。さることなどを憶ひ出でて」と詞書があって

いかり猪の、かへりみハせぬ雄ごころも、　我ものならず、母のたまもの。（33）

と詠まれているのも右の小説中の気丈な「奥方」に似ている。寛が発表した「余が母（上）」（「婦女雑誌」明25・3）を見ると母の性質や家庭の訓育がいかに厳しかったかが分かり、厳格な規律ある生活を送ったとある。また習字をする時には、川原の砂を蓋めいたものに盛って平らにし箸の先で書かせたという。こうした母の教育方針を裏づけるように後に「父の碑」（「資料㈢」）の中で、

その上に字を習へとて我母の行きて採りこし加茂川の沙

と歌っている。「資料㈢」の明治一〇年（五歳）の項に「母に習字を受く」ともある。また寛が徳山の徳応寺にいたころ、「余が母（下）」（「婦女雑誌」明25・4）に載せた、母から寛に宛てた書簡には

貴公《きこう》も当年《たうねん》ハ早や二十才となられたりと覚《おぼ》え候。あまりいつ迄もチヨカ〱せずと御兄様夫婦《おにいさまふうふ》の仰《おほせ》に従《したが》ひ目的《もくてき》とする学問《がくもん》に性根《せうね》を入《い》れ候こと第一ならん。さて一人前《いちにんまへ》の日本男子《にほんだんし》と御成被為《おなりなされ》候やう一日も速《すみやか》に願《ねがひ》上候。母《はゝ》ハ六十路《むそぢ》の阪《さか》に近《ちか》きたれど昔通《むかしどほ》りに気性《きせう》ハ大丈夫《だいじやうぶ》なり。ソレを血気盛《けつきさか》りの身にてぐづ〱と勇《いさ》ましき処の見《み》

え候ハぬハ何たる臆病《おくべう》の男《おとこ》ならん。

と書かれている。これは丈夫《ものの ふ》の気概をわが子寛に叩き込む母の悲願でもあった。ここに図らずも寛の「丈夫ぶり」の根源が潜んでいたのではないか。前記したように猪生まれで、気の強い性格の人であったから、夫の生き方を理解し、子供を立派に育てた人であったと言える。寛はこの母から受けた感化も大きかったと言える。その一方で父の方は子供に厳しい折檻をしたり、次々と用事を言い付ける。そんな父を寛は後に

吾《あ》を如何に思《おぼ》せか父は雪の日も木これ芋《うも》ほれ風呂たけと告《の》る

（「万葉廬詠草抄」―「資料(三)」）

と歌い、それを蔭に回って母は子供たちを気遣った。そんな母を寛は「父の碑」に、

父は猶こはき顔をもしたまへど唯だやさしきは母の思出

と詠んでいる。礼厳には先覚的な才能があったが、子供たちの教育は「昔ながらの百人一首、童子教、実語教、四書、五経、国書、仏書」などを授ける教育を自家で躾けていた。時には「ナショナルリーダー一から四まで読ませたりもした」「そんな無理な学習の事に就ても母の苦心は言語に絶したものでした。兄たちの為の蔭になり日向になり大きな力でした」と田上静（寛の妹）は「若き日の仲兄『兄』を憶ふ」に書いている。

(二) 母への追慕

寛の作品の中には母への追慕の歌文が多い。父礼厳は寛を僧にさせようとしたが、母は寛の才能を理解して東京に逃がしてやった。母の死を悼んで『天地玄黄』に、

秋かぜに、遠くハ行かじ。たらちねの　御墓《みはか》の霜を、誰か掃はむ。　(34)

たらちねを、山におくりて、その山に　物おもひをれバ秋の風ふく。　(29)

と詠み、また母の死の様子も『天地玄黄』の「断腸録」の詞書に、

廿九年九月二日、母上の御病あつしとの電報いたり、倉皇として郷里西京に帰る。家に入れば、はや絶え入り給ひて、一日を経たり。及ばざるを悔むも甲斐なく、あまりの悲しさに、暫しハ涙も出でず。……さて偈に代へて、一首を仏前に捧ぐ。

たらちねは、耳しひてこそ、いましたれ。　高く喚びてよ。西のみほとけ。　（24）

と詠んでいる。また「御棺《みひつぎ》を、東山の西大谷に、をさめまつりて」と詞書があって、

蒲団きて、寝たるすがたと、歌ひたる、　ひがしの山に、母ねむりませ。　（27）

と詠んでいる。また『鉄幹子』（明34・3）の「袖の霜」にも

九月二日は亡き母の三とせの忌なり。けふ、み墓のいしぶみたてたり

母まつる三とせの秋に父もまたまつる我身となりにけるかな　（183）

などがある。さらに母の一三回忌には、「明星」（明41・8）に、

萩《はぎ》の花《はな》はつはつ咲《さ》きて蛼《いとど》啼《な》く九月《くぐわつ》の二日《ふつか》母《はは》の日《ひ》は来《き》ぬ　（『相聞』364）

と母を追慕し、感慨深く詠じている。この他にも母の歌は多いが、「父の碑」に、

わがこころ時に乱るる奥になほ母の姿の笑み給ふかな

と往時を偲んで歌っている。このように寛にとって終生心に残る母の面影であったのであろう。

第三節　兄　弟

㈠　正磨（和田大円）――岡山と寛

寛の長兄は正磨、法名が大円という。「資料㈢」には、この兄について「山城国西賀茂（今の京都市左京区大宮町字西賀茂）神光院の和田智満和上を師として真言宗の僧」となり、同資料の一二年の項には、同じ京都にある真言宗泉涌寺の執事となり、一九年の項には「岡山の真言宗法務所長にして、市外国富村安住院に住職たる」とある。「岡山と与謝野鉄幹」（『樹木』谷林博　昭35・6）によれば、安住院は現在県文化財に指定されている真言宗の古刹で、当時岡山にあった金光教に対抗するため学識ある有力な住職として大円が選ばれたとある。「大円は雄弁さわやかで金光教の育ての親といわれた佐藤範雄も逃げまわった」というほど弁論もたつ人であったともある。後述するが、寛は二度目の養寺安養寺から脱出した後、この兄の許に暫らく寄宿していた。そのころを偲んで寛は後に「長兄の死」（「資料㈢」）に、

　養家より逃れ出でたる少年の我れを叱らずよしとせし兄

と自分を理解してくれた兄として大円を回想して詠んでいる。晩年、大円は再び西賀茂神社に戻り、これを自坊として住んだ。昭和六年に七六歳で死去。明治四四年一一月、寛渡欧の折に、その費用千円をこの兄に出費してもらった。しかし帰朝後すぐ半額返すように強硬に言われたことを訴えた晶子の書簡の一部を紹介する。

　おまへには貸さぬ　さしで口をするのが新しい女なのかなど申され候　ともかくも　かへせばよろしきなりと存じ　先月より二十円の月ぷにてかへし初め候。（大2・7・29　小林天眠宛て）

とあって晶子は大円に不快感を抱いていた。しかし寛の方もその時のことを思い出したのであろうか。前記の「長

兄の死」（「資料㈢」）に、

この兄を我れも怖れきかりそめの悪しきを見ても舌に火ありき

今にして思へば兄の憤《いきどほ》りみな私《わたくし》のことならぬかな

と歌っている。大円の分骨を東山の墓に納めた時にも偲んで詠んでいる。

かくしつつ幼なき我れを抱きつらん今抱き申す兄のおん骨《ほね》（以下十一月に兄の分骨を東山の墓に収めて）

㈡　赤松照幢（龍麿）

赤松照幢は寛の次兄、幼名は龍麿、文久二（一八六二）年一一月一〇日、願成寺で出生。照幢について「資料㈢」では、照幢は和田大円の師智満の兄覚樹を師としていたが、明治七年京都醍醐寺の末寺菩提寺に移り、一三年二月に真言宗から転じて西本願寺の僧となった。その年の四月、父礼厳が鹿児島の西本願寺の布教顧問として赴いた時、照幢と三兄巌を連れて行った。照幢は別院の堂掌と別院内の本願寺事務出張所の書記をかねたが、一五年二月、父に黙って鹿児島を脱し、九州博多の万行寺七里恒順の許へ行って学んだ、とある。明治一九年八月二八日、山口県徳山の徳応寺に入寺し養子となった。後に徳応寺の住職赤松連城、妻千代野との間に生まれた一人娘安子と結婚し、住職と成る。夫婦は婦人教育振興につとめ、二〇年に創立した私立白蓮女学校（明治22年に徳山女学校と改名）を経営し、「山口県積善会誌」を刊行し啓蒙運動に尽力した。

二二年四月、寛がこの兄を頼って徳応寺にきたのは父の意向もあって、寺の仕事に従事するためだったが、徳山女学校の国漢の教師となった。ここで知り合った卒業生の二女性がそれぞれ晶子以前の内縁の妻となった。この二人については後述する。照幢については大正期の「明星」掲載の「兄（三）」（大15・10）に詳述されている。大正八年七月二〇日に没す。享年五八歳。妻安子は大正二年二月二日没、享年五二歳。

㊂ 巌——小説「蓬生」のモデル

巌について「資料㊂」の一八年の項で「第三兄巌失踪す」とあり、また「兄（一）」（大正期「明星」大15・6）では、この件について

明治十八年七月一日失踪、明治二十六年十二月二十八日願済廃嫡

とある。「兄（一）」（前掲）では明治二三年ころまで母には消息していたようで時折、寛は母から噂を聞いていたが、巌は「父に叱られて度度家出をしたが、最後に家出をしたまま」帰らなかったのは「徴兵」逃れのためだとも書かれている。与謝野光の直話によると、父は厳しい折檻をしたようで、雪の中木に縛られいつの間にか姿を消してしまったと言われている。この兄について寛は後に「兄（一）」で詳述し、歌集『相聞』（明43・3）にも

兄《あに》ありき檜《ひのき》林《ばやし》をすぢかひに馳《は》せて帰《かへ》らずなりにけるかな　(109)

と歌っている。巌について「資料㊂」の明治八年の項には「三兄巌をして英語及び西洋染色術を学ばしむ」とあり、『礼巌法師歌集』の序で「フルベッキ博士に就き洋語を学ばしめ、神戸の外人某に就きて西洋の染色術をも学ばしめつ」と寛は記している。恐らく巌は礼巌の事業の一部を手伝っていたのであろう。同資料の一〇年の項に寛は「父母及び三兄より仏典・漢籍・国書等の素読を受く」とあり、一三年の項に寛は、「二月、照幢、巌ともに得度す」とあり、四月礼巌が鹿児島の西本願寺の布教顧問として赴任した時、照幢、巌を伴ったともある。一四年の項には「三兄巌、石川県金沢市の西本願寺別院知堂幡山教円の許に赴いて学ぶ」とあり、一八年の失踪で終わっている。

巌について寛は小説「蓬生」の中で巌に扮する晃の運命的な不吉な出生を描いている。それによると岡崎御坊と言われた願泉寺（願成寺のこと）は代々清僧が住職となった。それを破って起こった大蛇の祟りが三男晃の出生となり、非常な難産のあと逆児の恐ろしい重瞳の赤児が生まれたとある。晃が初声をあげたその時、半年も薩州の陣

所に行っていた父朗然和上（礼巌のこと）が京に帰るや「三条の大橋《おほはし》で会津方《あいづがた》の浪士に一刀眉間を遣られた負傷《ておひ》の姿」で願泉寺に運ばれた。この二つの不吉なことが重なったのは「沼《ぬま》の主《ぬし》や先住の祟り」だと、村人たちは不気味なことと して噂した。それを苦にした妻一枝は産後身体が弱り耳が遠くなり、気性まで一変して陰気になった。朗然の傷痕は一見「鎌首《かまくび》を上げた蛇《へび》の様」に見え、「在所《ざいしよ》の子守唄《こもりうた》」にまで歌われて、

『坊主《ばうず》の額《ひたひ》に蛇《へび》が居《ゐ》る。　蛇《へび》から飛《と》び出《で》た赤児《あかご》の眼《め》』

と流行った。「赤児《あかご》の眼《め》」とは晃の重瞳を指したものであろう。「重瞳」とは一つの眼に瞳が二つあることで、「重瞳」については「兄（一）」にも述べられている。小説中で「重瞳」の子を生んだ一枝のことを「奥方は何と云ふ罪障《つみ》の深い自分だらう」と考え、「本堂の阿弥陀様計《ばか》りでは此の不思議な怖《おそ》ろしい宿業《しゆくごふ》が除かれぬ」と思い、門徒宗の禁制を破って暇を見ては、洛中洛外の神社仏寺へ三男を抱いて参詣した。朗然と一枝は気性の違っている上に信仰まで違うので、夫婦仲が悪かったとあり、その後、勤王家としての活躍もあったが、朗然は「薩州邸《やしき》に行った切《き》り明治五年まで足掛《あしかけ》六年の間一度も帰つて来なかつた」ほど妻とは疎遠なこともあった。その間の生活苦もあって、一枝は長男と二男を大原の真言寺へ小僧に遣り、この二人を「持戒堅固《ぢかいけんご》の清僧《せいそう》に仕上げたならば、大昔《おほむかし》の願泉寺時代の祟《たゝ》りが除か」れ、「沼《ぬま》の主《ぬし》も鎮《しづ》まるであらう」と考えて

開基《かいき》と同じ宗旨《しうし》の真言寺《しんごんでら》と聞いて、可愛《かあい》い二人の子を犠牲《いけにへ》にする気で泣き乍ら手放《てばな》した。

とある。事実として「資料㈢」の明治六年の項に、大円と照幢はすでに真言宗の僧となっているとある。この小説では長男次男を養子にやったのは、母一枝の意向のように書かれているが事実は寛の妹静の前記の文では父が進んで「西賀茂の神光院和田月心和上にさしあげた」と書いている。「重瞳」の子は現実の礼巌の三男巌のことである。

その後、成長した三兄晃（巌）について小説では、晃の部屋にあった「舶来の夏帽」を見て母親の一枝と主人公貢（寛）が話を交わす場面がある。一枝は泣き出し「なんぼ貧乏な生活《くらし》をしても心は正直《しやうぢき》に持つんですよ」と貢

を嗜めて晃の乱行を語る。それは母親の衣服や頭の物（髪飾り）を何遍も売り飛ばして自分は「立派な身装を」し、父親も着ないような衣服や靴、時計を買い、また英国人のフルベッキに英語を習っても三月足らずで止め、若い娘たちと遊ぶ、と書かれている。こうした晃の仕業も祟りかも知れないと一枝は言い、父親の財布にあった盲唖院の先生方の月給をとって二月も帰って来なかったとも言う。父親は晃を警察へ出すというが、それが明るみへ出て一家の恥となるのを恐れて「阿母さんは大原《おほはら》の律師《りつし》様《さま》にお頼みして兄さん達と同じ様《やう》に何処《どこ》かの御寺へ遣つて頭《あたま》を剃らせて結構な御経《おきやう》を習はせ度いと思ふ」と貢に言い、「阿父《おとう》さんはあんな方《かた》だから家《うち》の事なんか構《かま》つて下さら無い」と言った。ただ「家を興すも潰《つぶ》すもお前の量見一つに在る」と貢に頼り切っている母に同情する。貢は

「晃兄さんも習字があの様に善く出来て、漢文の御本も善く読める癖に、何故真面目《なぜまじめ》に成つて夷人《ゐじん》さんの語《ことば》が習へないのかな」

と考え、父親が「吝々《けちく》してお銭《あし》を」やらないから意地になって「家の物を泥坊する」のだと思い、母親から「初中《しよちゆう》内密《ないしよ》で小遣を」もらっている晃のことなどを思い巡らす。

夏のある暑い日、貢が一人でいると晃の低い声がする。外出中の兄晃が帰宅したのだと貢は思ったが、その声は、ずっと前から「四方の戸を釘づけにし」「内陣と本堂を区画《しき》」ったままになつている五〇畳の本堂の中から聞こえてきた。晃は貢に左から三枚目の戸を外すように言う。貢が蠟燭をかざして戸を外して中を覗くと、

髪の毛の濃いい、くつきりと色の白い、面長《おもなが》な兄の、大きな瞳《ひとみ》に金《きん》の輪《わ》が二つ入《はい》つた眼が光つた。晃兄《あきらにい》さんは裸体《はだか》で縮緬《ちりめん》の腰巻《こしまき》一つの儘後手《うしろで》に縛《しば》られて座つて居る。貢さんは一目見て駭《おどろ》いたが、従来《これまで》庭の柿の樹や納屋《なや》の中に兄の縛られて切諌《せつかん》を受けるのを度々見て居るので、こんな処へ伴《つ》れて入《はい》つて縛つて置いたのは阿父さんの所作《しわざ》だと思つた。阿母《おつか》さんが裸体《はだか》の上から掛けて遣つたらしい赤い毛布はずれ落ちて居た。

と「蓬生」に書かれている。御飯もお茶も衣服もいらないと言う晃は、「包丁《ほうちやう》を取つて来てね、此の縄《なは》を切《き》つて御《お》

呉《く》れ」と貢に頼む。「三筋《みすぢ》の麻縄《あさなは》で後手に縛《しば》つて柱《はしら》に括《くゝ》り付けた手首《てくび》は血が滲《にじ》んで居る」その兄の姿を見て、貢は晃を折檻する時の父親の恐ろしい顔が眼に浮かび躊躇している。晃は「わしの友人《ともだち》が来て知らぬ間《ま》に連れ出した」と父に言ってくれと貢にせがむ。「此処はわしの家《うち》ぢや無い、仇《かたき》の家《うち》ぢや。兄さんの家は斯《こ》んな暗《くら》い処ぢや無くて明《あか》るい処に有るんだ」と晃は言い、「早く縄を切《き》つて自由に為《し》てお呉れ。痛くて堪《たま》ら無いから」と懇願する。貢がみんな留守だからと言うと「お前、解《わか》らないなあ」と晃は嘆息して

「あゝ、阿父さんの所為《せゐ》でも無い、阿母さんの所為《せゐ》でも無い、わしの所為《せゐ》でも無い。みんな彼奴《あいつ》のわざだ。貢《みつぐ》、意久地《いくぢ》があるなら彼奴《あいつ》を先《さき》に切《き》るがいゝ」

と言う。晃の示した根太板の上には「正月の鏡餅《おかざり》の様に白い或物」がいて、それが「一匹の蛇《へび》に成つて、するすると朽《く》ち重《かさ》なつた畳《たゝみ》を越《こ》えて消《き》え去つた」。晃はそれを「沼《ぬま》の主《ぬし》さんだ」と言い、「此の家《うち》の者は皆彼奴《あいつ》の餌食《えじき》なんだ」と言う。兄の言葉を聞いて、貢は「一一《いちいち》道理《もつとも》な様に」痛感し、「斯んな家に皆が一日も居ては成らぬ様な気が為た」とある。貢が自分と同じ年になったら「兄さんが明《あか》るい面白い処へ伴《つ》れてつて遣《や》らう」と晃は言う。「阿母さんも一緒に」と言って貢が縄を切ってやると、「縄の食ひ込んだ、血の滲《にじ》んだ手首を」晃はさすっていたが、貢がお浜さんの処へ行っているうちに「晃兄《あきらにい》さんが洋杖《すてつき》を手に夏帽を被つて、悠々《ゆう〱》と京の方へ出て」行った。小説はこれで終わるが、この場面を裏付けるように「兄（一）」（大正期「明星」大15・6）にも書かれている。

礼厳一家が願成寺を追われたのは明治一二年だから、この小説を事実に近いものとすれば、これは明治一二年以前のことになるのだが、巌の失踪は明治一八年とある。これを事実とすれば小説中の失踪は一時的の出来事で最後の家出の時が明治一八年なのかも知れない。また現実には考えられない寺の祟りを素材にしているのは、事実を伝奇風に仕立てようとしたのではないか。「資料㈢」の明治一三年の項では鹿児島へ、一四年には金沢へ行き、一八年に失踪したままになっている。巌に限って礼厳の厳しい教育であったか否かは分からないが、新思想を鼓吹しな

がら、現実には封建的な厳しい子育てから抜けきれなかったのであろう。小説中の公金の使い込みが事実だったとすれば、残忍な折檻によって厳に罪の重さを知らしめようとする親心であったと考えられる。これらは礼厳一家の極貧と礼厳の頑迷さと諸事業の失敗から生じた種々の不如意による悲哀と焦燥から起こったものと思われる。

㈣　修、静

弟修は明治八年生まれ、妹静は一三年生まれである。二人は二五、六年のころの「婦女雑誌」に寡作ながら短歌を掲載している。修の歌として

皇軍鴨緑江を渡ると聞きて

秋高し馬肥えにけりありなれつゝいさうち越えて仇屠らなん　（「日本」明28・11・4）

とあって、また

題しらず

片岡の森の紅葉の散りはてゝ空しき枝に鵙《もず》そなくなる　（「日本」明28・12・8）

と一首ずつ掲載されている。修については殆ど消息は分からないが、成人後、宮内省賢所に勤務していた、ときいている。後に修は結婚前に生まれた長男譲を戸籍上、寛と晶子の三男として一時入籍した。これは弟思いの寛の配慮によるものであろうが、晶子には不快なことであったようである。このために寛、晶子の戸籍には六男がいるとなっているが、修結婚後には譲は寛、晶子から離籍し実父母の修夫婦が育てた。

妹静は、寛と晶子の渡欧中に子供たちの面倒を見るために留守を頼まれたりもし、晶子の小説のモデルとしてしばしば登場する。後に田上家に嫁し、戦後も生きて長命だった。前述したように、「雲珠」や「冬柏」に父礼厳や母や兄弟について書いており、与謝野家の血筋を受けて文筆も非常に達者な人であった。

第二章　上京（明治二五年）以前

第一節　鹿児島時代（8～10歳）

与謝野寛は明治六年二月二六日、京都市外岡崎村（今の京都市左京区岡崎町―「資料㈢」）の西本願寺支院、願成寺住職、与謝野礼厳、初枝の三男として出生した。鹿児島以前の寛の生いたちについては、すでに父母、兄弟に関するあたりで多く書いてきたので省略する。

明治一三年九月（八歳）から一五年一一月末（一〇歳）までの二年余りの鹿児島時代から述べる。「資料㈢」と大正期「明星」に連載された「兄」五回（㈠から㈣までは大正15年6・7・10・12月、㈤は昭和2年4月）に記載されているのを参照しながら見ていく。「兄」とは長兄正麿（和田大円）、二兄龍麿（赤松照幢）、三兄巌のことである。寛の記憶の記述はときに客観性に乏しく誇大したものもあり、決定的な誤りは訂正した。「兄（三）」によると、檀徒の一戸もなかった願成寺の生活に比べて、鹿児島の生活は物心共に恵まれていた。長い間国禁となっていた真宗の布教を待ち望んでいた鹿児島の人たちは、西本願寺の布教顧問となって赴任してきた礼厳を尊崇し、信者や僧侶が礼厳の許に殺到するほど集まった。八歳の時、一家は鹿児島へ移ったが、母初枝は鹿児島での「煩瑣な」生活が精神的過労となり、六ヶ月後娘の静を伴って京都に帰った。残された寛は母との別れが辛く、一緒に帰りたいと言ったが、母は許さなかった。その時の様子を「余が母（下）」（「婦女雑誌」明25・4）に、余ハ男《をとこ》泣《な》きに泣きて強《し》ひて乞《こ》ひたるに、汝の如く心《こころよは》弱くめ、しき者ハ母《はゝ》の子《こ》にあらずと、色《いろ》かへて宣《のたま》ひたれば、詮方《せんかた》なくて止《や》みぬるを、さすがに憐《あは》れとおぼされけん

と書いている。兄弟たちも母との別れを悲しがったが、母を慕う手紙は禁じられていた。以下「兄（三）」に書いていることを紹介する。寛は鹿児島市に残り名山小学校に転校して主席となり、特に作文は教師を驚かせるほど優秀で、いつも百点だった。すでに仏学漢学の素読は四歳から六、七歳までの間に、また「朝野新聞」も読んで文字を知り、「明六雑誌」類を暗記して作文に利用していた。そのころ寛は本願寺出張所に勤め、自ら「日進学舎」という看板を掲げ、自分より年上の少年に算術や漢籍を教え、その一方では子供らしく日曜には城山で遊び耽った。さらに「資料㈢」の明治一三年の項では寛が「兵児《へこ》の社」に入ったことを記している。「兄（三）」では小学校の先生が「健児の社」に入るようにすすめたとある。また鹿児島では男気のある青年は「たいてい一人の美少年を『よか児』といつて愛し、女色を軽蔑する習慣があつた」とある。社に入って三ヶ月ほどして寛にも「よか児」の危険の迫ったのを直感して社をやめ、再び「日進学舎」で教えるようになる。

一四年一月、父と三兄巌と弟修は加治木の説教所に住む。寛は小学校の運動会で西郷隆盛を演じ、負けて捕虜になったが、それ以後、「西郷隆盛」という綽名がつけられた。このことを後になって、

この磯に軍《いくさ》ごとして我が旗に隆盛《たかもり》の名を書きしいにしへ

（『霧島の歌』13）

と回想して詠んでいる。この年の一〇月、名山小学校の夜学塾の先生が寛を「よか児」にしようとしたので退学し、加治木にいる父の許へ帰った。このころ『礼記』の素読を習い、『大無量寿経』や『六時礼賛』を読み覚えた。礼巌の生活は簡素だったが、法会は信者の希望で派手に催され、各地から集まる信者は六間四面の本堂に満ち溢れるほどだったという。こういう光景が寛の心にまばゆいほどの記憶となって残った。また士族の師弟の中で士官を志して東上を憧れる者が礼巌の所へ挨拶に来るのを見て、寛はその人たちが英雄のように見えて「一種の感激に打た

れた」と書いている。このころから寛には上京したいという希望が芽生えていたのであろうか。一方、礼厳は大隅や日向の陵墓や古墳を調べ、鹿児島の上古の語や方言を集めていた。このころの経験が後に寛の上古文学、特に『古事記』『万葉集』への深い関心、大正期の「明星」に掲載した「日本語原考」の源を成していたのではないか。また「資料㈢」の一四年の項に「万葉集、古事記、古今集……の講筵に侍す」とあることも合わせて、彼の古代文学への素養は、この鹿児島時代から培われていたと言える。

「資料㈢」の明治一四年の項によれば、この年に三兄巌が石川県の金沢へ、一五年に照幢が博多へ出奔したとあり、「兄㈣」では二人の兄の出奔のあと、兄たちに代わって寛が父の説教のお供をして各地の信者の家を回った。この時のことが「兄（四）」にかなり具体的に詳述されている。鹿児島にいたころ寛は腸チブスにかかったことが「資料㈢」では一四年とあり、「兄（四）」では一五年五月となっている。「兄（四）」によると麻疹一回、チブス四回（明治15・27・39・40年）、猩紅熱一回とある。「資料㈢」では、チブスには明治一四、二八、三九年と三回かかったとある。「医師の言に由つて父は」寛に「死の宣告」を知らせたが、寛は「最期の念仏を唱へ」「阿弥陀様の浄土へ生れ得るものとのみ信じて、何の不安も無」く「死を見ること帰するが如し」という心境だったと書いている。

一五年七月、大隅国始良《あいら》郡の鍋島町に礼厳の監督下の説教場が新築された。鍋島町にいたころの思い出として「兄（五）」には、九月の日盛りに寛が大蛇を殺して道に置き、道行く人たちをおどろかせようとしたことで、父の逆鱗に触れ、その翌日、父は寛を連れて加治木へ引き上げたとある。

その翌一〇月、医師が薬量を誤って礼厳は人事不省になったが、手当てが早かったため意識は回復した。しかし礼厳は衰弱し、西洋医薬が信じられなくなり、寛と修を連れて長兄のすすめで一一月末、鹿児島を引き上げた（「資料㈠」には「十六年夏、薩摩より帰りて」とある）。「兄（五）」では、京都に帰った兄が、以前から借りておいた京都の木屋街仏光寺橋下ル加茂川西岸の家に寛と父母や弟妹と共に住んだ。その年の一二月ごろから寛は間之町五条上ルの真宗発願寺住職鈴木忍宏の養子となり、京都の後藤漢学塾へ通っていたとある。

寛にとって鹿児島は「第二の故郷」となった。後の明治四〇年夏、寛は新詩社同人北原白秋らと五人で九州旅行をした時の感慨を「兄（五）」で「人知れず久闊の情を寄せ、再会の喜びに涙さへ目に満つるのであつた」と、鹿児島時代を懐かしんでいるが、鹿児島へは寄らなかった（社友動静「明星」明40・9）。その三〇年後の大正二年、欧州から帰り、熱田丸で薩摩沖を通過した時の詩に、

おお、日本《にほん》の著《き》る、縹渺《へうべう》たる　神秘と夢の衣《ころも》の襞《ひだ》の一つ、美くしいかな、薩摩の山、また薩摩の海、我れ此暁《あかつき》、西より帰りて、船の上に、先づ目にするは　その山の柔かき藍色《あゐいろ》、その海の澄み広がる紺青《こんじやう》、今、東方《とうほう》の天地《てんち》は、聖《せい》なる平和の中《なか》に静まり、大いなる枝珊瑚《えださんご》の光《ひかり》　地平の果てを満たして、昇る、昇る、大日霊女貴《おおひるめむち》の太陽。

があり、これを日記の断片に残した、と書かれている。「兄（三）」・「兄（四）」・「兄（五）」と「資料㈢」ではそれぞれ一年のずれがある。ここに書かれていた寛の回想記には腕白ではあるが、勉強に励み、仏に帰依して念仏を唱える敬虔な姿、さらに大人も及び難い漢学仏学への知識欲と読書力などが旺盛だった幼年期、少年期の寛の生活が描かれている。

以上の寛の記憶を真実とすれば、礼厳の説教力、布教への情熱に応えた鹿児島の信者たちと礼厳一家との親密さと信頼感がいかに篤かったかが分かる。寛の一生で、幼少期の短期間だったが、寛にとってこれほど一家が尊敬され、大事にされ、仏門にあることの光栄を実感したことはなかったであろう。鹿児島での生活は、寛の人間形成や文学志向に僅かながらの萌芽を見せていたように思われる。

第二節　安養寺時代（明治一六年六月〜一九年四月　11〜13歳）

㈠　老僧藤枝慧眼

明治一五年、礼厳一家が京都へ戻った後、再び貧しい生活が始まった。以下「資料㈢」を参照しながら進めていくことにする。寛が初めて養子に行った発願寺とは不仲となり、翌一六年二月、京都の父母の許に戻ったが、この年の六月には、また大阪府住吉郡遠里小野《とほざとおの》村の西本願寺派安養寺の住職安藤秀乗の養子となった。養子の世話をした藤枝恵晃は大阪府下西成郡今在家村（今の住吉区粉浜町）の西本願寺派の寺院松岸寺の住職で、礼厳とは鹿児島時代の知り合いだった。彼には子供がいなかったので寛を養子に欲したが、礼厳は断った。恵晃はその後も寛のことを心配して自分の故郷の隣村の安養寺の養子として世話した。この恵晃の伯父に当たる藤枝慧眼は堺市の小山屋新田にある真宗本派の古刹の祐貞寺に留守居をしていた「奇僧」であった。河野鉄南は「与謝野寛の思ひ出」（「立命館文学」昭和10・9）の中で慧眼老僧と寛について

此老僧は我子の如く殊の外寛君を愛撫し寛君亦老僧を敬慕した。寛君が志を立て、養家を離れたのも皆此老僧の庇護慫慂が大半預つて力があると云つて過言ではない。

と書いている。寛もまた慧眼について「資料㈢」の一八年の項に

宗門の人たるを欲せざる意あり、窃かに之を祐貞寺の老僧藤枝慧眼（前記恵晃師の伯父）に議るに、師云く、甚だ好しと。偶ま女巫あり、寛を相して云ふ、君は東京に住むべき人なり、かゝる寒村に在るべからず。

とあって、寛は仏門を嫌い、「女巫」と慧眼の言に従い、上京を決意する。このように寛の才能を認め、養家を脱

出させ、その能力を発揮するように導いたのは慧眼であった。

祐貞寺について「資料㈢」では昔から真宗本派内の碩学が住職となる制度があり、明治維新までは学寮があって、末寺の子弟たちが通学し、寄宿して専門的に修学する道場であったと言う。

「資料㈢」の一七年の項に「明年の春に亘り、祐貞寺の経蔵にある仏典・漢書・国書の殆ど全部を一通読し了る」とあり、祐貞寺の蔵書の恩恵によって寛が勉学の機会を得たのは、慧眼の助力によるものであろう。前記の河野鉄南の文中に

　訪祐貞寺呈上人
来訪祐貞寺　十年拝旧師
分蘿泉迸座　洗竹月穿惟
道眼観三世　仏名称六時
提嘶上人在　弟子不妨痴

と言う寛の漢詩があり、また慧眼没後の懐旧の歌に、

そのむかし泣くなと我をいさめけむ泣かでや君は墓のしたなり　（『紫』280）
しろきはすの水を出づること五六尺たれぞや月に笛を吹きてくる　（以上二首慧眼上人の忌に　右同281）

と添書がある。安養寺時代は三年足らずだったが、その辛かった生活を、後述する「わが初恋」（「新声」明33・9）の中で「五とせを大坂につらきつらき義母の呵責《かしやく》を受けて、何に洩さん胸一杯の不平」と寛は具体的に書いている。「義母」とは養子先の安藤家の母のことである。その上、寛が安養寺にいたころの実母の訓戒も厳しかった。

余ハ十二才の夏《なつ》より、津《つ》の国《くに》の某の許《もと》に養ハるゝ身《み》となりぬ。今《いま》ハ故《ゆゑ》ありて実家《じつか》に復籍《ふくせき》したれど、養家に在りし六とせが間ハ、一度も郷里へ往きたることハ無かりき。そハ、人の家《いへ》に養《やしな》ハれなバ、其家《いへ》の父母《ふぼ》にまめ〳〵

しく仕《つか》へまつりて、実《じつ》の父母の事《こと》ハ色《いろ》にも出でぬ者ぞ。ゆめ〳〵、実家《じつか》の里《さと》へ行《ゆ》かまほしなど云ふ勿《なか》れと、堅《かた》く戒《いまし》め玉ひし母君の、み言葉《ことば》に違《たが》ハじとてなりけり。
（「余が母（下）」「婦女雑誌」明25・4）

と寛は書いている。右の養家とは安養寺であり、「六とせ」とは三とせの誤りである。余りの辛さ故か安養寺にも寛は安住できず、脱出し、明治二四年六月に離籍して与謝野姓に復した。

(二)　河野鉄南

安養寺にいた三年間に親しくなった竹馬の友に河野鉄南がいた。彼は本名通該、明治七年一月一六日出生、堺市九間町の覚応寺一九代目住職となった人で、晶子とは同郷である。晶子と共に旧派和歌の堺敷島会やまた新派歌人で結成された関西青年文学会の同人でもあり、「よしあし草」や「明星」初期のころには活躍していた。鉄南の「与謝野寛の思ひ出」（前掲）によれば寛が安養寺に養子にきた時、鉄南の父を通して二人は知り合う。それより前、礼厳が旅の途中に来堺して、鉄南の祖父と一緒に和泉の名勝の地を探勝したこともあって、家同士は以前から親交があった。また寛との初対面の印象を鉄南は「与謝野寛の思い出」（前掲）に「見るから怜悧しい愛嬌ある所謂眉目秀麗なる坊っちゃん」とか、「天与の秀才」と書いている。二人は高木秋水の漢学塾で勉強したり、聴講したり、漢詩の添削を熱心に受けていた。このころの寛を鉄南は同文で

　実にこの頃には相当老成の人も瞠若するやうな佳什が沢山出来て居つた、何しろ日に絶句百首を作る

と記している。その一方で「御世辞も中々成人振つて無邪気な子供らしい所があつたから誰にも愛された、誰にでも満足を与へた」と鉄南は伝えている。同文では英語塾へも共に通い、鉄南の家で勉強したり、御馳走にもなり、日曜祭日以外は決して塾を休まず、励んで勉強した仲であった。このころ寛は自ら鉄雷、鉄雷道人とも号し、鉄雷が中心に「堺青年有為会」を組織して月次会誌を発行していた。一時は会員も相当集まったが、鉄南の親戚に当た

る橘成員、堺市寺地町源光寺の石川勝義、同市中三町宝光寺の河野左武郎と、鉄南、鉄雷がいた。彼らは同じ師の許に通って勉強し、また遊びもした、などと右の回想文に書かれてある。

寛と鉄南とは、この後も長く交際が続くが、鉄南は浪華青年文学会（関西青年文学会の前身）堺支部や「明星」支部設立にも協力して、寛、晶子の仲介の労もとった。後述するが、鉄南は晶子が青春の一時期に情熱を傾けた一人であるが、ここでは少年寛との交友のみを記した。

㈢　署名のいろいろ

寛の署名の第一は「資料㈢」の一六年の項によると、高木秋水の命名により「澄軒」と号すとある。漢詩集『海《かい》内詩《だいし》媒《ばい》』に寛は第三〇集から一三四集までの中で五二篇の漢詩を発表している。署名は一篇目の「墨仙々史安藤寛」を除き「澄軒逸史安藤寛」が一三篇あり、他に「澄軒小史」「澄軒小柄」「鉄雷道人」の署名があり、その右下に小文字で「安藤寛」と在住の地名をそえている。同資料の一八年の項で寛は宗門より脱して上京しようと考えた旨を洩らし、その後に、

同村の人人、また寛が久しく留まらざるべきを私語すと聞き、心に決する所あり。梅花を愛するに由りて自ら雅号を鉄幹と改む。当時交友の間に、寛に倣ひて鉄を雅号とする者数人あり

とあり、「鉄幹」とは老梅の幹の雅称であることに関連づけているが、実際に鉄幹の号を使用するのは明治二三年九月（一八歳）からである。「善のみちびき」一号（明23・9）に「ほぎごとに代へて　鉄幹」と言う一文があり、さらに「鉄幹生」で短歌一首、同二号（明23・12）に「鉄幹居士」の号で長歌一首を掲載している。後に「虎の鉄幹」は有名になるが、自我鉄（渾名）という名もある。「海内詩媒」の中で、鉄のついた号は鉄幹の他に「鉄洲居士倉川亮常盤」「鉄笛居士図師貞日向」「鉄村学人中原貞備中」「鉄南耕夫松田選摂津」「鉄心漁夫橋本亮河内」「鉄軒迂師大塚香備中」などがある。

二三年九月には、右の「善のみちびき」第一号と邦光社第三集に同じ歌を「礼譲」という法名で二首ずつ発表している。鉄幹の名は「善のみちびき」一号の後は使われておらず、その後「婦女雑誌」一巻六号（明25・3）では「在周防徳山、与謝野寛」の名で「余が母」を発表し、その後、同一巻八号（明25・4）の七首、同一巻一六号（明25・8）の一七首もこの署名を使っている。同一巻一七号（明25・9）の「話の庭」欄では「くしみたまの舎主人、与謝野寛」の署名で、一九、二〇、二一号と連載して太田垣蓮月の伝記を書き、同一巻一八号にも「桜瞰山人、与謝野寛」の名で「如何にせん、いかゞせん」の評論の他に歌三首、押韻歌三首を掲載している。その後同一巻二〇号（明25・10）に「桜瞰」の名で、二二号（明25・11）・二三号（明25・12）・二四号（明25・12）には「奇美霊舎《くしみたまのや》主人《あるじ》」・「奇美霊の舎」などの署名で、他は「与謝野寛」となっていて、鉄幹の名は掲載されていない。

二六年以後「柵草紙」や「二六新報」などには鉄幹の号が使われ、「二六新報」に発表された「亡国の音」（明27）も「鉄幹」の署名である。詩歌集『東西南北』『天地玄黄』『鉄幹子』『紫』『うもれ木』『毒草』はみな「鉄幹」の名で刊行されている。このあたりまで「鉄幹」の名を使用していた。「日本」掲載（明28・3・19）の「三句切七首」は「与謝野寛」の署名である。「読売新聞」（明30・1・4～6）掲載の「末松青萍博士に質す」（三回）も寛の署名である。鉄幹は新派歌人としての自覚をもって使っていたのであろうが、このころは両方の名を使っていた。しかし漢詩集『海内詩媒』や「婦女雑誌」では故意に鉄幹の名を載せなかったのではなかろうか。鉄幹という雅号からは青年の客気に満ちた、豪放で傍若無人なイメージと清新な詩風が彷彿と湧いてくる。しかし「資料㈢」の明治三七年の項に、

　此秋より雅号「鉄幹」を廃し、以後全く雅号を用ひず

とあり、また後に「中学世界」（明41・1）においても「三、四年前、この堅くるしき雅号がふと厭に相成り、只今は専ら実名を用ゐ候」と言っている。岡山時代の安住院（第一編第二章第三節）から渡韓以前（第一編第三章）ま

での間は寛（鉄幹）の名を使用しているが、渡韓後（第一編第四章）から明治三七、八年までは鉄幹を用い、本書はこの基準に従った。三八年以降は本名の寛を使用した。その後、稀に「鉄幹」の署名を用いることもあった。帰朝後は「よさの・ひろし」とか「ひろし」の署名を使用することもあった。

第三節　岡山時代──安住院（明治一九～二〇年　13～14歳　初恋）

明治一九年四月、二度目の養寺から脱出した寛（鉄幹）は親の許へも戻れず長兄大円を頼った。大円は岡山市外国富村にある古刹安住院の和田家の養子になっていた。その岡山にいたころの生活は随想「わが初恋」（「新声」明33・4）に詳述されている。題名の示すように「初恋」の回想である。ここには、

雨すさぶ夜の住の江の松原あとに、五十里を西へこの岡山にのがれきては、情《なさけ》すぎたる一の兄に拾はれて、初めて心も広う身も寛かに、我世の望ある天地《あめつち》を認めつれど、

とあり、この岡山へ来てからはかなり我儘に暮らしていたことも同文に記されているが、そのことについては後述する。「資料㈢」の一九年の項で、岡山中学の予備門に入るが、算術は一切英語だった。二〇年の項では数学が不得意なため岡山中学の入試に失敗した。それは漢詩に耽ったためと自粛してそれ以来「漢詩を賦すこと稀」とある。このころの寛（鉄幹）は福沢諭吉・中村敬宇・徳富蘇峰・坪内逍遙等の文章を愛読し、「国民之友」「東洋学芸雑誌」を耽読し、ローマ字会員となる、とある。一九年の一一月に父が岡山へ来て共に備前の各地の紅葉を観賞したともあった。それ以前には明治一七年一一月二八日から二〇年一〇月一二日までの「海内詩媒」に、さらにそれ以後、

ここより「寛（鉄幹）」を使用する。

養家より逃れ出でたる少年の我を叱らずよしとせし兄　（26頁参照）

日付不明の漢詩一九篇も同誌に発表している。

この岡山にいた時のことを思い出して寛（鉄幹）は『紫』に

われ十とせ操の山の名を云はずそこに別れし人の名を云はず　(46)

と岡山の操山《みさおやま》の下にあった安住院にいたころ、心に秘めた人がいたことを歌っているが、この人について前記の「わが初恋」に「新内上手」の「お安」と言って「えこそ忘れね、初めて相見しは同《おな》い年の我も十五、君も十五、まだ浮世の秋の身にしむものとは知らぬ頃」に知り合い、「四度五度と度かさねて語らすれば、幼な同士の物言ひさへ早や友達のやうになりて『安ちゃん、その髷は何、これは新蝶』」と親しくなったと書き、お安の様子を

今も眼にのこる、火影うけたる清き頬の少し紅さして、先づ甲斐々々しく撥とりあげし細き腕の、気高うも白かりし。声の清きは云ふも愚かや、得意の語物は明烏なりき。

と書いている。また寛（鉄幹）は学校の帰りに廻り道してお安の家に寄ると、

あがり給へなと先に立ちて振返りて、たとへば暮れかゝる谷あひに星かげ一つ見出でたらん如く、くろめがちなる目の光ありて、じッと我目と見合ひたる……

など心に刻まれていた初恋であったが、これは岡山での思春期の一駒を飾る追慕でもあった。

お安へのほのかな初恋とは対照的なことが同文の後の方に書かれている。それは「岡山にのがれきて」、兄の世話になり「初めて心も広う身も寛かに」なったのだが「よしなき癖の物狂しさ」は「近所の百姓馬ひき出して、田の中畑の中もかまはずのりちらし、馬の脚折りて兄に償はせたる」とか、「何思ひてか」竹籔の百、二百羽の「鶏の糞を」寺の庭に「汚して」、それを咎められると「百個に近き鶏卵」を投げて「砕きたる」とかで新調の服を「湯殿の火にくべて嗚呼胸がせい〳〵したなど」、また「幾たび安ちゃんを泣かせし」ともあって、寛（鉄幹）の少年時代の、常識を逸した乱行がかなり具体的に「わが初恋」に書かれている。これが事実ならば、狂気に近い、寛（鉄

幹）の性格の一面をここに見ることができる。

第四節　京都時代——京都の両親の家（明治二一～二二年　15歳）

いつまでも大円の許にいられず、ひとまず京都の両親の許に帰ったのは、「資料㈢」によれば二〇年の一一月であった。以下、同資料を参照しながらその動向を見ていく。家に帰った寛（鉄幹）は父の所蔵の本を濫読し、欧米の翻訳書に親しみ、一四、五歳ごろから英語を独修する。ここでは「先きに漢詩に熱中したる感興を長短歌に移して」寝食を忘れるほどに没頭したとあるが、前記したように、明治二〇年から二一年ころにはまだ漢詩を「海内詩媒」に載せていた。その数年後には和歌革新をめざすのだが、この二〇年代ころは

世の歌風に慊焉たらず、慨然として新声を成さんとする意あり。今年及び明年に亘り、万葉集の愛読歌を手抄すること二度に及べり。

と同資料に書いている。これを事実とすれば、このころから万葉集に傾倒していたことが分かり、「世の歌風」への批判は「新声を成さんとする」ことにあった。これは後の「亡国の音」（明27・5）で唱える和歌革新の萌芽と言えようか。またこのころから父礼厳の門弟天田愚庵が時々寛に上京をすすめるとも書かれているが、このころの寛（鉄幹）にとって上京実現は不可能に近いものであった。寛（鉄幹）自ら「家貧にして其事の難きを窃かに慨歎す」と諦めていたろうと思う。二〇年の項に「初めて新体詩を作る。自ら万葉盧主人及び奇霊舎主人《くしみたまのや》と称す」とあるが、二〇年ごろに発表されたという寛（鉄幹）の新体詩は残っていない。奇霊舎主人の名は二五年以降の「婦女雑誌」に多く見られる。同資料の二一年の項では、京都の父母の許にいて同志社に入学したかったが「学資無きがために果さず」とあり、常に貧しさ故に希望は果たせなかった。そこで「読書の傍ら、多く長短歌を作る」。そ

の上、万葉から転じて「更に記紀歌集、仏足跡歌等を愛読するも、猶意に満たずして、漢魏唐宋の詩集を博渉す」とある。さらに二二年の項には、

父の命に由り、止むなく西本願寺に於て得度す。戒師大谷光尊より礼譲の法号を受く。

とあり、「止むなく」とあることから寛の希望でなかったのであろうか。父は長男、次男を寺に養子にやり、三男は家出していたので、寛（鉄幹）を無理に得度させたのであろうか。

第五節　徳山時代（明治二二～二五年　16～19歳）

㈠　徳応寺の生活と邦光社歌会

一年半ほど、両親の許にいた寛は貧困のためか、またしても礼厳の友人であった山口県徳山の徳応寺住職赤松連城の許へ送られた。すでに述べたが、寛（鉄幹）の次兄龍麿は明治一九年八月六日、赤松家に入籍、やがて連城の一人娘弥寿子《やすこ》と結婚し、赤松照幢と名乗り、やがて住職となる。弥寿子は結婚した年、徳山婦人講習会を創設し、女子教育にも尽力していた。その後、弥寿子は講習会を拡張し、明治二〇年に私立白蓮女学校と称して学生を集め、防長婦人相愛会創立や慈善事業も始め、明治二三年には私立徳山女学校と改称した。このような活躍をしている義姉を助けるのは寛（鉄幹）にとって当然なことなのだが、父礼厳は得度させた寛（鉄幹）に寺で修行させるために送りこんだのである。しかし寛（鉄幹）は、照幢夫妻経営の徳山女学校の国漢教師になり、その傍ら進歩的な活動家の照幢夫妻が刊行していた「山口県積善会誌」や「防長婦人相愛会誌」の編集も手伝うようになる。また他に照幢が購入していた当時の新文学書をも借覧して耽読し、新風に刺激され傾倒していった。特に落合直文、森鷗外ら

の文章に親近感を抱き、上京後には二人の薫陶を得て生涯、師と仰ぐようになる。このようにして父の意志に反してわが道を押し通した。ところがこの徳山で知り合った浅田サタと恋愛事件を起こし、徳山を追われることとなる。寛（鉄幹）の教師生活について谷林博の「与謝野鉄幹と信子、タキノについて」（「近代短歌研究」昭38・11）には、徳山女学校第二回卒業生鈴木リウの当時の思い出として、「鉄幹の受持ちは文法や竹取やその他和文の本」を教えることであった。「とても熱心な勉強家」で、「十分位の休み時間でも教員室で一生懸命勉強して」いたこと、また「教育熱心で冬の休みには百人一首の特別講義をしてゐた」などとある。このころのことを河野鉄南宛ての寛（鉄幹）の書簡に見ると、

おのれは今に碌々としてなに一つなすとしもなくすぐし侍り　昔し《ママ》の抱負頗る誇大なりしにも似ずか丶るありさまなるこそ旧友諸氏の思ひ玉はんことも愧しくていと〳〵面なきこ丶ちのせられ侍れ　とはいへ一寸の虫にも何とかや　おのれも一片のをこ丶ろはたもち侍るからは決してこのま丶にては打ちはてぬ考に侍り　行すゑ永く見すて玉はざらむことをいのる　くれ〴〵も　（明25・3・29）

と書いており、卑屈になりながらも輝かしい将来への期待に胸を膨らませていた。徳山での三年間の教師生活を送った寛（鉄幹）にとって、一生を教師で朽ち果てることが耐えられなかったのであろうか。さらに続けて同書簡に

国文学の流行熱ハ殆んとその度をきはめぬ　都にひなに文典を腋にし三十一字を口にする人々の日を追うて増加する　まことにうるさきばかりなるを　知らず此間に立ちで《ママ》真成の大手腕を有する豪の者ハ何人ならん　おのれの不肖なるも四とせのむかしよりすこし見る処ありて之に志したるが今に之といふいさをしもなきはいと〳〵口惜しう思ひ侍り　されどいよ〳〵勉精せん決心に侍り　大男児この世にうまる

とも記している。こうした国文学流行熱への批判や学者への抵抗のうらには、「真成の大手腕を有する豪の者」こそ我だ、と言う強い自負と自持があったと見られる。

この他に、このころを回顧して、後に「沙上の言葉（三）」（「明星」大13・9）では

人生に対し文学に対する自分の新しい世界が少しづつ開けて来た

とも書いている。「人生」や「文学」に対してとは、第一の妻となった教え子の浅田サタとの恋愛事件や自分の行くべき新しい方向を指しているのであろう。このころからすでに寛（鉄幹）の内には詩に対する燃えるような情熱と、将来への大きな期待や抱負があったのではないかと思われる。

寛（鉄幹）が徳山を去った月を「資料㈢」の二五年の項では三月、また「徳山市立図書館叢書」第四集にある寛（鉄幹）が書いた「孝女阿米」の前書に赤松智城（照幢の子）が三月まで寛（鉄幹）は徳山にいたとあり、前記の谷林説は、寛（鉄幹）の教え子の帰省の折に

かへりゆく人を惜しみてほととぎすわれもねになく五月雨の空

と詠んでおり、生徒を見送った後の六月前後でないかと推定される。前記の寛（鉄幹）書簡では退職には触れておらず、智城の説も加え三月にはまだ徳山にいたようであるから「五月雨」後の季節と見て谷林説を是とする。上京した翌年の「婦女雑誌」（明26・2）の「周防徳山女学校の生徒諸嬢に贈りたる書中に　与謝野寛」の後に、

花見れば、あゝとし呼ばひ　月見れば、あはれとなげき　かゝる時、しかこそ有けれ　しかる折、かくぞ有りしと　文の屋に、むつひかはし、　そのかみを、思ひうかべて、　別れ来し、をしへの子等をしの竹の、しのび出づれば　怪しくも、なみだもよほす　なにとはなしに。

という長歌一首を載せている。さらに「六月経ての吾ハ、この都にありて読書する身となれり　三百里隔てたる彼君達ハ、如何にかおはさるならむ」とあり、右の文の発表の時点では「都にありて」とあることから在京していることが分かり、それより六ヶ月以前ということから寛（鉄幹）の上京はやはり大体明治二五年後半ごろと推定されよう。右の文の前には「月の夕雪のあしたなど、物に触れ事に感じて、必ず思ひ浮ぶるは」と書かれ、その後に、

二八名の教え子の名前をあげている。徳山を追われたが、追憶に残る多くの女生徒の中に、すでに第二の妻となった林滝野の名があったとすれば、このころから滝野の存在を意識していたのであろうか。しかしその一方で、サタとの愛が復活して一児を儲けたが、やがては離別する。寛（鉄幹）にとっては青春の多感な一時期であった。この二女性については後述する。生徒との恋愛事件ということで、徳山を追われるが、辛い立場にあったのはの兄照幢であったろう。しかしこの照幢について後に寛（鉄幹）は

一生を教育其他の公益に捧げて、欠点の殆ど無い円満な徳僧であり、また一種の新人と云ふべき改革運動者であり、文を属し漢詩を善くする事に於て詩僧であつた
（「兄（三）」、「明星」大15・10）

と回想して「円満な」人柄を賛えている。

徳山時代の寛（鉄幹）は教師の他に多少だが作品を発表したり、兄の命令で講演をしたり、時には父と共に邦光社歌会に列席したりした。その時の歌であろうか、「万葉廬詠草抄」（『与謝野寛短歌全集』）に、

大名持《おほなも》つ天《あめ》の下《した》なる歌びとも今の世なるは空語《むなごと》を告《の》る（邦光社の歌会に列して）

と詠まれている。邦光社については「浅間嶺」九五号（昭34・10）に、湯浅光雄の「邦光社」と題する論文中に「筆の花」所載の邦光社第一回歌会の趣意文として

首として門戸の弊を除き博く歌詠に名ある者を求め以て顧問に充て玉ひ又御歌会始毎に遍く衆庶の詠歌を徹し玉ふ……

とあり、また「人の品種を問はず学の流派を論ぜず城府を徹し旗鼓を投し共に情好を通し互ひに知識を資するに如くは莫し」と述べている。邦光社第三集（明23・9）に、尚絅（礼厳の本名）と礼譲（寛（鉄幹）の法名）の名で、

兼題　　花下言志

のどかには世を過さまし嵯峨の山花みるけふの心なりせば――与謝野礼譲
いく春も花みるけふの心にて過さまほしき世にこそ有けれ――与謝野尚絅

当座題　春日遅

春の日は花の色香にあくかれてくるるひまさへわすられにけり――礼譲
くれぬとはみえてもおそき春の日は花のひかりにかけ残るらん――尚絅

とあって、二人の歌が二首ずつ発表されている。これらはいずれもこれまでの伝統和歌とは違っていて、素直な情感が大らかに歌われている。同じ二三年九月に寛（鉄幹）は「ほぎごとに代へ　鉄幹」（「善のみちびき」第一号　山口県積善会発行）の一文の後に「折にふれて」と題して

山の井の、底の心を、くミもみで、にごりやすしと、誰かいふらん
難波江や、浪の下はふ、蘆の根の、世にあらはれぬ、吾身なりけり

と詠じている。寛（鉄幹）の、将来に対する不安と焦りが何となく感じられる歌である。

(二) 二人の妻

(1) 浅田サタ

寛（鉄幹）が徳山を去らねばならなかった最大の理由は教え子浅田サタとの恋愛が表面化したことであった。戸籍では浅田サタ、白蓮女学校名簿では信子である。以下前掲の谷林博の「与謝野鉄幹と信子、タキノについて」（「近代短歌研究」5号終刊号　昭38・11）を参照する。サタは明治三年九月一一日出生、寛（鉄幹）より三つ年上、徳山で有数の資産家の娘で、父浅田義一郎は共栄社（内海航路の有力な運輸会社）創立者の一人で、徳応寺の門徒総代、サタは私立白蓮女学校（徳山女学校前身）へ第一期生として入学、浅田家と徳応寺とは近所で、サタの家の一部を

徳山女学校の寄宿生に貸したりして、赤松・浅田両家は親しい間柄であった。そこへ二二年四月、青年寛（鉄幹）が京都からやって来て徳山女学校の国漢の教師となった。徳応寺では「山口県積善会誌」、「防長婦人相愛会誌」を刊行していたが、資金は浅田家から出ており、その発行兼編集者がサタであった。この会誌に寛（鉄幹）も執筆していた。また二四年一一月の会誌には徳山女学校の現職員名の中に「与謝野寛」の名があった。サタは一九年四月徳山女学校を卒業し、校務に携わっていた。二四年五月には、寛（鉄幹）は防長婦人相愛会の歌詞を作ったりした（「愛てふ道の月影はやみにかくれてあらはれず　こころにさけび飢に泣く幸なき人は四方にみつ　あはれかくして年を経ばいかになりゆく世の末ぞ　それを思へば花鳥の春の色香も何かせん」「与謝野鉄幹と信子、タキノについて」前掲）。こうした浅田家と徳応寺との密接な関係が若い二人の間に急速な恋愛を芽生えさせた。教師と教え子という関係で恋愛は評判になって、徳応寺に居辛くなった寛（鉄幹）は父母のいる京都へ帰り、二、三ヶ月後に上京する。サタについては本稿の「鳳雛」の項でも詳述する。徳山を去った後、寛（鉄幹）がサタとのことを歌ったと思われる二首に、

腹立たしき事のありて忍びかてに幾度か人に云ひ出でんとしたる折に

涙川みかさまさりて哀れ今ハ胸の堤もきれんとすらん

（「婦女雑誌」明25・8）

諸共に末かけて道のためになど誓ひたる中を妨ぐる人のありけれハ

馴衣の胸も心も合ふ中を断たんとやする人ぞうれたき

（右同）

とあって、当時の悔しかった心情を切々と打ちあけていると思われる。

『明治の青春』（正富汪洋著　昭30・9　後に林滝野の夫となった詩人）には、サタについて資産家の娘で、寛（鉄幹）との間に女児を儲けたことや、浅田家は娘可愛さから寛（鉄幹）のために、父親が朝鮮あたりに土地を求めようと出かけたと書かれている。これを裏づけるように落合直文の弟鮎貝槐園の「浅香社時代の鉄幹」（「立命館文学」昭10・6）に

木浦に出かけたのは与謝野と、与謝野の舅との三人連れであった。まもなく木浦が開港場になるとの話で舅が与謝野の行く末のためにと土地を買ひに来たのであるが、都合で取止めになった。与謝野は妻君と別居してゐたのである。

とある。このころのサタの父浅田儀一郎は明治一七年に創立した船会社を経営していた（「資料㈣」）。寛（鉄幹）の木浦行きは第一回目渡韓の折のことである。右の文中の「妻君」とはサタであり、「別居」とは、朝鮮と日本の「別居」か、日本での本当の別居であったか、分からない。また『東西南北』に

親こひし、妻こひしとも、語れかし。月ハいたくも、さえにけるかな。(107)

とただ一首だけ「妻」のことを歌っている。これは恐らくサタではないかと思われる。この歌の初出は不明だが、第一回目渡韓の折に詠んだ「『韓にして如何でか死なむ』十首」の一〇首目には、

韓にして、いかでか死なむ。やまとにハ、父もゐませり、母もゐませり。(105)

がある。この歌の初出は「帝国文学」（明28・9）で、下句は「親もある身ぞ妻もある身ぞ」と詠んで妻の存在を明確にしている。それを『東西南北』で「妻」を消したのは意識的であったかどうか分からない。このころ、サタとの恋愛による世評に対して『鉄幹子』中の「盆祭」（明治31年の秋の作）を見ると、

……酒にわらひてのがるれば　ものに狂へるわれといひ　恋にやつれてわするれば　痴《たは》れはてたるわれといふ
胸のうらはふ滝つせの　はげしき涙せきあへず　腹だゝしさやくやしさの　このわづらひを誰か知る
あゝ忘れてはいくたびか　よわきなさけに返りつゝ　十とせ誓へるますらをの　願ひもあたらうちすてゝ
かねてこの世に木屑《きのはし》と　くちぎたなくも罵れる　歌よむ身にてわれもまた　朽ちばやとさへ思ひしよ……なさけこもれる初花の　きよき小女《をとめ》もありしかど　我にはをしきなみだとて　そむきはてたる悲しさよ　たれにか問はん我こゝろ　たれにか告げん我なやみ　あゝ今こそはしのばれ　母のほとけのいさめごと……

とある。ここには、あらぬ噂でくやし涙にむせんでいる恋愛の辛さが如実に詠まれている。「思へばまたもこの三とせ」とは発表時より三年前、つまり二八、九年ごろだが、「資料㈢」にはサタの名は載っていない。

しかし二九年三月、第二回目渡韓よりの帰国の折、寛（鉄幹）は徳山で下車していたことが「資料㈠」に記されているので、浅田家にも寄っていたかも知れない。またこの後、三一年八月一七日、父礼厳が徳山の照幢の許で死んだ折、寛（鉄幹）は徳山へ行っている。その時サタの家をも訪ねたと推察されるのは、「読売新聞」（明31・10・21）掲載の寛（鉄幹）の詩「続鶏肋集（二）」によると、

……わが恋ハ、珊瑚のあかく、　かはらざる、かたき心か。　わが恋《こひ》ハ、はちすの白《しろ》く。　けがれざる、清《きよ》きなさけか。　世《よ》の義理《ぎり》に、打たれしことハ、　その槌《つち》の、しげきといづれ。　人言に、けがれしことハ、その水《みづ》の、ふかきといづれ。　うれしきや、七年《ななとせ》ぶりに、　珊瑚《さんご》より、すぐれし珠《たま》の、　はちすより、秀でし花《はな》の、　あゝ、君《きみ》ハ、今《いま》ぞ我手《わがて》に（筆者傍点）。

とある。この詩について新間進一の「『明星』までの鉄幹」（「国語と国文学」昭34・6）では、「徳山に行ったのが縁で、数年ぶりに復活し得て、恋が成ったよろこびを歌ったものが、この作品であろう」と指摘しているが、それ以前の二九年に寛（鉄幹）は「孝女阿米」を徳応寺で仕上げた（赤松智城「孝女阿米」解説）時にもサタに会っていたとすれば、「数年ぶりの復活」ではなく、断続的ながら二人は会っていたものと思われる。その後、「白藤集」（明32・4　臨時増刊号「春風秋声」）に「周防の浅田氏に宿りて」と詞書して

ひともとの銚子《てうし》の花にねざめして思ふこと多き宿にもある哉（傍点は筆者）

と詠んでいる。同じ年の三月二五日、寛（鉄幹）が堺に行った記録（「よしあし草」明32・4）があり、また徳山へ行ったことは右の「よしあし草」に寛（鉄幹）が徳山出信で神戸大会に祝電を打っていることによっても分かる。この時に詠んだものと解する。このように三一年八月と三二年の三月に、寛（鉄幹）は徳山へ行っており、この時

浅田家を訪ねていると思われる。またサタとの関係がまだ続いていたことが三二年八月一〇日の寛（鉄幹）から鉄南へ宛てたハガキに、

去る六日夜　荊妻女児を挙げ申し親といふ名儀のものに相成候事まことにをかしく存ぜられ申候

とあって、八月六日の出産を報じている。同ハガキの発信地は「東京下谷区金杉町上町五六　文学書院」となっている。前記の「思ふこと多き」とは恐らくサタの懐妊も意味していたものか。生まれた女児ふき子は脳膜炎のため生後一月余りで死んだ。この時のことが三二年の一〇月の「読売新聞」では「行く秋」と題して㈠八日　三首、㈡一四日　五首、㈢一九日　五首が掲載されている。この一三首のうち『鉄幹子』（明34・3）に五首採られた。「女児を挙げし時」と題して

朝顔に秋の水くみ松の葉や桐の葉たきて子の初湯《うぶゆ》する　(101)

とあり、さらに「ひと月ばかりありてみまかりければ」と題して五首ある。

ほゝゑみて死ぬるかあはれ世の中に飢ゑても親は生きんと思ふに　(103)
ひぐるまの痩せてさびしき夕かげに我児も西を志すらん　(104)
死出の山くらきあなたに誰を喚ぶ親の名も知らず己が名も知らず　(105)
白き芙蓉あかき芙蓉とかさなりて児のゆく空に秋の雨ふる　(106)
秀でたる人にとこそは祈りけれ仏の身にもなりにけるかな　(107)

「資料㈢」の三二年の項によると「思想的に懊悩する所」があって夏、京都の嵯峨天龍寺の竹林に籠って座禅したが得るところなく、宇宙人生への疑惑は解決せぬままの苦悶が続いた、と書かれている。これはサタとの子の出産、死、そして離婚というめまぐるしい現実やその他の様々な葛藤を意味しているのであろう。

このあと三三年一月の「よしあし草」二二号の「虎嵎録」においても

きのふ見しわが児はあらず人の児のあかき襁褓《うぶぎ》に涙こぼる、

と詠んでいる。サタは愛児を失った悲しみと親の反対、さらに寛（鉄幹）に対する不信や不安もあってか協議の上で別れた。父浅田儀一郎の除籍簿には「フキコ」は「浅田義一郎の孫、長女サタ私生児」として届け出されている。

明治参拾弐年九月拾参日出生届同日下谷区戸籍吏北原雅長受附、拾月参日届書発送同月六日受附、明治参拾弐年九月拾七日午後拾弐時東京市下谷区上野桜木町ニ於死亡　（「与謝野鉄幹と信子、タキノについて」前掲）

とあるが、前記の鉄南宛て寛（鉄幹）のハガキに記されてあった八月六日出生が事実で、届け出が遅れたため、戸籍だけによれば四日しか生きていないことになる。しかし寛（鉄幹）の歌の詞書に「ひと月ばかり」とか「四十日た、ぬうち」とあることから、戸籍上の九月一七日は事実に近いものと思われる。

「与謝野鉄幹と信子、タキノについて」によれば寛（鉄幹）と別れたサタは、三三年四月、東京国語伝習所を卒業して教員を志望し、終生独身で教員生活を続けたようだが、その後のサタの消息については一切分からないとある。ただ明治四〇年二月一一日の徳山女学校の会友会誌「時習」創刊号の会友の「動静」欄に、

浅田さた子嬢（第一回卒業生）は数年間鹿児島県高等女学校に教鞭を執りて居られしが遠からず山口に転任せらるそうであります。

とあって、右の「時習」第八号の明治四〇年九月一一日の記事に、山口県立高等女学校教諭兼舎監として転勤してきた、と伝えており、後年（明40）、与謝野寛（鉄幹）ら五人の新詩社同人の九州旅行の帰途、徳山へ寄ったが、この時サタは寛（鉄幹）に会っていない。「与謝野鉄幹と信子、タキノについて」（前掲）によれば、サタは昭和三年三月、退職して大阪へ行き、また教員になっている。昭和一五年一〇月には、

吹く人の心やいかにきく我のいつとはなしに涙してけり

よもすがら衣さすてふ蟋蟀の声にめざめて物思ふころ

がサタの歌として残っているとある。さらにサタは昭和二八年一一月二九日、八四歳で死去。サタの晩年一緒に過ごした姪の三宅雅子は、叔母から与謝野寛（鉄幹）とのことは聞いたこともなく、年齢よりずっと若く見えた人で、温和で何事にも慎重、冷静な性格の人で、「家に背いてまで恋人の後を追って上京したほどの情熱があったとは肯けない」と書いている（前掲「与謝野鉄幹と信子、タキノについて」）。

また『豊田茂世慰霊抄』（豊田浩一郎編、昭56）によれば、寛から結婚の申込みがあったが、近藤家で断ったと書かれている。サタとの恋愛事件で徳山を去って間もなくのころの茂世とのことである。これが事実とすれば青年寛（鉄幹）の多情を、ここにも垣間見ることができる。徳山を追われて、一時両親のいる京都愛宕郡一乗村に戻った寛（鉄幹）は、近藤茂世に宛てた明治二五年八月九日の長文の書簡が現存している。

なにひとつすへき用とし云はんも侍らねは日毎に老父のかたへ去らず閑話に時をすくし侍るのみ

とそのころの心情などなど長々と訴えている。茂世は寛と徳山女学校の同僚の教師であった。

(2) 林滝野

浅田サタと離婚した直後の三二年の一〇月末、寛（鉄幹）は同じ徳山女学校の教え子の林滝野を伴って滝野の生地、山口県佐波郡出雲村から上京し、東京市麴町上六番町四五で同棲した。滝野については前記した『明治の青春』に詳しく書かれているが、これはあくまで滝野側に立って書いていて、かなり寛（鉄幹）や晶子に対して悪意的な感情をぶつけている。これとは対照的だが、少し前に出た佐藤春夫の小説『晶子曼陀羅』（昭29・9）は与謝野門下であるだけに好意的で、あくまで小説的な物語として描かれている。『明治の青春』によると、寛（鉄幹）は林家の養子になる約束で滝野の父林小太郎に滝野との結婚を申込み、同棲したと書かれている。

寛（鉄幹）は三二年一一月三日には新詩社を興して、和歌革新をめざし、翌年四月には文学美術雑誌と銘打った新聞型の「明星」を創刊し、それは五号まで続けた。六号以降は雑誌の体裁となり装丁や内容も充実していった。

特にアールヌーボー風の表紙絵やさし絵、また文学上にも近代的な感覚を喚起させた。一定の収入のない寛（鉄幹）にとって、当時としては豪華版の雑誌であっただけに出版は容易ではなかった。恐らく滝野の実家の援助があったらしいのは五号までのようで林滝野が発行人になっていたことによって想像される。このことについて河井酔茗の直言によれば、このころの寛（鉄幹）は借金が多かったので滝野名義にしたとのことである。「明星」の窮状を、寛（鉄幹）は「明星」四号（明33・7）で「明星」一冊の実費が一〇銭かかるが六銭で売り、一切の収入と社友の寄付は「明星」に供し、心ならぬ作品を他誌へ売り、衣服調度も売る。また酒を廃し交際費も節し、遂に妻の衣帯まで売って「明星」の赤字を補った。また貧しさ故に印刷所の職工の機嫌をとり、校正もやり、「明星」の「一冊一冊の折合せは一切妻の手でさせる……」などと書き、滝野の協力もあったと記している。

次いで「明星」二号（明33・5）からは晶子、三号からは山川登美子が同人となり、次第に女流歌人の名が多く連なるようになる。体裁も内容も充実し、「明星」は表面上、華やかではあったが、経営は苦しかった。「明星」出版はこうした苦境の中で続けられていた。このころの寛（鉄幹）には滝野と新婚のころの歌がある。

人並《ひとなみ》にすまん願ひは断ちしかどあないたいたし妹が手の胼胝《ひび》　（『紫』222）

石よりもつめたき人をかき抱き我世むなしく沈むべきかな　（晶子宛て寛（鉄幹）書簡　明33・8・9）

ここには、妻を労る気持ちと冷たい妻への諦めの思いが両極に揺れていた。

三三年八月四日、上阪した寛（鉄幹）は晶子、登美子らと対面した後、互いに恋歌を交わすようになる。彼女たちとの風評が立つ中で、滝野はその年の九月二三日、長男萃《あつむ》を出産した。寛（鉄幹）は

口なれぬわが守唄《もりうた》にすやすやと眠る児あはれ親《おや》とたのむか　（『鉄幹子』259）

秋かぜにおもかげ痩せて我ながらあまりに悲し児をすかす唄《うた》　（右同　260）

と父親らしい感慨と愛児への切々とした思いを歌う。一〇月二七日から一一月六日まで西下して新詩社同人らと会

う前に寛（鉄幹）は出産の喜びを報告するために滝野の実家を二九日に訪ねた。早速、男児出生により滝野母子を与謝野へ入籍させたい旨を滝野の父林小太郎に頼んだが、林家では寛（鉄幹）が林家の養子になるという約束を破棄したと言って激怒し、直ちに離縁を申し渡した。この事実を裏づけるかのように、後に寛（鉄幹）から晶子に宛てた書簡に、

小児の籍も一週間以前に入籍致し候、私生児として　（明34・3・29）

と書いていることで明らかだが、このころすでに滝野は実家に帰っていたものと思われる。それ以前に麹町区在住の滝野宛ての唯一の晶子書簡（明34・3・13）が現存していることから滝野が実家へ帰ったのは、恐らく三月一三日以後であろうと推察される。滝野に対して「か丶るかなしきことになりて……」と詫び「この子にく丶こらしたまはぬがくるしく候……」「やさしのみふみ涙せきあへず……何も〳〵ゆるし給へ……晶子　姉君のみ前に」と晶子の苦悶のあとが見られる。滝野の与謝野への入籍を断られた寛（鉄幹）は、その後、滝野が再び上京しないと思いこみ、晶子の上京を「四月末」と約束していた。ところが四月に突如、滝野親子が上京して来るとの便りを受けて寛（鉄幹）は、晶子の上京を伸ばすように書き送った。このことについては後述する。『紫』に「以上三首人とわかれて後」と添書して三首詠まれている。「人」とは滝野のこと。また離別する滝野母子に向けて寛（鉄幹）は、

きよき乳や児のいさましき朝啼《あさなき》やさいへさびしき別れの車　（『新派和歌大要』12）

髪一つみださぬ君にわが手もてかざさむ花もあらぬ別れよ　（『紫』185）

と詠んでいる。晶子に宛てた寛（鉄幹）書簡（明34・5・3）では滝野について「この人きよくつよくおもひさだめて親のいさめに従ひし人に候。たゞこの後は物学ぶと児を育つるとをたのしみにと、これまことうらさびしきこゑに候かな」と伝え、晶子上京後も滝野と往き来して慰め合うことを許してほしいと晶子に頼み、さらに「けなげなるさてさびしき運命の人、われつらくはえあたらず候。かわゆく候。何もおもひさだめて恨み云はぬ人だけに涙

ぐまれ候」とも滝野について書き、一方、四月一三日付の寛（鉄幹）から滝野宛ての書簡には

秋まで八坊やのためにそこにゐて秋にならは上り玉へ　必ず女子大学へ入学の準備し玉へ

と書いている。しかし五月一六日、滝野が再度上京して来たことが『明治の青春』に書かれてあり、萃の病気のため国へ帰るのがおくれて六月六日となったともあり、滝野を見送りにいった寛（鉄幹）はその帰り上京した晶子を伴って帰って来た、と右の『明治の青春』にある。滝野の帰郷が六月六日とすれば、晶子の上京は同月一四日なので、右の『明治の青春』とは矛盾する。滝野が帰国した日と晶子が上京した日が同じだという『明治の青春』はおかしい。晶子上京後も滝野へ送る寛（鉄幹）の出信は続く。後年晶子が書いた自伝小説「親子」（「趣味」明42・4）の中では、先妻が子供を連れて、七夫（寛（鉄幹））とお浜（晶子）の所へやって来る場面があるが、現実の滝野は帰国した後、単身上京する。『明治の青春』は汪洋没（昭42・8・14）後『晶子の恋と詩』と改題されて再刊され、その後記に安部宙之介の「汪洋メモ」がある（232頁参照）。汪洋は「新声」に関係が深く、明治四二年二月号の「新声」には汪洋に対する寛（鉄幹）の批評もある。『明治の青春』は寛（鉄幹）と同棲中の滝野が使っていた婆やの言葉を基にして書き綴ったもので、滝野側の一方的な見解が土台となっている。従って寛（鉄幹）と晶子に関して客観性に乏しく、滝野、汪洋の私的感情がかなり強くて正当な資料とは言い難い。

第六節　『万葉集』崇拝と「万葉廬詠草抄」

昭和八年二月二六日、寛（鉄幹）の還暦を祝って『与謝野寛短歌全集』が明治書院から刊行された。この全集巻末の寛の年譜を本書では「資料㈢」として多く使用してきた。全集は上・下巻の一冊本で、この全集下巻の冒頭に「万葉廬詠草抄」一八三首が掲載されており、表題の下に「（明治二十五年以前）」と添書されている。二五年以前

に活字となった作品と言えば明治一七年から二〇年ごろまでは漢詩集「海内詩媒」に漢詩を発表しており、安養寺時代には仲間と月次会誌「堺青年有為会」、徳応寺時代には「山口県積善会誌」と「防長婦人相愛会誌」などに執筆し、また父礼厳と共に「善の導き」に掲載した二首について述べたが、それらは万葉風の歌でない。

しかし前記の「資料㈢」によると明治二〇年から二三年にかけて盛んに万葉風の長短歌を作ったとあり、二四年の項では「万葉擬態」の歌が多く、それを嫌って万葉から脱しようとしても脱し切れず歌を止めようとも思ったと書いている。さらに二六年の項では万葉学者の海上胤平を訪ねた時、寛（鉄幹）は前年作の「万葉擬態」の歌を胤平から激賞されたが、万葉の擬態から離れて新古今集に関心をもったとも書いている。大正期「明星」掲載の「沙上の言葉（三）」（大13・9）では、万葉集に熱中していたのは二〇年から二五年にかけてと書いている。このころを回想して父礼厳が「詩の手本に詩経と易とを読むように、歌にも万葉集を根本」とすること、「万葉が腹に入つたら古今以下近世の集をも読んで見よ」と言ったのが、寛（鉄幹）は万葉一途に進んだとあり、

私は忽ち万葉集に囚へられてその狂信家となつてしまつた。略解を手引にして度度読んでゐる中に、万葉の短歌よりも長歌の方が面白くなつて行つた。さうなると更に記紀の長歌の方が一層なつかしく感ぜられた。従つて自分は擬古体の長歌を多く作つた。

と回顧している。このころと思われる万葉調の歌を「婦女雑誌」（明25・4）に見ると、

いかり猪のかへりみハせぬ物部《もののふ》もすぎがてにする花の陰かな　与謝野寛　（4月15日）
頑狂《くなたぶれ》ゑりたるすがたきりはふりはぢ見さすとも飽かじとぞ思ふ　（右同）
ますら男の吾にハあれと秋たけて木枯ふけハ袷衣恋しも　奇美霊舎《くしみたまのや》主人《あるじ》　（11月15日）

ことし十一月西京を出で立つ

天伝ふ日影をさへて、古樫の枝立こもり、梟の昼も来て啼く、山蔭の詫びしき庵に、剣太刀年老いませる、垂

乳根を独留めて、旅衣立ちてし来れバ、天が下吾をし置きて、強き者又とあらめや、吾こそハ国のますら男、事しあらバ人に先ち、空蟬の命死ぬとも、怒猪の反り見せじと、小手撫で丶常に誇れる、いきざしも怪しく萎えて、浮雲の心撓ひ、夕づ丶のか行きかく行き、其庵の見えずなるまで、其山の隠る丶までに、玉鉾の道の隈ごと、隈も落ちず、反り見ぞする、其方をのみ。

反歌

小手なでし常に誇れる益荒夫も涙こぼれぬ父をし思へバ

（12月1日）

白髪の長歌よめと人の云げ《ママ》れば、

草の葉に霜ハ置けども　朝日子の照せバ消えぬ　山の木に雪ハ降れども　春風の吹くから解けぬ　然すがに如何さまなれか　空蟬の人のかしらに　降りつめバ、積こそまされ　徒らに年ハ経ぬれど　消ゆとハ無しに

（12月15日）

である。これらはいずれも「在東京与謝野寛」であり、素朴な万葉ぶりである。こうした傾向の寛の歌と「万葉廬詠草抄」の歌を比べると少年期の作としてはあまりに成熟しすぎている。それほど熟成した作風をもつ同一の作者が四、五年後に刊行した『東西南北』で、あれほど蕪雑で、生硬な詠風に戻れるものであろうか。因みに同じ素材の歌を比べて見ると、

梅の花夢に告ぐらく杯に浮けつつ飲めな羅浮《らふ》に行くべく

（「万葉廬詠草抄」）

梅の花、ただ山里に、植ゑおかむ。　世を厭ふ時、きても見るべく。

（『東西南北』146）

であり、前者は技巧、内容共に成熟しており、後者は単純で稚拙な詠風である。前者のような万葉摂取の態度で作った歌が「万葉廬詠草抄」として今日残っているならば問題はないが、一八三首の出典はまったく分からない。「万

葉廬詠草抄」の制作年代を「二十五年以前」とすることの可否について白秋は寛（鉄幹）の没年（昭10）の五月の「短歌研究」の「与謝野寛先生」で、

万葉は必ずしも子規系の独占し得べきものであるかである。文献に見るも与謝野先生の万葉歌風の創作は、その十五歳、明治二十年に当り、子規の明治三十年に比すれば既に十年の先声を成し、技巧の練達と早熟とは驚嘆に値する。之を疑ふものは与謝野寛全集下巻万葉風廬詠草抄（明治二十五年以前作《ママ》）を見られるがよい。

と言い、さらに「少年にしてかくのごとき英資と才敏とを有し、自在に万葉調を操られた事を見る上に於て、わたくしは之等を打到《ママ》棒にして以て、世の浅学菲才にして他を憚らぬ小童共の頭上に激しい一喫を与へてよいであらう」と、明治の万葉調の創始者を子規だと考えていた歌壇に向かって「万葉廬詠草抄」の再確認を求め「二十五年以前」の作だと認めている。この文がやや感情的なのは、寛（鉄幹）への追悼文なので、一層当時のアララギ全盛に対抗して師への判官びいきもあったろうと思われる。

しかし戦後間もなく折口信夫は『世々の歌びと』（昭27・4）において

初期の作物集だといふ「万葉草《マ》廬《マ》歌抄」を見ると、如何にも成熟した古典調であるが、此は遙かに成長した後、改作した処の多いものと認めてよいものであつて、新派の歌を作る為に、之を一擲して、新境地に這入つて行つたとは考へられない。

と書いている。続けて「其ならば、如何に若かつたといへ、優れた而も新しいものを棄てゝ、不熟な旧風の多くつき纏うた歌風に立ち戻つたことになる」と言って、「万葉廬詠草抄」から『東西南北』へ転身したとすれば、「其は明らかに誤つた道に踏み込んだことになる。其後十幾年にして、初めて其に似た本道へ還つて来たことになる訣《ママ》である」と言っている。その後で、折口は「相聞時代の古典的な作品」が「鉄幹の最大価値に上つた時代」として「『万葉廬歌抄《ママ》』の作品を、仮りに置くとすると、適当な排列になる」と判断している。

この二説に対して新間進一は「近代短歌研究」（昭38・11）の中で折口信夫の論を妥当と見ているが、「万葉廬詠草抄」の成立を「冬柏」（昭7・5）の「わが母」という散文の内容と似ているところから、老境に入って幼少時を懐かしんで父母を慕う気持ちで歌ったものではないかと論じている。『与謝野寛短歌全集』中の昭和六年一一月の「父の碑」の連作にある「正月もまろうどを見てわが母は膝の破れを隅に抑へき」は「万葉廬詠草抄」にある、

　たらちねは手もて隠せど著《け》せるきぬ膝のほどろの裂けて見えずや

と似ており、また「その上に字を習へとて我母の行きて採りこし加茂川の沙」は「万葉廬詠草抄」中の

　よき紙し買ひがてぬれば河の洲の広きに立ちて歌をし書くも

と照応できると新間は言っている。この他の

　父は猶こはき顔をもしたまへど唯だやさしきは母の思出　（「父の碑」）

　春日《はるひ》すら父に嘖《ころ》ばえ黙《もた》をれば母なぐさめて餅食はせます　（「万葉廬詠草抄」）

とも類似しており、「父の碑」一三首中には、「万葉廬詠草抄」の歌に作りかえたと思われるものがいくつかあると思われる。新間は「万葉廬詠草抄」中、明らかに二〇首は昭和四年の作と指摘している。このように二五年以前の作とすることの可否が論じられている。

寛（鉄幹）はかつて「婦女雑誌」に万葉調の長短歌を発表した後、暫らくして新派の詩歌集として『東西南北』『天地玄黄』を世に出し、さらに『鉄幹子』『うもれ木』において

　家持《やかもち》も真淵《まぶち》も知らぬ韓山《からやま》をわれにまかせて歌よめよとや　（『鉄幹子』28）

　しら梅に憶良《をくら》たゝへし遠里小《とほざとを》野《の》十五の我の春帰りこぬ　（『うもれ木』78）

などと、万葉歌人を歌に取り入れて歌っている。これらの歌について「鉄幹歌話」（「第二明星」明35・5）で「憶良は伯父《をぢ》、額田《ぬかた》女王《じよわう》は叔母《をば》、家持《やかもち》は兄《あに》のやうに思ひて……」と説明している。これを以て見ると、『万葉集』に関

係深い人たちに寛（鉄幹）がいかに親近感を抱いていたかが分かるのである。

その後、寛（鉄幹）は「明星」九号（明41・10）まで五回にわたり「歌話」と題して論じているが、一回目の冒頭に「余は『万葉集』より初めて漸次歴代の撰集及び家集の中から必読すべき佳什を撰ばうと思ふ」と書いてから論じ始めている。「万葉の真精神が土台を成し」「千古に新たなる万葉集の精神を土台とせずして、今日猶万葉集の単純なる技巧を模倣せむとするは、不自然なる、不真面目なる態度」だと強調する。さらに「現今詩壇の多数諸君」に対し「皆漫然と傾向を追ひ模倣を事として得意げ」にしていると批判している。最後の「歌話（五）」には「万葉集巻三（23首）・巻四（67首）」の歌を注釈している。その後に「万葉集巻二」と「巻三」（明41・10）まで秀歌一首ずつを注釈している。実例を以てあげ文末に「次回には巻五に移る」とあって「明星」では最後となる。しかし「明星」廃刊後も『万葉集』の歌の評釈をひきつぎ、「トキハギ」創刊から七集（明42・5～43・5）まで連載した。また万葉調の詠風を一部に見せている『相聞』（明43・3）へ、そして同年、自宅で毎週開いた「自宅文学講演会」においても『万葉集』を講じている。前記したように大正期の「明星」の「沙上の言葉（三）」（前掲）の中には寛（鉄幹）の少年期における「万葉狂信」、「『万葉集』を根本とせよ」との父の教示、万葉が正風であること、万葉以外は「繊弱軽浮」の感ありと提示している。その後、晩年に至り、還暦を祝して『与謝野寛短歌全集』（昭８）の編纂に当たり、「廿五年以前」の、父母に関わる歌を抄出して、後に万葉調に改作し、少年期の思い出を取り混ぜ、新たに詠み直して全集下巻の冒頭に載せたものが「万葉廬詠草抄」なのではなかろうか。

従って全集下巻の中で「万葉廬詠草抄」を「（明治二十五年以前）」として『東西南北』の前に配列したことは、彼の作歌の出発が万葉調であったことを誇示したい気持ちと、子規以前に万葉調のこうした秀作を作っていたことを世に知らしめたい気持ちがあったことを示している。同時に、それは彼の少年期の才覚を改めて世の歌人たちに認めさせようとする彼の悲願か、あるいは虚勢であったかも知れない。もし「明治二十五年以前」に作ったものであったとしたら、これほどの名歌を発表しないことはおかしい。だが、もし雑誌に発表せずとも歌集刊行の時、何年作として発表したであろうが、そんな形跡がまったくない。この意味で「明治二十五年」とは二五年以前の作成ではなく、二五年以前の生活を意味しているのではなかろうか。「鉄幹、子規の不可並称説」は後に述べるが、「明星」に代わった子規系の短歌が歌壇を領しており、昭和になって、自分は子規以前にこのように万葉調の歌を立派に作っていたと強調したかったのであろう。これは昔日の夢を再燃させようとする、はかない寛（鉄幹）の希望であり夢想であった。こうした行為は道義的に正しいことではないが、彼の才能や性格の一端を示すものとして考えられよう。

また右のことを示す事例として次のようなことがあった。『東西南北』再版末尾に添えられた批評の中で金子薫園は、桂月の歌を寛（鉄幹）が自作の歌として発表していることを指摘した。また伊良子清白が鉄南に宛てた明治三三年一〇月三日付のハガキの中にある

　鉄南はふるき千とせの恋なるを男《をとこ》にしたる神のたはぶれ

という清白の歌を、寛（鉄幹）は「明星」（明33・10）や『鉄幹子』(262)に自分の歌として発表していることがあった。しかしこのことについて誰も指摘していない。右のハガキの存在を誰も知らないからであろう。いずれにせよ、寛（鉄幹）は常人と違った性癖があり、人の作品がいいと思うと、自作と混同してしまうような錯覚に囚われることが稀にある。この意味で「万葉廬詠草抄」の成立年代も、ある意味で彼の作為的な配列によって編集されたものであったか、あるいは前記したように「明治二十五年以前」の日常生活の意としたものか。

第三章　寛（鉄幹）の上京

第一節　東京へ

「資料㈢」の二五年の項に、父は寛（鉄幹）を西本願寺の僧にさせようとしたが、母は「窃に東京に出でて苦学せよと勧む」とある。「万葉廬詠草抄」には上京前後の寛の心情や父母への思いが歌われている。左にあげる。

　むなしくて家にあるより己が身し谷に打はめ死なん勝《まさ》れり

と詠み、家にいることの切なさをかなり強烈に表している。ただひたすら出奔を願って、

　わが道はよくしもあらじさぶしくも父に違《たが》ひて独り行きつつ

　父母にいとま申さで家離《さか》り東へ行かん時にはなりぬ

　願はくは人と生れて云ふこともかがやく御代のいや先《さき》たらん

と未来への確信と希望に満ちた思いが詠まれている。

　上京した月について「資料㈢」では八月、「婦女雑誌」では一一月とある。まず八月説を考えると「資料㈢」の二五年の項には、八月金五円を農婦（吉岡勘四郎の妻）に借りて家を出、山梨県警察部の保安課長の異母兄大都城響天を訪ねたが、すでに辞職していたとある。さらに三日後、響天の妻子と上京し、一月余り響天の家族と本郷菊坂に住んでいたが、極貧を知ってその家を出る、とある。さらに寛（鉄幹）の「作歌経歴談」（「国文学」明36・9）

によると、寛（鉄幹）は上京後、落合直文の門下になったのが、「明治二五年九月一五日」とあることから八月説が考えられる。もう一つ一二月の「婦女雑誌」の長歌の詞書に「ことし十一月西京を出で立つ折によめる」とあることにより一一月説がある。このように見ると寛（鉄幹）の上京は秋（旧暦）から冬にかけてと考えられる。しかし一一月の上京とすれば直文門下になった九月一五日（「作歌経歴談」）とは矛盾する。初めての東京で一ヶ月後の一二月に文芸雑誌「鳳雛《ほうすう》」を創刊できたであろうか。「鳳雛」については後述する。寛（鉄幹）は八月に上京して響天の家で世話になり、落合門下となって、一二月に「鳳雛」を刊行したと考えるのが妥当であろう。

上京したころを回想して「作歌経歴談」で自分は国文の教師として一生を立てる気はないと書き、さらに

少年の客気に任せて、政界の人に成らう。又実業家に成らう。更に文学者を兼ねやうと云ふ途方も無い量見が勝ツて居る。夫から文学者には何を以て成るかと云ふに第一は短歌、次は新体詩、更に進んでは小説を作りたい、けれども差詰《さしづ》め短歌は自分の長技であると斯う考へて居たらしい

と将来に様々の期待と夢をかけていたことが分かる。さらに一九歳の時、「明かに意識したのは古人は古人、我は我」、「古人の思想や技術は古人の特有で有ツて、其時代の文学として価は有らう。我は後人《こうじん》の参考に成らう」と意識して、自分たちが「其の模造品を作ツて居ツては到底原《もと》の品よりも優《まさ》ツた名品の出来やう筈は無い」と考え、「古典模倣」から脱して「文学は必ず自己発明の思想なり技術なりが無くては『与謝野鉄幹』作《さく》と銘打ツて公には出来ぬ」と言って、

自分の今日までの歌は皆万葉古今の真似、真淵の真似、父の真似で少しも自家の発明創意の点がない、と反省している。そして「良師を得て、果して自分の意見が正当であるか、又文学者としての修養は如何《どう》すれば可《よ》いかを質《たゞ》し教を乞はうと思」ったとあって、落合直文の門を叩いたのである。しかし寛（鉄幹）が文学志望の他に、政界や財界をめざそうとしたところは、父礼厳が維新前後、勤王のために献身し、諸種の公益事業へ積極的な活動

を見せたことにも通じ、それはまた四回の渡韓実現の原動力となったとも言えよう。そうした基盤が「自己の発明創意」への目覚めとなり、さらに個性を自在にのばし、新路を開かせたと言える。そこに直文の薫陶と抱擁力があったことは考えられる。

中晧は前記の「作歌経歴談」において、この時期は寛（鉄幹）にとって「苦悩、模索の時期」だと言っている。しかしこの時期は寛（鉄幹）の自己形成への準備期であり、自我を確立し、創造していくために必要な苦悩の時期であった。上京後の彼の生活については「資料㈢」では貧困の義兄響天の家を出た寛（鉄幹）は、駒込吉祥寺内の寄宿舎の一室を月一五銭で借りた、とある。そこへ東京哲学館（現在の東洋大学）で学んでいた佐村八郎を始め、哲学館の学生たちが移ってきて、寛（鉄幹）は彼らの炊飯役をやり、寛（鉄幹）の室代は学生たちの負担となった。親の仕送りはなく、一銭の収入もなかった寛（鉄幹）は著述の代作や筆耕で生活し、仕事のない時は焼芋を一日一食としたこともあり、まったく食べられないこともあったほどの貧しい生活であった。「作歌経歴談」にも、上京後無収入のため愛書の『万葉集略解』、『古事記』、『尾張の家苞』、幸田露伴・村上浪六二氏の小説本、洋傘、古靴などを売って、米代と図書館の見料に替えたと書かれてある。こうした貧苦と闘いながらもますます文学志向は旺盛になって行った。

第二節　落合直文と森鷗外

「資料㈢」の二二年の項で、上京以前の寛（鉄幹）は兄（照幢）から借りた「柵草紙」によって鷗外や直文の文章を知り、「此頃文典学に興味を持つ」とか、「長短歌を作り、傍ら兄が漢詩を作るのに和して漢詩を作」ったとか、また二四年の項では直文への欽慕の情を書面にしたためたが、返信を受けるのは迷惑と思って、姓名は記したが住

所は書かなかったとある。そのころのことを「万葉廬詠草抄」に

いくたびも思ひて遣りし我が心まだ見ぬ大人《うし》に到りけんかも　（周防より一書を落合先生に寄せし頃）

わが大人《うし》に仕へ得べくば立ちはしり御傘《みかさ》と申す下部《しもべ》にもが《ママ》も　（未だ見奉らぬ落合先生に）

と歌っている。「資料㈢」の二五年の項に「初めて落合直文先生に遇ひ、師礼を執る」とある。以下直文の教示について同資料を参照しながら直文との関わりを述べる。直文は「君の師たるに当らず」とか、「唯だ共に研鑽せんのみ」と寛（鉄幹）に謙虚に言う。寛（鉄幹）が国学院への入学志望を伝えると「君の才を以て何れの学校にも入るの要無し、唯だ自ら読むべし」と助言した。直文の他に誰を師とすべきかを問うと「唯だ一人森鷗外に紹介せん、多く彼人に聴くべし」と言った。その後、寛（鉄幹）は「初めて森鷗外先生に親炙す」と記し、さらに直文が「書を読まば最上の書を、師を択ばば第一流の人を」と言ったとも書いている。寛（鉄幹）は直文に心酔し、頻繁に彼の家を訪ね、その都度歓待されたとある。寛（鉄幹）の詠草を見るたびに直文は「過当の褒辞と激励とを加へられ、朱筆を執つて三点四点の評圏」をつけ、「いとよろし」「いといとよろし」の批評の語を添えるだけで一字も添削しなかったと寛（鉄幹）は同資料に書いている。直文は、寛（鉄幹）に対して終生このような教育法をとっていたが、他の門下生には添削を施していたともある。直文は自らの創作でも数回書き直し、脱稿後も推敲を重ねていたと寛（鉄幹）は書いている。こうした直文の教育法について寛（鉄幹）はさらに、

何れも深大なる師の愛なることを知りて更に深く感激すると共に、先生は寛をして最も嶮峻なる方面に、手づから棒奔を刈りつつ、自己の新しき新路を開拓せしめんとせらるる深旨なるを思ひ、この大愛に狎れて苟も慢心すべきに非ずと自ら警めたり

と書いて直文の深い愛に深謝している。直文の傘下に集まった人々は竹島羽衣、服部躬治、尾上柴舟、金子薫園、大町桂月、久保猪之吉などで、新派和歌の担い手になって活躍した。寛（鉄幹）もその一人であったが、直文の寛

（鉄幹）の才能に対する執心と協力は特別であったように思われる。

二六年の始め、直文は寛（鉄幹）が働きながら住んでいた本郷駒込吉祥寺の隣に引っ越してきた。雪の朝、寺内を散歩していた直文は、隣家の破れ窓から一枚の煎餅蒲団にくるまって寝ている寒々しい寛（鉄幹）の姿を見た。直文は非常に心配して早速自分の家に寄宿させ、衣服、羽織、下着まで新調して着替えさせ、直文と同じ桐の大型の下駄まで揃えたと同資料に記されている。このころのことを裏づけるかのように寛（鉄幹）は後に、

雪《ゆき》の夜《よ》に蒲団《ふとん》も無《な》くて我《わ》が寝《ぬ》るを荒《あら》き板戸《いたど》ゆ師《し》の見《み》ましけむ　（『相聞』182）

と追想して詠んでいる。直文の収入は当時乏しい俸給と著作の報酬を得ていただけだったが、後進のために尽力した。寛（鉄幹）には特別だったようだが、他の門下生にも親身になって世話をしていた。

後述するが、三回目の渡韓の時も直文は寛（鉄幹）を憂慮して、やめさせようとしたこともあった（102～103頁参照）。こうした直文の庇護と恩恵もさることながら、寛（鉄幹）にとってそれ以上に文学上大きな影響を受けたのが、鷗外との接近であった。「資料㈢」によれば、寛（鉄幹）はすでに一四、五歳ころから「英語を独修し」、「ローマ字会員」にもなり、欧米の翻訳物にも親しんでいたことが分かる。それに加えて兄照幢から借覧した「柵草紙」によって鷗外や直文の文章や翻訳物にも触れ、これが東京への憧れを強めたと言えよう。鷗外の存在は、その後寛（鉄幹）にとって直文以上に大きかった。直文は文学上もさることながら物心共に個人的にも支援してくれたが、明治三六年に他界してしまった。しかし鷗外はその後も文学上において後々まで与謝野夫妻へ尽力を惜しまなかった。浅香社創設の時の大事な助言、「明星」への助力、さらに観潮楼歌会において寛（鉄幹）を引きたてて根岸派や他派との融和を図ろうとしたこと、また後のことだが晶子渡欧中に、晶子の源氏口語訳の校正に助力したことなど鷗外の厚情は尽きなかった。寛（鉄幹）にとって上京当初から鷗外を知り、新しい文学へ踏み出すころから鷗外に接近していたことはきわめて幸運であったと言える。

第三節 「鳳雛《ほうすう》」

「鳳雛」について「歌学」（明25・12）の雑報欄に「〇青年文学鳳雛会」と題し、「鳳雛会」の主旨として「熱心ある青年男女の集合を計」り、「糊口的文学に対抗す」「毎月一回鳳雛と云ふ雑誌を発兌す」、「落合直文、関根正直」などの「協賛」を得て「第壱篇は十二月一日に発兌す」とあり、さいごに「青年諸子の、大に気焰を吐くべき時来れりといふべし」という語で結んでいる。「資料㊂」の二五年の項では、さらに

九月に上京せる異母兄に十金を乞ひ得て文学雑誌「鳳雛」を刊行す。この誌上に落合直文先生の「萩寺の萩」と云ふ一文、北村透谷の一文等を載せ、寛自身は長短歌を発表す。資力継がずして一号にて廃刊す。

とある。刊行資金に関しては「十金」を出資したように書いているが、「鳳雛会」に賛同して寄付したものか、分からない。発行兼印刷者が大都城誠となっている。「鳳雛」は筆者未見ではあるが、現物の表紙と奥付だけは昭和四〇年代に複写コピーされて現存していた。その奥付を紹介する。

明治二十五年十二月一日

東京市芝区白金三光町八十一番地寄留

編集者　　原　田　英

東京市本郷区菊坂町四十七番地寄留

発行兼印刷者　　大都城　誠

同上

発行所　　大都城　　誠寓居

表紙は日付の下に、「青年文学、鳳雛、第一編、鳳雛」と四行の横書きに書かれていた。第一編とあり、前記の「歌学」でも「毎月一回」発兌とあることから恐らく二編も出すつもりだったのであろう。本編の目次は「評論」「先輩」「歌文」「小説」「蒐録」となっている。「先輩」には「現在の国文」と題して直文の一文がある。「歌文」は「与謝野寛」の本名で、「擣衣曲」は「鉄幹」の名で、「軍中謡」と小説「忍び音」は雅号「くしみたま」で、三つの署名が掲載されている。この他、「歌文」に北村透谷の「風流」、河井酔茗の「誰が故郷」を載せている。発行者兼印刷が大都城誠とあるのは、大都城響天の子息である（与謝野光氏直言）。「鳳雛」については寛（鉄幹）の姪に当たる赤松常子（赤松照幢の娘）の「叔父与謝野寛のこと」（「樹木」昭33・3）の一文によると

　寛が上京したあとを家に叛いて信子は追って下谷に一戸を持った。そして文学書院と云ふ看板を掲げて、文学雑誌『鳳雛』を刊行した。寛と信子はその後、信子の父の強い反対もあって別れ、……

とある。「資料㈢の二五年の項」では響天が「鳳雛」のために十金を出資したとあるが、響天一家の窮状から、単なる発行者の名義だけで金銭は浅田家から出ていて、男としての体面上、響天からと記したものか。後述する寛（鉄幹）を誹謗した『文壇照魔鏡』（明34・3）中の「鉄幹は妻を売れり」の項に「下谷のほとりに一戸を借れ《ママ》、表に文学書院と云ふ看板を掲げて、そこに夫婦暮しを装うてゐた」とあるが、「下谷」はサタ（信子）との間に生まれた女児の死亡届を出した地名で、かつて寛から河野鉄南へ送ったハガキに「東京市下谷区金杉町上町五六、文学書院」で差出している（53頁参照）。これはサタとの同棲を意味していると言えよう。このことは前記の赤松常子の記述と一致する。赤松が『文壇照魔鏡』に準拠したか、あるいは親からの聞え伝えであったか、いずれとも考えられる。サタとの関係は断続的ながら明治二五年より三一年ごろまで続いていたように考えると「鳳雛」出資が浅田家と関わりのあったであろうとも推察されよう。

「鳳雛」については酔茗の直話によると、四六判五〇頁ぐらいの本だったということである。今日では稀覯本と

なっている。また「婦女雑誌」二四号（明25・12）の「批評」欄には、

婦女雑誌の寄書家中健筆家と聞えたる与謝野寛氏等の発起なる本郷区菊坂町なる鳳雛会の機関雑誌にして本月其の第一号を発兌せられたり　青年文学との称号ある雑誌ハ多かるが中に一種の頭角を現ハせるものなり　文壇の伏龍雛鳳抱負する処頗る大なり望むらくハ更に規模を拡張して天下真正の鳳龍と乳雛とを網羅せられんことを

と紹介され、将来を期待される「年若い英才」の意をもつ「鳳雛」に遠大な希望をかけて出発したが、一号限りで終わってしまった。「歌学」の方では「寛」の名は洩れているが、「婦女雑誌」では「鳳雛」を会の機関誌として扱っており、寛（鉄幹）個人の雑誌ではなく、発起人の一人であったことが分かる。寛（鉄幹）の他に直文、透谷、酔茗などの執筆が加わったことは直文の助力によるものであろう。「鳳雛」を一号限りだったが、「文学界」創刊や浅香社創立（明26）の前年に出版したのは明治浪漫主義の先駆けとして意義が深いと共に今から見れば雑誌刊行のまだ少ない時期だっただけに、特異な存在として注目されたであろう。

第四節　浅香社時代

㈠　浅香社設立と鮎貝槐園

浅香社設立について、「資料㈢」では一月、「鷗外遺珠と思ひ出」（森潤三郎編　昭8・12）では二月、また「浅香社の成立」（「新資料による私見」湯浅光雄「日本古書通信」昭34・8）では四月としている。それらの中で「鷗外遺珠と思ひ出」では寛（鉄幹）が上京後、直文の紹介で鷗外を訪ね「落合先生と新しい歌を試みたい」と相談し、その

「翌年即ち明治二十六年の二月に落合先生を中心として自分達が浅香社を作り、短歌の新風を首唱した」と述べている。さらに寛（鉄幹）は「その背後に鷗外の激励があり、鷗外の文学改新の説に従つた」とも書いている。すでに二二年には直文、鷗外その他三名による訳詩集『於母影』が刊行されており、新声社同人として直文、鷗外は共に「柵草紙」にも執筆していた。その「柵草紙」を寛（鉄幹）は徳山にいたころから読んでいた（67頁参照）。上京後、直文や鷗外に才能を認められた寛（鉄幹）は「柵草紙」や新聞「日本」や「二六新報」や「自由新聞」などに発表の場を得るようになる。特に寛（鉄幹）は「二六新報」の明治二七年には集中的に執筆し、二九年以後は「読売新聞」にも頻繁に作品を載せるようになる。

浅香社の創設当初については浅香社同人堀内新泉が「浅香社の思出」（『短歌講座』昭7・9）で、浅香社には直文を中心として槐園、寛（鉄幹）の「すべてに対する賢明にして親切な斡旋」があり、また直文が「自由に活動が出来」たのは、二人の「力づよい輔佐があつた」からだと述べている。中でも寛（鉄幹）は「浅香社の大立物で、全くはやり役者で」「字を書いても早く、雄々しい調で最も新しい歌を詠むことにおいては天才的一大新人であつた」から大勢の社友の中で、「全く星の中の月のやうに目立つてゐた」とも述懐している。その一方で、槐園は、

与謝野の歌は豪放だつたが一面衒ひ気があつていけなかつた。性質は剛腹といふよりもむしろ傲慢だつたので反対者が多かつたが、歌会などでもお世辞をふりまかないで忌憚なくやつゝける。どうも皆、与謝野には押され気味だつた。漢学に詳しい俊才子であるが、どうもまとめる能力はなかつた。……与謝野は新しい歌を詠んでゐた。特徴といへば私も同じだが、漢語を歌にとり入れることにあつた。それは父礼厳の影響にも因つたのである。

（浅香社時代の鉄幹「立命館文学」前掲）

と批判的な一面も覗かせている。槐園と寛（鉄幹）との結び付きは浅香社創設以来、「柵草紙」、「二六新報」、「日本」における合作など、さらには朝鮮における二人の特異な生活や行動と共に、文学上においても寛（鉄幹）は槐

園に負うところが多かった。また寛（鉄幹）は、「初めて、槐園と遭ふ」と詞書して、『東西南北』に

この酒に、おのがこころを、語らばや。　君より外に、きく人もなし。（184）

と詠み、また「槐園と賦す」と詞書して「おなじ道、おなじ真ごころ。二人《ふたり》して、いざ太刀とらむ。いざ筆とらむ。（32）」とも詠んで友情の温かさを示している。浅香社前期のうち、槐園、寛（鉄幹）の活躍した二六、七年ごろが浅香社の全盛期であり、特に二六年は最高潮で、入門する者も多かった。この期の「あさ香社詠草」の発表情況を「あさ香社の短歌運動」（小泉苳三「立命館文学」（昭10・6））では、明治二六年から三〇年までを前期とし、「日本」、「二六新報」に発表された歌数が約二五〇首としている。そのうち寛（鉄幹）の作品は約一二〇首とあるのを信ずれば、全詠草の約半分が寛（鉄幹）の作品であったことになる。こうした浅香社での活躍の途上で、槐園は二七年の秋、寛（鉄幹）は二八年四月にそれぞれ渡韓し、中心を失った浅香社はやがて分裂する。しかしそれぞれ個性のある弟子たちがその作風を以て独立し、明治大正期に活躍した。それは直文が、弟子を束縛せず、その才能を自由に延ばすために自ら結社をもたず、弟子たちに発表の場を紹介した、そうした抱擁力と温情が優秀な歌人を多く輩出させたと言える。

（二）松島旅行——寛（鉄幹）の万葉脱皮と子規の万葉接近

浅香社設立の二六年の夏、寛（鉄幹）と槐園は松島へ旅行したが、同じころ子規もまた同地を旅行していた。「日本」に一九回にわたって寛（鉄幹）と槐園は旅行記「松風島月」を七月二三日から九月四日まで、同じく「日本」に子規も七月二三日から九月一〇日まで「はて知らずの記」（21回、但し《六》が二回あり）を発表した。この旅行に関して『東西南北』では

二十六年八月、槐園と共に、暑を松島に避けむとし、汽車、上野を発す。乗客の雑沓いはむ方なし。

あつさをバ、避けむ車の、なか〱に、　都の夏を、載せて行くらむ　(214)

とあって、右の歌の他に、二首詠まれている。さらに次の「槐・鉄」の連歌七首の詞書に「仙台市の人、上山静山の別業、南山閤《ママ》に滞留すること、四十余日……」ともある。この旅行に関し寛（鉄幹）は後に『新派和歌大要』（明35・6）の「八　新派の起原（和歌壇の革命）」で

其時代の子規君は俳句の革新に熱心であつて、和歌のことはまだ極く初歩の人であつた。二十六年の夏、僕と槐園が松島見物に往つた時に、子規君もあの地方に遊んで居つて槐園と子規君とが出会つたことがある

とあって、槐園が子規に「国詩の革新」を話したところ、子規は「至極同感」だと言ったと書いている。「和歌」のことは「頭から解つて居らぬ」と言い、また子規が「古今集が面白い」と言っていることに対して「古今集が面白いやうでは……和歌はまだ如何にも初心」だと寛（鉄幹）は評している。

この時のことを槐園は後に「文庫」（明38・10）の「古人今人」（洞の人）に、南山閣を訪れたのは槐園だけであり、「時に、正岡子規、槐園を訪ひ来りて、之に宿する三日、……」とあり、寛（鉄幹）の名は記されていない。以上の記述から、子規が槐園に会ったことは分かるが、寛（鉄幹）もそこに加わっていたかどうか確定できない。ところが、槐園が前記の「浅香社時代の鉄幹」（前掲）において

子規が訪ねて来たので与謝野と三人で松島に行つたのだが、その頃子規はまだ歌を作らなかつた。私の家にはよく来てゐたが浅香社には一度も顔を見せたことがなかつた。

と述べ、ここで初めて寛（鉄幹）・槐園と子規がこの旅行中に会ったことが分かるが、前記の寛（鉄幹）の記事と矛盾する。同誌に神崎清は「与謝野寛の生涯」（「立命館文学」昭10・8）と題して、この旅行中における槐園と子規の会見について触れているが、寛（鉄幹）が一緒だったとは書いていない。

さて、槐園・子規の会見について、『近代短歌史』（小泉苳三著　昭30・6）が七月三一日ごろと推定しているの

は、「松風島月」で子規・槐園の文学談の行われた日が梠翠館の送別会の宴の後となっているという記載から言える。しかし槐園・子規の会見を、両紀行記中の子規の記述を基にして考えると、八月一日、子規の宿に夜、槐園が訪ね、三日に子規は南山閣を訪ね五日まで投宿、四日に文学談を交わしている。従って槐園・子規の会見は八月一日か四日のいずれかと推察できよう。子規と槐園の対面について金沢規雄は「『はて知らずの記』と『松風島月』―「南山閣」を中心として―」（「近代短歌研究」第五号　昭38・11）において子規と寛（鉄幹）・槐園の行動状況を対照表示している。以上のことから、寛（鉄幹）と子規は松島旅行では会っていないことがはっきりする。寛（鉄幹）と子規が現実に初めて会ったのは、「資料㈢」の二六年の項に寛（鉄幹）がこの年の一一月創刊の「二六新報」の記者となった後、「初めて」会った文人の中に「正岡子規」の名が記されていることから、この一一月以降に初対面したと推定される。では槐園と子規の会見は近代短歌史上に、どのような意味をもつかを右の小泉の論文『近代短歌史』に見ると、

子規の万葉集に対する態度がこの年（明治廿六年）の末から二十七年にかけて変ってきていることは注目すべきである。

と指摘しており、さらに神崎は右の論文で、この論を受けて、それによって子規は、「やがて万葉集への接近が始まる」と述べる。また槐園と子規の松島での会見について、これは「他日子規をして万葉集に赴かせる契機となった」とも言って、その意義を認めている。前記の金沢規雄も右の論文において

南山閣における子規と「あさ香社」系歌人の接触が、――子規にある意味での啓示を与えたらしいという意味において――近代短歌の成立期に重要な位相を占めることは、容易に推定されることである。

と述べている。以上のことから二六年の夏の寛（鉄幹）と槐園の松島旅行は、子規に重要な教示を促したと言える。すでに寛（鉄幹）は「婦女雑誌」に二五、六年ごろ万葉調の実作を発表、歌論においても万葉尊重の姿勢を見せ

ていたが、このころの子規にはまだ短歌革新への認識がうすく、『東西南北』の序において子規は

余も亦、破れたる鐘を撃ち、錆びたる長刀を揮うて舞はむと欲する者、只其力足らずして、空しく鉄幹に先鞭を着けられたるを恨む。今や鉄幹、其長短歌を集めて一巻と為し、東西南北といふ。

と言って、寛（鉄幹）に新派和歌唱道者の先輩としての礼を尽している。二七年五月には「亡国の音」を発表し、旧派打倒の炬火をかかげ、万葉における丈夫調を提唱した。その四年後に子規の「歌よみに与ふる書」が「日本」（明31・2・12～3・4）に掲げられたことは、この松島旅行で得た槐園との会談が子規を和歌革新へ方向づけたと言っても過言であるまい。

(三)　海上胤平《うながみたねひら》の一徹と寛（鉄幹）の万葉脱皮

胤平は椎園《しいぞの》と号し、当時活躍していた旧派歌人らに対して鋭い論法で批判し、特に小出粲《こいでつばら》や鈴木重嶺らには厳しかった。それらの作品に対する論難として『東京大家十四家集評論』上下（明17・11）、「長歌改良論辯駁」（明22・5）、『歌学会歌範評論』（明26・4）、『大八州学会詠歌邪正論』（明26・4）、『新自讃家評論』（明26・3）などの著書がある。『東京大家十四家集評論』の序文では万葉集を賛美し、賀茂真淵に傾倒して香川景樹の一派を罵倒し、その後に一首一首をあげ厳しい批判を加えている。さらに同文中には真淵以来古学者が言っている長歌の七五調を絶対に固守すべきだという論が展開されているが、これに反発したのが佐々木弘綱の「長歌改良論」（「筆の花」明21・9）であった。これに対して胤平は反論し、「筆の花」一五集から一九集（明22・3～7）にわたって「長歌改良論辯駁」を載せて、万葉集の五七調を不易の正調とし、同年五月にこれを刊行した。これに対して再び弘綱は『長歌改良論辯駁論』を掲げたが、石丸忠胤の『長歌改良論をよみて』や福住正兄の『雅調論』、さらにまた弘綱の『雅調論を駁す』も出て論争が展開し、それらに対する山田美妙らの批評も続き、やがて和歌革新へと移行していくの

である。

このように長歌改良を巡っての胤平と弘綱との論駁はあったが、胤平自身は万葉主義や、真淵の精神を提唱していながら、実作は万葉調の歌ではない。このころの「日本」に掲載された胤平の歌を見ると、

窓にちる桐の一葉は露しもの秋をかなしむはしめなりけり　（明26・10・21）

老となる身をもわすれて見ることにうれしきものは月夜なりけり　（明26・10・26）

などまったく旧派の詠風である。しかし彼の歌論は陳腐平板化した当時の歌壇に革新的な先鋒を向け、旧派打倒を先導し、新派和歌勃興の機運をもたらしたと言える。彼の、妥協を許さぬ性格は桂園派打倒への原動力にはなったが、直接新派和歌運動には加わらず佐々木信綱らの作品を非難した。さらに新派和歌に対しても、

此の新派とかいふものはやりて、無学文盲も、口から出まかせにいふなれど、其の元祖は誰ぞや

と批判し、新派に加担せず、また万葉、真淵を尊重した子規一派からも擁護されなかった。明治二七年五月一六日の小中村義象宛ての寛（鉄幹）書簡では「海上胤平氏を攻撃致度と存居り候」と書く一方で、二年後には、胤平について寛（鉄幹）は、

自信のつよきこと、今の歌人に海上胤平翁ほどの人なし。翁の議論の杓子定木《ママ》にハ服し難けれど、其自信の度ニハ感服なり　（ぐれんどう（一）「読売新聞」明治29・8・6）

と書いている。またその後も「読売新聞」掲載の「末松青萍博士に質す」（明30・1・4〜6）において「落合直文、海上胤平二氏の如きハ、由来雄壮快活なる歌風を以て、世に知られたる人にあらずや」と言いながら、同文で「海上氏ハ、古今万葉の歌をも不完全なりとし、手づから人丸赤人の歌集をも削正せむとする人なり」と自意識の強い胤平を寛（鉄幹）は冷静に見ている。そのころ胤平と寛（鉄幹）について大町桂月は「帝国文学」（明29・8）の「批評　東西南北を評す」に、

鉄幹は萩の舎主人に学ぶと雖も、寧ろ海上氏に得る所あるが如し……鉄幹は萩の舎主人の才調よりハ、寧ろ海上氏の古調を学べり、否、万葉の格調を学べり

と胤平の影響が強かったと言っている。槐園も「浅香社時代の鉄幹」（昭10・6）において胤平について「裁判官をしてゐる人」で「剣術の達人」と書き、その後で寛（鉄幹）と「二三度胤平を訪れて敬服してゐた。共に私淑して、作品の上ではむしろ直文よりもこの人の影響を享けることが多かつた」と桂月と同様なことを言っている。寛（鉄幹）もまた「資料㈢」の明治二六年の項で胤平について

爾後寛が単独に翁の歌論を叩くこと数回なり。翁は寛の歌を見て常に激賞せられたり。そは寛が前年の作なる万葉擬態の歌のみを翁に呈したるに由る。翁は寛に嘱望せられたるも、翁の歌論の一部に服して他の多くの部分に服せざる寛は翁に従遊する能はざりき。後年平田盛胤氏に聞けば、翁はしばしば氏に対して、寛が邪径に入れるを惜まれたりと云ふ。寛は常に之を回想して翁の恩情に感謝するものなり。

と述べ、胤平の歌論に服せざる理由として、

胤平翁は、和歌に就ては敬服すべき見識を持ち給へど、但だ頑固執拗といふ一癖あり。これは、どの老学者にも有り勝ちのこと。若い後進が夫だに心得て耳を傾けむには、まことに殊勝なる斬道の先達なるべし。新体詩などを、この翁に聴かんとするは、恰も外山博士に和歌を敲くの類か　（「中学新誌」明30・4）

と書いており、また胤平に新体詩論を敲くのは「抑も本気の沙汰にはあらずと思ふ」とも書いている。右の資料にある「邪径」とは、万葉調から脱して新しい歌を作ろうとする寛（鉄幹）の態度を胤平が言ったものであろう。

このような激しい語気を以て旧い歌を非難した胤平の姿勢は、すでに二五、六年の「婦女雑誌」に掲載していた寛（鉄幹）の、旧派歌人らに対する歌評や歌論に通ずるものがある。これらが基底となって当時の旧派歌人らの巨匠に対する厳しい批判が「亡国の音」となったと言えよう。

寛（鉄幹）が万葉模倣から脱皮して新派和歌へ向かっているころ、子規は万葉への接近を考え始め、数年かかって万葉崇拝へと移行していった。寛（鉄幹）は自身の万葉脱皮について「資料㈢」の二四年の項に「前年来の万葉崇拝の反動」を感じ始めたと記している。さらに同資料の二六年の項で

此年に至り寛が作る所の歌、凡そ万葉の姿態より離れたれども、唯だ新声を出ださんとする心のみ急にして、手之に伴はず、或物は粗豪、或物は軽浮、一も見るべきもの無し。廿一代集を再び検討して、古今集よりも新古今集にやや関心す。

と述べ、当時万葉模倣から脱して新派和歌試作へと向かおうと焦燥していたことを伝えている。

また「女子と国文」（「婦女雑誌」明26・4～5）においては、奈良朝の文学を「吾固有の国文学」の標本として「弊害など云ふ者は見ることを得ざりし」と言って、その勇壮、雄大さを賛美している。また「歌詞」（「婦女雑誌」明26・9）では万葉の中から諸語を取り上げ、この期に実作では万葉の姿態から離れた、と前記の「資料㈢」で言っているが、二五、六年の「婦女雑誌」の歌には、まだ万葉風が残っていた。このころのことを寛（鉄幹）は後に、

柵草紙の方では鮎貝槐園氏と一緒に選者をしてゐたが、直される方は年輩の人で、しかも旧派の人。こちらは若輩で新しい歌を目ざしてゐたので、今思へば滑稽なことも多く、わたくしの選や批評に、人々が服せずしてそれなら選者の詠を示してくれといふ。そこで「うまや路の川添ひ柳一葉こぼれ二葉こぼれて日は暮れにけり」といつた様な詠を出すと、　何だこんな歌をつくつてゐるくせに、　われわれを批評するのは烏滸がましいといつて、今度は投稿者の方で非難し、そしられた鬱憤をはらすといふやうなことであつた。

（「明星」の思ひ出「国語と国文学」昭9・8）

とあるように新旧歌人らとの識り合いがあった。右の歌は『東西南北』(220)に採られたが、槐園は二七年の秋に

渡韓しているから、この思い出は二七年秋以前、初出が明治二六年一〇月であることと符合する。このころの若い選者としての不遜さや傲慢さ（「浅香社時代の鉄幹」前掲）はその後の寛（鉄幹）の積極的な気力にも現われていた。このころの寛（鉄幹）は万葉模倣から脱して独創的な新しい歌をめざす革新熱に燃えていた。すでに多く論じられてきた和歌改良、革新の礎地に立って新派和歌勃興の機運が熟しつつある時期であったとも言える。

第五節　「亡国《ぼうこく》の音《おん》」

(一)　寛（鉄幹）の追想と革新の第一声

「資料(三)」の二七年の項に「『亡国の音』を『二六』紙上に連載し宮内省系の歌を非難す」と載せられているのは、明治二七年五月一〇日から一八日まで八回にわたり「二六新報」に連載された「亡国の音」を指す。その論旨は「伝統和歌の固疾」と「低俗、倭少性、小技巧」への鋭い批判である。また後に寛（鉄幹）は当時を追懐し、

当時の歌壇の目標となるものは主として高崎正風先生等の宮内省派であつたから、わたしは数回に亘り、その保守固陋の歌を攻撃した。今から顧みると、自分達の其頃の歌も新意の乏しいことに於ては高崎先生等と五十歩百歩の差に過ぎなかつたことが慚愧せられる。併し少年の客気に任せて落合先生の改革運動に微力を捧げる志の一端が、そんな柄にない攻撃ともなつたのである。

わたくしは元来専門歌壇といふものに交渉を持たうと思つてゐない。この心持は当時も今日も同じである。そのわたくしが歌壇を攻撃したのは余計なことであつた。他を非難するひまがあるなら、そのひまを自分の学問と創作に用ひるがよい。この解りきつた道理がわたくしには久しく解らなかつた。それは凡庸なわたくしの

素質からであつた　（「与謝野寛集」付記　『現代短歌全集五巻』昭4・11）

と書いている。「亡国の音」のころの自分の歌にはまだ新意の乏しかったことを昭和四年の時点でこのように反省していた。事実「亡国の音」発表前後の寛（鉄幹）の歌を見ると、

琴の音を笛にあはせて別れつる　人もこひしき月の夜半かな　（折にふれ「二六新報」明27・5・4）

ほととぎす時こそありけれ一声に　月ながらふる村雨の空　（新詠二首「二六新報」明27・5・23）

などがあり、これらはまったく旧派的詠風である。しかし理論においては和歌革新の意気に燃え、旧派歌人に対し、

俗語そのまゝのやうなり。景樹の弊をよしと思ふ人にや。いひやうもあらんを　（「柵草紙」明26・10）

などと「亡国の音」発表前から、「柵草紙」や「婦女雑誌」で香川景樹の桂園派を厳しく批判している。このような当時の歌壇への反発を寛（鉄幹）は二六年一一月の「婦女雑誌」掲載の「歌疵を論ず㈠」から連載し始め、批判の対象を「方今大家」とか「方今の歌学生」と皮肉っている。同文の㈢（明27・2）の付言では、

予等《われら》あさ香社《かしや》の同志《どうし》は、腐敗《ふはい》したる現今歌学社会《げんこんかがくしやかい》の外《そと》に立《た》ちて、聊《いさゝ》か別種《べつしゆ》の議論《ぎろん》を有《いう》せり

と高言して「不遜《ふそん》の嫌《きら》ひ」はあるが、「歌学界《かがくかい》の革新者《かくしんしや》」と「自《みづか》ら任《にん》ず」とも言い、槐園と「柵草紙」に毎号掲載の歌評に対し反対者の「非難《ひなん》の声《こゑ》、すこぶる高《たか》し」と自認している。これに対する直文の言を

景樹派《かげきは》と真淵派《まぶちは》との衝突《しようとつ》なりと評《へう》せらる。また是れ、歌学界《かゞくかい》の一珍事《いちゝんじ》

と寛（鉄幹）が伝えていることから「亡国の音」前後から寛（鉄幹）の、既成歌壇への痛撃が激しかったことも明白である。こうした論難について寛（鉄幹）はさらに

是は落合先生とも槐園とも合意の上の議論であつて、僕等浅香社の者が正面から旧派歌人を罵つた第一の声であつたと思ふ　（八、新派の起原（和歌壇の革命）『新派和歌大要』）

とあって、これが浅香社の主張であったことを追想している。直文が成し得なかった旧派打倒の急先鋒に立ち、そ

れを示したのが「亡国の音」であった。

㈡「亡国の音」と「婦女雑誌」

「亡国の音」には傍題として「現代の非《ひ》丈夫《もののふ》的和歌を罵る」が添えられている。㈠において寛（鉄幹）は奈良、江戸の文学を盛世の文学と見、奈良朝文学は男性と女性の二性を「平均に兼ね備」えた文学とし、男性は勇壮、女性は優美を表した時代だと言う。しかし平安朝文学は一部の男性を除いてはいわゆる女性の一方に偏した「不具の美人」と言い、「現今の謂ゆる国文ハ女性文学なり　不具の美人なり」とし「優美」と言うより「惰弱」だとした。

独り女子のみに非ず、勇壮活発なる男子をすら、女々しからしめて、優柔なる歌文を作らせ……女の名を偽る優男をさへ出させた　（女子と国文「婦女雑誌」明26・3）

と言っているのは非丈夫的和歌、即ち女性文学である現今の歌壇への非難である。その対象になったのが桂園派であって、それは古今集を尊崇し、既成の観念にのみ跼蹐し、生気と情熱を失した旧派歌人を指すのである。「亡国の音（三）」においては、桂園派への反発として

古今千載その他桂園一枝等に於ける古人の歌例《かれい》は必ずや歌の模範《もはん》として彼等の口より素読的《そどくてき》に説き出《いだ》さるべし、之を要するに彼等は唯古人あるを知るのみ宇宙自然の律呂は彼等の耳を打たざるや久し。

と書いている。歌の形態のみを学び、模倣し、「歌の精神」を忘れた現今の歌人らに向かって

大丈夫の一呼一吸は直ちに宇宙を呑吐し来る。既にこの大度量ありて宇宙を歌ふ宇宙即ち我歌也

と、宇宙と一体となる歌こそ丈夫の歌だと言い、この見識のないものが現代の歌人だと罵った。「彼等は万事を古人に模倣」し、「模倣の巧拙を争」って「一生を了る」と難じたが、こうした考え方は「婦女雑誌」掲載の「歌疵を論ず」（明26・11〜27・2）の中に示された「自然との一致」即ち「思想の自然、事物の自然、語法の自然」と軌

を一にするものである。「亡国の音（四）（五）（六）」における旧派歌人に対する歌評に「その精神たる自然との一致に於て最も思考を要することを知らざるか」（四）とか「そは必や雄大壮観の句自然の風光と一致したるものを要す」、あるいは旧派歌人評において「品格の野鄙構想の卑俗」「感歎おかずして」「俗語そのまゝ俗意そのまゝ」と記したところは、前掲の「歌疵を論ず」の歌評における「歌にありては、さる卑俗風流なることをよむべきか」に通じる。そしてこの卑俗な思想は「大丈夫の思想にあらず」と論じたところにも通ずる。この他にもすでに「婦女雑誌」で論じたことが「亡国の音」に敷衍され理論づけられている。

また「亡国の音」における旧派の歌の「韻致なき詞つかひ」「口語と歌詞との区別」「譬喩法」「無味出放題の三十一文字」などについては、寛（鉄幹）の「歌格に就いて」（「婦女雑誌」明26・8）に

歌は理窟《りくつ》の者に非ず。感情《かんじやう》の者なり。感情を有りのまゝ思ふまゝに、陳ぶる者なりと云ふ、是れ頗る宣し。されど有りのまゝに、思ふまゝにといふを以て、出放題に、出鱈目にといふことゝ思はゞ甚しき誤謬なるべし。歌には格なる者あり。こは歌の姿なり。歌の粉本《ふんぽん》なり

とあり、これは「亡国の音」の「歌格の紊乱蕪雑を傍視して顧みざる」「歌学社会の濫弊」などとする激論にも通じている。また同文中の現代歌人は「古人の案出」した頑迷な定格を墨守するのみと批判し、「今人は己れの技倆次第に新しき歌風を案出して可なり」とし、この旧弊を固守しようとする歌に対し「何たる無茶苦茶の妄言ならん、あな腹立たし」と厳しく批判した。この激語はそのまま「亡国の音」の（八）の冒頭に掲げた

規模を問へば狭小、精神を論ずれば繊弱、而して品質卑俗、而して格律乱猥、余は此類の歌を挙げて痛罵百日するも尽きざる也、「廟廊皆婦女」国を危うする者は大丈夫の元気衰へて女性之に克つに在り、今や上下挙つて此類の女性的和歌を崇拝す。其害毒果して如何、

への展開を見せた。そして「百人一首伊勢物語の情歌を以て」恋歌として得々と歌っている者や、風俗を壊乱する

恋歌に対して批判を加えている。恋歌についての批判は『国学和歌改良論』（明20・7）の中で荻野由之が「歌は恋歌を主として物のあはれを知ると云ふを口実にするは、甚だよろしからぬ事なり」とすでに述べていたが、これは右に記した「女性的和歌を崇拝する」一派の害毒を難じた「亡国の音」に通ずるものである。寛（鉄幹）は「婦女雑誌」で述べた内容を「亡国の音」で再現しているが、その思想はすでに旧派和歌への批判を多くなした先達たちの歌論が基盤になっていたことは言うまでもない。

さいごに「亡国の音」（八）において

> 高崎正風先生小出粲《つばら》先生の如き余に於ては皆先輩たり、先輩として敬礼は余の常に重んずる所、されどそは猶「私の情誼」に属す、「情」を以て「理」を没する能はず、

と一応の敬意を表しながら、「先輩後進の階級なし、旗鼓堂々陣を対して相見ゆ《あひまみ》」と激越な語を発しているところは、「明星」六号に掲載された新詩社清規の「新詩社には社友の交情ありて師弟の関係なし」と記された民主的な見方に通じている。また前記した「専門歌壇と交渉をもたうと思はなかつた」（81頁参照）という専門歌壇への反発は、『東西南北』の自序にある「世の専門詩人の諸君とハ、大に反対の意見を抱き居る者に御坐候ふ」という文面にも通じる。これは伝統和歌を墨守してきた桂園派を専門歌壇として極力難じたことになる。また「亡国の音」中に見る「自己を省み」よ、という現代歌人への切望は、『東西南北』の自序における小生の詩、「明星」で標榜する自我独創の詩へと展開する。このように「亡国の音」にある旧派和歌への誹謗は、手弱女ぶりを標榜する桂園派への対決であった。それは万葉を重んずる真淵派が提唱した丈夫ぶりによって、それまで歌壇を蝕んできた手弱女ぶりを打倒して丈夫調を樹立し、和歌革新に繋げようとした。それを実作で示そうとしたのが第一詩歌集『東西南北』であろうが、作風の素朴さにおいては『万葉集』に通ずると言えようが、万葉調とは言い難い。寛（鉄幹）の言う丈夫調は日清戦争勃発（明27・8）の三ヶ月前に発表したので、丈夫的気概の高まる世上の雰囲気を反映し

ていたと言えよう。時恰も戦争に向かう途上であったためか、時代に迎合し、意気軒昂たる和歌革新の第一声として青年らの共感を得ていた。翌二八年から三二年までの四回の渡韓では志士的気概と青年の客気から朝鮮国内の改革にまで加わろうとするほど、一時は政治熱に扇動された。その意味で「亡国の音」は、すでに二五年ごろに作っていた万葉調の歌から丈夫的な部分を強調させ、それが青春の意気を情熱により、さらに槐園の厚意もあって渡韓という行動へ赴かせたと言えよう。

しかし「亡国の音」では、新しい歌を作るべき方法については述べておらず、実作も示していない。ただ旧派打倒のための痛烈な批判と罵声によって、和歌革新へ挑んだのである。四年後に出た子規の「歌よみに与ふる書」に比べれば、「亡国の音」は言葉足らずで、的確でない歌評もあるが、明治二七年の時点では先駆的な持論であったと言えよう。婉曲で皮肉交じりの批判をする子規に比べて、寛（鉄幹）は直情的で素朴な言を放った感じである。子規より寛（鉄幹）の方が先に万葉調の歌を以て和歌革新を果たそうとしたのであった。

第四章　渡　韓

第一節　第一回目（明治二八年四月～一〇月）

㈠　河井酔茗との初対面――鉄幹の第一印象

ここより「鉄幹」を使用す。

河井酔茗は明治二〇年代半ばごろから「婦女雑誌」や「鳳雛」や「少年文庫」などに歌や詩を「袖月」の名で発表していた。酔茗について鉄幹は鉄南宛て書簡（明25・3・29）で、

堺に河井袖月といふ人ありとか　いかなる人なりや　君らと交際はなきか、その地位その才学知り玉はゝもらし玉へ

と酔茗について問い合わせているが、この時にはまだ会っていなかった。後年になって酔茗は二度にわたって鉄幹との初対面の印象を書いている。その一つは『酔茗詩話』（昭12・10）に、明治二八年四月七日、和泉の大和河の加賀新田での鉄幹の第一回目渡韓のための送別会で二人は初対面したとあり、その席上で鉄幹は酔茗に

ましみづの和泉にすめる君なれば清きしらべの歌もあるらむ

と即興の歌を送ったと書かれている。同文には鉄幹が安養寺にいたころ、堺の学習塾に通う途中に酔茗の家があったことを鉄幹は知っていた、と書かれている。恐らく同じ堺に住んでいた幼友達の鉄南から鉄幹の消息は聞いていたろうと思われる。酔茗は鉄幹との初対面の印象を「英姿颯爽」「意気軒昂」「自由人らしい態度」と記し、その折酔茗に鉄幹は「歌は新しく自己から発生しなければならない」と言って「曙覧の歌などを引いて男性的でなければならない」と語っていたことをも書いている。

その二つ目は「『明星』以前の鉄幹」（「明治大正文学研究」昭24・12）にも渡韓前に鉄幹から酔茗に突然会いたいというハガキが来て、初めて対面したと書かれている。その時の思い出を、酔茗は、

洒々落々で、黒い紋附の羽織を着ながして袴は穿かず、胡座を組んで少し肩をそびやかしながら、微醺を帯びた表情で東都に於ける文壇の現状などを語るのであつた。

と書き、「政界の風雲児といふよりも文壇の風雲児であつた」が、一見「彼自身は全く政治熱に左右され、たとへ一時的にもせよ、身を挺して国事に殉ずるのを男児畢生の快心事と思つてゐたに違ひない」と書いている。また

新しい文学の話しになると盛んに気焔を揚げわれわれが大家だと思つてゐる人の名を挙げても彼は片端から否定し、旧派の歌人などは全く眼中にないありさまで、まだそれほどえらさの分らなかつた鷗外を讃へ、直文を称し、子規を説き、如何に詩歌の新気運が興らんとしつつあるかを強調するのでそれを聞く文学青年は少なからず刺戟されたのである。

とも書き、このころから朝鮮での政治的活躍を夢想しているような雰囲気であった。まさに酔茗の言葉どおり「文壇の風雲児」を思わせる鉄幹の意気込みだったのであろう。

酔茗は晶子と同郷で、若いころ、晶子を歌人として引きたて、鉄幹、晶子とは生涯にわたり、公私共に関わりがあった。後述するが、河野鉄南宛て晶子書簡には三三年七月上旬、一週間の晶子上京の折、酔茗宅を訪れたが、不

在だったこと、また晶子の随想「母の文」（「明星」明34・11）でも酔茗のことに触れている。

(二)　渡韓の目的

「資料(三)」によると、二八年四月、渡韓した鉄幹は「二六新報」を辞し、韓国政府学部省乙未《いつび》義塾（明治二八年の干支は乙未《きのとひつじ》）の教師に赴任し、その分校桂洞学堂の主管となったとある。乙未義塾は前年渡韓した槐園が総長で経営しており、日本文化と日本語普及を目的とした学塾であった。また渡韓の目的については、『東西南北』に「日本語の教授を担当するもの也」と詞書があって、

　きこしめせ。御国の文を、かの国に、　今ハさづくる、世にこそありけれ。(95)

と歌って、今こそ日本の文学を授ける時だと鉄幹は気負い、また「乙未義塾」で「日本文典を授け、兼ねて、日本唱歌を歌はしめたるが如きハ、特に、槐園と余を以て嚆矢とする也。開校の初め、余の歌に云く」と言う詞書があって左の歌をあげている。

　から山に、桜を植ゑて、から人に、　やまと男子《をのこ》の、歌うたはせむ　(106)

と桜を植えて丈夫ぶりの歌を広めようとしたものか。『天地玄黄』でも四月の作に

　京城の南山に、桜花多し。韓人の、そをめでざるハ、好尚の異れるなり。（廿八年四月作）

　ふるさとの、やまとに似たる、花ハさけど、　大宮人の、歌なかりけり　(89)

と詠んでいる。このころすでに日清戦争は終結（明28・4）しており、日本の勝利により講和条約調印も終え、乙未義塾は右の『東西南北』106の歌の詞書ではさらに、「本校の外、分校を城内の五箇所に設け、生徒の総数、七百に上る」とあるほどで、日本の勢力が栄えていたことが分かる。第一回目渡韓に際して落合直文は快く賛成し、「二六新報」（明28・3・17）に「学弟与謝野鉄幹に与ふる文」を載せ、末尾には祝福する気持ちを、

おのれら浅香社をおこしてより、こゝに三年。歌につきては、いさゝか研究せしところあり。君また社員の一人なり、おのれらにかはりて、出でたちてはいかに。君の家のこと、またかしこへゆきたらむ後のことどもは、よきにはからひてむ。あはれから山の月、もろこしの原の雪、必ずや、君の如き、歌人の渡来をまち居らむ。いかに、君。

と結んでいる。「君の家……」とは、浅田サタとの家庭を示すのか、京にいる父母を言うのか、はっきりしない。

直文の一文の後に

鉄幹云、萩の家先生の推量、頗る過分。浅香社もとより秀才に富む。われの不敏、いかでか当らむ。されど、男児筆を携へて軍に従ふ、亦一快事。わが近日の渡航、蓋し先生の文に激せらる、もの多し。「丈夫の詩」一篇、聊か我志を陳べ、以て此文に答へまつらむ。

と直文の励ましの気持ちに応え、鉄幹は「丈夫の詩」と題し「鉄幹　与謝野寛」の署名で、次の一文を草した。

人生わづか五十年、その年月ハ短きも、身のなすわざハさながらに、長き詩篇を作るとか。』鉄幹ここに二十三、ミューズの神に手向《たむけ》して、詩歌《しいか》三昧《ざんまい》に入りてより、人生《じんせい》殆ど消《せう》すその半《なかば》』。すぎ来《こ》し方を今更に、かへりみすれバ面《おも》なしや。罪ある詩こそ作らざれ、小児の詩をのみ重ねしよ。』咄々男児たけ七尺、血ハ満身に湧きながら、碌々為すなくいつまでか、斯かる詩にのみ安んぜむ。』都門の花にそむきつゝ、一枝の筆を杖として、けふ立ちて行く旅路こそ、思へば我詩の一進歩。』よしや屍ハ行く国の、虎伏す野山にさらすとも、身の為すわざハ世に残り、長き丈夫の詩ともなれ。』諸君こころあらバ此別れ、嬉しと云ひて歌へかし。鉄幹の詩集けふよりハ、新たにページを作るなり。

（傍点、句読点、』は原文のママ）

と、我が詩に一進歩を期すべく、渡韓へと心は馳せたのである。また渡韓について

初めて、朝鮮京城に赴くとて、人々に別れける折。

益丈夫の、おもひ立ちたる、旅なれば、　泣きてとどむる、人なかりけり。(94)

と『東西南北』で歌っているように、特に反対する者もいなかったようである。渡韓後の教師生活はあまり歌われておらず、ただ三一年三月二八日の「読売新聞」には「わが教《をし》へたる朝鮮縉紳《しんしん》の子……」(『紫』194)とあるのを僅かに見るぐらいである。京城にあって鉄幹は槐園と共に日本領事館に仮寓していたので、当時領事官補だった堀口九萬一(堀口大学の父)と親しくなった。「資料㈢」によれば渡韓した年(明28)の夏、腸チブスに罹って漢城病院に六十余日入院したことが「資料㈢」や『東西南北』に記されている。特に『東西南北』には「枕上、偶ま『韓にして如何でか死なむ』十首を作る」とあり、その冒頭歌をあげる。

韓《から》にして、いかでか死なむ。　われ死なバ、　をのこの歌ぞ、また廃れなむ　(96)

この入院中に槐園と堀口九萬一が鉄幹を訪ねたが、この時計画したことが、一〇月八日に起こった朝鮮王妃閔《びん》氏殂落事件となった。この事変の勃発で乙未義塾も廃校となり、これによって鉄幹の渡韓目的は潰え、初志は果し得なかった。

㈢　乙未事変(閔妃殺害事件)

乙未事変は近世朝鮮の三大変乱の最後に起こった事変である。朝鮮王妃閔は二〇余年間、朝鮮半島で勢力を張って、国際的に多くの波瀾を起こしていた。この事変は、舅や夫の大院君一派と戦争の絶えなかった朝鮮王妃閔氏が殺害されるという事件であった。この事変に鉄幹は直接関与しなかった。しかし、『東西南北』『天地玄黄』の詞書や「沙上の言葉」(大正期「明星」)や「資料㈢」にはそれらに付随した記事が多く記載されていることから、鉄幹の第一回目渡韓はこの事件に何らかの関連があったことは否めない。このあたりから鉄幹の「沙上の言葉」五回(㈡㈠から㈤)までは大正13年の8・9・10・11月、㈥は大正14年1月)が資料として使われる。そのうち「沙上の言葉

（四）」（大13・10）によると、鉄幹は七月の入院中にその枕頭で、堀口、鮎貝と三人で策略したとあり、このことについて、

それから両君は韓装をして閉居中の大院君を訪ひ、一回の会見で或る密約が出来、それから堀口君が三浦公使を説いたので、因循党と目された領事の内田定槌氏などは事件の勃発まで之を知らなかつた。三浦公使は堀口君の献策に聴くと同時に、岡本柳之助国友重章二氏等の民間有志とも議る所があつて、終に大院君の名に由るクウ、デターが実行された。

とある。すでに夏ごろからこのクーデターが画策されていたことが分かる。それは『東西南北』(49)の歌の詞書に「時に、王妃閔氏の専横、日に加はり、日本党の勢力、頓に地に墜つ」とあることによって知られるが、これを歴史的に見ると王妃閔と大院君との闘争は日清間にも絡み、また日韓の複雑な関係をも作っていた。明治一五年七月の壬午《じんご》の変、一七年一二月の甲申の変と続く朝鮮王と王妃の争いは王妃閔氏殺害の乙未事変へと発展していった。

甲申事変後の朝鮮は、天津条約によって日清両国撤兵後のロシアを迎え、今また日清戦争によって清国から離脱し、日本によって完全に独立していた。しかし閔妃はロシア公使と親密になり、ロシアの力を借りて日本の勢力を追放し、閔妃一族の安全を得ようとして専横を極めた。甲申革新に失敗した独立党（親日派）の金玉均、朴泳孝らは日本に亡命していたが、二七年三月、事大党（中国党）の刺客洪鐘宇は金玉均を上海におびき出して暗殺し、その屍体を残虐な惨刑に処した。事大党はさらに朴泳孝も殺そうとしたが、逆に朴はその刺客を捕えた。ところが、日本側はこれによって朝鮮との間に争いの原因が生ずることを憂慮し、その刺客を罰せず日本から国外追放し、反対に朴を有罪にした。こうした日本政府のあいまいな態度に憤慨し、また閔妃一族の排日親露の政策にも反感を抱いていた民間の志士たちは、東学党の乱に刺激されたことも加わって、この金玉均暗殺事件を契機とし、朝鮮独立を図るために内政を改革しようとした。この志士達の中に「天佑侠」という日本人の一団があった。『東西南北』

には「天佑俠」とある詞書に歌二首と「天佑俠の一士、安達九郎の、朝鮮に赴くを、送れる歌」として一首(231)が収録され、三一年一〇月二八日の「読売新聞」掲載の「ちび筆(五)」にも「天佑俠」のことが記されている。

堀口九萬一や鮎貝槐園は天佑俠の人々と往来し、朝鮮国王大院君を訪ね、三浦公使を説得したりした。こうした彼らの暗躍によって「或る密約」、即ち閔妃殺害のクーデターが実行された。この一連の行動とは、間接的には親日派の朝鮮人や日本の志士らの策動があったことは言うまでもない。この乙未事件の記録に鉄幹や槐園の名が残っているか否かは分からないが、鉄幹の書いたものと歴史的事実を照合してみて合致する点は多い。ところで、『東西南北』や「沙上の言葉」の中に出てくる「虎」は鉄幹の行った地にはいなかった、という槐園の言(118頁参照)などから朝鮮での鉄幹の行動や感慨の中には虚実混淆しているものがあることも同時に考えておかねばならない。

乙未事変について『朝鮮新話』(昭25・11　創元社)では、「王妃はロシアと握手すべき決心をいよ〳〵固め、排日親露の方針のもとに」「親日派及現内閣を一挙に葬って純露国党内閣を作ろうとし」「このまゝでは日本人及親日朝鮮人は閔閥親露派の重囲の中に陥る」情勢にあった、と述べている。さらに、

このとき朴泳孝内相の幕僚として重きをなしてゐた前軍部協辨李周会は、今や解散一歩手前にある訓練大隊長……と協議し……隠棲してゐた大院君を四たび起たせて、現前の親露派閔氏一族を撃滅せんとの企画を樹て、日本公使三浦観樹に図り、又漢城日報社長安達謙蔵、竹橋事件の岡本柳之助、愛国小説『佳人の奇遇』によって文名一世を風靡してゐた東海散士柴四朗を糾合し、大陸浪人による護衛団二隊、朝鮮訓練隊二ケ中隊、及び日本政府の請訓を待たず日本軍隊一ケ大隊を動かして、明治廿八年十月八日、大院君を擁して王宮に入り、疾風迅雷のクーデターを敢行したのである。

という記述がある。これらの中には「二六新報」の社員もおり、安達謙蔵(九郎)―東海散士、鈴木天眼らもいた。閔妃殺害の情況について当時の「漢城新報」の編集長小早川秀雄の『閔后殺害事件の真相』によると、

殺害された閔后は、今しがた、寝床より抜け出たもののごとく推測され上・下の白い寝衣は、胸部と両腕を露出したまま倒れていた。体のどの部分であったか、多量の鮮血が流れ出ていた。しかしその姿体は優雅で、二十五・六の若さにみえ、そのあどけなさは、永遠の夢に耽つているようであつた。その人形のような繊細な手が、八道（朝鮮全道）を翻弄し、群豪を駕御したとは、考えられないものがあつた。室内には、一人の侍者もなく、遺骸を守る近親のものさえない。凄惨な光景であつた。

とある。さらにまた、その殺害の残虐さは、マッケンジー著『朝鮮の悲劇』F.A.Mckenzie:The Tragedy of Korea（昭47・12　平凡社）に、

まだ完全に死亡していないかも知れない王妃を、寝具でくるんで、ほど近い塵園中の繁みに移した。彼らはそこで王妃の死体にガソリンをかけ周囲に薪を積み重ねて火をつけた。彼らがさかる炎に向かってどんどんガソリンをかけて燃やしたのでついに何も彼も燃えつきて少しばかりの骨だけが残った。

と非業な最期を赤裸々に書いている。この事件について、後に「沙上の言葉（四）」（「明星」大13・4）で、

十月八日の夜の劇的光景には槐園君と自分とは参加しなかつた。実は十一月上旬に大事を挙ぐる予定であつたから、両人は木浦へ旅行して居た。その留守中に急いで決行せねばならぬ事情が起つたのであつた。

と書いており、この政変に右の「両人」（堀口九萬一、鮎貝槐園）と共に鉄幹自身も参加する予定であったことを書いているが、鉄幹は加わらなかった。鉄幹が一五日に仁川までくると完全に親日派の内閣が組織されていた、とあり、「日本の勢力恢復は極めて短期間で」あって、さらに同文では

十七日頃から三浦公使以下の関係者の顔色が暗くなつて来た。と云ふのは日本政府が三浦公使の報告を信ぜず、小村寿太郎氏を公使に新任し、事情取調のために安藤検事正（謙介）を急派するに至つたからである。其中にいよいよ関係の日本人は悉く広島の裁判所へ御用船で護送される事になつた。

とも書かれている。これは「列国の勢力を恐れた政府」のやり方であり、乙未事変の主犯と見られる三浦公使を召喚したことで残留の壮士連の動きを警戒していた。厳重な取調べの結果「関係日本人四十数名に退去を命じ」広島監獄未決監に拘致した。さらに鉄幹はこれらの政治犯らと共に広島に護送されたが、「予審判事の取調べで当夜王宮へ入らなかつた事が明白となつたので直ぐ釈放された」のである。『東西南北』に

諸友中、広島に護送せらる丶者と、船を同じうして、仁川を発し、宇品に向ふ。船中無聊、諸友みな、詩酒に托して興を遣る。当時、余また数詩あり、その記憶するもの丶一に云く。

からくと、笑ふも世にハ憚りぬ。泣きなバいかに、人の咎めむ　(3)

広島獄中の諸友に寄せたるもの。

罪なくて、召さる丶もまた、風流《ふうりう》や。ひとやの月ハ、如何にてるらむ　(4)

とあって、護送された政治犯らを歌っているが、そこには切実な慷慨はうかがえず気炎と気概が歌われている。それは日本の侵略的行為として難じた列国の非難とはうらはらに『近代朝鮮史』（上・下　昭12・12　大陸研究社）の中で当時「国民新聞」の特派員記者だった菊池謙譲が、

当時、乙未事変にたいする日本国民の同情は絶大甚深であつた。彼等被告が、宇品埠頭に現はるや各地より集合した歓迎者は沿路堵列をなし、被告一行に甚大なる同情と熱情的な歓迎を表し、一時は広島獄事のためにその見舞訪問者が全市客館に充満し、恰かも凱旋軍を迎ふるの光景であつた。

と記している。このように乙未事変を英雄視していた日本国民の感情は『東西南北』にも反映しているようである。

第一回目渡韓のできごととして『東西南北』の「官妓白梅を悼む」(198)の詞書に渡韓後間もない「四月十五日の夜」、知り合った官妓白梅とのロマンスを漢詩と歌文で表している。白梅について「年十八、才色ともにすぐれ、多少の教育」あり、「官妓中の尤物。その極めて、日本人びいき」とあって

> われ病で、褥にある一百余日、彼ハ、朝夕の祈禱に、余念なかりしと云ふ。彼れの鉄幹に対するなさけ、概ね此の如くなりき。嗚呼、彼れ病むで、今や亡し。……

とある。これによって二人の中が親密であったことが分かるが、鮎貝槐園は第一回目渡韓中にこうした事実はなかったと言っている（「浅香社時代の鉄幹」前掲）。一方、詞書中の「白梅」について吉井勇も「与謝野鉄幹論」（「現代文学全集」15）で「一種伝奇小説」と評し、「小説的な構想」から成っていると見ている。これらによって「白梅」の存在は虚構であり、鉄幹の創作であったことが分かる。

鉄幹はさらに「沙上の言葉（四）」で第一回目の渡韓のころを回想して、

> 今から思ふと自ら苦笑する外は無いが、其頃の自分と云ふ小さなドン、キホオテは柄に無く一かどの志士気取で居た。京城に於ける官民間の同志が悉く広島の獄に羅致された以上、槐園君と自分を措いては其等の人人の志を紹《つ》ぐ者は無いとまで自負するのであつた。

と述べ、その後も朝鮮への政治的野望は捨て切れず、第二回目の渡韓を切望してやまなかった。

第二節　第二回目（明治二八年一二月～二九年四月一六日）

(一)　渡韓前後とその目的

第一回目の渡韓後について「沙上の言葉（四）」には、「暫く広島に滞在して獄中の諸友に差入をしたりして、その十一月に再び京城へ行つた」とあり、「資料(三)」では、「京に父母を省し、東京に師友と相見て後、十二月また京城に赴く」とある。これらの記述から鉄幹は、恐らく一一月ごろは広島に止まり、その後は京都の父母に会ってから東京へ行き、直文を始め、浅香社の人たちにも会ったのであろうし、韓国に関係深い二六新報社も訪ねて、朝鮮での体験など話題にしたのであろう。滞京期間には多少の日数を要し、第二回目は一二月渡韓と見るのが妥当だと思う。『東西南北』には

廿八年十二月、再び朝鮮に航するや、槐園と共に、身を商界に投ぜむとの念、切なり。万葉集二度まで浄写したる筆もて、大福帳つくるも亦、風流ならずと云はむやなどいふ。

世の中の、黄金のかぎり、身につけて、　まだ見ぬ山を、皆あがなはむ。(241)
末の世ハ人の、国さへ、売られけり。　たふときものハ、黄金ならずや。(242)

とあって、鉄幹が黄金を尊重し、商売に徹しようとしていたことが想像される。江原・咸鏡両道の旅も何かの商売の目的であったかも知れない。しかし翌年には二月一一日の変が起こり、その後、親日派の勢力を挽回すべく志士らと計ったが、未然に終わってしまった。二回目渡韓について「沙上の言葉（四）」には、

まだ彼国の学部省に籍を置いてゐるのを好い事にして、親日派の内閣の下で働かうと思つたのであるが、京城へ行つて見ると、堀口君等に出し抜かれた側の公使館員や領事館員は自分に対しても快かざる色が著しかつた。それで早速新公使の小村氏に逢つて自分の志を釈明し、それから歌を作らうと思つて十二月に雪を侵して江原、咸鏡両道の旅行に上つた。

と書かれている。第一回目の時のような気負った志士的気概はくつがえされ、第二回目はめざした商売も不如意のままで、ただ旅行者としての感慨だけが残った。その時の作が『天地玄黄』に詠まれている。

京畿道の三角山に宿れる夜。三首。（廿八年十二月作）

おぼろ夜に、梅の花ふむ、ここちして、　夕霜しろき、山かげの道。(39)
山かぜハ、時雨に松を、染めかねて、　はてハ雪をも、さそひけらしな。(40)

しら雪ハ、幾重もつもれ。雪に寝て、燃ゆるこころを、しばし抑へむ。（41）

暁に、江原道の唱導駅を発す。（廿八年十二月作）

わが駒の、立つ髪みだる、朝風を、白しと見れバ、つらら下れり（49）

咸鏡道の紀行の中に。（廿八年十二月作）

おく山の、雪しづかなる、松が根に、虎の跡あり。宿ハなくして（63）

などがあり、また「江原道に、要害の地多し」という詞書もあり、一回目と比べて二回目の渡韓は危機に瀕することが多く、「沙上の言葉（四）」では、「朝鮮政府の公文書と日本領事館の旅行券とを持つて行つたので、到る処で観察使や郡守の公衛で歓迎されたが、一丈以上の雪の中の騎馬旅行は初めての経験なので、その厳寒には頗る悩んだ」と記している。『東西南北』にもまた「咸鏡道の千仙山にて」と詞書して

尾上にハ、いたくも虎の、吼ゆるかな。夕ハ風に、ならむとすらむ（123・213の歌と同一）

ともある。「郡守の館」では、さらに「これよりさきは虎多し夜ゆくことを戒めよ」と言い、山中で友人と酒を交わしている所に郡吏が虎のいることを警告に来たともある。『東西南北』では、この時のことなのであろうか

江原道の山中、韓僧某と別る

夜の明くる、待ちて山路ハ、行けよかし。こよひハいたく、虎の吼ゆるに。（175）

と詠んでいる。虎の恐怖に戦きながら帰途、東学党の暴徒に脅かされ、通訳と共に七人の従者を伴っていたが、その従者が自分を暴徒に売りはしないかと案じたり、京城では鉄幹が殺されたという噂も流れ、韓装して逃れていたようである。この時の様子を後に『紫』では

雪のあさ宵のをとめの被衣《かつぎ》乞ひて韓《から》の都をまぎれ出でにけり（131）

と詠んでいる。また鉄幹の「郡守の館」（詩集『この花』明30・3）は右の江原・咸鏡道の旅を詳しく叙した長編の

詩で、その詞書には、

明治二十八年十二月、われ、朝鮮の咸鏡道を旅行して、たまたま閔族の煽動せる、所在暴民の蜂起に遇ひ僅に身を以て危地を脱するを得たり。京城に帰てすなはち、「奇禍」と題する長篇を作りしが、昨年二月十一日、金宏集等殃死の変ありし際、故ありて稿本散逸し、こゝに掲ぐる「郡守の館」は僅に其冒頭の一節に過ぎず。今これを行李中に得て、頗る鶏肋の感に禁へざるものあり。読者その完からざるを咎むること勿れ

とある。「一節に過ぎず」とあるが、二六五頁から二九三頁まで二九頁にわたる四句六〇連の長詩である。京畿、江原から咸鏡道を通り、郡守の館へ行く危険な旅を叙し、館での歓迎や、五年ぶりで会った知己との喜びなど、鉄幹にとって貴重な体験を綿々と綴っている。これらを見ると、鉄幹が咸鏡道に行っていないという槐園の言に不信の念を抱く。

(二) 二月十一日の変

閔妃殺害後、駐韓列国の外交団は、乙未事変の全責任を日本の謀略によるものとし、さらに朝鮮の現政府は日本にあやつられた傀儡だと難じ、日本の無頼漢らの巣窟と見做し正式な政府として認めようとしなかった。こうした国際情況の中で日本政府は外交上窮地に追いこまれることとなった。前記の「沙上の言葉(四)」にもあったように、日本政府は三浦公使の報告を信じず、小村公使を新任としたが、これは日本の体面維持のためであり、朝鮮現政府の全面的崩壊を防止しようとする意図によるものであった。また他方では欧米諸国との妥協を示そうとして、前任公使井上馨を王室慰問の名目で派遣したりして、小村公使を支援しようとした。しかしこうした日本側の努力も無駄となり、日本の勢力の退潮の機に乗じて、ロシアは大院君と親日派の朝鮮人および日本人に目下国王廃位の陰謀ありと考えた。そのために朝鮮王の安全を図り、国王をロシア公使館に移すことが得策だとし、二月一一日の

暁に国王と王世子を景福宮から内密に脱出させ、貞洞のロシヤ公使館に移した。これを「二月十一日の変」と言う。国王と王世子の脱出については、宮中の官僚や守備の門兵らはこのことについて数時間後まで知らなかったと言う。この事変によって今まで親日派だった金弘集、兪吉濬、趙義淵ら五人の大臣は逆賊とし、内閣総理だった金弘集は貞洞のロシヤ公使館に国王拝謁を請いに行く途上で虐殺されるという事態となり、屍体は白昼都大路にひきずり廻され、閔妃の最後と変わらぬ残虐な惨刑に処した。残りの大臣ら及び親日派の人々は日本に亡命した。

『東西南北』ではこの事変について「二月十一日に起りし、京城の事変にハ、まことに一驚を喫したりなど、人々のいふに」と詞書があって、

折々に、おどろくことの、なかりせバ、　何にこの世の、夢をさとらむ　(189)

と詠んで、まるで他人事のように詠んでいる。

親露派だった閔妃が殺害された後の朝鮮の政権は、親日派になるべきものと鉄幹は期待をかけて再度渡韓したのだが、二ヶ月後には形勢は一変し、親日派の内閣が打倒されて、「二月十一日の変」となり、鉄幹の夢は破れた。江原・咸鏡道の旅を終えた鉄幹が事変に直面した当時と事件について回想した一文「沙上の言葉(四)」を参照しながら述べる。「廿九年の二月になつて自分は学部省を辞し、一旦日本に帰らうとして、十一日の暁に馬に乗つて仁川に向はうとすると、途中で」「昨夜皇帝と王子とは露国公使館に入れられた」こと、「総理金宏《ママ》集以下内閣大臣の死屍が曝されてゐる」ことを聞いた。これは親露派の陰謀による親日派打倒の作戦であった。続けて鉄幹は、

そこで親露派の監視兵らは日本人に仮装して脱出する親日派の朝鮮官人らを物色した。避難者の多くは京城から仁川の日本店に身を隠した。

と書き、その後の行動について同文で「今一度親日派の韓人たちのために頽勢を挽回しようと決意し、少数の同志を集め、近く朝鮮国王が「露国公使館附近にある明礼宮に移ると云ふ噂」があったので、その時「宮の附近に火を

放ち、再び皇帝が露国公使館へ避難されようとする所を奪つて日本公使館へ送り届けようと云ふ計画であつた」。そして同志二〇人程が放火の準備として明礼宮の附近の朝鮮家屋を借りて石油を幾十箱か潜ませておき、放火と同時に応援隊として日本労働者を急募することになっていた。しかし露国側の警戒周密なため目的は果されず、二ヶ月すぎても皇帝は明礼宮に還らず、彼らの計画が親露派に洩れたのではないのかという疑惑もあり、事態が長引いて同志の緊張もゆるんできて鉄幹は、「此計画を放棄して五月末に日本へ帰つた」のである。

かくして親日派再興の計画は崩れた。こうした鉄幹の特異な体験がその後の作品に多く残されたが、後に、「資料㈢」の二九年の項で「後年に至り当時の思想言動の粗野浅薄を悔ゆる所多し」と反省している。

帰国した月についてさらに「沙上の言葉（四）」では「五月末」とあり、「資料㈢」の二九年の項では「三月落合先生の招電に由り東京に帰り」とある。さらに新聞「日本」（明29・4・20）の「出頭没頭録」に鉄幹は「四月十六日東京に入る」と書いており、また四月二三日の同紙の「花ふぶき」に「あさ香社」の署名で「四月十九日、人々上野の三宜亭に集ひて、半日を吟唱の中に……」とか「鉄幹、朝鮮よりかへりきて、後三日、この浅香社の小集につらなる」と書かれている。これらは『東西南北』に掲載された。右の「日本」の二つの記事から帰国したのは直文から三月帰国するように電報を受けて、四月一六日に帰ったと見るのが妥当であろう。『東西南北』では

二たび、朝鮮より帰りける時。

筆とりて、あらバあるべき　おのが身を、　太刀にかへてと、何おもひけむ　（211）

と歌って、筆をもって立つべきだったのに、政治的策謀に与して「太刀にかへて」と思ったのは何だったのかと感慨深く思い返している。そして遂に直文の憂慮に応えての帰国となった。しかしまたしても鉄幹は朝鮮への夢を忘れ得ず、三回目の渡韓を図るのである。

参考資料――『興宣大院君と閔妃』金熙明（昭42・5）。「乙未事件と鉄幹」関良一（「国文学」昭39・12）。「沙上の言葉

(四)」(「明星」)。「資料(三)」。

第三節　第三回目（明治三〇年七月三一日～三一年五月七日前後）

(一)　落合直文の憂慮

直文は朝鮮の現状と鉄幹の渡韓生活の実態を知ってか、非常に憂慮し、三回目の渡韓を中止させて日本に落ち着かせようとした。そのころのことを後年になって鉄幹は「沙上の言葉（六）」（「明星」大14・1）において、

落合先生は自分の渡韓を喜ばれなかつた。今暫く隠忍して読書しつつ好い機会を待てと忠告され、自分の一身上のために何かと配慮して下さるのであつた。

と書いている。さらに直文は万葉学者の某博士の養子談や山口高等中学の国文の教師にと推したが、鉄幹は続けて「頑強に固辞してしまつた」。その理由として「二十三四歳の白面の書生である自分には分外の光栄であつたが、実力の無い自分には愧かしく同じく辞退してしまつた」と謙虚に書いている。「資料(三)」の二九年の項ではさらに直文の配慮で、鉄幹を直文の縁戚に当たる三樹一平が創設した明治書院の編集主任にさせたとある。当時は創設者の三樹一平の他に鈴木友三郎、鉄幹の三人のみ。また大倉書店から出版すべき直文の国語辞典『ことばの泉』の編集主任も鉄幹に兼ねさせ、一方では跡見女学校の国文教師にも推薦した。このように直文は多方面から鉄幹に仕事を与えて日本に留まらせようとした。鉄南宛ての鉄幹の書簡に、

早速渡韓の考に御座候処いろ〳〵に引とむる人も有之ためニ当分滞京の事と相定め申候　（明29・8・31）

とある。文中の「引とむる人」とは直文であるが、この年の九月二日に死した鉄幹の母も生前中は渡韓を憂慮していたであろう。「読売新聞」（明29・8・7）に掲載した「ぐれんどう（二）」に鉄幹は、

われハ去年《きよねん》の暮《くれ》、韓廷《かんてい》の雇《やとひ》を辞《じ》してより以来《いらい》、商人《しやうにん》として生計《せいけい》を立《た》て居《を》るものなれバ也《なり》。近頃《ちかごろ》帰朝《きてう》せるも商《しやう》用《よう》の為《た》めにして、この秋《あき》三たび咸鏡《かんきやう》江原《かうげん》の両道《りやうだう》に赴《おもむ》かむとするも亦《また》商売《しやうばい》の為《ため》なり

と記されてある。「去年《きよねん》の暮《くれ》」とは二八年一二月のことで、第二回目の渡韓を意味する。そして前記したように二九年四月一六日に帰国している。

第三回目渡韓の時には、直文の忠告を聞き入れず、二九年の秋、商用で渡韓を予定していたことが右の文に記されているが、実際はその翌年に渡韓する。すでに直文の好意で、教職、出版社の仕事などが、鉄幹の将来のために与えられ、この間、新派和歌の詩歌集を二冊（『東西南北』・『天地玄黄』）出版し、『東西南北』は多くの批評を受け歌壇で注目された。しかし朝鮮での夢が捨て切れず、文学修行より渡韓することに魅力を感じていたようである。「沙上の言葉（六）」（前掲）では、さらに続けて当時のことを

先生は朝鮮へ遣つて暫くでも側路《わきみち》させる事が厭であつた。自分が友人の忠告などに耳を借さないのを知つてゐられるので屢直接に諭された。自分は先生の大きな愛に感激しながら先生に従ふことの出来ないのは、朝鮮に於ける事業の友人と堅く約した所があつて今更負心の人となるに忍びなかつたからである。それに今度朝鮮へ行けば洋行費ぐらゐは訳も無く独力で作られると云ふ空想が自分を支配して居たからである。その意味で京城にある先生の舎弟（落合直文の実弟鮎貝槐園）は却て自分の渡韓を頻に慫慂された……

と書いている。続けて蚊の群がるころ、浅香社から近い本郷西片の鉄幹の下宿先に直文が毎日訪れて渡韓を断念させようとしたが、鉄幹は渡韓の準備に忙しくて不在がちだった。直文は諦め切れず、夜を徹してその帰りを待つこともあった。鉄幹はそうした師の姿を窓越しに見て、その場を飛び出して友人宅で泊めてもらったりしたとも書い

ている。また直文は徹夜で鉄幹を待ち朝食もとらず第一高等中学校へ出勤したとも書かれている。この直文の真心を裏切って鉄幹は翌三〇年七月三一日の夜、汽船舞子丸に乗り、朝鮮へ向かった（竜王戯「中学新誌」明30・11）。その時のことが「断雁」（「中学新誌」明33・11）の「玄海船中作」と詞書して鉄幹は歌った。

　夕潮は霧となりてや浮ぶらん　対馬の沖に月ぞしめれる

(二) 渡韓の目的（朝鮮人蔘）とその情況

三回目渡韓について前記の「沙上の言葉（六）」では、

　自分は此夏三たび朝鮮へ行つた。此度は全く政治的関係で無く、専ら友人と或事業を共にして洋行費を作るのが目的であつた。自分は東京へ来て鷗外先生に親炙して以来、心窃かに外国文学が研究したくてならなかつた。併し十五六歳で廃した語学を丹念に繰返すだけの余裕が無いので、一躍欧州へ五六年間遊学しようと思ひ、それで柄に無い事業に由つて金を作らうと計画したのであつた。

と書いている。第二回目は「商界に身を投ぜん」とする意気込みで行き、三回目も稼いだ金で渡欧を希望していたが、いずれも果されなかった。政治的な活躍も実らず、ただ敗北した親日派の人たちの境涯を悲しむ思いを『鉄幹子』に多く詠むに止まった。右に記してある「或事業」とは具体的には明記していないが、三四年一一月の「明星」にある「掌中記」中の「木がらし」に、

　三十年の此頃を顧《かへり》みるに、二三の友を拉《らつ》して韓の京畿道《けいぎだう》、高麗朝《かうらいてう》の旧都開城府に在り。空手万金《くうしゆばんきん》を贏得《かちう》るの夢《ゆめ》闌《たけなは》なれば、自ら人夫七十牛馬十七頭を率ゐて、金川《きんせん》の蔘畝《さんぽ》に入りしこと再度。私《わたくし》に蔘《さん》を外人に売るは国法の禁ずる所、犯す者は死罪たり。畝主《ほしゆ》等の狡獪《かうくわい》なる、官に佯《いつは》りて日人妄に剽掠《へうりやう》し去ると為す、官ために兵を出して我を追ひ、所在の韓民も亦火を放ち銃を擬して我に逼る。我等七十人期しつる所なり、皆抜剣して蔘を駄せ

る牛馬を護し、踴躍して黄海道の海浜に逃る。日夜兼行、眠らざりしこと往還九日。嗚呼忘れ難し、夜深うして山路険悪、加ふるに天寒うして北地の霜厚さ三寸、鞋《あい》を没《ぼつ》して淅瀝音《せきれきおと》あり。衆皆飢ゑぬ、足冷えて石の如し。漸く交々怨嗟の語をなして曰く、父母の国を千里の異域《いゐき》に離《はなれ》て、何が故に此苦楚《くそ》を甞むるや、一昼夜五金を得るは高給なり、されども生命を賭して死地に入り、他人の為めに万金の利を為さしむるを思へば、我等の労役は愚劣なる哉と。……

と鉄幹は書いている。「蔘畝」とは朝鮮人蔘の畑のことで、ここでは禁を犯して蔘畝に侵入した彼の体験を記しているが、これは万金を得るための生命がけの冒険であった。朝鮮人蔘について鉄幹は明治三〇年一一月二四、五日の「読売新聞」に「馬上閑硯」と題し「朝鮮黄海道の海岸に於て、鉄幹」とあって、二回にわたって詳述している。二四日の記事は人蔘の効用、相場、栽培年数と畑の状況について書き、それは漢方医の薬種の一つで、西洋医学では興奮剤、支那では無病長寿の神薬としていること、「長崎に於ける今年の人蔘相場」は「一組（二十本、三十本各一斤《きん》を合せて一組と云ふ）の価最も高きものハ、既に八四、五金」だとしている。これは当時とすれば相当高価であったであろう。人蔘は一年産から七年産まであって一年産を一根、二年産を二根などとよび、五根六根が最も高価、畑主は富裕な生活をなし、「畑ハ小きハ千間、大きなるハ凡そ五千間に及ぶ。千間の畑ハ凡そ我七反歩もあらんか。いづれも厚さ一尺、高さ一丈二、三尺の柴垣を繞《めぐ》らしぬ。」番人が畑の中央から一隅の小高い所に小屋を構え、広い畑を一望に見下ろして番をする。人蔘一本が三金四金に相当するほど高いので、番人の警戒は厳しく夜間、人馬が通ると、二十里の遠くまで番人の合図がリレー式に伝わるという仕掛けになっている、と書かれてある。

二五日の記事では、人蔘売買について国法を犯す者は「死罪」になるということが書かれている。畑主から官蔘《かんざん》包《ほ》所《そ》を経て、その利益を王宮から直接支那商人か人民に売渡し、その利益を王宮のご用金にする。包所の封印なきものは密輸出となって税関で没収される。このように政府の権限で包所の官吏のみが巨額の賄賂や口銭を得、畑主や売主の利が少ない。一方包所で製した品は日本人が京城で製した品に比して「三割方粗末なれバ、成るべく日本人の製したるを買はんとするより、勢ひ畑主と日本人との間に、死罪を犯して秘密売買の行はるゝに至り、開城府尹ハ百方これを禁圧せんとすれども、到底今日ハ制すべからざる事となりぬ」とある。この秘密売買を巧みにすれば、「一攫千金」「五六割の利潤は普通」で、巧く買えば「倍の儲け」があるというのが、日本人の「人蔘師が口にする常套語」だという。京城の居留地に紳商顔が二、三年から一〇年の間で成り上るのは殆ど人蔘買いによると言われていた。毎年七、八月から一一月初旬が人蔘採収の時期で、京城にくる商人の中には日本人が多く、「南大門外に逗留する者すでに七〇余名ある」と記されてある。秘密売買には「掛買《かけがい》」と「畑買」があって、その方法と儲け方についても書かれてある。

以上二度にわたる「読売新聞」紙上の朝鮮人蔘の利殖に富んだ商売が鉄幹の三回目の渡韓に関係のあったことは、前記の「明星」誌上に載せた「掌中記」によっても知られる。これにより命をかけて取引する朝鮮人蔘から得る商売のうまみを鉄幹は得ようとしていたことが分かる。二回目の渡韓の折、商界に出ようとしたのは恐らくこの商売を手がけようとしていたのであろうか。三回目には「死罪」を覚悟して実施したのであろうか。その結果については何も記していないので右の記事の虚実のほどは分からない。一時は冒険心から朝鮮での事業欲に心を燃やしてみたが、遂に商人にはなり得なかった。金儲けのために勇躍渡韓したのだが、朝鮮の情況は彼の期待や希望どおりにならなかった。三回目の渡韓に際して「東京を出づる折に二首」と詞書して

このたびは何処をかけて行くと問はゞ　浮世のさかの尽きはてんまで
（「中学新誌」明30・11）

血気に逸って渡韓してはみたが「露兵傭聘問題など、とかく心にかゝる事の絶えねバ」と詞書して、

三《み》たびわれ、からの都《みやこ》を、おとづれて、　国《くに》のなげきの、数《かず》つくしつる。（「馬上閑硯」「読売新聞」明30・9・30）

と詠まれるような現実であった。同紙に「銷魂録」と題し詞書あって、『鉄幹子』にも同様に採られた。

家刀自《いへとじ》よいたくなわびそやまとにて相見し人はつつがなかりき　(145)

ともすれば国をわすれてあさましく子らを憶ふと君の泣きける　(146)

くやしくもはかりしことはたがひけんおなじ恨を我もいくたび　(147)

ゑにしありて刀自のなげきをききにけり我身もあすは如何になるらむ　(148)

世をなげく人の妻こそかなしけれ幾たびかかる生き別れする　(149)

また李彰烈の亡命についても『鉄幹子』では「逃れて東京に赴けり」とあるのが、右の「読売新聞」では「某国」となっている。これは「読売新聞」に発表したあと東京に赴いたものか、「読売新聞」に掲載するころは、まだ亡命を公表できぬほど危険な状態であったのか、李彰烈は前記の「読売新聞」では趙義淵の幕僚として十年勤めた人だったとあり、趙義淵は「二月十一日の変」のあと国王還宮事件の疑獄の首謀者となっており、五人の大臣の一人だった。鉄幹はこうした親日派の人々が亡命した留守宅を訪ね（「読売新聞」明30・9・30）、南漢山で月を眺めて歌を詠み（同紙　明30・10・1）、南大門へ行ったり（同紙　明30・10・25）、資料収集のため、京畿、黄海、平安の三道漫遊の旅にでかけ（同紙　明30・10・25）、開城の富豪朴の家に歓待された（同紙　明30・11・22）。また朝鮮人蔘のことで金川に行き、その後漢江岸にあるハンガンへも行った（同紙　明30・11・26）、その折々のことが歌の詞書に記されており、それらが「読売新聞」に発表されている。

かくして三回目の渡韓も鉄幹の期待したほどのこともなく、帰国したのは「資料㊂」の三一年の項によれば、「三月東京に帰る」とあり、五月七日の「読売新聞」に「空樽集」と題して一三首あって「在京城、鉄幹」とあり、そのあと同月の二二日の同紙には「在京城」がないので恐らく帰国は五月七日以前であったと想像される。

㈢ 官妓翡翠

鉄幹の三回目の渡韓には官妓を歌ったものが多いが、特に彼の心に深く刻まれて残ったのは翡翠であった。渡韓後まもなく知り合った白梅についてはすでに記した（95・96頁参照）から省くが、三一年一月から五月までの「読売新聞」には官妓の歌が多く、みな「在京城、鉄幹」と記されている。

まず、翡翠《ひすい》に関しては、一月二四日の同紙の「漢城新詠」の詞書に、陰暦師走の明るい月夜、鉄幹は一六歳の官妓翡翠を男装させ、「さる所」から連れ出した。翡翠の美しさは「云はん方なく、絵に見たる昔の若衆にも、斯かる美少年ハ稀」であったが、男用のみ輿にのせたので道ゆく人には官妓だと悟られなかった。鉄幹は「日本街の酒を売る家」に彼女を伴い、ともに飲酒した。その家では彼女のことを当国の有名な大臣家の若君だと言って上座の方に坐らせたので、多くの芸妓や酌婦らは「この若君の気高う美しきに眼を集めて、覚えず頬を赤ら」め、口々に「姫君にもせバや」などと言ったが、そのうちに利口な女がいて、翡翠を官妓と見破ったが、鉄幹は知らぬ顔で無礼を言うなと言ってたしなめた。しかし「つと寄り添ひて冠をぬかせ申せバ、この若君、にはかに翠鬟《すゐくわん》紅釵《こうさい》、まばゆき許りの少女《をとめ》に成り給ひけり」と書かれてある。まったく酔狂な話だが、その後で「家なる女あるじ出できて、鉄幹さま、お歌になるべしと云へバ、やがて翡翠の襲《かさね》の衣《きぬ》なる、白の細紐に書きつける」とあって

鬼《おに》と云《い》ふ、名《な》ハおほせても、白百合《しろゆり》の　やさしき色《いろ》を、いかがつゝまん

と歌っている。こうした物語のような行動が実際になされたものか分からないが、この後鉄幹は『紫』に翡翠の歌を三首載せている。艶麗な翡翠の容姿が歌われており、その中には鉄幹が二六歳とあるから明治三一年の時の三回目渡韓の折のことだと分かる。この他、二月二一日の「読売新聞」に、

韓妓《かんぎ》玉梅《たくまい》と某韓官《ぼうかんくわん》の別墅《べつや》に飲《の》む

梅《うめ》が枝《え》の雪《ゆき》のしづくを紅《べに》に入《い》れて　色《いろ》ある君《きみ》がなさけ歌《うた》はん

と歌い、同月二四日の同紙に

日本居留地《にほんきよりうち》の歌妓《かぎ》某《ぼう》のために

二の糸《いと》に玉《たま》の中指《なかゆび》しのばせて　あまる涙《なみだ》やおさへかぬらん

官　妓《くわんぎ》吹　香《ちゆいひやく》の語《ご》を訳《やく》す

歌人《うたびと》の恋《こひ》ハ知《し》らねど我《わ》が恋《こひ》ハ　ことばの外《ほか》のなさ《ママ》なりけり

（「読売新聞」明31・4・10）

があり、その他にも

雛《ひな》の前《まへ》に桃割《もゝわれ》ゆひて饗応《あるじ》する　少女花《をとめはな》の如《ごと》し名《な》を八重《やへ》といふ

わが歌の反古《ほご》ぞと知りて裂きもやらぬなさけある人それをのこならず

（『紫』287）

がある。五月七日の「読売新聞」の「空樽集」には「在京城、鉄幹」とあって

官　妓《くわんぎ》連花《よんふわわ》　三首

官妓《くわんぎ》わかし牡丹《ぼたん》の花《はな》に未《いま》だ起《お》きず　青《あを》き簾《すだれ》に蝶《てふ》みだれ飛《と》ぶ

とき色《いろ》の君《きみ》がころもにふさひたる　やまぶきの花《はな》から桃《もゝ》の花《はな》

から衣《ころも》きつゝなれたるえにしあれバ　きよき赤裳《あかも》の色《いろ》ようつるな

官妓山紅《さんほん》の家に飲む

琵琶《びは》の音《ね》ハ雨《あめ》に沈《しづ》みてほとり江《え》の　蘇《そ》小《せう》が家《いへ》に桃《もゝ》の花《はな》ちる

の歌があり、いずれも芸妓を歌っている。

帰国後の歌として同三一年七月二二日の「読売新聞」には「松影濤声」と題し「在大磯」として

少女子《をとめご》の恋《こひ》ならバいざ泣《な》きやまん　わが恋人《こひびと》ハますら男《を》にして

と「少女子」と歌っているが、前記の四月一〇日の「読売新聞」の歌では「少女」を芸妓として詠んでいるところから、右の「少女子」も芸妓として解せよう。

一一月一七日の「読売新聞」には

韓妓江陵《かんぎかぐいよぐ》　十五首

あやぎぬに玉をかざれる花輿《はなごし》はあれどもふたり月に歩まむ　（『紫』271）

ときいろの長きからぎぬかきたれて城のひがしに花《はな》を見《み》るかな　（右同　272）

月もよし一夜を千夜《ちよ》にかたらはむ花《はな》の胡蝶《こてう》の夢《ゆめ》の世《よ》の中《なか》　（『新派和歌大要』148）

などあって、その中に玉梅、吹香、蓮花、山紅等の名があげられているが、第三回目の折に詠んだ翡翠の歌だけは具体性があって、その名がはっきり詠みこまれていて、並々ならぬ情愛のほどがうかがわれる。右の「韓妓江陵」の歌は一五首あるが、右の三首の他は余り情感がこめられていない。右のうち二首は『紫』に採られた。

三〇年までの彼の朝鮮での行動は政治的、商売的野望に燃えて、歌にも丈夫的な活気が漲っていたが、三一年になって歌の素材に変化が生じてきた。それはもはや政界にも商界にも進出すべきことを諦めて、残る朝鮮での生活を芸妓らとの遊興に心よせ、歌の素材として多く詠んだのであろう。このころから鉄幹の歌は手弱女的な傾向になっていたことが分かる。『紫』の出たころ、晶子との強烈な恋愛によって「虎の鉄幹」を「紫の鉄幹」に変えしめた、と評されたこともあった。確かに『紫』では手弱女ぶりの歌を意識的に多く詠んでいる。こうした詠風は『紫』に突然生じたものではなく、三一年から三二年にかけて、第四回目の渡韓の折には特に芸妓の歌が多く、手弱女ぶりの歌が多かったことから、晶子との恋愛以前に鉄幹には手弱女ぶりの歌がすでに萌芽していたと考えられよう。しかし晶子との恋愛のような烈しいものではなく、渡韓のころは美意識の対象としての青春のはけ口であって、晶子に送った恋歌とは異質なものであった。

第四節　第四回目（明治三一年一二月ごろ～三二年二月ごろ）

ここで特筆すべきこととして、鉄幹の渡韓について「資料㈢」で自ら三回と書いているが、『鉄幹子』に、

四たび玄海の浪をこえ　韓《から》の都にきてみれば　秋日かなし王城や……むかしにかはる雲の色（「人を恋ふる歌」）

と詠んでいることである。『鉄幹子』中の「銷魂録」の詞書にも「われこゝに四たび漢城に入りて……」と記され、また他においても『鉄幹子』に、

四たびわれからのみやこをおとづれて国のなげきの数つくしける　(137)

などと、はっきり四回渡韓のことを詠じている。三回目渡韓の帰国は三一年五月であるが、その後同年の秋ごろ四回目の渡韓を成したのではないかと思われる。『鉄幹子』に

三十一年《ねん》十二月浦塩斯徳にありて

またぎても踰ゆべき海の北のかた他人《ひと》の国あり浦塩斯徳《うらじほすとつく》　(60)

西部利亜《しべりあ》の朝北《あさきた》おろし海に入《い》りて氷になりぬ浦塩斯徳　(61)

元山港《げんざんこう》にて某生《ぼうせい》の為めに

左手《ひだりて》に血に染む頭顱《かうべ》七つ提《さ》げて酒のみをれば君召すと云ふ　(62)

という歌が掲載されていることから、三一年の秋ごろ、ロシアや元山を周ったのではないかと思われる。鉄幹にとって第四回目渡韓は一種の付随的なものと考え、余り重要な意味がなかったため回想として記録しなかったのかも知れない。従って彼の資料にも記さなかった。しかし右に記したように四回目渡韓の事実は考えられる。

いずれにせよ、彼の渡韓は客気に満ちた青春期を飾る一齣として彼の生涯に大きな意味をもつと共に、彼の文学

形成にも役立ったと言える。政界や商界にも乗りだして、勇躍功を成そうとした若き日の鉄幹の冒険と夢想が無残に破れたことによって、おのれを知り「柄にない」ことを夢みていたことに目覚めた。そして直文の忠告に服して本格的に文学修業に専心するようになった。熱しやすい彼の性情ではあったが、朝鮮での体験を生かして新しい歌へと自ら方向づけ、やがて「明星」を舞台として晶子と共に新派和歌を誕生させていくのである。

第五章　一詩歌集出版

第一節　『東西南北』

(一) 体　裁

明治二九年七月一〇日、東京市神田区三河町二丁目一六番地の明治書院より第一詩歌集『東西南北』初版刊行。二〇四頁、体裁は四六半截、縦一二・七、横九センチ、クロス製。定価二五銭、並製二〇銭。うぐいす色の表紙、表題と扉には「鉄幹　与謝野寛著　東西南北　東京　明治書院」とあり、次頁には「朝鮮国前内部大臣兪濬君題字」の小文字があり、その左に大文字の二行書で「泰和洋々」とあり、次に「朝鮮国前軍部大臣趙義淵君題字」の小文字の左に「金玉其音」が載っている。次に井上哲次郎、萩の家主人直文、鐘礼舎主人　鷗外（長歌）しらがしのやのあるじ鯛二、藤園主人　小中村義象、坂正臣、子規子、正直正太夫、青崖山人（漢詩）、佐々木信綱（歌三首）の一文があり、その後に鉄幹の「自序」がある。本文は短歌二五四首、連歌三（鉄幹26句、槐園26句）、新体詩四三、漢詩一、都々逸一から成っている。再版は同年八月一五日刊行、体裁は初版と同じ、表紙の上部に「訂正再版」とある。三版は一〇月五日に「訂正増補三版」となり、体裁・本文・友言は再版と同じ、一三日に四版、友言は五七頁。五版が三〇年八月一日刊行、訂正増補五版で、「友言」は同頁、それに「苦語」という『天地玄黄』評四三頁あり、この版以降は「版権所有之証の印を廃す」とある（『東西南北』と『紫』の間（一）「大妻女子大学文学部紀要」第3号　広田栄太郎）。重版について「資料㈢」の二九年の項によると、

此くの如き蕪雑なる歌集が両年ならずして廿幾版を重ねたるは、一は旧様と現状とに不満なる新興青年の一般的気分に投じたるなるべく、一は多数名家の序文を添へたることに由りしならん。

とあるが、初版から六版までと一一版が現存しているようである（明星以前の鉄幹「近代短歌研究」昭38・11　佐藤亮雄）。『東西南北』の自序には、

この四五年間の、新聞雑誌に見えたるものと、小生の記臆に存するものとを択んで、この一巻と致し候ふと言っており、さらに直文の「慇懃なる策励」によって「この一巻を公にする勇気」を得、その高大なる師恩は「十年なほ一日の如く」と深謝している。さらに槐園を「益友」と書き「意気相投じ、肝胆相許すこと、茲に五年、共に同一の事業に従ひて、嘗て一日も争はず」、ただ槐園の細評を得られなかったことを「遺憾に思ひ候」と叙している。このころ槐園はまだ朝鮮に止まっていた。「亡国の音」の背後には直文、槐園の合意があり、『東西南北』には直文の激励や槐園との朝鮮生活が素材となっていて、槐園なくしては鉄幹の渡韓体験は得られず『東西南北』も誕生しなかったであろう。すでに『亡国の音』で鉄幹は旧派の歌壇の巨匠に毒づいていたが、『東西南北』刊行の二九年に至ってもまだ桂園派の歌風は衰えていなかった。

㈡『東西南北』出版に対する危惧と抱負

「資料㈢」の二九年の項によると、『東西南北』刊行に際し、発行者の明治書院社主三樹一平が「例無き新歌集の出版に危惧を抱だき……原稿を携へて浅草・小石川・芝の名のある三人の易者に判断を乞ひ、その二人までが可なる由を」聞いて印刷したほど周到な精神で準備をして出版したのである。その上「猶能ふ限り多数名家の序を添

へて」失敗しないように十分に用心したともある。しかし「ぐれんどう（二二）」（「読売新聞」明29・8・7）に鉄幹は「『東西南北』の如きも、知人にて新米《しんまい》の書肆《しょし》を営むものに呉れてやりたる原稿のみ」と不遜に書き、さらに「一篇の文幾ページの批評を売つて腰を社会に折るハ他人の事、われハ商人として腰を世間に折る者。詩ハ只、以て生れたる道楽に外ならず候」と書いている。若気の勢いか、自分にとって詩は道楽だと、不遜とも気負ともつかぬ、豪放磊落さ満々である。『東西南北』は出版一ヶ月後に再版になったせいか、出版前に抱いた三樹の危惧を忘れたかのように鉄幹は創業間もない出版社で出版させてやったと書くほどに横柄になっていた。予想以上の反響を得た『東西南北』の再版末尾と『天地玄黄』初版末尾に「友言」として共に「諸新聞雑誌の批評」が三一掲載され、賛否両論だったが、注目を浴びたことは確かである。「露骨」、「生硬蕪雑」、「無造作」、「真率」、「勇壮」、「斬新奇抜」、「幼稚悲憤慷慨」などと多角的な批評が新派歌人としての鉄幹に与えられた。彼自ら『東西南北』の自序において

　小生の詩ハ、短歌にせよ、新体詩にせよ、誰を崇拝するにもあらず、誰の糟粕を嘗むるものにもあらず、言はバ、小生の詩ハ、即ち小生の詩に御座候ふ。

と書き、また「毀誉何れにせよ、小生ハ、諸君の批評に由つて、小生が、発憤自励の念を増したることを、幸栄と心得候ふ」と「小生の詩」として自負した。従来の和歌形式を破って一句ごとに句読点をつけ、五句の定型を保って卑近なものを思うままに取材し、形態内容共に短歌革新をめざしたとも言う。『東西南北』刊行の翌月の「読売新聞」（明29・8・8）掲載の「ぐれんどう（三）」に

　わが歌《うた》に兎角《とかく》の批難《ひなん》を試《こゝろ》みる人《ひと》ハ従来《じゆうらい》の詩形以外《しけいいぐわい》に何《なに》ものをも知《し》らざる人か、さなくバ殆《ほとん》ど詩《し》と云《い》ふものゝ意義《いぎ》を知《し》らず、只流暢《たゞりうちやう》にだにあれバ歌《うた》なりと思《おも》へる無学《むがく》の批評家《ひひやうか》なるのみ。われハ過分《くわぶん》かハ知《し》らざるも、短歌《たんか》にせよ長歌《ちやうか》にせよ、共《とも》に一新体《しんたい》を創出《さうしゆつ》せむと力《つと》むる者《もの》、従来《じうらい》の歌《うた》ばかり見《み》なれたる人《ひと》より、色々《いろく》の批難《ひなん》を被《かづ》むるハ覚悟《かくご》の前《まへ》なり

と自分の歌への非難を十分知りながら、自らの新派和歌を標榜し、自負に満ちた自尊の念を強めている。しかし後年の「沙上の言葉㈤」（「明星」大13・11）によると、

当時は此様なものにも自負を持つてゐたが、その悉く非なることはやがて一年後に至つて知つた。言はば修養なく閲歴なき少年期の癡愚な自己を余す所無く吐き出したものが此集であつた。稚気、衒気、野気に加ふるに膚浅な程度の漢詩趣味を以てしたものに過ぎなかつた。……自分は此集に就て今更弁疏する気は毛頭ないが、実力無くして唯だ自由と創新とを欲する田舎臭い少年が、軽浮な偽悪を以て反抗の声を挙げ兼ねて行くべき道を模索しながら見苦しく跪いてゐる Timid な自己を自ら鞭韃しようと試みたのであらう。われながら余りに真実の自己の半面が此集に掩はれてゐると思ふ。臆面もなくよく是だけ自分の愚劣な方面ばかりを此集に並べ出したものである。偽悪にせよ何にせよ要するに徴兵適齢前後の自分は此様な浅薄な自己しか歌ひ得なかつたことを愧入る外は無い。

とその短所を極端に披瀝しており、また「資料㈢」の二九年の項においても、

未だ毫も独創の新味無し。この内の軟弱なるものは、曾て十七八才の頃、家の歌会席上に作れる歌の中より、万葉風なるを避けて、父の歌風に擬して遙かに及ばざる題詠の作のみを採り、また勃卒にして粗浅なるものは、東京に出でたる以後の作を収めたり。

とある。これらは回想なので『東西南北』の自序や「読売新聞」に書いた血気さかんな青年期の文章とは隔たりのあることは当然である。そこには若き日の「愚劣」と「浅薄」への自己反省が見られる。

㈢　内　容——虎の鉄幹

冒頭の、無題二首

1 野に生ふる、草にも物を、言はせばや。　涙もあらむ、歌もあるらむ。

2 花ひとつ、緑の葉より、萌え出でぬ。　恋しりそむる、人に見せばや。

ここに見る新しさは「亡国の音」で提唱した「我と宇宙の自然との一致」を思わせる。古歌の類型的な自然鑑賞から脱し、自然の風物に語りかけるという人間と自然の心の通いである。これらの歌に見られる青年の捉え所のない心情のはけ口は、既成の制約から脱しようとする新しい時代の青春性と言えようか。それはまさに涸渇した伝統和歌打倒の第一声であり、所謂鉄幹の言う「小生の詩」、言い換えれば我が歌なのである。

また大丈夫の歌として

49 韓山《からやま》に、秋かぜ立つや、太刀なでて、　われ思ふこと、無きにしもあらず。

50 から山に、吼ゆてふ虎の、声ハきかず。　さびしき秋の、風たちにけり。

66 いでおのれ、向はバ向へ。逆剥《さかは》ぎて、　わが佩《は》く太刀の、尻鞘《しりざや》にせむ。

などの歌が見られる。丈夫振りを表現する素材として「太刀」や「虎」が当時多く詠まれていた中で、右の三首目の歌に注目してみる。この歌には「咸鏡道を旅行して、雪中に、虎の吼ゆるをきくこと、三回」と詞書があって旅中の体験として「虎」と対決する勇壮な鉄幹の姿が彷彿とする。他にも「虎」の歌が多いことから誰言うともなく「虎の鉄幹」という呼称が丈夫振りの提唱者鉄幹のイメージと重なるようになった。その後、浅香社同人だった大町桂月が「明星」（明33・8）で「鉄幹に寄す」と題して「痛飲一斗、歌百篇　虎や刀《かたな》を持ちきつて、あはれや、虎の鉄幹が　みそひと文字のお師匠様《ししようさま》」と揶揄とも皮肉とも戯言ともつかぬ表現で「虎の鉄幹」を持ち上げている。右の三首目が発表された時点では、虎と向き合うほどの逞しい渡韓時代の青年鉄幹の実体験だと錯覚するほどに強烈な印象を与えていたのであろう。

ところが右の三首目（66）の歌はすでに「婦女雑誌」（明25・11）に掲載されていて、その詞書には「虎の絵の讃に」とあって、初出の下句が「吾朝よひの敷皮にせん」となっていた。まったく内容が変わっていて日常的な虎の敷皮にしたいと言う平凡な歌であった。それを『東西南北』では虎と向き合う事実のように作り変えている（93頁参照）。虚構が素晴らしい歌を生み、勇猛果敢な「虎の鉄幹」を作り上げたのである。しかし韓国で行動を共にしていた鮎貝槐園は、この地（咸鏡道）は虎に縁が多いので「使つたまでで与謝野は行つてゐない」（「立命館文学」昭10・6）と鉄幹と虎との事実関係を否定していることも合わせて、これは夢とロマンを複合させた鉄幹の詩精神の表れと言えようか。66の歌は渡韓以前の作である。『東西南北』刊行のころ、「虎」は流行語のようで海上胤平も、明治二九年の「二六新報」（7月1日）の「雄たけび（四）」に、

虎もいま吼え出でぬべし月さえて嵐ふき立つもろこしが原

と歌い、また坂正臣も同紙（7月28日）の「雄たけび（一六）」に

から人をうつには飽かで御軍は虎やかるらじもろこしの野に

と歌っている。胤平と正臣は対蹠的な立場の人であるが、いずれも日清戦争に関連ある素材として「雄たけび」欄で「虎」を歌っている。当時は勿論今日も「虎の鉄幹」とあだ名されているが、朝鮮での体験を特異に表現するために虎を利用して一つの世界を作り上げたのである。「二六新報」の「雄たけび」欄では虎を素材にした歌が多く、虎剣調、丈夫調の勇渾さを以て戦争を賛美し士気を鼓舞し、大勝利をめざして国民意識を高揚せしめるための表現の一つとして「虎」を駆使したとも言える。この詩歌集では日韓の国情や事変を扱っており、それらに関係の深かった日清戦争終結直後の出版であったことが、青年たちからの多くの支持をかち得たのであろう。

127世の人の、春の眠を、おどろかす、　嵐もがなと、思ふころかな。

と新時代への覚醒を促して歌い、また

70宮人《みやびと》の、歌をよわしと、そしりしハ、　君と相見ぬ、むかしなりけり。

と桂園派への批判を回顧して歌っている。この他、透谷の死を悼む歌、直文、槐園、父母のこと、子規、天佑俠、韓国での生活、戦死、戦勝、南州など、また日韓の歴史的展開、慷慨など、第二回目までの渡韓生活が多く取材されており、内容が広く網羅されている。

総じて、『東西南北』の内容は多くの問題を孕んでおり、新派和歌の先声を成した詩歌集として意義深く、表現や発想、構想において斬新であるが、中には旧派的な情趣を漂わせている歌もある。たとえば「132桃さくら、都ハ春に、なりてより、　山にハ帰る、人なかりけり」「133高殿ハ、柳の末に、ほの見えて、　けぶりに似たる、春雨のふる。」「134世はなれて、ここに住まばや。山かげの、　梅さくあたり、水もありけり」など旧派的詠風である。

130若菜つむ、野辺の少女子、こととはむ。　家をも名をも、誰になのるや

万葉擬態の歌は右の一首だけである。この歌は万葉集冒頭の雄略天皇の歌「こもよ、みこもち、みくしもよ、みふくしもち、この岡に、菜つます児、家聞かな、名のらさね……」に類似している。

『東西南北』刊行以前に発表された「婦女雑誌」の歌論や「亡国の音」には新派和歌の理論はあったが、『東西南北』には理論どおりの歌は見られなかった。旧派から新派へ移行する画期的な意義のある歌はあったが、稚拙感は免れ得ない。大町桂月が「帝国文学」(明29・8)において「幼児の片言に類するもの多きを喜ぶ」と皮肉ったとおり、表現や用語はいかにも幼稚である。伝統和歌の類型から脱して丈夫ぶりを提唱したことは革新的だったが、まだ旧派的な詠風を脱し切れていない。その意味で文学性は未だ十分と言えず、青年の客気に満ちた感情を率直ながら蕪雑なままに打ち出した第一詩歌集であったと言えよう。

第二節『天地玄黄』

㈠体　裁

明治三〇年一月三〇日発行の第二詩歌集。明治書院より刊行。四六半截、縦一二・七、横九センチ、紙装、一四六頁、定価二〇銭、表題、扉共に「鉄幹　与謝野寛著　天地玄黄　東京　明治書院」と『東西南北』と同じ筆跡である。その後に著者の例言がある。短歌一三二首、連歌一（鉄幹五句、独尊五句）、新体詩一一、附録として浅香社同人の伊藤落葉の「こぼれ松」（詩歌）、薫園の「わか菜」（短歌）、佐々木独尊の「寒梅一枝」（短歌）があり、巻末に「評家諸君に懇請致し候ふ」の「与謝野寛」署名の一文あり、その後に「友言」があり、奥付がある。『天地玄黄』は『東西南北』刊行の時のような三樹一平の危惧はなかったと見え、「資料㈢」の三〇年の項に「三樹一平氏の希望に由りて刊行す」とあり、彼自身後年、「沙上の言葉（五）」（前掲）においても「書肆の方から進んで望まれた」と言っており、さらに

自分は既にそろそろ『東西南北』の醜さに気が附き初めて居たので出版慾は起らなかつた。内容に少しの進歩も無く、前集の残り物と云ふ風があつた。之を機会に友人を紹介したいと思つたので、金子薫園君外二名の作物を附録にして出版した。此集も相応に世間から迎へられたので、書肆の迷惑にはならなかつた。

と『東西南北』と同じように反省を洩らしている。

㈡内　容

素材となっている内容は『東西南北』ほど朝鮮のことが多く歌われていない。また丈夫ぶりや虎剣調は比較的影を潜めている。志士的気風は神や鬼神対人間との戦いの叙述に転じ、そこに『東西南北』とは違った抒情性と浪漫性が芽生えている。しかし画期的で斬新だった『東西南北』の気概は沈潜し、生硬蕪雑な感情の表白と表現は抑制され、一面においては漸く稚気を脱した、ゆとりさえ感じられる。

128人こふる、なさけならねど、梅の花、　夜《よる》こそことに、香はまさりけれ。

129立ちぬれし、花のしづくの、ここちして、　朝日にとくる、松の雪かな。

などはまさに古典の美的世界である。また「人鬼」「海嘯」「乾坤寥廓」と題する長詩、さらに母の死を悼む詩歌や散文には激しい情感がこめられている。他に「人鬼」と題する長編の詩は、黄金のために生きる人間の浅ましさを風刺的に歌おうとしたもので、伝統を破壊させようとする強い信念と旧套を固守しようとする人間の哀れな終末を告げている。「人鬼」こそ旧思想の権化であり、これを駆除することこそ新時代への覚醒であることが歌われている。

また、「乾坤寥廓」に見られる伝奇的な詩風は平安時代の物語的情趣を思わせ、『竹取物語』の筋を追って七五調の韻律もあでやかに、これと前後して、風や石、月などの風物と神を対抗させ、そこに人間の心も通わせて自然界の奇怪さを詠じている。この詩は三〇年二月の「反省雑誌」の雑録に、「鉄幹」の名で発表された。その詩の前書に「小生の詩、由来粗豪の文字多しと叱斥せらる。この種の詩の成れる、作者自らも亦異とする所。改悛の実果して著れたりや否や。敢て評家の一閲を煩さむとす」とあるが、『天地玄黄』では右の前書は削除されて、詩だけが収録された。

1水のんで、歌に枯れたる、我が骨《ほね》を、　拾ひて叩く、人の子もがな。

右の冒頭歌は『東西南北』の冒頭の歌に比すと、成熟した感じであり生命をかけてうちこんだ歌の道を思わせる。

それは骨が枯れるほどの貧苦の中で歌を詠みながら一生を終えていった人間を知ってほしいという。まさに自らの人生を暗示しているかのようである。前集に比べて幅広く取材されており、集中最古の歌として旧派的な歌に、

落葉（十八年の冬の作）

103さよしぐれ、すぎし板屋の、つまかげに、　なほ漏る雨は、木の葉なりけり

吉野に遊びて。（十九年四月作）

116優婆塞《うばそく》に、ともなはれきて、我もまた、　さくらに籠る、みよし野の山

題画（十九年冬の作）

120滝川の、岩にくだくる、月かげを、　つばさにかけて、なく千鳥かな

があり、116以外の二首の初出はすでに分かっている。103の歌の初出は「二六新報」（明26・11・22）の「無題」で、「あさ香社」の署名、120の歌は「婦女雑誌」（明25・12）の「月前千鳥」の題で「奇美霊の舎」の署名で掲載されている。それが『天地玄黄』では明治一八年、一九年の作となっている。これを信ずれば、これらは一二、三歳ころの歌で、漢詩に熱中していたため岡山中学に入れなかったころのことになる。このころはまだ歌に関心はなかったはずだが、作ってあったものを活字にしたものか、あるいは旧派の歌もできるということを示すために故意に「十八年」とか「十九年」と添えたものか。作為的か無意識にしたものか分からない。右の三首はいずれも静寂な情趣と沈潜した心境を見せている。また題詠的だが、抒情的な美しさを漂わせている歌として、

15里川の、ふたもと柳、かげ瘦せて、　霧にしめれる、有明の月。

131さむからぬ、あらしに春の、日は暮れて、　花の吹雪に、鐘かをるなり。

などがあって『東西南北』に比べて洗煉された古典的情趣を漂わせている。

集中、もっとも多く詠まれているのは母の歌である。母の性格と教育法や母の死を記した「断腸録」は臨終に間

に合わなかった鉄幹の断腸の思いを詞書に切々と訴えている。「あまりの悲しさに、暫しは涙も出でず」と書き、母の膝下離れて一五年、東西に流泊し、二年以上共に住んだことなく「蹉跌また蹉跌、屢、慈懐を悩して、未だ一日も秀眉を開かせまつらざるなど、児が罪のふかさ、測るべからずと謂ふべし。思ひつづくれバ、千恨万悔、九腸ために寸断せんとす……」とあって一首あり、そのあとに詩や歌がある。

25 生ひさきの、栄え見せよと、我かしら、　なでて育てし、母にやハまさぬ。

また「亡母を懐ふ歌。二首」の中、一首をあげる。

44 傘の上に、ひと葉こぼるる、もみぢ葉を、　ははそとよぶも、悲しかりけり。

など母への挽歌が集中でもっとも実感がこめられていて印象深い。この他第一回渡韓を歌った二八年四月、八月の歌、第二回渡韓の二八年一二月、二九年三月の歌はいずれも前記の回想どおり、「前集の残り物」といった感じである。『東西南北』出版の半年後であったせいか、新鮮味が薄い。徳山時代の作として二四年三月、二五年二月の歌。また明治書院創立、『天地玄黄』出版についての詞書、跡見女学校教師時代の作、新詩会創立などの作がある。『東西南北』と時期を同じくするものや刊行後の作もあるが、渡韓の作品は前集に比して少ない。

稚気から熟成への変化を見せる過渡期の作品として『天地玄黄』は三四年に刊行する『鉄幹子』（3月）『紫』（4月）のもつ浪漫的歌風を少しずつ見せはじめている。『東西南北』ほどの画期的な意義はないが、洗練された情緒の美しさにおいて『東西南北』に劣るものではない。『天地玄黄』は『東西南北』ほど版を重ねなかったし、人気も下がったであろうが、これらの二詩歌集は姉妹編として鉄幹の朝鮮生活を知る上で重要な作品である。『天地玄黄』から『鉄幹子』刊行までの四年間の鉄幹の文学上の活動と一身上の変転が『鉄幹子』『紫』の内容を占めるが、『天地玄黄』まではまだ、ますらを調が残っていて青年鉄幹の片鱗をうかがわせるものがある。

第二編　鳳しょう

第一章　おいたち

第一節　駿河屋と晶子誕生

晶子は明治一一年一二月七日、和泉国堺州甲斐町の菓子商老舗駿河屋主人鳳宗七、つねの三女として誕生した。父鳳宗七は大阪府堺駿河屋二代目の当主である。駿河屋の開祖は紀州の岡本善右衛門であったが、晶子の生家の駿河屋とは血縁ではなく、主従関係であった。駿河屋の起源について晶子の甥に当たる堺在住だった故鳳祥孝によると、徳川頼宣公（家康の子）が紀州和歌山に封じられた時、御用菓子屋の駿河出身の鶴屋も移転したが、紀伊藩に鶴姫（綱吉の娘）がお輿入れするに際し、同名を憚って改名した。鶴屋は出身地の駿河に因んで駿河屋の屋号を賜わった。この菓子舗駿河屋の一族が京都伏見の油掛町に支店をもち、次男は大阪の淡路町（今の平野町堺筋）に分店した。このころ、毎年越前から伏見に出稼ぎにやってくる杜氏《とじ》（酒造の職人）の中に越前の鯖江から来た鳳惣助がいて、彼は菓子造りの方が好きで、淡路町の駿河屋に奉公した。惣助は、その後、暖簾を分けてもらい、大阪の心斎橋に分店し、新たに駿河屋を作った。やがて大阪の店を閉じて堺の甲斐町に移住し、惣助を宗助に改め、さらに初代宗七を世襲して堺州駿河屋の開祖となった。この人が晶子の祖父に当たる人だと言う。以上は駿河屋に伝わる伝説めいた話であるが、歴史的に見ると、江戸幕府は一六〇三年、徳川家康が開き、五代将軍綱吉は一六八〇～一七〇八年まで将軍であった。この間に前記のように和歌山の駿河屋ができ、その後、一八三〇年から一八四三年までの天保年間に晶子の祖父に当たる人が堺に移住した。晶子の父宗七は弘化四年（一八四六）生まれであるから、初代宗七（晶子の祖父）が天保年間に初代駿河屋の主人として堺に移ったことは年代的に合致する。初代宗七の名をもって開店した宗助の本名は重兵衛であり、妻静の商才により、駿河屋は一代で非常に発展した。鳳家系図を左に掲げる。

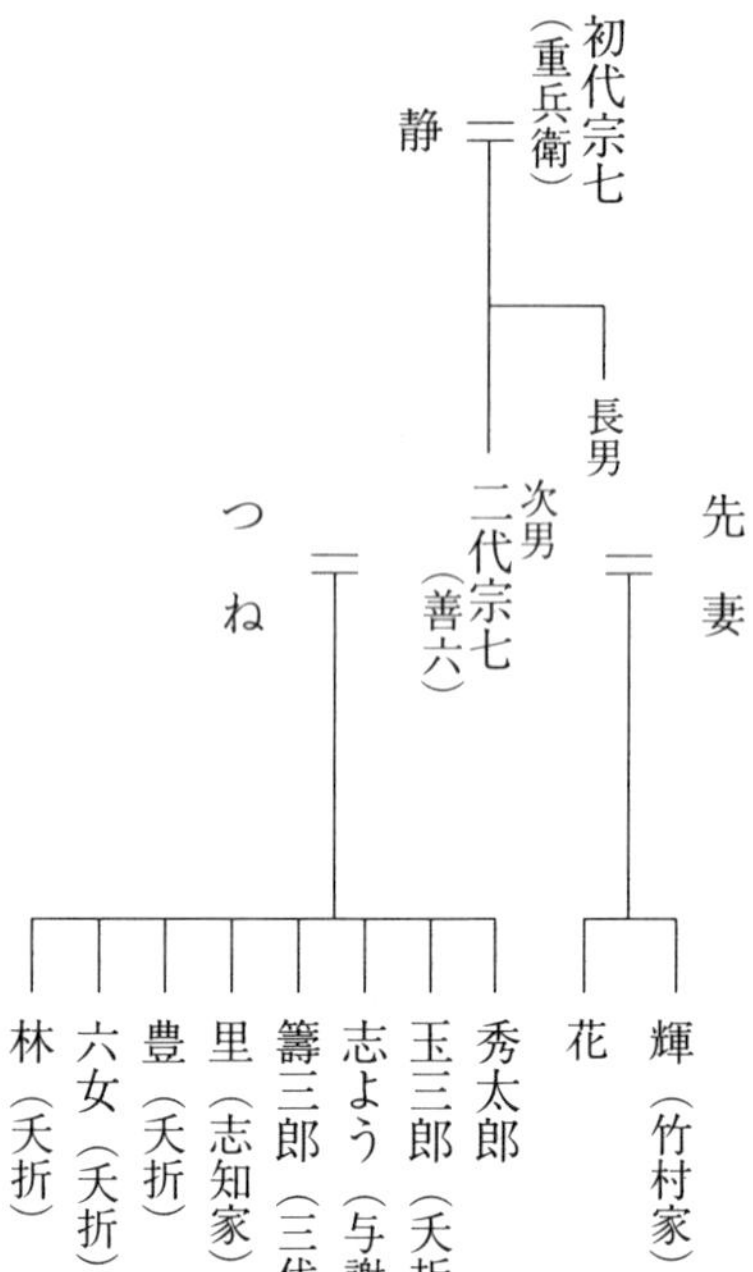

一方、長男与謝野光の「母・晶子（一）」（「明星」昭22・8）によると、

鳳の家はもと越前の出で堺近郊の鳳村に移り住み鳳を名乗つたと謂ふ事である。新田義貞の一族の某が大勢の部下を率ゐて堺に移つた事があるので多分其の時の従者ででもあつたのであろう。

とあって、さらに

後年祖先の事を自慢気に話す人が母に貴女の祖先は等と聞く度に越前の土百姓だらうと答えて居たが、後で私に祖先の話等凡そ馬鹿々々しい事だと話した。鳳村に来て何代か知らないが和歌山の羊羹で知られた駿河屋に奉公に出て年期があけた後に大阪でのれんを分けて貰つて駿河屋分店を持つた。多分此の人が母の曾祖父であらう。後に大阪よりも魚の美味しいと云ふことから堺に移つて菓子屋を初めた。此の人の長男は変つた人で勉強が好きで商売は次男に譲つて自分は一生読書三昧で終つた。そこで次男である母の祖父が業を継ぐ事になつたが、嫁に来た母の祖母が非常に商才があつたので此一代で店の基礎が固められたのだつた。

と駿河屋について書いている。一方は杜氏、一方は新田義貞の一族のようだが、いずれとも確定し難い。晶子自らも後に「町家の卑しい家に生れたわたしには固《もと》より誇るべき祖先もない、極《ごく》近い世の祖父の人となりさへ定かには知ることが出来ない家に生れたのである」（清少納言の事ども―『一隅より』明44・7）と述べている。

晶子の祖母は算術にもたけていて店の切盛り一切を引き受けていたが、祖母が早死にしたため、商売嫌いの長男に代わって次男である晶子の父が家業を継いだ。この勝ち気な祖母は後継の次男の嫁が気に入らず長女出産後、次女懐妊中に離縁させた。長女輝五歳の時、晶子の母つねは後妻として駿河屋に嫁いだ。次女花について晶子は後に『恋衣』（明38・1）の詩「鼓いだけば」に、駿河屋に一四歳の時ひきとられたと書いている。父宗七はしっかり者の妻つねに店を任せて読書や俳句を楽しみ、時には新聞や雑誌に俳句を投稿したりしていた。宗七在世の元治元年（一八六四）、長州藩への御基金調達元帳には「甲斐町駿河屋善六（二代宗七）三十五両・六月納」とあることから、相当裕福な商人であったらしい（『日本文学アルバム与謝野晶子』塩田良平編　昭31・11　新潮社）。

晶子の妹の里の直言によると、当時の駿河屋はハイカラで、羊羹や和菓子の他、洋酒なども店に並べてあったと言う。また駿河屋の銘菓「夜の梅」は父宗七の創案であり、そのころ堺の商家の子女らに小学校以上の教育を施すのは異例のようだったが、蔵書家で学問好きだった晶子の父は子供たちの教育に熱心で高等教育を授けた。機転の利く母と趣味人の父をもった晶子は、父の蔵書に幼少から親しみ、店の手伝いの合間には読書に余念がなかった。

晶子の母方について晶子の書いた「をさなき日」(「婦人くらぶ」明42・10)によると、実家の姓は坂上、屋号は泉喜という荒物屋で、長子は芦善という屋号をもった魚問屋、姓は鹿喰《ししくい》と言う。二番目は駿河屋に嫁いだつね、三番目がつねの妹で、この人は堺の柳之町の五郎大という魚問屋に嫁ぎ、夫の姓名は龍野源太郎と言った。晶子はこの叔母の家に三歳まで預けられたとある。このことは「母の文」(「明星」明34・11)にも詳述されている。晶子は戸籍上、鳳しょうとなっている。関西では長姉をあねいとはん、中姉をなかいとはんと言い、三番目からは本名をつけ、晶子の場合はしょういとはんを、略してしょうとはんと呼ばれていた。このしょうが晶《しょう》に通じ、後に晶子は

　われの名に太陽を三つ重ねたる親ありしかど淋し末の日　(「流星の道」516)

と歌っているが、しょうの音に「晶」の字を当てたのであろうか。「母・晶子(一)」(前掲)の中で「水晶の様に美しくあれかしと謂ふ親心」から命名された、と晶子が述懐していたことを光は伝えているが、始めから「晶」という字を意識して「しょう」と親が名付けたものか否か分からない。

また光から「鳳家ではおしょうと呼んでいたので、結婚してからあき子と呼ばれて自分だと気付かないことがあったと母から直接聞いていた」という直言を得た。しかしすでに述べたが、初めて晶子の歌が活字になった「文芸倶楽部」(明28・3)も「ちぬの浦」百首(明30・12・29)中の一首もみな「鳳晶子」と署名されている。また晶子は堺時代の友人河野鉄南に宛てた書簡にも晶子、あき、小舟、あき子と色々に使い分け、堺時代に鉄幹へ宛てた書簡にも一通だけ「あき子」と署名している。こう考えると、晶子の追想は事実と違う。いずれにせよ、志ようが本名で「晶子」は自分で考えた当字ではないかと思われる。「よしあし草」では「鳳小舟《ほうしょうしゅう》」の署名で発表されたが、「明星」以後はごく稀に使い、殆ど晶子で、たまに「あき子」を使っていた。「しょう」の音を利用して初期のころ、小舟《しょうしゅう》、沼洲《しょうしゅう》、勝女《しょうじょ》の名も用いていた。

母つねはいつも先妻の二人の娘を気遣っていた。ところが次男玉三郎夭折の後、父は男子出生を願っていたが、

その期待は外れて女児晶子が生まれた。父は失望の余り一週間ほど家出してしまった（「をさなき日」前掲・「母の文」前掲）。それを苦にしていた母は

姑様への気兼、この儘死にたやと思ひし母、其方が寝顔見ては、我死なば此児は孤児《みなしご》同様ぞとの夜毎の悶えに、産の血納り損ねて、我ふた月を膝行《ゐざり》の足立たず

（「母の文」）

とあり、乳は止まってしまい、乳児晶子は柳町の叔母（つねの妹）の家に預けられた。母は、

姑様御眠《やす》み被為《なされ》て後を、提灯ともして下女《げぢよ》も連れず、我は毎夜其方《そなた》が顔見に行くが楽しみにて候ひし。

（「母の文」）

という状態であった。明治一三年の夏、「弟の三郎生まれ」たのは晶子「三歳《みつつ》の秋」のことで、やっと生家に戻ったが父になじめず、成長と共に「父上が表面《うはべ》の角《かど》、次第に取れし様なれど」とあり、晶子を一層不憫に思う母の気持ちを「母の文」では連綿と綴っている。この弟は鳳籌《ちゆう》三郎のことで、晶子のために先に浪華青年文学会に入会して姉を入会させた、という姉思いの人であり、「君死にたまふことなかれ」のモデルとなった人である。

第二節　娘のころ

幼いころを回想した「をさなき日」（前掲）では上の二人の姉に義理立てする母は、三重の継ぎの当たった着古しを晶子に着せていたと言う。それは茶の絹縮に赤い蔦の小さい葉と白い雨とが染めてある絆纏で、女児らしくない姿であった。同級生の男児たちは晶子を、

鳳さん、ほうづきほう十郎、ほらほったらほうほ

とからかって店前を通り過ぎて行った。それを聞く度に晶子は、幼な心に惨めさと恥かしさを感じていたらしく、

一度でも可愛い、赤い物を着てみたいと密かに願ったと書いているが、当時は裕福な家でも着古しや継ぎの当たった物を着るのは普通であったようである。自らの風貌を晶子は「私は十四五年前にはおたばこぼんに結つた狸のやうな顔」（罌粟餅「趣味」明43・4）であったとも記している。後に晶子は

　ものほしへ帆《ほ》を見《み》に出《い》でし七八歳《ななやつ》の男《をとこ》すがたの我《われ》を思《おも》ひぬ　（『夏より秋へ』209・427）

　十二《じふに》まで男姿《をとこすがた》をしてありしわれとは君《きみ》に知《し》らせずもがな　（『春泥集』113）

と自らの幼姿を詠んでいる。男姿の格好をしていた「われ」を前記のように「惨め」な追想として心に残していたのであろう。一方では無鉄砲で潑剌とした子供のころを懐かしんでいる。

八歳ごろから古典や史書に親しみ、九歳ごろには一般的な当時の教養として樋口漢学塾に通うようになった晶子は、はじめ学校を厭がったが、次第に馴れてゆき、算数だけは優れていた、ごく平凡な子供であった。

明治二一年、一一歳で宿院小学校を卒業した。新間進一の「与謝野晶子評伝」（「国語と国文学」昭25・10）には、晶子の小学校のころの成績について、作文八六点、読方九六点、修身百点、席次は二五八人中八二番だったと記されている。この間、堺市にある漢学塾にも通ったが、それは当時の一般の教養であったようである。ところが自らの成長過程を晶子は省みて「私の親は真実の父母なのであらうか」と疑ってみるほどで、両親に馴染めなかったようである。しかし「どちらかと言えば派手好き」で、「華やかに物を云ふ」（「をさなき日」）娘であった。

以下「私の貞操観」（『雑記帳』大4・5）から娘のころを回想してみる。封建的環境にあった父母は「娘が男の目に触れると男から堕落させに来るものだと信じ切つて居た」ので、男に対する用心から一人歩きや特に夜の外出、屋根の上の火の見台に出ることすら許されず、毎夜寝室には錠を下すという日常であった。二人の姉の嫁いだ後、勉強のため不在の兄、弟、妹に代わり「投げやりな父に代り病身な母を助けて店の事を殆《ほとん》ど一人で切盛《きりもり》」し、「小娘の時から舅姑《しうとしうとめ》の様な父母に仕へて有らゆる気苦労と労働をして居た」。また一方で「一点の批を打たれない様

にしようと云ふのが自分の其頃の瘦我慢であつた」。そんな晶子を両親が普通の女として育てようとすることを不満に思い、「全く人目に触れない女になつて仕舞はう」、とまで考えたりしていた。

右の同文で、自分の家庭を「あの小都会の陰鬱な不秩序な家庭」だと言い、「自分の郷里は歴史と自然とこそ美しい所に富んで居ても、人情風俗は随分堕落した旧い市街であり、自分の生れたのは無教育な雇人《やとひにん》の多い町家」だと批判的である。こうした旧習への反発を晶子は後に、

のろひ歌かきかさねたる反古《ほご》とりて黒き胡蝶をおさへぬるかな

（『みだれ髪』119）

と詠み、封建的な習俗への抵抗を示している。このような古い暖簾に閉ざされた生活に矛盾を感じながらも、兄妹中で、晶子一人だけが駿河屋を手伝い、店と両親の世話をしていた。妹志知里の直話（筆者との対面は昭42）によると、店の品物の販売や工夫は晶子が中心になってとり仕切り、また注文帳の整理や父不在の折の帳簿付けは晶子に任せられていた。また毎年、勅題に因んだ趣味を生かして作る菓子の創案も殆ど晶子の意見だったらしい。店にいて朝から正午まで絶えず客が出入りする中で、晶子はその応待に忙殺され、羊羹場で丁稚らと菓子を作ったり羊羹を切ったりしていて、その合間に読書や作歌にふけっていた。また後になって長男与謝野光の「母・晶子（二）」（「明星」昭23・8）では

羊羹を求める客があまり熱心に本を読んで居る少女に声を懸けるのを躊躇らつた事も屢々あつたと云ふと人から聞いていた母晶子の追想を伝えている。当時の晶子を「文壇活人画（四）」（「文庫」明34・3）でも

机に倚りかゝつて、歌を書きながら客が来れば、起つて手づから羊羹を竹の皮へ包んで『ハイお待遠さま』をやるのだが、

と機敏に働く晶子の様子を描写している。客が去ると身を翻し書物に目を注ぎ歌を詠み、現実の生活を忘れたように空想の世界に飛び入り「心は源氏物語の貴女《きぢよ》にも変形し」（『晶子歌話』大8・10）と晶子自身も書いている。手

紙や歌を書くのは「羊羹場《やうかんば》と申す大真名板《おほまないた》」で「人様《ひとさま》のやうに机《つくえ》の前《まへ》で本《ほん》が見《み》らる、身分《みぶん》に一日《にち》でもなりたい」（歌の作り始め「女子文壇」明41・1）と願い、また人に出す手紙や『みだれ髪』の歌も真名板の上で作った、と書いており、そのころを回想して後に、

　長持《ながもち》の蓋《ふた》の上《うへ》にてもの読《よ》めば倉《くら》の窓《まど》より秋《あき》かぜぞ吹《ふ》く　（『火の鳥』451）

と詠んでいる。また当時の生活の中で寸暇を利用して耽読していた晶子は

　わたしは夜なべの終るのを待つて夜なかの十二時に消える電灯の下で両親《ふたおや》に隠れながら纔《わづ》かに一時間か三十分の明りを頼りに清少納言や紫式部の筆の跡を偸《ぬす》み読みして育つたのである。

（清少納言の事ども　『一隅より』）

とも書いているのを見るといかに読書の時間を作るのに苦労していたかが分かる。中には借りた本もあったようだが、殆どは父の蔵書で「源氏大鏡栄華八代集の類を引き出して、教はる先生も無く、独合点で拾ひ読みを致します位が関の山」（藪柑子　「明星」明39・5）、だと書いている。晶子の通っていた堺女学校は、堺高女の前身で、現在の大阪府立堺陽高等学校であり、裁縫中心の学校であった。晶子は小学校から女学校にかけて古典や現代ものを多く読み、「作文を書かせると屢々擬古調の名文を書いて先生を驚かせた」（「母・晶子」（一）前掲）という。学課として特に代数が得意で、裁縫や家事の課目は馬鹿にしてやらなかったが裁縫学校で着物を縫う競争が習慣づけられていたようで裁縫は早くて巧かったという。また弟子の岩野喜久代は「駿河屋で小僧に出すお仕着せは皆晶子先生が縫はれたが、午前に一枚、午後に一枚、一日に二枚は平気で仕上げられた」（「冬柏」昭17・6）と書いている。

　晶子が当時の新しい文芸雑誌を読めたのはその多くが、東京の帝国大学在学中の兄から送られたものだった。河井酔茗からの筆者への直話によると「文学界」を取り寄せていたのは堺の街で酔茗と晶子だけだったとのことである。当時晶子が読んだと思われる新文学は「文学界」の他に「めざまし草」や「帝国文学」などであったであろう。

駿河屋における日常生活の中で、店番をしながら読書にいそしむ一方で、老舗の娘に相応しい教養として三味線、琴、踊りも習っていた。これらの諸芸がのちに自らの美意識となってロマン的な歌を多く詠むようになる。

おほづつ《ママ》み抱《かゝ》へかねたるその頃よ美《よ》き衣《きぬ》きるをうれしと思ひし　（『みだれ髪』315）
夕粧《ゆふげは》ひて暖簾《のれん》くぐれば大阪の風簪《かざし》ふく街にも生ひぬ　（『恋ごろも』56）
舞《まひ》の手《て》を師《し》のほめたりと紺暖簾入《こんのれんい》りて母《はゝ》見《み》し日《ひ》もわすれめや　（『舞姫』268）
ゆきかへり八幡筋《はちまんすぢ》のかがみやの鏡《かゞみ》に帯《おび》をうつす子《こ》なりし　（『佐保姫』82）

などの歌に晶子の青春時代を思わせる浪華人らしい華やかな風俗や生活が偲ばれる。

第二章　歌人としての出発

第一節　旧派から新派へ

作歌の動機について晶子は「歌の作り始め」（「女子文壇」明41・1）で追想して「後撰」や「拾遺集」にある女の歌があまりに拙かったのに驚いて、女は余程勉強しなければ男の中に交ることができないと思って作り始めた、と書いている。そのはじめ、晶子は堺にあった「旧派《きうは》の何々《なにく》とか申《もう》す会《くわい》へ加《くはゝ》らないかと云《い》ふ友《とも》だちが」いたが、それには乗らず「他日名《たじつな》を成《な》してから羞《はづ》かしいなど、えらさうなことを何《なん》の目的《もくてき》もなしに」言い、「月《つき》に二つか三つ位《ぐらゐ》しか出来《でき》ない」と言って、旧派歌会にいたことを否定している。晶子自身旧派の歌は習作のつもりで、新派和歌こそが自らの歌の出発だと納得していたのではないか。ここにこそ新しい歌へ向っていく晶子の姿勢がうかがわれる。しかしこれはあくまで回想なので、歌を作り始めた時の原点であったかどうか分からないが、新派歌人として未来を守ろうとしての発言であったのではないかとも思える。河井酔茗は「晶子さんの堺時代」（「書物展望」昭17・7）の中で、『春月』（「よしあし草」明32・2）以前に歌は作っていたろうが、恐らく旧派歌人の仲間に過ぎなかったであろうと言っている。事実、晶子が初めて活字として発表したのは「文芸倶楽部」（明28・9）の「懸賞披露」に、旧派歌人望月舎選の五七首があって、その中で晶子の歌は一首だけ採られた。

露しけき葎が宿の琴の音に秋を添へたる鈴むしのこゑ　　堺、鳳晶子

というもので表現も素材も旧派歌人の作そのものと言った歌である。これは『紫式部歌集』中の、

「さうのことしばし」といひたりける人まゐりて「御手よりえん」とある返事に、

つゆしけきよもきか中の虫のねをおほろけにてや人のたつねん

に似せた感じである。その翌二九年五月から晶子は旧派の「堺敷島会歌集」第三集（明29・5）に「郭公」と題し、

時鳥なく一声に雨はれてあなめつらしき三日月の影

を発表したのを始めとして、最初は毎月一首ずつ発表していたが、次第に二首ずつになっていく。

夕鶯

うめかえにねくらもとむる鶯のこゑをしるへのゆふやみの空

右に掲げたのは三〇年三月の「堺敷島会歌集」第一二集の歌である。全体として「堺敷島会歌集」には一八首発表していたが、そのうち七首が佳作になっている。入会してから五ヶ月目の二九年一〇月に晶子は女性として唯ひとり五〇銭寄付している。退会後も二回寄付し、それから九ヶ月の空白期間を経て三〇年一二月二九日に、同じ敷島会会長渡辺春樹の応募歌二千余首中から百首を選出し『ちぬの浦百首』が刊行された。その中に晶子は「和泉鳳晶子」の署名で一首だけ載せられた。左に掲ぐ。

落葉似雨　小倉山ふもとの里はもみぢ葉の唐紅のしぐれふるなり

「堺敷島会歌集」第五集掲載の渡辺春樹と晶子の歌を比べると、

夏月　なかむれは涼しくなりぬ久方の月は夏なき空に澄らん　（春樹）

夕風のたえすそよきて夏山の若葉の月のかけそすゝしき　（晶子）

である。このように、晶子の歌の作り始めは旧派和歌の題詠そのままであり、紫式部や古今集の詠風に似ていた。こうした歌に自ら限界を感じてか、一〇ヶ月で堺敷島会を脱し、その後一年余り発表していない。この空白期間に

「読売新聞」（明31・4・10）掲載の鉄幹の「草餅集」一五首中の一首に

春あさき道灌山の一つ茶屋に餅くふ書生袴つけたり

があって、晶子は深く感動し、「私が歌を作る気に成りましたのは、三十年頃でしたか」と書いている。「三十年頃」は「三十一年」の誤記で、事実は三一年の四月一五日の「読売新聞」掲載の「草餅集」一五首中の一首が右の歌である。さらに「私は其時何とも知れない新しい気に打たれました」（藪柑子「明星」明39・5）と書き、新しい歌との出会いを思い出し、

初めて此人の歌を佳いと思ひまして、斯様《かやう》な事が歌へるものなら、自分も作つて見たいなどと考へ出したのです。

とも書いている。その後、浪華青年文学会の会員となった晶子が歌を発表するようになるのは、三一年の八月の「よしあし草」からである。

また『晶子歌話（四）』でも自らの実感を短歌形式で表現しようと思い立ったのは、鉄幹の右の歌によるのだと繰り返し述べている。さらに晶子は従来の歌に比べ鉄幹の歌には伝統和歌の型を破った斬新さがあると言う。旧い歌には「窮屈な修辞上の制約があつたり」、「旧派の歌のやうに独創の無い、進歩の無い、平凡陳腐な、回顧的、常識的、概念的、類型的、非熱情的な題材の範囲にのみ停滞して居るものであつたりするならば、全く歌を蔑視して……再び其れを顧みなかつた」と言い、この歌は晶子を刺戟して、「歌に対する私の態度を一変させました」とも書いている。そして鉄幹を「明治の歌に於る因習思想の破壊者」と言い、「歌学の追従者の間にのみ独占されて居た歌を、兎にも角にも一般民衆のために、解放して、各人の個性の産物であることを教えて呉れた」と記している。かくして右の歌を通して未だ見ぬ鉄幹に親近感を抱くようになる。歌の作り始めのころについて『晶子歌話（九）』で、

歌を作り初めた一日や二日は子供のするやうに、五文字《もんじ》、七文字と指を折つて数へながら作つたりもしました。字数が足らなかつたり、また多過ぎたりもしました。けれど、三日目にはもうこの卅一音《おん》の詩形が「私自身のもの」となりました。

と言っている。また作歌の動機について『晶子歌話（三）』で、

突然にも、私の命の中から、一つの新しい衝動が起り初めました。植物が花の蕾を内から膨《ふく》らますやうな甘美な、而《しか》も狂ほしく悩ましい衝動です。

私は青春の日の愛に目覚めたのです、私は愛の確かな自覚をまだ持たずに居ながら、何と無く孤独で居られないやうな焦燥を感じました。……言ひ換へれば、私の内心に起つた新しい衝動を以て、何か創造を芸術的に実現したくてならなかつたのです。その時、俄《にはか》に私の必要を満たしたものは歌でした。

と書き、さらに『晶子歌話（五）』では「其頃、時々刻々に新しい、いろいろの感動が内から湧き上つて、それをじつと抑《おさ》へて居ることは可なり大きな苦痛であつた」と言い、その感動は「九天から九地へ激変し、小さな点ほどの事実から世界を火の中に置くやうな狂熱を生じ」、『晶子歌話（六）』では「一首の歌に余り多くの感情を盛らうとして」「混乱と晦渋《くわいじふ》に陥り」、止み難い創造への熱情、放恣なまでに駆せる空想や幻想が自由奔放に羽ばたいて歌われたのであろう。

第二節　新体詩から短歌へ

晶子は新しい歌を詠む前に新体詩に接近し、そこに近代性を求め、それを和歌革新にも応用させようとした。従って「よしあし草」へ移ってからは意識して新しさを、またヨーロッパ的なものに求めて詠み込もうと努力していた

が、まだ「明星」のような斬新さはなかった。樋口一葉の場合を考えると、旧派の歌から新しい歌へ転向できなかったのは中島歌子に師事していたことにもよるが、彼女自身本質的に新体詩に親しめなかったのであろう。それ故に彼女は「文学界」と同じく明治二六年に創設された、短歌革新を標榜する「浅香社」には入らず、「文学界」へ入って封建的桎梏に苦しむ女を小説に書き、和歌においては革新的なものを開拓しようとしなかった。

すでに明治一五年には『新体詩抄』、二二年八月には「国民之友」の夏期付録として一七編の訳詩『於母影』が、森鷗外、小金井貴美子、落合直文ら五名の訳者によって出版されていた。晶子が「よしあし草」に加わって、初めて発表したのが新体詩であった。それは明治三二年二月の「よしあし草」に掲載された「春月」であった。

別れてながき君とわれ　今宵あひみし嬉しさを　汲てもつきぬうま酒に　薄くれなゐの染いでし　君が片頰にびんの毛の　春風ゆるくそよぐかな。」たのしからずやこの夕　はるはゆふべの薄雲に　二人のこひもさとる哉　おぼろに匂ふ月のもと　きみ心なきほゝえミに　わかき命やさゝぐべき。」　鳳小舟

前記したが「鳳小舟」は晶子の初期のころの雅号である。晶子自身、歌を作り始めたころは藤村や泣菫の新鮮な詩を模倣したと言っており、一般的にも「春月」は藤村的抒情性がある詩だと言われていた。しかしもう一歩深く考えてみると、前記した『於母影』（「国民之友」明22・8）中にある「笛の音」に近いものを「春月」に感ずる。従ってこの「春月」は藤村的というより「笛の音」のイメージが生かされているように思われる。晶子自身、新体詩によって新しい短歌の出発を見出そうとする明確な意識があったかどうか分からないが、旧い歌の殻を破る前に新体詩の技法や形式や素材から新しさを得ようとして、まず「よしあし草」に新体詩「春月」を発表したのだと考えられる。「春月」の後、晶子は同年の同誌の五月に「わがをひ」、さらに一一月に「後の身」と三篇の詩を発表している。そうした新しい詩形を踏まえてから同誌に初めて三三年八月以降歌を発表するようになるのである。

塚　里川の清き調をたえすきゝて　しつかに眠る塚の主やたれ　晶子（明32・8）

七夕　今宵こそハイネとふたりわがぬると友いひこしぬ星合の夜に　　小舟女（明32・9）

などがあって三二年は寡作（7首）で三三年五月「明星」に入ってから急に歌は多作となり、益々精進していった。「堺敷島会歌集」時代と「明星」のころの歌を比べると同一人の作と思えないほどの進歩であるが、その間に「よしあし草」掲載の歌もあった。同じ新派の歌でもこのころはまだ「明星」の斬新な歌風は「よしあし草」の歌には見られなかった。このころの晶子の歌は未だ題詠的であって、情意の解放や奔放さは見られず、ただ情趣的な雰囲気に溺れている嫌いがあり、所謂奔放奇警な晶子調はまだ現れていない。

三一年一二月、浪華青年文学会の支部が堺に設立された時、発起人八人の中に河野鉄南や宅雁月がいて、彼らはすでに堺敷島会の同人でもあった。前記したことだが、晶子の弟鳳籌《ちゅう》三郎が会員四一名の中に名を連ねていた。このことが晶子と「よしあし草」を結ぶ機縁となったと言える。後に書いた晶子の「歌の作り始め」（「女子文壇」前出）に、初めて「よしあし草」に発表した歌（明32・10）として、

うき人を月にはさすが待たれけむ伽羅の香残るおばしまのあたり

をあげてこの歌は酔茗の添削によると書いている。酔茗の記憶（「短歌研究」昭26・5）によると、晶子との初対面を明治三二、三年ごろ、としているので、この折に酔茗の添削を受けたのかも知れない。右の歌を晶子は「よしあし草」の初登場としているが、同誌に初めて歌を発表したのは三二年八月であった。三三年一月三日の浪華青年文学会の新年会で知り合った「よしあし草」の同人たちとの交流によって晶子は関西における新派歌人に仲間入りし、さらに「明星」同人となって鉄幹と出会い、歌人としての運命が開けていくのである。

第三節　関西文壇と晶子

　関西には明治二〇年代中葉ころからすでに文芸雑誌が多く出版されていた。その中で特に「なにはがた」「葦分船」「大阪文芸」などが目立ち、この他に「浪華の花」「花ばたけ」「東西の文華」などもあった。「なにはがた」は二四年四月から二六年一月まで二〇冊限りであったが、二月から「浪華文学」と改題され、菊判八〇余頁の綜合雑誌となった。月刊雑誌で四六判型一二、三〇頁、発行所は大阪市東区の図書出版、浪華文学会の機関誌で、主として読切りの短編小説を多く載せ、その他には伝記や紀行文などもあった。寄稿者に高安月郊、村上浪六、堺枯川（利彦）らがいた。「葦分船」は二四年七月創刊、二五年四月発行の一〇号までは同体裁、五月から四六倍判八頁となった。「大阪文芸」は二四年一〇月創刊、二五年一〇月に「大阪文芸雑誌」と改題されている。関西における明星派は大阪の他に神戸の「新潮《にいじお》」や岡山の「暁鐘」という雑誌とも関係が深かった。「明星」の社告によると、岡山では「山陽新報」「岡山日報」「中国民報」などがあり、「明星」支部には雑誌「星光」が岡山から発行されていた。

　以上の雑誌とはまったく別に、すでに文学少年の間で盛んに読まれていた「文庫」や「少年文集」の両文芸雑誌の投書家で、文学修業をしていた大阪在住の文学少年たちが集まって、三〇年四月には「浪華青年文学会」が結成された。発起人には高須梅渓、小林政治（天眠）、中村吉蔵、山川延峰など数名がおり、会員一四名であった。そのころ中村や高須は郵便局に務めており、小林は毛布問屋で働いており、経済的には苦しかった。しかし彼らの力で三ヶ月後の三〇年七月には機関誌「よしあし草」が発刊された。この会は毎月一回の例会、春秋の大会があり、その出資の殆どは発起人の懸賞小説当選の賞金や働いて得た金、会員の寄付によるものであった。「よしあし草」創刊号の裏表紙に「満天下の青年文士諸君に告ぐ」と題し、本会微力文学思想を全国に普及せしめむと欲するも頗る其成り難きを慮り茲に満天下青年文士諸君の助力を仰かむと欲す吾党の熱血男児夫奮て協賛あらむことを請ふ

とあり、新しい時代の文学、思想を青年たちに求めていることがよく分かる。「よしあし草」は月刊であるが、時には月二回のこともあり、号ごとに充実していき寄稿者の中で後年、詩人、学者、作家、出版業などで名を成した人が多い。中でも永井荷風、堺枯川、中村吉蔵、河井酔茗、与謝野鉄幹、鳳晶子、高須梅渓などの人々が著名で、その多くは東上してしまったため「よしあし草」は三三年六月、二七冊で一応発起人らの手を離れ、同年八月から「わか紫」と合同して「関西文学」と改題し、矢島誠進堂発行となったが、翌三四年の二月には七冊をもって廃刊となった。通巻三四冊であった。その始め三一年の春、小林政治の懇願により「文庫」派の協力を得たため「よしあし草」も賑わった。その年の一二月には酔茗が中心になって堺にその支部を結成し、発起人は鉄南、雁月ら八名となり、会員四一名中に晶子の弟鳳籌三郎も加わったことはすでに述べた。晶子はそれ以前に「よしあし草」の三二年二月号に会員として紹介されていた。三月号では酔茗が鉄幹を紹介し、その短歌も掲載して第四回懸賞募集の選者にもなっている。晶子はその後、毎月作品を発表するようになり、急激に多作となる。

鉄幹、晶子と生涯深い関わりをもつ大阪の心斎橋の書肆金尾文淵堂主人金尾種次郎（思西）が雑誌「ふた葉」を刊行した。金尾は俳人であり、「ふた葉」同人青木月斗らの青年俳人たちに影響されて、その作品は俳諧的色彩が濃かった。「ふた葉」は三三年一〇月には「小天地」と改題され、薄田泣菫編集の「新文芸」と改題されたこともある。「小天地」は刊行から三六年一一月の廃刊まで、全国的に普及された文芸雑誌で薄田泣菫、角田浩々歌客、永井荷風、泉鏡花、鉄幹、晶子らが執筆し、「よしあし草」よりずっと金銭的に余裕があった。この二雑誌は大阪の文学青少年の間の両雄であり、対立しながらも「明星」との繋がりにおいては密接であった。当時小林政治（天眠）は、有力な寄稿者の多かった「ふた葉」より「雑誌の内容としては寧ろ反対に『よしあし草』の方が潑剌たる精彩を放つて居た」と後に自信をもって書いている（「よしあし草」と「関西文学」『四十とせ前』昭14・9）。その後「明星」二号（明33・5）一四面では、この二雑誌について「腹違ひの兄弟」と言い、「兄の『よしあし草』は郭外酔茗などの手に育つて、何処となく温厚な真摯な質で、創作に評論に何れも若手の筆ばかり」で「弟の方は華美で活発で第一体裁や用紙に贅を尽し、浩々泣菫などの保姆の外に、柳浪宙外などの先輩までを舁ぎ込んで……」などと記している。このころすでに有力な人たちは東上したため「よしあし草」は「ふた葉」におされ気味になっていた。「よしあし草」は、その始め単に大阪在住の文学愛好の青年らの集まりとして

一は会員相互の気脈を通ぜむが為め、二には有為の青年文士をして鬱勃たる情懐を吐かしめむが為……

という体で、革新的意識はまだあまり感じられなかった。しかし三二年三月二五日の鉄幹の来堺によって、全国的に波及していた新派和歌の機運が「よしあし草」にも感染し、さらに鉄幹の声援によって活気を帯びて来た。

しかし三三年四月の「明星」発刊後、鉄幹は「明星」に主力を注ぎ、晶子も「明星」へ強く魅せられて次第に「関西文学」への発表も減っていった。だが「よしあし草」同人らは「明星」への尽力を惜しまず、また「明星」二号には「よしあし草」の広告を掲げ、「よしあし草」の青年らのために「公平なる一の壇場を供す」と言い、「和歌は旧思想を打破して明治の歌壇に一旗幟を樹立せり」と宣伝し、やがて新詩社の支部も同誌の同人たちの協力によって堺に設立され、相互扶助の精神を保つこととなった。後述するが、堺在住の歌人河野鉄南に送った晶子書簡（明33・10・17）には「関西文学」への不満を洩らし、「ぎりだけ（それとて別にないのに候へど）のことにお茶をにごし居り候」、と書くほど魅力のない雑誌になっていた。しかし、晶子の育ての親ともいうべき「よしあし草」の存在は、「明星」以前の晶子を知るには重要な資料である。「よしあし草」は、当時大阪以外、各地に十数の支部や支会をもち、会員も一二〇〇名を計上したのである。その命は短かったが、「よしあし草」は「明星」の土台としての役割は大きかった。また後に「第二よしあし草」の名を以て明治三六年から「明星」に広告され、大正期に短期間

ではあったが「よしあし草」時代の人たちが協力して設立する出版社、天佑社の存在も忘れてはならない。

第四節　晶子の印象

(一) 上京以前の晶子

(1) 河井酔茗（明32～33年ごろ）

その態度には普通の町娘と異つて、きつぱりした個性が感受された。談話は文学のことばかりのやうだつたが、話しぶりに自信が見え、つつましやかな口吻の底に、冒し難い自尊心の潜在してゐることも分り、これはただの女ではないと肯かれた。今の人が『みだれ髪』の歌などから類推してなまくしい魅力を連想するかも知れないが、向ひ合つて話してゐても特になまめかしい様子は感じられなかつた。晶子さんの持つてゐた情熱は本質的なもので、さう軽々しく表面にあらはれるやうなものではなかつたのである。

たゞその時、眼に映つたのはきものの華やかな印象で、よそゆきの晴着を着て来たにせよ、金糸の縫した丸帯の美しさや、細かいことは忘れたが如何にも派手やかで、その頃の上方の若い女の風俗が極めてじみであつたのに比べて思ひ切つて華やかな服装であつたのが今以て眼に残つてゐる。

（堺に生れて「短歌研究」昭26・5）

(2) 与謝野鉄幹（明33年8月以後）

関西へ行つて帰つて来た与謝野氏も、鳳に逢ふと、歌つてものは本当に、思つた通りの事を云へばいいものかと聞くので、それでいい、それだけの物だつて返事をしたが、本当かつて駄目を押して居た、といふ意味の事を云はれた事があつた。　　（窪田空穂『歌話と随筆』）

(3)　**『みだれ髪』**（常陸少女）（「明星」八号　明33・11）

鳳の君はつぶし島田に候ひし。ほつれ毛かきあげ給ふ手つきうるさげに、前垂してをられ候。針仕事したまふ傍《そば》に、ハイネとやらの詩集ふせてあり候。お目にかゝりに伺はんには、三尺帯ゆるやかに絆天きても咎め玉はじと思ひ候。腰さしの莨《たばこ》入の粉のみならば遠慮なくおねだり申さん代りに、気取りも出来ず嘘もいへぬ方に候

(4)　**「文壇活人画」**(四)――「文庫」（明34・3）

高島田で、ドチラカといへば派手作りの、口の利きやうは、正直のところ、つゝまやかといふ方では無いが、さればとて一部の人かとかくの批評を試るやうな口吻の婦人でもない。……店頭で机に倚りかゝつて、歌を書きながら客が来れば、起つて手づから羊羹を竹の皮へ包んで『ハイお待遠様』をやるのださうだが……

(5)　**高須梅渓**（明治33年夏の浜寺歌会の折）

その潑溂たる才情は、其の頃の言動にも閃めいてゐた。一見尋常の女性ではなく、何か優れたところがあるのを思はせた。それに晶子さんは男子の前へ出ても一向臆した様子がなく、謙遜した調子で大胆に自由に物をいふ趣があつた。

以上才気渙潑、普通の娘とは違った個性的な魅力、人怖じしない大胆さのある女性として記録されている。また上方商人の富裕な生活を思わせる派手好みの衣裳を身につけていた晶子の娘時代が彷彿とする。

(二)　上京以後の晶子

(1)　**窪田空穂**（小林天眠宛て書簡　昭26）――上京直後

極めてはにかみがちで、むしろ可愛いくらいな様子で、既婚の人のもつ落着きは全くなかつた。

(2)　**「明星」一三号**（明34・7「滝縞格子」）――上京直後の新詩社の茶話会（明34・6・16）における初対面の同人らの印象――

思ひがけなき白萩女史のおはしつるは嬉しかりし事に候。歌の上に現れし君とは思はれぬふし〳〵のみ多く、お言葉のうちに云ひ知らず果敢なく悲しき思ひのこもり給ひ候やう（紫芳）

しら萩さま世の常ならぬなやみおはすやう推《すゐ》しまつり候。されどかの君はつよく〳〵おはし候。私どもの及ばぬつよきみこゝろ持たせ給へる君に候（しろ菫＝玉野花子）

(3)　**『石川啄木全集』第七巻**（書簡）　明治三五年一一月一八日花郷兄宛て

十日の日に私一人渋谷を訪ひました。晶子さまは気品の高い女です。若しあの人を醜いとか何とか評する人があつたら私はその人の極めて卑下な人格の人と断言することが出来ます。

と書かれているが、また啄木の日記（11月10日）の中でも啄木は同じようなことを記している。「晶子女史の清高なる気品に接し」とか、「晶子女史の面貌を云々するが如きは吾人の友に非ず」と啄木は晶子への心酔ぶりを明らかにすると共に「凡人の近くべからざる気品の神韻にあり」（『石川啄木全集』第五巻）と絶讃している。啄木とは三五年一一月一〇日の初対面であるが、この日は晶子の初子光の出産（11月1日）から一〇日後、つまり女性が生涯で一番美しく見えると言われている時期であった。こうした生理的状態と初産という重大事を成し遂げ、精神的には至福の絶頂期にあっただけに、啄木にとって晶子は「気品の神韻」とまで言わしむるほどに感激が深かったのであろう。

(4)　**茅野蕭々**――明治三六年三月

与謝野先生が不在だつたので玄関脇の六畳位の部屋へ上つて待つてゐる間、隣の部屋から襖を少しあけて私たちに話しかけたのが、晶子夫人だつた。面長で体軀もすらりとしてゐた。「明星」に出てゐた歌集『乱れ髪』の広告に使つてあつた絵は、夫人をモデルにして書いたのかなと私は秘に考へた――（「新詩社を語る」「立命館文学」二巻六号、昭10・6）

さらに蕭々が初めて新詩社の会に出席したのは「麴町の番町辺の平出修の家だつた」と書いており、その時期について「それが春であつたか秋であつたか確かでない」が、また「多分三十五年の秋だつたらう。……十月頃だつたのかもしれない」と記している。この平出修宅での新詩社小集に初めて出席したとすれば、それは三六年三月一四日である。蕭々の記憶している三五年一〇月に小集はなく、一〇月には神田の青年会館で韻文朗読会があり、一一月には牛込の城北倶楽部で小集が開かれている。蕭々は後年の「資料㈢」によれば自分が新詩社に入社したのは三四年となっていることの誤りを訂正して、その翌年の秋としているが、彼は三六年三月に「明星」の同人として茅野暮雨の号で歌を発表し、同月の平出修宅での小集に初めて出席したのである。このように三六年三月、新詩社に近づく前年の秋、蕭々は単独で与謝野家を訪れて右のような印象を受けたものか、年代において記憶違いであったことを付記しておく。結婚後まもないころの人妻としての晶子の印象である。

なお右の一文では新詩社での「一夜百首会」や「『源氏物語』の輪講」のことが書かれている。その中で源氏の会の折に「晶子夫人がなか〱にこの物語に通読してをられて皆を驚かした」と記されていることも一興と言える。

第三編　寛と晶子

第一章　明治三三年（寛27歳・晶子22歳）

第一節　晶子書簡

（一）河野鉄南宛て書簡

河野鉄南は晶子より四つ年上、鉄南の他に「よしあし草」同人の宅雁月は、晶子の弟籌《ちゅう》三郎の友人。雁月については鉄南宛て晶子書簡で「かの君われより一つとし下のたゞおもしろき方様」（3月29日）と書いている。この二人に宛てた書簡が現存している（『与謝野寛晶子書簡集成』所収、平成15・7　八木書店）。鉄南宛て晶子書簡はみな三三年のもので二九通、そのうち判明のものは二七通、不明は二通である。同年の鉄幹宛て書簡は二通である。三、四、五、七月には毎月四通ずつ出信しており、連日のものもあった。殆どが長文である。それらには晶子の一途な乙女心が披瀝されている。七月には一週間の上京と、鉄幹来堺により鉄南と会える喜びのときめきを鉄南に洩らしている。鉄幹と会うまでは青春のはけ口を鉄南に求めて頻繁に出信していた。そこには新年会のこと、吉野竹林院でのこと、七月上旬の初めての上京、八月上旬の鉄幹来堺による初対面とその後の恋の芽生え、一一月上旬の永観堂の旅などについて書かれているが、鉄幹と会う前は鉄南へのひたむきな思いが大部分である。鉄南宛て書簡の内容は幅が広いので、それぞれの項において必要に応じて資料として使うことにする。晶子がこれほどに敬慕する鉄

南について、河井酔茗は当時の思い出を、

私の忘れ難いのは河野鉄南で、彼は新派をよく理解し、技術にも優れた処があり、続けてゐれば相当名を成したであらうが、堺の覚応寺の僧職にをさまり、殆ど歌人としての名は伝へられずに世を去つた（堺に生れて「短歌研究」昭26・5）

と記している。また詩人伊良子清白から鉄南に宛てた書簡（明33・2・21）の中に「拝啓、昨夜与謝野君訪問快談数刻……」とあって、その後で、

話題貴兄の一身上にうつりて氏の申さるゝには鉄南ハ茅浦の地に蟄居すべき男にあらず　必ずや東上して大に沖天の翼を張らざるべからず

とあって、鉄幹の鉄南評は、才気と誠意ある人柄で「応対拙からず　来客を満足せしめて帰らすところまた一流の才子なり」と続けて鉄幹が鉄南を賛嘆していることを清白は伝えている。

晶子と鉄南とは明治三三年一月三日に催された近畿青年文学同好会（浪華青年文学会）の新年会で初対面した。この時の鉄南の印象が心に深く強く焼き付き、晶子はひたすら鉄南に思いを向けるようになる。この新年会で晶子は玄関先で挨拶だけして帰った。その日から三日後の一月六日、鉄南に宛てて晶子は

鉄南様と御名のミ承り居りし日頃は如何ばかりのたけしびとにおはすらむと御うたにおの〱き居し身の女とへだてさせ給はでやさしくいたはり給はる御こゝろに接せし御事世にもうれしく忘るまじきもの、ひとつに数へ申すべく候

と伝えるほどその人柄に深い感銘を受けた。「女はあはれのものよはかなきものよ　われまことのなみだそゝいでやらむと歌ふやさしき方さまもさて相見参らすれば生意気な小癪なとばかり」と思う男が多い中で、女を男と同等に扱ってくれた鉄南の優しさに晶子は心惹かれた。この新年会で晶子が会ったのは鉄南の他に宅雁月と中山梟庵で

あり、右の書簡によると梟庵は玄関の受付係をしていた。河井酔茗の追想によると、この時晶子と会ったのは梟庵だけとしている（「晶子さんの堺時代」前出）が、この一月六日の書簡によって鉄南、雁月とも晶子は言葉を交わしていたことが分かる。梟庵については「かの玄関に居給ひしお殿さまのやうのいかめしきかたさまあまりの御おそろしさに御挨拶もえ申上げざりしが御知りびとにもおはし候ハヾよろしく御伝へ下され度候」と、女一人の出席で圧倒されたようである。それゆえ鉄南の優しさに、救われたような嬉しさで一杯だったのであろう。

一方、雁月とは弟の友人なので晶子は何度か会っていたようである。男ばかりの会に初めて出席した晶子に対して雁月は馴々しく話しかけて、晶子の感情を害する言葉をかけたらしく、右の鉄南宛て書簡に、

きのふも宅様に忘るゝ世なく御うらみ申すべくと申上げしに候　又来ん年は新星会の方さまがたの百首いたゞき　そがかるた会にあらむかぎりの女あつめて雁月様御招き申しつらきおもひのほどを知らせ参らせでやとひとりごち居り候　御ついでもおはし候ハヾ雁月様ニ女の執念はおそろしきものぞと御伝へ下され度候

と宅雁月のことで憤慨した文面であるが、ここに乙女らしい感情が溢れている。それは雁月にからかわれた恥ずかしさを鉄南に訴えることで、婉曲に鉄南への慕情を伝えているように読み取れる。その後で、

私今もかの鶴の家へゆきし時の事をおもひ出す度にはしるのに候　走りて然してわすれむとてに候（3月15日）

と書き、また別に

新年のこと仰せられては私は背より冷たきあせが出参候　よくも〳〵とあなた様がた思せしならむとはづかしうて〳〵（5月4日）

と羞恥の思いを鉄南に洩らしている。この書簡中、鉄幹と会うまで最も話題になったのは雁月で、雁月に関するいやなこと、憤慨すべきことを多く書いている。しかし雁月宛て書簡にはそのようなことは一切書いていない。鉄南への書簡にはかなり具体的に雁月についても書いている。他には観念的妄想や自己満足や焦躁も書かれており、ま

た伝統に縛られる女の宿命のかなしさ、おろかさの訴えもあった。また日常の心の動きや乱れを綴りながら、男に文を書く自分を恥じてみたり――しかし書かずにいられない心の衝動は「たゞ詩の神の子としてこのもだゆる少女をあはれと思し」と書き、また「私誠に世がいやになり候　きいてもらひたき事のかづかづあるのに候」（3月29日）などとも訴えている。

鉄南との文通によって「明星」を知り、「明星」に投稿するようになって鉄幹とも文通するようになり、その才能も認められるようになる。鉄南は寺の後継者で、後家である母親の監視も厳しく、男女の交際など許されるはずもない。勿論文通もやかましかったようで、これらの書簡中、鳳晶子と記したものは、ただ一通だけである。鳳小舟として二通、他に「露華生」「新星会」「よしあし草草稿」「春光」「沼洲漁史」「いざや川」「沼洲」「新詩社詠草送付」「新詩社支部」「春光子」など様々な名を使い、殆どが男名で封筒には乱暴で男性的な筆跡で書き、鉄南の母を気遣っていた。こうした慎重さから一月六日付書簡には、鉄南からくる手紙の封筒の表書には、

何卒封皮には文学会よりと御した、め下され度か、る事までこ、ろおかでハならぬ女の身しミ〴〵あさましく存じ参らせ候

と鉄南に頼み、こうした女の立場を「女ははかなきものに候　つら〳〵はかなく候」（6月13日）とか、「女は誰しもねたミご、ろの深きもの」（7月26日）とか、常に優位にある男性に比べて女性の悲しさを述べ、「人各々天の定めし運命にはむこふべくもあらず」（4月5日）とか、「運命の糸はおかしくあやつりある事よとぞんじ参候」（5月4日）と、女なるが故に辛い運命を背負い、諦めねばならないことも書かれている。こうした書きぶりには、『みだれ髪』に見るような女性優位、女性讃美の片鱗すら見られない。また鉄南の風貌が、泉鏡花の写真の横顔に似ていると弟が言って「大変ほめて居り候」（6月22日）とあり、その容貌にも魅力を感じていたようである。また「ふまれながらに花さく野辺のにくさをこ、ろとせよとの御をしへ」（4月5日）とか、「さとりをひらき給ひし御目」

（9月30日）などと言って鉄南を崇拝し「水のごときよき〳〵御こゝろ」（10月1日）をもつ人柄に、清廉さを感じていたようである。

三、四、五月ごろ、余り文通が頻繁なので、鉄南が迷惑がっているのではないかと、

「けふもまた小舟君から手紙がきたが君実ニ困つちまふじやないか」と仰せられしは誰さまにや　何処の正直な方さまの御ことのはぞや（3月29日）

と鉄南に心遣ってみたりする。晶子が雁月に、鉄南から表書は楷書にするように言われたことを話すと「それは鉄南様はお人がわるくおハすまゝそう云ひて文おこさすまじのこゝろならむと申され候」（3月3日）と言ったことを鉄南に伝える。それは「悪戯好き」の雁月の「軽口」とも晶子は思う。迷惑とは知りながら、「二三日も御返事御まち申してもなき時は私は死ぬべく候」（3月29日）と待ちこがれ、「おとゝひまち〳〵しやさしの御文ニ接しありしこゝろの一時ニたゆミし故か身もこゝろもつかれ……」（3月2日）と文を受けた喜びに続けてまた文を書く。

死ぬべくなど、不吉なる事申て御兄様に御こゝろづかいさせしつゝミ何とぞ御ゆるし被下度候　あなた様の御こゝろひとつにて私は楽天主義とも相なり申べく……

と詫び、また同じ手紙で、

鉄南様とも云るゝ方様から一度にてもかゝるまごゝろこめし御文ニあづかりてはわが百年のいのちもおしからずと思ふべきになほその上をのぞむはわが分際を忘れし事とぞんじ候

と深い感動を伝えている。いくら一途な情熱を鉄南に寄せても、鉄南の方は反応を示さず、寛容に応えるにすぎない。晶子の方は「例の妹がわがまゝとゆるさせ給はゞうれしくぞんじ参候」（5月4日）と甘えるように書く。ここに多感だったころの晶子の乙女心が知られる。

「よしあし草」同人らは、文筆精進のために上京して文壇での活躍をめざす者が「明星」創刊後は特に多かった。

このころ中村吉蔵、高須梅渓、酔茗、雁月らも上京していた。

　河井さまいよ〳〵立せ給ひし由あなた様さぞや御さびしからむと私より推し上参候　わたしでさへその最期にたまひし御文見て六日の夜ひとよねくるしくはかないやうなきのしてあじきないとはか丶るこ丶ちを云ふかとぞんじ候（5月8日）

とあり、自分は女だから上京など許されない。男の貴方はやがて上京して出世したら、自分など顧みないだろうと察し「ある事情のもとに身をはるまでひとりにてあるのニ候　何故など丶御とひ下さるは御ゆるし被下度候」と、あなた故に独身を通すのだとほのめかしている。晶子はのちに『雑記帳』（前掲）の中で、「十七、八歳のころよんだトルストイの翻訳物」に影響され、「非結婚主義」を友人に話したり、結婚など考えなかったと娘時代のことを書いている。これは恋愛以前の感傷めいた潔癖さであったろうが、ここでは反応を示してくれない鉄南に対するわびしさからくる焦躁感が独身主義を誇張させたと思われる。それは間接的な愛の告白であろうか。また雁月上京後は「さびしさこの頃覚え申候」（6月13日）と鉄南に書き、雁月が上京の四、五日前、晶子の弟の所へ別れに来たこと、さらに同書簡で晶子が受け取った鉄幹書簡に、雁月の上京に引き続き「さぞや鉄南君のあせり居るならむ」という主旨が書かれてあったことも鉄南に伝えている。これらの鉄南宛て晶子書簡にはこうした同人らとの交流の他に、ゲーテ、バイロン、ソロモンなどや『源氏物語』のことにも触れ、このころの晶子が耽読していた書籍や作家について多く書かれている。鉄南宛て書簡中には雁月への憤慨が多く、雁月の「軽口」で「いたづら好き」の「花おほき御ことのは」（3月29日）に時折惑わされる晶子は、また雁月について「たゞおもしろき方様とばかり思ふのミに候」（同上）とも書いている。弟の友人という気安さはあるが、一方では「ことに雁月様などにゆめ〳〵つげ給ひぞ《ママ》　いく重にもねがひ上参候」（5月4日）と鉄南に告げ、雁月に用心しつつ遠回しに自らの心のうちを鉄南に伝えている。このように一途に思慕する鉄南への思いは八月上旬、鉄幹と初対面した後、一転する。

㈡　宅雁月宛て書簡

雁月への書簡には、鉄南に対する気持ちを雁月に悟られまいとし、噂に立つことを恐れてか、鉄南について一切触れていない。現存する雁月宛ての明治三三年の晶子書簡は日付判明一〇通、不明三通、寛書簡三通は日付判明の書簡である。明治三四年は晶子書簡一通のみで計一七通残っている。鉄南の書簡は覚応寺の蔵に保管されてあったが、雁月への晶子書簡は、宅末亡人の話によると、雁月は終生肌身離さず所持していて、いつもこれらの書簡を一束にして首から下げていたとか――これは晶子への純粋な気持から若き日の思い出を温めておきたかったものか、あるいは誇りとしていたものか、いずれにせよ、雁月は晶子を思慕し、晶子は鉄南を敬慕していた。

どこに雁月の真意があったか分からないが、晶子は雁月の言葉を真に受けてしばしば憤慨し、その苦情を鉄南に打明け、また怒りをこめた手紙を鉄南に送っていた。具体的な内容は分からないが雁月にも

……あまりには候はずや　をとこはそれですむのに候や　扨も〳〵御男子様とはしごく御親切なものに候　私はたゞくやしくて字もよくはかゝれず候　何をかきしやらたゞあまりに候とのミ

かしこ

わすれじの朝

（4月13日）　晶子

白もゝの君

御前に

と憤怒の気持ちを訴えた書簡は一通だけ。「白もゝの君」とは雁月の雅号である。全体的に恋情らしきものを訴えても真に迫らず抽象的で内容が分かりにくく、鉄南への書簡のように現実的で具体性のある書簡は少ない。

あまりにおもひたえがたくせめてもと文し参候　扨もこの夜を何として相遣べき　いくそたびかの前に立ちて泣きしかはお前さま御すいし給はるべけれどあゝこのおもひ何とすべき　せめてこよひにこの文とゞくすべも

がなの前の雨だれ音かなしきこの夜　終世忘るまじくとぞんじ参候
われ火かげにかくした、むる時をお前さま何としてゐたもふらむなど萬感こもぐをこりて意は文をなさず筆は字をなさぬあさましさたゞくるしのむねのミすいし給へかし　十時とや（4月16日）

と抽象的に感傷的に心のうちを書いている。また

御文に接したゞ身は夢ニゆめみるこゝちの致し参候……玉情ニ八千代こめ給ひし御こゝろはうれしけれどこゝろにもなき事するがこの頃のはやりとかさりし夜仰せられし御ことの葉のミこゝろにかゝる例の女なればに候はんか（6月1日）

などと熱い思いをほのめかしているが、鉄南への書簡に比べると皮相的で内容が薄い。雁月とは割に気軽に会えたが、それほどの情熱もなかったようである。雁月は鉄幹と交友があり、後に記す酔茗宛て鉄幹書簡には酔茗を通して雁月に「明星」発行の資金を借りたいと洩らしている。

㈢　ほぼ同文同歌の鉄南・雁月宛て書簡

左のものは、鉄南と雁月へ書き送った晶子の、ほぼ同文同歌の書簡である。明治三三年四月一六日には鉄南へ、一七日には雁月へ同じ吉野の竹林院から出した。鉄南宛て書簡一通と雁月宛て書簡の前半部分（「ほのぐと……」）はピンクの薄様の巻紙で、その巻紙の続きと思われる、雁月宛ての書簡の後半は水色の薄様の紙に書かれてある。ここに二人の書簡をあげて対照させてみる。文中の傍点・傍丸（筆者が付した）は二人の書簡における共通の文章と歌である。

和泉堺市九間町二丁
表　覚応寺にて
　河野鉄南様　貴下
裏　四月十六日夕
　露花生

はなよりあくるとさるさまこそなけれ　ほの〳〵と渓にさくらしらみしけさの暁の色見てはよべかきし文のあまりにこくなりしとぞんじ候まゝ一寸かくかきそへ花に謝さんかなとぞんじ参候　今は五時頃にや候はんか三時にはやあかく相なり候　山高きが故と乳母が申候　この文御もとにとゞくよりわが帰るかたのかへりてはやきかもしれず候
併しわがさすがに捨てがたしと申は竹林院の暁のいろにてよし野はけふもよし野に候ハんか
　みよしのや竹林院にひとりねて花にきつねのなく声ぞきく

和泉堺市柳之町
表　宅平次郎様方
　雁月様
裏　よし野　竹林院にて
　四月十七日

ほの〳〵と渓にさくらしらみしけさの暁の色見てはよべかきし文のあまりにこくなりしを……不明…………………………りいたし参候　今は五時頃に候はんか　三時ニもう夜があけ候　山がたかき故と乳母の申候
六田のわたしよりこゝまで二里程ニて御坐候
あなかしこ　わがさすがにすてかたしと申は竹林院の暁の色だけに候　よし野はけふもきのふのよし野に候ハんか
　美よし野や竹林院にひと夜ねて花にきつねのなく声きゝぬ

ここで一応手紙は切れて別の巻紙に書かれてある。左に記す。

よしの山遠山ぞめのかつぎゝて花の袖口にほやかにたつ。

とはうたひしもの、まことは夢に見しよし野は花の名所かなの紅葉のくをうたがひしわが身くやしとぞんじ参候　前の千本中のおくのときゝてもいつの世にたがいつはりそめし名ぞとよりのおもひハたがはず候　吉水院の南朝の遺物を見て浅からず趣味を覚えしとより外にきこえ上べき事はおハさず候　今かくしてある竹林院のあたりは花はあまりなく候へどそれだけ俗味が少なく候

こゝが吉野のもつともたかきところと申候　さすがに花の香おくる山風にともし火あやふげなるもとにしめやかにかたるおとゞ《ママ》ひおもひこさせ給へ

黒きつむぎに緑の帯をやの字に結びて赤きリボンさしたる人と相対してはきぬはそろへのそれながらわがびんぐきの色あせにしをおもひしられ候　さてもいく重の雲のよそにこの夜何としておハすらむとよし野のおくの古寺にひたすらおもふ女居りと君しりますや　こ見やる雲ゐのいく重よそにけふのこよひたが上を思しておハすらむとのミの（不明）みちてよし野の花も月も何ならず　つばさなき身をひたすらニうちかこたれ申し候かく夢に見しよし野は花の名所かなとの紅葉のくをうたがひしわが身くやしく〳〵前の千本中のおくかときゝてもいつの世に誰がいつはりそめし名なるらむとよりのおもひよりをこらず候　たゞ吉水院の南朝の遺作に只々浅からぬ趣味を覚え申候とのミより申上る程の事はなく候

よし野山遠山染のかつぎゝて花の袖口にほやかにたつ。

われもかく有様をまねてのこし申と　御はづかしくぞんじ参候　こゝ竹林院はよし野にてもっとも高きところと申候　この辺には余り花もなく候　それだけ俗味がなく候　今かくしたゝむる時こゝの鐘ふたつなり候

かなたにたゞ一軒ある家のともし火やミになつかしくまたゝきをり候　月はちらりと見たばかりのそれに候　何れまたよく御話し致すべく候　この花は竹林院

の花は竹林院のにはのをひろひしに候　すみれは六田のわたしのほとりのに候　あすは奈良へよりて帰らましなど妹とかたり居り候　同行はそが乳母なる人とのみたりに候

先はあらあら　　　小舟

鉄南様

御もと

のにはのをひろひしに候　すみれは六田の渡しのほとりにてつミしに候

青葉残せし松のはのかくしてあるまに色やかへむとたゞそれのミ

花にみしよし野のやどのともし火の小くらきかげにくをおもふかな

ちび筆かミつゝ　小舟

しら桃の君

おもとに

右の二通を比べてみると、鉄南宛て書簡は比較的細字だが、雁月宛ては大きめで乱暴な字体である。雁月宛て書簡は、他の雁月宛て書簡と比べると、長文で情こまやかで一番きれいな文章である。しかし鉄南宛て書簡は他のに比べると、ずっと淡白で余り情熱的でないが、文章はきれいである。共に花の名所吉野の竹林院の自然描写で、その暁と夕闇の美しさに陶酔した晶子は、自然の風物を通して歴史を思い、文学作品を喚起させ、感傷的になって同文、同歌を交えながら流麗な文章をかきとめている。それは二人の男性のどちらにも比重をかけようとせず、自然の美しさにいつの間にか同じ感動を一種の陶酔めいた気分でそのまま伝えようとしたものであろう。これらはあくまで叙景を主としたものである。

これらの書簡以外の二人に宛てた書簡には心情的に言って明らかな相違が見られる。鉄南に対しては精神的で、少女らしい憧れと敬愛を抱きながら書いていた。そこには晶子の心理や行動の推移が詳述され、感情の起伏の大きさがうかがわれ、興趣が湧く。さらに鉄幹を紹介してくれた人としての鉄南、鉄幹と「明星」、晶子の読書歴、古典観、新詩社同人の動静、「やは肌」の歌についてなどなどが記され、初期の晶子研究の資料としてこれらの書簡は重要な意味をもっている。しかし雁月宛て書簡の方は年下の気軽さと親近感はあるものの、鉄南に洩したような雁月への怨み言や愚痴は一言も書かれていない。皮相的な感じで流麗な文体を弄んでいるようで、恋文めいたように書いているが、内面的な重々しさや生活感情は伝わってこない。

㈣「明星」創刊（明33・4）と晶子書簡を中心に

「明星」についてはすでに多く論じられているが、ここでは、書簡を中心に鉄幹、晶子と「明星」との繋がりを見ていきたい。明治三三年二月二一日付の伊良子暉造（号清白）から鉄南に宛てた書簡について前述したが、この書簡には鉄幹が万葉、業平、西行を談じ、新派和歌勃興の機運到来を期待していたことをも伝え、「氏は今度月刊雑誌発行の計画の由にて」と鉄幹の雑誌刊行の計画に触れ「律語の創作談理」「外国文学の評釈」「支那俗謡の評釈」「端唄の講義」などの内容を盛り込むことを清白は洩らしている。この一文には鉄幹の「明星」発行への気負いが見えるが、その後の同年三月一四日付の酔茗に宛てた鉄幹書簡には、鉄幹の抱負とは裏腹に、

小生手元に於て頗る有望なる雑誌出版の計画中に御座候処俗物の金主と衝突し一昨日来頓に困入候　就ては我兄のお手元又は宅君のお手元に於て本月中に五十金来月中に百金合せて百五拾金御融通被下まじや。……本年の六月中には御返済可仕候

とあって、共に「明星」創刊の意志を明らかに伝えている。またそのころと思われる三月日付不明の酔茗宛ての鉄幹書簡にも全く同様の借金申込みを懇願しており、ここではさらに「内密に御哀願申上候」と書きながら、「晶子女史へも明星の御吹聴希望致候」ともある。このように「明星」発行のための経済上の困窮を訴え、その上、晶子からの協力も考えていたのであろうか。当時「よしあし草」や「文庫」の和歌選者だった鉄幹は三三年になって「よ

しあし草」からは晶子を五月に、「文庫」からは山川登美子を六月に、増田雅子を一一月に「明星」へ引き入れた。鉄南宛ての晶子書簡には

「明星」などニうた出すなどなんぼうはづかしき事ニ候はずや　さればたゞ御兄様の御袖の下ニかくれてとぞ（４月７日）

とあることから鉄南が晶子に「明星」へ歌を出詠するようにすすめたと推察され、また鉄幹からも、

いまだ見ぬ君にはあれど名のゆかし晶子のおもと歌送れかし

という歌が送られてきたこともあってか、晶子は七首を新詩社へ送った。その中六首が「明星」二号（明33・5）に「花がたみ」と題して載せられた。これら六首が晶子の「明星」への初登場であった。

ゆく春を山吹さける乳母が宿に絵筆かみつゝ送るころかな
肩あげをとりて大人《おとな》になりぬると告げやる文のはづかしきかな

などである。これらの歌が発表された直後の鉄南宛ての五月二日の鉄幹書簡に、

鳳女史の和歌ハ東京にて大評判となれり。婦人作家中近来の見込ある人也と師匠なども申され候。大に読書して才気を包みたまはゞ恐るべき人なるべし。

と書かれている。すでに「よしあし草」に発表していた晶子の歌が「大評判」になり、鉄幹に認められたのである。これを見ると「明星」発表以前から晶子の歌才は噂に上っていたことが分かる。ここに鉄幹からの強い誌友誘引の希望があったことが分かる。晶子を紹介してくれた鉄南に感謝して鉄幹がこのように書いたものか。また鉄幹は「明星」二号（前出）の「歌壇小観」で「会員中に妙齢の閨秀で晶子と云ふ人の近作の中に」と紹介し、それ以前の「よしあし草」（明33・3）に発表した七首のうち二首を掲載している。この記事を見た晶子は早速鉄南に、「鉄幹さま。妙齢などおかき遊バし私はづかしく御坐候」（５月４日）と嬉しい気持ちを書き送った。平出修も「明星」二号の

晶子の歌を見て「此人侮り難きよみぶり」と推賞している。このようにして高評を得た晶子は右の同書簡に、「いつも御手数かけては私すまず候まゝつぎよりはこなたよりすぐ新詩社の方へ原稿出さむとぞんじ居候」と書き、三号から新詩社へ直接草稿を送ると鉄南に伝えている。また「明星」についても

昨夜は明星御をくり被下ありがたくぞんじ参候

と書いていることにより、二号までは鉄南を通して送られてきていたことが分かる。ところが再び同書簡で、

昨夜雁月さま明星をくりやらむかと仰せられ候ひしまゝはや給はりつと申上しかばかの方様おもしろからぬとやう見え候ひしかば私わるき事申つと気がつきしかどはや何とも致しかたなく候

と、折角の雁月の厚意を受けながら不愉快にさせてしまったことを述べた上で、鉄南から「明星」が送られてきたことを雁月に言えば「また御はら立遊ばすべく候とぞんじ候まゝ何事もしらぬかほして御出被下度ねがひ上参候」と頼み、ただこの事実を「御ふくミをき下されればよろしく……」と鉄南に書いている。そうしたことから、書簡中にしばしばでてくる「わるさ好き」、「悪戯的軽口」を多く吐く雁月に対して、晶子が十分用心していることが分かる。そしてこのようなことが再び起きないために、五月八日の鉄南宛て書簡で晶子は「この間雁月君に新詩社の話をおぼろげながら承りそれではとぞんじけさ六ケ月分の社費をくらむとかはせ」にして送ろうと思ったが「あなたさまの御やつかいになりてはをかしとぞんじ結こうなる原稿と〻もにかなたへをくり候ひしま〻何とぞ〱あしからず思し召し被下度」と雁月のことで鉄南に心を配った。さらに五月一八日付の鉄南宛ての晶子書簡には、

酔茗さまより御ふミありて明星の支部をゝくにつきて鉄南君にすゝめてくれとあり候　よきことにてはおハさずや

とあって、五月上旬に上京した酔茗が「明星」への協力を求めていることを鉄南に伝えている。一方で「明星」三号（明33・6）の社告に「和泉国堺市柳之町宅雁月方　新詩社第四支部」と掲示されているように、雁月の家が「明

星」の支部になったのである。次いで雁月は六月上旬に上京したが、「明星」支部を自分の家において東京と堺と掛け持って「関西文学」にも力を入れるようになる。すでに述べたが、鉄南も雁月も晶子と同様に旧派和歌の堺敷島会同人だったが、「よしあし草」に転向した後、「明星」にも協力し、「明星」初期には毎月歌を載せていた。しかし次第に寡作となり、「関西文学」廃刊（明34・2）のころには、歌人としての消息を断ってしまった。

以上述べてきたように明治三三年は晶子にとって新詩社、そして鉄幹との運命的な出会いの年であった。それが鉄南宛て晶子書簡によって具体的なことが分かる。因みに鉄南の甥に当たった覚応寺住職故河野正伸の直言では、鉄南は晶子への文使いに妹（正伸の母）を遣した。その時に駿河屋の羊羹を買って表面を繕っていたとのことで、当時の駿河屋の羊羹は非常に高くて贅沢なものだったらしい。

第二節　初めての上京（一週間）――鉄南宛て晶子書簡

㈠　夢のような思い

「明星」五号（明33・8）の「一筆啓上」に、

堺市第四支部の社友鳳晶子女史は前月上旬一寸上京、令兄鳳工学士の宅に滞在一週間程にて帰国せられ候。

という記事が見える。七月四日の河野鉄南宛ての晶子書簡に「私これより上京いたすのに候　まことに〳〵夢のやうに候」とあり、さらに「弟のことに付兄様に事情を話して兄様に帰宅してもらふのに候　そのるすばんにゆくのに候」と沼州の名で出信している。また月末には必ず帰って手紙を出すから忘れないで欲しいと鉄南に書き送っている。上京後の七月八日の「雨の朝」晶子は「夢のやうに上京していまもなほ夢ごゝちに候」と書き出し、上京中に酔茗を訪ねようとして「ひとめしのびてゆくなど恋ならぬことに苦心いたし居候」とある。ところが雨降りのため兄が在宅し、外出できず、手紙も書けなかった辛さを訴え「かゝるところはちの多きわかき子のえたへぬところに候」と嘆いている。

上京中に、兄との間に何か意見の相違から争いがあったらしく、堺に帰った後、鉄南に送った七月一四日の手紙には、「親のふところを出てはかなしきことのおほかるにおどろき候」と書き、酔茗の家が近くなら、行って思う存分泣いてから大川へ身を投げたいと思った、とも書いている。さらに

波風たかき世は帰りたくもなけれどされどたれにひかれて帰りしと思すぞ　酔茗の君にもえあはず候ひき……

百三十里をひとり旅の君ありと思ふばかりをよすがにてつれなき里を帰りしに候

と鉄南へ甘い思慕の情を披瀝している。

(二) 兄とのいさかい

鉄南宛ての晶子書簡（7月14日）には「きのふ兄のもとよりかなしきことをきゝしに候」とあって、「名をあらはして御名歌など新聞に出すは御無用にねがひたく候。赤面いたし候　一人のはぢにてはなく候」という手紙に続けて、

あまりにてはなく候ハずや　私は兄の前にてなどは歌のうの字も云ハさりしに候がいかにしてきこえけむと私は死にたくおもひ候　われは家にても歌のことなど少しも話したこともないのに候

と書き送っている。晶子が上京する以前、親しかった雁月、酔茗らはすでに上京していた。従って新派和歌運動の中心地、文化の中心地である東京へ行くについては、それ相応の感激と好奇心もあったはずだ。しかし、兄との衝突という無残な結果に終わってしまった。それは歌の世界を理解できない兄と、一途に歌を求める晶子の情熱が、

実際には妹の幸福を危惧する兄と、文学へ夢をかける妹晶子との対立となった。このことが後日鉄幹のもとへ走る晶子の心に微妙に作用し、故郷を捨てることにまでなってしまったと言えよう。そして鉄幹との恋愛結婚により兄とは終生断絶となった。この兄は晶子の実兄で、母つねの長男鳳秀太郎である。晶子が未だ堺にいたころは東京帝国大学の工学部電気科の学生であった。後に東大教授となり、工学博士となって電気工学の権威者となった人である。この兄が当時学生のころ、新しい文学書を東京から晶子に送っていたことはすでに述べたが、そのため晶子がこのように歌を詠み、鉄幹のような男と恋をするようになったと嘆いていたという、晶子の妹志知里の直話を聞いている。兄と生涯絶縁しながらも、懐郷の念と共に肉親の中で父母の他に、この兄を一番多く歌っている。

なお、この上京の折には晶子は鉄幹を訪れていない。しかし六月一三日付の鉄南宛て晶子書簡に、

この秋鉄幹さまこちらへお出で遊バすとかあふてやらむと仰せられ候が今よりはづかしきこと丶思ひ居候

とあり、晶子上京の一、二ヶ月後に鉄幹が来堺することを晶子は知っていながら、鉄幹を訪ねていない。それは恐らく兄に対する気兼ねもあったろうが、それ以上に一人で鉄幹を訪ねるほどの勇気が未だなかったのであろう。

第三節　二人の出会い

㈠　鉄幹との初対面

鉄幹と出会うまでの晶子は、まだ見ぬ鉄幹より、ひたすら情熱を傾けて文を送っていた鉄南への思慕の方が強かった。「この間与謝野様より御文ありてこれを河野君にも見せよとありしかど（5月18日）」と晶子が鉄南に書き送っているのを見ると、このころ鉄幹とも文通していたことが分かるが、まだ会っていないので関心はなかったようで、

鉄幹来堺の機会に

　その時やあなた様にもと今より夢のやうなはかない〱ことを期し居り候（6月13日）

と鉄南に会える喜びを期待している。その後でまた

　与謝野様いよ〱八月三日にあちらおたちあぞ《ママ》ばすとかこの間書信のうちに見え候　さらば今十日あまりニて絶て久しき御たいめ《ママ》いたすべくさばれはづかしくぞんじ候（7月27日）

と鉄南に書いている。右の書簡の中で「絶て久しき御たいめ《ママ》」とあるのは、鉄南との久しぶりの対面である。鉄南との初対面は前記したとおり、この年の一月三日の新年会の折であるが、それ以来鉄南とは八月まで会っておらず、七ヶ月ぶりの対面であった。このころの晶子は、鉄幹来堺の知らせに心をときめかすより、同じ堺にいても容易に会えない鉄南に会う喜びの方が大きかったのであろう。鉄南と自分とは「あした夕にあひ見まゐらすことのかなふ友がき」（6月13日）だと鉄幹は思っているらしいが、さらに「さる身なりせば何かなげかむに候」と書いて鉄南とは自由に交際できない仲であることの嘆きを鉄南本人に訴えている。その後で、

　うつし世にては再会の期あるまじとおもひしわれらの今十日ばかりせば松青きはま辺に相見ることのかなふとおもへはもう〱毎日この頃はくうそうばかりいたし居り候　夢の子なればやがてさめてうつゝに泣くのに候べし（7月27日）

と鉄南との再会の喜びを夢想し、空想して心をときめかしている。

　一方、鉄幹は八月三日、大阪の北浜の宿に着いたことを鉄南へ

　行くべきか、君がくる乎、御返事奉待入候。宅君鳳君へも御伝へ奉煩し候。草々

とハガキを送る。これを知ってか、晶子は翌四日に鉄幹を宿に訪ねる。鉄幹と会うまでは三日とあけず鉄南に一途な思いで手紙を送っていた晶子が、鉄幹と会った途端、心は一転し、急速に鉄幹に思いは傾くようになる。晶子は

早速、「明星」七号（明33・10）に歌う。

今ここにかへりみすればわがなさけ闇《やみ》をおそれぬめしひに似たり　（『みだれ髪』51）

と歌っているのは、このころの思いを回顧したのであろうか。鉄幹に会った瞬間恋の虜になったものか、その直後に書いた鉄南宛て書簡はそれまでの長文の書簡に比べると、短く、簡単で冷静な書き振りであり、さいごに、

都合よろしき時私より御文たまはれと申べく候　それまではおまち被下度候（8月7日）

と書いている。あれほどまでに待ち焦れていた鉄南からの手紙であったが、晶子の気持ちは一変した。その後、九月二六日の書簡には鉄幹について一切触れず、

何申上るにも今はむね一ぱいになりかくべくもおハさず　ともかく御せうそくきかせ給へ

と具体的に真意を明かさないまでも、心境の変化をほのめかせている。その三日後の三〇日には鉄南から受けた手紙を見て「こゝろよきますらをぶりの御文にわれは今何もつゝまず申上べく候」と書き、さらに

わが名を与謝野様にかいし給ひしはあなた様に候……何も申まじ　高師の松かげにひとのさゝやきうけしよりのわれはたゞ夢のごとつミの子になり申候　さとりをひらき給ひし御目にはをかしとおぼすべし　むかしの兄様さらば君まさきくいませ　あまりこゝろよき水の如き御こゝろに感じて　この夕　つミの子

と初めて晶子はその真情を鉄南に打ち明けた。こうした心の変化を晶子は「つミの子」と書き、それは「恋の子」の意で『みだれ髪』に

むねの清水あふれてつひに濁りけり君も罪の子我も罪の子　（228）

と詠んでいる。また

思ひも寄らぬ偶然な事から一人の男と相知るに到つて自分の性情は不思議な程激変した。自分は初めて現実的な恋愛の感情が我身を焦《こが》すのを覚えた　（私の貞操観『雑記帳』前出）

と言っており、また小説「親子」（「趣味」明42・4）の中でも

その時《とき》の七夫《なゝを》とお浜《はま》は、趣味《しゆみ》も人生観《じんせいくわん》もことごとく一致《いつち》して居た。二十七の男《をとこ》と、二十二の女《をんな》は意気《いき》が投合《とうがふ》して面白《おもしろ》かつた

とある。「二十七」と「二十二」は鉄幹と晶子のそれぞれの年齢に符合する。さらに「心《こころ》の盲目《めしひ》はそれでも何《なん》とも感《かん》じない。……女《をんな》は自《みづか》らの恋《こひ》の烈《はげ》しさに自分《じぶん》で満足《まんぞく》して居《ゐ》たのである」と書いている。『晶子歌話』（前出）にも

歌を作り初めて数箇月の後に、私は主として恋愛を実感する一人の人間となりました

とあるが、現実に新派の歌を作り始めたのは「よしあし草」には三二年八月、「明星」には三三年五月からなので「数箇月の後」は少しずれている。続けて、「我ながら驚く程、私の熱愛の繊細と熾烈《しれつ》と優婉《いうゑん》との千姿《せんし》万態《ばんだい》を端的に表現して、千万語にも優《まさ》る効果を示すことを経験しました」と述懐している。鉄幹と初対面した直後の感慨であろうか、晶子は、

たゞならぬ君がなさけを聞くものか火焔《ほのほ》のなかに今死なん時　（清怒「明星」明33・10）

と詠んでいる。このようにして鉄幹への慕情は強まると共に歌はますます熱し、「明星」や「関西文学」の他に九月からは「大阪毎日新聞」「新潮《にいじお》」「小天地」「文庫」などにも積極的に歌を発表するようになる。

(二)　堺の浜寺歌会

「明星」五号（明33・8）の一筆啓上に「本月は三日頃出発大坂、神戸、岡山等へ旅行致すべく候」と報告しているとおり、鉄幹は関西、中国地方に行き、新詩社運動の強化、宣伝のため八月三日、大阪に着いた。三日から一五日までの鉄幹と晶子の動静については「明星」や「関西文学」などの資料と「明星」七号（明33・10）の晶子の美文「わすれじ」を基にして見ていく。

八月三日　鉄幹、来阪し北浜《きたはま》の平井旅館に宿す。

八月四日　午前中は登美子、午後は晶子がお伴をつれ、それぞれ鉄幹の宿を訪ねる。

「わすれじ」の四日の項に、

髪さげしむかしの君よ十とせへて相見るゑにし浅しと思ふな

その夜の火かげはまぶしかりき、げにその夜は羞しかりき、八月四日なり。

八月五日　大阪で二時間、鉄幹の「新派和歌に対する所見」と題する文学講話あり。来会者五〇名、この時、鉄幹と小林天眠が初対面。この会に出席し終了後の歌会に晶子、山川登美子ら出席。

八月六日　朝八時、鉄幹滞留の宿に中山梟庵、高須梅渓、山川登美子集まり、途中、月啼を誘って堺へ行き浜寺の寿命館で堺の鉄南、雁月、晶子らと合流す。極暑の中八人は歌作に熱中し、夜八時半に散会、八人の形見にと宿の扇八本（八枚の扇の中一枚は現在、堺の覚応寺《河野鉄南の住職となった寺》に保管されている）に、それぞれの名を一本々々自署して持参して別れた（「高師の浜」中山梟庵「関西文学」明33・9）。この他「明星」六号（明33・9）の広告にも小扇に八人が自署して別れたことが記され、同号の「明星」に

小扇《こあふぎ》にならべて書ける我れの名のあまりにやさし細筆《ほそふで》なれば

と鉄幹は載せている。

八月七日　神戸山手倶楽部で「明星」支部主催で鉄幹の「新派和歌について」の講演、来会者四〇余名、会終了後、鉄幹を中心に一二名須磨から舞子へ散策して歌会を催す（十二星遊　斉藤渓舟「神戸新報」）。晶子欠席。

八月八日　須磨で解散、この日のことは「鉄幹氏の旅寓に琴風（梟庵）、思西、及び小生の三人期せずして

会し、堺より鳳晶子君、来訪、浪華春風会幹事和久、服部の二女史鉄幹兄を訪はれ候付山川登美子君をも招きて、此に又河風に袂吹かせながら、歌筵を開き中候。歌多し」
（消息「関西文学」明33・9）

八月九日　「わすれじ」の九日の項に、
住の江のみやしろ近くに傘かりし夜なり、片袖のぬるるわびしとかこちし夜なり。
かたみに蓮の葉に歌かきし夜なり。君、
神もなほ知らじとおもふなさけをば蓮のうき葉のうらに書くかな
と鉄幹の歌がある。それに応えるように晶子と登美子は歌う。
月の夜の蓮《はす》のおばしま君うつくしうら葉の御歌《みうた》わすれはせずよ
（晶子『みだれ髪』175）
歌かくと蓮の葉をれば藕糸《いと》のなかに小《ちさ》きこゑする何のささやき
（登美子「明星」明33・9）

鉄幹から晶子宛て書簡あり（明治三三年八月九日　現存の書簡中最古のもの）。

八月一〇日　岡山の新詩社支部の聘により、鉄幹同地に赴く。

八月一五日　「わすれじ」の一五日の項に「ゆめの如き再会は松青き高師の浜。われ」とあって
松かげにまたも相見る君とわれゑにしの神をにくしとおぼすな
右の鉄幹の「髪さげし」の歌は『紫』（161）に、晶子の「松かげに」の歌は『みだれ髪』（325）に、それぞれ採られた。なお（　）内の説明は筆者によるものである。

以上一一日間に晶子は五回、登美子は六回、鉄幹と会っている。「山川登美子集」（昭36・11　坂本政親編）によると、帰京する鉄幹を登美子と小林天眠が梅田駅に見送ったとあることから、登美子は六回会ったわけである。八

月一九日の終列車で鉄幹は帰京した後、二、三日は留守中にたまった用事（紙屋、活版屋、製本屋、写真屋などへ行き、来客もあり）に忙殺され、旅の疲れが出て、一三日の夜から発熱し、神経衰弱と胃痛もあって一週間ほど臥床した。「明星」六・七号（明33・9～10）には「鉄幹歌話、附録、小扇記」の広告を載せているが、ここには、「与謝野鉄幹君新著、河井酔茗君跋、結城素明、一條成美二君画」と記されている。その「小扇記」の内容については、「浜寺の記」（梟庵）、「十二星遊記」（渓舟）、「岡山の二日」・「夢うつつ」（鉄幹）、「後の浜寺の記」（洒骨）、「十二星遊記拾遺」（天眠）、「住の江の一夜」（晶子）、この他に「和歌数百首を以てす」と記されている。これらによって「小扇記」とは八月上旬の鉄幹西下の折のことを同人らがそれぞれ書いたものだと分かる。この「小扇記」について、一〇月一日付の鉄南宛ての晶子書簡には、

われはつミの子に候　のたもふごとくかの君もつミの子にておハすべし　されど清き〳〵御心のあなた様はそのつミの子は誰ぞやとはとひ給ふまじ　とはせ給ふな　小扇の記出てば何れわれらはあだし名うたはるゝことにておハすべし　自ごう自とくに候。

と言って、自分と鉄幹が恋愛関係にあることを認め、さらにこの時すでに鉄幹と晶子のことが、同人たちの話題に上るほど表面化していたことが分かる。ところが、「明星」一一号（明34・3）社告に、「本社財政の都合上当分発行の運びに至りかね候」と報告し、この「小扇記」の刊行中止を報せている。鉄幹西下の行状は「明星」や「関西文学」に掲載されたが、もし「小扇記」が世に出ていたならば、鉄幹と晶子に関わる状況はより明瞭になったであろう。その後の「明星」に「鉄幹歌話」が時折掲載され、自分の歌や同人たち、特に晶子の歌の評釈も載せるようになる。それらに補正追加したものが『新派和歌大要』（明35・6）となって刊行された。

やがて晶子は「明星」以外の雑誌とも交渉をもつようになるが、有力な同人たちは逐次上京してしまう。そして鉄南宛て書簡で晶子が「関西文学」に対して「まこと関西文学はつまらぬものに候かな」（144頁参照）と批判的に

なっているのは、「明星」を中心としてのめざましい精進を示していることになる。このころの「明星」の「文芸雑俎」などにおける晶子評を見ると、

・明星雑誌中第一流として、我深く敬服するは妙齢の才女なりといふ鳳晶子の君なり。第二号を見し時既に其しらべの非凡なるを知りぬ。号を追うて歌に接するに従ひ、流麗の調に盛るに深酷奇警の想を以てするを見て、其将来の造詣を想望するや切なり。（露花（平出修）「明星」明33・9）

・この明星の中にても、鳳、山川二女史の作、優婉にして、且つ巧なる点に於て、他に傑出せるが如し。「短歌雑談」（大町桂月「明星」明33・10）

・明星の中には随分女詩人も見える様で、妙齢の婦人としては思切つた大胆な歌をよむ人もある様に思はれる。「作家談片」（広津柳浪　同右）

と書かれており、川上眉山も右の「作家談片」で『明星』では大分女子の方が気焔を高めて来た様ですね」と言っているが、これは閨秀歌人傑出のうち、特に晶子の特異な存在を認めての発言と思われる。晶子の歌は「明星」においてますます洗練され、恋の歌も号を追うごとに増えていった。それが「明星」発展に大きく寄与したことは言をまたず、この二人の邂逅こそが新派和歌を広める重大な機縁になったと言えよう。

㈢　京都粟田山の秋――永観堂の紅葉鑑賞

「明星」八号（明33・11）は遅れて一一月二七日に刊行された。「明星」八号の「一筆啓上」には「小生十月二十五日より本月九日まで中国へ旅行致居り候ため本号の「明星」は漸く本日発行のことに遅延致し候」と報告されている。「関西文学」五号（明33・12）の梟庵の「酔茗兄へ」の一文には、この旅行について一〇月二七日から一一月五日までのことを記している。この記事と「明星」八号（明33・11）の「一筆啓上」の記載を参照しながら鉄

幹西下の足跡と晶子・登美子同伴の日時を辿ってみる。

一〇月二七日　神戸についた鉄幹は当地より、大阪の中山梟庵に電報を打って呼び寄せて神戸で会う。新詩社神戸支部の（斎藤）渓舟、（広江）洒骨らとも会し、（中山）梟庵と一夜を共にし詩談す。

二八日　一同六人撮影す（「明星」８号）。岡山へ梟庵を伴って行く。岡山支部の二〇余人来会、後楽園で遊び、梟庵は鶴の羽を拾い、鉄幹は紅葉を拾って友人への手紙に封じこめる。その夜、梟庵と同宿す。

二九日　鉄幹は徳山へ、梟庵は大阪へ行く。

一一月三日　徳山から戻った鉄幹は大阪の箕面で開催の関西青年文学会の秋季大会に出席し梟庵、（水落）露石、（薄田）泣菫、（金尾）思西らと会す。その夜、大阪の平井旅館で梟庵と宿泊し、徳山での苦衷（妻との離縁話）を梟庵に打ち明ける。

四日　午後、泣菫を交え、三人で大阪の梅が辻の菊を観て、天王寺を逍遥し、一酔をとって別れる。鉄幹はその夜も梟庵を宿にひきとめたが、梟庵は帰る。

五日　鉄幹、京都に向かい、同地滞留中の登美子、大阪から来遊中の晶子を伴い、永観堂の紅葉を鑑賞し、粟田山の辻野旅館で三人一夜旅宿す。

六日　三人別れる。

この旅の直後に鉄南に送った一一月八日の晶子書簡は明治三三年代の最後のものであり、以後鉄南宛ての晶子書簡はない。それは

わたくしこの五日の日与謝野様にひそかにあひ候　たれにも〳〵もらし給ふな　そは山川の君と二人のミひそかにあひしに候　兄君のミに申なり　たれにも〳〵もらし給ふな　かの君中国ニて不快なることのありしま、

この度はたれにもあはで帰京するとの給ひ候……すこしはやせ給ひたれど意気は今も変らず候……与謝野様にも何とぞ〳〵しらぬかほにて御出で被下度候

であるが、右の「中国ニて不快なること」とあるのは、中国地方の山口県の防府佐波郡《ほうふさば》にある鉄幹の妻林滝野の実家での一件である。このことについてはすでに述べたが、滝野の父林小太郎が「明星」出版費はもちろん、二人の生活費の仕送りをしていたことや「明星」隆盛に伴って聞こえ始めた晶子との噂や滝野との生活の窮乏、および遠縁に当る浅田家から浅田さたと鉄幹との、かつての関係も知り、それに入籍問題も絡み、鉄幹に対しては怨恨こそあれ、彼の要請を聞き入れず、離縁を申し渡した。滝野母子を引き取ると小太郎が言ったので、鉄幹は憤然として再び大阪に戻り、前記したように、三日の夜、梟庵に滝野との離縁話を打ち明けた。これが「不快なること」の内容であった。梟庵はこの時の鉄幹の様子を「秋痩」（「明星」8号　明33・11）で、

世のかぜはさむしといひてねし君のひくきいびきを耳よせてきく（鉄幹兄と神戸にいねて）

と歌っている。鉄幹のこのころの歌に、

ゐなかびとのまめなるいさめまもるにはあさましいまだ我血冷えぬよ　（「新潮」4号　明33・11）

さはいへどそのむらさきの襟うらに舅《しうと》の知らぬ秘め歌かかむ　（『紫』132）

があり、ついに舅林小太郎との折り合いもつかなかったことがうかがわれる。この間の事情について、前記の晶子の小説「親子」には、娘の代わりに孫を渡すと言っても舅は不承知で、養子にくるか、娘を返すか、と言われて「生木を裂かれる」思いで別れたと書かれてある。林家の言い分に、鉄幹が深く思い悩んでいたことが分かるのである。

「明星」八号の「一筆啓上」で鉄幹は梟庵、泣菫と別れたあと「京都に赴くことと相成り」と書き、梟庵は「関西文学」五号（明33・12）の文中に「思ふ旨ありて見送りは不致失礼致置候」と記している。さらに「浅間嶺」（昭26・6）掲載の中山梟庵談によると、梟庵の寄寓先に、晶子と登美子が「俥」で乗り付け、京都へ同行をすすめた

が、梟庵が断ったようである。これらから考えると、鉄幹は徳山での不愉快さを晴らすために、急に思い立って登美子と晶子を粟田山へ誘った。晶子、登美子に会えてほっとしたものか、鉄幹は「明星」（明33・11）に

　いまだわれうれしと云ふに口なれずただあたたかきなやみといはむ　（『紫』155）

と詠んで徳山での傷心を癒し粟田山へ二人を伴って一泊し、包みきれないほどの幸せと歓喜さえ覚えたことであろう。登美子はこの時すでに親に強いられた結婚を決意して故郷の若狭に帰らねばならなかった。また鉄幹は妻に去られるという境涯に追い詰められていた。こうした運命の岐路に立っている鉄幹と登美子の気持ちとは裏腹に、晶子はひたすら鉄幹への思いに燃えていた。そして

　うなじをばあつきかひなにまかせしは夢なりけるよ松おひし処　（素蛾「明星」8号　明33・11）

とセクシュアルに歌うが、登美子の方は晶子の存在を意識してか、

　こゝに君しのび泣く子の二人《ふたり》あり百二十里を遠しと思すな　（右同）

　石二つ浪あらき磯にならべおきて苔むさむものか花さかむものか　（右同）

と詠んで、それぞれが鉄幹を思慕していることを歌っている。さらに登美子は同誌に

　袖たてて掩ひたまふな罪ぞ君つひのさだめを早うけて行かむ　（『恋衣』16）

　それとなく紅き花みな友にゆづりそむきて泣きて忘れ草つむ（晶子の君と住の江に遊びて）　（右同　79）

と運命に甘んじて、鉄幹への思慕を忘れようとした。この旅を回想して鉄幹は「掌中記」の中の「木がらし」に

　去年《こぞ》の此頃は中国に旅して、帰途一人のうら若《わか》き女詩人《ぢよしじん》の為めに、其の理想を捨てゝ運命《うんめい》の犠牲《ぎせい》となるべき不幸を泣き、人と三人、相携へて別れを西の京に惜みき。寒かりしよ、木枯今宵《こがらしこよひ》の如く吹《ふ》きて、夜明《よあ》くれば粟田山の木下道、朝霜苔《あさしもこけ》に白《しろ》う、三人が血《ち》にたぐへし山蓼《やまたで》の茎紅《くきあか》う映《は》えて、それ長く互《かたみ》に忘れ難き秋と成れり。

（掌中記「明星」8号　明34・11）

と登美子の結婚を「運命の犠牲」と書き、京都の粟田山で忘れ難い思い出として追慕したが、晶子宛て書簡では、

うしろに人一人ある心持して力つよきまぼろしのなかの日送り苦しきも腹立たしきも物の数にもあらず慰み申し候はこの秋必ずしもうしとかこつべからず候。（11月15日）

と晶子の存在を力強く思い、どんな苦難をも克服していくという確信に満ちた思いを伝えている。かくして三人の思い出多い旅を、「明星」八号（明33・11）に歌や詩として残した。以下「明星」八号の歌（「その人の袖に」の歌まで）をひく。鉄幹や登美子の心中を思って晶子は、

三たりをば世にうらぶれしはらからとわれ先づ云ひぬ西の京の宿　（『みだれ髪』180）

と歌い、また一夜の情景を回想して、

次のまのあま戸そとくるわれをよびて秋の夜いかに長きみぢかき　（右同　183）

ひとまおきてをりをりもれし君がいきその夜しら梅だくと夢みし　（右同　185）

と思い出深く歌っている。鉄幹は晶子に向かっては、

わが歌にわかき命をゆるさんと涙ぐむ子の髪みだれたり　（「明星」8号　明33・11）

と歌い、登美子に対しては、

京の宿に御手《みて》放ちしをまどふなり恋のわかれか歌の別れか　（右同）

とそれぞれの心を捉えて感慨深く詠じている。旅を終えた晶子は、

きのふをば千とせの前の世とも思ひ御手なほ肩に有りとも思ふ　（『みだれ髪』326）

前髪のみだれし額《ぬか》をまかせたるその夜の御胸《みむね》あゝ熱《あつ》かりし　（「明星」8号　明33・11）

と、鉄幹の存在が生々しく心に焼き付けられたのであった。それに引替え、登美子は、

日を経なばいかにかならむこの思たまひし草もいま蕾なり　（『恋衣』4）

その人の袖にかくれん名もしらず夢に見し恋あ、もろかりき

（「明星」8号　明33・11）

と、晶子とは対照的で絶望的な恋の行方を詠嘆している。また三人の別れの光景を晶子は「明星」（明34・1）に、

いはず聴かずただうなづきて別れけりその日は六日二人《ふたり》と一人《ひとり》

（『みだれ髪』186）

と、おのおの屈折した重苦しい心情を詠んでいる。その後、登美子と晶子は会ったらしく、鉄幹は晶子に宛てて、

かの人との御会合ねたましきほどに御座候。とにかく夫に甘んずるも詩の為めにハ一変化の功あり。犠牲になられ候は悲しけれど我等の道ハ尽きたり。友情に於てハ窃に満足する処に候。

きのふ住の江よりの蓮まゐれり。人二人の思出にしてはあまりに淋しき色に候……小生の長詩七種中に長酔一篇ハ髪乱し玉へる君の為めに。山蓼一篇ハかの足冷めたかりし人の為めに……（11月15日）

と書き送っている。右の「小生の長詩七種」とあるのは、「明星」八号に載せられた「小生の詩」の新体詩六題「秋思」六篇のことである。その中の「長酔《ちやうすゐ》」は晶子に、「山蓼《やまたで》」は登美子に送った詩だと右の書簡に書かれている。「足冷めたかりし人」とは、「友のあしのつめたかりきと旅の朝わかきわが師に心なくいひぬ」（『みだれ髪』184）の中にある「友」とは登美子のことである。ここには二人の乙女の姿が彷彿と描かれていて、哀愁と懊悩にみちた登美子の表情や心情が鮮やかに捉えられている。また「秋思」の「残照《ざんせう》」「破笛《やれぶえ》」「敗荷《はいか》」にも粟田の秋が詠まれているが、「敗荷《はいか》」は特に登美子を詠んだ優れた詩として高い評価を得ている。

晶子は同号の美文「朝寝髪」で、三人の泊った粟田山の朝の情景を写し、「きりの上にうかぶ吉田の山、紅葉にまかれし黒谷の塔」を眺めながら、朝膳に据えられた「見しらぬ茸」の「毒にあたれば」もろともに死んでしまうなどと戯れながら、その苦かった味が却って忘れられない深い思い出となったと記している。その後で

恋とは云はねど、昨夜《よべ》のかねごとわすれ給はじと、たはむれともなきひとみの色、さは云へど美しき君なり

と書いている。「昨夜のかねごと」とは翌年一月の粟田山での再会のかねごと（約束）であったか。さらに

百二十里をあすかへるわれに、うれしき情《なさけ》を見せ給ひしものかなと、涙おとし給ふ君、よわくおはすることよとゑまひしわれ、心のそこはさてさびしかりき、

と別れに際し、憂いを含んだ鉄幹と、それを優しく受けとめながらも寂しさをこらえ切れない晶子の心情が描かれている。前記した一一月一五日の晶子宛て鉄幹書簡では、さらに続けて

君は猶かの人と逢ひたまふ日おはすへし。写真とりませ。何か互の忘れがたみをも取交しおき玉へ。

と晶子に書き送った。ここにある「忘れがたみ」の「写真とりませ」とある写真は今日現存し、二人の資料として流布されている。この手紙を見た晶子は「明星」八号で「みだれ髪」と題し、他の同人たちの書簡の後に

たゞちに彼君がりとひ申しき。あれほどの心ひるがへし給ふまでの苦みは、わが知るところ、君推《すゐ》したまふところ。はなれがたなの心は、つひによべともなひ帰り候。さりし夜の如《ごと》一つふすまに、まこと涙のなかの間《ま》にておはしき。かの君とこしへ歌はすてまじとなり。されど新年の△△を限りに、その後はとく名にてとかたり給ひき。恋のうたこの後よまばいかにと云ひ給ふまゝ、それよかるべし、それによりて波瀾がおこらばおもしろかるべしと申しき。また云ひすぎにや。けさはこれよりふたり写真とりて、それより高師の松かげとはんと申し居るに候。東京へゆきて後、われの訪ふことあらば、そのときのみは逢はんとの給ひ候。君へのふみかきかはすことも、とこしへ断つまじとの給ひ候かの君ありし日より、今はあきらめ給ひしまゝ、すが〳〵しくなり給ひしやうに候。今なで給へるに、かの君、髪けぶりさうなり。（十五日朝晶子）

と記し、悲しみに満ち、諦めの境地に至った登美子が歌を作ることも鉄幹への文通も「とこしへ断つまじ」と言ったことを晶子はさわやかに受け止めている。この文面は続き、翌一六日には大阪へ登美子を送り、また住の江へ送られ、往来を重ねて、「ゑみて別れしに候、かの君いまは、よりおほくかなしみいまさず候。そのあきらめゐたまふが又あはれとおもひ候」とすっかり諦め切っていた登美子が「あはれ」に思えて悲しく、晶子は深い同情と憐愍

の情を寄せている。そのあと二時間ほど、二人は住の江で遊び、

かれしはちす葉、かの画だくみの君におくらむと袂へ入れて帰りたまひし、それやがてみもとへまゐるべし。
そのとき、友のなやみ、わがおもひ、かたらぬも君うなづかせ給はむ。

と書いて一文を結んでいる。

この粟田山での一泊の旅は、登美子にとって鉄幹との別れの旅となったが、晶子には、登美子が去り、妻滝野の離縁も間近に迫っているという事態になって、ひたすら鉄幹へ心を傾かせる恵まれた旅となった。それまでの、鉄南に熱中して出していた手紙も一一月八日が最後となる。この旅で交わした「かねごと」によって鉄幹への思いは日増しに晶子の心を満たしてゆくのだった。八月上旬の西下、一一月上旬と、いずれも新詩社宣伝と普及をかねてやってきた鉄幹は晶子、登美子に再会し、二人に深い愛の絆を残して帰京したのである。登美子は結婚のため、その年の一二月、故郷の若狭に帰る。

第四節　鉄幹対子規（不可並称説）

正岡子規と鉄幹は明治二六年以来の友であって『東西南北』の序で子規は、

余も亦、破れたる鐘を撃ち、錆びたる長刀を揮うて舞はむと欲する者、只其力足らずして、空しく鉄幹に先鞭を着けられたるを恨む。

と書いている。また『東西南北』の歌の詞書に、鉄幹が子規を見舞ったことなども書かれてある。子規は「明星」二・三号にも「竹の里人」の署名で寄稿しており、「明星」三号で鉄幹は子規の歌論を「氏の熱心は今更吹聴する迄もないが」と書き、後に子規が書いた「歌よみに与ふる書」に対しても鉄幹は「我々未熟な者の窃に重しとして

居る」と高く評価している。このように、その始めの二人は旧派和歌打倒への目的を共にしていたので提携し、協力的であった。ところが「心の華」（明33・5）の投書欄（「倶楽部」）に

毎号の選者に与謝野鉄幹正岡子規渡辺光風薫園なんどの新派若武者をして課題の方を分担なさしめ……

と掲載された。そこから、子規と鉄幹の対立が始まった。これを見た子規門下の伊藤左千夫は翌月の同誌に「不埒な投書」として「甚だよろしからぬこと」と憤慨し、また翌月（6月）の同誌に「正岡師と他の両三氏と同列に見るさへあるに、若武者なんどと稍軽侮の言を弄せるにあらずや」とわが師子規が蔑視されたと言って怒り、彼らと根岸派との根本的相違を明らかにした。さらに九月の「大帝国」（3巻5号）の「歌壇放言㈠」で「くちあみ」の署名で阪井久良岐は「鉄幹杯と同一趣味に見られては、イヤハヤ何とも頭からお話にならないので、駁論する勇気も出なくなツた」と言い、新派の歌評をするなら、「子規の執つてゐる新派の詩的標準」が何所にあるか位を、見るべきだと言って、「根岸の短歌会から、此間鉄幹に向つて開戦状が発せられた」と書き、久良岐はここで「真の詩的標準を有してゐる真の新派を、他のデモ新派と区別するが為め」「歌壇に先輩顔する」「馬鹿大名のやうな考を有つてゐる今日の歌壇に」「一の特効剤として」「真正に新派の主張を」告げるとし、「鉄幹以下の為めに世間で誤解してゐる」故「忌むなく偽党を征伐して、真党の光輝を発揚する必要に迫られるので、是非ここに一大飛躍を試みようとした」と書いている。また同月の「明星」六号（9月）の「子規子来書」（8月1日）では

文壇の敵同士として喧嘩する方面白からずや……旧派声をひそめて事実上太略降服したる今日は新派同士の喧嘩こそ必要

と言って、敵同士であっても拙稿を「明星」に載せるかも知れず「両派に別れて歌戦するも快事と存じ候」とある。このように歌戦を挑んできたのは子規の方からであった。また久良岐の言に対し、鉄幹は同号の「子規子に与ふ」で子規のことを「頭脳までが病的の人だ」と痛言を吐き左千夫や久良岐に弁解させずに子規自身の名で弁明すべき

こと、つまり「子規は文壇の破廉恥漢でない」ことを証明するように要求した。こうした子規門下たちの非礼に加えて子規の歌戦状は、鉄幹の今までの子規に対する好意を憤怒と憎悪に変えて強い敵愾心を抱くようになる。

鉄幹側に立つ「関西文学」（明33・10）の「放念録」の「鉄幹と子規」では、子規が久良岐の意見に賛同するなら子規という人は「尊大、卑劣、傲慢、無礼の虚名家」だと言い、そして「子規は俳句に於て一派を建立しても、和歌に於ては決して鉄幹を凌いで先輩といふ事は出来ぬ」と言っている。さらに鉄幹が歌戦状を受けたのは大阪の旅宿で、鉄幹の書いた返書には、子規との議論は自分も非常に希望していたが、子規は病人なので遠慮していた。しかし、先方から歌戦状を送ってきたので、この機を逃さず「飽くまで研究を遂げたい」と鉄幹が言っていたことも記されている。さらに同誌では鉄幹が謙虚な返書を送ると、根岸派の一輩は鬼の首をとったように「一目も二目も三目も置いて居る」とか「疾くに兜を脱いでゐる」とか「子規子とてもとより後輩たる鉄幹などをイヂメル精神はない」「お山の大将子規一人と熱を吹いて居るのは、言語同断」だとも言う。

以上のような事情を踏まえて「明星」七号（10月）の「蛇口仏心」では、子規、鉄幹、久良岐の書簡を公開し、論戦を解決し、一応平静に戻した。「蛇口仏心」によれば、まず子規は九月一六日書簡で鉄幹に対し「明星」六号を見て面会の折あらば「一言申上置候」として「貴兄が小生に対する攻撃は『邪推』と『誤報を信ぜらる』との二事より起り候様相見え候」と弁じた。それに対して同日付の鉄幹の復書では、子規に対して「明星」誌上の開書は自分の邪推もあり「兄もまた罪ありと申さざるを得ず候」と書き、「何れ御面会の上意志の互に分明致し候はば一笑して愈々親善を加へ候」と明快な意志を表示した。こうしたことで左千夫や久良岐の言が子規の本意でなかったことが分かり、鉄幹の憤怒は一応氷解した。また久良岐は翌一七日付書簡で「歌壇放言」は子規に無断で掲載したと知らせ、そのため「兄をして子規子に対する悪感情を抱かしめたるは余が不注意」と言って鉄幹に謝罪した。それにより「速に子規子に対する悪感情を去つて歌学上の争論に移られんことを乞ふ」と言って、子規と鉄幹との主張を傾聴したいと書き送ってきた。一七日付の久良岐の書簡に対して一八日付の鉄幹復書で、「小生の余りに云ひ過ぎ」と恥じ入り、子規にも礼を尽くして「学問上の議論は後学のため固より希望する処に御座候……真摯なる歌評を以て小生等を叱斥し玉はんことを希望いたし候」と丁重に書き送った。これらの不始末を「明星」に載せて自分らに対する世人の疑惑を晴らしたい、とも記したが、実際には次号にその記事は載らなかった。

これに対して同日の「坂井《ママ》氏来書」には「明星」を見て「兄の心事を誤解」したが、「小生は文壇に対し何等の野心もなく……真正に歌学の為めに力を用ゐる者なきを慨し候あまり柄になき批評を試み」たと弁明した。鉄幹が久良岐のことを六号で「駄評家の三文評」と評したことに対し、久良岐は鉄幹の詩を「端唄畑、都々逸畑に鍬を入れ」たようだと難じ、「感服は致し居らず候」と評していたが、鉄幹の書面に接して「疑団氷釈」し、鉄幹の男らしさと正直を知り、加えて互いに誤解をし、「子規子の本主意を感情論にひきつけて悪口のいひ合」ったことを「文壇の醜事として」反省した。そして久良岐は鉄幹の態度を好意的に受けとめ、自分の書きすぎを認め、左千夫も同意だと報告した。「蛇口仏心」の最後の「鉄幹開書」において善意的な根岸派に対して感情問題を一掃したことを祝し、それを以て嫉妬と猜疑に満ちた明治文壇における「一大美事」として称賛した。さらに鉄幹は一〇月七日、子規を訪ね、子規の他意なきを証し、自らもまた掲載した失言を謝し、談笑して辞した。これによって二人は議論と私情を混同せず、あくまでその交際は「公明、洒落、謙譲」であることを表明した。この両派の論戦は明治歌壇における興味ある出来事で、これを以て一応の和解の形をとったことが書かれてある。

「明星」七号（明33・10）において久良岐は万葉ぶりの「寄与謝野鉄幹長歌」を発表し、鉄幹もまた同号に、

たはぶれてわれおこらせし阪井久良岐病《やまひ》しなくば酒を強ひまし　（「小生の詩」）

と歌っている。翌月の「関西文学」四号（明33・11）の「文芸雑俎」では

鉄幹と子規との主義が全然反対して居るのは云ふまでもない、子規は保守的で鉄幹は進歩的とでもいはうか、

子規は写実的の美で万葉語にならつて居るが、鉄幹は観念の美を普通語に調和して居る、

と、その相対的な見解を示している。しかしその後の「歌壇放言（四）」（「大帝国」明33・11）で、久良岐は、

好んで西詩の想を、三十一字詩の上に移して、得々として一天地を拓きたる如くに思ひなしてゐる、が、恐くは彼等は三十一字詩形と云ふ立場を全く研究し悉してはゐまい。只何事にまれ短歌として咏み得ざる者なしと盲信し、而して短歌を革新し得たりと誤解してゐるのではないか

と明星派を難じ、同文中で左千夫は「躁狂にして摯実ならず」と言い、長塚節は「少しの重みもなく空浮々としたる」「よつぱらひ囈言の如き」だと鉄幹の作品を非難した。彼らは鉄幹の言う「新詩想の発明」「われらの創意」（「明星」六号）の「文芸雑俎」や『新派和歌大要』の「一、詩とは如何なるものぞ」にある「詩とは美しき感想《おもひ》を言語文字にあらはしたるもの」という短歌観を、「軽薄の一語」に尽きていると見做しているのである。一度は和解したのだが、再び蒸し返した両派の対立はその後、三四年一月一六日から二五日までの「日本」に発表された子規の「墨汁一滴」によって、再燃された。

去年の夏頃ある雑誌に短歌の事を論じて鉄幹子規と並記し両者同一趣味なるかの如くいへり。吾以為へらく両者の短歌全く標準を異にす、鉄幹是ならば子規非なり、子規是ならば鉄幹非なり、鉄幹と子規とは並称すべき者にあらずと。乃ち書を鉄幹に贈つて互に歌壇の敵となり我は明星所載の短歌を批評せんことを約す。蓋し両者を混じて同一趣味の如く思へる者の為に妄を弁ぜんとなり、爾後病牀寧日少く自ら筆を執らざる事数月未だ前約を果たさゞるに、此の事世に誤り伝へられ鉄幹子規不可並称の説を以て尊卑軽重に因ると為すに至る……

（1月25日）

と「鉄幹子規不可並称説」を子規が提唱し、永久に両派は対立する方向へ向かった。

その後、子規は一月余り経った二月二七日の「日本」紙上の「墨汁一滴」に「明星」廃刊の誤報（本書206頁参照）

を流し、さらに同紙の三月一日に廃刊訂正の記事を出している。かくして子規派と鉄幹派との平行線は続くことになる。

第五節 「やは肌」の歌

やは肌のあつき血汐にふれも見でさびしからずや道を説く君

（『みだれ髪』26）

この歌は晶子の代表歌として人口に膾炙されている。「道を説く君」の対象がいろいろと論議されたが、『みだれ髪』刊行当初の批評を見ると「道学先生に与ふる挑戦」（みだれ髪を読む「明星」16号）とか「道学者を一笑した歌」（平出修『新派和歌評論』明34）などと評されている。また後に晶子がこの歌を自釈して

道学先生達よ、女の熱愛に触れることもしないあなた方の生活、感情を没却した生活はお寂しくないでせうか

（『歌の作りやう』）

と漠然と道学先生へ呼びかけている。ここで言う「道学先生」という言葉について、「明星」（明40・9）に島村抱月が「英国の尚美主義」と題して書いている。それは「日本の文壇で新体詩に星菫主義といふもの」があり、「近時は社会全体に渉つて高襟《ハイカラー》」があり、「是等に通じた一種の傾向が英国の尚美主義と余程よく似てゐる」とある。当時英国で尚美主義と戦った反対派を「フヰリスチン」といい、これは日本でいう「道学先生」だと抱月は言う。尚美主義について(一)肉感的、(二)芸術は芸術自らのためと称し、思想道徳のすべてから独立しようとする、(三)強烈な情緒と自己主観がある、と言う風潮が一九世紀末の英国を風靡し、この傾向が星菫調に通ずると抱月は見ている。この歌が直接このような思想の影響を受けたか否か分からないが、星菫調を白眼視しようとする道学者への抵抗を見せる傾向は西欧のみならず日本にもあったと思う。この歌もそれらに類するものと考えられている。

鉄南宛ての一一月八日付の晶子書簡の中に

じつはさきに御質問にあひしやわはだの歌何と申上てよきかとおもひて今日になりしに候　梅渓様もかの歌に身ぶるひせしと申越され候　をかし　このゝちはよむまじく候　兄君ゆるし給へ

とあることにより、「道を説く君」は鉄南とも考えられる。文面にある質問の内容が分からないが、応答に逡巡していることは分かる。この歌が「明星」発表以前に問い合わせたとしたら鉄南に送った歌と考えられる。しかし発表後の一一月八日付の書簡であり、秋の粟田山の旅の後でもあり、情熱の対象は鉄南ではなく鉄幹へと全面的に傾いていたころである。それでこの「君」を鉄幹とすれば三三年八月九日付の晶子宛ての鉄幹書簡に「かなしきことあまたきかせたまひつるかの松かげよ」と書きはじめ、その書簡中に「石よりもつめたき人をかき抱き我世むなしく沈むべきかなとなげき候」とある。そのあと、この歌の三句以下を改作して

石よりもつめたき人を恋ならで妻とし呼ぶか世の中の道　（「関西文学」3号　明33・10）

と詠み、書簡の「石よりもつめたき人」が妻だと改作している。そして、同書簡のさいごには

よろづのなやみはまたも小生を都の市へ引返して責めさいなまんと致候　おもしろや　いでまた血にまミれ候べし　いまだ海に入らむまでには　ひまの候はんかし

とあり、歌と共に、「よろづのなやみ」の中には石のように冷え切った妻であっても世の道徳観念によって自らを律し、果つべき運命だと諦めているという鉄幹の歌を受けて「やは肌」の歌を詠んだという見方も考えられる。しかしこのように因縁づけることは牽強付会に思える。従って鉄幹を、道を説く君の対象と断定するには無理があるのではないか。右の鉄幹の歌は晶子に憐愍と同情を得ようとする男の弱さを、感傷的に詠んだものであって、この歌の返歌として「やは肌」の歌を考えるのはいきすぎであろう。

鉄南に書き送った書簡にわざわざ「やは肌」の歌についての問い合わせを書いた晶子の気持ちの裏には、それま

で晶子の情熱に反応を示さず、兄のような寛大さで見守るだけの人であった鉄南に対し、鉄幹への思慕を誇示することで、自らを挑発していたとも考えられようか。それが鉄南にとって官能的に感受されたと思って晶子は反省したものか、また梅渓が身ぶるいするほどいやらしい歌だと評していたと鉄南に書き、こんな歌は二度と詠むまいと記し、「兄君ゆるし給へ」と言ったところに鉄南に対する弁明の気持ちが読み取れる。「何と申上てよきかとおもひて今日になりしに候」と自分の心を閉ざしながら、一方では鉄幹への思いを正面切って見せつけようとする思わせぶりも見える。この歌について「晶子の『やは肌の歌』異見」（岩城之徳「国文学」昭39・12）では「道を説く君」を鉄南か鉄幹かとする二説について考証している。

この他、この「君」を鉄幹の長兄和田大円とする説もあるが、これは年代的に考えられないことで、何の裏づけもない。ただこの歌の革新的で大胆な手法と奇警な発想に価値を認めるとすれば、特定のモデルをつけたり、詮索することは無用である。以上のような動機はあったかも知れないが、根本的には晶子の言うように既成的な道徳に対する反発であったと思う。

第六節　「明星」八号の発売禁止——新詩社第一の波紋

「明星」は六号（明33・9）から四六判型の雑誌となった。その発展ぶりはめざましく、多くの俊才を傘下に集め、次第に歌壇の中心となっていった。その進展の途上にあって第一の波紋を起したのは、八号の発売禁止事件であった。それは「明星」八号に載せた一條成美のフランスの裸体画二葉の模写が「本月六日を以て風俗壊乱の悪名の下に、内務大臣より発売を禁止せられ候」と「明星」九号の「一筆啓上」に記された。ところが八号には一二頁にわたる、上田敏と鉄幹の対談「白馬会画評」が載せられている。そこでは裸体画を美の真髄としてその真価を認め、特に藤島武二の裸体画を賞している。発禁令後、大町桂月は「太陽」（明34・1）の「文芸時評」に「裸体画問題」と題して「明星」の発禁事件をとりあげ、内務省の処置を至当とし「鉄幹甘んじ其命に服せざるべからず」と痛言を吐いた。右の対談の中で敏が一般的な裸体画について

今日の裸体画は社会の状態より論すれば少し無理なもので、着物を着る世の中に着物を着ない人間を画がくのだから、観る人の腹が違つてゐる、されば今急に仏蘭西などに行はれる表情的裸体画を見慣れぬ邦人に示すのは、或は稍々急激の変化ではないかと思ふ

と書いているのを桂月は援用し「これ内務省が風俗壊乱と唱破する前、上田氏既に明星に出せる裸体画の非なることを宣告せるもの也」とし、「太だ穏当也」と賞した。しかし鉄幹の裸体画論に対して「実感を起させて、風俗を壊乱しても可也とは、美術のみを見て、道徳を見ず、又社会を見ざる画工の暴言也」と記し、裸体画を非道徳的に見ている。また「明星」九号掲載の鉄幹の一文に対しても「鉄幹も男ならば、斯る泣言は吐かざるべき也」と桂月は言い、八号の裸体画は「決して高尚の韻致ありと云ふべからず、人の実感を惹き、風俗を壊乱するものと断言して可也」とも極言し、裸体画禁止は日本の美風で良心が麻痺していない証だと指摘した。また裸体画も「その画けるものが神聖らしきもの」ならば、まだ美感はあり、西洋では歴史的に見て実感を惹く裸体画の多いのは当然で、これを日本の画工が真似するのは「其愚及ぶべからざるもの也」と言っている。桂月は「いかなる美も、文学上、美術上、如何なるものも、道徳に害ある以上は、決してこれを公然社会に示すべからず」と言い、人として社会に住む以上、決して道徳的羈絆を脱却すべきでないと強調している。

この桂月の論に対し、「明星」一一号（明34・3）の「文芸雑俎」で鉄幹と月杖（内海）は反発し、鉄幹と敏との対談では文学と道徳との関係について触れていないと言い、また桂月のように「厳格なる道徳眼を以て」文学を律すれば、ある種の小説の発禁も必要だとしている。同じ裸体画を見て桂月は「実感を挑発するもの」と見ているが、

自分らは何の悪感も起こさず、「これは趣味の上の争で、是非ない事」とし「文壇の名士大町君の如き方が、よもやあの様な画で実感を起されやうとは、夢更想はなかつた」ともはや争いは無駄だが、自分らの直言として「君の趣味の卑いのを悲む」で結んでいる。

これに対し、また桂月は再び「太陽」（明34・4）で彼らの論に妥協せず、裸体画に馴れ切った西洋の道徳眼とは違って日本の道徳は、「裸体画を怪しまざるまでに進歩、否堕落せざる也」とあくまで、道徳上、風俗壊乱をきたす裸体画は掲載すべきでないと頑迷に主張した。この桂月らしい論議は、後に晶子の詩「君死にたまふこと勿れ」を誹謗する言葉にも通ずる。国家主義的な保守思想家の桂月は道徳家で、当時の日本では先んじていた裸体画の芸術性を理解し得ず、発禁という国家権力に屈従せしむべきだと強調し、裸体画掲載に挑戦したのである。

以上桂月の抗論を述べたが、鉄幹は裸体画事件について「明星」九号冒頭で「文芸の迫害に関し、余の態度を明かにして、末松博士に質し、併せて読者諸君に訴ふ」を掲げ、時の内務大臣末松謙澄に反論している。それ以前に鉄幹はかつて「読売新聞」紙上（明30・1・4〜6　三回）で「末松青萍博士に質す」を載せており、謙澄とは文壇上の交流があった。「明星」九号は裸体画事件のためか僅か一五頁しかなかったが、右に記した冒頭の鉄幹の長文は、発禁の厳命を不条理な処置とし、意外な命令に鉄幹は「茫然自失」し「その言の出でん所を知ら」ぬほどの驚きだと書き、発売禁止の理由について博士の詳細な説明と解答を得たいと迫った。

彼の泰西に於ける絵画を以て、文学そのものと同地位にまで進め得べきものとなし、例へば裸体画に於ける肉の色彩と、その肉質とによりて、悲惨痛苦等の感情を表出し、以て読者を動かさんとするが如き急激の趣味に至りては、之を我が文壇に移し植うることの頗る早かるべきを思ひたりき。

と論じ、さらに「つとめて高潔なる裸体画を取らんことを望めり。八号に掲げたる裸体画の如き、何人か之に対して些の悪感を起すものあらんや」と反発し、この内務大臣の処置を「非理の宣告」「奇々怪々」と批判し、「夢想だも及ばざりし所」と攻撃している。九号には他に新詩社詠草の歌と晶子の詩「紅情紫恨」があり、また九号末尾に「新詩社基本金の醵出に就て同感の諸君に告ぐ」を掲げ、その後に寄付金首唱者三一名をあげている。さらに末松謙澄を始め坪内逍遥、森鷗外、上田萬年、幸田露伴、高山林次郎（樗牛）、島村抱月などの他、各新聞雑誌記者の意見を希望し、

　一難を経る毎に一倍し来るものは、わが『明星』の勇気と信念とに候、わが五千の読者諸君と、壱百七十名の社友読君《ママ》と幸に健在ならんことを祈り候。かの妄りに鞭加る者必ず懺悔するの日あるを信じて疑はず候。

と書き、来春一月号は、平素の「明星」の三倍以上の内容を盛ると抱負を洩らしている。

　現実に一月の「明星」一〇号（明34・1）は三倍までいかずとも、かなり内容も体裁も充実した。発禁となった八号は「明星」が雑誌型になってから三月目に刊行され、一一月上旬の鉄幹、晶子、登美子の京都での紅葉鑑賞の旅を素材にした詩歌や美文が多く載せられ、「明星」隆昌を思わせるものがあった。その一〇号の発展ぶりは、前半の発禁事件の一時的な危機を盛り返した観さえ思わさせる。

　「明星」一〇号（明34・1）の「絵はがき」ではこの発禁事件について「無法なるかな、無法なるかな」とか「馬鹿々々しきこと」などと評している。また同号における篁砕雨（高村光太郎）の「若水」では、

　かずならぬ人の子にだに打たれますか芸術《たくみ》の神よ弱き弱き神（末松博士に寄す）

と詠み、また中山梟庵は「晩鐘」において鉄幹を「神」と賛じて

　鞭をあげし鬼よ面をのぞき見ようたるる神のゑみうつくしき（末松博士に寄す）

と詠み、河野鉄南も「それ羽子」において

　あまりにも君はおもきをおきたりき大臣《おとゞ》なにもの彼も人の子（明星九号をよみて）

と詠んでいる。さらに一一号（明34・3）の「高山君来書」では「言語同断の沙汰」とか「裸体画は単純高雅なる

線画にて、……以ての外の批判」とか「笑止のきはみ」とか「所詮は文芸の上には没鑑識、没趣味なる当代社会の仕打としては是非もなく」などというかなり厳しい批判も出て、鉄幹への同調の声もあがった。しかし、それ以上にまた桂月擁護の意見も多かった。

「新声」（明35・3）の「裸体画を排す」（登坂北嶺）においては「明星の発売停止、白馬会の醜態」と言って、「東西の異風を弁せず内外の特性を察せず、軽挙切に急ならんと努めし罪」は否定できないとし、「道徳上、教育上の弊害」があることを指摘した上で、特に青少年への悪影響を憂慮し「年少身を誤るは多く色情に在り」とし、

　邪径に陥れる当今の文芸なるものは、柔肌を謳ひ接吻を説き、或は乳を探る、帯を解く、乱れ髪、御手を枕にとのろけ散らして恬然たり

と、書かれるに至って、これはまさに明星派の歌への誹謗そのものを示し、「淫靡卑猥なる裸体画」こそ慨然たるものだと歎じている。このような批判は、当時の晶子の歌も道徳、教育の上から見て、彼らの言う裸体画的な感覚として捉えられていたと考えられよう。

裸体画事件後一年たった三四年の秋の「明星」一七号（明34・11）の社告によると、

　本年の白馬会展画中に於て政府は裸体画裸体像の一部を掩はしめたり、……読者之が為に却て悪感を惹くもの無きや如何。

と書かれている。この事について桂月はまた「太陽」（明35・3）の「文芸時評」で、

　昨年警官が白馬会の裸体画の腰部を掩ひしより、十年来の宿題にして未だ明答を与へられざりし裸体画問題またやかましくなりぬ。その余熱未ださめずして本年に及べり

と述べたものの、裸体画への可否に対し、一年前に鉄幹と論議したころに比して、きわめて緩慢な反応を示したにすぎない。「今や全然美術上裸体画を非とするは、少し美術を解するのものには之を見ず」と言って、美術と道徳

の多少の衝突はあるが、これらについて「調和あるべきは自然の勢也」と妥協を見せ、「色情挑発を以て、裸体画を尤《ママ》むるは、極めて不通なる議論也」とし、「世人の目に慣るれば、裸体画は決して害ある者に非ず」と裸体画にむしろ加担した感さえ見せるようになった。

以上、裸体画事件はそれぞれに論議されたが、それが民間の問題ではなく、国家的問題となったことで、「明星」がいかに当時の文壇において、注目されていたかが分かる。裸体画移入がまだ尚早であったため、風俗壊乱として一時は弾圧され、国家主義者らの中傷の的となったのもやむを得ない。後の『文壇照魔鏡』においても、この八号の発禁事件を取り上げて牽強付会な罵声をあびせている。

第七節　明治三〇年から三三年までの展開

明治二九年以前まではすでに述べたので、それ以降の鉄幹の動向を補う。三〇年になって、一月四日から六日まで、鉄幹は歌論「末松青萍博士に質す」を「読売新聞」に連載。それに対して一月九日から二月一四日まで二二回にわたって同紙では末松青萍が「和歌を論じて兼ねて与謝野君に答ふ」の論文を連載している。これは後に「新歌論」として刊行されるが、鉄幹個人に対する歌評ではなく、歌の歴史的な説明を叙したものである。この年の一月三〇日に第二詩歌集『天地玄黄』を刊行。このころ「反省雑誌」や「中学新誌」にも執筆している。日夏耿之介の『明治大正詩史』上（昭4）には二月一八日、帝国大学学士会事務室内で、井上哲次郎、上田萬年らを発起人とする「新体詩談話会」が開催され、鉄幹は外山正一、矢田部良吉、阪正臣、中村秋香らと相会す、と記されている。

また「資料㈢」の明治三〇年の項には、

同一の目的を以て、外山正一、矢田部良吉、井上哲次郎、土井晩翠、後藤宙外諸家と新詩会を起すともある。これは右の新体詩談話会と同一のものと思われるが、共に赤門派の既成作家の会であって、鉄幹の記す同一の目的というのは、新体詩すなわち新詩を普及し研究する同一の目的の意味であろう。既成作家らのうちには明治一五年刊行の『新体詩抄』の編者矢田部、外山らの名も見える。この新詩会は明治二九年九月五日に開かれた。「文庫」（明29・10）の「反響欄」には、五日に鉄幹も出席したように書かれてあるが、一〇月発行の「大倭心」三号には、鉄幹自身、母の訃電に接し、この会に欠席したことを記している。しかしこの会については翌三〇年二月二四日発行の「中学新誌」（明30・2）の「雑俎」に「新詩会」と題して

昨年九月を以て東京に起されたる、新躰詩人の結社「新詩会」の目的なりと云ふを聞くに、時々会合して、新躰詩人相互の交情を温め、多望なる新躰詩の形式音調等の議論を闘し、又各自の新作をも月旦し、且つ毎年一回新詩集を公にする等にして、既に会合せしことも三回、この春は詩集『この花』を出版すべしと云ふ。会員は目下左の諸氏なり。

とあって一一名（落合直文、佐々木信綱、宮崎湖処子、与謝野鉄幹、塩井雨江、武島羽衣、大町桂月、繁野天来、三木天遊、正岡子規、杉烏山の一一名、『この花』では三木天遊の名が欠けている）の記載があるが、『この花』の「緒言」では一〇名となっている。さらに続けて、

猶この会の会場はいつも上野公園の三宣亭にして、席上時に議論四出し、孰れを是非とも決し難き場合などには、血気盛りの人々多きこととて、随分目醒しき張り合ひもある由なれど、流石に優美なる詩人諸氏なれば、粗暴に渉る言語挙動もなく、且つ茶菓位のことに留りて、頗る質素静粛を旨とせる会なりとぞ

とあって、新進詩人らの前進的な意気込みと品性ある会だと分かる。同じころ「新声」（明30・4）に記載されてある「新声名誉賛成員」一〇名の中にも鉄幹の名があるが、みなそれぞれ肩書きがついている中で、鉄幹が「新詩会員」となっていることから、「新詩会員」としての自分の位置に誇りをもっていたのであろう。

『この花』は明治三〇年三月一一日、同文館より発行された新詩会編纂の合同詩集で、鉄幹はここに「郡守の舘」を掲載し、その詞書にはその制作の由来を記している。また『この花』は鉄幹の詩の他に信綱、子規、羽衣、雨江、烏山、桂月、直文の詩が掲載されている。同書の緒言に記載された一〇名が「相集まりて一会を組織す」とあり、また年四回会すと記されており、これについては前記の「中学新誌」にも書かれているが、なお「資料㈢」の明治三〇年の項に「中学新誌」（４月）に関して

　将来の詩の口語に立脚すべきことを「中学新誌」に論ず。また多く口語の詩及び短歌を試作す

とある。この年に書いた彼の詩論はこの「中学新誌」の他に「反省雑誌」「読売新聞」に収載されているが、いずれも俗語、普通語を詩に採りいれるべきと論じているのは、口語詩作成のために、このように論じたものか、この年の四月の「中学新誌」に発表された詩「新作二三」のうち、「わが写真のうらに」は

　髭がなければ威がなくて、口を利かねば野暮ぢやげな。あのひよツとこの面をきて、いツそあるこか昼ひなか。
　五躰そろうてありながら、世にうたよみのすたれもの。この骨《ほね》一つせめてただ、横町《よこちやう》の犬にくれてやろ。

といった調子で書かれている。これは純粋な口語詩とは言い難く、むしろ俗語調の詩と言うべきであろう。同号の「雑俎」では古語に漢語や普通語を加味しようとした井上巽軒《そんけん》の新体詩「比沼山の歌」を「お粗末」だと鉄幹は批判している。このように批判したのは、作者の手腕の稚拙さもあるが、「漢語・普通語の選択よろしからざるため」であるとし、また「真実的な漢語・普通語を使用しえざるため」だと言っている。さらに翌月一日発行の「反省雑誌」（明30・５）掲載の「落花箒」（文界時評欄）にある用語論は、前記の「中学新誌」の「雑俎」にある「新体詩の用語」（明30・４）を敷衍したものであるが、普通語を用いる時に、副詞・動詞・感嘆詞のみに普通語を使い、助辞、助動詞には、「今猶臆病がりて用ゐず、やはりらむ、けり、なむで押し通さるゝは怪しむべし」と言っている。また「普通語中にも詩語とすべきものありて、美術的の排置を試み得べき」と論じている。こうした論旨を実

作に見ると、次の「今様詩人」（「新声」明30・5）のような表現になる。

慾には飽きたく名は欲しく　胸に焚《た》く火を狂熱と　だれがつけたか程のよい。　慾も難けりゃ名も難く　くるしまぎれのヤケ腹を　不平といふがかわいやな。　せめてひと月百両の　くらしもさせてラブとやら　すてきな人にも逢はせたら、　不平もやんで姿《なり》も気も　寛濶伊達のさツぱりと　世の粋様であらうもの。　あたら男をだいなしに　生れもつかぬ畸形児《かたはご》の蝶や菫《すみれ》で朽ちさせる。

しかしこれは俗語調の詩と言うべきだろう。その後の「遼東の春」も口語的な詩である。三〇年には右に記した「反省雑誌」の他に「読売新聞」に連載した「鶏肋集」などにも口語詩が多少発表されている。この他新体詩論の中で普通語を詩にも少し採り入れるべきを説き、実作もやっているが、口語詩という言葉はこのころ用いられていない。実作として俗語調の詩があり、これを口語詩への接近と理解することができる。『東西南北』などに見る俗謡調の用語はこうした考え方から敷衍されたのではないか。これは後の自然主義影響下に派生した口語詩や口語短歌の萌芽と見ることもでき、彼の先駆的な見解を示したと言えようか。

かくして二度目の渡韓帰国後、二冊の詩歌集を出版し、普通語の詩を作り、新聞、雑誌にも精力的に作品を発表した鉄幹は翌三〇年の七月末に第三回目の渡韓を果たした。しかし韓国から「読売新聞」に送ってきた「馬上閑硯」は口語詩ではなく、擬古体の詩である。二九年は新体詩会創立と相俟って、その後鉄幹は新体詩を発表したものの、三一年には三度目の渡韓を終えてから口語詩への接近により、新派和歌唱導に本腰を入れてその普及に努めようとした。三二年、夏には第一の妻浅田サタとの間に長女ふき子を得たが、一月余りで死んだことから協議離婚した。その後一〇月には第二の妻となった林滝野と共に上京し、三三年一一月三日新詩社を設立する。このころからすでに新派和歌を唱導する人たちは、その才を競って短歌結社を各々作り始めていた。

このころの鉄幹は、「関西文学」にも力を入れ、相互扶助の形で「関西文学」の同人らとも親交をもった。三三年四月「明星」を創刊して、鉄幹は新派和歌の城を築き、それまでの新派の名ある人たちを凌駕すると共に、明治三〇年代前半のロマンティシズムを標榜する「明星」発展に尽力した。このころ晶子は河野鉄南に頻繁に書簡を送る。そして三三年八月、晶子と初対面した鉄幹は晶子との恋愛を結実させ、「明星」は晶子の強い個性によって充実、進展し、ついに明治中期ロマンティシズムを大きく開花させるに至った。また鉄幹は新詩社同人山川登美子に対しても恋歌を送ったりしたが、登美子は鉄幹への恋を諦めて結婚すべく三三年の暮れに故郷若狭へ帰った。妻滝野との離縁、登美子の結婚と、晶子にとっては好都合な環境が与えられた。鉄幹は晶子の歌才が「明星」発展のために必須のものと思って、晶子への恋を深めていく。三三年は前途によき可能性を秘めた年であった。一号から五号までは新聞体の「明星」であったが、六号（9月）から雑誌体となり、内容は確実に進展し、八号には鉄幹、晶子、登美子との粟田山での一泊旅行を詠んだ詩歌や美文を載せ、恋の絵巻とも言うべき絢爛とした作品で飾られた。しかし一方では、同号にフランスの裸体画を模写した絵を掲載したことにより発売禁止となった。やっと上昇の途を辿りつつあった「明星」の販売にこの事件は大きく影響することとなった。三三年はこのことで一時は危機に瀕し、九号（12月）は僅少の頁数となっている。しかしこの年に二人の恋が芽生えたことは、「明星」発展にとってこの上ない好条件になったと言える。

かくして、三三年の夏、「明星」運動普及のために西下した鉄幹と晶子は会い、淡くときめいた鉄南への乙女心は一転し、ひたむきに鉄幹へと走ることとなった。すでに妻帯していて、子供までいた鉄幹との恋愛は困難を極めたが、「明星」に発表された晶子の歌は一躍歌壇を賑わし、「明星」にとって欠くべからざる存在となった。妻滝野は一年足らずながら、鉄幹との貧困生活に見切りをつけ、父小太郎の意志もあって鉄幹との離婚を決意していた。

第二章　明治三四年（寛28歳・晶子23歳）

第一節　明治三四年の展開

㈠　粟田の春

⑴　再　会

すでに鉄南、雁月、鉄幹に宛てた晶子書簡や伊良子清白、鉄南らに宛てた鉄幹書簡について紹介してきた。これらは鉄幹、晶子の恋愛以前の書簡である。二人の恋愛が実って晶子上京までに交わした書簡の一部が、戦後間もなく評論家神崎清によって二回公表された。それは「鉄幹と晶子の恋愛往復書簡解説」（「婦人画報」昭23・11）と「未発表鉄幹・晶子恋愛秘録往復書簡」（「若い婦人」昭24・11）と題する二文であった。それらの書簡を神崎は二人の粟田山の「密会」としてスキャンダル風に淫乱に書き立てた。これらの書簡は鉄幹の先妻林滝野の夫となった詩人正富汪洋が所蔵していた。晶子宛て鉄幹書簡四通（明治33年2通・34年2通）と鉄幹宛て晶子書簡六通（34年）、滝野宛ての鉄幹書簡一〇通、晶子宛て山川登美子書簡一通、滝野宛て晶子書簡一通などと他のも含めて三〇通余りであった。その後、昭和二六年一一月三日、大正大学でこれらの書簡が展示、公開された。それらの資料を基にしてその後、与謝野門下湯浅光雄の晶子研究や佐藤亮雄の『みだれ髪攷』（昭31・4）、佐竹籌彦の『全釈みだれ髪研究』

（昭32・11）が刊行された。これらはみな粟田山再会を「再遊」と名づけて『みだれ髪』成立の決定的実証の言葉として裏づけていた。「再遊」とは、前記したが明治三三年の一一月上旬鉄幹、晶子、山川登美子が京都の永観堂で紅葉を鑑賞し、粟田山の華頂温泉の辻野旅館に一泊、その翌三四年一月九、一〇日に鉄幹と晶子が同宿で再会して二泊した事実を指す。今日ではこれを決定的事実として『みだれ髪』成立の基礎的な認識になっているが、前記の神崎の記事が発表されてから湯浅、佐藤、佐竹諸氏は「再遊説」という語を掲げて雑誌に頻繁に書くようになった。当時、この言葉は流行語のように興味本位に使われていたが、筆者は一般的な「再会」という語に改めて論じていく。「再遊説」で騒がれていたこのころ、只一人、関西の小林天眠は粟田山での二人の再会を全面的に否定した。天眠は関西の実業家であったが、文学好きで、鉄幹とは「よしあし草」時代からの親友であり、終生与謝野夫妻を援助した人であっただけに二人のプライドを傷つけたとして否定し憤怒していた。かつて「浅間嶺」誌上で湯浅光雄と小林天眠が「再遊説」を巡って二回にわたり論争したこともあった。天眠の言い分は、文学上奔放な表現をする晶子だが、日常は慎ましやかであったということで、極力反対した。これは晶子に対する偶像視とさえ思える。しかし天眠は昭和三一年に没していることから、否定説は何の裏づけも出ないまま自然に消えてしまった。今では粟田山再会は二人の研究において定着している。

⑵ 粟田山再会を裏づける二人の歌と書簡、そして「少詩人」の資料

この再会を事実と決定させる裏づけとして、鉄幹の動静を見ていく。鉄幹は三四年一月三日には鎌倉で新詩社同人一〇人ほどと会合をもち、その後京都へ向かった（「明星」11号社告）。六日は「関西文学」同人と神戸の新詩社同人の発起で神戸大会があり、六〇余名の盛会（「明星」明34・3社告、「関西文学」・「新潮」明34・2）、七、八日は大阪、九日は京都（「関西文学」明34・2）という記事が見られる。その後の消息は掲載されていないことから九、一〇日に粟田山で再会したと思われる。再会直後の二月の「半秋《はんじゅう》」の「春夢」の中で『みだれ髪』に採られなかっ

た晶子の歌に、

夜の神に強ひしもすそと闇にゐみて御肩《みかた》へかけしその朝のふすま（傍点は筆者）

あたたかき夢二人《ふたり》さめし春の閨よひあかつきをさてあらそひし

などがある。「朝のふすま」「春の閨」などの語句から恋の成就を彷彿させる。

再会した日にもっとも近い二月二日の鉄幹宛ての晶子書簡に

あとの月の末つかたよりまことくるしき〳〵まどひおはしきくるしくおはししき。山の湯の香終にしら梅に

おはせはさることかたきかと君まどひ候。かなしきことかず〳〵おもひ候　はづかしきのことに候。されど君

ゆるしき、給へ。さきにまゐらせし文にそれ皆ひめてそのおもひひめてくるしくおはしき（傍点は筆者）

とあり、右の書簡中の「山の湯」とは「明星」一一号（明34・3）の鉄幹の詩「春思」の冒頭に「山の湯の気薫《けくん》じて」を指し、「しら梅」咲く思い出は「明星」同号の晶子の「おち椿」に

うき人のかどにたつ梅夕さめのそぼふるなかにほの白かりし

いつの春か紅梅さける京の宿にわかき師の君うつくしと見し

山にねてしら梅しろき朝君に星となる世をさびしと泣きぬ

などがあり、これらは『みだれ髪』に採られなかった。粟田山再会の折、鉄幹は「明星」（明34・5）に、

かたへ梅かたへ竹なる戸の寒さ人まちわびてゆふべ歌なき　（『新派和歌大要』40）

と歌って晶子を待っているように詠んでいる。しかし二月一五日の鉄幹宛ての晶子書簡中の歌に

なつかしの湯の香梅が香山の宿の板戸によりて人まちし闇　（『みだれ髪』243）

と同じ梅の咲く戸の所で君を待つと歌った。さらに晶子は『みだれ髪』には入れていないが粟田の地名を入れて、

梅にねし粟田のやどの春のひと夜しりぬ都の雪はあたゝかき（傍点は筆者）　（「星光」明34・3）

と詠んでいる。このころの晶子の歌で「粟田」を詠んだ歌は右の歌だけである。前記の二月二日の書簡には、

死のことおもひ〳〵ていつもそのはてはさ云へ恋しきものをと終にはいつもかくおもふのに候。よしそれなりとてわれえ死なざりしなるべくされど死もよひ〳〵おもひ候。

と妻子ある男との恋愛を思う時、苦悶の余り死を仰望する。しかし恋しさ故に死なれず、その思いは、

この一月二月せめてたのしくあた、かくと云ひ居給ふ君にか、るまどひきかせまゐらすことかとそはまこと〳〵くるしくおはしき

と粟田山再会以来、思い出を楽しんでおいでのあなたに惑い心を訴えるのが辛いと書く。その書簡の中に

君さらば粟田の春のふた夜妻またの世まではわすれ居給へ

という歌がある。前歌の「粟田のやど」と合わせて二人が再会した場所が「粟田」であることが確認できる。右の歌の下句によって一時的に鉄幹への思慕を諦めようとしていたことが察せられ、かなり深刻に苦悶していることが感じられる。右の『みだれ髪』(220)に採られた歌の二、三句は「巫山《ふざママ》の春のひと夜妻《よづま》」に改作された。それは「粟田」という地名の具体性を消して、観念的に男女の契りを結ぶという「巫山《ふざん》」を出し、二夜泊ったという「ふた夜妻」の意を芸妓の意をもつ「ひと夜妻《よづま》」に変えてしまった。従って『みだれ髪』では「君さらば巫山《ふざママ》の春のひと夜《よ》妻《づま》またの世までは忘れゐたまへ」となっている。これは粟田山再会の事実を伏せておきたくて改作したのであろう。また漢詩に造詣の深い鉄幹の添削と考えられる。右の書簡の歌の後に三首添えられ、そのうちの一首に

世のつねのそれに見られぬ情ぞと今この時にあゝせめて君

がある。世の常道から外れた行為だと知りながら、これこそが自分の生き方だと感動し誇示している。この書簡の最後に「君けふは何やら　はづかしく候。さらば　夢見し朝　二日の朝　晶子　　与謝野様　ミ前に」とあって、粟田山で別れて二〇日余り、晶子にとって鮮烈な記憶が粟田山を巡って心に刻まれていた。右の歌に加えて二泊を

裏づける歌が「星光」（明34・3）に、

春寒《はるさむ》のふた日を京の山ごもり梅にふさはぬわが髪の乱れ（傍点は筆者）

（『みだれ髪』341）

がある。また前記の二月二日の鉄幹宛て晶子書簡にあった「湯の気《け》」が二月一五日の書簡にも出てくる。

あたゝかくやすむのに候　かのとぐちに湯の気のもれてしばらくして君やミの中にあらはれ給ひしよりを現実のやうにおもひなしてかの「相思」梅と云ふな百合と云ふなといく度かくりかへし給ひしそれよりと　おもひて現実とおもひてやすむのに候。

とあり、この書簡の末尾に前記の「なつかしの湯の香……（243）」の歌が添えられて粟田山を想起させている。次の鉄幹宛て晶子書簡は三月二〇日すぎで、

私何故かこのごろかの山のミこひしくてかの時のミこひしくて、いたしかたなく候。

とある。「かの山」「かの時」とは粟田山再会の折の「山」と「時」を意味する。晶子宛て鉄幹書簡には、

昨日木村鷹太郎氏来訪、泉州の女豪との関係を白状し玉へ。雑誌をそれで埋めるはヒドし、今ハ一般の与論なれは弁疏ハ無用なり、何もバイロンは人よわくなるに及ばず、ヤルべしくとたゝみかけての詰問に、覚えず苦笑致候。この人などには能く「おち椿」が分かりをり候ものと、一般の世評のほどもうなづかれ申候。いまは君、ゐにしの神の袖うらむまじく候。寧ろ誇つてヤルべく候。われらは詩よりも恋のかた大きく候。われ誇るべきに候。（3月29日）

とあって、二人の恋愛がかなり評判になっていたことが分かり、寧ろ自分たちの恋を堂々と誇っている感じである。右の「おち椿」とは前記の「明星」一一号に掲載された晶子の歌七九首の題名である。この中で『みだれ髪』に採られた歌は四九首であった。この「おち椿」には粟田山再会に関する歌が多いことから、このように冷やかされたのであろうか。バイロンの研究家木村鷹太郎は果して粟田山の事実を知っていたのであろうか。また上京二週間前

の鉄幹宛ての晶子書簡にも

かの山より打電し給ハるべくや。かのやどの名辻本とか君云ひ居給ひし（傍点は筆者）（明34・6・1）

とあり、「かの山」とは粟田山、「かのやど」とは二人が泊った宿のことで「辻本」とあるが、「辻野」の誤りである。以上の資料によって粟田山再会後発表された二人の歌と書簡から粟田山再会は事実であることが実証できた。

もう一つ二人の粟田山行を裏づける資料として、翌三五年三月の「少詩人」に、しら梅（増田雅子）とちさき弟（増田水窓）の署名で「京より」と題する書簡形式の随想がある。この二人は新詩社同人の増田姉弟である。鉄幹と晶子が再会した粟田山の同じ宿へ翌年の一月に、この姉弟が泊まったことが載せられている。

今見ゆる山、みな春のものと、おん眼に残りをるものと思へど、私、なにやら落ちつかぬやうな、おちつくやうな、何とも申されぬこゝろもちになりて、又さらにおふたり様恋しくと、弟より何かとその春のこと承りて、おもひまゐらせ候。――あき子様この坂より杖かり給ひてなど――

としら梅は書いている。かなり具体的で、何となく興奮している感じの一文である。弟の水窓は、その後に、

この山、この水、かの時はたそがれにて候ひしかな、花鳥の湯宿に、おん名残しのびて、姉とふたりある身、多くは申しあげず候、……この宿の人、あなた様がたのこと話しをり候、とりあへず。（傍点は筆者）

とも書いている。この姉弟がたまたま泊った同じ宿に、その前年の一月九、一〇日、鉄幹と晶子が泊ったことを知って複雑な気持ちでいることが行間から伝わる。粟田山行は二人にとって内密であったろうが、粟田山以降の二人の歌には粟田山の事実を想像させる歌が多かった。すでに述べたが、現存している二人の書簡が五〇年後にその一部が公開された（198〜199頁参照）。しかしこの「京より」は粟田山再会から一年後に発表されている。この「少詩人」が発表されたのは、晶子が与謝野に入籍した二ヶ月後のことであった。この時には社会的に保証された夫婦となっ

ていたので青春を懐かしむ思いから、鉄幹主宰の雑誌「少詩人」に鉄幹は憚らず掲載したものか、こうした自分たちのプライバシーを公にした鉄幹の意図には、詩人としての特権意識があったものか。このような志向は別れた滝野に送った三四年四月一三日の書簡にもうかがわれる。そこにはゲーテやバイロンには多くの恋人がいることをあげて「これ詩人には深くとがむべき事にはあらず候」とか、六月一五日の書簡にも「詩人の恋に人間らしき事ハのたまはぬやういのり上候」とあって、詩人である自分は恋に生きることを誇りとしているというのである。また道徳的常識的な枠組みを嫌って反発しようとし、本来ならば秘密裡にすべき粟田山行の事実を憚らなかった。この「少詩人」の資料は粟田山再会の事実の裏づけとしてもっとも有力だと言える。

㈡　一條成美の新詩社脱退（第一次）と子規による「明星」廃刊の誤報

「明星」が雑誌型になった六号（明33・9）の挿絵、装丁の一切を引き受けていたのが一條成美であったが、同号の「一筆啓上」で鉄幹は成美について憤懣を洩らしている。すでに述べたが、明治三三年の夏、鉄幹が「明星」宣伝のため半月ほど西下した時、予定より帰京が一〇日ほど遅れたことがあった。その時、非常な暑さのため皆怠けていた。そんな折、鉄幹が「帰京して見れば一條君も随分とナマけられ候ものと見え、『明星』の表紙画すら書けて居らず」という状態であった。そのため九月一日（六号）発行予定が一二日になった。しかし「明星」七号（33・10）の「一筆啓上」では「本号『明星』の挿画には一條君苦心の作多く」と機嫌をとり戻して成美に不満をもちつつも捨て難い才能を認め、「流行児の我儘」として容認していた。

一方、「明星」七号（明33・10）の同人評「吾妻葡萄」には「『明星』表紙画先づ我意を得て面白く、成美君の才筆敬服の至りに候。……一條君の牛、原画が見たきもの」（大阪露石）とか、「『明星』全く美々しき西洋的雑誌」（飯田保軌）などの成美への讃辞を、鉄幹は載せているが、「明星」八号の「文芸雑俎」ではわが社の一條成美君は追々流行児となつてきた。流行児となると、ずるくなつたり書き飛ばしたりするのが弊だ、氏に取つては今が最も大切な時であるのだ。

と批判的に見ている。成美の紹介で新詩社に入った窪田空穂は後になって『歌話と随筆』（昭8・11）で当時の成美について

鋭敏な感受性をもつた、気分に酔つて描く人で、創作力には乏しいが、暗示が与えられると気持のいい絵を書き、暗示がないと、ちよつとした絵にも長時間かゝる、意志の弱い人で、酒好みで、怠け者でお人好しといふ芸術肌の我儘のつむじ曲り

と言っている。鉄幹については一面几帳面なところがあって、成美の不埒な性情に不満を抱いていたとも書き、また成美とは対照的な性格が不和を来たしたのであろうとも書いている。一方鉄幹は、

『明星』の創刊以来絵画の為めに清新奇抜の筆致を以て編輯に従事せられ候一條成美君は、今回故ありて本社を退かれ中候。小生は爰に手を分ち候とも、常に氏の進境の益々明かにして、中道に倦むことなく、大なる成功を得られむことを希望して止まず候。

（一筆啓上「明星」10号　明34・1）

と成美退社の旨を穏当に告げているが、これは表面上の儀礼的な挨拶で、それとは裏腹に同月の「新潮《にいじお》」に

一條氏の挿画は今日まで遂に出来ず、画家の不精困り入り候、猶其他の事情有之、次号より一條氏と当分関係相断ち中候、薄志弱行の人には到底随伴しがたく候……。一條氏に依頼せるは十一月の初めなりしに今日にまで抛げやりにせられて（此他にもこれの類の事多し）小生の激怒も無理からぬことに御座候

と実態を忌憚なくあばいた。空穂は前記に続いて当時の挿絵の殆どが花鳥、人物に限られ、それに古歌や古句が添えられる程度のもので、藤村の『若菜集』の挿絵は中村不折で、従来の常套を破った斬新な洋画風な絵であったと書き、『若菜集』以後三年経て創刊された「明星」の成美の挿絵も表紙も不折に匹敵するほどで、当時として新奇

でモダンな意匠を凝らし、「明星」の絵画一切は成美の趣向によったものだと回顧している。成美の絵は「明星」の進歩的な内容と相俟って、その効力は大きかったと思う。この空穂の言は、そのころ「明星」に関係のある人が誰しも感じていたことであろう。さらに空穂は、成美の新詩社脱退の理由について、成美が書いた楽譜に作曲者が文句をつけたのを、鉄幹が成美に伝えたことで成美は悪感情を抱き、鉄幹の方から成美との提携を断ったようである、とも書いている。このようにして成美は脱退やむなきに至った。この後『文壇照魔鏡』中の「鉄幹ハ友を売る者也」の項で、鉄幹は成美に「全然前約に背反して只の一文も渡さぬと云ふ不徳乱暴に、流石の美術家も憤激して、遂に袂を別つたとかの伝聞である」とあるが、真偽のほどはまったく分からない。

成美の新詩社脱退（明34・1）の翌二月二七日の新聞「日本」掲載の「墨汁一滴」に正岡子規が、

雑誌明星は体裁の美麗なる事普通雑誌中第一のものなりしが遂に廃刊せし由気の毒なり、今廃刊する程ならば最後の基本金募集の広告なからましかは死際一層花を添へたらんかと思ふ、是非なし。

と「明星」廃刊の誤報を流した。これを見た読者から一週間に三百通以上の真否の問い合わせがあったと鉄幹は「明星」（3月）の社告で伝えている。子規は誤報と知って急いで三月一日の「日本」の「墨汁一滴」末尾の「正誤」に

廃刊にあらず只今印刷中なりと与謝野氏より通知ありたり。余は此雑誌の健在を喜ぶと共にたやすく人言を信じたる粗相を謝す

と載せた。この中の「人言」とは誰の言葉か、その九日後に『照魔鏡』は刊行された。毎月のように起こる不可解な事件の背景に成美が密かに関わっていたのではないか。小泉苳三の「新詩社の成立及其展開―新詩社の位相」（「立命館文学」昭12・9）では、成美の退社と『照魔鏡』は相関するものだと注目している。前記の正富汪洋著の『明治の青春』でも、それらに相互関連のあったことを滝野が洩らしていたとある。それによると、成美は退社する前

に新詩社に寄宿していたことがあり、そのころの鉄幹の歌に

二日酔のかしら痛きをさもなげにかわい成美《なるみ》の画《ゑ》のこと語る　（『鉄幹子』263）

があったが、鉄幹が酒席で成美に語った女のことがゴシップ的に誇張されて『照魔鏡』のある部分を占めていたと滝野が語った、と『明治の青春』にある。真偽のほどは分からないが、これらから見ても成美は鉄幹への怨恨を晴らすために鉄幹誹謗の好材料を『照魔鏡』の仲間に提供していたとも考えられる。

(三)『文壇照魔鏡』——新詩社第二の波紋

(1) 体　裁

『文壇照魔鏡　第一与謝野鉄幹』は明治三四年三月一〇日刊行。横浜市賑町五丁目十九番地、著作兼発行者大日本廓清会、右代表者田中重太郎、印刷者伊藤繁松、いずれも架空の名。白表紙で四六判、縦一九、横一三センチ、本文一二八頁、序には「本会の精査詳聞を悉くし」「正確なる証拠」のあること、「判断力に富み文壇及社会の内情に通じたる、有力なる探偵二十余名を有す」とあり、「予輩の態度を誹議するもの」には「改めて正義の誅罰を加える、とある。末尾には「望むものは社会制裁の声なるのみ」とあって、「明治三十四年三月」とあって、そのあとに「大日本横港に於て、廓清会幹事、武島春嶺、三浦孤剣、田中狂庵」という仮名があり、世にいう怪文書である。この書の論旨は「健全なる青少年を鉄幹の淫穢《あい》汚染から救助」すると書かれている。「明星」発刊については鉄幹は「『明星』を舞台として天下の青年を欺罔せり」の項で、「一日にして百万の辞句を列ぬる能ありとも、彼れの如き兇漢に日本和歌壇の革新などゝ云ふ、立派な事業を任して置かれやうか」と言って、「東京新詩社を設けたのは、当るか当らぬか行つて見やう、甘く行つたら天下の青少年の生血が搾《しぼ》られる、売れなかつたら夫迄の事さと、多寡を括つて五厘新聞のやうな躰裁て、『明星』の第一号を刊行した」と書いている。また「明星」八号の発禁事

件についても、鉄幹が停止命令を予期し、内務省届出前に「八方に奔走して雑誌は一部も残さず売飛」し、命令のあった時は、もう計算済みで何の痛手も受けていない。末松博士に与えた論文も代作だと言い、大災難、大損失を蒙ったと装ったのも寄付金募集のための手段で「殊更に停止の厳命を蒙むるように仕掛けた」とあるが、明らかに「妄言」である。

本文の目次は「文壇照魔鏡　第一編　目次」として「第一　照魔鏡の宣告」「第二　詩人と品性」「第三　与謝野鉄幹」としている。「第三」には一七の項目をあげ、いずれも語の上に「鉄幹は」がついていて「鉄幹は如何なるものぞ」から始まり「妻を売れり」「処女を狂せしめたり」「強姦を働けり」「少女を銃殺せんとせり」「強盗放火の大罪を犯せり」「金庫の鑰を奪へり」「喰逃に巧妙なり」「詩を売りて詐欺を働けり」「教育に藉口して詐欺を働けり」「恐喝取材を働けり」「明星を舞台として天下の青年を欺罔せり」「投機師なり」「素封家に哀を乞へり」「無効手形を濫用せり」「師を売る者なり」「友を売る者なり」で終わっている。次の「第四　文筆に於ける鉄幹」も「鉄幹は」について「鉄幹は詩思の剽窃者なり」から始まり「文法を知らず」「学校を放逐せられたり」「心理上の畸形者なり」「鉄幹と詩」とあり、五項目あげている。「第五　敢て文壇と社会の諸君士に問ふ」「第六　敢て与謝野鉄幹に与ふ」で終っている。

(2) 刊行経過と結末

『照魔鏡』が刊行された後、鉄幹は晶子宛ての書簡（3月29日）に「公けに判明致候までは何も云はぬ考に候」と書いて事実表沙汰にしなかった。「明星」一二号（明34・5）に鉄幹が書いた「魔書『文壇照魔鏡』に就て」は『照魔鏡』刊行直後から、その経過を客観的に書いたもので、そのころには、四月に発表される高須梅渓の一文の内容をまだ知らなかった。まず刊行日の翌一一日、梅渓から鉄幹に「貴兄の御名誉に関し明朝田口掬汀兄と共に御訪問」という葉書がきた。一二日の梅渓からの封書には掬汀病気のため不参、快復次第訪問、『照魔鏡』を告訴すべきと「両人より勧告する」とあった。しかし鉄幹は「例の流行の嘲罵」だとして咎めなかった。一三日、一友から初めて『照魔鏡』が送られて「奇怪至極の出版物」だと鉄幹は感じていた。一六日の夕方、梅渓と中村春雨（吉蔵）が訪問、田口は来なかった。梅渓は「言語同断の著者」を告訴すべきと勧告したが、鉄幹は拒否し「与論の制裁」を待って「自ら騒ぐべきで無い」と言った。鉄幹は梅渓に「書中の罪悪の幾分にても余に認め給ふか」と問うと、自分も新声社の佐藤も田口も「讒誣の書」に憤慨していると言う。その梅渓の言葉を鉄幹は信じていた。ところが梅渓は「新声社の秘密出版だと云はれる相だが夫は寃罪」だと言ったので、鉄幹は誰から「秘密出版」だと聞いたのかと梅渓に問うたが曖昧な返事だった。『照魔鏡』刊行一週間以内に新声社では秘密出版だと知っていたこと、世間では新声社に嫌疑がかかっていたこと、その夜の梅渓の話では「新声社へは特に参部」送られてきたこと、梅渓所持の「一部には全編に朱筆を以て本書著者の陋劣なる手段を攻撃してある」ということを、鉄幹はその夜春雨から、また同様の事を小石青麟からも聞いた。『照魔鏡』発行後五十余日を経て神田警察署が捜査処分として新声社員を招喚した時、「掬汀氏は新声社へ寄送して来た当時の包紙《つゝみがみ》に横浜郵便局の消印あるものを差出した。五十余日間も鄭寧に保存されて有つた包紙《つゝみがみ》を見ると、新声社へ特に参部を寄送して来たのは事実」だと鉄幹は弁じているが、そのあたりは鉄幹にとって不可解のようであり、疑惑となった。始めは「余一身の私事」として「文壇の問題として騒ぐべき事件でない」と消極的だった。そして「本書の如きものは取合はない考で有つたが」と書き、さらに

この書が新聞紙の批評にも上り、且つ又日々余を攻撃する匿名の書信に接するので、三月二十日頃に至て断然打棄て置くべきで無いと決心した。

と書いて、やっと鉄幹は思い直して調べると、発行所も印刷所もすべて架空だと分かったのである。

ところが四月五日の「新声」に梅渓の「文壇照魔鏡を読みて江湖に愬ふ」が発表された。鉄幹はこれを読み、早

速、翌五月の「明星」に「魔書『文壇照魔鏡』に就て」を掲載し、これまでの経緯を詳述した後で「最早文士の言動とも親友の言動とも思はれな」くなって「彼書を信」じ「魔書の内容を世に吹聴し」ている梅渓の一文に対し、鉄幹は「罪悪なるものを江湖に愬へられた」として梅渓に対し激怒した。この「論文を発表する前に梅渓はなぜ直接注意してくれなかつたか」と鉄幹は残念がった。これについて中村春雨（吉蔵）は梅渓に再三不徳な行為だと忠告したが梅渓は「社の意見」として発表した、と言ったという。そこで鉄幹は誹毀罪として司法処分することを要請した。その法廷で梅渓は、鉄幹とは前年の六月から知り合ったという嘘言を公然と吐いた。実際、二人は「よしあし草」のころからの知友である。そこで鉄幹は新声社の社員として梅渓も含めて佐藤橘香（儀助）も金子薫園も昵懇の仲で、自分の性格を理解しているはずだと弁明した。しかし鉄幹の申し立ては「証憑不充分」という理由で、梅渓らは無罪となった。この一文の終わり近くで「本月十五日の『新声』紙上に曲筆舞文の手段を尽して、更に魔書の記事を真実なりと断定し、正面より人を文壇の醜類だと宣告して居る」と鉄幹は憤激した。さらに「現今の文壇は此類の操觚者が一部青年間の勢力と成つて居る事を告げて、大方識者の参考に供して置かうと思ふ」で結んでいる。鉄幹の抑え切れぬ無念さが伝わってくる。この訴訟問題について「資料㈢」で鉄幹は『照魔鏡』刊行を明治三三年と誤記している。ここで鉄幹の友人らは憤慨し名誉毀損の公訴を起こしたが「寛の如き貧しき一私人の事に冷淡なりしかば、中途にして公訴を断念せり」と鉄幹は書いているのだが、現実は鉄幹の敗訴となった。

　鉄幹の一文と同じ五月の「新声」に田口掬汀は「与謝野寛対新声社誹毀事件」と題して事件の顚末を一〇項目にわたって発表している。第一の「誹毀事件顚末の動機＝照魔鏡の内容」では鉄幹が毀誹事件を起こしたことを掬汀は「忌はしく、且つ滑稽」と難じて『照魔鏡』の内容を詳しく紹介し、「書中の立証」を「虚構」とするのは「早計」で、事実と信ぜしむる「一種の魔力」があるという。鉄幹は『照魔鏡』の著者に感謝すべきで、誹毀事件とは軽率であり、『照魔鏡』は現時腐敗した文壇を刷新するため「醜類勦滅」せんとしており、その対象を鉄幹だとしている。

第二の「『照魔鏡』に対する与論の声」では「（1）寛の罪悪を認知する。（2）『照魔鏡』の著者は「一種超凡の手腕を有する」、（3）「醜類撲滅として容認する」、と言って掬汀は『照魔鏡』の是非を読者に迫った。第三の「評論者の執る可き態度」では「文壇の審判を受け制裁に服従すべき」という内容。第四の「文筆に於ける鉄幹」では新聞雑誌評に対する新声社の見解。第五の「流言の公行」では一條成美が事実を洩らしたのが『照魔鏡』に成ったと言う鉄幹の言は「自己の罪悪を自白した」と掬汀は言う。新声社は鉄幹を眼中に置かず自分らの主張を正当化しようとした。また鉄幹が「弁疏」しないのは「自己の名誉を放棄し」「弁疏の辞なきに窮した」ためだと言う。第六の「公判前の経過」では四月一五日ごろ、鉄幹が告訴し同月二五日に公判が開廷されたとある。第七の「鼠輩の狂奔」では鉄幹が名誉毀損で金を請求し、謝罪文を書いて支払えと言ったことに対して掬汀は「此鼠輩の面上に唾棄し、其頭上に糞土を塗抹するより他に術なき」と激怒した。第八の「『新声』誹毀事件公判始末」では公判記録を佐藤橘香、筆記を田口掬汀とし、鉄幹の公訴に対し検事が高須の一文について訊問すると、『照魔鏡』を事実と信じ、「文界の与論に因つた」とし、鉄幹に自省させるために書いたと高須は言う。裁判官は中根に高須の一文を批評文として『照魔鏡』が事実であることを確認した。新声社側は新聞雑誌評を出して自分らを正当化しようとした。しかし検事は高須の一文は批評でなく誹毀文だと強調し、十分な誹毀罪が成立するので「処断」すべきだと主張した。これに対して新声社側の弁護人はかの書を事実と言い「何処迄も評論」だと繰り返し「誹毀罪」を否定した。他の弁護人も同意見で、結局『照魔鏡』は歌人の性格を論じた「一種の評論」で、高須の文章は「評論の評論」と定義した。第九の「宣告当日の光景」では鉄幹側の「私訴申立書」として「名誉毀損の損害賠償として」各新聞に「謝罪文」を載せ、その費用の「五百八円四拾銭」を被告に支払うべきと弁護士が訴状を読もうとすると、裁判官は否定し「被告両人は無罪とし、私訴申立はこれを却下す、訴訟費用は原告（与謝野寛）負担たるべし」と宣告し、鉄幹は全面敗訴となった。第一〇の「裁判官渡書＝評論の権能」では「認ムルニ足る証憑十分ナラス」という判決で新声社は無罪となった。最後に掬汀は本件が解決されたのは「文壇の評論には絶対的権能を有すること」にあると書き、さらに「文壇の神聖を保つ」ために「醜類追放」するには評の「権能」を応用せねばとも書いている。

今日では考えられないような判決である。人権上の立場から鉄幹は一方的に敗訴となってしまった。この「誹毀事件顚末」発表の翌月の「新声」に梅渓は「猟矢―鉄幹の妄言を戒む」を載せ、激烈な罵言を吐き、その末尾に「江湖の声」として「新声」愛読者の声を載せている。また「帝国文学」（明34・7）・「中央公論」（明34・10〜12）も鉄幹への激しい批判で終始している。

(3)　刊行後

「明星」一二号（明34・5）の社告には「小生こと今回市内の熱苦を避けて」とあり、麴町から渋谷村に移転したことが記されている。その奥付によれば同号の発行兼編集人は西村亀太郎となっている。「明星」の一一号は三月一五日発行で、二、四月は休刊であった。二月は「明星」発禁事件、四、六月は『文壇照魔鏡』の影響で休刊となった。それ故「明星」の読者は減少し、新詩社は苦境に陥った。鉄幹は前記の三月二九日の晶子宛て書簡に

財政上（月杖と二人の）の迫害はいよ〳〵切迫致候。われらはこの問題の前には、世人の誤解を買ふも止むを得ず候。高須等の征矢には頓と驚かぬ二人の、いまはやう〳〵この問題にかしら痛め初め候。三月ハかくても過ぎつべし、四月はくるしかるべく候。

と窮状を訴えている。新詩社では「明星」八号の発禁後の寄付者が八〇人、総額二五六円八八銭で、最高は直文の三〇円、晶子が二位で一三円（「明星」一一号　明34・3）であった。しかし『照魔鏡』刊行後の「明星」では一二号に寄付者一八名、最高は明治書院の五〇円、白芙蓉（滝野）二〇円で他を含めて総額八九円九〇銭と記載されている。発禁事件時の三分の一ほどの寄付金であり、人数は四分の一ほどであった。右の書簡に続けて鉄幹は

必ず曲直ハ其内に判明すべく候。拘引までには十日もあるべしと弁護士申候。かの書を信じて第一支部ハ解散致し候。去る者ハ逐はぬ積りに候。其他かの書の禍致候処も少からぬやうなれど、公けに判明致候までは何も云はぬ考に候。

と書いている。また一二号（5月）社告にも「真偽を正すに遑なく……其支部の解散を断行」する「軽挙」が各地方に起こっていることを記し、それについて同社告で「何とも遺憾に堪へず」と伝え、右の書簡では、さらに

小生の為にかの魔書の著者を懲らさんとする気ばやの青年多きに、その鎮撫方にこまり候。鉄拳を加へんなどいふ連中あまた有之候。さはいへかわゆく候。うれしく候。

と自分に味方する者もいることを記して、自らを慰めている一方で、同書簡では、

新き友人のなかにてかの書中の幾分を信ずる者あるハ困り入候。（たとへは桂月の如き。）されど今ハ弁疏致さず候。嘲罵の下に倒るゝか、倒れぬか、ためしたく候。

と書いて、かなり逼迫した状況に立たされていた。大町桂月は同じ落合直文門下でありながら「明星」八号の発禁事件の時には政府側を肯定し、『照魔鏡』に対しても「太陽」（明34・4）の「文芸時評」で

鉄幹たるもの、苟くも、文壇に立つ以上は、かゝる攻撃をよそに看過すべきに非ず、照魔鏡の説く所非なる乎、鉄幹の行是なる乎。余は鉄幹の一種の詩才あるを愛するもの、又鉄幹とは文事上の交際あるもの……。斯る文筆の大手腕を有しながら、区々たる鉄幹一輩の徒を打撃するに急なるは、牛刀雞《ママ》を割くに類するを免れざれども、社会の制裁極めて微なる今日、正当なる制裁を加へて、文壇を廓清せむとの宣言、真に著者等の肺腑より出でたる言なりとせば、われ著者等の意のある所を諒とせざるを得ず。

と、表面的に加担しているようだが、その実は文壇廓清のため止むを得ぬと言って『照魔鏡』の執筆意図を肯定している。桂月は後に晶子の詩「君死にたまふこと勿れ」では極評を下し「鎌倉や」の歌は賛嘆する。同じころ「活

文壇」（明34・4）で黒田真道は、

廓清会は、与謝野氏をあまり大きく見たり、あまりに重く見たり、余は断ず、彼れは、わが社会に対して此の書を出版せしむるだけの大さと重さを有するものにあらず

と鉄幹を大袈裟に取り上げすぎていると難じている。前記の晶子宛て書簡（3月29日）で鉄幹はまた、「誤解の世、これほどとはおもはざりしに」と敵の多いことに衝撃を受けている。その後の五月三日の晶子宛ての鉄幹書簡では一転して

われかの魔書などでは、かしら痛めず候。……案じ玉ふな、われをの子、百の難関もみごと切抜け候べし。

と書き、敢然と戦う気構えを見せている。しかしその後の八月七日付の林滝野宛て書簡に鉄幹は

高須等の公判又延期になり申候処新声社よりその弁護士を仲裁にして和睦《ワボク》を桜井弁護士まで申来候故十分にあやまらせて願下をする積りに御座候

かの魔書の為めに又世間の不景気な為めに明星の売れ方二千五百部まで減り候ゆゑ文友館ハ毎月百円ほどの損になり候　夫故小生ハ収入もなく又借金ハこの後一文もせぬ決心ゆゑ毎月の払にも困りをり候

とあり、その後にも「米代もなくて困候へども」と極貧を訴えて金を無心している。その一方で、五月の「明星」や「新声」で、すでに述べたように、四月二七日の公廷で訴え鉄幹は証拠不十分のために却下されていたのに、右の八月七日の書簡では、逆に相手に謝らせて却下する積もりだと強気で滝野に書いている。このころ滝野は、山口県防府の実家に帰っており、鉄幹は晶子と同棲して、間近に『みだれ髪』出版も控えていたのである。

「明星」一二号（5月）の「白百合」では、新詩社同人らの、魔書に対する憤りと鉄幹への同情と激励の意をこめた消息は男性より女性らの方に真情が深く優しい文面が多く、特に増田雅子の便りが印象的である。これは登美子や晶子の心中をも思いやり、

人の子のあられもなき咀ひに、みこころなやめさせ給ふが胸いたく悲しく候。まことあさましき人の世におはし候かな。さはいへ何れはそれうちはたさせ給ふべきおんこと、うれしく候、こころづよく候。

ひかり負ひてうつくしき征矢《そやみて》御手にとり見おろしたまふ黒雲ながき

しろ百合の君の今のおんなやみ、はたしら萩の君のみこころの、ふかく〳〵すゐしをり候、すゐしまゐらせ候

しら梅

とあって鉄幹への心遣いに痛手を蒙っている雅子の温かさが伝わる。「しら梅」は雅子の雅号である。晶子の消息は魔書について全然触れていないが、同号の「朱絃」の中には『みだれ髪』に採られた歌に、

幸《さち》おはせ羽やはらかき鳩とらへ罪ただしたる高き君たち　(390)

打ちますにしろがねの鞭うつくしき愚かよ泣くか名にうとき羊《ひつじ》　(391)

がある。鉄幹の方は『照魔鏡』刊行直後の作と思われ『紫』初出に詠まれた歌に、

手をあげて魔を打たんには我れのあり人よ袂のかげにほほゑめ　(310)

がある。歌中の「魔」とは『照魔鏡』を指し、下句は新詩社同人か、晶子個人に向けてか分からないが「案ずるな」と言っている。この歌に類する鉄幹の歌が「明星」（明34・5）に再出として発表され『新派和歌大要』にも採られた。左に掲げる。

われ似ずや上羽《うはぐ》みなから血に染みて春の入日にかへりこし鳩　(13)

よわき鳩のそれ期《ご》せる征矢さりながら弓とる子らのあまりかしこげ　(14)

と弱々しい自己をさらけ出しているところには、鉄幹のある種のポーズも感じられる。『照魔鏡』について当時の「啄木書簡」（明34・6・21）には、「『明星』十二号おもしろく読み候　『魔書に就きて』なか〳〵に小気味よく候。正義の軍に敗れむことあらじ　新詩社の隆盛先つ〳〵目出度候　七月一日の次号まち遠く覚え候」と書いて「明星」

一三号を待望し、鉄幹を力づけている。後、新詩社同人であった水野葉舟も「新詩社の思ひ出」（「立命館文学」昭16・6）の一文には、

先生の敵に放つたこの一発は、これまた見事に的を射たのであつた。「明星」の隆盛はこの一撃で叩きおとされてしまつた。社友は殆ど一斉に、潮が退くやうに「明星」から離れ、それにつれて闇の中から投げる石のやうな嘲笑が先生の身辺に集つて来たらしい。……この中傷と中傷の結果として起つた社中の離反とは、先生の心に尊敬すべき勇気になつた。先生の心からは太刀や虎の幻影が消えて芸術への精進に集中した。そこへ晶子女史が上京して来た。これで先生の背水の陣はいよいよ一切を敵としても自らの道を開拓して進まねばならない事になつたのである。

と当時を回想して書いている。

また斎藤茂吉は『明治大正短歌史』（昭25・10）の『文壇照魔鏡』と題する項で、

留意して鉄幹を誹謗しようとしてゐて、虎剣流の元祖などといつてゐるところがおもしろく、また当時の与謝野鉄幹新派歌人として、如何に世人の注目をひき、その歌風の一つの勢を以て天下の青年の間にひろがりつつあつたかゞ分る。

と書き、そういう背景を念頭において今日『照魔鏡』を回顧するのも一興だと言っている。さらに魔書の中では、「俳句においては根岸派（子規）、和歌では虎剣流（寛）が「本山」と云ふ資格がある」と書き、子規については「真面目献身的に、斯道の為に尽し、……真の詩人として予輩の敬重して居る」と敬意を表しているが、鉄幹については「彼が運動の目的は、餓たる虎（自称による）の餌を得むが為に、表面は巧みに馴羊の仮面を被つて、真摯熱誠を粧うて居るが、情火内に燃えて色烟外に表はる、隠し了せぬ陰謀のほのめき出して来たのを見るに及んでは、予輩は之を軽視して置かるべきものでないと思ふ」と見ている。また「明治和歌革進運動の勃興期に」文壇照魔鏡「事

件があつたといふことも、世人をして新派歌人といふものに留目せしめる一動機となつた」と言って結んでいる。

「資料㈢」の三三年の項に「此秋『明星』の盛行を嫉」んで「仮名を用ひて一書を出だし……」と『照魔鏡』について「此秋」と書かれてあるのは前記したことだが、これは三四年春の誤りである。さらに同資料に「一も真実にあらざるが故に寛初め之を意とせざりしが」とあり、直文が心配して弁疏の一文を書いたが、明治書院の三樹一平が発表させなかったとも書かれてある。これは恐らく直文の立場を考え対抗しても無駄だと判断したのであろう。また諸友のすすめにより公訴したとあり、『照魔鏡』のために知己の先輩、諸友の多くが誤解して去っていった、その一方で鉄幹を助成してくれた知友の名が「資料㈢」の三三年の項に記されている。

『照魔鏡』の著者の一人は田口掬汀だと小林天眠宛ての鉄幹書簡（明35・10・29）に書いている（287頁参照）。また中根駒十郎が当時の生き証人として、田口掬汀が書いたものだという確信のある発言を、かつての日本近代文学会で講演した（昭和三〇年代）のを筆者は直接傾聴した。事実『照魔鏡』の文面と掬汀の書いた「新声」の一文や小説『魔詩人』とは相通じるものがある。『魔詩人』はまさに『照魔鏡』の再燃と言えよう。『照魔鏡』は「明星」を危機に追いやり、その直後に出版された『鉄幹子』（3月15日）・『紫』（4月3日）、さらに五ヶ月目に出版された『みだれ髪』は苦しい状況下での刊行であった。しかしこれらの出版によって「明星」は危機を打破し得たと言える。

第二節　鉄幹の二詩歌集

㈠『鉄幹子』

⑴ 体　裁

与謝野鉄幹署名の第三詩歌集。初版は四六判（横一二・七、縦一八センチ）の体裁で明治三四年三月一五日、大阪市南区塩町通四丁目二百十一番地の矢島誠進堂書店から刊行された。初版出版の一月前の二月一五日、同一の体裁と内容の『鉄幹子』が出版されていた。ここには挿画は一切ないが、他はすべて同一である。「資料㈢」の明治三四年の項に「三月、詩歌集『鉄幹子』を大阪市の矢島誠進堂より」刊行とあることにより、三月一五日のものを初版とする。挿画は本文中一條成美サインのもの五枚、無記名二枚、写真一枚があるが、『鉄幹子』の広告（「関西文学」明33・8）には「与謝野鉄幹著　一條成美画」と記されているので無記名の絵も成美筆とすれば七枚の成美の挿画となる。これらは「明星」に掲載されたものである。初版の表紙は無地の草色で中央に「鉄幹子」と金押しの文字が記されているだけである。初版の奥付には定価の記載がないが、後の文庫版（明38・7）には「正価　金三拾銭」と記されている。初版の巻頭に「鉄幹子自序」があり、初版末尾の付録に正誤の指摘が五七ヶ所載せられているが、文庫版には掲載されていない。本文は新体詩三〇篇、短歌一一篇、美文二篇、短歌総数三一九首中初出判明歌は二六八首、明治三〇年五月の「反省雑誌」、三三年一一月五日の「読売新聞」の歌より採られた。「鉄幹子自序」に、

われの詩集はわれの写真帖なり、みづから見て打笑まる、所なり、棄てがたき所なり、なつかしき所なり。

から始まる。自分の詩集は「われの写真帖」だというのは『東西南北』の「自序」にある「小生の詩ハ、即ち小生の詩に御座候ふ」に通ずる思考で「自我」の意識を強調している。『鉄幹子』初版の出る五日前の三月一〇日に前記の『文壇照魔鏡』が出版されており、『照魔鏡』刊行五日後の三月一五日に敢えて『鉄幹子』の初版を出版したのは、『照魔鏡』への対抗か自恃的な思いから、「明星」発展へ向けての鉄幹の英断であったと言えよう。しかし余り世評に上らなかった。その後一九日目に『紫』が出版されるのである。その四年後の三八年七月六日には前文庫版の『鉄幹子』が出版されている。ここでは重版の記載がない。初版と同じ発行所だが、初版の一作目の新体詩「晩翠を憶ふ」が文庫版では「みやすどころ」に変わっているだけである。

(2) 内　容

短歌と詩　第一詩歌集の『東西南北』は鉄幹二三歳の時に出版。稚拙ながらも革新的な意気に燃え、多くの批評を得たが、その半年後刊行の『天地玄黄』は鉄幹自ら後に「沙上の言葉」(「明星」大13・11)に「前集の残り物」とか、「出版欲は起らなかつた」などと書いており、余り評価されなかった。それから四年余り経て本詩歌集が出版された。その間鉄幹は新派歌人としての足跡を雑誌や新聞に着々と印していた。『東西南北』には恋歌がなく、『天地玄黄』にはやや浪漫的な詩歌が見られたが、『鉄幹子』に至って漸く晶子や登美子との恋歌が謳歌されるようになる。晶子との出会いを鉄幹は、

311 恋と名といづれおもきをまよひ初めぬ我年ここに二十八の秋
315 あめつちに二人がくしき才もちてあへるを何か恋をいとはむ

と奇縁によって得た恋の悦びを謳歌している。晶子との恋愛によってかつての丈夫《ますらお》ぶりから手弱女《たおやめ》ぶりへ移行して行く自らの恋歌を鉄幹は多く作るようになる。

その一方で登美子に対する恋歌も

235やさぶみに添へたる紅《べに》のひと花も花と思はず唯君と思ふ

などと歌う。それ以前のことだが、第一の妻浅田サタとの間に誕生したふき子を

101朝顔に秋の水くみ松の葉や桐の葉たきて子の初湯《うぶゆ》する

などと詠み、初子の、初湯させる父親としての喜びも束の間「ひと月ばかりありてみまかりければ」と添書があって、その死を、

105死出の山くらきあなたに誰を喚ぶ親の名も知らず己が名も知らず

などと歌っている。また明治三一年八月一七日に死去した父について、本集の美文「袖の霜」で歌物語風に詳述している。また母の死は明治二九年九月二日で、その一周忌に、

140たてまつる花にも母はみほとけの姿になりて降りますらむ

などと詠んでいる。この他に第二の内縁の妻林滝野との間に生まれた萃《あつむ》を詠んだ歌に、

259口なれぬわが守唄《もりうた》にすやすやと眠る児あはれ親《おや》とたのむか

などがある。いずれも私生活を詠んでいる。このように晶子と登美子への恋を詠んだ歌、ふき子の誕生と死、萃の様子が詠まれている。

『東西南北』は日清戦争の戦勝気分に酔い、青春の客気に満ちた明るさがあるが、『鉄幹子』には戦後六年経て戦争批判的になり、詩「血写歌」が詠まれた。「正義とは　悪魔が被《か》ぶる仮面《かめん》にて」から始まり「功名は　死をよろこばす魔術《まじゅつ》」だとうたい、さらに戦争とは「人を殺して涙なく　おそろしや　生血《いきち》に飽きて懺悔せず……」と、戦争という現実を心情的になまなましく捉え、さらに「人を殺せよ　えせ聖人のをしへ」とまで辛辣に批判している。戦争を「人を殺す」と表現したのは、一〇年後の日露戦争中に詠んだ晶子の詩「君死にたまふこと勿れ」に何らかのヒントを与えたのではなかろうか。『鉄幹子』にもこうした傾向の歌として、

265大君《おおきみ》の御民《みたみ》を死ににやる世なり他人《ひと》のひきゐるいくさのなかへ

266創《て》を負ひて担架《たんか》のうへに子は笑《ゑ》みぬ嗚呼わざはひや人を殺す道

がある。戦勝を傲慢に受け止めがちだった明治の世は戦死を名誉としていたが、それを死につなげて批判的に歌うことは当時としてかなりの勇断であったであろう。晶子の詩はこれらの影響もあったろうと思う。

264ひんがしに愚かなる国ひとつありいくさに勝ちて世に侮らる

と戦勝を侮蔑して自国日本を「愚かなる国」とも批判しているのはかなり革新的だが、皮肉な表現とも言えよう。
また渡韓時代を回顧して、詩「人を恋ふる歌」（『鉄幹子』）では、

四たび玄海の浪をこえ　韓《から》のみやこに来てみれば　秋の日かなし王城や　むかしにかはる雲の色

と感傷的に詠まれている。第一回目の渡韓の折の閔妃殺害事件のことは『東西南北』に多く詠まれているが、『鉄幹子』では「四たび」目の渡韓のことが歌われている。このような壮士風を装った詩は前の二集を引き継いでいるが、その一方で『鉄幹子』は『紫』のもつ浪漫の世界へ移向していく架橋的な役割をも演じている。それはまさに華やかな「明星」歌風を形成していく途上の詩歌集として重要な意味をもつとも言える。

㈡『紫』

⑴ 体裁と当時の批評

与謝野寛の第四詩歌集。明治三四年四月三日、東京新詩社より発行。また明治三七年三月一日刊行の大阪の金尾文淵堂発行の異本がある。初版の定価は三五銭。詩は一〇篇、その中の「相思」（「新文芸」明34・2）を除く九篇の詩は「明星」掲載である。歌は三二〇首中初出判明歌は二七五首。『鉄幹子』と重複した歌は（鉄67紫293、鉄281紫139、鉄307紫137、鉄311紫143）の四首である。『紫』の歌は明治三〇年五月の「いさゝ川」から三四年三月の「明星」ま

でに掲載された中から採られた。体裁は菊半截型で、本文（横一〇・八、縦一五センチ）表紙は横一二・三、縦一九・五センチ、紙装でグレーの地色に赤のすみれが図案化され、背表紙は紫のリボンで天地二ヶ所を綴じている。『紫』の体裁について鉄幹は、三四年三月二九日付の書簡で、未だ堺在住だった晶子へ宛てて、

『紫』只今見本丈出来候。煩ひ多きなかに校正も粗漏なりしかは文字の誤りと脱漏と二三ヶ所有之候へども、おもひしよりハ珍しき形に出来候。表帋のすみれハ藤島氏、文字ハ小杉榲村翁。咄嗟に編輯せしかば棄つべき歌のあまたまじりをるも今更口惜しく候。二日に郵便に附すべく候。

と書いているように、『鉄幹子』刊行から一九日目の出版だったので「咄嗟に」と弁じ、自らの欠点を認めながらも体裁は「珍しき形」だと自負している。「明星」一二、一三号（明34・7～8）の広告では、さらに

特に欧米の『珍本』を参酌して、奇抜なる製本の体裁、先づ人目を一新せしむ

とあり、同広告で大町桂月は、

鉄幹此際に崛起して思想に格調に用語に、すべて古人の範囲を脱し、一生面を開きたるの新気運は、後世より見るも、短歌史上の一大変遷也。鉄幹の短歌、奇才横逸、毫も旧臭を帯びす、毫も古人の糟粕を嘗めず、其独創の才、殆んど其比を見ず、鉄幹出づるに及びて、短歌の将来なほ有望なるを覚ゆる也。

と『文壇照魔鏡』にはやや加担していたが、ここでは好意的な評を載せている。また「読売新聞」（5月24日）の「月曜附録」でも「鉄幹氏の忠実」とか「『紫』は歌壇の一異色」と賛ずる一方で桂月は「客観性に乏しい」とも難じている。

右「明星」の広告発表の二ヶ月前の「太陽」（明34・5）に桂月が「鉄幹の『紫』を読みて」を発表しており、ここにおいても冒頭で「歌人としての鉄幹は、未だ成功せざるも、短歌の新気運を起したる一奇才也。沈淪せる和歌壇の為めに活気を帯び来りぬ。われ其労を多とせざるを得ず」と鉄幹の才気を認めている。しかし旧派の弊を打

破するために「ゐらがるの弊に陥り」「奇を弄するに失し」「軽佻浮華とな」り、そのため「詩人に尚ぶべき忠厚の風欠如し、優美温籍の趣もなし」とか「虎や太刀漸く形を潜めて、脂粉の気多し」とか「恋」については「やすからぬおのろけ筋多き」「ゐせ元気」「ゐせ気違ひ」とか「何等の雄大な思想もなく、高雅なる韻致もなし」と言い「内容のいやらしさ」はあるが、「その独創の才の一斑を見るべし」と長短所を桂月は鮮明に指摘している。

(2) 内　容

短歌と詩　まず冒頭歌について考えてみると、この一集のみならず鉄幹の全歌を代表しているとも、またこの詩歌集の特色を端的に表した一首とも言えるのは、

1 われ男の子意気の子名の子つるぎの子詩の子恋の子あゝもだえの子

「われ」を上句では丈夫《ますらお》、下句では非丈夫と詠み分け、男性的な「われ」と女性的な「われ」をそれぞれ詠み込んでいる。丈夫ぶりを以て和歌革新をめざした鉄幹だったが、その気風を捨て切れぬまま「非丈夫」的な恋愛を至上とする「われ」へ移行していくことへの自覚と衒気を右の歌は示している。

かつては丈夫ぶりを提唱していた鉄幹ではあるが、その源流は恩師落合直文にあった。冒頭歌に続けて、

2 をのこわれ百世《もゝよ》の後《のち》に消えば消えむ罵る子らよこころみじかき

3 夢は恋におもひは国に身は塵にさても二十《はた》とせさびしさを云はず

4 情《なさけ》すぎて恋みなもろく才《さい》あまりて歌みな奇なり我をあはれめ

と丈夫的な「われ」を三首詠んでいるが、ここに共通して見られるのは自己肯定と自恃の強さである。冒頭歌と二首目には壮士的な生き方への矜持が、三首目には恋に憧れながらも丈夫的な生き方への満足が、四首目には卑下しながらも自信を越えるほどの強い自負に満ちている。これらの「をのこ」である「われ」の歌は、すでに『東西南北』に詠まれていた単なる丈夫ぶりや『鉄幹子』に見られた政情不安定だった在韓のころの、流血の惨事や危機に

瀕した情況の中で詠まれた丈夫的な自覚によるものとはやや違う。それらが『紫』では追憶となって蘇ってきた。右の冒頭歌はこのように丈夫《ますらお》ぶりから手弱女《たおやめ》ぶりへ移向する浪漫的な「をのこ」に変じたことを下句で表している。このように鉄幹の作風が変化していったのは晶子との恋愛によると考えられる。「明星」を創刊した鉄幹は新詩社宣伝のため、その年の夏、西下して晶子と初めて出会った時、

164 あめつちに一人《ひりり》《ママ》の才《さい》とおもひしは浅かりけるよ君に逢はぬ時

と詠んで、自分以上に勝れた才能をもつ晶子に驚嘆し、賛嘆した。これが鉄幹の本音であったことは、まだ晶子と会っていなかったころ、河野鉄南に宛てた鉄幹の書簡に「鳳女史の和歌ハ東京にて大評判となれり」（明33・5・2）と書き送っていることで自他共に晶子の歌才に瞠目したことが分かる。また同じころ晶子が初めて「明星」に発表した二号の歌を見た平出修も絶賛している。そのころから晶子の歌は「明星」の歌人仲間から高く評価され、鉄幹もまたその非凡な才能を「明星」発展に寄与させようとしていたのであろうか。その後で、

30 恋といふも未だつくさず人と我とあたらしくしぬ日の本の歌

と詠んで、恋と言ってもまだ十分に歌い尽されていない日本の恋歌をあなた（晶子）と私（鉄幹）で新しくしたのだ、という強い自負の念を抱き満喫している。

さらに同年の秋、京都の永観堂で紅葉を鑑賞して粟田山で一泊する。その後、鉄幹は『紫』で、晶子を「乱れ髪の君」と呼びかける形で二首（121・125）歌い、『みだれ髪』の出版計画を暗示するような歌（154）も詠んだ。『紫』集中には、その秋、登美子との別離の哀しさを詠んだ「山蓼」の詩がある。後述するが、鉄幹の先妻林滝野のことも、この年の秋の「明星」には多く歌われている。

明けて三四年一月九、一〇日、鉄幹と晶子の粟田山再会の歌を『紫』に見る。

16 おばしまに柳しづれて雨ほそし酔ひたる人と京の山見る

18 われにそひて紅梅さける京の山にあしたおりつ《ママ》神うつくしき

95 かへるさの百二十里は寒かりき箱根の雪のそれのみか君

一首目の「酔ひたる人」とは恋に陶酔している人（晶子）。「京の山」は二人が再会した京都の粟田山を表す。二首目の「神」は新詩社では恋人の意で、晶子を指す。三首目の「百二十里」は東京と京阪地区間の距離を表す。

『紫』には、晶子の他に三人の女性を詠んだ歌がある。まず晶子以前の女性として前記した滝野は、明治三二年一〇月、鉄幹が伴って山口県佐波郡出雲村から上京し、一年八ヶ月同棲していた内縁の妻だった。鉄幹は滝野に「白芙蓉」の雅号をつけて滝野宛て書簡に用い、集中の歌にも詠みこんでいるが、いずれも離縁の歌である。

107 芙蓉をばきのふ植うべき花とおもひ今日はこの世の花ならず思ふ

108 われひそかに栄《はえ》ある花とたのみしも芙蓉はもろし水にくだけぬ

109 おもひでの多きを誇る秋ならずつめたかり《ママ》白芙蓉《はくふよう》の花（以上三首人とわかれて後）

103 あやまれりひとりゆくべきあめつちに人の子の肩手をかけてみし

185 髪一つみださぬ君にわが手もてかざさむ花もあらぬ別れよ

と滝野に対する冷えた思いが伝わる歌ばかりである。また三三年九月二三日に滝野との間に生まれた萃《あつむ》のことを

84 いとし児に乳は足らへりや春寒《はるさむ》のながき年なりきぬまゐらする

と詠んでいる。『紫』には載らなかったが、「きよき乳や児のいさましき朝啼《あさなき》やさいへさびしき別れの車」（『新派和歌大要』[12]）にも父親としての情愛が感じられる。滝野に関わる歌は一七首ある。

次に、晶子に次いで鉄幹が心をこめて恋歌を送ったのは山川登美子である。登美子に関わる歌は一〇首ある。

70 野のゆふべすみれひそかにささやきぬおなじねざしの友にとがあり（とみ子のもとへ）

92 申すことおはせど春に若狭よりと人の文きてこの年くれぬ

114 かざしにと若狭へさてはやるならずあせたる色も京の山の花

（人と残れる菊を栗《ママ》田山につみてとみ子のもとにおくるとて）

302 比良こえて雲もかなたへ行く夕こころにかかる若狭路の雪（西京よりとみ子のもとへ）

など。登美子は若狭出身であり、前記した三三年の暮れ、鉄幹への思慕を心に残して結婚を決意する。

三人目は「白梅」の雅号をもつ増田雅子であるが、梅に因んだ歌は四首あって、

93 されば君梅はつめたき花の名よ恋は名にあらずなさけと聞きし

43 春をわれしら梅の花に恨ありなどか風情《ふぜい》の君に及ばぬ

など寒中の白梅の冷たさを雅子の冷静さに比喩して、恋の情をさし向けている。三八年一月には登美子、雅子、晶子の合同詩歌集『恋衣』を出版する。

以上、『紫』集中には四人の女性へのそれぞれの思いが詠まれているが、その中で晶子との恋愛が現実となった。晶子を詠んだ歌は二三首ある。「紫」という語が新詩社では恋の意で詠まれていることから、『紫』は晶子を中心として登美子や雅子に捧げた恋の詩歌集であったとも言えようか。

またその他に個人に向けた恋歌でなく、抽象的な詠み方としての恋愛至上の歌もある。

299 恋の子はいさめのまへに耳しひぬひろひ給ふな人まもる神

308 とはのいのちとはの恋路はそこにあり目をとぢながら道いそぎ給へ

など、これらは完璧に手弱女ぶりの歌になっている。こうした傾向の歌が晶子との恋愛以前の「読売新聞」にすでに発表されていたことはすでに述べたが、それらも『紫』に採られている。

197 涙もろきかかる男もありしぞとそしるなかばに憶ひ出でよ君

287 わが歌の古反《ほご》《ママ》ぞと知りて裂きもやらぬなさけある人それをのこならず

など、第三回目渡韓（明30）後に詠まれている。このころはもはや丈夫調の歌に限界を感じて、そこから敢えて脱しようとしていたのではないか。このように考えると、鉄幹の歌が丈夫調から恋愛を歌う手弱女調へ変わって行ったのは唐突なものではなかったと言える。四回目渡韓（明31）のころ、特に芸妓の歌が「読売新聞」に多く載せられていたのも、三回目の渡韓のころすでに手弱女調の兆しがあったことを証している。しかしながら「虎の鉄幹」が「紫の鉄幹」に変わったのは晶子との恋愛によって完璧に本格的な恋歌、つまり手弱女ぶりに移行したことになったのである。また冒頭歌と共に集中のメインテーマとして考えられる歌がある。それは、鉄幹の人生目的であった名声への欲望に対して懐疑し、惑うようになって来たという心の変化を詠んだ歌に、

143恋と名といづれおもきをまよひ初めぬわが年ここに二十八の秋

がある。ここには「恋」に価値を認め晶子との恋愛により決定的な運命を自覚した心の表白がこの歌に見られる。『紫』で、もう一つのテーマとして渡韓時代への回顧も歌われている。しかし『鉄幹子』に比べると減っており、これに代わって恋歌が多くなり、『紫』には「自序」がないことから『鉄幹子』の続きの役割を果しているように思われる。第一回目渡韓の折、乙未義塾（日本語学校）の教師になった時のことを、

194かかるとき昔は我も泣きにけむ師は往けといふ親は在れといふ

と回顧している。また第二回目の折の歌として

131雪のあさ宵のをとめの被衣《かつぎ》乞ひて韓《から》の都をまぎれ出でにけり

256驢にのれば驢はつかれたりかちゆけば足に血ながる石山にして

などがある。三回目渡韓で体験した、韓国の芸妓翡翠を詠んだ歌三首のうちの一首に

229もろともに往《い》なんと云ふを心ならずおきて我がこし韓《から》の妓翡翠《ぎひすゐ》

がある。他にも渡韓時代の歌は見られるが、『紫』集中には丈夫的な歌と手弱女的な歌が混在している。

詩については一〇篇のうち三三年作は六篇で、登美子を詠んだ詩は「残照」「山蓼」「敗荷」、晶子を詠んだ詩は「破笛」「長酔」である。三四年作は四篇で、そのうち晶子を詠んだ詩は「相思」「春思」、他に別格な詩として鉄幹の「日本を去る歌」がある。これは日本の宗教、政治、芸術に対する悲憤慷慨の思いを爆発させた詩である。まさに明治二七年に発表された「亡国の音」の、既成の権力に対する誹謗と憤懣をぶちまけた毒舌が復活したような迫力のある詩である。

総じて『紫』の歌は幼少時代と養子時代、四人の女性へのそれぞれの思い、「明星」八号発禁、『文壇照魔鏡』、渡韓体験など鉄幹の生活環境が連綿と詠まれている。しかし『みだれ髪』のように世人を驚愕させる強烈で難解な表現は少ない。詩には歌に見る浪漫性がさらに色濃く現われ、そこに哀愁と抒情を漂わせ、それがこの一集の詩の特色となっている。第一詩歌集『東西南北』のように多くの批評は得られなかったが、『紫』は『みだれ髪』と共に明治浪漫詩歌の双璧と評価されるべきである。「明星」隆昌期に向かって猛進しようとする青年鉄幹の躍如たる姿を『紫』の作品に多く見ることができる。それまでの歌とはまったく傾向を異にする歌として『紫』に「（以上四首鶯を薫園君の庭に葬りし時）」と添書がある、そのうちのさいごの歌に

183まつりにはわがもたらせる酒もあり君が歌もありうぐひすの塚

があって金子薫園との友情の温もりを感ずる。右の四首が載せられた「明星」一号（明33・4）のころの二人は親密であったようで、同号に薫園もまた「鉄幹兄に寄す」と詞書して、

京《きやう》に入りてまた雄たけびの歌ありや嗚呼おとろへぬ君がうしろ影

と詠んで鉄幹の丈夫調の歌を賛歎している。しかし三五年一月刊行の『叙景詩』、七月の『新派和歌辞典』などで

対立的になり、不和が続くようになる。

第三節　晶子の上京

(一) 滝野に対する、晶子と鉄幹の心情

明治三三年の秋、鉄幹との離縁が決定していた滝野は、その後も上京していたらしく、堺にいる晶子から麴町区上六番町四五にいる滝野に宛てた明治三四年三月一三日の書簡が一通だけ現存している。これを抄出する。

うれしく候　ミ情うれしく候　君すゐし給へ　みたりこゝちの有に候　やさしの姉君は、そはすゐし給ふべく、かゝるかなしきことになりてきこえかはしまゐらすちきりとはおもはず候に人並ならぬつたなき手もつ子それひたすらはづかしとおもひながら　いつかはのどかにかきかはしまゐらすことゆるし給ふ世あるべくたのミ候ひし　おもひ候ひし……

この手紙では滝野が鉄幹との離別の意志を伝え、晶子に一任したい思いを洩らしたものか、滝野の書簡がないのでその内容は具体的にははっきりしない。このような結末を齎した自分を「つミの子この子かなしく候」と詫び、「師なる君」に迷惑をかけたことに自責の念を抱き、自分を責めない滝野に対し心苦しく思って許しを乞い、滝野の優しさに感涙している。さいごに「何も〳〵ゆるし給へ　御返しまで参候　この夕　晶子　姉君のミ前に」とある。

その六日後の三月一九日に河井酔茗へ宛てて晶子は、

ものくるほしの今　それのミ静かに拝し候ひし　その松原を静かにしのびその夕方静かにおもひしづかに泣候

まことくるほしの今に候　世の声人の声　さ云へ少女に候　私かなしきことのミおもひつゞけられ候　くるほしのこのごろに候

とあるのを見ると上京前の晶子がいかに悩み苦しんでいたかが察せられる。粟田山再会後、初めて出信した二月二日の鉄幹宛て晶子書簡にあった「君さらば」（201頁参照）の歌の前には、死を思いつめたが恋しさ故に死ねないという恋への執着を示し、さらに

いろ〳〵のことおもひ候ひき　そのなくはゝたいのち君（鉄幹）をさびしき世にのこしまゐらせて、そのいのちをその少女（晶子）のいのちにかけてのねかひけふその君（滝野）君（鉄幹）と末ながくともに居させ給ハれとその父君なるひと（林小太郎）に文のこさばやなど、それせめて　君（滝野）へのわがつミにむくひまゐらすことかなどもおもひ候

〔（　）内は筆者註〕

と鉄幹と滝野が別れないように滝野の父に手紙を書くことが、滝野への罪の償いだと晶子は右の書簡で鉄幹に書いている。滝野に対して一時的にせよ、身を引こうと決意したのは前記の「君さらば」の歌にある「またの世まではわすれ居給へ」という言葉からも察せられる。それほど晶子の内面には様々な葛藤や苦悶が去来していた。そうした心情を『みだれ髪』では「まどひ」「まよひ」という語で多く表している。

淵の水になげし聖書を又もひろひ空《そら》仰ぎ泣くわれまどひの子　(215)

このおもひ何とならむのまどひもちしその昨日《きのふ》すらさびしかりし我れ　(81)

一首目は上京以前、二首目は上京後の辛い心情である。

一方、滝野の方ではすでに「明星」創刊時の出資、生活費など親からの仕送りもあったろうし、入籍問題で父から強制的に離別させられるとは言え、晶子との恋愛も加わり、将来への不安もあったであろう。嫉妬で悩んだ時期もあったであろうが、いずれにしても滝野は心身共に現況の労苦から逃れたいと願っていたのではないか。

晶子が右の書簡を送った一月後、滝野は山口県佐波郡出雲村にある郷里に帰っていたらしく、四月一三日の滝野宛ての鉄幹書簡には、林家を必ず継いで欲しい、そのために「ひとり身を立て玉へ」とも「我はとこしへ君を忘れえぬ恋人のひとりとして何事も打あけてむつまじき恋をつゞけ申すべし」とも、父上の許しがあったら上京して女子大学に入るようにともすすめている。さらに晶子、登美子を含めて四人の同人の名をあげていずれも自分の「恋人」だと言って、その後に、

鳳、尤もあつき恋人に候……君よ　鳳女史をまことの妹とも思ひ玉へ　何卒かの人々と我と恋する事も許し玉ふべし……鳳女史より君をとこしへ姉と思ふと申しまゐり候　かの人かわゆき人に候　君ゆめ〳〵悪しくとり玉ふな　かの人もまた我とは添はれぬ家庭の人に候　一生をひとり身の我を恋ひて〳〵となりまさ子もたき子もおなじ事に候　とみ子君も女子大学へ入学するよしに候（4月13日）

と常軌を逸した書きぶりである。いずれも晶子と滝野のそれぞれに気遣い、機嫌をとっていることが分かる。このようにこのころの鉄幹は「明星」に歌を寄せる女性歌人をみな恋人のように見なし、業平的な多情を楽しんで書いている。また既出の晶子の自伝小説「親子」（「趣味」明42・4）では主人公のお浜（晶子）に宛てた母からの手紙形式をとった一文には、

七夫《なを》どの、前《まへ》の妻《つま》と名《な》のらる人《ひと》、麻布《あさふ》の兄上《あにうへ》の聯隊《れんたい》へ面会《めんくわい》へきたられしよし、七夫《なを》どのに二百円《にひやくえん》の貸金《かしきん》あるよしにて、その金子《きんす》を兄上《あにうへ》に請求《せいきう》され候《そろ》よし

と書き、前妻がお浜の兄に二百円を請求したため、兄は非常に立腹し兄妹の縁を切ったと記されているが『明治の青春』ではこれを否定している。このことについて筆者が聞いた晶子の妹志知里の直言（昭和42年）によると、晶子結婚後、滝野が男児を連れて晶子の兄の家を訪ねて「あなたの妹のために不幸になった」と泣いて訴えた、ということは聞いていたが、二百円については聞いていないとのことであった。滝野の行状について前記の『明治の青

春』の再版の「後記」に安部宙之介が、汪洋の残したメモに「滝野は明治三十四年十月に福山に移った」と書いている。また「栗島氏の三十五年一月二十三日本郷区丸山福山町四番地後藤様方、林たき子宛のハガキが残っている」ともある。そのハガキは三四年一〇月の消印があるから、三五年一月ごろまで福山町に下宿していたと思われる。三四年六月上旬、子供と一緒に帰郷したが、その後単身上京し、福山町のこの家から学校へ通っていた。そしてその後汪洋と結ばれたと右の「後記」に書かれている。前記の滝野が晶子の兄を訪ねてきたことが事実であったとすれば、それは明治三五年一月ごろの汪洋との結婚前後の福山町にいたころのことと思われる。そのころ晶子の兄は同じ本郷区内の西片町に住んでいたから両者は地理的にも近く、滝野が子供を伴って訪れたとしても不自然ではない。こうしたことの可否は別として滝野にとって、ある割り切った気持ちの裏には忍びがたい悲哀と、どうしようもない怒りがあって兄の家に泣き言を訴えに行ったのではないか。

(二) 故郷を捨てる

晶子の上京計画は恐らく三四年早春、粟田山再会の折に鉄幹と成されたものと思われる。それは、晶子宛ての三四年三月二九日の鉄幹書簡に

粟田のかりねしのばれ候。あひたく候。四月の末とは遠き〳〵ことに候かな。

とあることから、晶子の上京は四月末に約束されたのではないか、その後の晶子宛て鉄幹書簡に、

六月の初めにのばし申すべくや、のばすことイヤなれど、今しばし神にそむくまじく、ちさきことより千丈の堤の流れ候も面白からず候。千とせはやり祈る子、君しのび玉へ、しのび玉へ。（5月3日）

と上京延期の旨を鉄幹は晶子に書き送っている。その理由を「周防へいにし人、この七八日に上るべきよし、たゞいま文まゐり候」とあって、それは「物学ぶため、また児のため」の滝野の上京だと伝えている。それについて『明

治の青春』では鉄幹が三田尻に行って滝野と共に宮嶋へ行きたいと言ってきたので、それを止めさせるための上京だと書いている。再び滝野が子供と一緒に上京してくるとは予想していなかった鉄幹は五月七、八日の滝野母子の上京の知らせを受けて、前記した四月末の晶子上京の約束を六月の初めに伸ばしてほしいとあわてて書いたのである。その便りを受けて晶子は五月二九日の鉄幹宛て書簡の末尾には、

君その日われまことこのごろ迷信のやうのこと毎々して居るのに候。されど迷信ならず候。かくまで神を信じ居るのに候。かならずその日の幸大かるべく信じ居り候。ミ文うれしくぞんじ候。けふは廿九日この月は大の月なれど君まことうれしく候。われおひとへにておよろしく候。われもそうおもひつゝあるのに候　かさねぎし給ハねばならぬやうの山ごゝちならばわれそのときそこにて、たちてぬひまゐらすべく候。蓮の糸松のはのはりは君それこそ　　廿九日　晶子　与謝野様

とある。五月末は初夏なので、「おひとへ」で——お寒かったなら、その場で布を裁って縫ってさしあげる。そのために針と糸を用意して、と献身的で可憐な女心と世話女房的な心遣いが文面に滲み出ている。さらに三日後の六月一日付の晶子書簡には上京を前にしての待ち合わせ場所を具体的に書き、苦しい心中を切々と訴えている。

あすにならばなほくるしくなり候べし。よくもわれかくて二月三月四月五月ゐられしこと。君まこと三日とはあさつてに候。それ五日にまではなり候とも君われくるしく〳〵候。一日もはやく、まことくるしくて〳〵、この二日三日のうちになにごとかあらば何とせむ。まことくるしくて〳〵、あすはまたなほ何となる御こと、、われくるしく候かな。君まこといかにしても、いのり〳〵まつり候。つよきよわきなどそのやうのことしらず候。あひまつらるればよいのに候。一週間ものびむなどのことあらばわれよく魂たえべしやとまで、おもふ程まして、神とは云はじ、いのり〳〵まつり候。かの山より打電し給ハるべくや。かのやどの名辻本とか君云ひ居給ひしそれそのときよくきかせ給ハれな、何々ニてと。そしてわが名「オホトリ」はわかりにくからばイヤ

に候。大変なりと私おもひ候まゝ「ホウ」とあそばして、かゝること、君わらひますな。うつゝなの子あひまつりえばよろしきに候。さ云へくるしく、うれしき、今のこゝちまことうたなどにてはなく候。……君、たゞいのり〳〵まゐり候。……つミの子ならば今さらに、そまぬ子ならば、ことさらに。六月一日午后　晶子

待つことの苦しさを鉄幹に訴えながら、一日も早く出奔せねば何が起こるか分からないという、緊迫した不安な悲壮観を抱いて晶子は家出を計画していた。右の書簡にある「かの山」とは二人にとって思い出深い粟田山である。そこへ着後、すぐ鉄幹が晶子へ打電し、それを受け二人は待ち合わせて共に上京する予定になっていたようだが、思いどおりにならなかった。その時のひたむきな晶子の思いを『みだれ髪』では、

狂ひの子われに焔《ほのほ》の翅《はね》かろき百三十里あわただしの旅　(50)

かたちの子春の子血の子ほのほの子いまを自在の翅《はね》なからずや　(357)

と歌っている。自由を求めて東京に飛び立っていく晶子の情熱が伝わってくる。しかし一方では、

目《め》にこそ浮《うか》べ、ふるさとの
堺《さかひ》の街《まち》の角《かど》の家《いへ》、
帳場《ちやうば》づくゑと、水《みづ》いろの
電気《でんき》のほやのかがやきと、
店《みせ》のあちこち積《つ》み箱《ばこ》の
かげに居睡《ゐねむ》る二三人《にん》。
この時黒《ときくろ》き暖簾《のれん》より
衣《きぬ》ずれもせぬ忍《しの》び足《あし》

かいま見《み》すなる中《なか》の間《ま》の
なでしこ色《いろ》の帯《おび》のぬし、
あな、うら若《わか》きわが影《かげ》は
そとのみ消《き》えて奥寄《おうよ》りぬ。

ほとつく息《いき》はいと苦《くる》し、
はたいと熱《あつ》し、さはいへど
ふた親《おや》いますわが家《いへ》を
捨《す》てむとすなる前《まへ》の宵《よひ》
しづかに更《ふ》くる刻刻《こくく》の
時計《とけい》の音《おと》ぞ凍《こほ》りたる。

一番頭《いつばんとう》と父母《ちゝはゝ》と
茶《ちや》ばなしするを安《やす》しと見《み》、
こなたの隅《すみ》にわが影《かげ》は、
親《おや》を捨《す》つると恋《こひ》すると
繁《しげ》き思《おもひ》をする我《われ》を
あはれと歎《なげ》き涙《なみだ》しぬ。

よよとし泣《な》けば鈴鳴《べるな》りぬ、
電話《でんわ》の室《しつ》のくらがりに
つとわが影《かげ》は馳《は》せ入《い》りて
茶《ちゃ》の間《ま》を見《み》つつ受話器《じゅわき》とる。
すてむとすなるふるさとの
和泉《いづみ》なまりの聞《き》きをさめ。

人《ひと》の声《こゑ》とは聞《き》きしかど、
ただわがための忘《わす》れぬ日《ひ》
楽《たの》しき日《ひ》のみ作《つく》るとて、
なにの用《よう》とも誰《たれ》ぞとも
知《し》らず終《をは》りき。明日《あす》の日《ひ》は
長久《とは》に帰らぬ親《おや》の家《いへ》。

（親の家「芸苑」明40・4）

と詠んで、父母との決別に身の裂かれる痛みを覚え、すべてが見おさめ聞きおさめと涙した。憂慮と危惧を孕んでの上京決行であった。そこには、二人の確かな愛と旧弊から脱しようとする強い意志があった。このころ（堺時代）の晶子の様子についての、前記の妹里の直言によれば毎日考え込み、半病人のようになって今にも発狂するか、自殺するかの状態にあったという。こうした娘の心情を汲み、母は父には内緒で晶子を東京へ逃がしてやった。晶子は当時京都の女学校に通っていた妹里の所へ寄ってから上京したと妹の里より筆者は聞いた。さらに、父の死以上に晶子の上京は駿河屋にとって商売上の痛手が大きかったと母から聞いていたとも里は言う。それほど晶子は駿河屋にとって商売上重要な存在であった。当時の堺の人たちは「良賈は深く蔵して空しきが如し」の古諺のように奥床しさを誇りとし、茶の湯、琴、三味線、踊り、華道、俳諧、和歌などを遊芸として楽しんでいた。それが専門家以上に勝れていても「空しきが如」く振る舞うのが美徳とされていたという。そしてその才能を専門的に伸ばそうとすれば軽蔑され、また文化人は「ぼんぼん崩れ」と言って揶揄された。従って志ある青年たちの多くは堺に止まらず、みな広い世界を求めて東上した。女である晶子も一般の娘の教養として琴や踊りなどを身につけていたろうと思われる。それらは、晶子の歌や詩に多く歌われていることから察せられる。晶子は早くから古典や歴史の本を読み、旧派歌会から脱し、新派歌人の仲間入りし、「よしあし草」、「明星」により、鉄幹と恋愛し、その才能は開花した。やがて自らの才能に対する可能性を将来へかけて鉄幹の許に身を投じたのである。

上京した期日について晶子は後に、『短歌三百講』（大５・２）の中で『夢之華』(306)の歌をあげて説明している。

相見《あひみ》ける後《のち》の五《いつ》とせ見《み》ざりける前《まへ》の千《ち》とせを思《おも》ひ出《い》づる日《ひ》（六月十日旅にある人のもとに）

を自釈して

今年の六月十日もまた来た。自分のためにこの日程大きい意味のある日はないのである。自分が上京して恋人に迎へられた六月十日……この六月十日は恋をしながら遥かな地に離れて居て、何時《いつ》自分には望みの遂げられる日が来るのかと待つて居たその間の長かつたことをも切実に思ひ出させるのであつた。

と書いている。また晶子は前記の「親子」の中では「お浜《はま》が来《き》たのは先《せん》の妻《つま》が去《さ》つて半月《はんげつ》の後」とあり、それを「七月」だと言っている。しかし「明星」一三号（明34・7）の記載では、六月一六日の新詩社茶話会の出席者一二名の中に晶子の名があり、さらに同号社告に「鳳晶子氏留学のため上京せられ候」とも報じられている。晶子が上京した日について鉄幹は滝野に二度にわたって書簡に書いている。

ちぬの人十四日に上京致候（6月15日）

とあるが、『明治の青春』では、「六日」に上京したと書いている。しかしその後の滝野宛ての鉄幹書簡で

鳳君の上京は十四日に候ひし　右やうの事を偽りて何の益ありや（6月16日）

と滝野に宛てて再度書いており、晶子の上京はやはり六月一四日と見るのが妥当であろう。また上京した時の晶子の様子を、『明治の青春』に書かれている滝野びいきの婆やの言を引くと、

奥様をおくつて新橋に行かれた旦那様は、その日、顔に髪をふり乱した、その髪の間から目が光つてゐる、一見おばけのやうな女を物好きにも伴つてこられたと報じた

とある。いかにも悪意に満ちた婆やの言葉である。この婆やは滝野に同情し、晶子に対しては憎悪と反感が強烈で、全てを誇張して悪評を流した。晶子に関しての婆やの言をそのまま滝野の言葉としてまとめて一冊にしたのが『明治の青春』となった。戦後、それらによって晶子と鉄幹を醜聞風に興味本位に見る傾向が強くなっていたのである。

㈢　上京後の晶子、『石川啄木日記』と水野葉舟のこと

晶子上京直後の印象について窪田空穂の言はすでに述べたから省くが、上京直後の晶子にはまだ乙女らしさも残っていたものか、その挙動について、当時学生だった水野葉舟（蝶郎）や平塚紫袖らの「明星」誌友と「子供のやうに遊び廻つた」と空穂は述べている。さらに同書簡では紫袖がこのころを回顧して「与謝野先生の様子はあはれだつた」と言っていたと空穂は同文で伝えている。晶子の上京後一週間余りした六月二一日の河井酔茗宛て晶子書簡に、

そは弟なる子国へ帰りていかなることや伝へ候ひし　帰国せよ〳〵と日々申まゐるのに候　私イヤなりとおもふのに候　かなしとも、照魔鏡によりてこゝなる師を誤解いたし居るのがくるしく〳〵候　弟までがと　イヤに候　私お目にかゝりてと何も〳〵

とある。これによると、弟鳳籌三郎は晶子上京後、新詩社へきて二人の生活を見たものか、故郷から晶子に帰国するように毎日書きよこす。また『照魔鏡』の余波で、鉄幹が中傷され、誤解されているのを心苦しく思って晶子は酔茗に訴えたのであろう。さらに空穂の一文では、

水野、平塚は晶子が東京の人となる事を嫌つた。それは自分たちの新詩社の如く思つてゐる所へ力量のすぐれた晶子が入り込んで一緒にやると、従来程の我儘が出来ないこと又晶子のために師鉄幹が他から非難される事などの理由から帰国を勧告した。

と書かれており、空穂の同文には鉄幹の親友内海月杖も

新しい歌を詠む女性は家妻には適さない理由で反対した。

とも記されている。右の文により晶子が新詩社同人には才能を嫉まれ、結婚も反対されて帰国を強要されていたという事実が明らかである。当時のことを素材にした前記の小説「親子」（前掲）では上京の様子を

七月《しちぐわつ》にお浜《はま》は東京《とうきやう》へ出《で》て来《き》た。四月《しぐわつ》に街《まち》の家《いへ》を引払《ひきはら》つて七夫《なゝを》の移《うつ》つて居《ゐ》た渋谷《しぶや》の家《いへ》へ来《き》た。先《せん》の妻《つま》が再《ふた》び来《き》て、七夫《なゝを》の傍《そば》に一月《ひとつき》の余《よ》も居《ゐ》たのもこの渋谷《しぶや》の家《いへ》である。……二三《にさん》の女友《ぢよいう》に文《ふみ》を書《か》くことはなくなつた。然《しか》し別《わか》れた人《ひと》へ書《か》く文《ふみ》だけは怠《おこた》らずに居《ゐ》る。お浜《はま》の心《こころ》はほんの少《すこ》しづつ目《め》を開《あ》いて来た。一人《ひとり》で災《ママ》えて居《ゐ》ることが少《すこ》し寂《さび》しくなつて来《き》たのである。七夫《なゝを》が自分一人《じぶんひとり》のものであれば好《い》いと思《おも》ふ気《き》も出《で》て来《き》た。

と書いている。お浜は晶子、七夫は鉄幹をモデルにしている。お浜上京のころの七夫は別れたはずの妻に執着しており、婆やにも気遣う。その婆やが先妻へ忠義立てすることがお浜には辛かった。お浜にとってもっとも頼りにしていた七夫に対する失望と落胆を感ずる毎日であった。またお浜上京後も別れた妻子が再度上京し、七夫とお浜の家の近くに住むようになった。妻子の家へ七夫が訪ねて行ったことを知ってお浜は怒って喧嘩となり、七夫はお浜に帰国せよと言い、お浜は帰国する位なら死ぬと言う。そうした二人の葛藤の修羅場がこの小説ではリアルに描か

れている。

この小説が当時の晶子の内面をそのまま描いたとすれば、上京後の晶子がいかに苦悶し、懊悩していたかが想像される。従って空穂が描くような晶子像は彼の眼に映った、ごく一面的なものであったと言える。一見無邪気であるかのように見える晶子が、実は人知れず心の葛藤に苦しんでいたことは周辺の若い同人たちには理解されなかったであろう。晶子が「子供のやうに遊び廻つた」とすれば、それはこうしたやり場のない鬱憤を晴らすための行動であったのではないか。このころの晶子に情熱的な歌が多いのは、このような辛い内面の裏返しであったのではなかろうか。しかし鉄幹の方は晶子の一途さとは裏腹に周囲の人々を慮ってか、三四年七月の「明星」には、

いつの春かわかきけなげの一人子《ひとりご》をもてあましたるこの国ちひさき　（『新派和歌大要』36）

と晶子上京直後の鉄幹には周辺の弟子たちの、晶子に対する反感や婆やの嫌みなどがあって戸惑い、屈折した思いがあったのであろう。従って晶子を手放しで喜び迎え入れる心の余裕が鉄幹にはなかったように思われる。

こうした情況の中で晶子と同人水野葉舟との噂が立った。この噂はかなり広まっていたらしく『明治の青春』では、婆やの言として晶子と葉舟との不倫の現場を目撃したというようなことまで書いている。こうした噂を知ってか、晶子上京から七年目の「新思潮」（明41・1）に葉舟が小説「再会」を発表した。これを取り上げて二日後の一月三日の啄木日記に

水野といふ男は早稲田大学の政治経済を卒業した男で、六年前は矢張新詩社の一人、当時は蝶郎と号して盛んに和歌をやつたものだ。三十四年（?）に、随分世の中を騒がしてから例の鳳晶子、乃ち現在の与謝野氏夫人が故郷の堺を逃げ出して鉄幹氏の許へやって来た。与謝野氏には其時法律上の手続だけは踏んで居なかつたが、立派な妻君があつて子供まであつた。水野は、逢つた事はないが好男子でよく女と関係つける男なさうだ。そこで何とかした張合で晶子女史は水野と稍おかしな様になつた。鉄幹氏はこれを見付けて、随分壮士芝居式な

活劇迄やらかして、遂々妻君を追出し、晶子と公然結婚して三十五年一月の明星で与謝野晶子なる名を御披露に及んだのであつた。窪田通治（筆者註　空穂）水野蝶郎（筆者註　葉舟）等の袂を連ねて新詩社を去つたのは此結婚の裏面を明瞭に表明して居る。聞く所によると、晶子女史は何でも余程水野に参つて居たらしい。故郷に居た時鉄幹氏から来た手紙などは一本残さず水野に見せたといふ。……〝再会〟は此水野と鉄幹とが赤城山で再会するといふ事を書いたもので、自分の見る所は、全篇皆実際の事、少しも創意を用ゐて居らぬ。新詩社中で予の最も服して居る高村砕雨（筆者註　光太郎）君が水野と共に赤城山に行つて居て（二三年前の事）そこへ与謝野氏が行つたのも事実だ。但此時晶子夫人も一緒に行かれたつ《ママ》た様に記憶するが、此小説にはそれがない。……

と書いている。右の文中にある「赤城山に行つて」とあるのは新詩社同人の吟行のことで、「再会」に書かれてある場面は三七年の夏のことである。この時晶子は同行していない。「再会」では主人公の「私」（水野）と画家「木村」（高村光太郎）が赤城山に旅して山の一軒家に逗留していた。そこへ山田（鉄幹）から便りがあって、訪ねたい旨が書かれてあった。その時の心情を、「再会」では、

山田《やまだ》は三四年前《ねんまえ》までは、私《わたし》も親《した》しい先輩《せんぱい》であったが、一人《ひとり》の女《をんな》の事《こと》から二人《ふたり》とも敵《かたき》になってしまった。

と書いている。その「女」とは晶子をモデルにしている。この小説は水野側から一方的に描かれているので、真偽のほどは明らかではなく、その内容は非常に露悪性が強い。当時流行していた自然主義小説の現実暴露を以て鉄幹への怨恨を晴らそうとしたのであろうか。右の啄木の日記も世間の噂を鵜呑みにした感じである。因みに赤城山逗留期間（明37・8・2〜6）に葉舟が、後に妻となった丸尾千枝に宛てて、

鉄幹の来た事や何かくはしく日記につけてあるからそれを見せ様があの人はまたあの問題以上に身を置けないと見える。僕を見る時はやはり昔その情人をぬすみ出そうとしたものをわすれられないと見える。それは無理

はないが、しかし僕はその人に対して自分の心のうちのいやしい怒を去つて、安らかに同情して向ふことが出来たのはどんなにかうれしかつたか。（明治三七年八月五日）

と書き送った「あの人」「その人」は晶子のこと、「あの問題」とは晶子との噂であろうか。その文面は平静を装っているが、その背後にはやはり晶子との噂の存在を意識していたようである。小説は赤城山に続いて、回想の場面として鉄幹、晶子、葉舟の三人が対坐している情景と、その心理状態を葉舟の側から書いている。葉舟と晶子の件について鉄幹は個人的な感情を抑えてまでも「明星」のために風評を防ぐ必要があったのであろう。明治三四年には『文壇照魔鏡』事件もあり、妻滝野との破綻、晶子と葉舟との噂もあり、これ以上醜聞を流すのは鉄幹にとって耐えられなかったのであろう。しかし鉄幹は予想以上の『みだれ髪』の評判に力を得てか、上京当初の晶子の姿を思い返すように、労りの気持ちで、

武蔵野にとる手たよげの草月夜かくてもつよく京を出できや　（『新派和歌大要』59）

と歌っている。二ヶ月前には「もてあましたる」と歌って（240頁参照）晶子の存在を鉄幹は負担に思っていたが、『みだれ髪』が出版されるや高評だったので、よくぞ強い意志を以て上京してきてくれたと晶子を励まし、手をとって迎えたと感動をこめて詠んでいる。しかし、現実には晶子が鉄幹に対して絶望や幻滅や不信を抱くことも多かった。『みだれ髪』の中に否定的で哀愁や苦悶に満ちた歌があるのは、そうした切迫する感情が晶子の内面にあったからであろう。その他にも様々な不如意なことの多かった日常の中で憂さ晴らしのほんの軽い思いから付き合った葉舟とのことが大げさに採り沙汰された。鉄幹の方は、晶子の非凡な才能を「明星」の主戦力として手許に引き付けておく必要があった。こうした鉄幹の意図を愛情だと信じていた晶子は、鉄幹に対する恋の思いを深めて行き、やがて結婚後の二人にとって葉舟の存在は消えていたのである。ところが「再会」では女（晶子）があれほど悩んでいたのに山田（鉄幹）の妻となったということへの怨恨が連綿と綴られている。それは現実の晶子が鉄幹の妻と

なったことで、私（葉舟）は男としてのプライドが傷つけられ、小説の中で山田に嫉妬すると共に「明星」活性化への鉄幹の努力を葉舟は打算として解釈したのであろうか。こうしたことから現実の葉舟は新詩社を離れたと想像される。かくして葉舟の、鉄幹と晶子への不快な感情と怨恨が小説「再会」という形をとって二人は報復されたのであろう。この小説は現実暴露という自然主義小説の時流に則ったものと理解せねばならないだろう。

晶子上京後二ヶ月近くのころの河井酔茗宛ての三四年八月九日の晶子書簡に、

昨日水野様とふたり秋むかへにとて野に出しに候　かなたこなたへ道まよひ候てあらぬところにて美しきミ堂のかべ見など興あるひと日にておハしき

とあるのを見ると、晶子と水野がこのようにして歩いていても当時は、「ただならぬ仲」として取り上げられたのであろう。前記した「啄木日記」にあるように、かなり評判になっていたろうことは想像される。しかし二人の仲は単なる同人としてのつき合いだったと考えるのが妥当である。

㈣　新詩社の小集（例会）

新詩社の毎月の例会についての記事が「明星」の社告に初めて掲載されたのは一一号（明34・5）からで「毎月第三日曜日に必ず開会の事に決し候」と記載されている。さらに一三号（明34・7）社告には初会について「六月の茶話会は十六日の午前八時より本社に於て相催し候」と記し、同社告に

本月の茶話会よりは席上にて『伊勢物語』を輪講することと相定め候。当日の速記は『明星』に掲載致すべく候。

とあって「明星」の八、九月号には鉄幹、晶子、新詩社同人たちの発言による「伊勢物語評話」が二回載せられた。その後の茶話会は「明星」の歌の批評や探題などで、席上即興を出して歌ったり、関西での新詩社大会となったり、

吟行や時には韻文朗読会となったりして、毎月の小集は約束どおりの第三日曜日とは定まらず、色々の形で行われた。時に応じて例会、小集、茶話会などの名称で社告に報告されている。原則として東京で行われる時には新詩社ですが、この年の三月には麴町の平出修宅でやったり、一一月には牛込の城北倶楽部でやったりもした。この小集について茅野蕭々は後になって「新詩社を語る」（「立命館文学」昭10・6）の中で、「与謝野先生から訂正や加筆を眼の前でして貰つてそれに対する意見を述べたり」、各自が「作らうと思つてゐる詩の腹案を語つたり、詩形論をやつたり……」「西洋文学の話」とか、「あらゆる文学青年の関心事」について論じ合い、「時代の尖端をゆかうとするやうな先輩とか同輩……と知り合つ」たこと、「歌だけではなくて広い文学への展望を此処で教へられ」たと書いており、「それが少くとも我々青年には非常な魅力であつた」と文士、画家など数え切れないほどの人々（馬場孤蝶、上田敏、森鷗外、蒲原有明、薄田泣菫、藤島武二、和田英作、三宅克己、石井柏亭、高村光太郎、石川啄木、北原白秋、吉井勇、木下杢太郎、長田秀雄、幹彦など）を新詩社で知友に得たと蕭々は書いている。この新詩社小集は当時の青年らが「自由な気持で西洋の文学や芸術を摂取」し、吸収して、「大胆に自分の心の中にあるものを放出」させることができる「自己主観の発表」の場であり、自己錬成の場であったことを伝えている。さらに蕭々はこの小集は「月に一回とは限らず歌の会が開かれた」と書いており、それぞれが五、六の字を出してそれを歌の中に入れて作る、これはただ構想の機縁を作る為のもので、自由に歌うものであったようだ。これは明治三六年から新詩社の恒例となった「結び字」による作歌法で一夜百首会の折に用いられた。この小集は特に新詩社が千駄ケ谷へ引越してから盛んになったと蕭々は書いている。前記した六月一六日の新詩社茶話会は晶子上京の二日後のことで、この会で初めて晶子は東京在住の同人たちと対面したのである。晶子上京の報告は前記の「明星」（明34・7）の社告で伝えている。その後もこの小集は続き「明星」の社告に小集の期日が報告された。

第四節　晶子の第一歌集『みだれ髪』

(一)　体裁と当時の批評

晶子の第一歌集。晶子の全歌集二四冊中、この集の初版だけが旧姓の「鳳《ほう》晶子著」になのだが、奥付では「鳳晶子」と誤記されている。初版の刊行は三四年八月一五日、発行者は伊藤時、発行所は東京新詩社と伊藤文友館、発売所も伊藤文友館である。再版はなく、三版の刊行は三七年九月五日、それ以来今日までも版を重ねている。三版の奥付の署名は与謝野晶子、発行者は金尾種次郎、発行兼印刷者は杉本要、発売元は大阪の杉本書店と金尾文淵堂である。体裁は三六判（横八・二、縦一九・〇センチ）。表紙は紙装で三色刷り、初版の扉絵の次頁には、黄色の薄い判読し難い字で、

この書の体裁は悉く藤島武二先生の意匠に成れり　表紙画みだれ髪の輪廓は恋愛の矢のハートを射たるにて矢の根より吹き出でたる花は詩を意味せるなり

と表紙画について説明している。次頁には集中にある武二の挿絵の題名「恋愛」「現代の小説」「白百合」「春」「夏」「秋」「冬」が記載されている。定価三五銭。集中の歌は明治三三年四月の「よしあし草」から三四年八月の「小天地」までの歌から採られた。全歌三九九首中初出判明歌は二九五首、全歌の七割以上が判明している。不明歌は難解歌が比較的多く、これらの歌の配列が割に繋がっており、また単独で散在している歌もある。本歌集は上京二ヶ月後の、馴れない生活の中での出版であったが、既出の他に新たに追加した歌も多かった。それらは十分に推敲する余裕も選択する間もなく、情熱の赴くまま、独りよがりの表現と発想を自在におし通したため、難解歌が多い

のではないか。これらの中には事実を朧化させるためにわざと難解にしたと思われる歌もあり、また古典的な世界や雰囲気を表現するために故意に難解にした嫌いも見られる。

本文は「臙脂紫」九八首、「蓮の花船」七六首、「白百合」三六首、「はたち妻」八七首、「舞姫」二二首、「春思」八〇首の章に分けられている。「みだれ髪」という語は三三年の秋、鉄幹が晶子に呼びかける形で用いており、

秋かぜにふさはしき名をまゐらせむ『そぞろ心の乱れ髪の君』（以下傍点筆者）　（『紫』121）

あな寒むとただださりげなく云ひさして我を見ざりし乱れ髪の君　（『紫』125）

と歌っている。「みだれ髪」とは、恋によって心が乱れる意に用いられ、狂おしいほどの思慕の情を美的に、

29　人かへさず暮れむの春の宵ごこち小琴《をごと》にもたす乱れ乱れ髪

260　くろ髪の千すぢの髪のみだれ髪かつおもひみだれおもひみだるる

と歌っている。また夜を共に過ごした男女の情愛を日常的な場面として、

56　みだれ髪を京の島田にかへし朝ふしてゐませの君ゆりおこす

と詠みこんだ歌もある。これは栗田山再会以後の作なので、鉄幹との恋を穏やかに印象づけていると解せる。

『みだれ髪』出版については、すでに「明星」八号（明33・11）で鉄幹が、

人の子の名ある歌のみ墨ひかで集《しう》にせばやと思ふ秋かな　（『紫』154）

と歌っていたことにより、三三年の秋、晶子の「名ある歌」を歌集にまとめようと鉄幹が企画していたことが分かる。

『みだれ髪』出版に関して晶子上京以前から鉄幹は情報を「明星」一二号（明34・5）の社告に、

鳳晶子氏の詩集『みだれ髪』は、藤島武二氏の挿画を得て、来る七月下旬に本社より発行致すべく、

と流し、ここで初めて『みだれ髪』刊行の意向を示している。その後一三号（明34・7）の社告で鉄幹は、

女史の詩集『みだれ髪』は本月二十日を以て発行致すべく候。体裁は小生の『紫』と同一の体裁に成り、それに藤島氏の挿画を得て、桃色のリボンを以て綴ぢ申すべく候

と掲載したが、一四号（明34・8）の社告では期日変更を伝え、「来る十日を以て本社より発行し」とあって、「製本の体裁も亦意匠を変更致し候ため、小生の『紫』などの遠く及ばざるものと相成り候は、出版物の一進歩」ともある。『みだれ髪』は『紫』以上だと自作を卑下してまで懸命に宣伝している。五日遅れて初版は一五日刊行となり、一五号（明34・9）の社告では

各新聞雑誌記者諸君の高評を辱うしたるは、本社の頗る栄誉とする所に有之、此に紙上を以て敬意を表し候。

と丁重な謝意を表している。同号の巻頭別刷四頁一面の広告に、

構想に格調に変幻百出して、独創の奇才優に新詩壇の一生面を開き、之に盛るに紅恨紫意炎々懊悩の熱情を以てするものは、我が鳳女史の歌にあらずや。……

とあって、一五号の冒頭一面には『みだれ髪』の表紙絵が載せられた。鉄幹は「明星」発展に向けて晶子の才能に注目し、「明星」歌人として売り出そうと必死だったためか、かなりの冒険であった。賛否両論はありながら、それが予想外に世人の興趣をひき、反響も大きく今日まで続いている。『みだれ髪』出版直後から平成九年までの『みだれ髪』評は『みだれ髪作品論集成』三巻（逸見久美編　大空社　平成9・11）に多く掲載されているので参照されたい。

㈡ 内　容

『紫』刊行後、四ヶ月経て出版された『みだれ髪』の内容は鉄幹と晶子の出会い、京都の粟田山再会、そして『紫』刊行までの体験が共有され、二人の青春は『紫』『みだれ髪』によってこよなく展開されている。その過程につい

て前述の『紫』の項で歌をあげて説明したのでここでは省き『紫』の歌に関わりの深い『みだれ髪』の歌を年代的に呼応させながら見ていく（傍点筆者）。まず明治三三年八月上旬、出会った二人はその場その場の同時体験を、

髪さげしむかしの君よ十とせへて相見るゑにし浅しと思ふな（あき子と大坂にて相見し秋）　（『紫』161）

325松かげにまたも相見る君とわれゑにしの神をにくしとおぼすな　（『みだれ髪』）

と初対面の因縁の深さをしみじみと詠んでいる。これらの二首は晶子の美文「わすれじ」（『明星』明33・10）に載せられている。さらに二人はその年の秋、山川登美子を交えて京都の粟田山での一夜を過した後、

秋かぜに胸いたむ子は一人ならず百二十里を今おとづれむ　（『紫』137）

93さびしさに百二十里をそぞろ来ぬと云ふ人あらばあらば如何ならむ　（『みだれ髪』）

とも歌う。その翌年一月九、十日、鉄幹と晶子は粟田山で再会し二夜を共にし、鉄幹の親の墓参をした。

せめてこれ御魂やすめんひとつなり親の御墓に手をとりてこし　（『紫』117）

155かしこしといなみていひて我とこそその山坂を御手に倚らざりし　（『みだれ髪』）

と二人は歌う。また同じ粟田山での寒い朝の一場面を捉えて詠んでいる。

旅のあさ人の紅《べに》さす筆とりて酔ふ子とこしへ春ぞとかきぬ　（『紫』172）

342歌筆を紅《べに》にかりたる尖《さき》凍《い》てぬ西のみやこの春さむき朝　（『みだれ髪』）

このように粟田山再会後の歌は『みだれ髪』全歌の過半を占めているほどに多い。これにより粟田山再会に関わる歌が『みだれ髪』の最大の特色を成している。『紫』の歌は粟田山再会の一月から『紫』刊行前月の三ヶ月間の内容が『みだれ髪』の歌と重なる場面が多い。また星菫調の由来を示すかのように詠んだ二人の歌に

わが歌は芙蓉のしろき梅の清き恋はすみれの紫をこそ　（『紫』273）

372きけな神恋はすみれの紫にゆふべの春の讃嘆《さんたん》のこゑ　（『みだれ髪』）

がある。「すみれ」の「紫」こそが恋を表すという二人の歌には「紫」が、古典では高貴な色となっていたが、新詩社では「恋」の意を表すこともある。以上、呼応し合う歌をあげてきた。

全体として『紫』の内容の方が『みだれ髪』より素材が大きく広がり、歴史的に意味のある歌が多い。これに対して『みだれ髪』の歌には粟田山再会後から上京前後までの個人的な歓喜、懊悩、不安、至福が多様に回想的に現実的に展開されている。このあたりの歌を見る。

242 京の山のこぞめしら梅人ふたりおなじ夢みし春と知りたまへ
243 なつかしの湯の香梅が香山の宿の板戸によりて人まちし闇
215 淵の水になげし聖書を又もひろひ空《そら》仰ぎ泣くわれまどひの子
45 誰ぞ夕《ゆふべ》ひがし生駒《いこま》の山の上のまよひの雲にこの子うらなへ

一首目は恋の成就を梅に語りかける形で誇示し、二首目は粟田山の宿の板戸で待つ歓びを追慕して懐かしみ、一、二首目は共に恋に満たされた幸せを歌っている。しかし三、四首目の心迷う晶子の歌には、得恋の歓喜とは裏腹に上京への不安と封建的桎梏による悩みも見られた。このように悲喜の両極に揺れていたが、上京後には、

320 いとせめてもゆるがままにもえしめよ斯くぞ覚ゆる暮れて行く春
395 室《むろ》の神に御肩《みかた》かけつつひれふしぬゐんじなればの宵の一襲《ひとかさね》
81 このおもひ何とならむのまどひもちしその昨日《きのふ》すらさびしかりし我れ
358 ふとそれより花に色なき春となりぬ疑ひの神まどはしの神

と歌っている。一首目には情熱を燃焼させるひたむきな恋心を、二首目には恋への盲目的な愛情表現を、三、四首目は一、二首目とは対照的で、一途な思いで上京したものの日常生活の中で鉄幹に対して不信や疑惑を抱き、惑いに惑う気持を表している。しかし二人はすべての煩わしさから逃れるかのように、京都の嵯峨へ向かう。

みづいろの絽蚊帳の裾の紅二尺《あけ》おさへてやらじ嵯峨の夜の神　（『新派和歌大要』20　鉄幹）

と鉄幹は歌う。それに応ずるかのように晶子は『みだれ髪』に歌う。

14 水にねし嵯峨の大堰《おほゐ》のひと夜《よ》神絽《がみろ》蚊帳《がや》の裾の歌ひめたまへ

61 嵯峨の君を歌に仮せなの朝のすさびすねし鏡のわが夏姿

などと、嵯峨の一夜を共に経験する。これを実証する資料が「少詩人」の「紅梅日記」（明35・2・15）に載せられている。その中には『みだれ髪』の歌一六首が解説されているが、これらは非常に難解な文章で意が通じ難い。その中で集中の、

296 夏やせの我やねたみの二十妻里居《はたちづまさとゐ》の夏に京を説く君

を取り上げて「嵯峨の竹に解き髪長かりし君よりもかと、何かは知らず頷かせて、ふたり笑みて、風すずしき夏と成りぬ」と説明している。この一文により、右の歌は、嵯峨で嫉妬した時以上に、嫉妬するかとこの渋谷の里での夏やせの若い嫉み妻である「我」に京都の嵯峨での思い出を語る君、という晶子の自釈となっている。これにより前記の二人の歌にも嵯峨でのことが想像される。三四年の時点では秘め事にしていた粟田山（3月）と嵯峨行き（2月）が図らずも翌三五年に二、三月限りの刊行で終刊となった「少詩人」に載せられた。すでに述べたが「粟田山」再会の事実が、また、この「少詩人」の三月号に「京より」と題してしら梅、ちさき弟の署名で記載されている（203頁参照）。これは増田雅子・水窓姉弟のことである。この年の「明星」は、ピークへ向かう時期であったため「少詩人」の主幹鉄幹はそれまで秘め事にしていたこれら二つの事実を敢えて公表したのかも知れない。この粟田山と嵯峨の旅が二人の愛の絆を一層固め、結実させたと言える。そしていよいよ『みだれ髪』刊行となる。

297 こもり居に集《しう》の歌ぬくねたみ妻五月《さつき》のやどの二人《ふたり》うつくしき

396 天《あめ》の才《さい》ここににほひの美しき春をゆふべに集《しう》ゆるさずや

一首目には様々な葛藤、齟齬、不安を乗り越えてやっと『みだれ髪』編集に辿りついた二人の晴れ晴れとした明るさがある。二首目には出版したい思いを「集ゆるさずや」と控えめな姿勢で問う形をとっている。これらには『みだれ髪』出版への晶子の至福の思いがこめられている。

また「しら萩」の雅号をもつ晶子と、「神」が恋人の意をもつ「今宵の神」を鉄幹として詠みこんだ歌に、

62 ふさひ知らぬ新婦《にひびと》かざすしら萩に今宵の神のそと片笑《かたゑ》みし

がある。白萩が自分のかんざしに似合っていることに気付かない新婦を見て、男は新婦に白萩がよく似合うと思って微笑んだ、という隠語的な意味をもつ歌となっている。このように「神」が恋人の意をもつ表現は集中に多い。

『みだれ髪』は鉄幹との恋愛が中核を成すのは勿論だが、次に集中でもっともウエイトがあるのは山川登美子の存在であった。晶子の全歌集を通して、一人の人物の雅号、つまり「白百合」（登美子の雅号）のように雅号を章の名にして全歌の一割近くの歌が載せられているのは晶子の他の歌集には見られない。それだけに当時の晶子にとって登美子は強く意識せねばならない人であった。晶子と登美子は鉄幹を中心として恋愛感情と歌才を競い合う仲だったが、このころの晶子は登美子に対して嫉妬より、鉄幹への思慕を諦めて結婚する登美子に同情し、またその才気をも認めていた。

189 人の世に才秀でたるわが友の名の末かなし今日《けふ》秋くれぬ（以下傍点筆者）
192 しろ百合はそれその人の高きおもひおもわは艶《にほ》ふ紅芙蓉《べにふよう》とこそ
193 さはいへどそのひと時よまばゆかりき夏の野しめし白百合の花

などと詠み、絶賛している。しかしその一方では

202 秋の衾《ふすま》あしたわびし身うらめしきつ《ママ》めたきためし春の京に得ぬ
241 秋を人のよりし柱にとがぬあり梅にことかるきぬぎぬの歌

など秋の粟田山での三人旅のことが思い出されて嫉妬めいたものを晶子はいささか感じているが、このころはまだ切迫した激しい嫉妬の感情はなかった。

　この他に『みだれ髪』には革新的な意味で、男尊女卑の社会に抵抗すべく、挑戦的な歌として有名な

26 やは肌のあつき血汐にふれも見でさびしからずや道を説く君

があり、道学者に向かって忌憚なく高らかに歌い、官能を誇らしげに歌っている。また青春を美しく謳歌した歌に、

6 その子二十《はたち》櫛にながるる黒髪のおごりの春のうつくしきかな

68 乳ぶさおさへ神秘《しんぴ》のとばりそとけりぬここなる花の紅《くれなゐ》ぞ濃き

321 春みじかし何に不滅《ふめつ》の命ぞとちからある乳を手にさぐらせぬ

などがある。こうした傾向の歌は『みだれ髪』の特色の一つである。

　総じて『みだれ髪』には青春賛歌、情意の解放など、従来の日本女性が美徳としてきた慎ましやかさを突き破って自由に歌い、旧弊から脱しようとする焦りが熟し切れぬまま歌われたものもあった。しかしその根底には抑え切れないほどの情熱の燃焼があったのである。その反面社会的にも個人的にも懊悩し、惑う青春のメランコリックな情感もあった。『みだれ髪』のもつ青春性は時代を越えて今日もなお我々の心に脈々と伝わってくる。

㈢　ヨーロッパ的なもの

　『みだれ髪』刊行のころの批評としては「余りに西洋そのまゝの嫌はあれど」（こほろぎ「明星」明34・9）と評されているように、当時西欧的な印象が社会に反映していたことも分かる。また『みだれ髪』刊行以前にも「晶子様ぶり習はせ給ふはよけれど、忘れてもロセッチ、バイロン、ダビデなど口にしたまふまじきに候」（「文庫」明34・1）と評され、当時の晶子がいかに西欧の詩人たちに興趣を抱いていたかがうかがわれる。また『みだれ髪』以前

の作で『みだれ髪』に収められなかった歌に、

今宵こそハイネとふたりわがぬると友いひこしぬ星合の夜に　（「よしあし草」明32・9）

ワイマルの野にさく百合に姿かりきみがみむねにふれてくだけん　（「関西文学」明33・9）

ロセツチの詩にのみなれし若き叔母《をば》にかたれとせむる舌切雀《したきりすゞめ》　（「明星」明33・11）

などがある。このように西洋の人名、地名を詠みこむことで、晶子は新しさを狙ったと考えられる。「明星」六号（明33・9）ではハイネの小品「牧童」が訳されている。この中には牧場に関連のある羊、野、谷川、鳥、小牧童などの語が使われている。このような語は『みだれ髪』にも詠まれており、これらの西洋的雰囲気が積極的に摂取され、それらが右の三首にも見られる。また西欧文化と深い繋がりのあるキリスト教やそれに関連した牧場、小羊、聖書や聖歌を用いて

33 牧場いでて南にはしる水ながしさても緑の野にふさふ君

44 水に飢ゑて森をさまよふ小羊のそのまなざしに似たらずや君

215 淵の水になげし聖書を又もひろひ空《そら》仰ぎ泣くわれまどひの子

216 聖書だく子人の御親《みおや》の墓に伏して弥勒《みろく》の名をば夕に喚びぬ

213 何となきただ一ひらの雲に見ぬみちびきさとし聖歌《せいか》のにほひ

323 そのはてにのこるは何と問ふな説くな友よ歌あれ終《つひ》の十字架（以上傍点筆者）

などと詠んでいる。これは西欧的な意匠によって新しい表現内容を得ようとして詠んだものと思われる。また鉄南に宛てた書簡（明33・6・22）に

その時にとおもひし白百合いまは香もうせたれどソロモンの栄花も野の百合の花にはおよばざりしとか……

と旧約聖書の有名な一節を引いている。以上に見る聖書や讃美歌の語の他に聖書の中に神や魔や罪など多く歌われ

ている。これらは反宗教的意識のもとに恋愛至上を訴え、「181……神にゆづらぬ」「218……罪を泣く子と神よ見ますな」「328神よとはにわかきまどひのあやまちと……」「372きけな神……」「40……百合ふむ神……」などと宗教的な意味をもつ「神」を示しながら「神」を人間扱いにしている。『みだれ髪』以降も仏を「大男」（『小扇』36）とか「美男」（『恋衣』6）などと歌い、「神」や「仏」を人格化したりしている。こうした発想は晶子の感性が生み出した既成的価値観への反発であったと言えよう。また神を恋人の意とする歌として『みだれ髪』に「395室《むろ》の神に御肩《みかた》かけつつ……」「394……羞《はじろ》ひの神《かみ》」「69神の背《せな》に……」「224……神の笑まひ……」「225……糸をとる神」「226……神もとめよる」「265のらす神……」などがある。「神」とは対照的な語として聖書にあるサタン（悪魔）を「190魔にも鬼にも……」「191……わざと魔の手に……」「208魔のまへに……」「209魔のわざを……」「353魔に向ふ……」「365……魔神《まがみ》の翼《つばさ》……」などという人間に害を及ぼす語として表現している。しかし「罪」の語を「2……春罪《はるつみ》もつ子」「143人の子にかせしは罪か……」「218……罪を泣く子……」「228……君も罪の子我も罪の子」「293……罪の子が……」などと詠み、恋愛そのものを罪と表現していることが、鉄南や鉄幹に宛てた書簡中にも見られた。しかし先妻へ向けて罪の意識が晶子を苦しめた時期もあった。罪を意識しながら、罪を誇示して恋愛を強調する歌へと転化させる場合もあった。「神」に対して人間を「罪の子」とするのはキリスト教的な発想である。しかし晶子には、そうした宗教的な意味の歌も多少あるが、むしろ多くは恋愛を契機とする情意の解放をめざしたところから発せられる歌が多かった。

第五節　「片袖」創刊

「明星」一四号（明34・8）の社告に

九月一日より毎月一回詩集『片袖』を発行致すべく候。寥々たる小本、同人の短歌、新体詩を集めて同人に相頒つを主と致し候か故に発行部数も纔に七百部を限りとし欧米に於ける珍本の例に倣ひて、一切その以外に発行致さず候。猶少部数の事に候故、直接購読者に限りて頒布し、一切書肆を煩さず候間至急別項の広告により十冊分の前金と共に、直接購読の義本社又は文友館へ宛御申込被下たく候。

と予告している。また同号の広告には「九月一日発行」、「斬新なる意匠の小本」、「定価一冊拾五銭、郵税不要、拾冊分前金、金壱円」、「月刊画入新体詩集」と報告されている。「明星」一六号（明34・10）の広告に、「九月二十五日既刊」とあるとおりに刊行された。ここでは一〇名の寄稿家の名が連なっているが、実際は有明の「草嫩」「暮春」「枳殻」「高潮」の四篇、と鉄幹の「武蔵野」「絵ぎぬ」「寿老亭」の三篇が掲載されているのみである。「明星」一七号（明34・11）では「片袖第一集は本社に残本なし最寄の書肆にて購はるべし」と紹介されている。「片袖」は三回限りの刊行で、いずれも着物の片袖の円味を型どった三六判の体裁で、かなり斬新な装丁である。表紙の上の方に斜めに「カタソデ」と図案化された片仮名で記され草花も描かれている。当時としてはモダンで贅を凝らした意匠の詩集である。表紙絵には「月刊詩集の発行は、わが新詩社の創意する所なり。即ち此に『片袖』と題し、毎集七百部を限りて印刷頒布し、断じてその以上を発行せず」と確信を以て報じている。

第一集は本文四四頁、奥付には「明治三十四年九月二十五日発行」「東京府豊多摩郡渋谷村字中渋谷二百七十二番地、編集兼発行者与謝野寛、発行所東京新詩社、印刷者大野喜六　麹町区飯田町四丁目卌一番地、発売所文友館は日本橋区大伝馬町二丁目二十一番地」と記載されている。蒲原有明の詩は全体の三分の二を占めており、冒頭から三〇頁にわたっている。鉄幹の「武蔵野」は渋谷の生活を描き、自然の風物を叙している。

井桁苔《ゐけたこけ》に朽《く》ちて　竹《たけ》に沿《そ》ふ井古《ゐどふ》りぬ　湯《ゆ》の水汲《みづく》むと　夕《ゆふべ》老婆《ばあや》の手助《てたす》け　松《まつ》の葉《は》くべ杉《すぎ》の葉《は》くべ
かざす手額《てぬか》に煙《けぶり》避《さ》けて　姉様《ねえさま》かぶり艶《えん》なるや　なれぬ里居《さとゐ》の君二十《きみはたち》

とあり、第一連目は、家事にいそしむ婆やと晶子の姿を、第二連目は、武蔵野の風物として向日葵、葉鶏頭、桔梗の咲く渋谷の住いを叙している。三連目の末尾に「七尺《しやく》ながき解《と》き髪《がみ》　くぐるに触《ふ》れてささと鳴《な》るか　衣《きぬ》のこぼれを神《かみ》も嫉《ねた》め　浅水色《あさみづいろ》の乱《みだ》れ藻染《もぞめ》」とあって晶子の姿を詩的に表現している。

次の「絵ぎぬ」は『みだれ髪』の「蓮の花船」の世界を彷彿させる。

御堂《みだう》の池《いけ》のしら蓮《はす》に　眉《まゆ》うら若《わか》き僧《そう》を見《み》て　まこと棄《す》つべき恋《こひ》ならば　その鐘《かね》つきて教《をし》へよと　切《せつ》なるこころ
問《と》ひ寄《よ》るに　僧《そう》は面《おもて》を赧《あか》らめて　庫裏《くり》にかくれて又出《またい》です

の第一連に歌われている白蓮、若き僧と乙女との恋、さらにさいごの四連目の

この山里《やまざと》のたそがれに　秀《ひい》でし絵師《ゑし》のさらばとて　染《そ》めて笑《ゑ》みたる筆《ふで》みれば　（恋は悶えて慰《なぐさ》めと　さては嬉《うれ》し
き絵師《ゑし》の君《きみ》）　小百合《さゆり》いだきて水《みづ》に立《た》つ　人《ひと》の十九の夏《なつ》すがた

と絵師の君、小百合をめぐる恋の悶えなどの物語的浪漫の展開には「武蔵野」と共に『みだれ髪』にきわめて近い作品傾向がうかがわれる。

さいごの「寿老亭」は敗残の朝鮮を回想し

諫《いさ》めて容《い》れられず　謀《はか》つて行《おこな》はれず　直言王《ちよくげんわう》に忌《いな》まれて　朝《てう》の人皆疑《ひとみなうたが》ふ　愚《おろ》かなるかな士《し》の道《みち》
功《こう》あるもまた烹《に》られむ　君見《きみみ》よ古《いにしへ》の士《し》も　屢《しばく》この難《なん》を経《へ》たり　投《とう》ずるに好《よ》しや東《ひがし》の方《かた》　義《ぎ》を負《お》へ
り日本男子《ママややまとをのこ》　忘《わす》れず北漢《ほつかん》の秋《あき》あらし　京畿《けいき》七州《しう》を吹《ふ》いて黄《き》なる朝《あさ》　西小門《せいせうもん》を出《で》づる騾馬《らば》の車《くるま》　無限《むげん》の
恨《うらみ》を載《の》せて往《い》にし　嗚呼君《ああきみ》ありし日《ひ》　幾《いく》たびこの松蔭《まつかげ》に会《くわい》して　彼《か》の露人《ろじん》の暴横《ばうわう》を憤《いきどほ》る時《とき》　涙《なみだ》先《ま》
づ盃《さかづき》に湧《わ》きし　寂寥《せきれう》や南山《なんざん》の寿老亭《じゆろうてい》　嗚呼《あゝ》また何《なん》の年《とし》ぞ松《まつ》かぜ　十二の妓《ぎ》斉《ひと》しく絃《げん》を按《あん》じて　君《きみ》が
壁上《へきじやう》の詩《し》を歌《うた》はむは

と歌っている。この詩は三回目渡韓の、親露派配下となった親日派敗北を痛惜し悲嘆する、その一方で朝鮮への野望捨て難かったころを追懐し、国破れてもなお変わらず聞こえてくる松籟に一抹の寂寥と哀愁を漂わせている。「武

蔵野」「絵ぎぬ」に見るたをやめぶりと「寿老亭」に見るますらをぶりは、いずれもロマン的色彩が濃く『紫』に通ずるものがある。

第二集は三四年一二月一二日新詩社から発行。九四頁、表紙絵は結城素明、奥付は第一集と同じで、共に欧米風の斬新な図柄の体裁である。平木白星の詩三篇、滝沢秋暁、横瀬夜雨、桑田春風各一篇。他に鉄幹の詩三篇はいずれも三四年の「明星」に「赤裸裸歌」は五月、「夏草」は七月、「『行く春』を読む」は一二月にそれぞれ掲載された。「赤裸裸歌」には敵とする者へ敢然と立ち向かい、悲憤慷慨している鉄幹の心情が赤裸々に歌われていた。この詩は『紫』の「日本を去る歌」に一脈通じるものがある。

第三集は同じく新詩社から三五年三月一日刊行、発売所が明治書院になっている。これは平木白星の叙事詩「心中お佐与新七」に「図南の詩」が添えられて九三頁だけである。第四集についても「第弐明星」第三号（明35・3）社告では四月五日、「第弐明星」六号（明35・6）の広告では六月二〇日刊行とあって、寄稿家として泣菫、有明、鉄幹、表紙画作家として結城素明をあげているが、それ以後「第参明星」六号（明35・11）の広告には「第参集既刊」とあり、上記の広告に四名の他に九人の寄稿家の名を加えて刊行の予告をしているが遂に四集は果せなかった。

「片袖」は稀覯本である。当時の広告では限定版と銘打ち、月刊画入となっていて、三四年九月、一二月、三五年三月に刊行された。このころの新詩社は毀誉褒貶の渦中（『叙景詩』『公開状』など）にあったが、「明星」は成長途上にあった。鉄幹は『みだれ髪』の喧騒に伴って再び新詩社の出版物として「片袖」の売れ行きを期待して月刊と予告したのだが、予想外の不振であった。もし晶子の作品を載せていたら失敗しなかったかも知れない。このころから晶子の歌の方に人気があったようである。「片袖」は「明星」の広告や「片袖」の第一、二集の表紙裏に執筆者名を加えて多く宣伝したが、実際の執筆者は第一集では二名、第二集では五名、第三集では一名であった。鉄幹は続刊を見込んで有力な執筆者の名を揃えたが、それは鉄幹の虚勢であった。その後も第四、五集刊行をめざしたが、意欲のみで、資力が続かなかったことが中断した最大の原因であろう。

第六節　『珍派詩文へなづち集』――阪井久良岐

『珍派詩文へなづち集』と『文壇笑魔経』は共に阪井弁（久良岐）の著。久良岐についてはすでに述べたが（184～185頁参照）、彼は川柳新へなづち派の宗匠として有名。『珍派詩文へなづち集』は三四年一一月二三日、新声社から刊行。定価一五銭。『珍派詩文へなづち集』中の「魔歌魔解」には

滑稽を不摯実などいふ新五左《しんござ》の手合は、我が関する所でない、真面目らしく構えて、其実甚だ不真面目な、詩人や文人を翻弄するのも、文壇の忠僕であると云ふ事を僕は信ずる。いざ、眼も鼻もないノッぺら棒の怪物歌で、田舎漢をおどかす奴等の怪の皮をひんめくつてやらうか

狐それも狸もさなり真面目なりき我罪問はぬ声鵺に聞く
絵にも見よ誰れ腰巻に紅き否む趣あるかな春罪もつ子

二首ながら先づ句法が斬新である。前首は音声を仮り、後首は色彩を仮つて、恋愛に比したのであるから、濃艶である。……後の作は頗ぶる大胆な作で、宜しく之れを浮世絵に見たまへ、誰が腰巻の紅きを喜ばずと云ふや、われは此趣味ある春の懊悩を棄つる能はずと云ふので、此紅き腰巻は同じく恋愛に比してある、春罪とある春の字が殊に奇警だ

と久良岐は説明している。右の二首は『みだれ髪』の歌を捩ったもので、一首目は「5椿それも梅もさなりき白かりきわが罪問はぬ色桃《いろもゝ》に見る」を、二首目は「2歌にきけな誰れ野の花に紅き否《いな》むおもむきあるかな春罪《はるつみ》もつ子」を狂歌風に仕立てている。これらは『みだれ髪』カブレの歌である。『珍派詩文へなづち集』は『みだれ髪』刊行三ヶ

月後に出ているから、『みだれ髪』の賛否論盛んな時であって、その『みだれ髪』を狂歌に詠み直したところに久良岐の、時代を敏感に感じ取った風刺精神が見られる。しかし内容はまったく別で言葉を川柳風に変えている。この他に『みだれ髪』の有名な「乳房おさへ神秘のとばりそと蹴りぬここなる花の紅ぞ濃さ(68)」に関しては「分からないから説明しない、……女性の歌としてはチトあられもないやうである」と逃げ腰である。この他に晶子と僅かな鉄幹の歌もあげて主我的で無謀な戯言を自在に無責任に発言している。これらは善意的でない諷刺と皮肉まじりの批評である。それに加えて正当で真面目な歌人たちに向けての諷刺と皮肉を傍系の立場から興味本位に書いたのであろうか。

第三章　明治三五年（寛29歳・晶子24歳）

第一節　新詩社発展の過程

㈠「明星」の刷新——「第弐明星」・「白百合」・「第参明星」

前年の『みだれ髪』刊行後、他派の歌人らが晶子の歌を模倣するようになり、それに因んで、新詩社ではその後「みだれ髪かるた」や「明星絵はがき」「明星画譜」などを出し、他にも色々の企画があって、攻防のある年だった（273〜290頁参照）。このようにして三四、五年の新詩社は進展の途上にあったが、経済面は従前どおり苦しかった。その一例に、別れた妻滝野に宛てた鉄幹の書簡（明34・8・7）には、『照魔鏡』の影響と世の不景気のため

明星の売れ方二千五百部まで減り候ゆゑ文友館ハ毎月百円ほどの損になり候夫故小生ハ収入もなく又借金ハこの後一文もせぬ決心ゆゑ毎月の払にも困りをり候

ともある。また八月某日の書簡では

文友館非常に貧乏にて其上明星で損をし又みだれ髪も四百円ほどかゝりし候よしにて誠に気の毒に候

と窮状を訴えている。九月一日の滝野宛て書簡では、その経営者伊藤時についても「伊藤といふ人すこしも金策つかず八月の家賃もまだに候」とも書かれてある。文友館はこうした貧困の中で「明星」一三号（明34・7）から一

八号（明34・12）までは「明星」の発売所、直接購読申込所であった。

ところが三五年になって、一月号の社告の冒頭に鉄幹は、

> 年と共に此に改まれる我「明星」は「第弐明星第一号」と称して内容外形ともに刷新の実を表せり。……本号以後の『明星』は伊藤文友館に向て発売委託の約を解けり。今後の直接購読者諸君は一切本社に申込まれたし。

と記し、その理由を「文友館伊藤氏の本社に対する不始末に就て一言す」と誌上に書き、伊藤時について「同氏は旧臘中『明星』の発売委託に対して本社及印刷所との約束を実行せず、為めに『明星』の発行を妨ぐるの虞あるを以て、本社は文友館に対し断然『明星』の発売委託を解約せり」と述べた。その上、伊藤に購読者名簿を再三返すように請求しても応ぜず「明星」挿入の西欧名画の写真版数葉も返さないため困っていることも書かれている。しかし次号の「明星」社告ではこのことについて触れていない。「第弐明星」は一号から六号（明35・6）まで続き、編集兼発行人は与謝野寛、発行所は新詩社、印刷人は大野喜六に変えて鉄幹は文友館から離れた。

このようにして新詩社が文友館の発売委託を解約したため、文友館は五月二九日、東京書籍商組合規約を利用して東京その他の各書肆に「第弐明星」の販売停止を通告しようとした。だが、「東京堂主大橋省吾大坂文淵堂主金尾種次郎」から忠告され、六月一七日「伊藤時氏自ら其誤解を悟り」前記の通告を取消したと伝えている（文友館の誤解に就て「白百合」一号　明35・6）。その後の同文で鉄幹は「自らの文芸に対する真摯な態度を明らかにした」と書いているが、これらは文友館の誤解であったかどうか、鉄幹側の一方的な記事だけでは真相は摑みがたい。当時の出版界で有力だった東京堂や文淵堂からの勧告は拒否し難く、伊藤は承諾せざるを得なかったものか。鉄幹の言を信じれば文友館の約束不履行の裏には、それ相応の理由があったのであろう。詳細はともかく鉄幹と文友館の関係は一件落着した。

鉄幹は六月一日発行の「第弐明星」第六号刊行の後、同誌とまったく同じ内容のものを「白百合」第一号と改題して、同月一五日の冒頭に「第弐明星の読者諸君に謹告す」という大見出しを掲げ、

一　新詩社発行『第弐明星』は廃刊せり。
一　新詩社は従来の主張たる新文芸趣味の鼓吹を更に拡張して実行せむが為に、新たに機関雑誌「白百合」を出すに到れり。
一　「白百合」の編輯は与謝野鉄幹主として之に任ず。
一　雑誌「白百合」の本号以下誓つて実行せむとする所は裏面の広告を見よ。

と書いている。また次頁に「雑誌『白百合』は何が為めに生れたる乎」と題し、十カ条をあげている。

㈠西欧文芸の翻訳紹介　㈡新短歌の研究と創作　㈢新体詩の創作と批評　㈣絵画及図案の創作　㈤美文及小説の革新　㈥新俳句の創作　㈦文学美術両界の批評と報道　㈧新進才人の紹介　㈨女流文学の奨励　㈩戯作者、宗匠、偽非ハイカラー、虚名家、摸倣者、及び軽佻なる流行文芸雑誌等に反対す

とあり、その後で「白百合」の寄稿家は「真研究家諸君の筆に成る」とか「明星」が過去三年間「如何に文芸界を警醒するに偉勲」があったかを知っている「諸君は必ず新詩社の新機関『白百合』を愛読せらるべしと信ず」と記している。次頁には「新詩社報告」として「この際新詩社の社規を一新し、同好の士女社友たらむとせらる、諸君を江湖に求む」と書き、さらに次頁には「改正新詩社正規」十ヵ条をあげ、その中には「社友の作物は絵画、韻文、小説、美文、批評等いづれも専門家の撰抜を経て雑誌『白百合』に掲載す」とある。その主旨は従来の「新詩社清規」にある「我儘者の集り」「道楽」「自我の詩」などという個我やその才能を尊重する主旨と異なっている。「白百合」の「改正新詩社正規」は、作品を「専門家の撰抜」によるという権威主義的構造に新詩社の体質を変えようとしていた。このように改正し「明星」の名を廃し、別名「白百合」を以て意気軒昂として第一号を刊行した。しか

し同号末尾には「改めて読者諸君に謹告す」とあって別紙を貼付して掲げたが、

『明星』と云ふ名の甚だ惜むべきを忠告せらる丶こと頻り也　由て次号よりは『第参明星』第壱号として発行することとせり

と「本号の巻頭其他の広告文刷了の後売捌店、諸氏及び社友諸君より」の忠言を素直に受け入れ、「白百合」は一号限りで終った。そして七月一〇日に「第参明星」第一号として「白百合」の正規をそのまま載せ、排他的な一文もあったが、さらに同社告に付記して

抑もわが『明星』の一たび雑誌編輯の体裁に新意匠を創めて以来、滔々たる世の出版者流太抵之に倣はざるは無し。一面に於て甚だ慶すべきも、又多数の軽佻なる流行大小雑誌が、一見嘔吐を催すべき悪模擬を事とするに到れるは識者の歎ずる所。

と、天下の大小雑誌がみな「明星」の亜流だという我田引水的な不遜、毒舌の言を吐いている。同文はまた「前号の紙上文友館の誤解に就て」と題する一項の広告を掲げ、

一部の読者に送致したるも、同館との交渉円滑に解決したるにつき、右は全然取消したるものと認められたし。

とあれほど文友館に対し激怒したのに、平然と取消しを公表している。これは鉄幹の発言の気儘さを如実に語っており、熱し易く、醒め易い、その気性の一面を見せている。子規と対立した時も自ら非を認めればすぐに改める性格だと自己弁護していた。このように感情の赴くままに言動し、現実を客観的に見極める前に自身の所感をすぐに「明星」へ載せ、それを否定したり、肯定したりする、この軽薄さは直情的とは言え、余りにも単純であり、軽卒な感じがする。なお、「第参明星」の名称は三五年一一月で終り、三六年から再び従来の「明星」に戻る。

㈡　鉄幹と晶子の西下

「第弐明星」第二号（明35・2）の社告に、

小生旧臘卅一日より小島烏水と共に大阪に向ひ、同地に於ける新春二日の文学同好会の新年大会に列すること
を得たり。

と伝えて、当地での席上の撮影を三月の「明星」に掲載した。鉄幹は三三年から毎年「明星」の宣伝や支部拡張のために上洛している。この年も大阪の新詩社支部の新年会に出席するために鉄幹は小島烏水《うすい》と晶子を伴って出発した。晶子にとって前年の上京以来、半年振りの里帰りだった。同棲から結婚へ踏み入ったことへの非難を慮ってか、新年会に出席しなかった晶子は、鉄幹との正式な結婚の手続きをするために鳳家から除籍した。帰京後、一月一三日、与謝野家に入籍し、この年一月の「明星」から「与謝野晶子」の名で発表するようになる。翌三六年一月の「明星」に晶子の肖像写真が載る。鉄幹は「第弐明星」第二号の「舞の袖」の詞書に「この一月小嶋烏水と畿内に遊びて作る」と記しているのみで、晶子の名を出していない。鉄幹は同号で、

童女《わらはめ》がわか水まゐる富士のふもと沼津《ぬまづ》に明けし年《とし》の朝月夜　（『うもれ木』69）

と詠んでいるので、大晦日の夜、東京を発ち沼津で元旦を迎えたことになる。二日には鉄幹と烏水は大阪での新詩社支部の新年会に出席し、晶子は、実家で一泊し、三日に大阪の北浜に泊っていた鉄幹の宿へ行き二人は新詩社同人玉野花子と増田水窓の訪問を受けた。この時の様子を花子は、「第弐明星」第二号（明35・2）に「大坂より京へ」と題して

まちにまちし三日の朝、……けふこそと遥々のお二人様お目にか丶らむと楽しみゐ候ものを、……白萩様は昨日《きのふ》堺の母君のもとに御越しなされしが、今の電話にもう程なくこちらへと師の君仰せられ候。

と鉄幹と晶子に会える喜びに雀躍としている。また続けて、鉄幹の様子を「いつかの明星にありし御写真《みしゃしん》よりは余程おわかく見まつる君、今まで泣菫さまと御酒召しておはせしよし、ほの紅のおん面いよゝはえぐ〱しう拝しまゐらせ候」と書いている。宿の者につき添われて堺からやってきた晶子の姿を、花子はさらに、

> 濃紫リボンにしら花かざし、まことお年ほどには見え候はず、御自分には二つばかりも急にふけしやう仰せられ候へど。白のお繻袢の上に白茶地のおゑり、金糸も少からずおはして、……このごろ流行の貴ときもの、くろ厚板の帯高くむすび給ひ、白に紅の小模様ある縮緬の帯上ふさひよく、まこと美くしき方様にて在し候。

とこまやかに描写している。初めての里帰りで母親の心遣いによって準備された衣裳であろう。親に背いた結婚だっただけに実家へは一人で帰った。花子は「おあひ申度くと日毎に祈りくらせし私、あやしう胸つかへしやうにて、みなさけあつき御言葉にもはかぐ〱しきいらへもえせで、……何かと御伺ひ申したき事も多く〱ありしものをと、……いつまでも此儘おそばにと思ひ候ひしかど、本意なき御いとま致して」とあって、晶子と共に新詩社同人「白椿の君」（和久たき子）の家に寄り、帰り際に晶子は花子の力になってほしいと白椿に頼んだとある。こうした晶子の優しい思いやりを「私うれしく〱心つよくおぼえ申し候」と花子は感激した思いを洩らしている。

この新年会には長崎、岡山、和歌山、京都から同人たちが集まり、鉄幹はさらに同人募集も計った。三月の「第弐明星」の社告には新詩社に一五支部（京都・大坂・神戸・岡山・名古屋・長岡・出雲・熊本・羽後・上毛・長崎・石見・横浜・伊賀・函館）が設立されたことが報じられている。これは「明星」が発展の途上にあることを示しており、このあたりが「明星」のピークと言えよう。新年会の後、畿内を旅した二人は「明星」の二月号に、鉄幹の「舞の袖」三〇首、晶子の「春雨傘」一五首、三月号に晶子は「緋桃日記」二五首をそれぞれ掲載した。ここには宇治、奈良、春日などが詠まれていて、晶子の歌からはこの旅中に薄田泣菫や本山荻舟と逢っていたことが分かる。「舞の袖」の歌を引く。

あわたゞしひと夜泊《と》めての朝なで髪《がみ》君が和泉の御母《みはゝ》に泣かる　（『うもれ木』75）
京に入りて妻とささぐる墓のしきみ親讃《おやさん》ずるに歌なほ足らぬ　（西大谷にて）
我れひそかに山の墓なる親に恥ぢず悪しき名負《お》ひて京をも過《よ》ぎる

一首目はたった一夜だけで別れを母に告げてきた晶子の、急ぎの里帰りを哀感こめて鉄幹が詠んでいる。二、三首目は鉄幹の両親の墓参りの歌である。また二人は鉄幹の生地岡崎（京都）にも立ち寄りそれぞれが歌う。

溝《みぞ》にそひて紅梅おほきわが岡崎或は母の猶いますべし　（「舞の袖」）
西加茂の尼《あま》は蓮月岡崎《れんげつをかざき》の歌はわが父その世遠ざかる　（右同）
池におちて紅きが多きおちつばき鶩鳥かひにし家の岡崎　（『小扇』12）
春むかし緋ざくら立てる花かげに少女《をとめ》の我となりにける里　（右同　73）

鉄幹は岡崎から母と名付親の蓮月を偲び、晶子は岡崎を自己体験のように懐かしみ、また少女のころの堺（実家）をも思い返している。

このころの鉄幹は支部拡張のため関西や近畿を廻り、時には晶子も同行することもあった。

『文壇照魔鏡』によって「明星」は一時危機に瀕したが、『みだれ髪』の強いインパクトに支えられ新詩社は盛り返した。そして、この旅は新詩社の基盤を固め、上昇の一路を辿らせたという意味で意義があったと言えよう。

(三)「少詩人」

(1) 体　裁

「少詩人」は菊判の雑誌で「明星」よりやや小さい。表紙は一、二号とも「少詩人」と隷書の横書き、その下は中央に羊飼が立っていて両側に羊が一頭ずついる。きわめて西欧風のモダンな絵で一号はうす緑の線で、二号は柿色の線で描かれてある。縦二四・七、横一七・五センチ。「明星《第弐》」一、二号の広告とほぼ同じ内容のものを末尾に記載し、「少詩人」刊行の目的や主旨を報告している。「明星《第弐》」一号（明35・1）、二号（同・2）の末尾には二頁にわたり、「少詩人《少年雑誌》」と大きな字で横書きにし、その下に「少詩人」の要旨が記載されている。また右の「明星《第弐》」二号の社告には「『明星』に記載し得ざりしものは『少詩人』に掲載す」とあり、さらに同三号の広告にある「発行主旨」には、「少詩人」一号は要旨の他に、「文芸の研鑽に真摯なる先哲大家の志を慕ふの意を寓す」とあり、さらに「先進を嘲笑し、他の雑誌出版物を中傷し、甚しきは匿名の下に醜汚陰険なる人身攻撃を為す」悪書の多い中で、特に「少詩人」について「最も純潔なる、謹厳なる、温厚なる、真摯なる青年文学雑誌」だと紹介している。さらに編集は、栗島狭衣、谷活東で、木村鷹太郎、結城素明、平木白星、前田林外、小島烏水、山崎紫紅、与謝野鉄幹が補助に当たったとあり、人身攻撃をなす出版物に対抗して少年詩人の純粋無垢な詩精神を表そうとしたものとも書かれている。

「少詩人」第一回目の広告（「明星《第弐》」一、二号）では発行日を二月一日としているが、「明星《第弐》」三号では「毎月一回十五日　初号二月十五日既刊、二号三月十五日発行」とあり、「明星《第弐》」四号でも「少詩人」二号は三月一五日既刊の広告を出している。ところが「明星《第弐》」五号社告によると、「少詩人」の「販売高」は「五百に充たず」毎月の負債は「百金に近からむとす」とあり、「却って『明星』の発行を危く」すとある。そこで「四月十五日発行の第三号は休刊し、五月発行の『少詩人』より体裁を変更し、紙数を減じて編集し、定価を改むること一冊六銭、郵税五厘、十二冊分前金郵税共六十五銭」とし、

毎号五百部宛あまさず売切るゝ時は、収支に於て過不足なき予算とせり、其以上売れゆきて財政に余裕を生ずる時は、漸次紙数を加へて拡張を計る事とし、夫までは専ら投書家の俳句、美文、短歌、新体詩を採録し、小説と絵画は募集するも毎号又は隔号に一題を掲載す。右につき従来の読者諸君は、勉めて購読者を勧誘せられ

たし。猶又前金払込の諸君には右の代金を以て計算し雑誌を配送すべし」と記している。同社告では「更に『少詩人』の読者に告ぐ」とあって、その編集所発行所とも二号以下は鉄幹の「直接関係を離れて、……」「俳声社内少詩人会へ移転し」たことを記し、同号広告ではさらに編集には鉄幹も加わって作品を載せると記し、「第二号を発兌するに当つて……」とあり、二号発行を五月一五日と予告している。しかし、その後「少詩人」に関する記事も広告も一切「明星」に掲載されていない。赤字を繕い切れず予定しただけで終わったようである。「明星」で何の報告もせず終刊にしたのは三号を出すつもりであったのだろうか。

(2) 内　容——鉄幹・晶子の嵯峨行（第一号）と粟田山再会（第二号）

「少詩人」第一年第一号（明35・2）には鉄幹の作品はない。前記した晶子の美文「紅梅日記」があって『みだれ髪』の歌一六首を引いて解説している。一六首の歌番号は251・377・14・141・159・247・10・342・30・87・286・271・296・86・21・89である。晶子の解説文は非常に難解だが「紅梅日記」の中の「296夏やせの」の歌の説明によって鉄幹と晶子の嵯峨行きが実証できたことは『みだれ髪』研究の新資料として意味が深い。

もう一つ、「少詩人」二号（明35・3）には「鉄幹先生　晶子様」と宛て書きがあって「しら梅」と「ちさき弟」の署名で「京より」が載せられている。「しら梅」は増田雅子、「ちさき弟」は増田水窓のことで新詩社同人の増田姉弟である。すでに述べたが粟田山再会を裏づける重要な内容が「少詩人」にもあった（拙著『新みだれ髪全釈』12頁参照）ことも『みだれ髪』研究にとって注目すべき資料である。

この号の冒頭にある鉄幹の詩「春の日」は「妹」「姉」を小題とした七五調の六篇の詩である。同号掲載の鉄幹の小説「それ手毬（上）」は一頁余りの短篇。また晶子の小品「絵はがき」は晶子の雅号しら萩の署名で九葉あって清男が五枚、他に英二と三人の子供が発信した体裁をとった子供向けの文章になっている。また「宵寝」と題する鉄幹一〇句、晶子六句の俳句は盗人をテーマとした連作で、後に二人の共著『毒草』（明37・5）に採られた。

二人の共作の俳句は全作品の中でこれのみである。晶子の俳句は以前「新声」（明30・10）に勝女の署名で一句あるだけである（293～294・370頁参照）。共作の「宵寝」の詞書に「小盗あり、渋谷が貧居に忍ぶ。剰す所ねまき一領殆んど遺憾なし。活東見舞に来る。席上の即興かくの如し」とあり、事実のようである。二人の俳句に次のようにある。

盗人に春の寝姿見られけり　　鉄幹
雛の灯に盗人を思ふ夜半の春　　晶子

「盗人」に対して極めておおらかであり、情緒的であり、ロマンティックな歌人夫婦の生きざまをみるようである。「少詩人」一、二号には文壇、短歌壇、新体詩壇の欄を設けて新人の投書を載せ、青少年のための雑誌として多くの頁を割いている。このころ中学向きの雑誌は他にも多く「少詩人」は決して斬新とは言えなかった。そうした情況の中で、一人の読者で同じ系統の三つの雑誌を同時期に愛読する人は次第に減少していくのは当然である。「片袖」は三四年九、一二月と三五年三月。「少詩人」は三五年二、三月の発行で終わった。この間「明星」も毎月発行されている。このように三五年三月には鉄幹は三冊の雑誌を出したが、「明星」以外は続行不可能となった。

(3)「少詩人」を巡って

「少詩人」を巡って鉄幹には不快なことが起こった。そのことについて、「明星」五号の社告に「特に謹告す」と題して書いている。それは上野国伊勢崎町藤田屋方　碓井武寿が、四月一五日付で郵券一五銭封入の書状をよこしたので、二一日付をもって「少詩人」は別項記載（「第弐明星」五号社告）の事情により四月休刊の旨を回答した。ところがそれと行き違いで、「二月二一日付の端書を以て「……御回答無之に就ては当方にても思惑有」として「此事を新聞紙上に掲載し、貴社の不正を天下に発表」するので承知してほしいと言って「如何に貴社の行為其意を得ず候」と書かれてあった。鉄幹はこの発信者に対し、「毫末も不正なる利慾の為めに文芸を談ずるの意なきを明かにし」、「所送の郵券十五銭を」「書留郵便」で返送したことも同社告で報じている。そして鉄幹はさらに「芸術の

是非を以て新聞紙上に問はるるは」止むを得ないが、「金銭上の行掛りを以て不正云云を議せらるゝは甚だ心外」だと訴え、

創刊以来『明星』発行の為めに、如何に財政上の苦悶と戦ひつゝあるかは、之が苦痛の百分の一をも解する人なかるべし。……右様の御掛念ある諸君は速に端書を以て御申越を得ば『明星』其他の御前金は直ちに御返済せむ。特に謹告す。

と報じている。鉄幹はしばしば「明星」に憤慨したことをあからさまに発表し、相手の名も明記する。右のことも住所、氏名を記して自己の潔癖さを表明するために相手の気持を考慮せずに公表した。こうしたことが度重なって、非難の的となることも多々あったが、しかしその背後に晶子の協力があって「明星」は支えられていたと思う。鉄幹自身、この年の六月の「明星」の「文芸雑俎」の「余材」には

雑誌「明星」の編輯者が夫婦なる事は我国に於ける奇異なる現象なり。単身にして編する雑誌は多けれど夫婦共編の雑誌は我いまだ其例を知らず

と自負するほど「明星」経営の特異なあり方に確信をもっていた。

㈣　韻文朗読会

「片袖」「少詩人」「みだれ髪かるた」「明星絵はがき」「白百合」と、三四、五年の新詩社は「明星」の他にめまぐるしく企画が殺倒した。いずれも短期間で「明星」の赤字を防ごうとして特異な斬新さを強いてねらったためか、却って赤字を負い中途半端な状態での終刊となった。そこで鉄幹は、資本のかからぬ韻文朗読会を企画した。そのことについて「明星」一三号（明34・7）社告に、六月一六日の新詩社茶話会で席上韻文朗読法の談話のあったことを伝え、その時、鉄幹が自作の『紫』の歌と詩「日本を去る歌」を朗読したことを伝えている。また三五年になっ

て「第参明星」二号（明35・8）の社告に「我社の韻文朗読会は来る九月中旬神田区美土代町青年会館に於て公開し聊か同好諸君の清評を乞はむとす。之がため有明、白星、林外、酔茗、花外、空谷、外諸氏と共に本月初旬別に準備会を開くに決せり」と記している。「第参明星」三号（明35・9）社告には「別項記載の如く朗読研究会は成れり。同会の報告は一々今後の『明星』に掲載すべし」とあり、同頁の下段に太字の「朗読研究会広告」として

> われら感ずる所あり、ここに朗読研究会を創設す。会旨とする所は名の如く専ら詩文の朗読法に就て研究するにあり。われらが会は隔月又は三月に一回、新体詩、短歌、小説等の朗読に関し、会員各自が研究せる所の結果を公演し、聊か以て世の有識の高教を請はむとす。

と報告されている。首唱者として、生田葵、蒲原有明、河井酔茗、栗島狭衣、児玉花外、児玉星人、小塚空谷、平木白星、前田林外、山崎紫紅、山本露葉、与謝野鉄幹の名をあげ、「本会は東京市本郷区菊坂町三八　平木照雄方に置く」とも記されてある。

「第参明星」三号（明35・9）の「余材」に「韻文朗読研究会の初会は八月一五日午前十時より新詩社」で開催とある。来会者は白星、林外、有明、花外、葵山、空谷、鉄幹で彼らは「席上諸氏が朗読上の談話」をした。「英国々歌、自作アギナルド（白星）、藤村氏の『若菜集』『落梅集』、有明氏の『草わかば』各一節（葵山）、『若菜集』の一節、自作一篇（花外）、泣菫氏の『郭公の賦』『破甕の賦』、自作『黄金向日葵』と自作短歌（鉄幹）等の朗読あり」と書かれている。

第二回目の韻文朗読会については右の「余材」に続けて「次回は九月下旬若しくは十月上旬」とあったが、一〇月一一日(土)午後五時より神田区美土代町青年会館で開会された。この朗読会には泡鳴、藤村、泣菫、前田翠渓、森しづかが加わった。鉄幹は自作の「黄金向日葵」「寿老亭」の新体詩と短歌五首の朗読をした。この会について「第参明星」六号（明35・11）にある翠渓の「韻文朗読会短評」では第一の出来は白星の「アギナルド」一篇で、鉄

幹の「黄金向日葵」は「たしかに一種の新しいフシ」があり、「詩吟的でないのが御手柄」で「殊に驚いたのは氏の声の良いことで、ふとすると京女の優しい声とまちがへられる位」と評された。さいごに「いま一息、発声法、用意法を練習される必要あり」とも書かれてある。同号に載せられた「韻文朗読会の記」によると、はじめ七五名位の来会者を予定していたが、九百名集まり、「夢のよう」だと報告している。予想外の来聴者で、会は黒字になった。「第参明星」六号社告に「明星」発行費への寄付として「金拾円、韻文朗読会諸君」と掲載されている。会員として泡鳴、酔茗、狭衣、白星、林外、鉄幹など一〇名の他に地方からは信州の藤村、大阪の泣菫も馳せ、名士として森鷗外、黒岩涙香、平尾不孤、長谷川天渓、佐々木信綱、石井柏亭、馬場孤蝶らも出席とある。また来春四月京阪で第二公会を催す相談ありと前記の「韻文朗読会の記」で伝えている。この一〇月一一日の会について、明治三五年一〇月二九日付の小林天眠宛て鉄幹書簡には、

朗読会の公開は時期ニ適し候と見え　意外に他数《ママ》の来会者有之満場の静粛他に例の無き上品なる公会に候ひき　青年が世に立つて思ひしよりも勢力否実力を認めらるゝ事になりしを天に謝し候

とあり、来年四月の博覧会を京阪でやりたいとも書いてある。さらに右の書簡では「先づ多数の耳目を驚かし申度と夫々朗読の工夫に努力致居り候」とあって、恐らく来春の京阪予定の韻文朗読会は天眠の意見も加わり「明星」普及を関西方面へも広めて、「明星」基金を得ようとしたものか。「第参明星」六号社告には朗読会の寄付拾円と並んで天眠の五円寄付が記されている。

「第参明星」七号（明35・12）の冒頭にある「文芸雑俎」のうちの「奇異なる断言家」においての大町桂月が「韻文朗読会は優倡的の所業なり、入場料を取るは寄席興行なり」といった非難に対し、鉄幹は「詩人と優倡とを混同して憚らざる桂月は賢なり」と皮肉っている。さらに『文芸倶楽部』の時文記者たる桂月は巻頭に写真を掲ぐ賤妓俳優と自己を同視して甘んずるなるべし」と批判し、「白馬会美術院等の絵画展覧会にも入場料あり、しかも世

は今の画家を以て興業師と為さざるや。」また「博文館の雑誌を発行するは商業」で金利を目的とすると言い、これらと朗読会とを同一に見て「朗読会は詩人の公会也、朗読を目的とす。朗読会の入場料は会費也」と反発している。また桂月が、「朗読会はやがて自滅せむと。自滅なる哉、自滅なる哉」と言ったことに対して、鉄幹は「この断言に向つて沈黙すべし」と抗している。この会を三六年にも計画したと見え、翌年の一月の「第参明星」の「昨年の韻文壇」で山崎紫紅が「遣るべし、〳〵、一の改革だ、新らしい事業だ」と激励しているのは、この会の発起人である紫紅の言葉として当然であろう。さらに五号（明35・10）の社告では新詩社関西清話会（5・15）に韻文朗読も予定されていることが書かれている。「第参明星」一号（明35・7）の「小観」においても「韻文朗読会の会員中今秋催すべき第二公演会の準備として、種々の新研究を試みつ、ある諸氏多しと云ふ」と記されているが、そのあと実施された報告はない。

それから四年後の「明星」（明39・4）の「同心語」中の「文芸彙報」に、「平木白星氏等の朗読文学会は去月青年会館にて催され」とあり、「資料㈢」の三九年の項にも「詩歌の朗読会を神田基督教青年会館に開く」とあるが、この時、鉄幹が朗読したとは記されていない。三五年は主に詩歌の朗読であったが、三九年には「文学朗読会」と記されて演説や巷談が加わっている。これは詩歌から散文への移行を示すもので、三九年という散文優勢の時代に順応したのであろう。このように鉄幹は常に新しい考案を「明星」に注ぎ、世の注目を惹こうとし、「明星」の赤字を防ごうとするが、理想と現実は噛み合わず、いずれも中断される。しかし三五年の「明星」隆昌期に示した文学運動の一つとして新詩社の詩を朗読によって公開したことは彼らの理想実現を期待するものであった。

㈤　新詩社の歌無断転用――『くさぶえ』、『新派和歌辞典』

作品の無断転載は、今日では法律的に著作権侵害で問題となるが、明治三〇年代では、道義的な批判は乏しく法律的にも咎められなかった。当時、新詩社の歌は注目されていたので、新派和歌に関する評釈や辞典に、歌の作例として引用されることがあった。それを事件として鉄幹が第一に取り上げたのは、服部躬治編の『くさぶえ』（明34・9）であった。この中に鉄幹の歌三四首、晶子の歌一三首を始め、新詩社同人の作もあるとして「明星」一七号（明34・11）の社告に、

歌集『草笛』の編輯発行に就て本社は何等の交渉を受けたる事なし。明星、紫、みだれ髪等にある諸作を無断にて採録せられたるは、全く彼書の編者の不徳義に出でたり。社友中之が為めに余を詰責せられたる十余氏に答ふること如此し。

と鉄幹は書いている。躬治は鉄幹と同じ落合門下であり、三一年には、久保猪之吉、尾上紫舟らと「いかづち会」を創設しており、「文庫」の選者でもあると共に「明星」には初期から寄稿していた。三四年七月には『伽具土』を刊行し、「明星」にその批評が載った。この他、「国文学」や「心の花」などにも論文や評釈を掲載している。『くさぶえ』は『みだれ髪』刊行の翌月に出版され、『みだれ髪』の喧騒とした批評の出る前に、躬治は新派の歌として新詩社の歌を選択して転載した。しかしこれを何の連絡もせず行なったことと新詩社社友たちの「詰責」もあって「編者の不徳義」として、鉄幹は一時抗議したが、それ以上追及しなかった。

ところが、三五年の七月に出た『新派和歌辞典』に対して鉄幹は激怒した。そのことを辞典刊行の数ヶ月後の「明星」（明36・2）の「昨年の短歌壇（上）」に鉄幹は「第一に我等が攻撃し排斥せねば成らぬ悪書」が「新声社中日本新詩會編纂と云ふ無責任の名の下に」出版されたと抗議した。そして「悪書」と言った理由を「編纂の方法は旧歌人の喜ぶ『麓の塵』の如く、類題を分けた下に五又は七の句を並べて、それを綴り合せて歌を作れと云ふ仕方」だと言って、これは「新派歌人の意志に反して」おり「再び旧歌人の覆轍を踏めと教へるもの」として攻撃した。このような旧派和歌の作法を踏襲した編纂法の「作例の三分の一」が鉄幹をはじめとする新詩社同人の作であった

と書いている。またこのことについてさらに、「無断に我等の悪作（今から見れば改作したきもの、破棄したきものが多い）を引用し、甚しきは故意に改刪をさへ加へたのは誠に無礼千万である」と書いて憤怒した。また編者が営利を目的とせず、新派和歌伝播を謀るためならば「学界の礼儀上……新派歌界の主動者たる我等の真意に合するや否やを謀らざるか」と言って編者は営利のためだと迫った。そして此書に「わが薫園氏とも有る人が之れを喜ぶ序歌を載せて慚づる色の無かつた態度」を示したことも鉄幹を「不快」にさせた。「わが薫園」と強調したのは落合同門であり、嘗ての友情をも想起したのであろう（『紫』の歌180〜183　拙著『紫全釈』参照）。

新声社は『文壇照魔鏡』と関係深く、雑誌「新声」を刊行していた。その新声社から、この『新派和歌辞典』や『叙景詩』が出版されている。この両書のいずれにも薫園は関わっていた。前記の『くさぶえ』とは違った鉄幹の怒りとは、旧派の作法に倣った者が新詩社の歌を作例に利用したことにあった。このころの新詩社は発展途上にあったので鉄幹はかなり強気であった。しかし『新派和歌辞典』側にすれば「明星」が隆昌期にあったのでこの辞典に明星派の歌を度外視するのは礼を失すると考えたのではなかろうか。確かに無断転載はよくないが、鉄幹がいくら激怒しても彼らは道義的に悪いとは考えなかった。鉄幹は怒りながらも内心は、これほどまでに引用されてきた自分たちの歌が世に示されることをむしろ誇示していたのではなかろうか。

第二節　新詩社への批判中傷

(一)『叙景詩』――鉄幹と薫園の相剋

『叙景詩』は明治三五年一月一日、新声社から刊行された。四六判の縦一九、横一三センチ。一〇一頁。定価二五銭。巻頭に「叙景詩　尾上柴舟、金子薫園選」とあり、次頁には四頁にわたり「『叙景詩』とは何ぞや」の一文があり、末尾に「明治三十四年冬十二月　選者しるす」とある。

ここで『叙景詩』と「明星」との対立について述べる。まず『叙景詩』の詠風は、当時、結城素明らを中心とする新日本画運動とも関連し、淡彩画風の自然の美しさを主情的に情趣的に詠む傾向にあった。それらは恋愛や青春を謳歌する明星歌風とは根底から異なっていた。柴舟も薫園も共に落合直文門下であり、この二人は直文の温雅な歌風を継承する浪漫的傾向を保っていた。しかし同門の鉄幹は彼らと違い、同じ浪漫的傾向にあっても、強烈な自我をうつし出し、もっとも感覚的であった。「明星」のあり方に批判的だった一部の歌人らの中には『叙景詩』の情趣的な歌風に清新さを感ずる者もいた。『叙景詩』の冒頭にある柴舟と薫園の「『叙景詩』とは何ぞや」では「叙景詩」について「自然は良師なり。よく吾人に教訓を垂れ、鞭撻を加へ、神秘を教ふ」と説明し、「自然に従て、之を写すに在り。写して、人意を挿まざるに在り」とあって、続けて、

窃かに訝る今時の詩に志すもの、たゞ、浅薄なる理想を詠じ、卑近なる希望をうたひ、下劣の情を攄べ、猥雑の愛を説き、つとめて、自然に遠ざからむと期し、而して、真正の詩、以て、得べしとなす、謬れるの甚しきにあらずや。

と書き、さらに末尾には「滔滔たる現時の新派和歌なるもの、淫靡猥雑誦するに堪へざるなかに在りて、声調流麗、温藉にして雅馴なるものは、唯新声歌欄あるのみ」とあって、「明星」とははっきり言っていないが、これは明らかに「明星」を婉曲的に中傷している。これに対して鉄幹は「第弐明星」四号（明35・4）の「余材」で、

大人気なし捨て置くべきなれど、世人を誤らしむるが故に一言す。近時蕪雑なる景色を配合せる短歌に、ことぐ〳〵しく『叙景詩』の美名を附して、世に問へる者あり。如此きは従来の短歌のみを読みて、他の日本文学を顧みざる人の、時世おくれの頭にこそ新しとも見えめ、此類の叙景ならば疾くに俳句に於て尽され居るを知ら

ざるか。一部の蕪村句集を通読玩味せよ、ズット十倍も二十倍もウマク歌はれて、今の『叙景詩』の如く無用の贅句なく衒ひ気なく、厭味なく、ダルミなく、材も趣味も広く、余韻に富みて、なつかしげ多き、誠に渾成の好叙景詩を見るなり。既に是等の叙景に成功せる俳句あり、明治の詩人何を苦んで俳句よりも劣る如此の殺風景のものを作るや。

と『叙景詩』を名指して批判し、さらに『叙景詩』の、「明星」非難に対し鉄幹は「明星」の「昨年の短歌壇（上）」（「明星」明36・2）においても『叙景詩』の叙景とは、蕪村の俳句以下の叙景歌で、これを詠むことの無意味さを鉄幹は突いている。一方『叙景詩』側では新詩社の短歌を全然叙情詩である如く言い、「その我等の「叙情詩を似非主観、似非恋愛」だと攻撃した」と書いている。その後で、「一言云ひたいのは我等の詩が全然叙情のみで有るかの如く云はれたのは、氏の一時の激語――つまり云ひ過ぎ」で、自分たちの大半は「情景混融詩」であると反発した。さらに彼らが「最も攻撃の料」とした『みだれ髪』中の一〇首の中で「清水《きよみづ》へ祇園《ぎをん》をよぎる桜月夜《さくらづきよ》こよひ逢ふ人みなうつくしき（18）」「御相《みさう》いとどしたしみやすきなつかしき若葉《わかば》木立《だち》の中《なか》の盧《る》遮那《しやな》仏《ぶつ》（36）」などをあげ、「是等は或は寧ろ氏等の作の配合美をはなれて、更に数歩進んだ、叙景詩の作風を発明して居るかも知れぬ」と鉄幹は説明して晶子の歌を賛じ、さらに薫園の「輪かざり」一五首中の一首

輪かざりのゆがみなほせる朝のかど京の絵師より絵葉書つきぬ

をあげ、「月並の俳句を読む時の感と同じ厭味を覚ゆる外に何の美感をも摂受しない」と難じている。そして右の一首を「たゞごとなり」と決めつけ、「斯様な座談、平語、記事文の一節の如きものは、我等新詩社では俗句、凡句、悪句」と貶しめ「又『詩にあらず』として排斥し」たとも鉄幹は批判している。柴舟の淡彩の風景画のような情趣と薫園の静寂で温雅な歌境は、彼らの自然観から生まれた歌であり、鉄幹とはその後も平行線を辿ることとなる。

しかし、この後すぐに『新派和歌辞典』を編纂した柴舟、薫園は無断で、またしても「明星」関係の歌を転載した。その後に出版した『小詩国』（明38・3）や『伶人』（明39・4）は完全に「明星」派の影響をうけている。

一方鉄幹は後に「明星」誌上において三回（「明星」明39・8〜10）にわたって薫園の歌集『伶人』評として「『伶人』を笑ふ」を以て、嘲笑の限りを尽して報復した。しかし薫園はまたしても『新詩辞典』で「明星」派の歌を無断で引くようになる。柴舟の『銀鈴』（明37・11）もまた西欧詩に見る浪漫的色調が濃く『叙景詩』本来の作歌態度とはまったく離れてしまっている。

このように見ると、『叙景詩』の声明は、その後の柴舟、薫園の作品とはかけ離れてしまい、『叙景詩』の冒歌の言は単に「明星」への一時的な抵抗にすぎなかったと言える。特に薫園は時勢に応じて歌風を変え、「明星」派を痛罵しながら模倣していた。つまり、常に彼自らの確固たる信念をもたなかった。その平易で妥協的な温雅な歌風は一般向きで、低俗なところがその生命を細く長く保たしめたのであろう。これに比して鉄幹は傲慢で衒気があり、激しく、その歌は高度な素養と知識がなければ解せない歌が多かった。晶子も然りである。いわゆる大衆向きではなく、主我的で自意識が強かったことから「明星」は八年で終わるが、文学運動としての意義は深い。しかし薫園には鉄幹が成したような文学運動として注目される作品はなく、鉄幹や晶子のような天才的な閃きも魅力もない。薫園から見れば、鉄幹の驕慢こそが低俗で忌避すべきものであったかもしれない。個性を出しすぎた歌人と個性の乏しい歌人との相違であり、相剋であったと言えようか。

(二)『公開状』

『公開状』は明治三五年三月三一日、麹町三番町の鳴皐書院より刊行、四六判、縦一九、横一二・三センチ、定価二五銭、『文壇照魔鏡』と同じ体裁の白表紙。鷲泉漁郎著。扉のところに「拝啓」として小文字で

『公開状』は未だ修辞の法に慣れざる鷲泉より、広く文壇の諸君に呈せんとする札简を萃めたるもの……と記し、「社会文壇に対する一片の赤心」から執筆するに至ったとある。そして三〇余名の文壇人、例えば「坪内逍遥に与ふ」「大町桂月に与ふ」などとあってその中で特に「正岡子規に与ふ」は子規の明治俳壇における業績を讃え、「ほと、ぎす」によって「この大なる勢力の多く」が作られたと言い、同文では、鉄幹のことを「某氏」とした上で

某氏の如く、嘗つて幾分革新の精神を有せしも、其の言ふところ忠実を欠き、其の行ふところ忠実を欠き、軽佻浮薄、而して更に尊傲自大、みだりに山を張りて、人を威かし、徒らに法螺を吹いて世をくらまし、遂には其の成るべきの功を自から半途に棄て、、罵詈嘲笑の中に立つて今や殆んど社会的死を遂げんとしつ、あるを見る、斯くの如きは口に革新を説き筆に革新を論ずるも、而も成功の最大要件たる一の忠実を欠きては、其の大呼や、絶叫や、偶ま自己の人格を損するに過ぎざる也、是れを足下に比す、其相距る何ぞ遠きや……（「正岡子規に与ふ」）

と鉄幹を暗に匂わせながら中傷している。この文面は『文壇照魔鏡』の再現とも言うべき筆致で、さいごは「足下たるもの、従容死に就くを得べけん也」で結んでいる。俳句革新の旗幟として「ほととぎす」をあげてはいるが「明星」については一言も触れていない。鉄幹と子規が互いに「新派の驍将」として敵対視したこともあったが、この書は子規を「真の詩人として予輩の敬重して居る処」だと尊敬し、それに対し「虎剣流の元祖鉄幹に到りては、甚だ言はねばならぬ事がある」と言って、鉄幹の人柄と詩人としての生き方を烈しく誹謗した。

『公開状』では正面切って「与謝野鉄幹に与ふ」「与謝野鉄幹に与ふ（再び）」と続けて二項目が載せられている。その後すぐに「与謝野晶子に与ふ」の項もあり、それぞれの項目において鉄幹、晶子への罵言や嘲弄が述べられている。同書の末尾近くの「『ほと、ぎす』派の俳人及び萩の家門下の歌人に与ふ」（躬治、鉄幹、薫園等）では、萩

の家（落合直文）門下の俊才らは「四方に分裂して、各々一旗幟を翻へし」、功名、勢力を得るために難じ合っているが、「ほととぎす」派は「必すや子規君の指導その宜しきを得たるもの有る」と言って、萩の家派は「ほととぎす」派を見習え、とも言う。因みに本書出版半年後に子規は歿している。躬治は「文庫」、鉄幹は「明星」、薫園は「新声」と、それぞれが落合門下だったが、それぞれが勢力を張っていた。特に「明星」と「新声」は常に対立しており、『文壇照魔鏡』と『魔詩人』は田口掬汀、『叙景詩』と『新派和歌辞典』は薫園でいずれも雑誌「新声」に関わっていた。こうした現状を『公開状』の著者は指したのであろう。

次に「与謝野鉄幹に与ふ」において、まず『文壇照魔鏡』に対して鉄幹が、徒らに「社会の迫害を罵り、文壇の冷酷を咎むる」のは「傲大自尊の甚しき」と批判し、「先づ双手を其胸に当て、黙思せよ」と反省を促し、ただ「明星」「少詩人」の主幹だけで「大に傲る可き閲歴ありや、才能ありや、地位ありや」と非難しながら力づけている。また『照魔鏡』は鉄幹に対する文壇からの一方的な中傷でなく、彼自身に「幾分の非行」があったからで、それを鉄幹自身は認めるべきだと忠告している。従って鉄幹自らの非行を改めることで「世の嘲罵と迫害との重囲を解き、以て最も着実に最も真面目に、国詩の革新を図ることを勉め」るべきだと言っている。鉄幹は詩作に当たり「男児赤裸々の面目」を「高言」し「傲然」と「誇る」態度を示してきたが、どんな嘲罵を受けてもその情欲や肉欲を遂げようとする鉄幹自身の生き方をまず反省した上で「社会と文壇の迫害を憤る可く、恨む可き」だと言うあたりは『文壇照魔鏡』にも通じる。しかし彼の自惚、独りヨガリから脱することができるならば「我が文壇の為に慶す可き」だと言い、また「全然我が国詩を革新したり、旧調固陋の和歌を打破して、清新濃麗なる趣味をわが国詩界に普及せしめたり」とも言って、「其功労を認容」しない者はないとまで賛じている。

続けて「与謝野鉄幹に与ふ（再び）」の項では、鉄幹の行為の賛否の第一に「幾多の欠点」はあっても「其の作詩の技に於ける霊腕」は、「誰人と雖もこれを否む可からざるもの有り」と讃辞を呈し特に『紫』は「優に誇るべきの霊腕を具へ、この間また国詩革新の気運を認むる」と言う。さらに「詩人として」「まことに当代稀れなる作詩の技を有するの士」と称え、「格調、取材共に、常規を以て計るべからざるもの」があると言ってその才華を認め、「是れを古歌に比するが如きは抑も野暮の骨頂か」と言って『紫』を重くみている。さらに、この項では鉄幹の作を晶子の作と比べて、「措辞の流暢」さは鉄幹より晶子の方が優っているが、「観察の範囲」は晶子の方が狭少で、鉄幹の方を高く評価し「新詩人としては今の文壇に無比の才なり」と絶讃している。

しかし一方では、鉄幹の近作の「舞の袖」（「明星」明35・2）について「材はあまりに突飛に過ぎて、調はみだりに破格を旨とし、却つて津々の趣味を殺ぐものある無きか」と批判している。しかし「高調にして趣味溢る、が如きもの」もあるが、無理に歌材を求め「耳障り多く」「近来たしかに悪しき方に変じたるが如し」と賛否を提示する。また鉄幹の歌が衰えて来たのは晶子の歌にかぶれて軟弱になり、平凡になったのだと愛惜している。一方で著者は鉄幹の真の詩人としての才能を認め、その才能を否定するのは鉄幹を嫉視する者だと言う。しかし近作は「真面目の気を失したるが如し」と、自省して「詩才を研磨し、濫作の弊を排し、最も真摯の気を以て詩文に対せよ」とあり、品性と詩作は「真面目に」勉めるべきだと結んでいる。「再び」においても鉄幹の才覚を認めながら晶子の影響で歌が低下したとくり返して書いているが、これは虎の鉄幹を紫の鉄幹に変えしめたという、かつての丈夫ぶりから手弱女ぶりへ移向したという一般的な見方を指したものか。

「与謝野晶子に与ふ」の項において、幼少から学事に志しながら「就中国学に通じ、読破幾千巻、造詣」深く、「明星」に歌文を載せ、その「思想の豊富、措辞の斬新」さは群を抜き、「才名忽ちにして海内に轟き、歌文の技はむしろ鉄幹に優れるものあり」と評している。「「昨年の秋」遊学のため上京し、「渋谷の新詩社」で鉄幹と同棲す」とある。「昨年の秋」とあるのは誤りで「昨夏」（6月14日）上京したのである。また『照魔鏡』が原因で妻林滝野の父は立腹して滝野を離縁させたと書いているのも誤解である。鉄幹と滝野の離縁の原因は明治三三年の秋、鉄幹が滝野の実家を訪ねた時に起こった滝野母子の与謝野家への入籍問題による。本書にある『文壇照魔鏡』云々は明治三四年三月一〇日に出版されたので、離縁話は『照魔鏡』以前のことである。

その妻とは「破鏡の嘆あり」と書かれてある。さらに本書の著者は妻に同情したが、晶子に対しては

足下、昨年の師走、人みな巷に急ぐの頃を以て遂にヅウ〳〵しくも鉄幹と合卺の式を挙げ、是れより与謝野の姓を公けにして恬然たり、足下等夫妻は是れを以て、宿年の恋を遂げたるものとなせり

とあって、彼らの恋はすべての「冷酷なる所置」を敢行し、「あらゆる嘲罵の声」の中にあって完遂させたもので、彼らの大胆、赤裸々の交情は「文明国の交際也、西洋流の夫婦也」と二人を皮肉っている。さらに

渠れ鉄幹が前妻の悲嘆は幾許ぞや、悪縁の児を抱いて、今日この頃や如何になしつゝある、思うて、ここに至れば、更に面識なき僕に於てすら、憐憫の情自ら禁じ能はざるものあり、而も足下等些の意に介するものなきか。晶子女史足下、夫れ人の妻を追ひ出して、己れその後釜に据はる、是れ裏店の七公熊公の噂に於て、猶ほ且つ寝覚めよろしからざるを覚ゆとかや

と口ぎたなく罵倒し「幾分の良心あらばその呵責を免かれざらんか」と激しく非難し、与謝野晶子の名をあげ、鉄幹の妻晶子と名乗り出すことを恥ずるならば、婦人として恕《ゆる》すべき点もあるが、それすらないから、文壇のため社会のために責めるべきだとも言っている。しかし晶子の「紅梅笠」（「明星」明35・1）の歌について

徒らに詞句の豊麗、措辞の円熟等の末技に過ぎずして、かの処女時代に於ける才気横溢の絶品は求めて之を得べくもあらず

と言って『みだれ髪』の歌二首（「歌にきけな誰れ野の花に紅き否《いな》むおもむきあるかな春罪《はるつみ》もつ子」（2）、「わかき子のこがれよりしは斧《ママ》のにほひ美妙《みめう》の御相《みさう》けふ身にしみぬ」（385））をあげている。このように著者は『みだれ髪』時代の晶子の才情を高く見ており、妻になるまでの晶子の行動を常識的に批判し、いま平凡な妻の座についた時点で、いかに

晶子の歌がつまらなくなったかを指摘している。こうした見解が『小扇』などに見られる「沈潜した」という評に繋がるのであろう。『公開状』では鉄幹や晶子の歌を誹謗しながら一方で『紫』や『みだれ髪』のころの歌を「霊腕絶品」とほめている。この書は醜聞めいているが、『照魔鏡』のような一方的な「讒誣」ではなく、個人攻めでも秘密出版でもなく、二人の長短所を客観的に公平に見ている。鉄幹・晶子を含む文人らに関わる一文であったために「明星」では特に反論していない。

㈢　鉄幹に対する同情

同年八月の「第参明星」第二号の冒頭にある「文芸雑俎」中の「鉄幹子を訪ふ」（紫翠）という、『公開状』と対照的な一文を藤村紫翠が発表した。これは鉄幹の生活、性格、労苦一切に関して同情的に見ている。

子は自己の才分を自信して、之を用ゐる事の余りに犀利で、信ずる事は必ず為さずんば止まずと云ふ意気、勇気、実行の上には、何人にも媚びず屈せず衒はずと云ふさまで有るから、正面から堂々と名乗を揚げて之に拮抗し得ぬ世の孑々《けつく》者流は、卑怯にも有り得べからざる譏搆《ママ》を以て四方から子を中傷暗撃した

とある。これは明らかに『照魔鏡』や『公開状』に書かれたことを念頭においての反論と言えよう。

その一文ではさらに『照魔鏡』の影響で「明星」は「一時に参千五百部の売高を減じ」、「其裏面の財政の苦痛は名状すべからざるものであつたらう」と書き、こうした危機を脱して「明星」を持続し得たのは「内には師友の援助と外には文芸界知名の士が報酬を忘れて真摯な助成を与へ」たことによるという鉄幹の言を伝えている。「読者も春来追々増して来たが、まだ完全に収支が償ふ所に到ら」ぬ現状を訴え、社友は三〇〇人近くだが、実際社費を納める人は三〇人前後だと言う。こうした数字には客観的な裏づけがないので判定し難い。鉄幹の性格について、

子を傲慢だの品行が如何《どう》だのと云ふのは、丸きり子に親炙した事の無い、唯だ世評を軽信した計りの人の思ひ

違ひで、さなくば前に述べた卑怯連中か、或は子に散々厄介を掛けて不義理をして、とう〳〵子の門に足踏みの成らぬ堕落書生輩が自己の非行を飾り掩ふが為めに、陰険にも不徳義にも忘恩にも、あべこべに子を悪しざまに言廻らす類ひである。

と言う。さらに新詩社の名簿を見ると、鉄幹の世話で歌を作るようになると詩人顔して寄りつかなくなる人がいるとも書かれている。他に新詩社を脱退した一條成美と『照魔鏡』との関連や、同年に出版された『魔詩人』や水野葉舟が後に書く小説「再会」（「新思潮」明41・1）などを見ても鉄幹の性格には人に反感を抱かせるような言動があったように思われる。さらに続けて

子ほど洒落なやうで案外神経質な、物事に気の附きすぎる、仕事は敏捷な、何人にも差別の無い親切な、必ず肺肝を吐露して清濁ともに人の前に掩はぬ、而も公私の別が厳格で歌の撰抜などは作を見て人を見ぬと云ふ様な人は誠に少いと思ふ。之が即ち子の社交に失敗の原因でま少し緩急機を見て、その気鋒を掩ひ、自己を衒ひ、或は大言し、或は巧言令色を遣り、詐謀を用ゐるやうな遣り方で有つたならば、子の門は必ず市を為す事でが《ママ》な《ママ》あらう。

と鉄幹の潔癖性を非常に強調している。彼は弟子たちに「遣りツぱなしな粗放遊惰な事をさせて置か無い、自身で掻い処へ手の届くやうに、埒の事も卒の事も遣つてのける、と言われていた」。しかしこうしたことが青年らには却って耐えられず、不始末をしながら恩を仇にして悪名を残す結果になるとあり、鉄幹を大変良心的に見ている。このように「明星」誌上には『公開状』と対峙して鉄幹を擁護する人もいたのは当然のことである。

㈣『文壇笑魔経』

『文壇笑魔経』は、明治三五年五月一九日、文星社発行で『文壇照魔鏡』と同音をもじった書であり、洒落と風

刺と批判をきかせた大向うの受けをねらったものである。著者は子規の弟子の阪井久良岐であり、鉄幹、晶子の作品を茶化して戯画化した内容である。本書の序に

『文壇笑魔経』と題しても、去る詩人の人身攻撃をヤラカス秘密出版など云う《ママ》、おつかなき者に非らず、只一ツ読者を烟に巻いて、腹の皮を撚らせやうと云う《ママ》、大した隠謀より外には、トント種仕掛の無い手品首尾よくまゐりましたなれば、一入のお慰み、何卒拍手喝采、あらんことを、ワンツウスリーシリピリー、ミリピホンとまじなッて置く者は例のへな翁

とある。「秘密出版」とは言う迄もなく前記の『文壇照魔鏡』のことである。本書中の「三月日記」の「十七」では、

春浅き長谷の仮居の梅日和裏の砂地に君角力とる

の歌をあげ、「余の歌を、明星カブレと同人が評したが余も大にカブレンとしてやツて見たが駄目の皮サ」だと言う。「トテモ意味曖昧、隠喩中毒症、新句法慢性加答児にはなれないだが余も何でも変化してヤレル丈やツて見る気になツたのだ」と言っている。右の歌は鉄幹の

春浅き道灌山の一つ茶屋に餅くふ書生袴つけたり（138頁参照）　（「読売新聞」明31・4・10）

を茶化したのであろうが、この歌は「明星」創刊の二年前の作であるから、明星カブレというより鉄幹カブレと言うべきであろう。同じく「十八」において「余も明星派のハイカラー隠喩流」は「短詩として適当なりや否や」と疑問を呈しながら「全く今の歌界から明星派の存在を抹殺して終まうことが出来ぬのみか、尚其変化と進歩とを盛にしたい」と厚意的である。さらに『文壇照魔鏡』について、同じく「十九」では、

鉄幹に対する人身攻撃で、直に其歌のなべてをまで非認しようとする人もあるが、ソレは大間違である余りにケツメドの狭い話で、余も成程其内容と感化の結果や其句法の弄奇に過ぎ、隠喩中毒を起してゐるのを賛成し

ないのみか、不絶攻撃してゐるけれど、思想界や文芸界に於ける多少自由と云う《ママ》ことは信じてゐる、と書いて、久良岐は個人的には鉄幹とその作品を好まないが、鉄幹を文壇から失墜させようとする意図はないと言い、「明星」の長短所を弁え「時代思想の要求が生んだ明星一派の詩を客観的に認容する度量を有しないでもない」と温和な姿勢を示している。また本書中の「文学花咲爺」では、鉄幹の『紫』を「欧米流行の珍本の体に倣」った歌集だと言っているが、『みだれ髪』については「『寝乱れ髪』の花と申しまいてこれも世に珍らしいアバズレの形」の歌集だと野卑な批評をしている。この他に、古人が、句またぎや腰折れを忌んで非常に戒めていたのに対して鉄幹の「詩句法の自我派の歌の多くは句またぎ」であり、晶子の歌はさらにひどくて「其ダラシのなさ加減、帯ひろ解けの女が、ズル〳〵着物を引ずつてぬかるみを歩むが如きもの」だと言っているが、「鉄幹の方はサスガに旧派の歌で叩き上げた丈あつて、タマには分かりのよい歌もあるが、時々大句またぎを平気でヤラレルには避易《ママ》する」とあるのは、二人が敢て短歌の韻律を崩してまでも新しい歌を作ろうとしたことに苦言を呈したものである。しかし昨今は、晶子の「着想の奇抜や艶ぽい所に」巻かれて模倣者が多いことを「馬鹿々々しい」と評している。これは「明星」派の、熱気とナルシスティックで官能的な体質を揶揄したのであろうか。さらに鉄幹、晶子の生活を本書中の「新詩人」の項にみると、

サスガは新派、畳と女房度々仕替へ　詩人には貸すもんぢやないと高利貸　日本を去る歌、アイヌ去つて見ろ
こらナニやなど先生真面目なり　一寸《ちよつと》、先生《せんせい》アラあなた、おほゝゝ　先生の惚《のろ》け弟子ども度々弱はり　媒《なか》人《うど》は僕がするよと引うける　アラ御飯《ごはん》今一首咏んで行きますわ　歌は達者だが綻びは埒明かず　歌を考へてゐる内ツイ焦《こ》げました　又今日も焦げを喰はすと詩人云ひ

と歌人夫婦の新世帯を冷笑し戯画化し、風刺している。阪井久良岐は子規の弟子で根岸派の人であり、かつての『文壇照魔鏡』が社会に与えたインパクトの強さを十分に理解していたから、この本を利用してさらに戯画的に川柳風

に鉄幹、晶子を中傷しようとしたものと言えようか。

(五)『魔詩人』

『魔詩人』は明治三五年一〇月五日、新声社より刊行した田口鏡次郎（本名、号は掬汀）の新作小説である。一五八頁、定価四〇銭。田口掬汀は『文壇照魔鏡』筆者の一人であることは後述する。一條成美画、定価三〇銭。「新声」八巻三号（明35・9）の表紙裏一面に

魔乎、人乎、筆に麗詞美辞を綴りて、心に豺狼の慾あり。詩人の好名辞に隠れて、処女を弄し、其財を奪ひ其色に飽く。心霊と肉躰とに傷を負うて秋風に泣く少女は果して幾人ぞ。嗚呼これ事実か、仮構か、知らず。唯見よ、著者流麗快暢の筆悪魔少女を虐するの状を描いて、躍々真に迫るものあるを。以て文壇の裏面に流るゝ暗潮の描写として見る可く、以て浅薄なる個人主義の浸染せる人物の描写として見る可く断じて近来稀に見る快絶の書!!十月一日発行

と広告されている。この中の「秋風に泣く少女」は、詩人天野詩星に唆かされて家出する美世子、実直な兄富蔵、美世子を誘惑する溝淵が登場。この小説は当時、鉄幹、晶子をモデルにしたという評判が立ったらしく、同年一〇月二九日付の鉄幹から小林天眠宛ての左の書簡はそれを裏づけている。

新声社は先きの悪書に満足せず　この度また〳〵小生等の事を構造して『魔詩人』と題する小説を公に致候。作者はやはり文壇照魔鏡の筆者の一人田口某に御坐候　乍去識者は　もはやかゝるもの、為めに動揺致すまじく候、若し小生の事を仕組みし之等の書が売行よろしくして新声社近々（事）の苦境が幾分にても救はれ候ならば寧ろ同社の為めに可賀候へども覚束なく候

とあり、ここでは『文壇照魔鏡』の筆者の一人を田口掬汀だと断定している。『照魔鏡』と新声社との結びつきは

深く、この本が新声社刊行であり、画が一條成美であることから新声社への不信を鉄幹は強めている。「新声」は三六年九月に代表者が代わっているので、鉄幹の言うように『魔詩人』の出たころは経営困難だったのかも知れない。新声社は多くの著書を出版しており、有力な支持者が多かったが常に「明星」を難ずる同人がいた。鉄幹は『魔詩人』について右の書簡では憤慨しているが「明星」では一切『魔詩人』について触れていない。

『魔詩人』中にでてくる天野詩星と美世子の言動は、鉄幹、晶子の理想に燃えていた若き日の姿や、新派和歌への憧憬を思わせる。『魔詩人』に展開されたテーマは明治三五年という「明星」全盛期であり、一般的には興味ある筋書であったであろう。当時世間を騒がせた鉄幹、晶子の恋愛を素材にして販売力を増し、利を得ようとした新声社の打算はともかく、掬汀は裁判で勝ったにも拘わらず『照魔鏡』で完全に失墜できなかった新詩社を一年半後に再び壊滅させるべく、本名を以て、公然と小説にしたのであろうか。小説だから鉄幹、晶子をスキャンダラスに描いているが、鉄幹は前記の天眠宛て書簡で、この小説について「識者」は動揺しないだろうと自信をもって書いている。こうした小説が「明星」隆盛期に出版されたことは、まさに二人の人気の証左であり、嫉視に外ならない。

『魔詩人』の中で、主人公天野詩星について

東京《とうきやう》の詩人《しじん》、旧套古形《きうたうこけい》の上塗《うはぬ》りに過ぎない我国詩《わがこくし》の憐《あは》れむべき形勢《けいせい》に憤激《ふんげき》して、欧米趣味《おうべいしゆみ》の詩想《しさう》を根底《こんてい》として新《あらた》なる詩形《しけい》を謳出《うたひだ》し、萎靡《ゐび》たる詩壇《しだん》に一生面《せいめん》を開《ひら》いたと云《い》ふので、文学界《ぶんがくかい》に名《な》の聞《きこ》えてゐる青年《せいねん》である。

とあり、さらに「年紀《とし》は廿六七の背《せい》の高《たか》い、色《いろ》の浅黒《あさぐろ》い肉豊《しゝゆた》かな眼《め》に険《けん》のある青年《せいねん》で、黄糸入《きいといり》の伊勢崎銘仙《いせざきめいせん》の袷《あはせ》に米琉《よねりう》の羽織《はおり》、白縮緬《しろちりめん》の兵児帯《へこおび》に細《ほそ》い銀鎖《ぎんぐさり》を搦《から》んで、象牙《ざうげ》の洋杖《すてつき》を突《つ》いて……」と書かれてある。小説に取材されている場所は銚子で、「土地《とち》の新聞《しんぶん》は『青年詩人《せいねんしじん》の来遊《らいいう》』と書きたてたので、何十人の「風流韻事《ふうりういんじ》に志《こころざし》ある」青年子女が集まった。その中にいた美世子に対し、詩星は「旅行先《たびさき》で貴女《あなた》のやうな天才《てんさい》に遇《あ》ふと云《い》ふのは、全《まつた》く奇縁《きえん》と云《い》ふものです」」と美世子をおだてる。このあたりは鉄幹の『紫』にある「あめつちに一人《ひりり》《ママ》の才《さい》とおもひしは浅かり

けるよ君に逢はぬ時（164）」に見られる晶子の才能賛美の思い入れが想起される。また詩星と美世子の間にバイロン、ハイネが話題となっていることは、鉄幹の詩にある「バイロンハイネの熱なきも」（「人を恋ふる歌」『鉄幹子』）や、晶子の「今宵こそハイネとふたりわがぬると友いひこしぬ星合の夜に」（「よしあし草」明32・9）にも通ずる。また詩星の甘言は、そのまま鉄幹の巧言のようでもある。小説では「来月頃《らいげつごろ》から雑誌《ざつし》を出《だ》す」ために上京すると詩星が言うと、美世子は一緒に行きたいとせがむ。詩星は女泣かせのセリフを吐く。また美世子の「女詩人気取」とか、「商家の娘は歌など詠むな」と言われていることとか、美世子の父が俳諧を好んでいたことも、晶子の父の俳句好きに通じ、美世子の兄に対する不服と母親の無理解は晶子の実際の兄、母にもそのまま通ずる。美世子が詩人をめざして上京したい旨を母に打明けると兄は激怒する。美世子は「美《うる》しい精神上《せいしんじやう》の生　涯《しやうがい》を送《おく》るなど、云《い》ふ高《たか》い趣味《しゅみ》は、帳場格子《ちやうばがうし》で生長《せいちやう》した兄様《にいさん》や、無教育《むけういく》のお母様《つかさん》など」に理解されぬと思い、「自分《じぶん》が天職《てんしよく》を果《は》たすためには「俗気《ぞつき》と衝　突《しようとつ》」しなければならぬと決意する。このあたりは、晶子の、上京前後の気持ちに近い。美世子は「稀《き》代《だい》の女詩人《ぢよしじん》なる栄冠《えいくわん》を戴《いたゞ》いて、我《わ》が新詩人《しんしじんし》詩星子《せいし》と、もに、美《うる》しい生活《せいくわつ》を」夢見、現実の「自分《じぶん》の家庭《かてい》が如何《いか》にも趣《おもむき》のない、冷硬《れいかう》で蕪雑《ぶさつ》で、砂漠《さばく》の」ように思い、一刻も早く抜け出したいと思う、とある。こうしたあたりは晶子出奔のころの心境をよく捉えている。

小説の筋書きにある詩星の言動は、まさに『照魔鏡』中の鉄幹への中傷、誹謗、罵言の内容をそのまま小説化したようである。主人公はその題名どおり、道義的には「魔詩人」であって、小説は金のために女を利用しては捨てるという詩星の生き方を描いているが、現実の鉄幹は晶子以前に二人の女性と関わり、それぞれに子供を儲けた後、別れている。この小説では別れ方がかなり残忍非道なものとして描かれているが、前記の『公開状』で書かれた滝野との別れについての記述にやや通う部分も見られる。常識では考えられない詩人の利己的な面が、この小説では強調されているが、これはあくまで小説であって多少、二人をモデルにしているところも見られるが、詩星ほど鉄幹は悪棘ではない。美世子や後に出てくる菊枝の性格の一面に晶子の言動がいささか見られる。『魔詩人』は『照魔鏡』『公開状』に次ぐ、第二の『照魔鏡』とも言えようか。

第三節　浪漫主義の始動

㈠　明治三四・五年の作品傾向――『みだれ髪』ブーム

「明星」三六年四月に発表された鉄幹の「昨年の短歌壇（下）」を参照しながら、三四、五年における鉄幹、晶子の活躍を見る。これによれば三五年は三四年ほどの激変はなかったが、「内部の着実なる進歩は驚くべき事実だと言い、『紫』『みだれ髪』を出版した歌壇は「万波一時に湧くの感が有ツた」「各々競ふて技を闘はした時代であったとある。これに比して三五年は「一部の歌集だに持た」ず「甚だ賑はぬ様であるが」とあるが、この年、鉄幹には二冊の著作がある。六月に『新派和歌大要』（詩歌文集）、一二月には『うもれ木』（詩歌集）を出版している。三四年の「騒乱」から三五年には「沈静に到達し得て初めて我等は快哉を叫ぶ」と見ている。

また三四年は「群雄四方に起るで」互に「功名を競ふて、幾多の摸倣新派歌人は幾多の似而非歌を公にし」「歌壇の革命熱の極点に達し」「一人の才人に十百の似非才人が附随して起つ」た。しかし、三五年には「真に実力のある者が最後の勝利を占めて、一時の虚名家や摸倣才人は到底新派和歌の堂に上る事の叶はぬ事が明白に成ツた」と言っている。革命熱の極頂に達した作品とは、言うまでもなく『みだれ髪』で、いわゆる『みだれ髪』調が三四年には沸騰し、鉄幹の言うように『みだれ髪』の似非歌や模倣歌が流行したが、三五年にはこうした域を脱して「独創」へ向かったとある。「独創の功を収めやうとする所から」「或者は主題を工夫し或者は詩形を工夫する」ために、他人の未開拓の所に着眼しようとしたために「思想の多種多量」になったことを指摘している。そして「あらゆるものを材料として綽々として歌ひ得る事を示した」と言っている。

次に恋愛においても「熱烈な一本調子のもの許では無い」「取材の多方面」を「頗る濶大で且つ鉄幹容」に歌ったとある。『みだれ髪』が喧騒轟々たる賛否両論を呼んだことは周知で、三五年には『みだれ髪』評が前年に続いて発表された。一方『紫』の評は出版直後に三回ほど載っただけで、『みだれ髪』ほどの人気はなかった。

三四年には、一月に『片破月』（薫園）、三月には『鉄幹子』、四月には『紫』、七月には『迦具土』（服部躬治）、八月には『みだれ髪』が刊行され、それぞれの歌集の批評も発表されている。これらの中でもっとも革新的で、多くの批評を得たのは『みだれ髪』であり、まさに「明星」歌風は『みだれ髪』によって復活したと言っても過言ではない。『みだれ髪』出版三ヶ月後の『へなづち集』によって『みだれ髪』の歌が狂歌風に諷刺され、その翌年には『みだれ髪』の歌を中心に新詩社の歌が『くさぶえ』『新派和歌辞典』に無断で転載される事件が起った（273〜275参照）。また誹謗、中傷の書として『叙景詩』『公開状』、諷刺の書として『文壇笑魔経』があった。鉄幹はさらに三四年の歌には晦渋の弊が多かったが、三五年になって隠喩を用いるようになり、晦渋の歌は殆どないように言っている。しかし晶子にはまだまだ難解歌が多かった。また三五年には三四年の「軽浮」の傾向はなくなって、「余り真面目になツ」て活気の失したことなどを書いている。

一方歌壇では晶子の歌を難じながらも、新詩社以外の誰もが歌壇の登竜門のように一応晶子の歌を模倣し、模倣し尽した後、厭きてそれぞれの個性を確立していく者が多かった。三四、五年という年はまさにその晶子短歌のピークであったと言えよう。後に「創作」創刊号（明43・3）の「詩集の印象」の中で前田夕暮は「『みだれ髪』と『まひる野』」と題して一文を書き、一番始めに手にしたのが『みだれ髪』で「大変な愛読者になつて仕舞つた」と記されている。中でも若い心にもっとも強く響いたのは『みだれ髪』の

歌にきけな誰れ野の花に紅き否《いな》むおもむきあるかな春罪《はるつみ》もつ子　(2)

やは肌のあつき血汐にふれも見でさびしからずや道を説く君　(26)

なにとなく君に待たるるここちして出でし花野の夕月夜かな　(75)

などだと言い、随分気に入った歌が多かった。旅した時も入院した時も『みだれ髪』を懐に入れていた、と書かれてある。これを見ても三四、五年ころいかに熱狂的に『みだれ髪』が愛読されたかが分かる。しかし夕暮の作品に『みだれ髪』模倣が出現したのは三七、八年ころであった。昭和になって夕暮は『明星』に対する悪夢のやうな現実的苦悩」にぶつかり、明治三四、五年ころの「明星」の影響を強く受けながら、そこから脱しようとしていたことを回想している（社前草社とその頃の思ひ出（3）「短歌研究」昭18・11）。また晶子調の夕暮の歌を「新声」にのせた柴舟も薫園も、牧水もみな「明星」の影響を受け、いわゆる『みだれ髪』調の強烈な刺戟に魅了された。自然主義歌人らの多くが、その始めに「明星」の洗礼を受けてきたことは避けられない事実であった。その後、それぞれ反省期に入って自己の歌風を確立して行った。新詩社同人の白秋も啄木も皆同様であった。それほど「明星」の旋風は下降しながらも歌壇を喧騒させ、それは三八、九年ころまで続いた。こうした「明星」への人気があったからこそ、無断転載事件が起こったとも言えよう。新派歌人と言っても、「短歌のみを唯一無上の詩とは見」ず「新体詩」「小説」「詩文の研究」と「創作」を「孜々として勉むる事が昨年に到ツて殊に著しく成ツた」と鉄幹は続けて書いている。それは歌人が短歌以外の文芸ジャンルに幅広く活躍していることを意味しているのである。

三五年になって特に鉄幹や晶子にも散文が多くなってきたのが目立つ。鉄幹は小説として「明星」には朝鮮を素材にした「開戦」（1月）「小刺客」（4月）、特異な素材の「海王百詩の跋」（10月）を載せ、晶子は「七日がたり」「浦物語」などの小説を載せている。他に二人は「少詩人」にも散文を掲載している。これらの晶子の物語は鉄幹に見るような新奇な素材ではなかったが、右のものは晶子の小説として初めての試みであった。晶子は始め、歌より小説や翻訳に心寄せていた（「女子文壇」明41・1）と書いていた。後に晶子は写実的な自伝小説を書くことになるが、すでに随想の中にも自伝的な傾向があった。例えば「明星」掲載の「わすれじ」（明33・10）、「朝寝髪」（明33・11）、「母の文」（明34・11）などがあった。三五年の「明星」には晶子の美文「はたち妻」「経机」、さらに鉄幹の「興来の時」も自伝的随想である。また朝鮮での政治的事件を素材にしたものとして「小天地」では「碧血録（上）」（明35・10）と「美事失敗」（明35・4〜5）を発表し、彼の朝鮮時代の生活の一端を見せている。この他、鉄幹は「歌話」、「評論」、「報道」、「余材」などを「明星」に発表し、晶子は美文「紅梅日記」に『みだれ髪』の歌の解説をしている。三五年の顕著な特色と言えば、韻文のみならず、散文、特に小説が掲載されたことで、その後の晶子は小説も書くようになる。しかし作家としてより、歌人としての才能の方が豊かであったことは言うまでもない。

(二)　鉄幹と晶子の俳句と歌

韻文として、長詩、短詩（短歌のこと）の他に、二人の共作の俳句「宵寝」が「少詩人」（明35・3）に発表され、これは後に二人の共著『毒草』（明37・5）に採られる（268〜269頁参照）。

盗人に春の寝姿見られけり　　鉄幹
盗人に宵寝の春を怨じけり　　晶子
妻がきぬ雛のきぬも盗まれぬ　　鉄幹
盗まれし紫繻子や節句の帯　　晶子

この句の虚実のほどは分からないが暗さが見られない。盗難の句としては余裕があり、明るさがある。盗まれたのは「春の寝姿」、と雛の着物、節句の帯なのだが、恨みがましさが見られない。二人の俳句はこれが初めてであるが、晶子は一句だけだが、以前に勝女の名で発表していた。

挨拶や長者よろこびの今年米　（「新声」明30・10）

まだ駿河屋にいたころのことで、何となく生活の匂いを漂わせている。

この年の一月の畿内遍歴が、その後の半年間の二人の作品に大きく影響し、「明星」にも新たな局面を見せることになる。一月の「明星」には鉄幹の歌はなく、晶子の「紅梅笠」六九首があり、その中『小扇』（明37・1）に三九首採られた。他に鉄幹は「国文学」に「若水」一〇首、晶子は「小柴舟」に「はかな雲」一〇首（「明星」明34・10既出）、「小天地」に「梅の室」一五首を発表している。一月の畿内旅行の折の古都を偲ぶ遊歴の歌は二月の「明星」にも続き、鉄幹の「舞の袖」三〇首、そのうち『うもれ木』に同題で二九首、晶子の「春雨傘」一五首中七首が『小扇』に採られた。以下（　）内の番号は鉄幹の『うもれ木』中の「舞の袖」二首、晶子の『小扇』中の「春雨傘」一首の歌番号である。

開眼《かいげん》の経《きやう》は行基《ぎやうき》の東大寺《とうだいぢ》聖武《しやうむ》の御宇《みよ》を遠しと思へ　（「舞の袖」82）

ものゝあはれ歌に知る身や世にもろきわれ頼政《よりまさ》の宇治を悲しむ　（右同　91）

梅にしのぶ頭巾なさけの水浅黄《みづあさぎ》浪速は闇の宵の曾根崎　（『小扇』90）

など史上の人物や場所を詠んで昔を偲んでいる。

三月の「明星」には鉄幹の歌はなく、晶子の「緋桃日記」二五首中一七首が『小扇』に採られた。一首左に掲ぐ。

春ゆふべそぼふる雨の大原や花に狐の睡《ぬ》る寂光院《じやくくわうゐん》　（47）

平家滅亡の悲劇の人、建礼門院を偲ばせる寂光院の「寂」によって静けさを表し、それを具体的に出したのが「花に狐の睡《ぬ》る」である。この月、晶子には「太平洋」の「春の夜」一四首中六首、「小天地」の「つれ傘」一五首中二首、「文芸界」の「白藤」一五首中一三首がそれぞれ同題で『小扇』に採られた。古典の発祥の地である畿内を旅した二人は、歴史的人物や事物に思いを馳せて自在に詠みこんだ。これらが根底にあってか、畿内旅行で得た古典的歴史的な歌は、翌三六年一月から発表される鉄幹の歴史的叙事詩「源九郎義経」や晶子の「玉の小櫛」などの作品へと展開していくこととなる。**四月**の「明星」には鉄幹の「独笑」一八首中一三首、「焦芽敗種」（署名は無眼禿奴）一三首は全部、それぞれ同題で『うもれ木』に採られた。晶子は「恋ごろも」三九首中『小扇』に一四首採られた。

二人は歴史への追慕と愛着の他に、彼らの日常生活をも歌い、鉄幹は晶子の姿を

鍋《なべ》洗ふと君いたましや井《ゐ》ぞ遠き戸は山吹の黄《き》を流す雨　（『うもれ木』40）

と愛情深い労りの心を色彩豊かな自然描写の中で歌っている。晶子はこの歌に応えるように

山ずみの深き井をくむ春のくれひと重山吹わが恋ごろも　（『小扇』51）

と愛情に満たされた田舎住い（渋谷村）を二人は美しく詠んでいる。

一方、鉄幹は詩「黄金向日葵」（「明星」明35・7）においても二人の生活を、帝王と姫の日々に仮託し、華麗に浪漫的に描いた。また「磯づたひ」（和泉国高師の海辺をさまよひて）においても鉄幹は「茅渟《ちぬ》の浦回《うらわ》の真珠《またま》、わが世に君を獲《え》たり。もろ手あげて誇らむや、猛者《もさ》はここに、ここに。」といずれも晶子を賛美している。さらに短詩において、晶子上京の姿を暗喩するように「おち椿」にたとえて鉄幹は

おち椿こゝろ無くてや流るべき追ひて来にける君が野の水　（『うもれ木』30）

と歌っている。「おち椿」とは三四年の早春の粟田山再会を想起させる二人の思い出に詠まれた花である（鶯に朝寒からぬ京の山おち椿ふむ人むつまじき『みだれ髪』130）。初句の「おち椿」は「明星」（明34・3）に発表された晶子の七九首の歌の題名でもある。それを踏まえて詠んだのであろう。

また師である直文に対して鉄幹は、

云《い》ふ勿《なか》れこの子識《こそし》りに動《だう》ぜずとかねて我師《わがし》が誨《をしへ》なるもの　（「独笑」）

と歌って師恩に謝し、世の誹謗に耐えた。そして自らの心情を

地ぞせばき片手《かたて》に圧《お》してほゝ笑まむ譏りに動く才《さい》の我世か　（『うもれ木』112）

と辛苦に立向かって微笑み、誹謗に対応できる才能のある自己を誇らかに歌っている。晶子の「恋ごろも」も暗澹とした歌はなく、このころ『小扇』に採られている歌を見ると、

春むかし夢に人見し京の山の湯の香に似たる丁子《ちやうじ》の小雨《こさめ》　（20）

枕それし昼のかりねの夢や夢恋する人に春雨ぞ降る　（3）

のように一首目の嫋々とした抒情が「京の山」によって青春の粟田山を回顧させ、二首目には王朝的雰囲気をも漂わせている。さらにまた

讃《さん》ぜむにおん名は知らず大男《おほをとこ》 花に吹かれておはす東大寺　（36）

など、仏を人間的に見るような歌もあり、全体として穏やかで明るい歌が並んでいる。

五月には鉄幹と晶子の歌はなく、**六月**の「明星」には鉄幹の「扇頭蛾眉」一五首中、『うもれ木』に一三首、晶子の「夏舟」二一首中『小扇』に八首採られた。**七月**の「明星」は鉄幹の歌はなく、晶子の「虞美人草」一六首は全部『小扇』に採られた。以下（　）内の数字は『小扇』の歌番号である。「虞美人草」の冒頭では

われと歌をわれといのちを忌むに似たり恋の小車絃《をぐるまいと》さらに巻け　（1）

と詠まれ、恋をすると、私と私の歌を、また私と私の命が削られるように思われる。それでも恋を募らせよ、と恋に危惧を感じながらも恋を理想的に見て肯定している。その一方で晶子は現実の生活を、

人泣かせてわれと泣かるる恨おほき里居《さとゐ》しぬればおとろへぬれば　（44）

と詠み、夫鉄幹との田舎住い（渋谷村）のやるせなさといらだちを歌っている。これとは裏腹に鉄幹との恋愛を通して自信を得、自らの恋、若さ、歌才を誇り、強い自己肯定の意識を明らかにした晶子は、

こぶるに笑み痛むるに恋よぶに歌かくて桂の葉にふさふ我　(125)

数《かず》の罪の名知らばとくに老いぬべきを長しと愛でし髪よ幾とせ　(2)

とも歌う。左の歌は『みだれ髪』やその他の自分の歌に対する自己評価の高さを誇示した歌である。

誰が集に誰が秀でし驕りなりしまして思へば去年《こぞ》の夏花　(132)

八月の「明星」には鉄幹の「妹が許」一〇首中『うもれ木』に七首、晶子の「空蟬」一〇首中『小扇』に二首採られた。「空蟬」に採られなかった晶子の歌に、

せめてもの愁の酔もやがて消えむ眼はわだつみをひろくさまよふ

君やわれやつかれて恋の緒は断たれず憂き闇ながう行かむとすらむ

なさけありて秀でし才《さい》のもぬけ殻《がら》に香をもとめよる君に泣く涙

がある。これらには、甘い新婚生活が醒めた後の、暗澹とした孤独感に身籠りながら味わわねばならない現実の不如意の中で断ちきれない未練などの、屈折した心理が痛々しくリアルに描かれている。「妹が許」で『うもれ木』に採られた鉄幹の歌に、

世は我にめかくしくはへ鞭くはへ火焔《ほのほ》あらしも幸《さち》と往かしむ　(29)

がある。晶子の醒めた現実認識に比べて、鉄幹の方はロマンティシズムとヒロイズムに支えられた現実意識に止まっているようである。八月の「国文学」掲載の「草戸」一五首中七首が『うもれ木』に採られた。『うもれ木』に採られなかった歌に、

ゆくりなく物は言ひしか宇治橋《うぢばし》に螢あたへて京へ別れけり

わかき人に恋のほむらもまじらでや螢よれとて草の戸に寝る

がある。ここには季節感と情緒の融和が見られ、そこに一種の艶な雰囲気が醸し出されている。こうした傾向は『紫』

以降の鉄幹のロマンティシズムをさらに、安定させ技巧に支えられて、質の高い抒情性が表示されるようになる。**九月**の「明星」では鉄幹の「（埋草）」二首、「長相思」一七首中『うもれ木』に一六首採られたが、晶子は「明星」に発表していず、また鉄幹は「小天地」に「君はしも」一五首中一三首が『うもれ木』に採られた。

一〇**月**の「明星」には鉄幹の歌はなく、晶子は「うつくし」一六首中一二首が『小扇』に採られた。一一**月**には二人の歌はなく、一二**月**の「明星」には鉄幹の「冬木立」九首中『うもれ木』に一首採られた。「（埋草）」二首あり。

(三)　鉄幹の登美子への慕情

この年の春の鉄幹の歌を「明星」（「独笑」明35・4）に見ると、これまでとやや趣の違う歌が見られる。

おのづから愁はきたるいかゞ追はむ鶩なくも懶《もの》うと聴く日　（『うもれ木』31）

ここには漠然とした憂愁の、払い難いものが感じられ、その原因が暗示されるような晶子の歌が、三ヶ月後の「明星」（「虞美人草」明35・7）に、

酔へる蝶は小百合のほかに花しらず幸《さち》あるかなや瞳《ひとみ》ちさき君　（『小扇』23）

が発表された。恋に酔っている蝶は小百合の他には花を知らない。そんな蝶は幸せだなあ。小百合しか目に入らない視野の狭いあなたは、という内容。「酔へる蝶」と「瞳《ひとみ》ちさき君」は同一の人で鉄幹を比喩したものか、また「蝶」が夢中になっている「小百合」が登美子の雅号を比喩していると考えると、右の晶子の歌から想像して、登美子に心寄せる鉄幹に対する辛辣な皮肉のように思われる。このような晶子の歌の背景には『みだれ髪』のころの登美子に対する同情とは違って、このころには登美子を嫉妬する歌が見え始めてきたことが分かる。一方、登美子の方は結婚寸前の「明星」一〇号（明34・1）の「もろかりし」に鉄幹との決別の悲傷を

わすれじなわすれたまはじさはいへど常のさびしき道ゆかむ身か
たえんまで泣きてもだえて指さきてかくては猶も人恋ひわたる
（『恋衣』18）

などと詠んでいる。これらはいずれも凄絶なまでの愛の告白であり、断ち切れない未練と哀切な吐露である。三四年四月、登美子は上京し、山川駐七郎と結婚して東京の牛込矢来町（現在の新宿区）に新居を構えた。この年には欠詠が多く、上京前月の一一号（明34・3）に一五首と上京後の一七号（明34・11）に一〇首、一八号（明34・12）に八首を断続的ながら「明星」に載せていた。一七号の「時雨傘」（明34・11）では、

おもひ出でておもひかへして鏡みてわが世忘れて人を求めし
世なればぞ尽きむ時あるあめつちに誰《たれ》かげろふの夢を訪ひ寄る
生きのびしこの一とせをうらみては野分の萩に袂かざせし

と歌う。一首目の「おもひ出」の人へのひたむきな思い、二首目は「夢」の中の人をひたすら思慕している。三首目の「萩」を晶子の雅号「白萩」とすれば自らの悲恋を傷みながら現在の晶子を「うら」む気持ちになるという女心が表れている。これらの登美子の歌は晶子の『みだれ髪』以降に発表されたものであることから、ここには鉄幹を巡る登美子の、晶子に抗する気持ちも汲みとれる。一八号（明34・12）の「袖頭巾」で登美子は、

春みじかく思はながきこむらさき片袖秘めて人よ放つな

と歌う。「こむらさき」から、この「人」に対して強い恋の思いをいつまでも秘めておいてほしいという内容となる。ここには鉄幹への登美子の熱い思いがあったと言えよう。一八号以後、登美子は一年半も欠詠している。それは胸部疾患の夫を看病し、その死を見取って、その後暫く保養していたためであろう。

以上三四年の登美子の歌を探ってみると、登美子の方が鉄幹に対して断ち切れない恋情を鉄幹より先に歌で発表していた。しかし、三五年になってから鉄幹の歌の方が登美子への激しい思いを発表するようになる。こうした二

年間にわたる鉄幹と登美子の恋情表白の経緯を見つめていた晶子は、前記の「酔へる蝶」と「小百合」を一首に詠みこんで皮肉の一発を鉄幹に放ったのである。これに応えるかのように鉄幹は「妹が許」（「明星」明35・8）で

痩せてねぬ怨女《あんぢよ》が閨の小《こ》うちはに這ひも啼くべき夜のきりぎりす　（『うもれ木』136）

と歌う。「痩せてねぬ怨女《あんぢよ》」とは、このころの妊婦晶子のやつれ姿を表しているのではないか。晶子はこの年の一一月一日、長男光の出産を控えており、妊娠後半期に入っていてやつれ姿になっている。しかも「怨女」とあるのは恨みがましい思いを抱く女のことで、ここに晶子の妬心に満ちた姿が想像される。痩せて寝た「怨女」はその閨で小うちわを使っているが、傍らに寄る者もいない。「怨女」に這ってきて啼くのは「夜のきりぎりす」だけだという歌である。侘しい女の、孤独な寝姿が描かれている。従って「怨女」を晶子とすれば、この恨みがましい思いは、鉄幹の登美子に対する慕情が原因で起こったと考えられよう。続けて翌月の「明星」九月号の「長相思」一七首の冒頭には明らかに一女性への恋慕の情を告白した歌がある。

百合ばなに君うれひてぞみだれ髪われ狂ひてぞ長き酒歌《さかうた》　（『うもれ木』1）

右の歌の「君うれひてぞみだれ髪」とは晶子のことで、この一首が端的に物語っているのは「百合ばな」つまり登美子を巡る二人の暗黙とした熾烈な葛藤である。また

君に往かでまたあめつちに門《かど》ありや百合がをしへし道の一すぢ　（『うもれ木』5）

がある。これはあなたの方へ行かないで、またこの世に訪うべき門があろうか。それは「白百合」つまり登美子へ向けての一筋の道だという歌で、登美子以外に愛する対象はいないという、高らかな愛の宣言と言えようか。共に「百合」という語を登美子に対する鉄幹の一途な恋慕と解した。この他に同誌には恋の歌が詠まれている。

人恋ひては今まろらかにあたゝかに我をめぐれるあめつちと見る　（『うもれ木』7）

君を追ひて二十万年こゝに見るわびて痩せては稀にこゝに見る　（右同　11）

思ひしみてふたりが胸に醸《か》みし酒ふたりが酔ふに誰しとがめむ　（右同　12）
君はしもなさけ燃えぬる火焔《ほのほ》の宮《みや》わが魂《たま》封じわれぞ門守《かども》る　（右同　13）
星は空に恋はわれらにまばゆけれや、似しもの、地なる火の山　（右同　14）

いずれも熱烈な恋歌である。「長相思」と同月の「小天地」掲載の「君はしも」一五首はその殆どが恋の歌であり、その「君」を登美子とすれば、これらは登美子に向けて捧げられた鉄幹の、恋の賛歌と言えよう。

ところで三五年は前述したように、「明星」が一年間にその名称をめまぐるしく変えた年であった。殊に三五年六月一五日に発行した「白百合」については、いかに誌面刷新を計る上とは言え、その名称変更は唐突の感を免れない。しかもその理由については一切記されていない。客観的に見ると、鉄幹の思いつきと独善としか考えられない。ただ一つ憶測されるのはこの年に鉄幹が登美子を対象として詠んだと想像される恋の歌がかなりまとまって発表されていることから「明星」を一回限りとは言え、「白百合」と命名したことを登美子の雅号「白百合」にひきつけて考えることができないだろうか。

一方、晶子は『みだれ髪』以降、自らの生き方の一端を示し、鉄幹との精神的に満たされた生活を謳歌した「武蔵野」（渋谷村）の歌や、ふたりの青春の記念すべき思い出の粟田山を回想した歌、幼時を懐かしむ歌、心の傷みを訴える母への慕情などがこの年に詠まれている。これらは三七年一月刊行の晶子の第二歌集『小扇』に多く採られているので後に述べることにする。

㈣　極貧に耐えて

三四年に続いて三五年も多事多難であったが、三五年の鉄幹の文学的活躍は続かず「明星」の赤字を打開するための労苦は容易ではなかった。こうした彼の生活態度や信念を如実に披瀝したのが、前記（「明星」二号 第参）の「鉄幹子を訪ふ」（紫翠）の一文である（283～284頁参照）。その中で貧しい生活を訴えた個所を考えてみる。「明星」発行以来「殆ど一枚の時服も作らず、酒食の交際は一切謝絶し」「形容するに忍びない」ほどの極貧の生活で、「薪炭の費」は勿論、月に何回かの湯銭にもこと欠くという鉄幹らの日常を記している。「関西文学」時代の友人であり、終生の後援者だった大阪の小林天眠が三四年一一月四日に初めて与謝野夫妻の渋谷の家を訪ねた時のことを晶子が日記に書いたと後に天眠に語った。それは「遠来のお客に、何か歓待したいが、新婚直後の与謝野家は極度の貧乏な時で、何物もない、せめてお茶でもと思うても、夫れもない、已むなく茶袋をつくりお茶の粉を入れて翌日お上げした」という逸話がある（晶子十三回忌に思ひ出を語る「雲珠」昭29・7　小林政治（天眠））。その後のことであろうか、明治三五年一〇月七日小林天眠宛ての鉄幹書簡にも、

たゞ残念なるは財政不如意のため恰も火山の上に立ちて活動するの感有之……。目下紙屋へ前月分の「明星」の用帋を払はねばならず荊妻が本月の分娩用の費用も要し次には「明星」出版費不足の為め秋、冬の夫妻の衣服一切典物と致候などのお恥しき義につき其等の衣服も三四枚は引き出し度く……

（天眠文庫蔵『与謝野寛晶子書簡集』）

と書き、手形の割引きを依頼している。その後の同月二九日付書簡では、天眠からの送金で滞納していた「明星」の印刷費などを済ませ、残金で家賃米炭代を払い、二人の秋冬の着料も質受し、生まるべき小児の産着その他を用意し「こは一に大兄の御懇情に依り候事と両人とも毎日のやうに申し合ひをり候」と絶大な謝意を表している。このような貧しい生活の中にあっても、二人はまったく貧しさを歌っていない。鉄幹は歴史的回顧と世への抵抗を示し、晶子は王朝的夢幻境への徘徊を様々に歌い、まったく現実の貧困生活の惨めさには触れていない。彼らのあばら屋を、「詩歌の聖なる」と表し、そこに

籠《こも》るは如何に大《おほ》いなる　懸想《けさう》の驕りか、名の栄《はえ》か、　詩歌《しいか》の富《とみ》か、この三つの　幸《さち》の像《すがた》と仰ぐ花や。

と豪放な詩情を鉄幹は詠んでいて、貧しさの片鱗すら見せていない。ここに彼らの現実を超えたロマンティシズムがあり、芸術至上主義があった。こうした現実超克の詩精神が時には歴史上の人物への憧憬となって、三六年への展開を示すのである。

（黄金向日葵「明星」明35・7）

第四節　鉄幹の作品

(一)『新派和歌大要』

(1) 体　裁

鉄幹の『新派和歌大要』は明治三五年六月一八日、東京神田区鍛冶町十番地の大学舘から刊行。一七三頁、四六判、縦一八・八、横一二・五センチの体裁、定価二五銭。本書の「はしがき」によれば「友人栗島狭衣君、自らわが座談の筆記と詩稿とを輯めて、新派和歌大要と題し」とある。従って栗島の意向が強かったが、それを「軽諾」して印刷した結果「整然たり」「わが述作の実質その美名に伴はず、慚愧の至なり」と栗島の編集に恐縮している。これにより狭衣編集の鉄幹の詩歌文集であることが分かる。鉄幹の歌二八六首に晶子四四首が加わっている。そのうち「ひと夜語」六六首は一首ごとに「絵師」「僧」「女」などと人を題にして鉄幹一九首、晶子二五首、平塚紫袖二二首が交互に配され、そこには『みだれ髪』の物語的な構成が見られる歌もある。『みだれ髪』刊行から一年足らずのせいか、そうした世界をさらに作り上げている感じである。

これは狭衣の意向であったか、歌は明治三〇年五月三一日の「読売新聞」から三四年一〇月の「明星」までの歌が掲載され、そのうち三〇年から三二年代の歌は一一五首、三三年代の歌はなく三四年代の歌は一三七首である。初出不明歌は五首だが、平塚紫袖の歌と「渋谷日記」中の初出不明歌は除く。『鉄幹子』既出の歌は二首、『紫』既出の歌は九首、集中の歌で同一歌は一〇首である。

(2) 内　容

「一、詩とは如何なるものぞ」から「七、歌壇の衰頽」までと「九、新詩形」には初出がないので、右の「はしがき」にある「わが座談の筆記」を狭衣が載せたものと推察される。「八、新派の起原（和歌壇の革命）」は初出が判明しており、「談話」と明記している。ここには正岡子規批判もあるが、「国詩の改良」の必要性を強調した人たちの名をあげ、「亡国の音」や浅香社設立当時、渡韓、『東西南北』『天地玄黄』などのころを回顧している。「九、新詩形」ではかなり強硬に自説をアピールしている。新詩社の歌は「第一に内容が違ひ、第二に従来の和歌に無き新語、新語脈、新修辞法を用」いるので「奇怪なる感も起る」故に理解されないと言う。「余等の短詩」は「詩人の素質ある人」でなければ「作り難きもの」と自信満々である。「十、新詩評釈」は「明星」掲載の「鉄幹歌話」の三回分を載せ、その（一）は明治三四年七月、（二）は九月、（三）は一〇月までが分載されているが、その後も「明星」掲載の「鉄幹歌話」は続く。（四）は一二月、（五）は三五年二月、（六）は三月、（七）は五月で終わる。翌三六年は「問答」という形で「女学世界」に鉄幹二回、晶子一回掲載する。

その後は「十一、新詩集」には短歌「虹影」七三首、「金桂」三五首、詩「赤裸裸歌」四連、「夏草」四連、「昨夜の君」四連、「嘔血行」五連、短歌「ふるあはせ」一一二首、詩「画賛」、「戯贈」、「寒月孤影」一四連、「梅花」三連、ここまでは鉄幹の作品だが、「ひと夜語」六六首は、前記したとおりである。「虹影」「金桂」は『紫』以降の作であるが、「虹影」は特に『みだれ髪』の内容と重なる。例えば粟田山回想の歌として

40かたへ梅かたへ竹なる戸の寒さ人まちわびてゆふべ歌なき

の歌は『みだれ髪』の「なつかしの湯の香梅が香山の宿の板戸によりて人まちし闇（243）」と呼応している。また晶子上京後、二人の京都嵯峨行きを鉄幹は『新派和歌大要』に、

20 みづいろの絽蚊帳の裾の紅《あけ》二尺おさへてやらじ嵯峨の夜の神

23 竹にねしはそよ嵯峨の夏人ここに奈良のふるさと水色のきぬ

28 嵯峨の水にくちなし染の裳のかをり宵ときめきの夏の御神よ

などと詠み、一首目は『みだれ髪』の「14 水にねし嵯峨の大堰《おほゐ》のひと夜神《よがみ》絽蚊帳《ろがや》の裾の歌ひめたまへ」に呼応し、二首目も『みだれ髪』の「162 明くる夜の河はばひろき嵯峨の欄《らん》きぬ水色の二人《ふたり》の夏よ」などに呼応している。三首目の下句は晶子のときめき輝く表情を表している。またすでに述べたが『文壇照魔鏡』を想起させる歌に

13 われ似ずや上羽《うはゞ》みなから血に染みて春の入日にかへりこし鳩

14 よわき鳩のそれ期《ご》せる征矢さりながら弓とる子らのあまりかしこげ

などがあり、妻滝野との間の子との別れの辛さを

12 きよき乳や児のいさましき朝啼《あさなき》やさいへさびしき別れの車

と歌い、「きよき」「いさましき」の言葉の背後に妻子に対する名状しがたい辛い思いと愛児に対する親としての哀切と寂寥感が漂っている。また上京直後の晶子の様子を

36 いつの春かわかきけなげの一人子《ひとりご》をもてあましたる国のちひさき

59 武蔵野にとる手たよげの草月夜かくてもつよく京を出できや

など、すでに述べたが（240・242頁参照）、晶子上京直後、そして『みだれ髪』出版後の鉄幹の複雑な思いが伝わってくる。「金桂」は二人の幸せ一杯な生活が美しく詠まれている。左にあげる

105 美しう悔知らぬ子の笑みを見よ我ぞ我名を踏みて墜ちにし

113ここにして稀なる笑みの二人見つ武蔵出づるに誇らしの河

と歌っているが、その他に『みだれ髪』的な気配のある歌も見られ、前記した「ひと夜語」も同様である。

これらとは対照的な歌は『紫』以前の歌を集めた「ふるあはせ」（明30～32）一一二首と「高麗旧都歌」（明31）一七首である。つまり「明星」以前の歌なので、右にあげた歌とはまったく傾向が違う。これは「新派和歌の沿革」を知るために「旧派に属すべき旧作」を入れるべきという前記の狭衣の意向に従ったものと思われる。例えば

143ねたる児の学校服のかくしより菫《すみれ》こぼれ出でぬ年は八つと云ふ　（「読売新聞」明31・4・10）

261一たびは富士の雪をもてらしけむこまの都のもち月のかげ　（「反省雑誌」明31・12）

など、新派の歌とは雲泥の差がある。両極の歌を出すことで、新しい歌のもつ意味を強調しようとしたものか。

詩は「赤裸裸歌」が長篇ですでに「明星」や「片袖」に、本書にも掲載された。三四年の作なので意気軒昂とした新派の作である。「否、否、　世を挙げて皆敵するも　昂然として立ち　猛然として戦ひ　悠然として進軍の曲を奏す　あ、君さならずや　これ大丈夫の事」と歌う。本集の詩の中で会心の作と言える。『紫』の中にあった「日本を去る歌」ほどに強烈ではないが、熱血の人鉄幹を思わせる点では通ずるものがある。

最後の「渋谷日記」（三四年作）は、「九月一、四、七、八、十、十二、十六、廿五日」の鉄幹と晶子合作の美文調の歌日記である。現実は貧しい生活であろうが、『みだれ髪』刊行前後の、悲喜交々の二人の生活が垣間見られる。「武蔵野に沿へる渋谷の里ずまひ、ここも秋に候」から始まる。

㉖人痩せて色なき髪のみだれ髪渋谷の秋を歌とひますな　晶子

273武蔵野に乱れ興がる秋の鬢人よこの朝なに花つまむ　鉄幹

など、当時の渋谷の自然や人事がリアルにロマンティックに描かれ、新婚の生活が偲ばれる。

『新派和歌大要』は新旧渾然とした歌文がある一方で、和歌革新の意気の高揚した詩も見られたが、二人の全作

品を通して異色な編集であったことは、繰り返して言うが、栗島の見解も入っていたことからやむを得なかったのであろう。まだ『みだれ髪』の強い香気が多分に残っており、鉄幹自身も『紫』の雰囲気を残しながらも、いつの間にか『みだれ髪』に同化した感を免れ得ない。

一般的に本書は歌論書だと見られてきたが、内容は歌物語風なところもあり、様々なジャンルをもつ書であることと、「明星」隆昌の多事多難な時期の作でもあり、鉄幹の単独の書でないので内容が散漫、多様で他の詩歌集に比べてやや異なった趣や配列があったことは忌めない。

(二)『うもれ木』

(1) 体裁

鉄幹の『うもれ木』は明治三五年一二月三〇日、東京市日本橋区本町の博文館より刊行。定価二五銭、体裁は菊半截型、縦一五・二、横一一センチ。表紙は濃い臙脂紫一色の地味な紙装。金文字で中央に「うもれ木」とあり、その右に「与謝野鉄幹作」、左に「美文　小説」と「短歌　新体詩」が二行に付され、それがそのまま扉にも記されている。これらはすべて楷書である。次頁には藤島武二筆の「天平の面影」と題する美女の全身像がある。次の二頁にわたる一文は「拝啓『明星』の精神は恋愛と光栄なるべく看視いたし候」から始まり、末尾に「信濃毎日新聞社にて　山路弥吉」とあって、その裏面に「……嘗て愛山山路先生が、わが同人の雑誌『明星』のために寄せられたる一文……」と鉄幹が説明している。

本文は小説三篇で初出はみな「明星」、美文は二篇、長詩一三篇、短詩六篇で全歌一六八首である。そのうち三首は巻末にあって初出不明であるが、一六五首は初出判明である。重複した歌はないが『新派和歌大要』の歌が五〇首も再掲されている。本集出版後の三六年一月の「明星」掲載の詩「枕上花瓶賦」が長詩の最後に載せられている。

⑵ 内　容

㈠ 小　説

「小刺客」は本集冒頭にあり、四四頁にわたる小説。初出は「第弐明星」（明35・4）で同題である。山口少年の「僕」と、僕に英語を教える「露国公使館の一等書記官」の秋本司馬太とその「先生」が登場。朝鮮街の地図を広げるとか、爆裂弾を取り出すとか、「王妃閔」とか、「外《ぐわい》部大臣」とかいう語で何となく「僕」の果すべきことが想像され、明治二八年一〇月八日に起こった閔妃殺害事件に関わり、新露派の閔妃政権崩壊が「是《これ》で先《ま》づ朝鮮に露西亜《ろしあ》の砲台も出来ず、露西亜の兵隊も来ず、……」とあるように、このあたりのことを小説にしたものか。この事件のあったころ、鉄幹は在韓しており、当時の朝鮮の国情や状況を『東西南北』や『天地玄黄』『鉄幹子』に作品として多く残していたことから、それらを素材にしたものと思われる。全体として冗漫で、「僕」の成す目的が複雑で余りはっきりしない。当時の日韓関係は歴史的には興味があるが、恐らく具体的なことは鮮明に書けなかったのかも知れない。

次の「海王百詩の跋」は三八頁にわたる小説。初出は「第参明星」（明35・10）で同題である。

われはいま、更に進み闘《たゝか》はむとす。更に進み闘《たゝか》はむとす。

と、まさに闘争開始のスローガンから始まる。これは「明治三十八年の当時なりき」とあって日露戦争を回想しているように書いているが、この一文は明治三五年に書かれていることから矛盾を感ずる。そこには「政府反対党」とか「非戦論者」の少数の人が「政府攻撃」の有力な好資料を以て『嗚呼《あゝ》無能なる同盟国』と題する一書を秘密出版したことで「反対党の名士」の多くが憲兵に捕縛されたと書かれている。小説中のその秘密出版をした印刷所の工員であった「われ」は「無職」になり、苦労を重ねていた時に「男子終身日本に帰らざる決心あらば世界無比の富者と成るべき事業を与へむ」という新聞記事を見た。その発信者は「創世史《さうせいし》の第一頁」を開いた「我海洋王陛下《わがかいようわうへいか》」

だと分かり、その人の「絶高絶美《ぜつかうぜつび》の真意義を」「われ」は「体読力行《たいどくりよくかう》」して「始めて自己の不死」を知り得たと書かれている。その陛下は一八歳の眉目秀麗な少年にして「聡明《さうめい》」「大威厳《だいゐげん》」のあることに「われ」は驚くが、陛下の話の内容は充実し「われ」の職業を聞かれて答えると、陛下は「海洋には虚位《きよい》を擁《えう》して人民を奴隷視する帝王なし」「宇宙を支配するものは我等」とか「赤裸々なる人間の本性を発揮し得《う》る所は海洋」だとか「我等が行《ゆ》いて領とすべきは海洋にあらずして何処《いづこ》ぞや」と語る陛下の言葉こそが鉄幹の言わずにいられなかった至言であった。それは新詩社がめざした天上界、つまり理想郷が小説中の陛下の言う「海洋」なのである。また「われ」の職業に対しても「その技術は君《きみ》が生命《せいめい》なり、武器なり」と励ます陛下の言も個性を生かす鉄幹の生き方そのものである。陛下は「われ」に「君が恋する少女の名は」と聞かれて答えると「よし、大《おほひ》によし。さらば今日は」と言って別れた。

このあたりは鉄幹の恋愛至上をこのような形で表現している。その後、

　永き海洋の生活に入《い》りぬ。我《わが》王陛下の御製《ぎよせい》この『海王百詩《かいわうひやくし》』の第一篇より第七篇に於て、しばしば用ゐ給へ
　る船の名にして、

とあり、その船とは「王立博物館」にあった「十九世紀式の風帆船《ほまへせん》『明星丸』で、「淼々《びよう〳〵》たる紺青色の緒帆《おほ》わだつみの上に悠然として浮びぬ」とあり、その船に乗った多種の職業の人たち「七百九人」は「何《いづ》れもわれらが海洋国の始祖《しそ》たる人々なり」とある。陛下一八歳から七五歳までの間に「百篇を完成し給ひしこの御製《ぎよせい》三万ペイヂの大冊《たいさつ》『海王百詩』」について「われ」は「世界の人の驚き」とか「世界の至宝なる御製百篇」と讃える。この「百詩」の「字を拾ひ、字を植ゑ、印刷し、製本するの名誉を担《にな》」ったのが「われら」であった。

「陸上」を見捨てて海洋に出たものはみな報酬を受け「われ」は「爵位」を得た。海洋生活の長きにみな老朽し「われ」の妻も逝き「われ」も体が弱っているが「更に々々新たなる生《せい》に進み闘《たゝか》はむ」意気込みは「うらわかき同職の子らに打交《うちまじ》りつゝ」この「海王百詩」は完成された。

本書は五七年かけて陛下が詠まれた「御製」を「われ」が妻や他の職工たちで印刷したことに向けて

あなかしこ、か丶る昔がたりをも巻《まき》のすゑに植ゑぬ。

と書いているように「海王百詩」の跋文なのである。「われ」は「生れて文《ふみ》かくすべ習はぬ」自分に「か丶る詞《ことば》つゞくるも」陛下のおかげと感謝し、この「百詩」の「感化」の偉大なことを記して終わる。長い跋文だが「海王百詩」に盛られた様々な思想こそ、陛下の言葉こそが「明星」のめざす理想郷であった。このような形で内容豊富な展開の中に新詩杜のあり方が具体的に示され、躍動感も覚えて自ずと鉄幹が二重写しとなって、その一途な求道心も見えてくる。

「蝶ものがたり」は前の二篇の小説に比べて短い。初出は「第参明星」（明35・10）で、同題である。九歳の、眼の美しい娘と蝶に関わる果敢ない夢物語である。

(ロ)　美文　美文は二篇あってまず「掌中記」には一二首があげられ、その一首ごとに題をつけて文章を載せている。そのうち『うもれ木』へ七首、『紫』へ四首、『東西南北』へ一首が採られている。まず、『うもれ木』の歌をあげる。（　）内の数字は『うもれ木』掲載の歌番号である。

33 果敢《はか》なげの怨語《かごと》言ひ解くすべ知らず我《わ》れや情《なさ》けの人に足《た》らぬ秋《あき》　「かごと」
46 頷《うなづ》きて秋《あき》の野《の》かへる近江《あふみ》の人なさけ此世《このよ》にうら若《わか》いかな　「帰客」
65 森の秋に沈《ぢん》の樹《き》朽《く》ちて香を見《み》たり嗚呼《あゝ》たゞ人は闇《やみ》に倒《たを》る丶　「呪咀」
62 如何《いか》なればふと亡《な》き親《おや》は追憶《しの》ばる丶ゆらぎて往《ゆ》くよ野《の》の名無し水　「父母」
113 世《よ》の秋《あき》にわが師わが友《とも》つらからず歌《うた》には幼な道に笑む今　「師友」
115 一たびは男子《をのこ》の笑《ゑ》みに我を見《み》て人小《ひとち》さいかな戸にはぐれたり　「少年」
116 聖《せい》の甕《かめ》に神の封じの才《さい》ゆりて夕《ゆふべ》の歌《うた》の酒と溢《あふ》る丶　「興来の時」

次に『紫』掲載の歌で（　）内の数字は『紫』の歌番号である。

わが歌《うた》を悪しと云ふ人世《ひとよ》にあるに朝《あした》うれしき夕《ゆふべ》さびしき　（156）「過渡期」
わりなくも寒き厨《くりや》の掛穽《かけわな》に落《お》ちし鼠《ねづみ》をうらやむ思　（120）「木がらし」
詩に痩《や》せて恋《こひ》なき宿世《すくせ》さてて《ママ》も似たり年《とし》は我《われ》より四つ下の友　（15）「行く春」
しら梅《うめ》の夕《ゆふべ》のしづく苔《こけ》にしみてふと覚《さ》めまさむ母《はゝ》ならばとも　（116）「浄光寺」

もう一首は『東西南北』掲載の歌で、（　）内の数字は『東西南北』の歌番号である。

韓山《からやま》に秋《あき》かぜ立つや太刀なでてわれおもふこと無きにしもあらず　（49）「孔徳里」

『みだれ髪』時代、渋谷の生活等々、中には過去の「明星」に掲載された文章を文中に折り込んだりしている部分もある。師友、登美子のこと、父母など歌文の形式で書いている。これまでの鉄幹の足跡を辿るには必要な資料である。右の歌はみな『うもれ木』の「掌中記」記載のまま掲載した。

次の「埋木」は四篇の美文である。（一）「金糸雀の窓」には俳句に関して碧梧桐、虚子、子規、この他に「明星」、泣菫、雅子、やす子などについて書き、最後に二羽の金糸雀の籠の置いてある窓の下で書いたとある。（二）「木村鷹太郎様」は「埋木と申し候名なし市女《いちめ》」が鷹太郎に宛てた形式をとり、鷹太郎の博識、業績を披露している。（三）「春待つ人」には前田林外、晶子、登美子、幸田露伴、馬場孤蝶などが登場。（四）「みじか夜」には泉鏡花、森鷗外、大塚楠緒子、赤門、早稲田、救世軍、永田町、鳩山夫人などのことが出てくる。全体として内容がまとまらず、散漫な感じである。

(ハ) **長詩と短詩**　長詩一三篇のうち晶子に関わるものを見ていく。目次の順に見る。「黄金ひぐるま」（都にちかき里ずみの姫の歌へる）八連の詩の冒頭にある「姫」とは、晶子を美化した表現であろう。まさに詩歌の殿上に君臨しているような存在として捉えている。「磯づたひ」（和泉国高師の浜をさまよひて作る）では「茅淳《ちぬ》の浦回《うらわ》の真珠《またま》わが世に君を得たり　双手《もろで》あげて誇らむや」と、ここでも晶子との恋を誇り、讃じている。「武蔵野」では「湯《ゆ》の水汲《く》むと　ゆふべ老婆《ばあや》の手助《てだす》け　松の葉くべ杉の葉くべ　かざす手額《ぬか》に煙《けぶりさ》避けて　姉様《ねいさん》かぶり艶《えん》なるや　なれぬ里居《さとゐ》の君《きみ》二十《はたち》」と渋谷村で生活している晶子を捉えている。この詩は鉄幹の「片袖」第一集（明34・9）に発表している。「鶯の籠を窓に移して作る」では「いたいけに美《うつ》くしう　誇《ほこ》るは妻《め》ぞ若《わか》き……　苦吟《くぎん》の歌の小半紙《こばんし》に　落ちにけるかな妻《つま》がさし櫛《ぐし》」と若妻を誇り、艶なる歌妻晶子を歌う。「わがなげき」では詩人には「黄金《こがね》そなへて伸《の》さしめよ　この子が才をあたらこの　稀《け》有《う》なる才を伸《の》さしめよ……手とらむ妻《つま》はかなしくも　灯《ほ》かげにいそぐ秋袷《あきあはせ》……」と晶子を詠み、さらに貧しい詩人に金を与え、才能を伸ばせよと念じている。これはまさに自画像と言えよう。この他に源義朝の嫡子「悪源太」や、泣菫を歌った「枕上花瓶賦」もあり、全体として暗いが、詩人としての自負は強い。「長相思」一八首の中の

1 百合ばなに君うれひてぞみだれ髪われ狂ひてぞ長き酒歌《さかうた》

5 君に往かでまたあめつちに門《かど》ありや百合がをしへし道の一すぢ

の「百合」は登美子であり、この二歌についてすでに述べたので省く（300頁参照）。このころの登美子も晶子も新婚であったが、鉄幹は二人に思慕の情を寄せ、殆どが恋歌である。さらに歌う。

15 かならずよ詩はのちびとにおごるべし恋はむかしを慕ひて死なむ

16 天地《あめつち》にあこがれやりしわがこゝろあつめてよりて恋の緒にする

詩に対する自負と驕慢、そして憧れ心が恋を生む、という自己への確信と矜持に満ちている。「長相思」には潑剌とした若き息吹が漂い、恋に満喫し歓喜に溢れた鉄幹の生命力が伝わってくる。

「夏草」においても著しく登美子に心寄せる。

35 これや昔わかきマリヤとあらはれし霊《れい》のわかれか白百合の花

などの歌が集中に採られている。他に「百合」を詠んだ歌に

28百合の香にあま戸そとくる露の朝夢かのさまの蝶と人と見る

何となく登美子の雰囲気を漂わせている幻想的な歌である。ここには他に嘗ての晶子の青春を思わせる「30おち椿こゝろ無くてや流るべき追ひて来にける君が野の水」や上京した晶子を労る思いを「42武蔵野にとる手たよげの草月夜《くさづきよ》かくてもつよく京を出できや」や晶子の日常生活をいとおしんで「40鍋《なべ》洗ふと君いたましや井《ゐ》ぞ遠き戸は山吹の黄《き》を流す雨」と鉄幹は歌っている。これらはみな既出である（242・295頁参照）。他に

23春ばなになさけ染めたる歌の君を草の武蔵の戸にこもらする

24人ぞおごる今宵《こよひ》快楽《けらく》の夢のにほひこき紫の虹のおもひ子

29世は我にめかくしくはへ鞭くはへ火焔《ほのほ》あらしも幸《さち》と往かしむ

などがある。一首目の上句、二首目の下句に晶子が暗示され、三首目の三句以下に勇者の鉄幹を思わせる。

49こゝにして稀《まれ》なる笑みの二人《ふたり》見つ武蔵いづるに誇らしの河

ここには渋谷の生活に、この上ない幸せと誇りを抱く鉄幹の肯定的な生き方が見られる。

「舞の袖」は添書にあるように三四年の暮から正月にかけての鉄幹と晶子と小島烏水の畿内旅行の歌（264～266頁参照）で、天王寺、藤井寺、道明寺、東大寺、春日などを歌い、父母の墓参の歌に

92われひそかに山の墓なる親に恥ぢず悪しき名負ひて京をも過《よ》ぎる

93京に入りて妻《つま》とさゝぐる墓のしきみ親讃《おやさん》ずるに歌なほ足らぬ

などがある。鉄幹の両親の墓参の歌は前年に出た『紫』や『みだれ髪』にも詠まれている。

「無眼禿奴」には添書に「苛責すること数日」という言葉から、自らの内面を

101微笑《ほゝゑ》みて念仏《ねぶつ》しきりに果てましき或《あるひ》は母や知りておはせし

106たまたまに菩提うたがふ身となりつ先づ天地《あめつち》にわが掌《て》あはさる

110思ひ屈《く》して額《ぬか》に手あて、書くや歌うれし七日《なぬか》をわれいつはらぬ

などと歌い、ここには恋や驕りの人間臭はなく、仏と共にある鉄幹の敬虔さが見られる。

「里唄」には詩才の豊かさを誇る勝者としての鉄幹の抱負を感ずる。

112地ぞせばき片手《かたて》に圧《お》してほゝ笑まむ譏りに動く才《さい》の我世か

116聖《せい》の甕《かめ》に神の封じの才《さい》ゆりて夕の歌の酒とあふるる

118わが歌は御園《みその》に乾《か》れし蝶の片羽《かたは》彩《あや》ありと見ば天《あめ》を讃《たゝ》へよ

など、一首目は世の誹謗にも動ぜずわが才を誇り、二首目は神から与えられた才能に慢心し、三首目は自分の歌への自信を天のものとして讃じている。既出の歌だが、晶子上京後の鉄幹の逡巡した思いを「135いつの春かわかきけなげのひとり子をもてあましたる国の小《ちひ》さき」や妊婦の晶子を皮肉った「136痩せてねぬ怨女《えんぢよ》が閨の小《こ》うちはに這ひも啼くべき夜のきりぎりす」がある。これらの歌についてすでに述べてきたので説明は省く。

「扇頭蛾眉」は、この年の五月の信越の旅の歌で、浅間、碓氷、佐久、千曲川、佐渡などを歌う。

143浅間の神《かみ》富士を招《せう》ずる巌榻《いはどこ》と妙義《めうぎ》千とせに天聳《あまそゝ》りたつ

144巌裂《いはさ》きて若葉点《てん》ずる二十六碓水《うすひ》の夏をかしと踰《こ》ゆる（碓水《ママ》の洞道二十六門あり）

165濃《こ》むらさき我世いま見る佐渡すみれ摘みて家なる君が詩問はむ

（わが国の産にて丈たかく花の大きさにして、ことに色こきは、初めて佐渡にて見たる菫なり。）

など個人的な交遊の場として詠んでいるが、同じ旅行詠でも「舞の袖」は歴史的な見地から歌っている。

以上『うもれ木』の全般について大略を述べてきたが、内容はかなり濃密である。「明星」の発展途上にありながら鉄幹の作品として高く評価されなかった。前年が『みだれ髪』で人気をよび、その前に『紫』も出て新詩社は

前進したのだが、『うもれ木』と晶子の第二歌集『小扇』は内容が充実していて歌は勝れているが、全体として当時も今もあまり評価されていないのは惜しい。

これまで鉄幹も晶子も一つの歌集、また二つの歌集にいくつか重複している歌があったが、『うもれ木』では五一首も重複している。また他の歌集から再出している歌も見られた。五一首とは余りにも多い。当時は緩慢のせいもあってか、こういう事実に対して殆ど問題になっていない。二人は多忙のためか間に合わせのつもりでしたものか。あるいは再度世に示して評価してもらいたかったものか、いずれにせよ、重複の多い作品は勝れているとは言い難い。

第四章　明治三六年（寛30歳・晶子25歳）

第一節　「明星」の新しい試み

(一) 国詩的傾向――古典的傾向の歌と歴史的長篇叙事詩

前年における「明星」の鉄幹・晶子の歌には、関西から畿内の旅で得た歴史への回顧や感慨を史跡に求めて歌う傾向が見られた。前年に詠んだ「開眼《かいげん》の経は行基《ぎようき》の東大寺聖武《しやうむ》の御代《みよ》を遠しと思へ」（「明星」明35・2　鉄幹）に引き続いて三六年になっても古典の人物や場面を素材にした歌が二人に詠まれた。鉄幹は三月の「明星」掲載の「藪椿」二〇首中『毒草』に一六首採られた。その中で、

いささかの白髪《しらが》は見ゆれ業平《なりひら》に或《ある》は肖《に》つとも啓《けい》させ給へ　(33)（以下傍点は筆者）

京にして九郎が得たる静《しづか》かと古りぬる旅の日記《にき》おどろしき　(38)

と詠み、晶子は四月の「黄金扉《こがねど》」三五首中二九首が『小扇』に採られた。その中で、

したしむは定家《ていか》が撰《え》りし歌の御代式子《しきし》の内親王《みこ》は古りしおん姉　(232)

と詠んでいる。こうした傾向の歌は比較的少ないが、この年の二人の短歌の特色の一つと考えられる。

この年の「明星」では一月から歴史的長篇叙事詩「叙事長詩源九郎義経」が鉄幹と平木白星、前田林外の三人合作と

して前年の「明星」に予告された。この年の九月には森鷗外の『長宗我部信親』、一〇月には山崎紫紅の『日蓮上人』が刊行され、一一月の「白百合」には平木白星の「叙事長詩日本武尊」が掲載された。いずれも歴史的長篇叙事詩である。これらの中で『日蓮上人』についての批評が一一月の「明星」に大きく取り上げられ、また「叙事長詩源九郎義経」の合評も何回か掲載されたことを考えると、このころの「明星」は日露戦争の前年であることから戦争ムードのある国民的感情を十分に認識していたことが分かる。前年の鉄幹は様々な企画を立てて実行したが、期待どおりにならなかった。そのためか、この年になって資金のかからない長篇叙事詩を以て「明星」の新たな局面を「叙事長詩源九郎義経」の合作に期待したが、企画した一二篇どおりにはいかなかった。

「叙事長詩源九郎義経」については（『続明治文学史』（中）本間久雄　昭40・4）林外の直話によるとこれは林外の発案で、一二篇の各篇を林外一人で作詩するつもりで白星に語ったことが鉄幹に伝わり、三人合作になったとある。また林外はバイロンの「チャイルド・ハロルド」やプーシキンの「オネギン」からヒントを得、従来日本には長篇の叙事詩がなかったので、これらに比すべき長篇を作成したいと思っていたことも鉄幹に語ったこともある。さらに「叙事長詩源九郎義経」が一〇篇で中断されたのは、鉄幹と白星がこの作を中心として意見が合わず感情的になったためだと林外が語ったともある。一方、鉄幹側の言い分として滝沢秋暁あての明治三六年九月二一日の鉄幹書簡に白星のことを「小心者にて校正が悪るかりしの悪口云はれし評を載せし」ことを「怒」って「向ふより『義経』は合作を断念す」と言ってきたことを伝えている。つまり両人の主張が噛み合わなかったようである。その後白星は林外、御風と共に新詩社を脱退するが、それ以前には「明星」を舞台にして活躍し、鉄幹が出していた「片袖」第三集（明35・3）には長篇叙事詩「心中おさよ新七」を独占発表し、韻文朗読会も白星が主力となっていた。

鉄幹は常に新奇なものを「明星」に採り入れて発展を図るが殆ど長続きしない。さらに「叙事長詩日本武尊」一〇篇の合作を企てたが、一一月の「明星」に掲載されたのは八篇で、この中に晶子の「玉の小櫛」が入っている。一一月号には翌月残りの二篇を掲載すると予告したが実際は「明星」に鉄幹の「叙事長詩日本武尊　哀歌」一篇のみが一二月号の冒頭に掲載され九篇で終り、これも予告どおりにならなかった。このようにいつも大きく報道して尻切れの結末を繰り返すのは、鉄幹の性格もあるが、資金面の不如意もあったであろう。「叙事長詩源九郎義経」の作成に当たって前年一二月の「明星」の五一頁一面に予告を出していた。しかし実際には一二篇のうち、（一）（二）（三）は三六年一月、（四）は四月、（五）（六）は五月、（七）（八）（九）は八月号に掲載され、その後は中止となった。前年の「明星」の予告にある「我国に叙事詩を創始すること」とは、鉄幹の誇大な宣伝であるが、珍奇で斬新な感じを読者に与えようとしたのであろう。

「叙事長詩源九郎義経」（一）（二）（三）に対する「明星」掲載の批評を二月号に見ると「恰好な愉快な」「この破天荒な長篇の大成を見る事が出来れば確に詩壇の一事業は遂行せられた」と言っており、「感興、情思、才分、趣味、閲歴、修養の各方面を異にして居る三氏」が「同一の主人公を題とし……整然乱れざる、統一ある、目的通りの大作を完成し得る」かと疑惑を抱いており、一方では合作を競争製作と見て、「全篇は不統一の悪作に終るとも、各篇個々の上に各作家の力量を比較して観る事」が読者の「主な目的に成りはせぬか」と杞憂を述べている。三篇のうち「修辞に於ては『おひたち』が最すぐれ、『幻境』が最も粗笨」とある。そして「鉄幹氏が古文字を駆使する事の穏妥なるに比して、一段白星氏の漢語の智識に乏しい」ことを指摘し、三篇それぞれを具体的に批評しているが、「おひたち」では特に詳しく述べ「鉄幹子の近来の佳作」と賞している。『源九郎義経』については「新詩社の大頭連が渾身の精力を振つた作」として認め、さらに「以上三篇とも暴評悪言をいふもの、最難の叙事詩をこれほどまてに漕ぎつけた腕前は見てやらねばなるまい。妄評多罪」で結んでいる。右の評のようにそれぞれの力量に応じて作品に優劣の差異はあっても、「明星」における新しい詩作であり、当時の詩壇に新奇な登場として瞠目すべき叙事長詩であったと言えよう。

（四）の鉄幹作の「訂盟」に対して五月の「明星」では、前の三篇が七五調で、「派手で濃厚でくどい方で」あったが、この篇は「調は万葉体の五七」調で「趣は地味《ぢみ》で淡泊で極浅《ママ》さつりして居る」と言い、「おひたち」に比べると「まるで別人の手」のやうだと言っている。「おひたち」における格調の迫力と重厚さ、人物構成の如実適格な描出に比して「訂盟」は単長、平易で詩的感動が薄い。これは前田翠渓の言うように「材に適当すべく」作者が故意に仕組んだものと言えよう。前者の方に渾身の力を入れ、後者で一息ついたような変化を見せている点がかえって全体として効果的であったと思う。（七）（八）（九）を最後に八月の未完で終わっているが、これら三篇に対する批評は滝沢秋暁の「源九郎義経を読む」が九月号の「明星」に掲載された。

「新詩社まるだしの衒気で、凝りに凝つたるや、思ひさま架空に思ひさま荒唐に、力の限り実在を離れた、謂はんば突飛の頂上」と評し、さらに義経という人物を「より多く事蹟の花々しい……多才、多情、殊には其の無謀に近い位の、類ひ稀なる勇気」と見て「どうしても鉄幹や白星やの人々の為に、新らしいローマンスに製造しかへさるべきもの」と見ている。「『盛衰記』や『義経記』を捏ねかへ」す「今様調」から脱し、

大体展開のしかたが警抜で、不可思議で、先づ読者を目睁口呆せしむるところへ、其の措辞が、わるくハイカラな癖に、寂びた、くすんだ、どうも云はれぬオンモリした古色をもつて居る具合、三人が三人、作者にそれ〴〵特色はあるもの、、不思議に呼吸の合つたところなど、

と賞し、特に「『剣の旅』は流石鉄幹である」と絶讃し、また「いづれも旨すぎるほど旨い」と言っているが、「首《はじめ》の『此処は津の国住の江』は、なんだか種彦の正本でも読むやうで感心出来ぬ」と批判している。以上、鉄幹についての批評は特に好評であった。

すでに日清戦争後は国民感情の昂揚により歴史的長篇叙事詩が多く謳われた。その後一〇年経た日露戦争の前年、「明星」に多く載せられた歴史的長篇叙事詩は、「叙事長詩源九郎義経」を始めとして、歴史を作者のイメージによっ

て美化し、そこに作者の心情を仮託したものであった。しかしそこには国家観念を強調しようとする意図は見られない。さらに「叙事長詩源九郎義経」は「明星」最大企画の一つとして重要であったが、翻って鉄幹と合作をした林外、白星の新詩社脱退という結末を招いたことは新詩社にとって大きなマイナスになったか、否か分からない。

(二) 一夜百首会――「結び字」

この年の一〇月の「明星」に「一夜百首会」と題する晶子の一文が初めて掲載された。それを見ると、「九月のまとゐを十二三日頃にし給へ……」という相馬御風の便りから始まり「その日は翌日の日曜を見こしての徹夜に、我等に例なき一夜百首の競《くら》べせむ」と書いている。その末尾に「(十三日午後晶子記)」とあり、その後に大井蒼梧一四首(絶句四首含む)、平野吊影八首(絶句一首含む)、茅野暮雨七首あり、最後に「(残れるは次号に)」とある。出席者は「桜翠、蒼梧、御風、吊影、暮雨、文三、水外、伏也の君達」に鉄幹と晶子の一〇人。これは同人たちが競詠するために「一人ごとに十種の結び字を出して、やがて百首の数に」とある。ここにある「結び字」とは、歌中に入れて詠む言葉を言い、その言葉から触発されるイメージを自在に広げて歌うのである。文中には鉄幹の「瑠璃、さすらひ、火、こほろぎ……」、吊影の「昼舟、風……」、暮雨の「うすねずみ、影……」、晶子の「男の名五つ、女の名五つ――」等々があげられている。「結び字は合せて七十種、早く詠み尽したらむ者は、更に同じ字を二首三首よみて百首に満てむなど」と書いているが、実際には徹夜した朝、読み上げたのは

吊影様四十五首、暮雨様三十首、伏也様二十七首、萍花様二十五首、蒼梧様六十三首、あるじの君三十五首、われ三十首。蒼梧様第一、吊影様第二とぞ云ふなる。

とあって、必ずしも百首作らねばならぬことでもないようである。

競詠の場を「いとせわしげに、人々の心は皆一秒をも無益にせじと、髪も逆立たむ計りに見ゆ」とか「苦吟のな

かに心の張りゆるみて、眠気次等《ママ》に催し」てくるので「目洗ひなどし」て、「畳の上に俯伏《うつぶし》に筆と」る者、晶子は「眼はあきながら」居眠りし「彼方の間に寝させし児の夜啼きに驚きて、蚊帳くぐり横に添乳はす」るが、「さすがに児につれて眠りも入らぬは、をみなには罪ふかき負けじ心なるべし……六時に夜はほがらかに明けぬ」とあり、まさに徹夜の百首会である。主婦の晶子は皆の朝飯の準備にかかる。栗飯に豆腐の味噌汁、鉄幹も「浴衣着《ゆかたぎ》の腕まくり」して手伝う。それぞれの歌数は少ないが、質はいつもの詠草より勝れたものが多い、と言ってさらに

　競争と云ふことの斯かる験《げん》あるを思へば、一夜百首また即興の遊戯にはあらじとのたまふ。げに年頃珍しきまとゐなりし

とある。一一月の「明星」では「一夜百首会（前号につゞく）」と題して松原萍花七首、姫河原伏也三首、鉄幹二三首を、一二月には同題で晶子一八首が掲載され、一首ごとに「結び字」が付されている。翌年一月の「明星」には、

　自らをよしとたたへし百首歌《ひやくしゆうた》あかずおぼさばかずそへ給へ　（『毒草』16　晶子）

と歌う。新詩社における「一夜百首会」の名は、その後「徹宵会」とか、時には「五十首会」とも言われた。三八年一月七日の金田一京助宛て啄木書簡では五日の新詩社の新年会での百首会の様子を

　めづらしくも上田敏・馬場孤蝶・蒲原有明・石井柏亭などの面々も出席、女子大学よりは「恋衣」の山川登美子・増田まさ子のお二方見え候ひき。

と伝えている。二七、八名出席したが「夜に入りて大方は散会」とあって

　残つたる主人夫妻と、山川・増田の二女史、蒼梧・万里・茅野蕭々と小生と八人にて徹宵吟会を催し……二時頃より、終日の舌戦の労ありたるためか、蕭々先づたふれ、主人たふれ、蒼梧たふれ、隣室の秀様泣き出したるに晶子女史も座を立たれて残れるは四人、それも暁に一時間許りは息ひ申候

と徹宵会の様子を伝えている。その後の新詩社の歌会では「結び字」を必ず用いることは晶子没後も守り続けられ

ていた。この「結び字」について晶子は後に『歌の作りやう』（大4・12）で詳述している。晶子の一文や啄木の書簡にもあるように徹夜で百首を作ることで同人意識は高まって心の連繫も強くしていた。この会は競詠により、才を磨き合う場として新詩社が残した文化的催しの一つであったとも言える。

この一年を見ると、鉄幹・晶子の「明星」発表の歌数が前年に比べて減っているのは、二人とも前年同様に詩歌や評論などの文学ジャンルに意欲を燃やしていたためであろうか。このころの晶子は長男光の初産（明35・11・1）間もない時期にあったため、鉄幹の方が活躍していた。鉄幹は、この年の新年号の表紙に

本号は紙数を倍して諸家苦心の稿を満載し　新春文壇の一大異彩たらしむ

とスローガンを掲げ意欲のほどを示したが、実際に頁数が増刷されているのは新年号と一一月号のみであった。

総じてこの年は、鉄幹・晶子、そして「明星」への誹謗、中傷の多かった三四、五年に比べて、白星、林外、御風の脱退があったが、比較的平穏な年であり、二人にとって一時的な安らぎの年であったと言えよう。

第二節　鉄幹・晶子の作品傾向

㈠　短歌（登美子の歌も含む）

前年には登美子を巡って鉄幹・晶子の心理的な葛藤が色濃く歌われていた。しかしこの年になると、そうした内容の歌は変化を見せ、二人は別の方向へ歩み始めることとなる。一**月**の「明星」には晶子の歌はなく、鉄幹の「明星」の歌は「若ければ」一首、「春草」三首。「文芸界」に歌文「春のひと（八首含む）」、「国文学」の「そぞろごと」一五首中、八首が『毒草』に採られた。左の四首のうち一首を除いてみな拾遺の歌である。

真珠《またま》しき百合うゑしきてねがはくはひとりの君を地にかしづきて
高ければ美くしければ燃えぬれば言ふすべ知らずしばし君とぞ
さづからず我とわびぬる我なれば死ぬる怖れじ石にもたれて
めしひにてものも言ふなとすゑられし石ならなくに地よ黙《もだ》し居《を》る　(103)

一首目に詠まれている「百合」を前年に引きつぐ鉄幹の心情として登美子を比喩したと解すれば、登美子に対する絶対的とも言える神聖な愛の誓いを詠んだ歌と言える。二、三首も登美子への一途な恋慕の情を切々と表白している。四首目は、恋に盲目になっているために妻晶子の怒りに触れて恐しく、ただ沈黙している状態を表している。

「そぞろごと」で『毒草』に採られた歌をあげる。

なになれば名なき野花《のばな》のうらがれもわがはらからの傷みに似たる　(78)

「わがはらから」を新詩社同人の登美子とすれば、哀れな枯花までも登美子の心の傷みのように思われる。これは一体どういうわけなのか、という登美子との悲しい恋を歌った。さらに

あめつちにたゞ二人なる恋もせむひがみて怖ぢて人に堕ちめや　(76)

この世で登美子との崇高な恋愛を貫きたくてもそれは叶わず、晶子との現実生活にひがみや怖れを感じながら、ありふれた日常生活に堕ちていくという一抹の諦念を抱いているのであろうか。また「そぞろごと」の最後の歌に

はらからの嫉みの神もさうぞきて恋の春笛とりて来ましぬ　(77)

とあるのは、恋の勝利者である「嫉みの神」が麗々しく着飾って恋の曲を高らかに奏でながらやってきたという内容。「嫉みの神」を、これまでの鉄幹の「めしひにて」や78・76の歌を念頭において、晶子を比喩したとすれば、晶子に対する痛烈な皮肉を詠んだことになる。これを以て登美子への恋歌を公にしないと暗に誓ったものか。

二月の「明星」にも晶子の歌はない。鉄幹は他の同人らと合同の「をとめ椿」一三首中、『毒草』に八首採られ

た。他に鉄幹は「文芸界」に「幻想」二二首を掲載、そのうち三首が『毒草』に採られた。

「明星」三月号に、鉄幹は「藪椿」二〇首、その中一六首が『毒草』に、晶子は「朝寝髪」一五首、その中一三首が『小扇』に採られた。鉄幹はこれまでの複雑な内面の揺れから、平板で趣味性の豊かな歌に転換させている。

「藪椿」の歌で『毒草』に採られた歌に

聴法《ちやうぼふ》や龍女《りうによ》もまじりおはす夜か横川《よかは》は鐘にしら梅のちる　(31)
むらさきの御袈裟《みけさ》かづきて僧都《そうづ》らがまろ寝よろしき春の大原　(39)

など古典的な地名や雰囲気のある傾向の歌になっている。一方、晶子の歌には前年に引き継ぎ、青春の華やぎと生命力の溢れる強い韻きがある。『小扇』に採られた「朝寝髪」の歌を見る。

あゝ驕り高華《あで》なる人にやどる思むねに溢る、我と見けらし　(220)
その胸よ春の香しみしわがいのち宝《たから》とするにせまかりけらし　(222)
祝ひたまへ少女が春の価おほしわかる、期《ご》ある人の名秘むる　(224)

など、前年に見るような屈折した心境から脱し、明るくダイナミックな心情がうかがわれる。
四月の「明星」には鉄幹の歌は「金翅」二首があり、そのうち一首は『毒草』に採られた。晶子には「黄金扉《こがねど》」三五首があり、二九首が『小扇』に採られた。題名が示すように、この一連には絢爛華麗な雰囲気が漂い、前月を上回るほどのエネルギッシュで自在な作風が見られる。例えば

こしかたやわれおのづから額《ぬか》くだる謂はばこの恋巨人《きよじん》のすがた　(233)
歌なきはわれあめつちに君を得て恋を恋ひしにあらざる故か　(234)
恋するに持つも要なきつよき力すて、桂の根をこやしませ　(237)
緋芍薬《ひしやくやく》さしますま毒をうけしより友のうらやむ花となりにき　(257)

恋しては王者をよぶに力わびず龍馬《りうめ》きたると春のかぜ聴く　(259)

などがある。これらには過剰なほどの自己肯定と恋愛への美化が歌われている。五首目の歌は、恋に全能の力があり、例えば春風をきいても、そこに「龍馬《りうめ》」がきたと感受できるという内容。この歌は恋をする者の自信を称えたもので、この歌は「そぞろごと」(「国文学」明36・1)に載った鉄幹の「はらからの嫉みの神もさうぞきて恋の春笛とりて来ましぬ」(323頁参照)への返歌と解すこともできようか。つまり鉄幹の皮肉と揶揄に対してそれを上回るプライドの強さとスケールの大きさで、さらりと躱す余裕が晶子にはあった。まさに自己肯定の絶頂と言えよう。

このような強烈な肯定意識の裏には、しかし逆に漠然とした不安やそこはかとない自信のなさが胚胎していたのであろうことも考えられる。その一端を覗かせたと思われる「黄金扉」の歌に

をしへ給へ永劫《えうがふ》笑まぬ君かとぞ問ひなば石はためらふまじか　(246)

ひとつ身をわれのみ罪に召すものか御意《みい》か聖旨《みむね》か今日《けふ》かれし才　(250)

などがある。ここには夫婦間の感情の齟齬や歌才への一抹の不安や自らのうちに湧く情炎に身も細るような思いを詠み、ふと洩れる人間的な弱みさえ覗かせている。

『みだれ髪』刊行(明34・8)の翌九月からこの月(明36・4)までの晶子の歌の多くは第二歌集『小扇』に収録された。この歌集は難解歌が多いことで、近年まで顧みられる機会が非常に少なかった。拙著『小扇全釈』(昭63・11　八木書店)を試みたので、詳細は該書を参照されたい。

「明星」**五月**に鉄幹の「病榻小詩」三〇首があるが、そのうち二八首が『毒草』に採られた。晶子はこの五月から八月まで歌をどこにも発表していない。右の三〇首中、病中の歌は一四首である。この病気について鉄幹は「明星」七月号の「涼榻茶話」で

私の病症は肺患で無く、全く脳の貧血と定まりし《ママ》た、……貧血で弱ツて居る上に先月来小児が病気で、其の介

抱の為《た》め毎夜睡眠不足が続いた故《せい》で、益々神経が衰弱して頓と筆をば執る気に成りかねます。

と書いている。これにより鉄幹の病気は神経性のものだと分かる。『毒草』に採られた「病榻小詩」の歌をあげる。

病《やまひ》こそ高き窓なれ観るによし世やは小《ちひ》さき我《われ》や大《おほ》いなる　(47)

病みぬれば人もかわゆし我も欲《ほ》し熱き涙の流れぬるかな　(50)

病める身は戦ひ負《ま》けし城のあとのこる瓦か才かれし歌　(53)

これらを見ると多分にムード的な甘さが漂い、表現とは裏腹に歌の内容は軽く言葉がやや空疎で形骸化している。「明星」**六月**号には、鉄幹の「古金泥」二六首があり、そのうち二一首が『毒草』に採られた。ここには詞書として「此年初夏、碎雨、清乱、晶子諸人と、畿内紀伊等の旅にて得たる詩巻、その一」と添えられ、「古金泥」は旅行詠であることが分かる。この旅行の目的は清話会を催すことであった。同号社告冒頭には「去月十五日大阪に於ける本社清話会……」とあるが、同社告には「九日に博覧会を観、翌日は早天より清話会に参席致し候」と日程が記され、さらに同社告には「翌日」の「夜」、鉄幹は社友と別れ晶子の実家のある和泉へ向かった、とある。同じ旅に同伴した晶子はすでに五月三日から実家に逗留していたのである。こうした事情から前記の清話会が一五日であったことは考えにくい。翌七月号の「涼榻茶話」中の「関西新詩社清話会」には同会が五月一〇日にあった旨が詳細に書かれているところから、この会が五月一五日とあるのは誤記で五月一〇日と考えられよう。六月に鉄幹には「太陽」の「大和舞」があり、七首中六首が『毒草』に採られた。「古金泥」は畿内の名所を訪ねて、その歴史を偲び、大らかな格調の高い調べの中に古代人と一体化したかのような情感を叙情的に描いた一連である。『毒草』に採られた歌をあげる。

奈良によきは朱《しゆ》の宮かこむ杉木立舞殿《まひどの》うづむ古代《こだい》しらぎぬ　(117)

春日野の躑躅《つゝじ》がなかに車すゑ待《ま》ため今かも憶良等の来む　(123)

清き夜や春日《かすが》の神馬《しんめ》翼《はね》生ひて紀伊に行く夜か星ひろごれる（橋本駅に宿る）(124)（傍点は筆者）

三ヶ月前の「藪椿」一連と比較すると、同じく歴史的素材を詠みながら作品の質が高く、のびやかで張りのある佳作が多い。「古金泥」のさいごの一首は他の歌とは趣が異なって鉄幹の個人的な激しい感情が託されている。これを左にあげる。

南出でて紀の海こがす火の潮に乗りて来けらしわが恋の翅《はね》（傍点は筆者）

これは南にある紀伊から大阪へ向けて恐らくは船で帰路を辿ったであろう折の歌か。ここに歌われた恋情は並々ならぬものである。「古金泥」所収の「明星」六月号社告末尾には

山川とみ子氏は去月中旬大阪に旅行し、目下若狭に帰省中に候

と消息が伝えられている。これを以て見ると、鉄幹と登美子はほぼ同じころ、大阪にいただろうことが考えられ、鉄幹は登美子の存在を意識して右の歌にある「紀の海こがす火の潮」と詠んで燃える思いを発散したのであろう。同年初頭の鉄幹の「白百合」に関わる歌を思い合わせると、右の恋の歌が登美子に向けられたものであるように想像される。しかし鉄幹と登美子がこのころ、会ったか否かは、右の社告にある日程だけでは想像するのは難しい。ただこの歌には奔放なまでの恋情の告白がうかがわれ、ここに消しがたい鉄幹の心情が素直に吐露されている。

「明星」**七月**号には鉄幹の「新扇」一首あるのみで晶子の歌はない。しかしこの号には山川登美子が一年七ヶ月ぶりで、しかも夫没後初めて「夢うつつ（去年よりひとり地にいきながらへて）」一〇首を発表している。

この「夢うつつ」について直木孝次郎が「山川登美子『夢うつつ』について——挽歌と相聞のあいだ——上中下」（「房」昭61・11、62・1）に詳述している。すでに竹西寛子が『山川登美子』（昭60・10）でこれら一〇首がみな亡夫への哀傷歌ではないようだという疑問を呈していたことに賛同した直木はそれらを資料的に解明している。直木は「夢うつつ」という題名について、この語が『伊勢物語』において「重大な密通をイメージすることば」である

ことを指摘し、一〇首全体が「夫への挽歌の形をとりながら、実は思い人鉄幹への相聞」であろうと推定している。このことについて考え、「夢うつつ」の歌を見る。

虹もまた消えゆくものかわがためにこの地この空恋は残るに　(62)

待つにあらず待たぬにあらぬ夕かげに人の御車《みくるま》ただなつかしむ　(64)

今の我に世なく神なくほとけなし運命《さだめ》するどき斧ふるひ来よ　(65)

一首目は私が生きるために恋はこの世にあるのに、それは虹のように消えてしまうのかという内容。二首目はそれとなく人の来訪を待つ思い。三首目は自らの運命を呪う歌。右の三首に詠まれた登美子の心情はかなり振幅が大きく、発表されたのは夫が没して半年後のことであってみれば、当時の登美子が孤独と寂寥の中で自らの運命を嘆き、心の拠り所を歌に求めていたことは当然であろう。従ってそれを鉄幹への思慕と重ねようとする竹西・直木説には納得し難い。また

帰り来む御魂と聞かば凍る夜の千夜《ちよ》も御墓の石いだかまし　(『恋衣』67)

を見ても直木はこの一首について、鉄幹への愛を亡夫に懺悔する登美子の心情として解しているが、これは聊か無理な見解であろう。慟哭しても尽きぬほどの妻の哀切極まりない思いを告白したと考えられる。

「明星」**八月**号に鉄幹の「星夜」五首（六号字）がある。これはみな『毒草』に採られた。この月には晶子の歌はない。

「明星」**九月**号の鉄幹の「かたわ車」（絶句二五首）一連の作は初句が五音で二句以下は七音で、一三首が『毒草』に採られた。また晶子の「とある日」一〇首中、六首が『毒草』に採られた。

一首の体裁が五、七、七、七、七という、今までに例を見ない形式である。ここに「絶句」という語が添えられているのは、七言絶句を念頭においたものか。但しこの鉄幹の歌は五音の初句をもつ五句切の短歌形式なので、本

来の七言絶句を、二句以下の七音を各々にもつ四句という風に詠み換えて「初句（五音）＋絶句」という形で鉄幹風に試みたものか。あるいは「絶句」とは言葉につまって声が出ない意として考えてみると、二五首の多くが恋愛の歌なので、感動の余り「絶句」にこめた心の状態が考えられよう。一連の歌にはそれぞれ二句目・三句目に句点が、結句には読点が施されている。鉄幹の「かたわ車」の多くは恋歌で、中にはかなり激しい恋情を吐露しているものもあるが、表現の華やかさの割には内容が乏しい。

わが恋は火中《ほなか》の車、かた輪ぐるまよ、ただに怨を載せて燃えける。（2）

よろこびは千載《ちとせ》にいく夜、願ふはひと夜、あまき口づけあゝ君この夜。（6）

君が詩よ火焔《ほのほ》の疾風《はやち》、恋に羽搏《はう》てば、あなや捲かれて我もむせびぬ。（18）

これまで、鉄幹の、登美子に対しての恋情を繰り返し述べてきたが、右の三首などを始めとする「かたわ車」一連からは具体的に登美子を想定させる語句は見出せない。「かたわ車」の形式的な試みに鉄幹はどれほどの意欲と意図があったか分からない。

晶子の「とある日」は鉄幹の歌に比べれば、実感に裏づけられた重みがある。『毒草』に採られた歌をあげる。

肩を垂れ裾にそよぎし幾尺は王《わう》が手にさへ捲かれじなとも（1）

親《おや》もすてぬ神もいなみぬ夏花《なつばな》の外《ほか》に趣《しゅ》もたぬ人の君ゆゑ（2）

かへりみれば君やおもひし身をやめでし恋は驕りに添ひて燃えし火（3）

一首目は、上句で髪の長さを自賛し、下句ではたとえ王でも私の髪を思うようにさせまい、つまり誰の意にも従うまいという強い自尊と自信に満ちた内容。二首目は、炎天下にも競い咲く夏花のような力強い生き方以外に何の趣味も知らない、そんな私はあなたのために親も捨て、神も否定したのだ、という内容。三首目は二首目のように回顧すると、あなたが私を思い、私を愛でた、そういう恋は私にとって愛されているという驕りに煽られて益々燃え上がったのだ、という内容。これら三首は当時の晶子の驕りに満ちた心情を物語っていると言えよう。ここには若干の強がりはあるものの、結婚して二年目の心身の安定を自他共に確認させようとする懸命さとけなげさをよみとることができる。右の三首の表現はやや過剰気味ではあるが、晶子の本心の発露とも言えよう。

　これら三首とは趣は異なるが、同じ「とある日」に

　集《しふ》とりては朱筆《しゆふで》すぢひくいもうとが興《きよう》ゆるしませ天明《てんめい》の兄　（『毒草』6）

という一首がある。「天明《てんめい》の兄」とは天明期の俳人与謝蕪村を指す。すでに「黄金扉」（「明星」明36・4）にも

　したしむは定家《ていか》が撰《え》りし歌の御代式子《しきし》の内親王《みこ》は古りしおん姉　（『小扇』232）

を発表しているが、右の二首に共通するのは、晶子が私淑していた古の歌人たちへの敬愛の情である。「兄」「姉」という表現の中に、優れた二人の歌人に継ぐ妹のような存在でありたいと願う晶子の思いと自負がうかがわれる。こうした古典文学史上の人物を好んで素材に用いているのは、前述したようにこの年の「叙事長詩源九郎義経」に始まる擬古典的な作品傾向によったものであろう。

　「明星」一〇月号には鉄幹・晶子の歌はないが、鉄幹は「太陽」に「秋興」二二首あり、そのうち一四首が『毒草』に採られた。晶子は「万年草」（明36・10）に「秋灯」二〇首中一八首が『毒草』に採られた。これは「ことし九月十二日夜をとほして人々と字を結び百首歌よみける中に」と詞書があり、「一夜百首会」の歌を載せている。ここには一首ごとに「結び字」を添えている。その文字を歌の下の（　）内に付した。佳作としての『毒草』の晶子の歌をあげる。（　）内の文字は「結び字」。

　わが胸は潮《うしは》《ママ》のたむろ火の家とあまりあらはに人恋ひ初めぬ　（「火」）　（49）

　君待つと眠れる土に桜ふれ天《あめ》にねがはぬたふときおん座　（「座」）　（51）

　みかど知らず古事記しらずのやまと人をレモン咲く野に放たせ給へ　（「古事記」）　（59）

などがある。一首目は人を恋いそめた心境を二、三句で比喩している。二首目は、恋人を待って眠っているところに桜が散ることを望み、そのうす桃色の褥を「たふときおん座」と美しくイメージして詠んだ歌。三首目は「みかど」や「古事記」を知らない日本人をレモンの咲く南欧の野に放して下さい、という内容で、これは古い日本を知らなくても新しい世界に自由に遊ばせてやって欲しいという、晶子の新天地へのほのかな憧憬を託した歌である。

「明星」一〇月号は前月の鉄幹の「絶句」を真似して大井蒼梧が四首、平野吊影が一首載せている。

「明星」一一月号には前月に続いて鉄幹は「一夜百首会」一三首中四首、「公孫樹」七首中六首、また晶子は「萱草袴」一三首中一一首が『毒草』にそれぞれ採られた。『毒草』に採られた晶子の父への挽歌『萱草袴』をあげる。

御葬送《みおく》りにやつれぎぬ着る中《なか》の子をかへり見まさでよき道おはせ　(36)
母を見ればありし日に似ぬ御髪《みぐし》つき百二十里を来《こ》し父の家　(39)
あなかしこ兄をうらみの涙さへまじると知らばまどひまさむ道　(43)

鉄幹の「太陽」(10月)掲載で『毒草』の「夏草」に採られた「結び字」のある歌を見る。「結び字」は(　)内に入れた。

入日よき浦や紀の浦君のせてくれなゐ染めて小さき帆帰る　(「帆」)　(130)
蓮かげにうすもの透きて風みちぬ君うたたねの細き昼舟　(「昼舟」)　(132)

いずれも絵画的で繊細な美意識がうかがわれる歌である。「百首歌」と言う歌の性格上、実感は乏しいが、右の二首はその中では佳作である。同号にはまた「公孫樹」と題する歌があるが、これは添書によって「結び字」の歌だと分かる。

「明星」一二月号には鉄幹の「金鶏」五首があり、そのうち四首が『毒草』に採られた。これも同様「結び字」を使った歌である。晶子には「一夜百首会」と題する一八首がある。これは「万年草」の一〇月号に発表された二〇首中の一八首とまったく同じである。

総じてこの年の鉄幹・晶子の歌には、迫力に欠けるところがあり、晶子の歌数も少ない。また二人は歌集も出していない。しかしこの年の始めごろまで、二人の歌には前年の心理的な翳りを揺曳させていたことで、歌に衝迫性があった。歴史的叙事詩や一夜百首会などの新たな試みはあったものの、歌においてその実りは大きくなかった。

(二) 散文と詩

この年には、歌に関する評論として鉄幹は**一月**の「文芸界」の「春のひと」において自歌集『紫』の歌などを論じた。また**二月**の「婦人界」の「歌を読む眼」には名高い古歌について論じているが、その古歌を模倣しないように書いている。**四月**の「青年界」では「新派和歌講義」を発表し、そこでは旧派の高崎正風や加藤千蔭の歌を一応褒めながら新派和歌の重要性をも説いている。同誌**五月**には「新派和歌講義」（承前）を載せ、ここで直文および新詩社同人（鉄幹・晶子・増田雅子・高村砕雨）の歌を評した。同誌**六月**には「新派和歌講義」（承前）を載せ、ここでは鉄幹・晶子の他二名の歌を評し、同誌**八月**には「新派和歌講義」（続）を載せ、鉄幹・晶子の他に一一名の歌を評し、これは二六頁にわたっている。その他**六月**の「婦人界」には「女流新派和歌講義（一二）」を載せ、ここでは旧派和歌への批判と新派和歌の啓蒙を女子に促した。**七月**の「女学世界」に「作法問答新派和歌」を載せ、**九月**の「中学世界」には「平安朝の和歌批評家」を載せている。このようにこの年の歌に関する評論は鉄幹が非常に意欲を燃やしており、新派和歌普及への熱意のほどがうかがわれる。続いてきた「鉄幹歌話（七）」は終わり、この年からは「問答」という形で歌の評論をなしていく。鉄幹の意欲的な評論への取り組みに比べると、晶子の方は「女学世界」（8月）に「作法問答新派和歌（下）」を掲載したのみであった。これは七月の「女学世界」掲載の鉄幹の評論「作法問答新派和歌」の後半を分担して書いたのである。

この他に小説として鉄幹には、**一月**の「小天地」発表の「船路」、**五月**の「中学世界」発表の「姉が許」、**六月**発表の「寺岡村」（「文芸界」）があり、晶子には**二月**の「明星」発表の「夜汽車」があるのみである。

また随想風の読み物として鉄幹には「作歌経歴談」（「国文学」明36・9）がある。これは鉄幹の幼時からの作歌経歴を詳細に綴ったもので、特に上京前後の鉄幹の青年像を知る上で重要である。

さらに詩については本章の第一節で「叙事長詩源九郎義経」について詳述したので省くが、やや特殊なこととして**一月**に「大阪市の歌」の応募を鉄幹は試みたが、あえなく落選した。この詩は二月の「明星」に「落選唱歌『大阪市の歌』」として掲載された。このほか鉄幹には**一月**の「帝国文学」に「兎」、**六月**の「中学世界」に「あざみ草」、九月の同誌に「虫籠」などの詩がある。

第三節　三六年の展開

前年三五年は「明星」の一大刷新を図るという名目のもとに、様々な文化的試みを行なった。しかしその変転のめまぐるしさは却って「明星」を一種散漫な体質へ導いて行ったのではなかろうか。このような一連の動きは、鉄幹の意欲と野心が彼を駆り立てた結果だったのであろう。言い換えれば一つ一つの成果を見ないうちに先走って次々と新しい企画を立てたのは、彼のある意味での名利への焦燥感から発したものであったと考えられる。

三六年には本来の「明星」の名称に戻り、新たにこの年から十二支を発刊号数に付けて一月号から「明星卯歳第一号」として出発し、これは「明星」の廃刊まで続いていく。この年の七月の「明星」の「小観」には「よしあし草」時代の中村春雨（吉蔵）、寺田靖文（堀部）、小林天眠（政治）の三人によって計画された天佑社のことが載せられた。天佑社とは大正七年に設立予定の理想的出版物を企画した出版社であるが、右の「小観」にある「天佑社趣意書」によれば、明治三六年四月から十カ年事業費を積立てることが記されてあり、設立時から鉄幹、晶子も協力することになっていた。詳細は明治四三年の項で述べる。

五月三日から一二日まで鉄幹は晶子と長男光を伴い、同人高村砕雨（光太郎）らと関西近畿旅行をする。この間にも晶子は光を連れて実家の堺へ行っている。晶子はこの時の畿内紀伊の旅の歌は一首も「明星」に発表していない。

この年の一〇月の「明星」社告には「晶子の父突然脳溢血にて卒倒の急電」のあったことを伝えている。晶子は急遽帰国したが間に合わず、父は九月一四日に他界する。

一二月六日には、鉄幹の師である落合直文が没する。直文の追悼文は翌年の一、二、三月の「明星」、二月の「国文学」に載せられる。

第五章　明治三七年（寛31歳・晶子26歳）

第一節　三七年の展開

(一)　新詩社の動き

日露戦争は明治三七年（一九〇四）二月から三八年一〇月まで続いた。三七年の新詩社では、一月に晶子の第二歌集『小扇』、五月に鉄幹・晶子の合著の詩歌文集『毒草』が刊行されたがいずれも戦時色を帯びていない。九月の「明星」には、晶子の詩「君死にたまふこと勿れ」が発表されて大きな物議を醸した。

一月の「明星」は、辰歳第一号で「特別刊行新年号」と銘打って増頁し、定価も例月の二〇銭が三五銭となった。この号の末尾の「木枯のあと」には「故落合直文病状略記」があり、直文の辞世の歌一首と門下生（鉄幹、躬治、柴舟、薫園など）の哀悼歌がある。二月号は、直文への追悼文が全頁の半ば近くを占めて特集された。執筆者は井上哲次郎、森林太郎、大町桂月、与謝野鉄幹など七名であった。鉄幹はこの年の五月号に一度だけ「与謝野寛」で発表しているが、他は鉄幹を用いている。

一月号の「明星」には上田敏訳の「鷺の歌」（ヱルハアレン）に「（象徴詩）」と添えられた。西欧の象徴詩が「明星」に訳詩として紹介されたことは文学史的に意義が高い。「象徴詩」の紹介は三八年以降「明星」に頻出するので三八年の項で述べる。

三七年二月一〇日の日露戦争勃発により、一般は戦時色に包まれたが、「平民新聞」や「時代思潮」などには戦争批判の論評が多く、「明星」もまた戦争とは殆ど関わりがなかった。四月には増田雅子が大阪から日本女子大の国文科に、未亡人となった山川登美子が若狭から同校の英文科へ入学した。四月の「明星」辰歳四号は「創刊第五年紀念特別刊行桜花号」と称し、この号も定価は三五銭。鉄幹はこの月の上旬から京都、摂津、大和、伊勢などを旅する。この月の一三日、これまで新詩社を助成していた斎藤緑雨が歿したため、五月の「明星」は緑雨の追悼号となる。同号社告にはこの五月八日の新詩社小集に『源氏物語』の初巻持参という記事が記載、その後『源氏物語』の研究会は九月一一日に行われ、毎月催されてきたが、その後、会の報告は「明星」にされていない。この間僅か四ヶ月だったが、晶子の源氏物語口語訳の胚胎を思わせる。

六月二二日、次男秀《しげる》誕生のことが後年「産屋日記」（「明星」明39・7）に掲載。命名は薄田泣菫、この出産を祝って鉄幹宛ての泣菫書簡（明37・6・22）に、

御飛電によれば御目出度御分娩遊され候由謹而祝意をさゝげ候　御名は　秀　といふを撰び候。春蓮が句より思ひつき候もの貴意にかなひ候はゞ満悦に存じ候　晶子さまへも宣しく御伝へ祈上候

小生は只今京都へまゐるべきつもり文稿はいづれ何とか致すべく候

水無月中二　　　　　　　　　　　泣菫

鉄幹学兄

硯

とある。また鉄幹は我が子の出生を祝って八月の「明星」に「花外一鈴鳴」と題して、

うぶごゑに諸天《しよてん》もどよめ花も降れ天《あめ》と地《ち》をさす指《ゆび》よと吸ひぬ（この夏男子を挙げたるに）

ひんがしのキイツと親《おや》もたふとびし君が賜《た》びたる汝《な》が名し思へ（泣菫君児の為めに名を秀と撰ばれたり）

と歌い、晶子もまた、後に『恋衣』(59)に

欠くる期《ご》なき盈つる期《ご》あらぬあめつちに在りて老いよと汝《な》もつくられぬ（秀を生みし時）

と詠じている。共に宇宙の大局からわが子が出生したことを寿ぎ、感動をこめて歌っている。

八月二日から五日間、鉄幹は新詩社夏季清遊会として新詩社同人たちと群馬県の赤城山の「諸勝を歴遊」する。この時のことが後年、水野葉舟の小説「再会」の素材となったことはすでに述べた。

なお、八月の「明星」には晶子の有名な「鎌倉や」、さらに九月の「明星」には詩「君死にたまふこと勿れ」を発表、これらはいずれも後に酷評を受ける。同月に光、秀の二児を連れて晶子は帰堺した（美文ひらきぶみ「明星」明37・11・小説千駄ケ谷「新声」明42・8）。

一一月の「明星」は「秋季特別刊行『菊花号』」として増頁された。この月の三日に新詩社（与謝野家）は、東京府豊多摩郡千駄ケ谷村五百四十九番地に移転し、従って一一号の「明星」の発行所は変更された。

(二) 鉄幹・晶子の作品傾向

(1) **短歌**——登美子の歌も含む

「明星」では一月号に鉄幹は「梅影」一首、埋草一首、「木枯のあと」（直文の追悼歌）六首のうち四首は『毒草』の「夢のうち」に採られることとなる。そのうちの一首を左にあげる。

あめつちに一人なる師のみひつぎを星夜《ほしよ》こがらし寒きに守る　(166)

師への哀悼の念が切々と伝わる。「国文学」一月号に鉄幹の直文追悼歌「十二月十六日の夜七首」が掲載された。晶子は一月の「明星」に「京の袖」三一首を発表、そのうち二九首は『毒草』の「金翅」に収載された。

神を知らず道をならはずわが魂はいと幸《さいはい》にはぐくまれにし　(25)
もとよりなり天女《てんにょ》に似しはよきかたち君をいだくはわが右手左手《めてゆんで》　(26)

一首目は、宗教にも頼らず道義にも偏らなかった私は幸せだったという、もっとも人間的な生き方である。二首目は天女に似た美しい顔のあなたを抱くのは私の両腕だというナルシスティックで官能的な歌。いずれも晶子らしい美意識を示している。

二月の「明星」には、鉄幹の「金獅四首」(絶句)があり、これらはみな『毒草』の「絶句」に採られた。その中の一首をあげる。

春山《はるやま》の小谷《をたに》の水にちるや小椿《こつばき》、孔雀尾《くじやくを》なして青渦《あをうづ》わきぬ。　(27)

やや装飾過多の気味があり、華麗ではあるが、内実には乏しい。同月の「国文学」の「通夜の記」六首中四首が『毒草』の「夢のうち」に採られた。また同月の「万年草」には晶子の「(無題)」五首があり、四首が『毒草』の「緋芍薬」に採られた。

三月の「明星」には晶子の歌はなく、「万年草」に二首あり、鉄幹の「雛の夜」六首があるが、これは直文への追悼歌である。これらは『毒草』の「夢のうち」に全部採られた。因みに「夢のうち」は『毒草』の目次では「夢ごこち」となっている。

あめつちは大き御魂のかくり宮日あり月あり花ありて守《も》る　(171)

いかにも明星派らしい大らかで耽美的な挽歌である。同号に鉄幹はまた「燭」二〇首を載せており、その中で一八首が『毒草』の「夢のうち」に載せられた。

身は化《け》して今《いま》夢の鳥ひかる翅《はね》の淡《うす》くれなゐに飛ぶや君許《きみばかり》(ママ)　(147)
あこがれは天《あめ》を観をへて地に還るいと大きなる星は君よと　(152)

君にそひ今わがあるはよろこびに怖れを知らぬ火の中《なか》の宮

これらの鉄幹の歌には、一種の情感の昂揚が見られる。一首目はいま変身して、夢の中を羽光らせて飛ぶ鳥となり、熱い思いを秘めてあなたの所へだけ行くという歌。二首目は自分の憧れは天から地へと帰ってくる。もっとも大きな星があなたなのだと思うと言って君の存在の大きさを歌った。三首目はあなたと共にいる今の幸せを思い、怖れを知らない、この私は燃える恋の宮の中にいて、という、いずれもロマンティックで、恋の相手を想定させる歌である。このころの鉄幹の身辺を見ると、未亡人となった登美子が四月には上京することになっている。これまでの鉄幹と登美子の歌から類推して恋の対象が登美子だという可能性は強い。鉄幹の右の歌に同ずるかのように登美子の「夢」八首が三月の「明星」に発表された。ここに見る二人の歌には恋の夢を求め合うような相聞性があることに注目したい。この「夢」一連は自らの運命を呪い、自虐的な怨嗟を吐露し、孤独感が強いが、そこには一抹の自愛の念も込められている。

やつれならず春を咀へる髪なればふさひ知らずよ尺の緋牡丹
聖壇《せいだん》にこのうらわかき犠《にへ》を見よしばしは燭《しよく》を百《ひやく》にもまさむ
（『恋衣』２）

一首目は、華やかな一尺ほどの緋牡丹は私の髪に似合わない。それは私がやつれているからではない、むしろ私が青春を呪っているからなのだ。二首目は、聖壇に捧げられた、このうら若い犠牲者の私を見て下さい。（そのために）暫くは灯を百倍にしましょう、という、誰に洩らすこともできない自らの内面を「咀」や「犠《にへ》」という語によって訴えており、痛々しいばかりの魂のうずきが表現されている。

ところが**四月**の「明星」の鉄幹の埋草は三月の「燭」に次ぐ華やいだ雰囲気が感じられる。

足らふ命《いのち》はてなき御空《みそら》つきぬ日のよろこび知れりふたり黙《もだ》さむ

右の歌に見られる、雀躍とした表現が何に起因するのかは明らかではないが、この手放しの「よろこび」は創作的な次元に止まるものではない。これを鉄幹が意識的に歌ったとすれば「ふたり」とは鉄幹と登美子と想定できよう。「燭」における恋の燃焼が拡大されて遂に再会の喜びに打ち興ずる気持ちはあっても隠しておきたかったのであろう。右の歌は『毒草』に採られていない。同号の「明星」には晶子の「挽歌」八首があるが、これらは皆『毒草』の「緋芍薬」に採られた。右の鉄幹の歌とは対照的な晶子の歌が「挽歌」の中に一首だけ見られる。

火ならねばなに燃えしめむ地のひとりをただたひらかに守《も》りまつる恋　（『毒草』68）

もはや火のような情熱が失せてしまった以上、その情熱を何に傾けたらいいのだろう。今はただこの地上の「ひとり」を安らかに守る恋だという内容。これを晶子の真情の吐露とすれば、右の鉄幹の「足らふ命《いのち》」の歌に見られる「ふたり」の対象を自分でないと知りつつも、自分であってほしいと願う、一途な恋と信じたかったのであろうか。鉄幹の喜びに満ちた歌に比べると右の晶子の歌はいかにも孤独と悲哀のかげりが見られ、これまでには余り表されなかった歎きがうかがわれる。

五月の「明星」には鉄幹の「紫藤花」二首があるが、そのうちの一首は『毒草』に採られ、この月、晶子の歌はない。

六月の「明星」は鉄幹の「傘のうち」一首、晶子の「夏の袖」五首のうち『恋衣』に一首採られた。「夏の袖」は白百合、しら梅、しら萩と登美子、雅子、晶子の雅号を載せ、彼女らを含む五人が各五首ずつ詠んでいる。いずれも『恋衣』に採られた。

妻と云ふにむしろふさはぬ髪も落ちめやすきほどとなりにけるかな　（95）

と晶子は詠み、女性としての魅力が衰えたが、妻らしい妻になったと詠嘆して生活者らしい落着きを見せている。それに比べて同月の登美子の歌は、

おばしまの牡丹の花に額《ぬか》たれて春の真昼をうつつなき人　（102）

幸《さち》はいま靄《もや》にうかびぬ夢はまたしづかに降《お》りて君と会ひにけり　(103)

である。一首目は牡丹の美しさにみとれて放心状態にある自分を「うつつなき人」と詠み、青春の華やぎをうっとりと受けとめている自分の姿を歌っている。二首目は、幸福がいま漸くうっすらと私の許に訪れて来た、遠ざかっていた恋の夢は再び静かに私の所へ降りてきて、私はあなたと会ったんだなあ、という内容。二首とも登美子上京直後の歌である。それ以前の登美子の歌は、内面の暗さや屈折や矛盾の歌が多かった。しかし右のような歌を詠むようになったのは、これまでの不幸だった環境から脱し、東京での学生生活を送るようになったことへの解放感と感激により、鉄幹との再会に喜びをかみしめている。また新詩社にも自由に出入りでき、期待と歓びを十分に感受している登美子だった。右の二首ともロマンティックで甘い感傷性がありながら、そこに深い実感がこめられている。このころの登美子の歌は、総じて柔らかな抒情性があり、調べがなだらかで、歌の内容も明確に表現されている。このころはむしろ登美子の歌の方が晶子より一歩抜きんでているように思われる。右の二首も『恋衣』に採られた。

七月の「明星」には鉄幹の「傘のうち」一首があるのみで、晶子の歌はない。

八月の「明星」には鉄幹の「花外一鈴鳴」三一首があるが、これらはどの詩歌集にも採られていない。これらの歌の中で比較的優れていると思われる歌に、

はかなげに黄なる花さく水くさの五辧をだにも全《また》く歌はむ

天上《てんじやう》の栄華を見ずやかがやかに一朶《いちだ》は切れりこがねひぐるま

などがある。一首目ははかなげに黄色い花を咲かせる水草の、その小さな五弁の花びらのようなものでも完璧に歌にしよう、という内容。二首目の向日葵は「天上《てんじやう》の栄華」といった豪華さを比喩して、特に「明星」的な絢爛さを出している。この一連の中で一つの特色として万葉的用語が歌に見られる。例えば、

いにしへか今かわかなくうつら〱大和こゆれば足る心かも

家妻はおほにあるべし畝傍野《うねびの》を踏めど七行《な、ゆ》く子らに逢はずも

わが親とわが師と後《のち》のよき人もよしと見し山吉野よく見む

などがある。一、二首目の助詞「かも」・「も」は万葉的な表現である。また「大和」「畝傍野《うねびの》」と万葉集中の地名も詠んでいる。三首目は「万葉集」（巻一・二七）の天武天皇の「よき人のよしとよく見てよしと言ひし芳野よく見よよき人よく見」の本歌取りの歌である。万葉的語法はすでに三月の「燭」においては「おさへかねつも」、翌九月の「山の日」においては「古《ふる》みかも」「鶯《うぐひす》啼《な》くも」などにも使われている。こうした傾向は後年の「明星」末期および「トキハギ」に鉄幹が連載していた「万葉集講話」に一脈通じていくものであったと考えられよう。

同号に晶子は「みづあふひ」四三首を発表した。これらのうち四一首が『恋衣』に採られ、ここには晶子の代表歌と言われる歌が数首含まれている。それほどこの一連は晶子の詩的昂揚感に満ちたものであり、この年において出色の出来栄えとなっている。

ほととぎす聴きたまひしか聴かざりき水のおとするよき寝覚《ねざめ》かな　（3）

海恋し潮《しほ》の遠鳴りかぞへては少女となりし父母《ち、は、》の家　（4）

鎌倉や御仏《みほとけ》なれど釈迦牟尼は美男《びなん》におはす夏木立かな　（6）

ほととぎす治承《ちしやう》寿永《じゆえい》のおん国母《こくも》三十にして経《きやう》よます寺　（9）

髪に挿《さ》せばかくやくと射る夏の日や王者《わうしや》の花のこがねひぐるま　（13）

今日《けふ》みちて今日たらひては今日死なむ明日《あす》よ昨日《きのふ》よわれに知らぬ名　（49）

夕粧《ゆふげは》ひて暖簾《のれん》くぐれは大阪の風簪《かざし》ふく街にも生ひぬ　（56）

五月晴《つゆばれ》の海のやうなる多摩川や酒屋の旗や黍《もろこし》　のかぜ　（57）

これらは晶子短歌として有名であり、『恋衣』に収められたが、校異のあとが見られる歌もある。右の八首に共通しているのは一読して歌意が明らかで、調べがのびやかなことである。『みだれ髪』のころの歌は難解で、技巧的にも洗練されていなかったが、ここに至って歌人としての成長の段階を一つ踏まえたと言えようか。この年二六歳の晶子のみずみずしい感受性がこれらの歌には横溢しており、言葉と韻律が一首々々に無理なく収まっている。その上地名のもつイメージが巧みに生かされ、それが素材の広がりとなって晶子短歌の世界を豊かにしている。この八月、晶子は「太陽」に「夏のひと」二六首を発表し、その中には「明星」の「みづあふひ」の歌と重複している歌もある。二六首中一〇首が『恋衣』に採られた。この一連は「みづあふひ」に比較するとやや劣るが、この中の一首をあげると、

ここすぎて夕立はしる川むかひ柳千株《せんしゅ》に夏の雲のぼる　(66)

がある。自然をダイナミックに捉え、季節感の鮮明な描写が新鮮さを増している。

九月の「明星」には鉄幹の「一葉蕭々下」二三首中『相聞』に一首(218)、「山の日」二八首中『相聞』に二三首採られた。「一葉蕭々下」にはこれまでの鉄幹の歌の傾向とは質を聊か異にする二首がある。『相聞』には採られていない二首をあげる。

基督と釈迦とにそむく名を負ひて地獄のかどはわが踏むに好し

移りこし隣の下司《げす》のかいまみを憎みて植ゑぬたちばなの花

右の二首には所謂「明星」派のもつ絢爛とした作風が失せ、一首目は偽悪的な心境を少し誇張して表現し、二首目は卑近な日常的素材をユーモラスに詠んでいる。

同月の「明星」の「山の日」は古代を舞台とする物語的構想をもつ連作で、同号巻頭にある鉄幹の詩「大沼姫」に呼応した内容をもっている。左にあげる。いずれも『相聞』に採られた。

この五日劫初《いつかごふしよ》の山《やま》の火《ひ》のあとに我《われ》うらぶれて物《もの》おもひ居《を》り　（786）
もの怨《うら》むすだまと聞《き》けばしたしまるわが歌小沼《うたこぬ》の水《みづ》に流《なが》さむ　（795）

一首目は前記したとおり、赤城山滞在五日間を裏づける内容で、時間の悠久性の中に自己を見つめ、感慨に浸っている。二首目は古代歌謡的世界への親近感を歌っている。これらは前年の歴史的叙事詩に通ずるものがある。

同号には、晶子の歌はないが、登美子には「夕顔」八首がある。『恋衣』に採られた登美子の歌をあげる。

さりともとおさへて胸はしづめたれ夜を疑ひの涙さびしき　（115）
紅《べに》の花朝々つむにかずつきず待つと百日《もゝか》をなぐさめ居らむ　（12）

この二首に共通するのは孤独と寂寥感である。これは六月の「明星」に発表した登美子の歌に比べると、悲壮感が漂っており、その心の揺れが明らかに表白されている。東京生活への期待とは裏腹に、登美子の心情は悲劇性へとその歌に磨きをかけ、流麗で冴えた歌境へと押し進められて行ったと言えようか。

一〇月の「明星」にある鉄幹の無題二首、三首の中から『相聞』に二首採られた。「野分」に一首ある。これら六首をまとめて見ると、ここには登美子を詠んだ歌とはかなり強い内容の関連性が見られる。その中の一首に

わが妻はこがねの髪の獅子の脊にのせていつけどもの足らぬらし

があり、これは自分の妻への愛情がいかに強いかを表しているが、妻はそれに不満のようだ、という内容である。あまり露骨に歌ったせいか、『相聞』に採られていない。右の歌と左の歌を比べると、左の歌は妻への思いとは別に、熱愛の情を訴える対象は、登美子に向けられているように思われる。『相聞』に採られた鉄幹の歌をあげる。

わが贈《おく》る歌《うた》はみじかしかの空《そら》の虹《にじ》を君《きみ》見よ手《て》に愛《め》で難《がた》し　（740）
おち葉ふき小雪まじれる風の夜に車は立てつ憂き人の家
手《て》をとりて悲《かな》しと泣《な》きぬ天地《あめつち》に一人《ひとり》の君《きみ》を人《ひと》も恋《こ》ふれば　（741）

一首目は、自分の愛の告白は拙いが、深い愛情の丈を察して欲しい、という内容。二首目は晩秋のわびしい夜、車が止まった。憂鬱さに閉されている人の家の前に、という内容。「人」とは登美子であろう。三首目はこの世でたった一人の大切なあなたを他の人も恋しているので、私はあなたの手をとって泣いた、という内容。「野分」の一首に、

秋の日よこの咀はれて面おそり《ママ》しはぶく人をおきて沈むや

があり、運命に咀はれた不幸な人を置いて沈んでいく秋の夕日を詠んだ歌。これらが同号に発表されていることを考えると、「妻」への思いと、「君」や「人」への思いがそれぞれ鉄幹の内面において共存していたことが明らかである。前号の登美子の歌に恰も応えているようであり、これらの歌が「埋草」の形をとったことは周辺への若干の配慮もあったのではないか。

一一月の「明星」には鉄幹・晶子・登美子の歌はない。しかし一一月の「太陽」に晶子の「掛香炉」一三首があり、そのうち一三首が『恋衣』に採られた。八月発表の「みづあふひ」の歌と重複している歌もある。その中から二首をあげる。これらは色彩的な華やぎと王朝風の素材によるロマンの世界が豊かに展開され、晶子好みの華やかささえ感ずる。

掛け香のけむりひまなき柱《はしら》をば白き錦につつませにけり　(22)

花に見せ王《わう》のごとくもただなかに男《を》は女《め》をつつむうるはしき蕊《しべ》　(39)

一首目は、掛香からたち上る白い煙を「白き錦」に比喩した。二首目は、男は王のように中心にいて女を守る存在であってほしい、という願望を花の中心にある美しい蕊に比喩している。

この一年は鉄幹・晶子にとって登美子の存在がそれぞれの心の中にクローズアップされていた。また晶子の次男秀の出産に伴い、三者の心境の揺れが様々な形で歌の上に影を投げかけた年でもあった。

一二**月**には二人の歌はない。

⑵ 詩と散文と

詩について鉄幹は三**月**の「日露戦争実記」第四篇（13日）に「決死七十七勇士」（旅順口の封鎖隊）を載せ、同じ詩を「中学世界」の三月号にも載せている。**四月**の同誌第一〇篇（23日）に「広瀬中佐」（三月三十日中佐の戦死を聞きて作る）を載せ、「成功」掲載の詩「旅順の封鎖隊」は三月三日、四月一日、一五日の三篇である。「明星」の四月号に「すだまの歌」（同月の「国文学」掲載）、**九月**に「大沼姫」（同月の「国文学」掲載）、「国文学」の一一**月**号には「闇夜」、「明星」一二**月**には「鶏を悼みて」（同月の「国文学」では「金鶏」）を発表している。「すだまの歌」は鉄幹がすだま（山林や石、木に宿る精霊）になり代わって、悩み、悶え、呪い、嫉み、恋の執念などの狂おしい情念を訴えた詩である。「大沼姫」は赤城山登遊の途中で投宿した大沼の池から触発されて大沼姫の存在を仮託し、説話的な構想を以てその大沼姫の心情を切々とドラマティックに吐露した詩である。「鶏を悼みて」と「金鶏」とは題を異にしているが、同じ詩である。隣家の雄鶏の死から様々な連想を馳せたいささか冗漫な詩である。「闇夜」は鉄幹の鬱々として救い難い心情が抽象的に描かれた詩である。晶子の詩はこの年では「明星」**九月**号に発表された「君死にたまふこと勿れ」一篇のみである。これについては後述する。

散文として鉄幹には前年の一二月に没した落合直文を悼む文がある。それは「明星」では一**月**に「木枯のあと」（故落合直文氏追悼録　六首含む）、二**月**には演説「嗚呼落合先生」、三**月**には「涙の記」があり、「国文学」では二**月**「萩の家主人追悼録」があって、いずれも師直文への切々とした思いが伝わってくる。この他小説として「中学世界」に「遺書　上・下」（3・4月）があり、「太陽」に「観戦詩人」（5月）がある。どれも朝鮮を素材にしたものである。**五月**に追悼文として「嗚呼斎藤緑雨君」があり、評論としては**七月**の「中学世界」「書牘一則」（中学生某氏に答ふる文〉、同月の「女学世界」に「新派和歌問答」、**八月**の同誌に「観察現今の女学生」があり、一〇**月**の「国文学」に「詩話数則」、一一**月**の「中学世界」に「往年の進級制度」があり、晶子は、「君死にたまふこと勿れ」への批判文に対する弁解文「ひらきぶみ」を一一**月**の「明星」に掲載しただけである。一二**月**の「明星」に「銀鈴を読みて」がある。

以上、二人の作品傾向を見てきた。この年、歌では鉄幹の方が若干多く、詩や散文も鉄幹の方が圧倒的に多い。しかし作品の質と話題性において文学史的意義の高いのは晶子の方であった。詩「君死にたまふこと勿れ」や「鎌倉や」の歌はいずれも議論の交わされた作品として重視された。

(三)「君死にたまふこと勿れ」——旅順口包囲軍の中に在る弟を歎きて

(1) **非戦論**

晶子は明治三七年九月の「明星」に「君死にたまふこと勿れ」を発表した。以下初出の全文を記す。

あゝをとうとよ君を泣く
君死にたまふことなかれ
末に生れし君なれば
親のなさけはまさりしも
親は刃《やいば》をにぎらせて
人を殺せとをしへしや
人を殺して死ねよとて
二十四までをそだてしや

堺《さかひ》の街のあきびとの
旧家《きうか》をほこるあるじにて
親の名を継ぐ君なれば
君死にたまふことなかれ
旅順の城はほろぶとも

ほろびずとても何事か
君知るべきやあきびとの
家のおきてに無かりけり

君死にたまふことなかれ
すめらみことは戦ひに
おほみづからは出でまさね
かたみに人の血を流し
獣《けもの》の道に死ねよとは
死ぬるを人のほまれとは
大みこゝろの深ければ
もとよりいかで思《おぼ》されむ

あゝをとうとよ戦ひに
君死にたまふことなかれ

すぎにし秋を父ぎみに
おくれたまへる母ぎみは
なげきの中にいたましく
わが子を召され家を守《も》り
安《やす》しと聞ける大御代も
母のしら髪はまさりけり

暖簾《のれん》のかげに伏して泣く
あえかにわかき新妻《にひづま》を
君わするるや思へるや
十月《とつき》も添はでわかれたる
少女ごころを思ひみよ
この世ひとりの君ならで
あゝまた誰をたのむべき
君死にたまふことなかれ

この詩は日露戦争勃発（明治37・2）後七ヶ月目の九月の「明星」に掲載された。この詩に対していち早く非難を加えたのが大町桂月（明2～大14）であった。桂月は若くして軍人・政治家志望があった。しかし「帝国文学」（明28創刊）の編集委員として活躍し、三三年からは「太陽」「文芸倶楽部」などに文芸時評や評論を執筆して高山樗牛と並称されるほどの健筆家であった。この気鋭の評論家桂月が国家主義的色彩の濃い「太陽」誌上で「君死にたまふこと勿れ」を二度にわたって批判した。その第一回目は同誌（明37・10）の「文芸時評」の「雑評録」において桂月は

戦争を非とするもの、夙に社会主義を唱ふるもの、連中ありしが、今又之を韻文に言ひあらはしたるものあり。晶子の『君死にたまふこと勿れ』の一篇、是也

と書き、次いで第三連目を引いて

さすがに放縦にして思ひ切つた事言ふ人も、筆大にしぶりたり。されど、草莽の一女子、『義勇公に奉ずべし』とのたまへる教育勅語、さては宣戦詔勅を非議す。大胆なるわざ也。

と記している。また第二連目については

家が大事也、妻が大事也、国は亡びてもよし、商人は戦ふべき義務なしと言ふは、余りに大胆すぐる言葉也。……世を害するは、実にかゝる思想也。晶子の特長は、短歌にありて、文章にあらず、新体詩にあらず。妄りに不得手なる事に手を出さゞるは、本人にありても得策なりとす。

と言って、暗に社会主義的発言を慎むように忠告を促した。

ところで当時、すでに戦争反対の立場に立つ思想も存在していた。日露戦争直前には社会主義（幸徳秋水・堺利彦）とキリスト教（内村鑑三）とキリスト教的社会主義（木下尚江）がそれぞれの立場から非戦論を交わしていた。この年の一月一七日の「平民新聞」に幸徳秋水は「吾人は飽くまで戦争を非認す」と題して「戦争防止」を絶対にすべきと主張し、戦争を「道徳」、「罪悪」、「政治」上「害毒」、「経済」上損失、「社会の正義」は破壊されると主張した。この他「非戦論」「非戦論の流行」「戦争廃止論」、戦争は「大罪悪」とも叫ばれた。「明星」でも四月号に滝沢秋暁が「文学に対する戦争の影響」を載せている。また六月号では平出露花（修）が「所謂戦争文学を排す」

を載せ、「明星」の立場から戦争と文学について論じ、「戦争を材料としたる文書」を「際物文学の好標本」と言った。こうした情況の中で「君死にたまふこと勿れ」が発表された。晶子の詩が社会主義的立場で書かれたと桂月に誤解されたとしても、晶子の詩にそういう要因がまったくなかったとは言い難いだろう。

⑵ 右の詩を巡って――桂月対晶子（「ひらきぶみ」）・鉄幹、桂月対剣南

桂月の一文に対して晶子は一一月の「明星」に「みだれ髪」の署名で「ひらきぶみ」の一文を以て反論した。これは、弟が出征した堺の実家へ二児を伴って帰省する車中で晶子が、夫へ宛てた書簡の形式をとって書いたものである。それは「太陽」掲載の桂月の攻撃文に対して、「この御評一も二もなく服しかね候」と書いて、この詩は「弟への手紙の端《はし》に書きつけ」たもので、「平民新聞とやらの人達の御議論などひと言ききて身ぶるひ」するほど、とあって社会主義思想とは無縁だとも弁じている。また晶子は

当節のやうに死ねよ〳〵と申し候こと、又なにごとにも忠君愛国などの文字や、畏おほき教育御勅語などを引きて論ずることの流行は、この方却て危険と申すものに候はずや。

と言い、戦死を美化する発想の方が危険だと指摘した。出征する肉親を案ずる思いから「まことの声に出だし候より外に、歌のよみかた心得ず候」と書いている。さらに九歳年長の桂月を「おぢい様のやうに敬ひ候」とか、「御立派な新体詩のお出来なされ候桂月様は博士」と称え、それに引き換え自らを「曾孫」、「幼稚園の生徒」とへりくだって、桂月を持ち上げるポーズを見せながら強烈に皮肉った。「みだれ髪」と署名したのは、国粋的な桂月と自分とはおよそほど遠いことを強調したかったのであろう。ここには晶子の歌人としての誇りも見受けられる。

つまり、「ひらきぶみ」は「君死にたまふこと勿れ」が肉親愛という普遍的な人間の心情を詩に託したもので、あくまで歌人としての立場に拠っていると主張する。さらにここには二児の様子や故郷における風当たりの強さなどの卑近な内容を通して読者や桂月の理解を求め、ひいては桂月の批判に対して婉曲に身を躱している。桂月と晶

子のそれぞれの主張に対してまず反応を示したのが剣南（角田浩々歌客）の「読売新聞」（12月11日）の「日曜附録」に載せた「理情の弁（大町桂月子に与ふ）」と題する一文であった。この詩について「理性を加へざりし刹那の骨肉の情声なり」と言って、さらに、

偏に弟に死ぬなといふ詠嘆の情を痛切に寄せしに過ぎず、未だ理性の調摂無けれバ之を一の思想としてハ見るを得ず、既に思想として見ず、故に敢て之に依て国家的観念の存否如何に連想するの要無く、また敢て危険なる思想とも感ずるの理無しと信ずるなり。

と書き、桂月に反発した。

これに対して桂月は翌年一月号の「太陽」の「文芸時評」で「詩歌の骨髄」と題し、右の剣南の一文に対し二段組五頁余りの長文で論駁した。剣南は晶子の詩に対する桂月の論を「鑑識を誤り」と難じ、桂月は剣南に対しては「的なきに、矢を放てり」と辛辣に応戦している。桂月がもっとも問題にしたのは「君死にたまふこと勿れ」の三連目であった。この部分を捉えて

「天皇親からは、危き戦場には、臨み給はずして、宮中に安座して居り給ひながら、死ぬるが名誉なりとおだて、人の子を駆りて、人の血を流さしめ、獣の道に陥らしめ給ふ。残虐無慈悲なる御心根哉」と云ふことになる也。これ啻に詩歌の本領を失へるのみならず、日本国民として、許すべからざる悪口也、毒舌也、不敬也、危険也。

と言い、「余は、平生、国家主義を唱ふるもの也。皇室中心主義をも唱ふるもの也」と自らの主義を明らかにした。

もしわれ皇室中心主義の眼を以て、晶子の詩を検すれば、乱臣なり、賊子なり、国家の刑罰を加ふべき罪人なりと絶叫せざるを得ざるもの也。

と結んでいる。右の文章は今から思えばエキセントリックな表現のうちに、自らの論を強引に展開させようと急ぐ

余りに、その論旨においてかなり無理な点が見られる。桂月のこの論に対して翌二月の「明星」には「新詩社同人」の署名で「『詩歌の骨髄』とは何ぞや」が掲載された。これは鉄幹と平出修が桂月を訪ね、他に社外の二人の立会いの許で行われた、問答形式のものであり、二段組の九頁半にわたる長文である。ここにおいてもっとも問題になったのは、前記した晶子の詩の三連目であった。鉄幹側は「問」として、三連目の晶子の詩に対する桂月の見解を「故意に悪解」したのではないかと詰問し、鉄幹側はこの部分を捉えて新たに

天皇陛下は九重の深きにおはしまして、親しく戦争の光景を御覧じ給はねど、固より慈仁の御心深き陛下にましませば、将卒の死に就て人生至極の惨事ぞと御悲歎遊ばば《ママ》さぬ筈は有らせらるまい。必ず大御心の内には泣かせ給ふべけれど、然も陛下すらこの戦争を制止し給ふことの難く、已むを得ず陛下の赤子を戦場に立たしめ給ふとは、何と云ふ悲しきあさましき今の世のありさまぞや。

と訳した。鉄幹側には心情的に判官びいきに傾いた感がある。さらに鉄幹側は、桂月の「詩歌の骨髄」掲載と同誌の大塚楠緒子の詩「お百度詣」をあげ、それを「如何」と問うた。その詩を左にあげる。

ひとあし踏《ふ》みて夫思《つまおも》ひ　ふたあし国《くに》を思《おも》へども　三足《あし》ふたたび夫《つま》おもふ　女心《をんなごゝろ》に咎《とが》ありや　朝日《あさひ》に匂《には》ふ日《ひ》
の本《もと》の　国《くに》は世界《せかい》に只《たゞ》一つ　妻《つま》と呼《よ》ばれて契《ちぎ》りてし　人《ひと》も此世《このよ》に只《たゞ》ひとり　かくて御国《みくに》と我夫《わがつま》と　いづれ重《おも》
しととはれなば　たゞ答《こた》へずに泣《な》かんのみ　お百度詣《ひやくどもうで》あゝ咎《とが》ありや

大塚楠緒子は当時女流作家として著名であった。右の詩に対して桂月は全面的に高く評価し、晶子の詩は「女の愚痴なり、ダダを捏ねたる姿なり」とし、「価値無し」と主張し、「危険」だとも言った。桂月は国家主義的立場と儒教的思想を下敷きにしているので、詩に関する理解は片寄りがちである。こうしたところの矛盾と過度な批判を鉄幹側は強く突いた。

以上、この問答は鉄幹側に有利な結末のように見えたが、右の「明星」と同月の「新声」に掲載された「桂月対

剣南」には匿名の三者の言い分がそれぞれ発表されている。まず一人目は晶子側に立っており、

　誤れる国家主義を鼓吹し、文学の傾向を只頑迷なる一辺に偏向せしむるものあらばそは頑迷なる桂月の罪也。

と言っている。また二人目は桂月、剣南の論争を「奇態な現象」とし、これを

　一面には国家対個人の問題であり、一面には美と善との関係問題でもある、

とし両者の立場を認めているが、時局柄晶子と剣南を批判している。三人目は桂月の見解を是とし、晶子の詩を非としてこの詩を

　無教育なる女子の繰言而已、可憐の情なきに非るも、之を公然詩壇の鑑賞に供すべきにあらず、

とし、この詩は「現行社会道徳の壊乱を来す」とし、「鉄幹君及び晶子君プラス提灯持剣南君の側に降参を勧むる所以」と結んでいる。これは戦時中なので当然のことであろう。しかし今日でもこの晶子の詩が、多くの人々に親しまれているのは生命の大切さを訴える真実の叫びがあったからであろう。

(3)　鉄幹の詩とトルストイの日露戦争論

次に晶子の詩の成立を巡って考察してみる。鉄幹は四年前の「明星」七号（明33・10）に、

　ひんがしに愚かなる国ひとつありいくさに勝ちて世に侮らる　(264)

　大君《おほきみ》の御民《みたみ》を死ににやる世なり他人《ひと》のひきゐるいくさのなかへ　(265)

　創《て》を負ひて担架《たんか》のうへに子は笑《ゑ》みぬ嗚呼わざはひや人を殺す道（以上傍点は筆者）　(266)

があり、これらは『鉄幹子』に採られた。これらは鉄幹が晶子と初対面（明33・8）した直後に発表された。このころの晶子は鉄幹に心酔しており、その歌には並々ならぬ関心があったであろう。従って鉄幹のこれらの歌に見られる戦争に対する批判や皮肉を十分に理解し記憶に止めていたことは想像に難くない。それ以前に鉄幹は「血写歌」（「新著月刊」明31・5・「心の華」明31・6）という詩を作っており、『鉄幹子』に再掲している。「君死にたまふこ

と勿れ」の詩は「血写歌」が下敷きになっていたと考えられる語句がある。その部分を「血写歌」を抄出する。

正義とは　悪魔が被《か》ぶる仮面《かめん》にて　功名は　死をよろこばす魔術《まじゅつ》かな（第一連）　おなじ世界に生れ出で、

親もあり　妻《つま》もある子を　名をつけて　勇しき名のチヤンピオン　かわいやな　いくさにやれり遥々《はるぐ》と　見も

しらず　なれもせぬ　万里の空のひとの国（第二連、中略）

あはれやな　人を殺して涙なく　おそろしや　生血《いきち》に飽きて懺悔せず　英雄と　われから誇り　豪傑と　一世

を愚にす（第四連、中略）

いたはしきかな　ち、母は　老いてたよりの　子にはなれ　あはれなるかな

たをやめは　二世のをつとに　わかれつつ　いぢらしきかな　乳のみ児は　まだ父親《ておや》の　顔しらず（第六連）

右の詩を意識して鉄幹は「明星」七号に右の三首を詠んだのであろうと思われ、それは当然晶子の眼にも触れていたであろう。晶子が弟の出征という現実に接した時、これらの歌や詩が晶子を触発し、「君死にたまふこと勿れ」を書くヒントになっていたとも考えられよう。ここには万人共通の訴えである肉親愛が躍如としており、真情の率直さが詩としての生命を後々まで保ち得させていたと言えよう。しかしこれが同時に国家主義者を刺激して社会的問題にまで発展したことは、戦時下にあってはやむを得ないことであった。

晶子の詩が発表される直前に興味深いことがあったことをここで紹介する。それは「平民新聞」第三九号（明37・8・7）に載った「トルストイ翁の日露戦争論」である。これはトルストイが日露戦争に関して六月二七日の「倫敦タイムス」紙上で発表した長論文が翻訳されて全文紹介された。そのはじめに「其平和主義博愛主義の立脚地より一般戦争の罪悪と惨害」とを説き、「延て露国を痛罵し日本を排撃する処、筆鋒鋭利、論旨生動、勢ひ当る可らず、真に近時の大作雄篇……」などと説明されている。全文のタイトルは「爾曹《なんじ》悔改めよ」であり、一二章二段組

二二頁にわたる長文である。この論文の一部を引いて見る。

残害殺戮を逞しくせんが為めに、陸に海に野獣の如く相逐ひつゝあり、嗚呼是れ何事ぞや……戦争が極めて陋劣なる獣慾を催進して、人をして殺伐残忍ならしむるは、万人の知れる所なり、知らざる能はざる所なり（第一章）

戦争―即ち人類の屠戮―は「汝殺す勿れ」てふ訓戒と一致せざるものなり（第四章）

人の父、人の良人を取り去り、一家より其稼ぎ人を奪ひ去りて、以て屠戮を準備せしむ（第十二章）

などを見れば明らかであり、トルストイは戦争の罪悪を直視し、これを摘発している。

この論文が「平民新聞」に発表されたのは明治三七年八月七日で、右の抜粋部と晶子の詩の内容がきわめて類似している。三七年の「明星」は毎月一日発行で、その締切日は刊行前月の一八、九日である。晶子の詩は九月に掲載されていることからトルストイの論文が発表された期日を考えると、「明星」締切までほぼ一〇日間の余裕があった。仮に晶子が右の論文を読む可能性があったとしたら、その詩に何らかの影響が及んだとしても不思議ではあるまい。トルストイの文章と晶子の詩との関わりを初めて紹介したのは、本間久雄の『続明治文学史』（下巻）（昭39・10）であった。

第二節　二つの作品

(一)『小　扇』

(1) 体裁と命名と批評

『小扇』は晶子の第二歌集。初版は明治三七年一月一五日、再版は三八年三月一〇日刊行。共に大阪市東区南本町四丁目の金尾文淵堂より刊行。体裁は『みだれ髪』とまったく同じの三六判、横八・六、縦一九センチ。表紙画は三色刷、挿絵は二色刷で共に藤島武二筆。定価は三五銭。本文は九一頁、全歌二五九首、「みじか夜」（七一首）、「笹舟」（五九首）、「夏ばな」（四〇首）、「梔花染（一）（二）」（三三首）、「うつくし」（一四首）、「朝寝髪」（四二首）の六章より成る。明治三四年九月から三六年四月までの歌「明星」から採られた。初出の多くは「明星」だが、他に「小天地」「太平洋」「文芸界」からも採られた。初出不明歌は一首（61）のみ。初版と再版との体裁上の違いは、初版では見開きの次がすぐ目次になっているが、再版では扉に、

われわかうてちさき扇のつまかげにかくれて観たる恋のあめつち　あき

が載せられている。この歌は明治三七年一月の「明星」末尾の頁一面に広告用として掲載されたが、『小扇』の初版には採られていない。ところが同年五月に出版された『毒草』巻末の鉄幹と晶子の「自嘲二首」の一首に右の歌が載せられている。「小扇」の読み方について長男与謝野光氏は晶子や新詩社の人たちが「さおうぎ」と読んでいたと語っていたと言う。「さおうぎ」とすれば「さ」は接頭語だから意味はなく、右の歌の「ちさき扇」とは矛盾する。『小扇』再版末尾には「明星」に掲載されていた『みだれ髪』の批評文「なにがし」（明34・10）と「それが

し」（明35・１）の署名の二文が三八頁にわたって載せられている。『小扇』については当時も現在も余り採り上げられなかった。『小扇』は、『みだれ髪』後の同棲から新婚の悲喜様々な生活感情がこまやかに歌われていて、その内容が『みだれ髪』の続きであるところに意味性がある。まさに姉妹歌集と言えようか。『小扇』出版の当初はその翌月の「明星」の「尺牘一則」に、

　藤島画伯の表紙画、挿画、すべて『乱れ髪』の濃麗に比し、之は瀟洒なり

と記されている。刊行一年前の「明星」（明36・１）巻末に広告文として「与謝野晶子女史新歌集」と紹介し、

　落想に声調に変幻百出して、独創の妙才優に新歌壇の一生面を開き、之に盛るに紅根紫怨纏綿懊悩の情熱を以てするは晶子女史の歌にあらずや曩に『みだれ髪』の著あり洛陽の男児其才調に驚いて顔色無からんとせしもの、今又この新作『小扇』を得て如何の感ありや。

と載せられているのみであった。その後、同年七月の同誌の「小観」で「本月中に発行」すると予告しながら、半年後の出版まで何の消息も「明星」には載せられていなかったのは、恐らく経済的な事情によるものであろう。

(2) 内　容

(イ) 『みだれ髪』の揺曳　内容は未だ『みだれ髪』を揺曳しているが、『小扇』ではやや客観的な視点で「恋」を捉えている。『みだれ髪』の「50狂ひの子われに焔《ほのほ》の翅《はね》かろき百三十里あわただしの旅」「357かたちの子春の子血の子ほのほの子いまを自在の翅《はね》なからずや」などの奔放さとは違って表現は内に秘める情熱が静寂で、情緒深いところにある。

61 ひとすじにあやなく君が指おちてみだれなむとす夜《よる》の黒髪
68 みだれ髪おもひ動くぞ秋によき恋の二十《はたち》を袂に秘めな
259 恋しては王者をよぶに力わびず龍馬《りうめ》きたると春のかぜ聴く

と詠んでいる。『みだれ髪』より沈潜した感じはするが、恋を謳歌する点では質的に通ずるものがある。一首目は逢瀬を官能的に繊細に表現し、艶麗な女の黒髪を夜の闇に浮き彫りさせている。これは『みだれ髪』以上に官能の度合いが濃艶で、洗練されている。二首目は「みだれ髪」と「秋風」との関わりを巧みに表したところは髪の乱れを恋の乱れと詠む『みだれ髪』の発想に準じている。三首目は恋すると心が自在に高揚していく、その心象を「王者」や「龍馬《りうめ》」に比喩しているのも自在であり、大仰であり、奇警である。このように「恋」を多彩に表現しているのは『みだれ髪』より高度で、その華麗さはみごとである。まだ『みだれ髪』的な恋の雰囲気が漂っていて、その青春性は失われていない。それに加えて新婚の生活を思わせる場面も多く詠まれている。『みだれ髪』は二ヶ月の同棲生活の後に出版され、それはあくまで恋愛の渦中の歌であった。その愛が結実して新婚夫婦としての生活から発する様々な現実に直面していく過程がこの歌集には詠まれている。

(ロ)　粟田山回想と母への思慕　集中には、二人の青春時代を懐かしむ歌として、

27 百二十里かなたと星の国さしし下界《げかい》の京のしら梅月夜

92 京の山を東へ歌の君やりて身はしら梅にたそがれの人

128 恋は紅梅詩《こぞめ》はしら梅の朝とこそ湯の香に明けし春の山物語《やまものがたり》

116 春老いては鏡にもらす歌ぞ多き二十《はたち》なりける湯の山の宿

がある。右の「京の山」「春の山」「湯の山」とは二人が再会して青春を飾った思い出の京都の粟田山であり、二人の運命を決定させた場所でもあった。この地を回想することは過去の至福を蘇らせ、自らの恋愛を誇示し、美化し、それによって現実の辛さを和らげて感傷に耽ることでもあった。もう一つ晶子の内面を揺さぶっていたのは母恋しさであった。家出同然の形で上京した晶子にとって、いちばん心に残っていたのは母への哀切な思いであった。

117 母遠《とほ》うて瞳《ひとみ》したしき西の山相摸か知らず雨雲《あまぐも》かかる

129 花ぐさにひと夜がたりの頰のほつれ濡れてぞ雨よ母に帰らじ
40 母にいにし昨日《きのふ》の魂や闇《やみ》にまどふしら梅ちさき戸はうすみぞれ
205 君なくば物をおそれの魂《たま》とのみに栖む胸しらず消えにけむ魂《たま》

などがある。一首目の母恋しさから泣きたくなる思い。二首目は一人ぼっちの夜、寂しさから花に語りかけ、下句によってどんなに辛くても母の許には戻らないと決意する。しかし現実は苦悩と寂寥の中にあった。三首目は母の所へ行った昨夜の魂は夢の中で会えずに迷っているうちに、やがて白梅が寒さのためにしぼんでしまい、外はうすみぞれが降っている現実に戻ったという歌。四首目はあなたがこの世にいなかったならば私の魂は不安で消えてしまったであろうが、あなたと出会って落ち着く所を得た、という、「君」の存在がいかに大きかったかを歌った。人間は肉体と魂から成るという日本古来の二元論的生命観を利用した歌である。古典の歌にはよく詠まれている。これらには、上京後の生活の中で物心共に不如意なことが多く、そこにひき起こされる不安な感情から悩み、憂鬱になって、心の拠り所として母に甘え、縋ろうとする気持ちがこめられている。

(ハ)　林滝野と山川登美子の存在　上京後の晶子にとってもっとも懸念されたのは先妻林滝野の存在だった。『みだれ髪』には「山吹」を通して滝野を間接的に歌った二首（172・369）があったが、『小扇』では具体的に滝野の雅号「白芙蓉」を詠みこんでいる。（傍点は筆者）

154 しろ芙蓉妻ぶりほこる今はづかし里の三月《みつき》に歌しりし秋
164 宵のうたあした芙蓉にねたみもつよ黒髪ながき秋おごり妻

ここには妻の座を得た喜びと誇りが高らかに歌われている。その一方では新婚の幸せな思いを、

121 明日《あす》もたぬ露の武蔵の草ごもり人わかうして夢によろしき
159 野路《のぢ》のほこり朝のふたりの息《いき》うつくし武蔵国ばら霧紅う降れ

212秋の里は名なし花の香井《ゐ》にくみてやさしむ君と朝の鐘きく

と歌う。いずれも「武蔵野（渋谷村）」に住む二人の満ち足りた新婚の生活が美的に詠まれているが、その一方で、

99そがひ柱《ばしら》わが名きみよぶあまたたび夕海棠《ゆふかいだう》よかごとをしへむ

246をしへ給へ永劫《ゑうがふ》笑まぬ君かとぞ問ひなば石はためらふまじか

23酔へる蝶は小百合のほかに花しらず幸《さち》あるかなや瞳《ひとみ》ちさき君

と、一、二首目は感情をぶつけ、夫婦間の齟齬と葛藤が渦巻いているような誇張表現である。その原因は三首目の歌に関わっているように思われる登美子の存在であるが、それについては、すでに書いたので省く。

(二) 古典文学との関わり　晶子は自ら

わが十二《じふに》もの哀《あは》れを知《し》りがほに読《よ》みたる源氏《げんじ》枕《まくら》の草紙《さうし》

（「二六新報」明44・6・20）

と後になって歌うように少女期から王朝文学に親しんできた。こうした素地は晶子の文学に抜きがたい影響を与えた。こうした傾向は『小扇』の歌にも見られ、この歌集の一つの特色となっている。これは上京後、半年ほどした明治三四年末から正月にかけての関西、畿内旅行に触発されていたことが一つの要因となっていると考えられる。これらの歌は三五年の「明星」の『春雨傘』（明35・2）・「緋桃日記」（明35・3）に掲載された。それらについてはすでに述べたので省く。それらの歌の中で古典に眼を向けた歌として

33病むひとの母屋《もや》のすだれに螢やりて出づる車の君が夏姿

49かくの別れ秋に心をもたざらばゐにしは蘆のひと夜とやらじ

61ひとすじにあやなく君が指おちてみだれなむとす夜《よる》の黒髪

などがある。一首目は、「源氏物語」の「螢」の巻の一場面が想起される。二首目は、王朝歌人伊勢の「難波潟短かき葦のふしの間も逢はでこの世を過してよとや」（新古今・恋歌一・一〇四九）を下敷きにしている。三首目は、

和泉式部の「黒髪の乱れも知らずうち伏せばまづかきやりし人ぞ恋しき」（後拾遺集・恋三・七五五）の雰囲気を捉えた歌でこれら三首にはいずれも匂やかで古典的で艶な風情が漂っている。

もう一つは前記した二元論の発想を利用した歌がある。「二元論」とは肉体から魂が離れて逢いたい人の魂に逢いに行くという発想で、集中にはその類の歌が多い。

76 こむらさきうすれむらさき野の雨にわれと別れし魂《たま》たそがれぬ

79 夜は雨にわかたむ夢は坂こえず碓氷《うすひ》のあなた里の名も知らぬ（人の信越の旅にあるに）

37 夜《よる》の室《ま》のしら梅透《とほ》る八重ごろも御母《みはゝ》の神に夢よはぐるな

などである。一首目は私の肉体から抜け出て別れて行った魂は、うす暗く降る野の雨の中を遠ざかって行ったという内容、これはあてどなくさまよう魂の行方を思う、作者の不安でやる瀬ない心情を詠じた。二首目は、夢の通い路を通って想う人に逢いたいが、雨に隔てられて逢えないという思慕の訴えを二元論の発想で表した。三首目は寝る前に白梅の香に包まれ、その香のしみ透っている重ね衣を着て、母恋しさから夢の中で逢いたくて、母にはぐれないようにと念じている歌。いずれも前記したように人間の存在は肉体と魂から成るという、古典に見る二元論的生命観を利用した歌である。

㈭ **自己肯定の歌**　『みだれ髪』の歌においてすでに自己を強く肯定する意識が見られたが、『小扇』にはさらにそれを明確に誇示した歌が見られる。本書は明治三五年第三節「㈢ 鉄幹の登美子への慕情」の項で三四年の登美子の歌や三五年の鉄幹の歌から二人の相思・葛藤の歌を見てきたが、これに対して晶子が歌でどのように応えたかを『小扇』の歌によって考察してみると、晶子の自己肯定意識の表れた歌につき当たる。

125 こぶるに笑み痛むるに恋よぶに歌かくて桂の葉にふさふ我

206 おごりなりと桂の葉もて枝《えだ》をもて額《ぬか》は打たれむ世なきに似たり

一首目は、相手の媚びをかうには微笑、相手を悩ませるには恋、相手の気持ちを惹きつけるには歌、このような条件の揃った私は桂の葉の冠を被るのに相応しい勝利者なのだという内容。二首目は、驕っていると自己反省をしてみるが、自分を鞭打つのはあくまで自分の良心だと言って判断の価値基準を自分においているという内容。右の二首は自信に満ちた自己肯定の歌である。このような強い自己主張が作品に見られるのは、登美子、鉄幹の歌に比べてみると対照的である。ここには登美子へのライバル意識や鉄幹への不信感、またこうした精神状況にある悲哀や不満、吐け口のない鬱屈などを乗り越えようとする晶子の強い自意識が見られる。晶子の性格として、惨めさや弱音を率直に歌に表すことはプライドが許さなかったのであろう。とは言っても晶子は自ら、弱さや心の痛みを別の形で表している。これが懐郷の念に繋がり、母への愛慕、幼時を懐かしむ歌となった。前記したように、ここでも強い自己肯定意識を高く掲げている。

233 こしかたやわれおのづから額《ぬか》くだる謂はばこの恋巨人《きよじん》のすがた
259 恋しては王者をよぶに力わびず龍馬《りうめ》きたると春のかぜ聴く

一首目は、自分の体験した恋への絶大な自信と賛美を表した内容で、ここに脱帽せんばかりの感激と陶酔がうかがわれる。二首目はすでに述べたが、恋の万能性に対して信頼を寄せ、それが自分の掌中にあることを誇らかに余裕を以て歌っている。いずれも恋を獲得した者の激しい自己肯定の歌である。これらの歌のできた背後には、初子を得て母となった女としての自信と歓喜が、ある意味での裏づけとして考えられよう。

(へ)　代作の歌　「梔花染」の章は「一　大和の秋に若き旅人の歌へる　二　春にはかに髪おろしける姉をいたむ人の歌」の二つの題を設けた一連の歌である。こうした形式をもつ歌集は、晶子の全歌集の中で特殊なもので、特定の人や場所を設定して詠むというテーマ性の明らかな形式は、晶子の全歌集の中で『小扇』のみに現われた特徴と言える。こうした形式を選んだのは、連作によって一つのドラマを繰り広げる趣向をとったということで、全体としては作者の芸術観や人生観を披露したと言えよう。一は大和路を行く旅人の行動を主にしたものである。二は出家した姉を想う妹のさまざまな心理状態を、代作という形式によって隈なく展開させたものである。これは古典で言う貴紳に頼まれて代作する専門歌人のあり方を彷彿とさせるものである。こうした連作の手法は、歌人としての晶子の手腕を発揮するのに恰好なものであった。総じて「小扇」は非常に難解歌の多い歌集である。例えば

22 平和《やはらぎ》の神の御帖《みてふ》に名もあらむとおもふ我ぞ老いにけらしな

24 垣《かき》のふた葉ある夜南欧《みなみ》の旅びとの壁にのこさむ名の後あれな

69 詩の愛着《あいぢやく》よる方《かた》くらき子は幸《さち》無《な》二十《はたち》を出でし野の夕まよひ

などである（拙著『小扇全釈』八木書店　昭63・11参照）。この一集について主だった特色を述べてきたが、晶子にとって人生の転換期に当たる重要な意味をもつ歌集と言える。この歌集によって新婚の頃の晶子の心のありようがつぶさに分かり、また新詩社同人たちとの関わりは比較的リアルに詠まれていて分かりやすい。

最後に『小扇』の歌の初出の大部分を占めていた明治三五年という年は、「明星」が発展途上にあって刷新を図り、様々な企画が試みられた。その間の事情をたびたび「明星」誌上で鉄幹は「謹告」している。このように「明星」の八年間で、この三五年ほど鉄幹にとって活気に満ちた年はなかった。こうした「明星」の流れが『小扇』の背景にあったことを忘れてはならない（拙著『小扇全釈』参照）。

二『毒　草』

(1) 体裁と批評

鉄幹と晶子の初の合同詩歌文集。この後二人には四冊の共著があるが、いずれも本名鉄幹の署名である。『毒草』は明治三七年五月二九日、東京市本郷区駒込東片町二六番地の本郷書院より刊行。本書の定価は洋装並製金五十銭、

洋装特製七十銭。体裁は枡型（一四・八センチの正方形）。本文は三〇五頁。装丁画（二色）・巻頭画（六色）・版画挿絵四枚（朝・夕・昼・夜）、いずれも藤島武二筆、当時流行のアールヌーヴォー調の斬新なデザインである。巻頭には落合直文への献辞、次に上田敏と内海月杖の「毒草序」があり、巻末には馬場孤蝶の一文がある。その後に「与謝野氏著作書目」として『毒草』出版までの鉄幹と晶子の著書八冊の書名が記されている。本書の作品目次は「詩文」として鉄幹と晶子に二分されているが、本文は目次どおりではない。鉄幹の作品が過半を占めている。鉄幹は長詩一一篇、唱歌二篇、絶句（新短歌）三〇首、短歌六篇（一四三首）、小説一篇、美文三篇。晶子は長詩三篇、短歌三篇（七六首）、美文三篇。共通の題の二人作として俳句（鉄幹九句、晶子六句）と本文末尾の「自嘲」一首ずつが載せられた。二人の歌は明治三六年一月の「国文学」から三七年四月の「明星」までに発表されたものである。その多くは「明星」発表だが、他に「太陽」「文芸界」「国文学」「万年草」「小天地」「少詩人」「日露戦争実記」「破笛」と幅広く発表された。初出不明歌は晶子にはなく、鉄幹は巻末の自嘲歌のみである。再版は三七年九月、三版は三八年一〇月、四版は三九年一〇月に刊行された。時勢にすばやく反応してか、鉄幹は初版（5・29）では「旅順封鎖隊」と「嗚呼広瀬中佐」の軍国唱歌を掲載したが、再版（9・2）の折この二唱歌を削除した。一度は戦時色を匂わせて軍国唱歌を初版に載せてみたものの、それは鉄幹の本意ではなかった。初版前の三月号の「明星」で、『毒草』の広告に鉄幹は、

今や軍国多事の際、一面に於て是等文芸趣味の新書を繙くも、亦、大国民の雅懐なるべし

と書いている。初版に戦争色のある詩を載せたのだが、それ以前にも右の広告で戦時下を無視するように「文芸趣味」の風雅さを壮語している。また翌四月の「明星」にも内藤鳴雪の「桃五句」の詞書に、

鉄幹君より文芸の士は戦争と関係なしと申越されければ

と載せて、自分達同人は戦争より文芸を重んずるという態度を明らかにして、再版時で軍国唱歌を外したのである。

再版と同月（９月）の「明星」に晶子の「君死にたまふこと勿れ」が掲載された。これは偶然か恣意的であったか。『毒草』について「明星」（明37・10）の巻末に広告として第三者風を装って鉄幹は、

この夫妻作家の新しき詩文集を『毒草』と云ふ。知らず、読む人をして酔はしむるや、睡らしむるや、躍りたゝしむるや。唯見る、紅紫の花目もあやに、妙香蒸すばかり薫りぬ。初版早く尽きて、こゝに増補訂正第弐版を出だせり。

と書いている。このようにまったく戦争とは関わりのない純文芸的な姿勢を明らかにした。またこの年の七月の「明星」に当時著名だった山崎紫紅が「『毒草』を読む」の一文の末尾の「附言」に、

日本に於て、夫妻一冊の共著をなせること、恐らくはこの『毒草』こそ嚆矢なるべけれ。

とあるのは二人の共著が「嚆矢」だと断定づける紫紅の力強い言葉であった。

(2) 内　容

(イ) 鉄幹の歌　本書の内容を見ると、冒頭の「絶句」三〇首は目次では「（新短歌）」と付記されている。「絶句」は「明星」（明36・9）では「かたわ車」（絶句二五首）と題する鉄幹の作である。「絶句」の歌は鉄幹の新しい短歌形式への意欲的な試みとして発表された。これは漢詩の一体である「絶句」の五言、七言から成る形式を踏まえて「七言絶句」に倣って初句だけを五音にして五、七、七、七、七、の五句から成る新しい形式にし、それに適宜な読点をつけ、絶句には句点が施されている。

1ゆきずりにあゝただひと眸《め》、それもえにしや、あゝただひと眸《め》星のまなざし。

7あゝよしや、肩に肘《ひぢ》まき唇《くち》は御唇《みくち》に、ここは去《い》なじな髪しらむまで。

など「絶句」の殆どが恋歌なので、深い感動をこめて「絶句する」意もかけていたとも考えられないだろうか。この形式に鉄幹はどれほどの意欲と意図をこめたか分からないが、以後「明星」には見られなかった。

「蛇いちご」一六首は「明星」（明36・3）掲載の「藪椿」二〇首から採られた。

33 いささかの白髪《しらが》は見ゆれ業平《なりひら》に或《ある》は肖《に》つとも啓《けい》させ給へ
38 京にして九郎が得たる静《しづか》かと古りぬる旅の日記《にき》おどろしき
43 妻《め》が髪のおとろへ思ふわびずまひ男《をとこ》なれども泣くを咎めじ

などに見られる史上の人物の名を詠み込む傾向が見られたのは前に述べたが、三五年一月、晶子と共に畿内を旅して得た歴史的な地名や事物に触れて、古典的なものに親しみを覚えたからであろう。

「荊叢毒蕊」二八首は「明星」（明36・5）掲載の「病榻《とう》小詩」から全部採られた。これは「明星」（明36・4）社告に「小生去月は脳病はげしく殆ど何物をも執筆する能はざりき」とあることにより、三六年三月ごろの病気の実体験を詠んだと解することができる。

51 許し給へ今日《けふ》に執《しふ》するわが一日《ひとひ》病まぬ十とせは価《あたひ》なかりし
59 恋ありて詩ありて嬉しひと日だに病めば光明《ひかり》の満たぬ日は無し

と詠んで病を肯定的に、また有意義に考察している。このころの鉄幹はまだ「明星」に強く執心していたので心に余裕があったのであろうか、病の歌であってもまったく暗い影は見えない。

「金蓮花」三二首は「そぞろごと」（「国文学」明36・1）・「をとめ椿」（「明星」明36・2）・「幻想」（「文芸界」明36・2）・「金翅」（「明星」明36・4）・「新扇」（「明星」明36・7）・「星夜」（「明星」明36・8）「公孫樹」（「明星」明36・11）・「金鶏」（「明星」明36・12）から採られている。この一連には鉄幹の心情の、もっとも深くデリケートなところに触れた内容が歌われている。従って病気の歌とは対照的で憂愁を帯びた歌が多い。

104 われとこそあこがれしめよ燃えしめよやらじ巌屋《いはや》に行かじ氷室《ひむろ》に
105 胸ひたし潮《うしほ》と湧けよなさけあらば破《や》れにし船も琴と響かめ

106遠き世に君をひらけとさづかりし鑰《かぎ》にはあれどえこそ見出でね

一首目は強烈な恋の告白であり、二首目はあなたの愛があれば破船の音も琴の音のように響くという歌。三首目はあなたの心を知るためにもらった鑰だが、その心を計りかねているという戸惑いの歌。

「飛鳥かぜ」二一首は「古金泥」（「明星」明36・6）から採られた。これらは三六年五月上旬の関西から近畿への旅の作で、古代的な雰囲気の漂う歌である。

109美くしき神代《かみよ》の巻《まき》の恋をとこ畝傍《うねび》耳無《みゝなし》出《で》て我等《われら》観《み》る

123春日野の躑躅《つゝじ》がなかに車するゐ待《ま》ため今かも憶良等の来む

「夏草」一八首は「一夜百首会」（「明星」明36・11）・「即興雑詩」（「破笛」明36・10）から採られた。一首ごとに結び字がついている。

柱

145髪は二十《はたち》おもひは老いし秋姫《あきひめ》と金《きん》の柱にゐよりて泣きぬ

などがある。以上の歌はすべて三六年の作品である。

「夢のうち」（目次は「夢ごこち」）二八首は三七年の「明星」一月から五月までの歌から採られた。「紫藤花」（5月）の他に「燭」（3月）からと落合直文の追悼歌は一月の「木枯のあと」に鉄幹の歌六首と三月の「雛の夜」にも鉄幹の六首があり、いずれも他の人の歌も含む。これらは「明星」掲載の歌である。二月の同誌の「通夜の記」にも追悼歌が載せられ『毒草』に採られている。

152あこがれは天《あめ》を観をへて地に還るいと大きなる星は君よと

173兄たちの御弟子《みでし》の後《のち》に脊かがめて御棺《みひつぎ》の間《ま》ををろがみて居る

一首目は明星風の美しい挽歌であり、二首目は弟子として謙虚に自己を見つめている。

巻末の「自嘲二首」中の鉄幹の歌は

174 おもひではわれと心にわれと歌に毒もつ花の香のごと沁《し》みぬ　―この集『毒草』のすゑに、鉄幹作―

である。初出不明なので恐らく『毒草』の命名に関わる歌として編纂時に新たに加えた歌であろうか。「毒もつ花の香」というあたりに「おもひで」のもつ意味合いが色濃く反映され、甘美さと苦しさが包含された感じである。

(ロ) 晶子の歌　晶子の歌について述べる。□内の数字は『毒草』を『鉄幹晶子全集』（現在勉誠出版より刊行中）の形式にならって記した（本書の凡例参照）。「金翅」三五首は「明星」（明36・9）掲載の「とある日」と同誌（明37・1）の「京の袖」から採られた。

4 棲みて三とせ後《のち》は百《も》とせ中《なか》のひと日犠性《にへ》にたまへと来《こ》しや寂寞《さびしみ》

13 二十《はたち》すでに君におもはれ道の子に否とこたへし名にやはあらぬ

一首目の「三とせ」とは上京してからの年数で、その間の感慨が晶子のこのころの実感であり、二首目も恋愛ひと筋に生きてきた実感である。

「やつれぎぬ」一一首は「明星」（明36・11）掲載の「萱草袴」から採られた。一〇月の「明星」社告には「晶子の父突然脳溢血にて卒倒の急電」とあり、父は三六年九月一四日に死去している。

38 おもひ子は名しらぬ罪を兄に負ひ御棺《みひつき》《ママ》遠き中《なか》の間《ま》に眠《ぬ》る

46 さらば父地《つち》の百里は隔てありぬ我家《わがや》の笑みを天《あめ》に見たまへ

一首目の背景には、鉄幹との結婚を猛反対した兄秀太郎との義絶があった。二首目は百里隔てた堺にいたころは父に背いて家出したが、今の自分の生活は幸せだと天に向かって報告している。

集中の「こほろぎ」一八首は「万年草」（明36・10）の「秋燈」と「明星」（明36・12）から採られた。ここには「ことし九月十二日夜をとほして人々と字を結び百首歌よみける中に」と詞書があり、鉄幹の「夏草」と同様に一首ごとに「結び字」がついている。

59 みかど知らず古事記しらずのやまと人をレモン咲く野に放たせ給へ
古事記

など、これまでの晶子とは違った新鮮さが見られる。上句は過去の歴史を知らない日本人への皮肉が感じられ、下句には西欧への憧れと自由を求めてやまない気持ちがうかがえる。

「緋芍薬」一三首は「明星」掲載の「挽歌」（明37・4）と「万年草」（明37・2）掲載の「（無題）」から採られた。

69 母こそは何に生きしと知らむ日の汝が頬《ほ》おもへばうつくしきかな

この歌の詠まれたころは次男秀懐妊中であり、右の歌には数え年二歳の長男光を慈しむ母親晶子の優しさがうかがえる。巻末の「自嘲二首」中の晶子の歌はすでに『小扇』出版月の「明星」に広告用として載せられていたものである。それは、

77 われ若《わか》うてちさき扇のつまかげにかくれて観たる恋のあめつち　―詩集『小扇』のうへに、晶子作―

であり、「自嘲」という歌には相応しくないが、青春回顧のつもりで載せたのであろうか。集中の鉄幹の歌には自虐的な翳りはそれほど見えず、晶子にもまた余り暗い影が見えず、まだ「明星」の全盛期を思わせる。しかし現実は厳しく鉄幹には師落合直文の死、晶子には父の急死があり、金銭面の生活苦も多かった。

(ハ)　二人の詩　詩について鉄幹の一一篇中の六篇は「明星」に発表されたもので、いずれも三六年作である。そのうち三篇（清水詣・山寨・鳴鏑）は「明星」では「叙事長詩源九郎義経」の中で「（一）おひたち」（1月）「（四）訂盟」（4月）「（七）剣の旅」（8月）として掲載された。他の「明星」発表の三篇のうちの一篇「叙事長詩日本武尊」（12月）は、『毒草』では「哀歌」として載せられた。これらの歴史的長篇叙事詩は三六年の「明星」の特色をなすものである。これは国威高揚を思わせる日露戦争の前年であったというところに意義がある。

鉄幹の「秋の夜」は二連の短い詩だが一連目では琴の音を破滅、憂愁、呪咀の怨霊と聞いて「むせび泣き」する。二連目は一連目とは対照的で若い恋人の「素肌《すはだ》羞づるや火を消して」という甘い場面が設定されている。「あざみ草」には「くちづけはあだなるものと」思っていた姉妹が人も羨むほどの恋を得る過程を詠んだ、優しみのある詩である。「すだまの歌」は「人目にふれじわがすがた」が「すだま」となって懊悩、煩悶、怨恨、嫉妬、執念、狂恋という内面を披露した詩である。「禍鳥」は一人の乙女の幸せが「禍鳥《まがどり》のけがれ心」によって疑心を抱くようになるという詩である。

晶子の詩について述べる。「つみびと」では「わかきをよびて」とか「はたまた美《よき》をつみ人」と詠み、青春にある理想的な人を「つみびと」と言っている。「つみ（罪）」とは恋を意味する新詩社風な詩である。「ひとぢ琴」では「ひとぢ琴」を「わが恋」に繋げている。この二篇の詩は短いが、三篇目の「橘媛」は比較的長い。媛の最期を「『相模《さがみ》の小野《をぬ》に燃ゆる凶火《まがひ》の　火中《ほなか》に立ちて問ひし君はも』　とぞ御涙《をんなみだ》この界《よ》に一つ　熱く落ちぬと落ちぬと見しは」と詠んでいる。鉄幹の詩の激しさとは違ったやわらかさのある、優雅な古典的な詩である。

㈡ 二人の俳句と散文

『毒草』集中で、他の二人の詩歌集には見られない特例は二人の合作の俳句「宵寝」である。この俳句の初出は「少詩人」（明35・3）に掲載された。渋谷の住処に「小盗」が入った時の作である。鉄幹九句、晶子六句である。詞書を抄出すると「剰す所ねまき一領、殆んど遺憾なし」とある。

盗人に春の寝姿見られけり　鉄幹
盗人に雛を誇る寝顔かな　晶子

二人の俳句は他には殆ど見られないが、晶子はその以前「新声」（明30・10）に「勝女」の署名で一句のみ発表したことがあった（「挨拶や長者よろこびの今年米」本稿269・293頁参照）。『毒草』に掲載された俳句との隔たりは大きい。二人の合作は媚やかで、情緒豊かである。

次に散文を見ると、鉄幹には小説「船路」がある。朝鮮へ向かう船中の「演士」の突飛な語りが中心になっているが、朝鮮を素材にした、やや冗漫な小説である。他には「美文」として「君」と「涙の記」がある。「涙の記」は直文の死を傷み、葬儀の様子を詳細に描いた渾身の作である。直文については生前中は『紫』に詠み、一三回忌の歌は『鴉と雨』（大４・８）に載せている。このように鉄幹は生涯直文を歌い続けた。

晶子には散文として美文が三篇あるが、その中で「母の文」が『毒草』中でもっとも優れている。母に成り代わって堺時代の自分のことを書いている。晶子の初期を知るための資料として重要である。

全体を通して見ると、初版の軍国唱歌二篇を除くと殆どが戦時下でありながらも戦時色に染まった作品がなく、甘美でロマン的な雰囲気の漂う作品ばかりである。ここに鉄幹と晶子の、時代に便乗しない、文芸至上を貫く姿勢がうかがえる。男尊女卑の当時にあって、夫婦の合同詩歌文集を出版したことは稀有なことであり、当時の晶子にとって女性として格別の喜びでもあったと思う。『紫』と『みだれ髪』のもつ浪漫性が再び花開いた感じのする、「明星」隆昌期の作品として遜色がない。また、二人の詩人としての資質も高く評価したい。

第六章　明治三八年（寛32歳・晶子27歳）

第一節　三八年の展開

㈠「明星」の新しい傾向

⑴ 絵はがきの流行

三八年の一〇月に日露戦争は終結する。前年の「君死にたまふこと勿れ」で非戦的姿勢を貫いた「明星」は依然として文芸至上主義の主張を曲げなかった。さらにこの年では毎月「明星」巻頭に二、三色刷りの木版の欄画を載せて、美術的嗜好性を高め、デザイン感覚も優れていた。それらは二月号から「絵はがき」として頒布されることとなり「明星」九月号まで、その「絵はがき」の広告が載せられている。この年には「絵はがき」が一般的に大流行し、「文庫」では毎月のように「絵はがき」に関する記事がコラム風に載せられていた。例えば三月号には、

近来絵はがきの流行はめざましいもので、これを数年前に比べると、意匠、印刷、紙屋惣《すべ》て長足の進歩を示しているが、まだ〳〵欧羅巴のそれに及ばぬ事遠しである。

と書かれている。ここにはまた「絵はがき」がドイツで大流行し、質がよいことも紹介され、西欧諸国で盛んだったことが記されている。「明星」五月号でも「絵はがき」が、日露戦争の勝利に伴って大流行したことを「刮目す

べき現象……現社会の趨勢を知る好機」だと伝えている。このような情況を考えると、「明星」の「絵はがき」頒布は世情の好尚に則るものであったと言える。

(2) 戯曲と演劇

この年の「明星」で目立つことは戯曲（脚本）が多く載せられたことである。まず**一月**には草野柴二の「恋医者」、一、三月には川下江村訳の「月桂冠」が二回掲載、三**月**には再び柴二訳の「健闘家」、**四月**には山崎紫紅の「上杉謙信」、高村砕雨の「青年画家」、**六月**には小山内八千代の「蓬生」、柴二訳の「細君養成所是非」、**八月**には紫紅の「日蓮雨乞」、**九月**には柴二の「世相の一頁」、一**一月**には「喜劇瞞着男」など。これらの人の中でもっとも多作だったのは草野柴二で、その殆どが喜劇であった。日露戦時下にこれらを掲載したことは寛の、「明星」に託した姿勢の一端をうかがわせる。こうした戯曲の掲載に伴い、「劇評」や「劇談」も載せられたことも、この年の大きい特色と言える。これらの中で高村砕雨（光太郎）の「青年画家」について「明星」五月号には

> 本社四月の第二小集は、新詩社演劇会第一回の披露を兼ねて、十五日午後三時より江東伊勢平楼に開けり。来会者無慮六百人、午後九時を以て散会したりき。

とある。また同月の「明星」には「新詩社演劇会」と題して

> 鉄幹さんの上野、唯眼を彼方此方《あちこち》見張る斗りで、別にこれと云ふ科《しぐさ》の無かツたのは、何だか物足らぬ気が致しました。

とあって、鉄幹が青年画家上野に扮して出演していたことが分かる。なお「青年画家」発表の前月掲載の「毒うつぎ」（高村砕雨作）六二首は青年画家と少女の対話形式で詠まれたもので、ト書もあり、全体として脚本の体裁をもち、「青年画家」の前身として書かれていることが分かる。

(3) 「絶句」掲載と鷗外の「明星」への初登場

歌の形式としては、三六年、寛によって初めて紹介された「絶句」をこの年の**四月**の「明星」に晶子が「みだれ髪」の署名で「ほそまゆ（絶句九章）」と題して発表している。その他に、「はるのひと」の「そのむかし」（2月）、「おもはれびと」の「君と我」（6月）、「宗古江」の「片袖」（7月）も「絶句」として掲載されているが、以前の寛の「絶句」の韻律とは異なり、かなり自由な形式をとっている。

鉄幹が上京直後から私淑していた森鷗外の作品がこの年の「明星」に初めて登場することになる。それ以前の鷗外は軍医として小倉にいた。まず三月の「明星」には「ゆめみるひと」の署名で、「画はがき」と題して歌七首を発表し、同じ署名で五月には「（無題）」三首、**九月**にも「曼陀羅歌」一五首があって、この中には、

ただ中《なか》は蓮華にかふる牡丹の座《ざ》仏《ほとけ》しれりや晶子《あきこ》曼陀羅《まんだら》

という歌がある。ここには鷗外の、晶子に対する賛美と様々な思い入れがうかがわれる。

⑷「明星」における象徴詩の紹介と『源氏物語』研究会

三八年で特記すべきは、日本近代詩史上のエポックとなった象徴詩の翻訳が「明星」に毎月掲載されたことである。まず一月掲載の上田敏の「燕の歌」、蒲原有明の「朝なり」。六月冒頭にはマラルメの一文が翻訳され、ここには象徴詩の定義として「幽玄の運用を象徴と名づく」と表現されている。これは敏訳である。その次頁には「象徴詩」という大見出しが二号活字で印刷され、七篇の詩が四号活字で収められている。その後、七月にはすでに「明星」に載せられた有明の『春鳥集』、一〇月に敏の『海潮音』がそれぞれ出版された。この二訳詩集は象徴詩の最高峰としての評価が高かった。こうしたことはこれまでの「明星」にはなかったことである。これらを見ても寛がいかに象徴詩を「明星」発展に寄与させようとしていたかが分かる。

有明と敏は「明星」初期から寄稿者として寛とは個人的交流があり、互いに理解し合う間柄であった。そうした事情からすでに西欧文化の先端を行っていた彼らの作品を「明星」へ積極的に紹介し、集中的に掲載したのは当然

のことであった。

明治三九年一一月の「早稲田文学」の「彙報」の「新体詩界」では、「昨三八年の新体詩壇は、総じて生気発動の趣きを呈し」とある。また敏・有明などによる「仏蘭西標象派」の詩風がにわかに詩壇を風靡し、論壇にもこれに関する議論が一時的に起こり、文壇に関心が向けられるようになったと記されているが、「評家」の多くは訳詩に好意を寄せなかった。「作家の側」はそれらの非難に動ぜず、「詩風の発達に関する努力を怠らなかツたやうである」と伝えている。

右のような批評とは別に「明星」では、三八年九月に「春鳥集合評」を上田敏、馬場孤蝶、与謝野寛の三人で行い、二段組三十余頁を費やして好意的に扱っている。一一月には敏の「『海潮音』自序」を載せ、集中の訳詩は「五十七章、詩家二十九人、伊太利亜に三人、英吉利に四人、独逸に七人、プロバンスに一人、而して仏蘭西には十四人の多きに達し、曩の高踏派と今の象徴派とに属する者、其大部を占む」と紹介されている。「海潮音」では殊に有名な訳詩として「エミイル、ヹルハアレン」作の「落葉《らくえふ》」が「明星」六月号に載せられている。

　秋の日の　ヰオロンの　ためいきの　身にしみて　ひたぶるに、　うら悲し。　鐘のおとに、　胸ふたぎ、
　色かへて、　涙ぐむ、　過ぎし日の　おもひでに。　げにわれは　うらぶれて、　こゝかしこ、　さだめな
　く　とび散《ち》らふ　落葉《おちば》かな。

これらによって「明星」が新たな意匠を得て一時的に活気を帯びてきたことが分かる。三八年の「明星」でもっとも顕著な成果をあげたのは象徴詩の紹介であった。この他、新詩社の主立った活動として前年からひき続いて行われてきた『源氏物語』の研究会がある。これは二月から七月まで「明星」の社告に、その日時の記録が記載されている。ここに後年の晶子の『源氏物語』口語訳を成す端緒があったと考えられよう。

(二) 寛・晶子の作品傾向（本名寛に戻る、登美子の歌も含む）

三八年の「明星」五月号から鉄幹の雅号は本名の「寛」に戻ったので、本書では以降「寛」を使用する。しかしまだ鉄幹の署名が使用されることもあって不統一である。

(1) 短歌

この年で目立つのは、寛には長詩が多いが、晶子には一篇の詩もないことである。しかし短歌は晶子の方が約四倍もある。まず二人の作品傾向を短歌から見ていく。

一月の「明星」には晶子の「春の夜」三〇首があり、これらはみな『恋衣』に採られた。寛の歌はない。

金色《こんじき》のちひさき鳥のかたちして銀杏ちるなり夕日の岡に　(117)

がある。これは前年三月の「明星」に寛が発表した「燭」の中にある「相見しは大《おほ》き銀杏《いてふ》の秋の岡金色《こんじき》ながすひかりの夕」と素材が似ている。晶子は当然右の寛の歌に触発され、「金色《こんじき》の」の名歌が生まれたと想像される。「春の夜」一連には物語的歴史的な雰囲気を湛えたロマンティックで情緒的な華やぎがある。しかし難解歌が多く、表現は洗練され切っていない感がある。右の「春の夜」の中で『恋衣』に採られた美しい歌を左にあげる。

玉まろき桃の枝ふく春のかぜ海に入りては真珠《しんじゆ》生むべき　(138)

山の湯や懸想《けさう》びとめく髪ながの夜姿《よなり》をわかき師にかしこみぬ　(122)

髪ゆふべ孔雀の鳥屋《とや》に横雨《よこあめ》のそそぐをわぶる乱れと云ひぬ　(145)

一首目の豊かな幻想性とロマンティシズムは晶子らしい。二首目は、「山の湯」「懸想《けさう》びとめく髪ながの」「わかき師」とあることから、かつての寛、晶子の京都の粟田山再会の情景が想起され、それを美的に抒情的に回想したと言える。三首目は、雨にぬれた女の黒髪の乱れと孔雀の美しい羽の乱れによって華やかな効果を見せている。かなり飛躍した比喩で表現されているが、孔雀を用いたところにナルシスティックな甘美さがある。

「明星」二**月**号には晶子の歌はないが、寛の「をれ櫛」七首がある。これらはみな「(徹夜会席上作) の歌」であり、一首のみが『相聞』に採られた。

登美子には「花がくれ」一二首がある。題名は一見華やかに見えるが、内には激しい恋が秘められた内容が多い。

うたがはず怖ぢず我知る君ひとり賜へいのちのおくに栖ませむ

さは早うかたみに泣かむ胸ながらさびしの笑みに目かはし過ぎぬ

歌やいのち涙やいのち力あるいたみを胸は秘めて悶えぬ

一首目は、かなり直截に自己の内面を表白した歌である。これまでの登美子の歌を考慮すれば「君」を寛、「賜へ」と詠んだ対象は登美子と推定できる。二首目は、早くからお互いに恋しい思いを抱きながら、淋しく微笑み眼をかわし合って通りすぎたという、「かたみに」とは一首目と同様、作者登美子と寛のことであろう。三首目は、えぐるような痛みを私の胸は秘めて悶えたのだ、そんな思いを歌に、涙にこめた、これこそが私の命なのだ、というずれも哀切な歌である。心情を内攻させながらも率直に吐露しており、恋の悲しみを感傷的に訴えている。表面上は恋の敗者としてのポーズをとりながら、寛と通じ合う思いを歌で披瀝せずにいられなかったのであろう。この年登美子は在京していたが、「明星」には「花がくれ」しか出詠しなかったのは『山川登美子全集』の年譜の三八年の項に「『恋衣』の刊行が原因で父の怒りを買い、この頃より学業に専念する」とあることによるのではなかろうか。なお一一月上旬には急性腎臓炎のために入院したという健康上の理由があったとも考えられる。

三**月**の「明星」には寛・晶子の歌はない。

四月には、寛の「花御堂」が一〇首あり、五首が『相聞』に採られた。そのうちの一首をあげる。

両妻《ふたづま》を恋《こ》ふる恋《こひ》なり不浄《ふじやう》なり癰疽《ようそ》病む身《み》と山《やま》に捨《す》てなむ　(392)

初二句は晶子、登美子を意識して、そこから離脱しようとしている。晶子には「春月集」五八首があり、この中四九首が『舞姫』に採られた。「春月集」は多作だが、特にテーマに沿って詠まれたものではない。以下（　）内の歌は『舞姫』の歌番号。全体として比較的佳作と思われるのは、

遠《とほ》つあふみ大河《だいが》ながるる国《くに》なかば菜《な》の花《はな》さきぬ富士《ふじ》をあなたに　(23)

舞《まひ》の手《て》を師《し》のほめたりと紺暖簾《こんのれん》入《い》りて母見《はゝみ》し日《ひ》もわすれめや　(268)

などである。一首目は、雄大で美しい純叙景歌。二首目は、娘時代を回顧した歌で、恵まれた商家の娘としての思い出が母と重ね合わせて詠まれている。この他にもこのころの晶子の心情がやや生々しく捉えられた歌もある。

ゆるしたまへ二人《ふたり》を恋《こ》ふと君泣《きみな》くや聖母《せいぼ》にあらぬおのれの前《まへ》に　(37)

君《きみ》かへらぬこの家《や》ひと夜《よ》に寺《てら》とせよ紅梅《こうばい》どもは根《ね》こじて放《はふ》れ　(118)

一首目の「二人《ふたり》」とは晶子・登美子であり、「君泣《きみな》くや」の主語は寛であろう。二首目は激情的で、前歌の内容を引き継いでいる。雅号鉄幹は「梅の幹」の意。「君《きみ》」を寛と推定すれば晶子との間に何か心の葛藤があったのであろうか。それともポーズか。二首共に晶子の激情が露わである。これまで登美子を巡っての心の葛藤は、恋の勝利者としての誇りから自己肯定的だったが、これらの二首にはプライドを忘れたかのような興奮が生々しく伝わり、この一連の歌の中では際だった迫力がある。同号にはこの他「ほそまゆ」（絶句九章）が「みだれ髪」の署名で載せられている。ここで言う「絶句」は明治三六年に寛が最初に試みた「絶句」の形式とは大きく隔たっていて、このころになると、いわゆる短歌韻律から外れたものを、すべて「絶句」と称していたようである。

五月の「明星」には晶子の「ゆく春」四五首があり、そのうち三七首が『舞姫』に採られた。「ゆく春」一連は前月の「春月集」に続いて、一種の倦怠と弛緩が払い難く、空疎な印象は否めない。全体として難解歌が多い。

六月の「明星」には晶子の「はなたちばな」五二首があり、そのうち四七首が『舞姫』に採られた。この号に至って本来の晶子らしい古典的な華やかさが見られるようになる。『舞姫』に採られた歌をあげる。

うたたねの夢路《ゆめぢ》に人《ひと》の逢《あ》ひにこし蓮歩《れんぽ》のあとを思《おも》ふ雨《あめ》かな　(1)
籠《こ》はなてば螢《ほたる》とまりぬ香木《かうぼく》のはしらにひとつ御髪《ぐし》にひとつ　(170)
朝《あさ》に夜《よ》に白　檀《ママ ひやくだん》かをるわが息《いき》を吸《す》ひたまふゆゑうつくしき君《きみ》　(17)

一首目の「蓮歩《れんぽ》」とは美人の歩く様子で、それをうたた寝からさめて眺めた雨脚に比喩した。この比喩の大胆さと美しさが魅力的である。夢路を通って恋しい人に逢うという発想は『古今集』五五九の「住の江の岸に寄る浪よるさへやゆめのかよひぢ人目よくらん」を想起させる。二首目は、螢の弱い明滅が香木と髪を照らすことで、闇の中で一層際だつ香木と髪の美しさを幻想的にさせている。『源氏物語』の「螢」の巻を想わせる歌である。三首目は、白檀が香を放つことを擬人化して「わが息《いき》を」吐くと言い、それを吸う故に君は美しいと言うことで、白檀の香に満喫している人を讃じているのであろうか、ナルシスティックで甘美な情緒と熟した官能性のある歌である。それぞれに王朝的な香りが漂っている。同号にはまた晶子の内面を詠じた歌も見られる。

みづからは隙《ひま》なく君《きみ》を恋《こ》ふる間《ま》に老《お》いてし髪《かみ》と誇《ほこ》りも為《す》べき　(164)
われを見《み》れば焔《ほのほ》の少女《をとめ》君《きみ》みれば君《きみ》も火《ひ》なりと涙《なみだ》ながしぬ　(43)
ものいはぬつれなきかたのおん耳《みゝ》を啄木鳥《きつゝき》食《は》めとのろふ秋《あき》の日《ひ》　(46)

一首目は、人の心は変わりやすいが、一生かけて一人の人を恋することを誇りとする、という晶子の情熱的な生き方を歌っている。二首目は、様々な経緯を経て、確認し合う夫婦の情愛を慈しむ歌である。三首目は、前の二首とは対照的で、夫婦間の齟齬と軋みがエキセントリックに表現されている。

この他に肉親や故郷を素材として同号に詠まれた歌がある。

ふるさとの潮《しほ》の遠音《とほね》のわが胸《むね》にひびくをおぼゆ初夏《はつなつ》の雲《くも》　（40）

この月の「中学世界」には晶子の「夏の香」と題する一六首がある。このうち九首が『舞姫』に採られた。全体として叙景歌が多く、みずみずしい感性が感じられ、色彩的にも豊かである。

夏《なつ》のかぜ山《やま》よりきたり三百の牧《まき》の若馬耳《わかうまみゝ》ふかれけり　（79）

朝あけの池にいく羽《は》の白鳥《はくてう》の下《お》りしとおもふ花あやめかな

二首とも、すがすがしく、やわらかな抒情性のある感覚的な叙景歌である。一首目は、巷間に多く親しまれた歌である。二首目は、『舞姫』には採られていないが、佳作である。

七月の「明星」には「みだれ髪」の署名で同号の二ヶ所に埋草があり、三首そのうち二首、また九首そのうち七首が『舞姫』に採られた。これら一二首のうち一首を除く全ては「夏の香」（「中学世界」6月号）に採られていた。

八月号の「明星」に寛・晶子の歌はない。

九月には「明星」に寛の「短歌十首」があり、そのうち五首が『相聞』に採られた。晶子の「舞ごろも」三五首の中、三二首、「歌くらべ」三首中二首がそれぞれ『舞姫』に採られた。この月の「国文学」の寛の「秋の夜」九首はどの詩歌集や歌集にも採られていない。また「太陽」に晶子の「夕舟」一六首があり、その中一二首が『舞姫』に採られた。寛の「短歌十首」中で『相聞』に採られた一首だけあげる。

このこころ君《きみ》にぞ贈《おく》るふたつなきしら玉《たま》なればめでたまふべき　（162）

初出（「明星」明38・9）の三句が「照妙《てるたへ》の」となっている。これは光沢の美しい絹布のことで、「君」に送る自分の心を「照妙《てるたへ》のしら玉」に比喩し、濁りなく誠実であることを「君」に認めてもらいたいという内容になっている。その方が病中の登美子へ送る実感がこめられていてすばらしい。晶子の『舞姫』掲載の歌をあげる。

花草《はなぐさ》の満地《まんち》に白《しろ》とむらさきの陣《ぢん》立てて こし秋《あき》の風《かぜ》かな　（14）

物思《ものおも》へばものみな慵《もの》う転寝《うたゝね》に玉《たま》の螺鈿《らでん》の枕《まくら》をするも　（55）

一首目は、秋風にゆれる花草の一群を、軍勢が陣を立ててやってくるさまに見立てた。そこには大胆さがあり、魅力的である。二首目は、もの思いに耽ると何も彼もみなものうくなって、うたた寝しようとして美しい螺鈿の枕を近寄らせても、という内容。内容は単純だが、素材は豪華で、ここに晶子の美意識がうかがわれる。

一〇月には「明星」に寛の「水鳴子」六首があるが、みな九月の「国文学」の「秋の夜」と重複している。その「国文学」の「黒髪」一五首中『相聞』に二首採られた。このころの寛の心情が惻々と伝わる歌として

断《た》えず思《おも》ふこの束《つか》の間《ま》の懈怠《けたい》より牛馬《ごめ》六畜《ろくちく》の群《むれ》に入《い》りなむ　（441）

眼とづれば美《うつく》し世あり四方《しほう》より心とほりて光はさしぬ

願《ねが》ふことは多し我れ知る人なしに死ぬらむほどを哀《かな》しや思ふ

がある。一首目の「牛馬《ごめ》」の「牛《ご》」は慣用音の「ご」である。いつも思うのだ、この一瞬の堪え難い倦怠から抜けて沢山の畜生たちの群れに入ってしまおう、という、現世からの逃避感を自虐的に歌っている。二首目は、眼を閉じると美しい世界があって、そこにいる私の心を四方から透かして光がさしこむという、この歌も現実逃避の心境を歌ったもので、一種の諦念から発せられた浄福の境地が詠まれた。三首目は、願うことはありながら常に報われない、という挫折に伴う悲壮感がしみじみと詠まれている。この他晶子的な詠みぶりに近い艶麗さをもつ歌もある。この月に晶子は「明星」に埋草として一首ずつ計三首、「万朝報」に一首ずつ四首（10、17、26、31日）を発表している。右の七首は『舞姫』に採られた。

この一〇月から晶子は「万朝報」の選者となり、選者の署名で歌一首を載せるようになる。「万朝報」掲載で『舞姫』に採られた歌をあげる。

君《きみ》まさぬ端居《はしゐ》やあまり数《かず》おほき星《ほし》に夜寒《よさむ》をおぼえけるかな　（81）
わが哀慕雨《あいぼあめ》とふる日《ひ》に蜱《いとどし》死ぬ蟬《せみし》死ぬとしも暦《こよみ》を作《つく》れ　（264）

これら二首は自己と噛み合わぬ心情を詠んだ歌である。さきの寛の「黒髪」（「国文学」10月）の歌と引き合わせると、そこに何らかの心情的な繋がりが見られるのではなかろうか。寛の鬱々とした思いに通じる心境が、やや誇張した表現の中に見受けられる。

一一**月**には寛の「中学世界」に「霜の夜」一二首あり、「明星」には寛の「新詩社詠草　その八」九二首中、『相聞』に採られたのは七一首。これら多作に見られる特色の一つは、「赤」「紅」「朱」「日」「血」「火」「燭」「夕焼」といった赤系統の色彩とそれをイメージする言葉が多く用いられていることである。その数は二六首に見られ、「新詩社詠草　その八」の九二首の三割弱を占めている。色彩を心理学的に見ると、「赤」系統の歌を詠むのは生命や気力を表徴させることが多い。このころの寛が「赤」系統の色彩に敏感であったことは、寛の精神状態のある部分を示していると解される。以下「新詩社詠草」中で『相聞』に採られた歌をあげる。

赤膚《あかはだ》に流《なが》れ矢《や》してか血《ち》ながると松《まつ》の脂《やにみ》見て山越《やまこ》すわれは　（81）
かなしらに鯨《くぢら》吼《ほ》ゆなり断末魔《だんまつま》血汐《ちしほ》の色《いろ》に海入日《うみいりひ》して　（540）

一首目は、赤松の膚に流れ矢が当たって血が流れているような松の脂を見ながら山を越して行くという歌。二首目は、哀しそうに鯨が吼えているようだ。断末魔の叫びを発する、その魚の血の色に海は染まっていたという、いずれも異常とも言える感覚的な内容である。寛のおだやかならぬ内面を披瀝したものと言えよう。先に述べた「赤」系統やその色彩をイメージする言葉を用いた歌がすべて右の二首のような神経症的内容をもつものではないが、ここにこれほどまでの明確な傾向を帯びた歌が沢山発表されていることは看過できない。また右のような色彩感覚を通しての表現はとらないものの、寛の病的とも言える鬱の精神状態も詠まれている。

わが心《こゝろ》われと小暗《をぐら》し眼《め》とぢ居《ゐ》ぬ悪趣《あくしゆ》へならぬ誘惑《いざなひ》ながら　（113）
死期《しご》ちかしあはれと嘲《あざ》む耳鳴《みゝなり》に夜《よ》も寝《ね》ず痩《や》せて燭《ひ》をかかげ居《を》り　（156）
慈悲《じひ》なげの目《め》もて物見《ものみ》る日輪《にちりん》を憎《にく》むと真昼戸《まひると》して寝《ね》て居《ゐ》ぬ　（56）

一首目は、私の心は我ながらうす暗い、そう思って眼を閉じた。地獄のような苦悩の世界と言うほどではないが、そういう思いに誘われながら、という歌。二首目は、私の死期は近い、あわれだなあと自嘲していると、耳鳴りがして夜も寝られず痩せて、ただ燭をともしているだけだ、という歌。三首目は、私は無慈悲な眼でものを見るほどに気持ちが落ち込んでいる。だから太陽まで憎らしいと思って真昼に戸を閉めて寝ていた、という歌。以上の三首には、いずれも自棄、自虐、自滅の陥穽の中で呻吟する寛の懊悩が露悪的に表現されている。以上の「新詩社詠草その八」一連は一〇月発表の「黒髪」（「国文学」）と重複している歌があるところから作歌時期も精神情況もほぼ近いころに詠まれたのであろう。こうした精神的背景の中で寛の心を浄化し、一縷の救いと安らぎをもたらしたのは登美子の存在であった。これまでくり返し書いてきたとおり、寛にとって登美子は珠玉とも言うべき清浄無垢な憧れを抱かせる女性であった。登美子は一一月に腎臓炎で入院し、その後、胸部疾患へ進行して行く。このころ、登美子の病気が懸念されるような状態にあった。

されば我《わ》が開発《かいほつ》の日《ひ》の奇瑞《きずゐ》には百合《ゆり》こそ君《きみ》が頬《ほ》と見《み》えにけれ　（173）
しづけさよ内心《ないしん》の秘《ひ》の白珠《しらたま》を虫蝕《むしは》む音《おと》と胸《むね》を憎《にく》みぬ　（407）
ここよりは人《ひと》を帰《かへ》さぬ死《し》のけしき白枯《しらが》れ立《た》てる千《ち》とせ杉《すぎ》かな　（264）
君見《きみみ》ねばすさまじ見《み》れば惜《をし》まれぬ隔夜《よまぜ》に雨《あめ》し月出《つきい》づる国《くに》　（650）
夕焼《ゆふやけ》の皆朱《かいしゆ》の海《うみ》に百合《ゆり》咲《さ》くとほのかに白《しろ》く船一《ふねひと》つ来《く》る　（143）
命《いのちし》 死ぬや髪際《かうぎは》よかれ歌秀《うたひ》でよ琴弾《ことひ》けとのみいつきし人《ひと》も　（383）

一首目は、悩み多い日々をさんざん送った。だから私は発奮する、その日の瑞兆として百合を見ると、それはあなた（登美子）の頰に見えたなあ、という歌。二首目はこの静寂さよ、今聞こえるのは私の心のうちに秘めた大切な白珠が虫蝕まれる音だと、その音のする胸を憎む、という歌。白珠のような清らかな登美子の病状の進行をよんだものか。三首目はここから人を帰さない。向こうに見えるのは死の景色、そこには千年もの間、白々と枯れて立つ杉がある、という歌。四首目はあなたと会わなければ心が荒寥とし、あなたに会えば別れが惜しまれる。それは一晩おきに雨が降ったり月が出たりするこの国のようだ。このように揺れやすく悩ましい私の心なのだ、という歌。五首目は夕焼けて朱に染まった海に真白い百合が咲いたと思ったら、それはほのかに白く見えた一本の白い帆を立てて船がやって来たのであった。そこに登美子の幻影を見たものか。六首目はやがて死ぬのだなあ、髪の生え際を美しくしていなさい、秀歌を作りなさい、琴を弾きなさいとだけ言って大切にしていた人も、という歌。「百合」は登美子の雅号なので一、五首目は明らかに登美子を詠んでおり、その他もその内容から登美子を暗示して詠んだと思われる。

以上のように、登美子に対しては非日常的な世界に憧れていたのとは裏腹に、晶子を詠んだと思われるきわめて日常的な歌に次のような歌がある。

地震《なゐ》の朝胸乳《あさむなぢ》いだける惘《あき》れがほ見《み》きとは云《い》はじ酒《さけ》せよ刀自女《とじめ》　（96）
雲《くも》のごと君《きみ》が空《そら》よりわれ捲《ま》きぬ香油《かうゆ》ぬりたる黒髪《くろかみ》の夢《ゆめ》　（102）

一首目は、地震のあった朝、地震に驚いてか、自分の胸乳をかかえていたあきれ顔、その顔を見たとは言うまい。だから酒をもって来い、というユーモラスな歌である。「刀自女《とじめ》」を晶子とすればこのころ三歳と一歳の男児の母親であった。二首目は、雲のように、あなたが空から私を巻き付けた、それは香油を塗った黒髪によってであった。そんな夢を見た、という、妻晶子が「黒髪《くろかみ》」となって精神的圧迫でしめつけているという被害妄想的な気分なのであろうか。晶子は自らを「黒髪」に託して詠んだ歌が多いことから「黒髪」は晶子を指す（「罪おほき男こらせと肌きよく黒髪ながくつくられし我れ」『みだれ髪』362）。右の二首は寛から見た妻晶子に対する失望と恐怖を歌ったのであろう。このように妻に向けての辛辣な眼差しとは対照的に、登美子へ向ける寛の視線は、至純な思慕であった。

これらの歌とは別に寛には同じ「明星」で、感覚的で繊細な歌が見られる。

あまりりす汝《な》が香を嗅げばまぼろしにうなじにありぬやはら手枕《たまくら》

春《はる》かぜや海《うみ》の香《か》恋《こひ》しさくら貝蝶貝《がひてふがひ》われも貝《かひ》とならばや　（121）

一首目は、あまりりすよ、お前の香を嗅ぐと、幻に浮かぶのは私の首筋にあったやわらかな手枕なのだ、という歌。二首目は、春風よ、お前が吹くと海の香が恋しい。私もさくら貝や蝶貝のように口を閉ざしていたい、という歌。共にロマンティックだが二首目には内面の辛い訴えを感ずる。この他、「中学世界」に寛の「霜の夜」一二首がある。

一一**月**の「明星」巻頭の晶子の「新詩社詠草　その壱」九一首中、八九首が『舞姫』に採られた。同号の寛の歌に比べると全般的に明るく、情感が豊かで、のびやかである。

日輪《にちりん》に礼拝《らいはい》したる獅子王《しわう》の威《ゐ》とぞたたへむうらわかき君《きみ》　（9）

かざしたる牡丹火《ぼたんひ》となり海燃《うみも》えぬ思《おも》ひみだるる人《ひと》の子《こ》の夢《ゆめ》　（11）

われと燃《も》え情《じやうくわ》　火環《たまき》に身《み》を捲《ま》きぬ心《こゝろ》はいづら行方《ゆくへ》知らずも　（12）

一首目は、すべてを平伏させるほどの威厳をもつ人への称賛の歌。二首目は、恋の悩みを余りに誇大し飛躍が過ぎて粉飾のみが目立つ歌である。三首目は情念の虜になって恋に身を焼いている状態を、強くゆるぎなく表現し、晶子的な情熱が完璧に表れている。これら三首ともダイナミックなイメージを喚起させる比喩表現ではあるが、そこに描かれた内容は抽象的で作者の意図するところは伝わりにくい。しかしこの比喩的表現はいかにも晶子らしい。

同号に見る晶子のやわらかな抒情性と瑞々しい感性が横溢している『舞姫』の歌をあげる。

高《たか》き家《や》に君《きみ》とのぼれば春《はる》の国河遠白《くにかはとほじろ》し朝《あさ》の鐘《かね》なる　(28)

秋《あき》の風《かぜ》きたる十方玲瓏《じふばうれいろう》に空《そら》と山野《さんや》と人《ひと》と水《みづ》とに　(263)

も、色《いろ》の靄《もや》あたたかく捲《ま》く中《なか》にちさき花《はな》なる我《われ》かのこゝち　(84)

五月雨春《さつきあめはる》が堕《お》ちたる幽暗《いうあん》の世界《せかい》のさまに降《ふ》りつづきけり　(62)

一首目は、おだやかで、はろばろとした春の曙の情景がゆったりとしていて印象的である。二首目は聴覚で秋の到来を感じ、その秋風の音を「十方玲瓏《じふばうれいろう》」と美しく誇張し強調している。三首目は幸せに酔い、愛情豊かな生活に恵まれていることを自己確認している。四首目は春を擬人化し、春の終わりのイメージを「幽暗《いうあん》の世界《せかい》」と異常な凄味のある語句で表現している。二、四首目には漢語が巧みに使われ、三首目には色彩感を生かした乙女らしい華やぎが甘やかに歌われている。

もう一つの作品傾向として同号に叙景的な歌があげられる。こうした傾向については、すでにこの年の六月の「明星」においても見られたが、ここでも佳作が発表されている。

秋《あき》かぜは鈴《れい》の音《おと》かな山裾《やますそ》の花野《はなの》見《み》る家《や》の軒《のき》おとづれぬ　(261)

しら樺《かば》の折木《をれき》を秋《あき》の雨《あめ》うてば山《やま》どよみして鵲《かさゝぎ》鳴くも　(144)

春《はる》の潮遠音《しほとほね》ひびきて奈古《なこ》の海《うみ》の富士《ふじ》赤《あか》らかに夜明《よあ》けぬるかな　(145)

一首目は、秋風を美しい聴覚で捉え、二首目は豪雨の中で鳴く鵲の声を「山《やま》どよみして」と比喩している。三首目は奈古の海の夜明けの赤富士を詠んだ美しい叙景歌。いずれも描写が鮮明で調べにも淀みがない。以上の一連九首には全体として屈託のない情感の流露がうかがわれるが、中には感情の屈折を交えた歌も見られる。

われひとり見《み》まく欲《ほ》りする貪欲《どんよく》を憎《にく》まず今日《けふ》も君《きみ》おはしけり　(185)

みだれ髪《がみ》君《きみ》を失《な》くすと美《うつ》くしき火焔《ほむら》燃《も》えたる夢《ゆめ》の朝《あさ》かな　(187)
おん胸《むね》の石《いし》をすべりし逸矢《それや》ともつくつく日記《にき》を見《み》る日《ひ》もありぬ　(253)
御胸《みむね》にと心《こゝろ》はおきぬ運命《うんめい》の何《なに》すと更《さら》に怖《おそ》れぬきはに　(146)
彼《か》の天《あめ》をあくがれ人《びと》は雲《くも》を見《み》てつれな顔《がほ》しぬ我《われ》に足《た》らじか　(288)

一首目は、男を独占したい女心に男が応えてくれた、という女の嬉しい気持ちを詠んだ。二首目は、初句切で、二句以下は初句の「みだれ髪《がみ》」になった理由を表す、つまり失恋して心が乱れたが、「美《うつ》くしき火焔《ほむら》燃えたる夢《ゆめ》の朝《あさ》」だと詠歎している。三首目は男が自分を受け入れないという比喩を上句で表し、女は日記を見て自分の片思いだったとしみじみ感ずる日もあったという歌である。四首目は、恋のためにすべてを捧げるという、一途な女心を憚りなく表した歌。五首目は『竹取物語』のかぐや姫が昇天する際の帝との一場面を歌っている。五首目を除いた四首の歌には「君」（夫、寛）の心を完全に独占し切れない苛立ちと寂しさが漂っているように思われる。同月の寛の、登美子、晶子をそれぞれ詠んだ歌と対照すると、右の四首は寛の心奥を深く察知した悲しみが歌われたものと理解される。前述した一〇月の「万朝報」であげた二首はこの一連に再掲されているが、これらを含めて当時の晶子の心情の一端が十分察せられるのである。

ところで右の五首のうちの一首目にある「見《み》まく欲《ほ》りする」という語は『万葉集』に多く用例が見られる。例えば「恋ひ死なむ後は何せむ吾が生命生《い》ける日にこそ見まく欲《ほ》りすれ」（巻一一・二五九二）などがある。また『万葉集』に関わる歌として、この一一月の「明星」に、

萌野《もえの》ゆき紫《むらさきの》野ゆく行人《かうじん》に霰《あられ》ふるなりきさらぎの春《はる》　『舞姫』(33)

があるが、これは有名な額田王の「あかねさす紫野行き標野《しめの》ゆき野守《のもり》は見ずや君が袖振る」（巻一・二〇）を連想させる歌である。ここには晶子の『万葉集』の素養がうかがわれると共に一種のおおらかさが醸し出されている。

晶子はまた「帝国画報」に「水引草」一五首を発表している。そのうち一〇首が『舞姫』に採られた。その中で晶子の特色を生かした歌をあげる。

白牡丹《はくぼたん》さける車《くるま》のかよひ路《ぢ》に砂金《しやごん》しかせて暮《くれ》を待《ま》つべき　（252）

夕《ゆふ》ぐれの玉《たま》の小櫛《をぐし》のほそき歯《は》に秋《あき》のこゑ立《た》ておちにける髪《かみ》　（139）

君《きみ》を思《おも》ひ昼《ひる》も夢《ゆめ》みぬ天日《てんじつ》の焔《ほのほ》のごとき五月《さつき》の森《もり》に　（228）

一首目は、王朝貴族の男を待つ女が、最高のもてなしとして清楚な「白牡丹《はくぼたん》」と「砂金《しやごん》」という豪華で優美な王朝趣味の取合わせを以て出迎えるという歌である。二首目は夕暮に梳く髪の一本一本がさらさらとおちていくところに喪失感がある。さらりとしているが、美しい感性に溢れている。三首目は、君への思いとは五月の燃えるような森林の生命力に触発され、自己の内面が熱っぽく揺らぎ、ひたむきに君を思い、夢にも現われるというものだという歌。この他、「万朝報」には毎週一首ずつ四回「選者」の署名で掲載しており、そのうち三首は『舞姫』に、一首は『夢之華』に採られた。

一二月には「明星」に寛の歌はないが、晶子は「新詩社詠草　その弐」百首を発表した。このうち『舞姫』には五首、『夢之華』には七二首が採られた。百首のうち冒頭二首は『舞姫』に採られたものだが、これはこのころの晶子の内面をよく伝えている。舞姫に採られた歌をあげる。

天人《てんにん》の飛行《ひぎやう》自在《じざい》にしたまふとひとしきほどのものたのむなり　（300）

頬《ほ》に寒《さむ》き涙《なみだ》つたふに言葉《ことば》のみ華《はな》やぐ人《ひと》を忘《わす》れたまふな　（301）

一首目は、自在に飛び回る天人と同じように私は自分自身を恃みにしている、というまぎれもない才能への自恃を率直に歌っている。二首目は、女としての悲しみや孤独の中にいながら表面だけは明るさを装っている、この気持ちを理解してほしいと願う、心の揺れを詠じた人間らしい晶子を表した一首である。

右と同じように晶子の心情を披瀝した歌をあげる。（ ）内の番号は『夢之華』の歌番号である。

君《きみ》めでたしこれは破船《はせん》のかたはれの終《をは》りを待《ま》ちぬただよひながら　（8）
しら刃《ろ》《ママ》もて刺《さ》さむと云《い》ひぬ恋《こ》ふと云《い》ふただ言千《ごとち》たび聞《き》きにける子《こ》に　（230）
くらやみの底《そこ》つ岩根《いはね》をつたひゆく水《みづ》のおとして寝《い》ね得《え》ぬ枕《きくら》《ママ》　（294）
つよく妬《ねた》むわれなり今日《けふ》も猶胸《なほむね》にほのほはためく恋《こひ》のわざはひ　（127）

一首目は、初句切であるが「君《きみ》」に対する痛烈な皮肉と自らを憐れむ自虐性が一首の強いコントラストとなって詠まれている。二首目は、男から「恋《こ》ふ」とたびたび言われたが心が動かなかった。しかし自分の恋心を伝えるには、「しら刃《ろ》《ママ》もて刺《さ》さむ」という言葉が相応しいという男が現れた。その言葉で女は初めて心が動いた。それは女のプライドをぐさりと刺すほどの刺激的な言葉だと思って、女は自ら納得した。という恋の喜びを手放しに詠んでいる。三首目は、寝られず救われようのない孤独の中で輾転反側する心情が歌われている。四首目は、嫉妬による自己の内面を分析しながら苦悩を率直に表した。嫉妬の感情が恋を理想どおり美しいものにしないことで、嫉妬を「恋《こひ》のわざはひ」と表現している。右の四首は百首の中では特殊な色合いを帯びた歌である。ここに登場する一対の男女は、恐らく作者夫婦の心の葛藤を客観的に晶子の側から凄絶に捉えて歌ったものと思われる。

なお、この百首の後に「社友動静」として、「山川登美子氏は心臓病のため某病院に入院治療中なり」と小文字で記されている。これまでの登美子を巡る心的トラブルは歌の上で夫婦間にかなり波紋を生じさせているが、右の四首にも関わりをもって歌われていたろうと想像される。

こうした心の動揺とは別に寛との恋の始めのころを瑞々しく回想した晶子の歌もある。

よろこぶと発語《はつご》たやすく言《い》ひ得《え》たる再会《さいくわい》にしも命かけけれ　（2）
一《いち》の集《しふ》はた見《み》し人《ひと》もまろかりし山《やま》もことごとむかしとなりぬ　（57）

右の二首は『夢之華』の項で説明するので省略するが、これら二首に見られる、心に刻みつけられた青春の追憶を作者は唯一かけがいのないものとして反芻せざるをえなかったのであろう。

右のような精神状況とは違って憂愁を帯びた歌が他に見られる。

夜《よ》のまくら赤《あか》き珊瑚《さんご》にむら雨《さめ》のふるとしきかば帰《かへ》りこよ君《きみ》　(53)

うれしき日死《ひし》ぬと云《い》ふ日《ひ》にかへりみむ薄命道《はくめいだう》を歩《あゆ》みなれけり　(187)

一首目の「赤《あか》き珊瑚《さんご》」は君を待つ女の恋情、その寂しさ、激しさを「むら雨《さめ》」に比喩して、一人寝の寂しさから早く帰って来てほしいと言う。この歌の下句は「立ち別れいなばの山の峯におふるまつとし聞かばいま帰り来む」(『古今集』巻八・三六五)を踏まえ、恋人を待つ、切ない女心を詠んだ。二首目は、死に臨んで楽しかった日々を思い出す、という自己肯定の歌である。以上、晶子の内面を吐露した歌をあげてきた。

次に晶子の美質であるところの艶やかさをもつ歌をあげる。

黒髪《くろかみ》のさゆらぐと見《み》て盲《しひ》してふ物見《ものみ》ぬ人に手枕《たまくら》まゐる　(68)

雲《くも》ゆきてさくらの上《うへ》に塔描《たふか》けよ恋《こひ》しき国《くに》をおもかげに見《み》む　(27)

白樺《しらかば》の冬《ふゆ》の立木《たちき》の水《みづ》かげは底《そこ》つ宮居《みやゐ》の円《まろ》ばしらして　(151)

美《うつ》くしきかなたの天《あめ》の世《よ》をかけて誓詞《せいし》たまひぬ春《はる》の夜《よ》の君《きみ》　(84)

君《きみ》に似《に》し二尺《にしやく》ばかりの人《ひと》ありて家《や》うち光《ひか》れり神《かみ》より来《こ》しや　(233)

二三片御寝《べんぎよしん》の床《とこ》にそよ風《かぜ》の来《こ》しと申《まを》しぬやまざくら花《ばな》　(175)

一首目は、自分の黒髪がほんの少し揺れたのを見て、その美しさに目がくらんで自分に熱中している男に情をかけてあげよう、というナルシスティックな女心を美的に詠んだ歌。二首目は、流れて行く雲に桜の上へ塔を描けよと言って、そんな情景に私は恋しい国を面影として見ましょう、というロマンティックな歌。三首目は、冬の白樺の立ち木が湖水にうつる姿は、水底にある宮殿の円柱のようだ、という幻想的な歌。四首目は、星の世界では恋が成就される、という「明星」派の人々の発想から詠まれた歌。結句の「君《きみ》」を寛とすれば、京都の粟田山で再会の折に愛の誓いの言葉を頂いた「君」に対する深い感動を抱いた場面を回想している。五首目は、上句と下句の「光《ひか》れり」「神《かみ》より」から、当時三歳になったばかりの長男光（明35・11・1出生）の名をかけて神よりの授かり者と言って『竹取物語』を想起させている（拙著『夢之華全釈』参照）。六首目は、桜を擬人化し王朝風に詠んだ歌。これらの歌には晶子の美意識が見られ、それを自在に展開させ華麗な世界を築いている。これまで主な特徴を見てきたが、この他にも晶子には秀歌が多い。この月も「万朝報」に毎週一首ずつで、月に四首掲載し、いずれも『夢之華』に採られた。

この年を総括して見ると、寛は前年までの歌と比較して、より内向的で沈鬱な内容を詠むようになってきている。後年刊行される『相聞』（明43・3）や『鵜と雨』（大4・8）の歌風は、この時点を発端として、さらに複雑に変化し、屈折していく。一方、晶子は屈折した内面性をもちながらも艶麗な詠風を充実させていった。

(2)　詩と散文

この年、寛は詩を多く書いているが、晶子は僅かである。また散文も同様。以下寛の詩と散文を中心に述べる。

まず**一月**には「明星」に寛の詩「法楽の夜」が載せられた。ここでは、「学生《がくしやう》」と「舞姫《まひめ》」のロマンスを描いている。晶子には埋草として無題の詩がある。**二月**の同誌には「みやすどころ」があり、**三月**の同誌には「おちうど」「涙」の二篇がある。**五月**の同誌には「春の夕」という題で「吾児よ」と「めぐりあひ」という二篇が収められている。これまでの寛の詩は言葉の醸しだす雰囲気に淫する嫌いがあり、内実には乏しい感があった。それにひきかえ「吾児よ」は子に託する父の思いを、妻晶子と自分の姿を通して切々と歌っている。ここでは寛は、妻への思いやりと自らの不幸な生い立ちを素直に披瀝しており、詩として佳作と言える。

六月の同誌に寛は「舞姫」「君ゆゑに」「北のはて」がある。これらは前月の「吾児よ」とは異なり、これまでの詩と同様の風俗詩的な色合が濃い。同月の「国文学」には「めぐりあひ」を発表しているが、これは前月の「明星」に掲載したものである。また同月の「中学世界」には、「朽尼」を発表しているが、これは翌**七月**の「明星」にも掲載される。この詩は五行一〇連であり、「朽尼」つまり「古比丘尼《ふるびくに》」が客死して野ざらしになり、そこに堂が建って弥勒が祭られるという内容をもつ、その一部を「中学世界」から抄出する。

古比丘尼《ふるびくに》、名《な》を　誰《た》れ知《し》らむ、
巡礼《じゅんれい》や、懺悔《ざんげ》の　旅《たび》、ひとり病《や》み、
野《の》らに倒《たふ》れき。（四連）
鴉《からす》来て、眼《め》を　咋《く》ひ去《い》にぬ、
何《なに》を見む、髑髏《どくろ》の　手《て》よ、猶あはれ、
独鈷《どこ》を握《にぎ》れる。（五連）

みづからは、そを　など知らむ、
わかかりしその日の　魂《たま》、あくがれて、
人を恋《こ》ふとは。（十連）

うらぶれた「朽尼」のなれの果てを描きながら、そこに寛自らの失意と不如意を重ねて描出しているかのようである。この年の一〇、一一月の寛の短歌に現われる自暴自棄的な心情はすでに右の詩にも見られる。七月の「国文学」には「路の石」が発表されている。これは路傍の石に成り代わって巣鴨の「牢舎」の前を往来する人やそのあたりの風景を叙している。**八月**の「明星」の「紗燈雑記」には詩「まくは瓜」、散文「池のほとり」がある。これは異様な姿の、えたいの知れない旅人がまくわ瓜を食べる、という内容の詩で、醜悪なものを積極的に素材にしようとする自然主義的傾向が見られる。この詩は**九月**の「文の友」に「鄙調五首」中に収められている。ここには他に「歓喜」「萩」「わすれず」「胸ぐるし」があるが、これらのうち「胸ぐるし」「萩」「歓喜」は、九月の「国文学」に「短調三首」として再掲されている。九月の「明星」には「倒れし白樺の歌」「わすれず」「白蓮華」「森かげ」「いまは」があり、これらのうち「森かげ」は同月の「小天地」にも再掲されている。「倒れし白樺の歌」は二段組八頁にわたる長篇の詩であり、詞書に「本年八月初旬再び赤城山に遊びて暴風雨に会ひしが、霽後、湖畔に倒れたる白樺の老木を見て、悲壮の感深し。帰来この詩を作りぬ」とある。その後一〇、一一、**一二月**には、寛は一篇の詩も発表していない。

次に散文について述べる。**二月**の「明星」に寛は「『詩歌の骨髄』とは何ぞや」を発表している。この他同月の「国文学」掲載の「萩の家遺稿」は三六年一二月一六日に没した落合直文への追悼文。**六月**には「文の友」に「詩話数則」と題する詩論を、**八月**には「明星」掲載の前記の「紗燈雑記」に美文「池のほとり」を掲載している。

以上寛の散文について述べてきた。それらの中には卑近な素材を扱っていて、その表現が陳腐とは言え、それなりに訴えるものはある。

第二節 『恋 衣』

(一) 体裁と批判

明治三八年一月一日、東京市本郷区駒込東片町一二六番地の本郷書院から刊行。再版は二月、三版は一〇月という、同年に三版も重版したことは、それまでの晶子の歌集には見られなかった。新詩社同人の三女性歌人による合同詩歌集である。山川登美子は「白百合」一三〇首、そのうち初出不明歌は三六首、増田雅子は「みをつくし」一一四首、初出不明歌は三七首で、与謝野晶子は「曙染」一四八首、初出不明歌五三首。体裁は『みだれ髪』『小扇』と同様で三六判。本文六八頁。定価四〇銭。装丁、挿絵、表紙絵は中沢弘光。挿絵には「春」「秋」「夏」「冬」「舞扇」「夜汽車」「夕納涼」の題がついている。表紙絵は正面を向いた女の胸像に、芥子の花と孔雀の頭部が添えられた三色刷りの、豪華なイメージを与えるデザインである。初版のカバーは芥子の花を図案化した一色のシンプルなデザインである。このカバーがそのまま再版の表紙になっている。表紙に付された題名は、初版では「恋衣」、再版では「恋ごろも」と印刷されている。初版の中扉には「詩人薄田泣菫の君に捧げまつる」という献辞がある。登美子と雅子は処女出版で短歌だけだが、晶子は四冊目で短歌の他に五篇の詩が載せられている。

『恋衣』の批評は多い。出版年の「明星」二月号の生田星郊（長江）の「『恋ごろも』を読む」は長文で「新詩社本来の著しい傾向」と言い、登美子は「熱烈燃ゆるが如き感情」から「沈痛哀怨の調」へ、雅子は「清怨の一語」「優婉と云ふ形容詞を以て」と、晶子の定評を認め質の高さを明示し、絶賛して『恋衣』を高く評価している。同月の「帝国文学」の「詩壇漫言」（『恋衣』の歌人）では「案外つまらなきもの」「小刀細工を施して」など厳しい批評だが、「鎌倉や」と「海恋し」の歌は褒め、「君死にたまふこと勿れ」の「意気の壮なる愛するに足るもの」とあり、また「詩として露骨極まる。凡作拙作」とし、登美子の歌は「乱れ髪を小規模に」、雅子の歌は「晶子の模倣家」と共に晶子の「亜流」と見ている。三月の「明星」は平出修の「とみ子とまさ子（恋衣を読みて）」は五頁の長文批評。同号の指玉の『恋ごろも』では晶子を「裸美人の如し」「妖精」、登美子を「女性的」「東洋的」「俳句的」、雅子は「深窓的」「姫様的」「遊ばせ的」と言い、「雅子は鉄幹の庶子」「母を直文」などの評がある。いずれも観念的で批評の焦点が明確に記されておらず、丁寧に読み込んでいない。

まだ女性の地位の低かった当時の社会に女性だけの詩歌集『恋衣』の出版は珍しかったようで、重版も続き、批評も多かった。二人は三七年の春、日本女子大学に、登美子は英文科へ、雅子は国文科へ入学した。二人が新詩社に出入するようになり、同人として活躍し、入学後九ヶ月目に『恋衣』出版の運びとなった。本詩歌集の登美子、雅子、晶子に排列されている順にみていく。

㈡　三人の歌

⑴　山川登美子

登美子は明治一二年七月一九日、福井県遠敷郡雲浜村竹原第一六号字西壱ノ堀一二番地（小浜市）に、父貞蔵・母ゑいの四女として生まれた。明治二八年四月、大阪の梅花女学校に入学、ここは校長成瀬仁蔵の西欧風で宗教的な新教育を施したミッションスクールで、近代的な知性と教養を身につけ、三一年三月に卒業。『山川登美子集』（昭36・11）には初めて活字になった「新声」掲載の一八首があり、その冒頭歌をあげる。

山柿の梢にうすく霜見えて秋くれがたの風ぞさむけき　（「新声」明30・12）

であり、「明星」に初めて出詠されたのは、明治三三年五月からである。

鳥籠をしづ枝にかけて永き日を桃の花が《ママ》ずかぞへてぞ見る

いずれも一首ずつの出詠であり、全く旧派風な歌で、「明星」五号（明33・8）の「京扇」五首中の一首の

母君のうつしゑ抱きて昨夜《よべ》もねぬたのしきものよ故郷《ふるさと》の夢

を見ても、古い感じの歌である。登美子に新しい歌が詠まれるようになるのは寛との出会い以後である。すでに述べたが寛は明治三三年八月上旬、新詩社宣伝と支部拡張のため西下し、晶子、登美子らを含めて新詩社、関西文学同人らと対面する。その翌九月の「明星」の歌を見る。以下、歌頭の歌は『恋衣』掲載の歌番号である。

45 かずかずの玉の小琴をたまはりぬいざうちよりて神をたたへむ（新詩社をむすび給へる初に）

72 あたらしくひらきましたる詩の道に君が名讃《たゝ》へ死なむとぞ思ふ

52 垣づたひ萩のしたゆくいささ水にはぢらふ頬をばひたしぬるかな

一首目は添書により、新詩社設立の祝歌だと分かる。「小琴」は歌、「神」は恋人寛で、全体が比喩となっている。

寛によって「明星」に美しい歌が沢山生まれた、と万感こめ、讃えている。二首目はこれに類する歌である。寛を中心に新詩社と命運を共にすると詠むほどに、登美子は寛の歌に感動し傾倒している。「詩」は短詩の意、つまり短歌である。これら二首には新しい歌の道の先導者としての寛に心ゆくまでの敬慕と信頼を寄せている登美子の気焔が感じられる。三首目は垣根伝いに萩から滴り落ちる水滴で頬を浸している乙女の仕草が萩の可憐さとうまくマッチして乙女の初々しさを表している。ここには未だ男女が自由に話すことも難しかった時代背景を考えるべきで、異性に対する恥じらいをもつ可憐な登美子が想像される。しかし

56世のかぜはうす肌さむしあはれ君み袖のかげをとはにかしませ

とも歌う。当時の女にとって世間は「うす肌さむし」で、社会的に弱い存在だった。従って男性に庇護を求める形をとりながら、この歌には新詩社同人の一人として反社会的な立場から男尊女卑の既成概念を破って女として新しい主張をアピールしようとする登美子の熱い思いがあったと言えよう。これらの歌に新旧両面をもつ登美子の生き方が見られる。

このころ登美子は新詩社と寛との出会いを美しく歌っている。

9何といふところか知らず思ひ入れば君に逢ふ道うつくしきかな

どんな所か分からずに入った新詩社で、めぐり逢った「君」によって得た歌の道を「うつくしきかな」と感銘こめて詠嘆している。そこには新詩社同人の誇りと喜びに打興じている登美子の心情もうかがわれる。そうした中で寛に対する恋情は募るばかりだが、

16袖たてて掩ひたまふな罪ぞ君つひのさだめを早うけて行かむ
18わすれじなわすれたまはじさはいへど常のさびしき道ゆかむ身か
21狂へりや世ぞうらめしきのろはしき髪ときさばき風にむかはむ

などなど登美子の激しさは、叶えられぬ寛への思慕を運命だと知りながらも呪い、恋愛の許されぬ社会に向けて狂わんばかりの抵抗と反発を激烈に示しつつ、恋にすがろうとする寂寥と恨めしさ、呪わしさが率直に歌われている。

25　にほひもれて人のもどきのわづらはし袖におほひていだく白百合

1　髪ながき少女とうまれしろ百合に額《ぬか》は伏せつつ君をこそ思へ

一首目では登美子に関する様々な噂があったようで、このころと思われる日付不明の晶子宛て登美子書簡に

あまりうるさくおはせし故にそれあとほどまでに私の駄歌か御気にかゝりて胸いためたまふならば明星には一首も出さず候　かくれてしまふべし

と人言しげきことに憤慨している。具体的なことは分からないが、寛との噂か、歌への批評か。二首目は『恋衣』の冒頭歌である。歌中の「白百合」をキリスト教的な歌として見ると、三、四句目は神に祈る姿勢となるが、実は君を一途に思慕する乙女の白百合である自分のことを歌って、青春の華やぎをも見せている。

このようにひたすら恋慕しながら、登美子は親の意志に従う古い女の生き方を選んで結婚する。晶子に向けて

79　それとなく紅き花みな友にゆづりそむきて泣きて忘れ草つむ（晶子の君と住の江に遊びて）

51　いもうとの憂髪《うきがみ》かざる百合を見よ風にやつれし露にやつれし（晶子の君に）

と気弱に歌う。一首目の添書によって心ならずも恋を晶子に譲って泣く心中を歌い、二首目では恋を失い、やつれた姿と心を哀しく詠じている。共に晶子の存在を十分に意識して恋の敗者としての自分を詠んでいる。

登美子の結婚生活は一年半ほどで、夫は明治三五年の暮れに結核で他界した。

60　いかならむ遠きむくいかにくしみか生れて幸《さち》に折らむ指なき（以下十首人に別れ生きながらへてよめる）

を筆頭に、身の不運を嘆き、「明星」（明36・7）には『恋衣』と同題の「夢うつつ（去年よりひとり地にいきながらへて）」と題して亡夫への挽歌一〇首を載せている。その中の一首「おもへ君柴折戸さむき里の月けづる木音《きおと》は経

のする具よ」と明治三三年一一月の「明星」八号の「素蛾」に掲載した歌を多少校異して『恋衣』の歌として

66燃えてくかすれて消えて闇に入るその夕栄《ゆふばえ》に似たらずや君

を載せた。かつての愛の決別の悲しみを、夫の死による絶望感を詠んだ一〇首のうち一首だけ入れ替えている。こ

の事実を編者寛が意識的に成したとすれば「夢うつつ」一連の中で、特にこの歌を際立たせようとしたものか。それは追悼を美化することで生別の悲哀を一層深めようとしたものか、あるいは一般的な追悼でなく、華やかに見送りをさせてあげたいという思いもこめて故意に入れ換えたものか、これは寛と登美子の合意で成したものか、個々の思惑であったか、真意の程は測りかねる。

集中の比喩を以て社会に対して厳しく批判した歌をあげる。

41世は下《した》にいかにも強ひようるはしき日知らで土鼠《もぐら》土を掘るごと

49くちなはの口や狐のまなざしや地のうへ二尺君は寵《ちやう》の子

一首目は社会が弱者に対しいかに苛酷な生活を強いているかと厳しく批判している。「下《した》」とは日の光を仰ぐこともなく土を掘る土鼠のような生活をしている人々を指している。それは比喩によって封建社会の束縛から脱し切れなかった自らの体験を通しての怒りを吐き出したものか。二首目の上句ももっとも忌避し恐怖を抱く封建社会を比喩している。下句は世間を知らないうぶな者が、やがて成長すれば自由はなく旧弊の桎梏から脱せないという歌、二首とも比喩を以て封建社会に向かい、堂々と誹謗し批判し、対峙している。

(2) 増田雅子

増田雅子は明治一三年五月六日、大阪市道修町一丁目一〇番地の薬種問屋増田宇兵衛、さとの次女として生まれた。雅子五歳の時（明17・10・9）、母さとが三一歳で死亡する。二四年に雅子は小学校を卒業し、四月、高等科に入り、その後、堂島女学校に入学、翌二五年、一三歳の時継母ふじを迎える。相愛女学校へ転校、二八年三月、同

女学校を中途退学させられる。「文庫」へ三一年五月、三二年七、一二月に短歌一首ずつを発表。雅子については、青木生子氏による綿密な資料を基にした二冊の研究書『茅野雅子』（昭43・6）・『茅野雅子研究』（平10・7）がある。

雅子は「明星」八号（明33・11）から歌を掲載するが、八、九号は「増原雅子」の署名になっている。当時は女が歌を詠むことに対する軋轢が社会的にも家庭的にもひどかったので、本名を名乗るのを憚ったのであろうか。その後は本名を出したり、雅号「白梅」を使うこともあった。雅子の場合は『恋衣』の歌は「明星」からのみ採られ、三三年一一月から三七年九月までの歌が掲載された。活字となった雅子の初めての歌は、

門にいで、羽つきかはす少女子の袂なびかす年のはつ風　（「文庫」明31・5）

であり、「明星」に初めて発表した歌は八号の「素蛾」四首で、うち一首のみが『恋衣』に採られた。それは、

13あすこむと告げたる姉を門《かど》の戸にまちて二日《ふつか》の日も暮れにけり

であり、共に平易で何の感動もない歌であったが、新詩社に入ってから歌風は急に変わった。『恋衣』冒頭歌は

1しら梅の衣《きぬ》にかをると見しまでよ君とは云はじ春の夜の夢

であり、「しら梅の衣《きぬ》にかをる」は梅の香を愛でるということ、「春の夜の夢」が男女の逢瀬の果敢なさを表すという王朝文学の常識的な表現を自らの雅号「しら梅」にかけている。これは晶子の歌に見られる王朝世界を想起させる詠風である。このように登美子は「しろ百合」、雅子は「しら梅」をかけて冒頭歌に詠んでいるのは二人とも処女歌集であったからであろうか。しかし晶子は四冊目の著作なので、ことさらに冒頭に「しら萩」を詠みこむこともなかったのであろう。この二つの冒頭歌は共に「君」の存在を意識しながら青春を謳歌している。

また雅子には、晶子と登美子には歌われていない亡母への追慕の歌が多い。

20二十とせは亡き母しのぶ夢にのみ光ほのかにさすと覚えし

28わが面《おも》の母に肖《に》るよと人いへばなげし鏡のすてられぬかな

など七首あり、亡母への慕情を心の拠り所としていた。母亡き境涯を悲しむ気持ちから

10 世にそむき人にそむきて今宵また相見て泣きぬまぼろしの神
22 つらき世のなさけいのらぬわれなれど夕となれば思あまりぬ
40 この世をもはては我身も咀はるる竹ゆく水に沈む日みれば
44 われ思へば白きかよわの藻の花か秋をかなたの星うけて咲かむ
67 このゆふべ色なき花にまたも泣くえにしつたなき春のわすれ子
78 おとろへにひとり面瘦せ秋すみぬ山の日うすく銀杏《いてふ》ちる門《かど》

と歌う。一首目は、社会にも家庭にも馴染めない雅子の心の世界を表す。晶子や登美子の場合は、近代人の目覚めを歌によって発散することで反抗的だった。しかし雅子の場合は亡母への愛慕から身近な人に溶け込めない悲しさ、寂しさから孤独になり、世に対抗しようとすることもあった。自分の環境をいつも「つらき世」と決めてしまう雅子は二首目で、夕方になると一層その辛さがつのると言う。三首目では世間も我が身も呪う思いを、「水に沈む」日没に比喩する内面の暗さによって表している。四首目では自分を白くか弱い藻の花に比喩するほどの弱者に仕立てる。五首目ではまったく青春の華やかさのない自画像を赤裸々に歌っている。六首目は心身共に疲れ切った独り暮らしの人を歌っている。それぞれに雅子の暗い性格を見せている。

2 恋やさだめ歌やさだめとわづらひぬおぼろごこちの春の夜の人
14 髪ときて秋の清水にひたらまし燃ゆる思の身にしきるかな
16 みふみ得しその夕より黒髪のみだれおぼえて涙ぐましき
31 みなさけのあまれる歌をかきいだきわが世の夢は語らじな君

右の四首に聊かの情熱的なものは感ずるが、晶子や登美子のような熾烈な熱情は見られない。陰鬱、暗黒、悲哀、

怨恨の感情が内向していて、閉鎖的である。たとえ恋を歌っても

8 なさけ未《いま》だよわきはげしきさだめ分かず酔へりとのみのこの子と知りぬ

と恋そのものを歌うのではなく、恋を第三者の立場で詠むのであって、そこには燃える思いはない。

寛と晶子を詠んだと思われる歌を見ると、

7 みやこ人《びと》の集《しう》のしをりとつみつれどふさひふさふや楓《かへで》のわか葉

39 あづま人《ど》が扇に染めし梅の歌それおもひでに春とこそ思へ

19 しら梅の朝のしづくに墨すりて君にと書かば姉にくまむか

46 よき里と三とせ御筆《みふで》のあとに見き今宵虫きくうす月の路（渋谷にて）

がある。一首目の「みやこ人《びと》の集《しう》」とあるのは、東京に住む寛が出版した『紫』（明34・4）のことで、その栞に楓の若葉が相応しいという歌。二首目は「あづま人《ど》」「梅の歌」から、『紫』には雅子へ贈った寛の梅の歌が集中に四首ある（43・93・112・129）が、これらのうち、どの歌を扇に寛が書いてくれたのであろうか、それを思い出に青春の心を大切にする、という歌である。晶子や登美子たちの熱愛的な恋慕とは違って仄かな恋心である。三首目はしら梅の香を含んだ朝露の雫で墨を磨って書いた手紙を「君」（寛）に送ったならば晶子さんは私を憎むであろう、と本集では改作されている。初出は「しら梅の雪のしづくに墨すりてさても書くべき歌のなき身よ」（「のな」は欠字）になっており、これは恐らく寛の添削と思われる。寛の洒落た思惑か、遊戯的な添削であったか。四首目は初二句と「（渋谷にて）」の添書から晶子と寛の家を、雅子が女子大入学のために上京した折に訪ねて知った渋谷の自然環境を、二人の作品どおりだと実感したのであろう。登美子に向けて雅子は、

36 泣きますな師をなぐさめむすべ知ると小百合つむ君うるはしきかな（以上二首は登美子の君に）

37 つらきかな袖に書きてもまゐらせむ逢はで別る、歌のみだれよ

と歌う。一首目は登美子の結婚を悲しむ師寛を思いやる雅子の優しい気持ちをフィクショナルに詠んだ。二首目はこのころの登美子と雅子はそれぞれ故郷にいて互いに未知の人であった。会えぬまま登美子は結婚してしまうことを「つらきかな」と詠んでいる。しかし三年後に二人は女子大生となって初対面するのである。

「明星」九号（明33・12）に発表した雅子の「新詩社詠草」の冒頭歌が『恋衣』に採られ、

15うらみわびこの世に痩せし少女子のひくきしらべをあはれませ君

と詠んでいる。上句は誰も認めてくれない私の未熟な歌を憐れんでほしい、と歌って新詩社入門一ヶ月後の雅子は、その自信のなさから暗い性格を表している。また自画像の歌として

41袖おほひさびしき笑みの前髪にふさへる花はしら梅の花

67このゆふべ色なき花にまたも泣くえにしつたなき春のわすれ子

がある。一首目は「さびしき笑み」が自分に相応しいと二、五句の改作によって作り変えられている。それは作者の意図か、編者寛の手のうちを見せているようにも思われる。ここにも暗く淋しそうな雅子のイメージが浮かぶ。二首目も「色なき花」であり「春のわすれ子」という青春期にあって魅力も華やかさもない自画像なのである。

僅かながら期待と希望をもつ歌を見る。

60今はただ歌の子たれと願ふのみうらみじ泣かじおほかたの鞭

100秋の日のこがねにほへる遠木《とほこ》立《だち》そこにか母のありかたづねむ

一首目の歌人としての自覚に立ってどんな辛い非難に対しても前向きに生きようとする姿勢の歌は集中では珍しい。雅子には珍しいほどの気迫と熱意の伝わる一首である。歌人雅子の矜恃と見識がうかがわれる。二首目は秋の日没の「遠木《とほこ》立《だち》」に母の在り処を尋ねる、と歌って聊かの希望を抱く。他に「106うるはしきゆめみごこちやこのなさけこの歌天《あめ》の母にそむかじ」「111歌はみな天《あま》のひかりにあこがれぬ母なき国に栖みわびぬれば」などなど母恋し

い歌が多い。

晶子と登美子とはまったく傾向を異にしているが、表現法には新詩社風があるものの、亡母への哀切な思いが全体に流れている。そこから発する環境の様々な不如意が雅子の性格を暗く淋しくしているのであろう。生来のものか分からないが、集中末尾の女子大への攻撃的な歌には雅子の激しい一面を垣間見る。これについては後述する。

(3) 与謝野晶子

『恋衣』はかなり評判にもなったが、何となく女性蔑視的な冗談交じりの皮肉や揶揄を含ませたような批評もあって、全体として歌の内容を読みこんでおらず皮相的な批評が多かったように思う。

晶子の「曙染」は、有名になった晶子短歌が集中していることと男尊女卑の社会に女性のみの歌集という珍しさがあって広く読まれ、版を重ねたのであろう。名歌とされている冒頭歌の

1 春曙抄《しゅんじょせう》に伊勢をかさねてかさ足らぬ枕はやがてくづれけるかな

からはじまる「曙染」の、秀歌の歌番号だけあげる。3・4・6・9・49・56・57・117などほぼ八首が見られる。「曙染」には嘗ての激しかった恋の片鱗さえ見えず、僅かに、

10 わが恋は虹にもまして美しきいなづまとこそ似むと願ひぬ

36 わが恋はいさなつく子か鮪《しび》釣りか沖の舟見て見てたそがれぬ

がある。一首目は「わが恋」は嘗ては美しかった、しかし今は虹よりも早く、あっという間に消えてしまう稲妻のような果敢なさに、愛着を覚えると言う。二首目は、青春期に描いていた恋を奇想天外な比喩表現で追想している。いずれも華やかな恋は過去のもので、現実は、

95 妻と云ふにむしろふさはぬ髪も落ちめやすきほどとなりにけるかな

とかつては「その子二十櫛《はたち》にながるる黒髪のおごりの春のうつくしきかな」（『みだれ髪』6）と青春を謳歌してい

た髪も減ってきて妻らしく落ち着き、精神的にも安定した心境になっている。

三七年六月二二日に誕生した次男秀を詠んだ歌にも、

59欠くる期《ご》なき盈つる期《ご》あらぬあめつちに在りて老いよと汝《な》もつくられぬ（秀を生みし時）

と子供の誕生を祝すというより、生まれて死ぬという宿命を背負って生きねばならぬ子供に、人間の有限性を伝えている。生から死を一気に詠んだ感じである。さらに妻として、母親としての喜びを、

68百合がなかの紅百合《べにゆり》としものたまふやをかし二人《ふたり》の君が子の母

と詠み、光と秀の母である晶子を夫寛が百合の中の「紅百合《べにゆり》」だと言ったという。新詩社の通用語である「紅《べに》」が恋を比喩することから愛し合う夫婦の会話として、また子供の母としての幸福を詠んでいる。平穏な渋谷での生活を

18里ずみの春雨ふれば傘さして君とわが植う海棠の苗

と歌い、平凡な暮らしの中にも艶やかに咲く向日葵の花を、

13髪に挿《さ》せばかくやくと射る夏の日や王者《わうしや》の花のこがねひぐるま

と、わが髪に挿せば「王者《わうしや》の花」となる向日葵を豪華に歌いあげているのは晶子らしい。

晶子にとっての青春の花であった粟田山回想の歌が集中には二首ある。

96われに遅れ車よりせしその子ゆゑ多く歌ひぬ京の湯の山

122山の湯や懸想《けさう》びとめく髪ながの夜姿《よなり》をわかき師にかしこみぬ

いずれも「京の湯」「山」「師」から見て粟田山再会の様子だと思われる。私より遅れて車から降りた、その人を待っていたので沢山歌ができた、京都の山の湯宿でという歌。粟田山再会はこの歌が詠まれた時から三年以上も前のことで、虚実のほどは分からないが、具体的に詠まれているので現実感が漂う。一首目は宿前の待ち合せの場面だが、二首目は室内で二人は対座している。「わかき師」は男性で、作者は「髪ながの夜姿《よなり》」の女性であり、さら

に「懸想《けさう》びとめく」から二人は恋人同士と考えられる。下句には未だ師弟関係にあったころの初々しさが伝わってくる。「山の湯や」と提示句にしていることから前歌と合わせて粟田山再会の折のことを詠んでいる。

次に古典に関わる歌として、王朝的な言葉や習慣や雰囲気などを素材にして作った歌に「75母屋《もや》の方《かた》へ紅《あけ》三丈の鈴の綱《つな》君とひくたび衣《きぬ》もてまゐる」「79恋しき日や侍《さも》らひなれし東椽《とうえん》の隅のはしらにおもかげ立たむ」「84七《なゝ》たりの美《び》なる人あり簾して船は御料《ごりやう》の蓮きりに行く」「123廊馬道《らうめどう》いくつか昨夜《よべ》の国くればうぐひす啼きぬ春のあけぼの」「441鬼が栖むひがしの国へ春いなむ除目《ぢもく》に洩れし常陸ノ介と」などがある。集中の晶子の最終にある二歌をあげる。

147集《しう》のぬしは神にをこたるはした女か花のやうなるおもはれ人か

148さは思へ今かなしみの酔ひごこち歌あるほどは弔ひますな

一首目は、『恋衣』出版に当たってのメッセージであろうか。反社会的に生きるのか、社会に順応して生きるのか、と問いかけて恋を賛美する『恋衣』出版をアピールする姿勢とその真価を逆説的に誇示している。二首目は、恋に生きる自分達を認めてくれない社会に向けて自分たちは「今かなしみの酔ひごこち」だと言って、才気を精一杯に羽ばたかせて歌った歌集であっただけに、詩歌集の締めくくりとして読者や識者に対して必死に訴えている。

詩は「君死にたまふこと勿れ」を筆頭にしている。この詩については多く論じられているので割愛する。五篇の詩のうち、当時評価された「鼓いだけば」は異腹の次姉花を素材にした詩である。その姉と五年共に暮らしたが「わが家ながら心おき、　さては穂に出ぬ初恋や　したに焦るる胸秘めて　おもはぬかたの人に添ひ」とあって、二八歳で他界した姉を「そのすくせこそ泣かれぬれ」と結んでいる。不幸な姉を実感を以て詠んでいる。

三人の若い女性の才を結集した「明星」歌風が花開き、優雅で華麗な作風が戦時下であったが、出版され、高い評価を得て人口に膾炙されたのは時代を超えた、ゆるぎない一つの世界が築かれたことになる。その意味でこの詩歌集を企画し、強硬に刊行した寛の業績は大きい。

(4) 恋衣事件

女性だけの詩歌集の出版は当時珍しかったようで重版が続き、批評も多かった。明治三七年の春から日本女子大学の学生として登美子と雅子は新詩社に出入りし、同人として活躍して入学した翌年の一月に『恋衣』が出版された。このころのことを思い出して晶子はのちに登美子（明42・4・15没）への挽歌に、

渋谷なる貧しき家に君むかへ見ぬ四とせをば泣きて語りし

（「トキハギ」明42・5）

と詠んでいる。二人が上京する前年の九月から始まった「一夜百首会」は新詩社（与謝野宅）で毎月行われ、同人たちはそれぞれの才を競い合った。この会に二人が出席していた様子を同人茅野蕭々は三七年九月一一日の日記（『蕭々雅子遺稿抄』―昭31・11『山川登美子全集』下巻参照）に、

渋谷へ新詩社の会合ありてゆく。……山川様今宵は渋谷の宿に泊り給ふべし、例の徹宵はいかにとせまられて、さらばと平野君をもす丶めつ、主人夫婦に、山川、増田の両女史、都合六人とぞ定まりし。山川様、大人びて、寂しらの御顔、実に世に泣くこと多き方なるべし。増田様さばかりならず、あでやかなる笑ひ様あどけなき人なり。字を結びて二十首夜もあけぬ。

と書いている。これを見ると、二人の才媛がこの徹宵会（一夜百首会）に加わったことで新詩社は以前にまして活気を帯びてきたことが想像される。一八日の同日記ではさらに、

午後より渋谷へ。暑き日なり。山川、増田の君達来り居給ふ。例の詩集編纂の為めなるべし。

とあって、このころ、『恋衣』出版の準備が進行していたことは、毎月の「明星」に広告され、一般的にも新詩社内でも話題になっていた。ところが二ヶ月ほど経た三七年一一月一三日の同日記で蕭々は、

恋ごろもの出版、女子大学の方にて何か妨害せしとか、わからぬ人の多き世や、与謝野師の力にて出版することとはなりしとぞ

と書いていることから、『恋衣』が噂に上って女子大側から咎めがあったものか。その内容について具体的には分からないが、戦時下にあって前年にはかなり物議を醸した晶子の詩「君死にたまふこと勿れ」が掲載されること、また『恋衣』というタイトルが、学生としてあるまじきことだと注意されたものか。しかし新詩社側から翌一二月二日の寛宛ての上田敏書簡には

　過日来御交渉の恋衣事件も平出露花氏の話にて承知仕候が事無く相済みし由騒がでもよき事をかれこれ中候学校の人達も随分世情に通ぜざるものと惘れかへり候、……

とあって弁護士で同人であった平出修が仲介の労をとったようである。右の蕭々日記に「与謝野師の力にて出版」とあるように、寛の力で女子大学側と直接交渉し、解決して出版できたことが分かる。その過程にあって登美子と雅子はかなり感情的になっておのおの怒りをぶつけて詠んでいる。『恋衣』では「さることのありける時」と詞書して、登美子は一二首、「さることにふれて」と詞書して雅子は九首詠んでいる。

120　ぬのぎれに瓦つつみて才《さい》はかる秤器《はかり》の緒にはのぼされにけり（登美子）

122　鋳られてはひとつ形のひと色の埴輪《はにわ》のさまに竈《かまど》出でむか（右同）

109　われ咀ひ石のものいふ世と知りぬつめたき声に心こほりぬ（雅子）

110　みなさけかねたみか仇かあざけりかほほゐみあまた我をめぐれる（右同）

　登美子の一首目は無才の私をよくぞ高く評価して騒いでくれますね、と精一杯の皮肉を浴びせて揶揄している。二首目は個性を無視して画一的な教育を施すのか、と比喩を以て辛辣に難じている。三首目の雅子の歌は初句と結句が雅子自身の心情であり、二句から四句までは学校側の頑迷さと冷酷さを表している。四首目の上句は自分に向けての学校側の嫉妬、嘲笑かと迫り、下句では自分を支持してくれる人たちが周りに沢山いるのだと堂々と訴えている。いずれも学校への激しい対抗意識が鮮明である。登美子は比喩を以て理智的に、雅子は感情を露骨にぶつけ

ており、二人の歌には怒りが沸騰していたことが分かる。

晶子の方は第三者的な立場にあったから客観的に、冷静に、

121審判《さばき》の日をゆびきずくるとげにくみ薔薇《ばら》つまざりし罪とひまさば

と詠み、結果報告として「審判《さばき》の日」と提示し、事件扱いにしている。下句の反実仮想を倒置の形で表し、学校側がもし自分たちを咎めたならば、学校側を憎んで反発したであろうに、しかし学校側は咎めなかった。つまり何の処分もしなかったと晶子は客観的に見つめている。登美子も雅子も当大学の学生であり、何らかの叱正の言葉を受けたであろうし、恋衣事件と名指しされた渦中に詠んだ歌なので非常に感情的になっていた。しかし晶子の立場は二人とは違い、事件解決後に詠んでいるので冷静であった。客観的に見極めることなく、特に登美子は比喩で覆いながら皮肉と呪詛を以て対抗した。

『現代短歌全集』十七巻中の「『山川登美子集』の後に」には、登美子の弟山川亮は「恋衣事件」にも「停学処分」にも一切触れていないが、『山川登美子全集』（下巻、昭48・6）末尾にある「姉の思ひ出（四）」に亮は

姉は（歌集出版を理由として）一ヶ月停学処分に附されたことがある。……その時の姉の詠んだ歌が例の

歌よみて罪せられきと光ある今の世を見よ後の千歳に

である。

と「停学処分」を受けたことを明記している。

しかし『山川登美子集』（坂本政親　昭36・11）には「この事件については、女子大に現存する学籍簿などの正式な書類に記載がなく、また他の記録類も残っていないので、正式な、その事情を正確には知り難い」とある。また青木生子著『茅野雅子研究』（平10・7）によれば、この停学処分について学校側の記録には残されていない、とある。従って晶子の歌にあるように学校側は二人に忠告か訓戒はしたであろうが、公ごとにはしなかったのであろ

う。

第七章　明治三九年（寛33歳・晶子28歳）

第一節　三九年の展開

(一)　新詩社の多彩な試みと傾向

(1)「明星」の宗教的雰囲気

三九年一月の「明星」はそれまでとは傾向を異にし、冒頭の挿画の下に寛の新年の心構えを掲げている。ここには「人間の救世主なる一大自覚者ぞ出現したる」とあって、これまでの「明星」にはなかった宗教哲学的なテーゼを掲げようとする寛の姿勢が露わになっている。寛がなぜ唐突にこうした方向へ興味を示したかについて何の説明もない。前年（明38）の寛の詩歌にその真意を探ってみる。まず三八年の詩歌では「朽尼」（「中学世界」6月、「明星」7月）、「路の石」（「国文学」7月）、短歌では「黒髪」（「国文学」10月）、「新詩社詠草　その八」（「明星」11月）にはそれぞれ寛の自虐・自棄的な内攻性の強い鬱状態が明確に現れていた。このような苦悩が前年の後半に集中的に作品化されていたことがあった。これらを念頭において寛の提言と何らかの脈絡があるかと考えると、苦悩を抱えた人間が宗教的なものへ救いを求めるのは理に叶う。物事に熱しやすく醒めやすい性格の寛が苦悩からの解脱として宗教的なものに解決の糸口を見出したのではないか。

寛の提言の次頁から七頁半にわたって志知善友の「救世言」が載せられている。ここにはまず序章に匹敵する一文が草せられ、その後に「第一章　総説　第二章　余は絶対的なるが故に、能く相対的批判に、其至真を顕揚す。第三章　余は是れ無我なるが故に、能く普遍的仁慈に、其至美を流露す。第四章　余は是れ平静なるが故に、能く活動的自行・化他に、其至善を実現す」という項目で説法が書かれている。「救世言」の中に

よく自暴自棄することなく、幻影に溺せず、現実に執せず、守持自ら勇猛なる者にして、初めて真救済の門を通ぜる勇者なり

とあるのと、前に記した寛の前年の後半における神経症的情況とを鑑みると、寛の一縷の救済に繫がる要因が「救世言」に託されているように思われる。右の「救世言」の後に「社告」があって、寛は善友について

忽然として茲に聖人を見、神を拝し、如来を仰ぐの感を成し、真に心を虚しうして、如実に救済の真法を聴くを得む。これ人間絶対の福祉なり、願くば何人も参じ聴かれよ。

と記している。これによっていかに寛が善友に心酔していたかが分かる。さらに同号巻末には寛の詩「心のあと」八篇があるが、この中の「永生」の一連目に

あゝ吾よ、今は昨日《きのふ》の世に住まず
大寂《だいじやく》 静《じやう》の安楽《あんらく》に斯くこそ歌へ。——
(斯く歌ふ吾を繞《めぐ》りて、基督《きりすと》も、
釈迦《しやか》も荘周《さうしゆう》も、親鸞《しんらん》も、はたや吾が為め
先達《せんだつ》の有縁《うえん》の仏《ほとけ》 善友《ぜんいう》も、
大歓《だいくわん》 喜《ぎ》して掌《て》を合《あは》せ拝《をろ》がみ立ちぬ)——

とある。善友の「教法」に寛がいかに深く傾倒し感動しているかが分かる。また「永生」五連目では

三十路《みそぢ》あまり三つの齢《よはひ》の秋の暮、
わが恋妻《こひづま》の俗縁《ぞくえん》に宿善《しゆくぜん》ひらけ、
ゆくりなく末法《まつぽふ》の世の生身《しやうしん》の
善友仏《ぜんいうぶつ》を拝むこそ未曾有《みぞう》なれや、
まのあたり金口《きんく》尊《たふと》き説法《せつぱふ》に、
わが億劫《をくがふ》の迷妄《めいまう》は薄《うす》らぎ初《そ》めぬ。

とある。ここで歌われているのは、自らの「億劫《をくがふ》の迷妄《めいまう》」が「善友仏《ぜんいうぶつ》を拝む」ことによって「薄《うす》らぎ初《そ》め」たというのである。また「わが恋妻《こひづま》の俗縁《ぞくえん》」とあるのは、志知善友が晶子の妹里の夫であることを指す。「永生」は前年までの詩とは趣が異なり、宗教的興奮のみが強く歌われている。善友は宗門の出であり、真宗系の中学から四高へ進み、さらに帝国大学の倫理科卒業の新進の倫理学者であった。しかし寛との関わりがいつから始まったか、その関わり方も分からない。この善友の「救世言」の発表された同月には早くも反応が現われた。一月二一日の「読売新聞」紙上で登張竹風が「神仏の出現を笑ふ―余が人生観」と題して、

　近頃、自から人間の身でありながら、我ハ神だ、仏だ、菩薩だ、救世主だと、名乗り出るものが多い。天下太平の今日、国家の慶事であるかハ、知らんが、お目出度いにも程がある。いくら、新年の御慶だからといつて、か丶る似而非仏、か丶る似而非神様の跋扈跳梁を許すことハ、出来ない、然り、断じて出来ない。大痛棒を食はすべきものだ。……余ハ仏陀なりといひ、救世主なりといひ、大恩教主なりと呼号する、「明星」の志知善友氏を始として……

と書いている。翌二月の「明星」で寛は「救世言」に「登張竹風氏に与ふ」と題して自己流の主張を以て善友を擁護し、竹風に「軽佻なる足下の態度に就て猛省せむことを戒む」と言って善友のすばらしさを強調した。この他河

上肇の「宇宙絶対の真理を発見」や、「見神の実験を吹聴してその教えに服する能はざる思想家を罵る綱島梁川や、救世主を広告する新聞や、自称予言者、メシーアス仏陀と論告する宮崎虎之助一派の人々に対して、竹風が高慢痴気、大法螺、高慢狂、大風呂敷だと難じた」ことに対して寛は様々に反論し、時には肯定して論を展開させている。

一方、同二月の「文庫」の「新春の創作界」の「好現象」においては、『青年思潮の傾向』と題して、本誌に現代の青年が心霊上の問題に深く潜思し、青年らが「渇仰の至高者」を求める傾向になってきていることを示している。また詩壇においては泣菫、思潮においては綱島梁川を、「渇仰に応ふる清高の士」として崇拝するのを「向上し来れる」と言っている。また前記した善友の「救世言」について「一に青年界の機運、やがては現代一部の思潮が、之れを醞醸したるもの」とし、「救世言」を「優遇して世間に紹介したる与謝野氏の明識、素より謝すべし」と推賞して善友と寛を好意的に扱っている。善友の「修証工夫」も寛の「盛んなる紹介」も世の必然的な要求として見ており、「満天下の青年」にこの自覚を体得すべきと念じていると論じられた。

「救世言」を「明星」に掲載したのは日露戦争終結後数ヶ月たったころで、世相の一部では宗教的なものへ関心が向けられていた。前記したように「明星」で近藤燕処や綱島梁川などの説法を掲載した時寛には余り関心はなかったが、善友のことは狂熱的に支持していた。前述した前年における寛の内面の混沌としたものを浄化させるためにすがりつかんばかりの渇望を満たしたのが善友の宗教であった。善友の哲学的な生き方に憧れ、刺激され、これを「明星」の旗幟として進展させようとする意図があったのではないか。この年の一月の「明星」の冒頭に「明治三十九年一月一日発行（救世号）」と横書きされている。ここにも、寛の善友に対する狂信的姿勢がうかがわれる。

このころと思われる馬場孤蝶宛ての年月不明、日付のみ「二四日」と記されている晶子書簡がある。

まことと寛こと三年のゝち宗教家になりて帰りまゐらばかなしく候かな　さまぐ〵おもひみだれ候　あんぎやに四月と申候をふた月にたのみ居り候へど志知氏と同道に候まゝ何やらわかり申さず私はこころぼそく候

右の書簡に「志知氏と同道」とあるので志知善友の宗教熱に浮かれていたころ、つまり三八年秋ごろ、行脚する計画があったのであろうか。それが実施されたか否か分からないが、晶子の困惑していた心情が右の書簡によって知られる。しかし次号以降まったく善友について「明星」では触れることはなかった。その後「明星」に評論「光闡録」を翌四〇年一月に善友は発表した。このころには寛の宗教熱は醒めていたようで、何の反応も示さず三九年一月だけの一過性のことであった。ここにも熱しやすく醒めやすい寛の性格がうかがわれる。

この折の、寛の生きざまを皮肉とも怒りともつかなかった晶子は「明星」（明39・6）に

忍辱《にんにょく》のかたはし知《し》らぬ生出家《なますけ》をしへむほどの殊勝《しゅしゃう》にも居《ゐ》ぬ　（『夢之華』241）

と詠んでいるのは、善友熱に浮かれていたころの寛に対する辛辣な批判だったのかも知れない。

(2) 新詩社の歌無断転用――『白すみれ』と『新詩辞典』――

すでに三四年に『くさぶえ』、三五年には『新派和歌事典』と新詩社の歌が無断で転載されたことがあった。同じようなことがこの年にも二回起こった。その第一回目は三月三一日に鶏声社から発行された女流歌集『白すみれ』、第二回目は五月五日に新声社から発行された『新詩辞典』であった。『白すみれ』の体裁は『みだれ髪』の三六判とほぼ似ているが、『みだれ髪』より縦が少しつまり、横が少し広い。横九・二、縦一七・六センチの小冊子。表紙の地色は海老茶色で上の方に女の白い顔が描かれ、その下に白文字で「白寿美礼」と変体仮名で書かれてあり、背文字も「シロスミレ」と白文字で小さく記されてある。『白すみれ』は二百頁、五九九首掲載、それぞれの歌の作者の名は記されているが、扉にただ一首

白すみれ人のなかやと宵の灯に袖まさぐりの頰はそまりぬる

とあるだけである。冒頭には「夕星会編」とあって晶子の歌八首を掲載。晶子、登美子、花子、雅子らの歌が入り交っている。全体を通して晶子は三八首、登美子一二首、雅子一八首、玉野花子、中浜糸子、林信子、大貫歌子（岡

本かの子）、中西やす子、ゆふちどり（石上露子）など新詩社の主だった女流の歌が全部で百七首ある。このことに関して、平野万里が「明星」（5月）に「不徳義なる著書と書肆」と題して、同人晶子、登美子、雅子、花子、光子、露子など一七名の作が全冊子の六分を占めていると書いているのは、誇大な表現である。さらに万里は晶子に関して「歌集『乱れ髪』、『小扇』、『毒草』、『舞姫』等より採録したるもの」とあるが、『みだれ髪』の歌は一首も収録されておらず、『恋衣』の歌集名は指摘されていないが、『恋衣』からは有名な「金色《こんじき》のちひさき鳥の」の歌が転載された。また同文で万里は「我社及作者に何等の照会も無く……採録し」ていると書いている。さらに

　我社同人の迷惑如何ばかりぞや。我等は自衛の為め、止むを得ず、その書の編輯兼発行者高島大円氏に対し、忠告する所ありし

とある。しかし高島大円については「書肆鶏声堂の業に従事する傍ら、雑誌『新仏教』の同人として常に講壇に立つの人」と説明し、大円は「著書の性質の不徳義」である事を反省し、該書を「絶版に」し、「更に、一篇の謝告を」、「読売、万朝の二新聞、帝国文学、早稲田文学、新仏教、明星の四雑誌に掲げたり」と万里は伝えた。しかし同文によると実際の編集者は「尾上紫舟《ママ》門下二人」で、大円は「不徳義なる著書とは知らず」両人に「欺かれ」たとあり、該書の署名者たる責任上、大円の名をもって世に陳謝したとも書かれている。このことについて万里は「奇特なるかな」と大円に感謝している。その上同号の「明星」末尾一面に「謝告」として

　某々青年の請を容れ、小生が編輯兼発行名義にて出版したる『白すみれ』は其後新詩社の忠告により、明星、毒草、恋ごろも、舞姫等の著作権を害したる者なること判明したれば、爾後之を絶版して、こ、に小生の軽挙を謝す。

　明治三十九年四月十五日　　東京市小石川原町六番地　高島大円

と記して、一応「明星」派の見解は認められた。

万里は、さらに右の同文で「以上の事ありて後数日ならざるに」千頁以上の大冊の『新詩辞典』が参文舎主篠崎純吉によって出版されようとしていることを聞いたと書いている。その内容について『新派和歌事典』のように「旧歌人の……何等の生命なき」『和歌麓の塵』の再現で「俗悪の書」とあって、ここでも無断で「我等社中の作を採録」したこの「陋劣の手段は、前掲の『白すみれ』の如く」と書き、また

篠崎氏よ、然るに今、ゆくらなくも我等が詩は、新作と旧作とに論なく、足下が如何はしき書中に持ち去られたり。中には、我等が芸術的良心と今の詩眼とより見て、必ず焼棄すべき作あり、……又物知らぬ人の校正しにや甚しき誤植もあり。はた作者の名を取違へたるさへまじれり。あはれ、如何なる因果にて、路傍の人なる足下に、この恥辱を被るか。我等は終に思ふ能はざるなり。

と訴えている。自分らの「文芸の新運動を阻害する」ものとして、篠崎に『白すみれ』の高島大円に倣えと警告し、猛省を促し「我等は該書を絶版せよとは云はず、唯だ我等の作を削除せむことを望む」と提言している。新詩社にとって無縁の高島、篠崎の出版であったが、両書とも編集は柴舟門下某々だと聞き、同文末尾に

序なれば尾上柴舟氏に告ぐ。足下は文芸の神聖を知らむ。門生某々に戒むる所あれ。

と結んでいる。これは万里の署名になっているが、おそらく寛の筆であろう。この中で『銀鈴』（柴舟）、『小詩国』（薫園）『夏廂』（正富汪洋）など多くの詩集を「摸倣と独合点と衒耀との外に幾何の価値ありや。……其作者等の無能と厚顔とを惜めり」と誹謗しているところなど『叙景詩』との対立を再現させている。これらがみな『文壇照魔鏡』と関係の深かった新声社の人々であることから、万里の毒舌には感情的鬱憤が強く感じられる。

『新詩辞典』は、前記の万里の一文には『白すみれ』への批判と共に『新詩辞典』について「千頁に上るの大冊」「百七十三頁の間に」新詩社の歌が「百二十首に及ぶ」とあるが、事実は序文、凡例八頁、目次八頁、本文八四〇頁、そのうち五六六頁にわたって春夏秋冬の部と雑の部に分け、それぞれの部の風物、行事、心象などに題を設け

て該当した五、七、五の詩句を個々にあげ、それらの後に新派和歌の作例を載せている。その中に新詩社の歌が混入されている。しかし『新詩辞典』の凡例に要約されてある主旨には「新派和歌を学ぶ者のために実用面の便宜さがある」と書かれている。さらに「作例の短歌は一々作家の指定を待つ可かりしも事情の許さざる所ありしに由り不得止編者の卑見に任せたり、請ふ之を諒せよ」とあり

終りに臨み本書の為に指導の任に当り且序歌を恵まれたる伊藤左千夫、金子薫園、河井酔茗、窪田空穂、佐々木信綱、薄田泣菫、高須梅渓、土井晩翠、渡辺光風、尾上柴舟諸先生の厚意を深謝す

とあって、まったく寛、晶子を度外視している。寛はこれまで『白すみれ』のような小冊子の本でも無断転用されたことを激怒した。それがさらに大冊の『新詩辞典』のような啓蒙的辞典が、自分らの存在を無視して歌だけを利用したことに対しては、寛ばかりでなく「明星」一派の人たちの感情をも害したのであろう。万里は無断転用もさることながら、新詩社一派が一番忌避していた旧派を踏襲した辞典の作例に、新詩社の歌を利用したやり方に対しても憤慨しているのである。

『新詩辞典』について、三九年六月の「明星」末尾に、「発行者篠崎氏は不徳義な著書たるを覚醒し慙謝の辞を述べ、且つ初版限り絶版を誓」ったので、「今回の事は不慮の災禍なりと思念し」発行者に対し「寛容の度量に出でられむことを望む」と結んでいる。新詩社に関係のある人も含めて寛は六百余首が転用されたと言っているが、調査の結果晶子の歌は二五〇首以上、寛は七九首であることが分かった。この歌数を見ても、晶子の歌がいかに新派歌人らにとって魅力的であったかを思わせる。恐らく晶子の歌の作例が最高数であろう。

同じく六号の「明星」の「同心語」の『新詩辞典』には

梅渓氏は往年新詩社に対し、吾人に対し、背徳の言行ありし人なり。爾来五六年を経たる今日、猶一身の利害の為めに自家の本領を二三にして恥ぢざるは惜むべし。此書に接して吾人の特に奇怪なりと感ずるは、晩翠、

酔茗、柴舟、泣菫諸氏の無責任なる序文なり。詩界の先達等願くは自己を愛重せよ。

と寛は書いている。梅渓とは、「関西文学」時代から交流があったものの、『文壇照魔鏡』の筆者の一人であったことから止むを得ないが、新詩社に好意的だった酔茗や泣菫もこれに加わっていたのは寛にとって心外だったであろう。これをもって考えると、寛が思うほど彼らは『新詩辞典』出版に関して慎重に考えず編纂に加わったのではないかと思う。従って案外簡単に収拾がついたようである。これらの「明星」の文や謝罪の広告文はこのころ、まだ「明星」の威力を示すと共に、怒りながらも寛は逆に自分らの歌を宣伝していたとも考えられようか。

その後一年あまりして新詩社同人の中でも同じようなことが起こった。それについて未歳「明星」一一号（明40・11）の社告（六号字）に書かれている。同人姫河原無鳴が『新派和歌独習』を東京大学館から公刊した。それは「新詩社の主張に反し、軽佻杜撰な」一書であったが、その後その出版は反省して謝したので在京同人は黙視していた。ところがまた同じ人が『新派和歌評釈』を同館から出した。そこでもまた新詩社同人らの作品を誤釈し、その上拙悪な歌をあげて野卑至極の解釈を下し、上田敏の詩話、晶子の『籔柑子』、大井蒼梧の『歌話』などをそのまま剽窃したとある。無鳴に対し多年新詩社に在籍していた人の行為として、在京同人らと協講の上、「遺憾ながら茲に氏を除名す」と書いている。この一文は寛によるものと思われる。誤釈と判定したのは寛の解釈の仕方で、これを無断転載として寛は憤怒しているが、同人だから非道義的だと考えなかったのであろうか。それを寛は大袈裟に剽窃と断言して相手を咎めようとした。こうした寛の性癖が人の反感をかう素因となったのであろう。

なお、『新派和歌評釈』中の殆どが黒瞳子（平出修）の『新派和歌評論』（明34）と同一である。このことについては寛は咎め立てしていないが、他の所でやや問題になっていたようである。

(3)「鎌倉や」の歌に対する賛否論

鎌倉や御仏《みほとけ》なれど釈迦牟尼は美男《びなん》におはす夏木立かな　（『恋衣』6）

この歌は晶子の代表歌として広く知られている。歌の初出は明治三七年八月の「明星」掲載の「みづあふひ」である。二、三句が「銅《かね》にはあれど御仏は」となっていた。それを右のように改作して『恋衣』に収めた。この初出の歌に対し伊藤左千夫は、

いつかの明星に天明の兄云々と云ふ晶子の歌あり、鉄幹注解して云ふ天明の兄とは蕪村のことなりと近い明星にも「銅にあれと御仏は美男におはす云々」と云へる歌あり、是等の用語思想を独合点ともヱラガリヨガリとも思はざる人と如何にして詩を談じ得べき、況や其口調を真似て悦び居る輩に於てをや

（雑言録「馬酔木《あしび》」明38・1）

と難じた。一方で大町桂月は「太陽」（明39・2）の「鎌倉大仏論」で右の晶子の歌について、

「金にはあれど」は小供くさくして、露骨に失す。「御仏なれど」は、それよりは、よけれど、なほ野暮くさし。且つ、釈迦牟尼と、呼びすてにすることも如何にや。

と批判的ではあるが、そのあとで賛辞を呈し、妥当な批評を下している。それは

晶子の如き天才の女の前に、はじめて、美男也。女が美男に恋れ、男が美女に恋れるは、人間自然、いつはりなきの情也。

と、ごく自然な人間感情の率直な表現として認め、さらに

晶子に至りて、はじめて、大仏を美男とす。これ、人間自然の進境也。不埒にあらず、淫乱に非ず。

と言って仏を美男と見たのは「人間自然の進境」であると賛嘆した。このように仏をただ信仰の対象とする既成概念を破って、仏を人間のように見ているところは晶子らしく瞠目すべきである。

桂月の言に反論して左千夫は再び「馬酔木」（明39・3）の冒頭に「与謝野晶子の歌を評す」と題し、二段組の一一頁にわたる長文に晶子の歌七首をそれぞれに批評し、最後に「鎌倉や」の歌について二頁にわたり「此歌は昨

年の本誌雑録にて、一寸冷評を加へたことのある歌」として、

此歌が晶子の本音を露出して最も陋劣を極めたは、美男の詞にある宗教的感念《ママ》や美術的興味を以て晶子に望むは固より無理な注文であらう、併し歌詠ともある晶子が、男的物体に対し男振りの如何といふより外の感興が起らなかつたとは余りに情ないではないか、自己の詞は能く自己を顕す、晶子の詞は能く晶子を顕はして居る、美男の一語は晶子か日常の嗜好を深刻に画いてゐる、無意識の間に自己を語つてゐるは寧ろ気の毒である、花柳社会の情話と雖も男振り女振りが唯一の問題とはならぬではないか、大仏を見て親みの感を起したは悪くはない、只美男と見て親まんとするは余りに下等である、

（「馬酔木」明39・3）

と、仏を「美男」と言ったのを罵倒しているのは逆に晶子短歌の美意識を理解していないことになる。これは左千夫と晶子の相容れざる資質から生じたものと言えよう。桂月は続けて大仏が「美男」の象徴であることを、日本人の嗜好・感性に照合して何ら咎めず、むしろ晶子を擁護し、次のように書いている。

平安期には、僧侶に恋れたる才女、少なからず、業平風情に恋れずして、僧侶に恋れたるこそ、殊勝なれ。僧侶の恰好は、古の哲人が、工夫して普通の人間以上につくりたるもの也。……元来、神像や仏像は、人間をして、恋れさせるやうにつくりたるもの也。閻魔の顔には、誰も恋れる者なく、従つて難有がるものなし。神仏は、必ず美男ならざるべからず。耶蘇の像は、西洋人より見て、人間最上極上の美男として描かれたり。……日本の仏像に就いて云ふも、輸入の当座は、その顔長すぎて、所謂馬面なりき。……今も、昔も、日本人の愛するは、丸ぽちや也。……　かく、馬面の仏像が、日本に来りて、丸ぽちやとなりたる所以を知るものは、晶子が大仏に向ひて、美男と呼ぶの理由をも知るべき也。

日本に歌ありてより幾千年、晶子出でゝ、はじめて、斬る、観察鋭く、理想高く、而かも大胆なる歌あり。この歌の生命は、美男の一語に在り。

ここでは桂月は「平安期」の「才女」と晶子を同じように見て、それを「殊勝なれ」と褒めている。僧侶は「普通の人間以上」であるから同様に「神仏」が「美男」だと言ったことに異論を挟むべきでないと言う。これを以て桂月がいかに晶子の天性を的確に把握していたかが分かる。

次に桂月は「美男」と「夏木立」の関わりについて、

夏木立の一語も、用ゐ得て妙也。一切衆生を済度せむとする大仏には、春の花は、相応しからず、秋の紅葉は、相応しからず、冬枯の木では、独更《ママ》不可也。こゝは、どうしても、夏木立ならざるべからず。

と弁じた。これに対して左千夫は続けて「五の句『夏木立哉』も例の並列である、或物体に一個別の物を並べて置たと同じで、どのやうにも取替へることの出来る句である」と記している。桂月は詩的感覚によって「夏木立」を肯定しており、左千夫より鋭く、一首の魅力を捉えている。左千夫は晶子の歌を認めまいとする前提に立って、以上のような感情的な傾きを以て批判をしたのである。

「美男」の「大仏」と「夏木立」との取り合せが若々しく、瑞々しいイメージをもつことに加えて、この歌に若い女性のさわやかなエロティシズムさえ感じられるのである。桂月は「君死にたまふこと勿れ」の時とはまったく違っていて、この場合は晶子の歌のもっともよき理解者の一人であった。国家主義者の桂月にとって御仏の美男云々は感性の問題であって、国家と何ら関わりのないところから好意的であったのであろう。また一方で桂月は「仏様に恋れるとは、何たる不埒千万なる女ぞやと。請ふ、暫し静まれ、我をして、晶子が、大仏を美男と云ふの理由を説明せしめよ」と一応咎めるように言っているが、あくまで好意的である。

ところで晶子の歌には仏を素材とした歌が多い。例えば、

経《きやう》はにがし春のゆふべを奥の院の二十五菩薩歌うけたまへ　（『みだれ髪』20）

御相《みさう》いとどしたしみやすきなつかしき若葉《わかば》木立《だち》の中《なか》の盧遮那仏《るしやなぶつ》　（右同　36）

まどひなくて経ずする我と見たまふか下品《げぼん》の仏《ほとけ》上品《じやうぼん》の仏《ほとけ》　（右同　150）

讃《さん》ぜむにおん名は知らず大男《おほをとこ》花に吹かれておはす東大寺　（『小扇』36）

などがあった。晶子が仏に対し親近感を抱くのは信仰の対象とせず、人間的な親しみを以て軽く挑発するかのような対象として「仏」を捉えているためであろう。こうした傾向の歌は、右の歌に見られるように彼女の作歌歴の初期から見られた。桂月と左千夫の立論は晶子の歌の話題性を高め、むしろこの歌を有名にしたと言えよう。

右の議論とは別に寛は、左千夫の誹謗に対して、

左千代《ママ》氏の『与謝野晶子の歌を評す』の一文、かばかり正直に自家の魯鈍を表白せるものは珍し。詩を評せむとならば、せめて日本語だけなりとも修養せよ。（同心語（四月の新聞雑誌）「明星」明39・5）

と痛烈な批評を載せている。これより三ヶ月後には薫園の歌集『伶人』に対する寛の酷評が掲載されることになる。

(4) 金子薫園の歌集『伶人』への寛の酷評

寛が薫園に対して『叙景詩』や『新派和歌事典』や『新詩辞典』に関連して、文学上、対抗意識と悪感情を抱いていたことについては、すでに述べてきた。こうした気持ちの爆発が三九年四月に出版された薫園の歌集『伶人』に対する嘲笑的批判となって現われた。同年八、九、一〇月の「明星」に寛は「蒲鞭」と題して「金子薫園の歌集『伶人』を笑ふ」を掲載した。『伶人』には薫園の歌一六〇首と白菊会同人の詠草一四〇首が載せられていて寛は『伶人』の中の薫園の歌の一首ずつを捉えて罵声を浴びせた。上中下の三回とも二段組で、「上」は七頁余り、「中」は六頁、「下」は三四頁で合計四七頁にわたって批評を加え、さいごにその責任を与謝野寛・平出修二人が負うと書き、新詩社同人の名が記されている。形式は座談の形をとり、発起人、検事、弁護人、故実家、校正掛、果断家、老人、詩人、質問家、寸鉄、批難家、白菊会同人と崇拝家など、様々な形の人物を登場させ、思う存分語らせているが、その中で「白菊会同人」と「崇拝家」は薫園側と見なされる。

まず、そこでは当時の詩壇について触れている。まず発起人の発言である。

近頃世間を見渡すと、一方には薄田氏上田氏蒲原氏などの非常な苦心の結果、大変に進歩した傑作が出るかと思へば、又一方には極端に下劣な似非詩歌が続々と公にせられる。其れを読んで見て第一に驚くのは、其作者等が日本語を知らない事だ。国語の趣味風情を知らずに詩を作るのは大胆だ。甚しきは文法を知らぬ為めに、何を言つて居るのか、語を成さぬ物さへ少なくない。

と述べ、次に続く薫園および『伶人』批判の前置きとして「薫園氏の『伶人』のやうな、何れも多年詩作に従事して居られる高名な諸君の作が、言語道断に下劣な似非詩歌とあつては、慨歎に堪へぬ次第である」と酷評を加えている。以下それぞれの人物が『伶人』を皮肉ったりして過激に中傷している。『伶人』の巻頭歌の

春草の雨に小さき笛ぬらしわが詩吹く子もあれなと思ふ日

をあげ、非難の言葉を広げ、「意味不明の歌」とか、「文法を知らないにも程がある」とか「斯様な間抜けた事」とか「推敲して無い歌を上水歌《うはみづうた》」と言っているが、薫園の歌の如きは、「悉《ことごと》くどろ〳〵の上水歌《うはみづうた》だ」とか「座談平語」とか「机上の製造品」とか「支離滅裂」などと言って罵言の限りを尽している。これらの悪評に対して「白菊会同人」（薫園側）と「崇拝家」は一見薫園を擁護しているように見えるが、過度な賛辞によって却て皮肉ととられるのである。以上が「上」の概略である。

次に「中」は発起人、旧派歌人、同情家、修辞家、忠告好き、果断家の座談形式をとって「上」と同様に薫園と『伶人』批判を繰り返している。中でも「忠告好き」は長文で薫園に「今後三四年専心に読書し、国語の微妙なる価値を研究する」ように忠告し、さらに、「万葉の感化も、源氏の感化も、寸毫も見えない」「他人の歌の口真似をして居る」「最早ごまかし」「虚名も頼みには成らぬ……実力競争の時代」「何卒眼を覚ましなさい、『伶人』のどこに詩らしいものがあるか、一首でもあるか」「すべて是れ半可通、独よがり、気障、厭味、座談平語だと云ふ事に

最早お気が附くであらう」と暴言も甚しい。そして右の「忠告」を薫園がうけとめるために八項目を出して勧告している。そのうち第一は「謙虚」、第二は「抱負」、第三は「日本語を研究」、第四は「常識を養ふ」、第五は「今古《ママ》の文学を読み味ふ」、第六は「他の学問、技芸、社会状態等に通ずる」、第七は「神経を鋭敏にする」、第八は「観察を微細に」、である。ここに書かれた内容は薫園に対してかなり悪意に満ちたものであり、大人気なく、寛の人格さえ疑われるような筆法である。

次に「下」は「発起人代理」「毛嫌家」「冷静家」等々を登場させている。これは「上」「中」と同じタイプの論調で冗漫な長文で常規を逸した感さえ見られる。例えば田山花袋は「文章世界」で、恐らく「上」を読んでの反応と思われるが、これを「軽佻にして児戯」と非難した、と言っている。これに対して「下」では「児戯」・「軽佻」は「覚悟の前」でやったとし、さらに

> 『明星』はその執る所に偏すると仰せられるが、『明星』は多年主張ある文学雑誌だ、文学雑誌がその執る所の文学に偏するのは当然だ。真に文学に忠実ならむとすれば、時流の平俗文学と妥協の出来ぬのは勿論だ。

と寛は書いている。ここには多分に自己を正当化しようとする寛の姿勢がうかがわれる。加えて花袋が同文で薫園の歌を褒めたことをとりあげ、「お手前はあ、云ふのを忠恕と思はツしやるだらうが、我々から見れば曲庇だ」といった調子で、薫園を擁護した花袋を非難している。そして「明星」側がいかに「忠恕の徳」があるかを証明するために、前記した『白すみれ』や『新詩辞典』の例をあげてそれらの編集者の氏名を明かさなかったことを自慢している。以上のように述べた後で、花袋や薫園に対して

> 次第に惰気を生ずる、退歩する、愚劣なる作物を出して耻を知らぬ、少々の諷戒位では目が覚めぬ、さう云ふ若隠居連が却て多く跋扈する、思慮の無い多数の読者や後進が、追々さう云ふ若隠居連に誤られる、と云ふに至ツては、我々は如何にしても忠恕の徳を施すことが出来ぬ。

と書いているが、余りにも感情的で寛の性格上の破綻さえうかがわれる。「下」では『伶人』の歌をあげ、「上」「中」と同様に誹謗の限りを尽し、さいごに

薫園が此の笑評に激して、前回に述べた八箇条を遵守し、三年又は五年の後に、悠然復活して真の詩人として文壇に立たむことを我々は切に祈る者である。

と結んだ後に「この笑評の責任は、与謝野寛平出修の二人が負ふことに致さう」と書いている。

薫園と寛は「明星」初期のころにはお互いに詩歌を送って親愛の情を示し合っていた。『紫』の中で、寛は薫園の第一歌集『かたわれ月』（明34・1）の出版を祝って二首（82、83の歌）に賛辞をこめて歌い、また薫園が飼っていた鶯が死んだのを悼む歌四首（180〜183）も『紫』に載せられた（拙著『紫全釈』参照）。しかしその前後に起こった『文壇照魔鏡』事件に深く関わっていた新声社から出版した、薫園と柴舟合著の『叙景詩』では「明星」派の歌を非難し、寛もまたこれに対抗した。また前記の『新派和歌事典』、『新詩辞典』と続いて二人の不和が深まっていた。それ以来の寛の鬱々とした思いを爆発させたのが、以上述べてきた薫園の『伶人』に対する理不尽で執拗な罵評であった。これはまさにこの年の新年号に掲げた「救世言」に心酔していた寛の信念を裏切る行為であったように思える。こうした寛の性癖はこれまでにも屢々見られたが、顕著なものとして「亡国の音」（明27）の旧派の桂園一派の和歌の巨匠に対して舌鋒激しく攻撃した口吻は『伶人』批評を予測させるものがあった。それは晶子の「君死にたまふこと勿れ」を誹謗した大町桂月に対する攻撃的な批判や「鎌倉や」の歌を非難した伊藤左千夫に対する誹謗も然りである。こうした寛の気質が「明星」の体質に微妙に反映し、時勢に流されたこともあるが、その後の衰退への方向性の幾許かを暗示しているようである。

(5)「明星絵はがき」と『明星画譜』

「明星」は依然として文芸性と美術的傾向が強く、三八年には毎月の「明星」冒頭に掲載された挿画が三九年に

は「明星絵はがき」として頒布され、また「明星画譜」も出版されることになる。これらは「明星」普及と販売力増進のために寛がなしたことである。いずれもその手法は西欧的趣向を凝らしたもので斬新な感じのするものであった。この年（明38）には、「絵はがき」が特に流行し、絵はがきに関するエピソードや広告、記事などが多かった。しかし「明星絵はがき」に代わって新詩社の出版物として、明治三八年一二月一五日に初めて刊行されたのが「明星画譜」であった。これは定価二円三〇銭で、「明星」一二号では三百部限定と広告されている。「明星画譜」の広告はその後も続いたが三九年の「明星」の三・四号限りで、その後出版されたかどうかはっきりしない。「明星画譜」について「毎日新聞」の愛濤漁郎の「鄭重な紹介」を「明星」（明39・3）の「文芸彙報」に「其全部を転載し」て、

豊麗清新、猶ほ明星派の歌風の如し。……単に表装印刷の技術上より見るも出版界の出色たるを失はず、鉄幹君は詩風に新機軸を出したるに饜《あきた》らず、出版美術に亦才華の一端を放たむとする乎。

とある。さらに同文では、『明星画譜』収むる所極彩色の木版画十二葉、総て一度は『明星』に現はれたる挿絵なりき」とある。そして三宅克己の「五月雨」・「吉田口の富士」・「明治スケッチ」、藤島武二の「清見寺」・「花菖蒲」・「ぼけの花」、中沢弘光の「春日の巫女」・「己年正月」・「山火事」、和田英作の「巴里の郊外」などをあげ、それぞれ絶賛している。こうした賛辞は他紙誌にも掲載されたようで、これらについて寛は

本社発行の『明星画譜』に対し、国民新聞の徳富蘇峰氏は二月十四日の『東京だより』一欄を埋められ、其他、毎日、二六、時事、日本等の各記者が、何れも激賞の辞を以て紹介の労を執られたるは、社中同人の感謝措く能はざる所なり

（社友動静「明星」明39・3末）

と書いて深謝の意を表した。

この年の一月には善友の宗教熱に扇動されていたが、その一方で芸術的な所行も成していた。ところが後の二月

一日に寛は急に面瘍（面疔か）を患い、順天堂に入院し、一時危険な状態であったが快癒し、退院している。しかしその後も入退院し、転地療養している（「明星」3月号）。「明星画譜」はこの間に刊行されていた。

(二) 寛・晶子の作品傾向

(1) 短歌（登美子の歌も含む）

この年の一月から「都新聞」の選者となり、「選者」の名で一首ずつ歌の末尾に載せている。二紙一四首（「都新聞」10首・「万朝報」4首）を掲載している。そのうち九首が『夢之華』に採られた。

何鳥《なにどり》か羽音《はおと》してきぬあかつきの茜《あかね》のなかを使《つかひ》のやうに　(155)
袈裟《けさ》の下《した》の白衣《はくえ》の肩《かた》は木蓮《もくれん》の花《はな》より艶《えん》に見《み》えたまふかな　(176)

右の二首はいずれもロマンティックで美意識豊かな歌である。

前年に続き、「万朝報」も三八年一〇月から歌の選者になっている。晶子の歌数は寛の三倍ほどあるが、詩の方は寛のみで、晶子にはない。

一月の「明星」では「新詩社詠草」に寛五首、晶子八一首発表している。寛の五首は多数の同人たちの中にあるが、晶子は単独に「新詩社詠草」として載せている。寛の五首には特に採るべき歌はない。

晶子の八一首中七五首が『夢之華』に採られた。以下歌下の（　）内の番号は『夢之華』の歌番号である。

羽《はね》じろの桜《さくら》の童子《どうじ》ねぶりたり春《はる》の御国《みくに》のあけぼののさま　(227)
水《みづ》の隈《くま》うすくれなゐは河郎《かはらう》の夜床《よどこ》にすらむなでしこの花《はな》　(6)
春《はる》の日《ひ》のひらたき海《うみ》は青草《あをぐさ》の牧《まき》と和《な》ぎたり馬《うま》はなつべき　(183)
紫《むらさき》に雲箔《くもはく》したる帳台《ちやうだい》を春風《はるみぜ》《ママ》めぐるひるも寝《ね》て居《ゐ》ぬ　(139)

わが肩《かた》に春《はる》の世界《せかい》のもの一《ひと》つくづれ来《こ》しやと御手《みて》を思《おも》ひし　(78)

一首目は、夜明けの桜を、白い羽のはえた桜の精のような童子が眠っているさまに比喩した。柔和な感性がうかがわれる。二首目は、川面の片隅にうつる川原撫子を見て豊かな想像力を色彩的に美しく表現した歌。三首目は、春の静かに凪いだ海を「青草《あをぐさ》の牧《まき》」と比喩し、そこに「馬《うま》」を放つのが相応しいという大胆な躍動感に溢れた新鮮な感覚の歌。四首目は、紫色の雲を型取った箔を散らした寝室の帳を春風がめぐり、そんな昼のうた寝をしていた、という王朝趣味的な優雅な歌である。五首目は、『みだれ髪』(326)の「きのふをば千とせの前の世とも思ひ御手なほ肩に有りとも思ふ」の歌を踏まえた発想で、ほのかな官能の漂う歌である。これらの歌には晶子らしい情緒が豊麗に脈打っている。

危《あやふ》かる険阻《けんそ》を君《きみ》と歩《あゆ》む日《ひ》も丹《に》の頰《ほ》して居《ゐ》し若《わか》さに復《かへ》れ　(16)
今日《けふ》栖《す》むはわがものいひに御言葉《みことば》に苦悩《くなふ》おぼゆる疑《うたがひ》の国《くに》　(163)
おそろしき恋《こひ》ざめごころ何《なに》を見《み》るわが眼《め》とらへむ牢舎《ひとや》は無《な》きや　(1)
よろこびは憂《うれひ》きはまる身《み》にひとし二《ふた》とせ三《み》とせ高照《たかて》る日《ひ》見《み》ず　(240)
もの云《い》はぬさまは桜《さくら》の化石《くわせき》かと思《おも》へおん手《て》の脈《みやく》はやき君《きみ》　(123)

一首目は、どんな苦難をも共に歩んできたと、過去を振り返り、しみじみと回想している。二首目は、夫への不信と疑惑を赤裸々に詠んでいる。三首目は、『夢之華』の冒頭歌である。恋ざめ心を「おそろしき」と歌い、下句の奇警放胆な表現によって「恋《こひ》ざめ」の現実を直視したくない悲しい女心が切々と伝わる。四首目は、慢性的な鬱状態を詠んだ歌。五首目の上句は作者の鬱々とした思いを表し、下句は激しやすい夫をやや皮肉っている。以上はこのころの晶子の内面を表し、暗鬱な精神状態をかなりあらわに表白している。この月には晶子の「春のひと」一三首が「中学世界」に発表され、そのうち三首が『夢之華』に採られた。その一首をあげる。

十《とを》ばかり小馬《こうま》ならびて嘶《いなゝ》きて春風《はるかぜ》よぶや牧《まき》の裾山《すそやま》（290）

右の歌はすがすがしく新鮮な春の叙景歌である。この歌は『舞姫』所収の名歌「夏《なつ》のかぜ山《やま》よりきたり三百の牧《まき》の若馬耳《わかうまみゝ》ふかれけり（79）」と類似した趣意の歌である。

一月の「明星」余白には同人の消息が六号活字で載せられているが、この中で

山川登美《とみ》子様の御大病承り候……只今指も開き得ぬほどの重体なるも有之候

と伝えられている。同号に登美子は「新詩社詠草（都に病みてよめる拾首）」として一一首を発表している。前年の一一月五日、急性腎臓炎のため駿河台の高田病院（東洋内科医院）に入院した登美子は、亡夫から感染したと思われる呼吸器疾患にかかっていたが、本年二月下旬、同病院を退院した。その後日本女子大学の山里寮で静養しており（「明星」明39・1）、掲載歌はこの入院中に詠まれた（『山川登美子全集』下巻）。いずれも死を覚悟した哀切と憂鬱が深く刻まれた歌で、登美子の絶唱とも言うべきである。左に抄出する。

人知れず終りの歌は書きてあり病いよいよ良からずもあれ
をみなにて又も来む世ぞ生れまし花もなつかし月もなつかし
わかき身の幸《さち》うすき世を歎きしかものこそ無けれ死の大前《おほまへ》に
おとろへて枕あぐるも扶けられ窓にしたしき星を見るかな
母の文みなさけ足りぬこは神のみこころなればそれにたよらむ
窓にさすこがねの色の夕映《ゆふばえ》をえも見ず額《ぬか》に氷するかな
百合が来て輪なし慰む枕辺《まくらべ》とおぼせ心は静に清し

右の歌はほぼ一年ぶりの出詠であり、この年にはその後、五月の「明星」に発表しただけである。

二月の「明星」には寛・晶子の歌はない。晶子は二紙一一首（「都新聞」8首・「万朝報」3首）、寛は「中学世界」

に「与謝野鉄幹」の名で「歌」一一首を発表したが、いずれも『相聞』や『檞之葉』に採られなかった。晶子は「芸苑」に「耳無草」一五首を発表し、そのうち一二首が『夢之華』に採られた。また「新古文林」の「近詠拾首」一〇首中、『夢之華』に五首採られた。

次に寛の歌を見る。前年一一月の「明星」発表の歌に「赤」「紅」「朱」「火」などのように赤系統の色彩やそれをイメージする言葉が多用されていた。ここにも同傾向の歌が現われ、それは実に「中学世界」の「歌」一一首中の七首にその傾向が見られる。しかしこれらには前年のようにエキセントリックな内容はやや薄らいでいる。

棕櫚《しゆろ》の樹《き》やゆふやけ雲《ぐも》を彩《ゑど》るとて野《の》らに立《た》つなり絵刷毛《ゑはけ》のかたち

飴《あめ》のごと赤脂《あかやに》かをる大木《たいぼく》にこがねむし鳴《な》く山《やま》のひるかな

これらとは別に、幼少のころ二年間過ごした鹿児島を後にする思い出をも

十歳《とを》のあき海門嶽《かいもんだけ》を右《みぎ》に見《み》て薩摩《さつま》を出《い》でし船《ふね》の上《うへ》の月《つき》

と歌っている。いずれも寛の詩歌集に採られていない。

晶子の「芸苑」の「耳無草」一五首中『夢之華』に採られたのは一二首である。

御目《みめ》ざめの鐘《かね》は知恩院《ちをゐん》聖護院《しやうごゐん》いでて見《み》たまへむらさきの水《みづ》　(32)

七谷《なゝたに》や七日《なぬか》がほどを風いなず桜ながるる山より海へ

一首目は京都の夜明けの景。「むらさきの水《みづ》」とは夜明けのうす闇をたたえた川面を指し、二、三句から加茂川が想像される。「むらさきの水《みづ》」を「夜明けの川」と解したのは『舞姫』に「190富士《ふじ》の山浜名《やまはまな》の海《うみ》の葦原《あしあら》（ママ）の夜明《よあけ》の水《みづ》はむらさきにして」と詠まれていることによる。二首目はダイナミックで空間的な広がりがあり、色彩感と調べの大らかさをもつ秀歌である。この歌が『夢之華』に採られなかったのは惜しい。

「新古文林」（明39・2）「近詠拾首」に一〇首あり、その中『夢之華』に採られたのは五首である。

天上《てんじやう》の花《はな》の横頬《よこほ》のひだり右虹《みぎにじ》のてる空虹《そらにじ》うつる海《うみ》
天《あま》の原《はら》にごれる海《うみ》をみなもとになして行《ゆ》くらむ梅雨霽《つゆばれ》の川《かは》　（77）

共に逞しい想像力を思い切って飛翔させたスケールの大きい歌である。二月の二紙に二首（「都新聞」（8首）、「万朝報」（3首））を発表、その一一首は全部が『夢之華』に採られた。これらは『夢之華』の中でも比較的佳作の部類に入る歌である。

恋人《こひびと》は現身後生《げんしんごしやう》よしあしも分《わか》たず知《し》らず君《きみ》をこそたのめ　（39）
花《はな》となり見《み》る間《ま》に小《ちさ》く真珠《しんじゆ》して御目《みめ》に入《い》りきとわれ知《し》るべしや　（83）
みづからの腕《かひな》によりて再生《さいせい》を得《え》たりし人《ひと》とうたがはで居《ゐ》ぬ　（86）

いずれも夫との愛を確認し誇示している自己肯定の歌である。ただ三首目を作者夫婦のこととすれば「みづからの腕《かひな》」とは晶子の力によってか、寛自身の力によってか、いずれにもとれる。「明星」一月号で前記したように登美子の病状が悪化したことによって寛、晶子との関わりに新しい局面が開かれたように思われる。この他に晶子らしく典雅で豪華な歌もある。

三月の「明星」には寛・晶子の歌はないが、晶子には同月の「婦人世界」に「小ぐるま」一二首あり、そのうち「夢之華」に九首採られた。晶子は二紙七首（「都新聞」5首、「万朝報」2首）を発表している。この中四首が『夢之華』に採られた。それらの中の歌をあげる。

三月《さんぐわつ》は柳《やなぎ》いとよし舞姫《まひひめ》の玉《たま》のすがたをかくすと云《い》へど　（13）
雲《くも》ゆきてさくらの上《うへ》に塔描《たふか》けよ恋《こひ》しき国《くに》をおもかげに見《み》む　（27）

一首目は、柳と舞姫との美しい色彩とムードの調和が綾なされている。二首目は、この世ならぬ世界を夢見ようとするロマンティシズムが濃厚である。

四月から「東京二六新聞」に掲載が始まる。「明星」に寛の歌はなく、晶子は「従妹に代りて」二〇首を「明星」に発表し、その中で『夢之華』に採られたのは一三首である。この一連は「従妹に代りて」という題名が示すように晶子の直接的体験でなく、従妹の境涯になって詠んでいるので、歌の内容やその人物構成は理解しがたい。

晶子の三紙発表三三首（「都新聞」9首、「万朝報」4首、「東京二六新聞」20首）、そのうち一八首が『夢之華』に採られているが、その中にはすでに発表された歌もある。

湯《ゆ》の泉《いづみ》ゆあめる人《ひと》の足《あし》に似《に》て白《しろ》くちひさき底《そこ》の石《いし》かな　(107)

北《きた》のかた七《なゝ》ます星《ほし》の下《した》の岡花《をかはな》やちるらむ恋《こひ》しき家《いへ》に　（「東京二六新聞」明39・4・16）

六月《ろくぐわつ》の強雨《がうう》ぞはしる平原《へいげん》のさまにも海《うみ》の夜《よ》は明《あ》けにけり　(142)

一首目は、ほのかなエロティシズムが下句によってつつましく清潔な印象を伴って描かれている。二首目は、北斗七星を初二句のように表現し得たのは晶子の、日本語に対する感性の豊かさを物語っており、メルヘンティックで柔らかな情緒が息づいている。三首目は、ダイナミズムのある自然界の運行を鮮明に描写した歌である。

五月の「明星」には寛・晶子の歌はない。しかし「中学世界」に晶子の「みどりのくに」一六首、「ハガキ文学」の「夕の春」五首がある。それらの中には前月の新聞と重複している歌もある。

まず「みどりのくに」の中で『夢之華』に採られたのは八首だが、この中六首は前月の新聞に発表されたものである。「みどりのくに」の歌をあげる。

北国《ほくこく》の雪《ゆき》のやうなり野《の》あかりに残月《ざんげつ》ありぬすずしろの花《はな》　(235)

すがすがしく洗練された叙景歌。「夕の春」はみな前月の新聞に発表されたもので、このうち二首が『夢之華』に採られたが、採られなかった一首をあげる。

夕《ゆふ》ざくら花《はな》にかくれて青鳩《あをばと》の啼《な》くなる山《やま》の塔《たふ》に雨《あめ》ふる　（「東京二六新聞」明39・4・26）

夕桜と青鳩の色彩的な美しさ、さらに鳩の声を通して山の塔とそこに降る雨へ読者の視線を移していく空間的把握は技巧として優れている。

三紙発表三九首（「都新聞」９首・「万朝報」４首・「東京二六新聞」26首）の中で『夢之華』に採られたのは二六首で、この中の六首はすでに発表されている。ここには夫婦間の齟齬を洩らした晶子の内面を詠んだ歌が多い。

われに似《に》しなさけの人《ひと》を見《み》しとかよかこつけごとの多《おほ》かる君は　（「東京二六新聞」明39・５・４）

よわき胸《むね》は耳《み》にき丶けるいつはりを真実《まこと》とせよとわれにす丶めぬ　（右同　明39・５・18）

舞姫《まひひめ》にたれ似《に》しとかのひがおぼえわれとはやして居給《ゐたま》ふ君《きみ》よ　（右同　明39・５・24）

語《かた》らねば夜《よ》がれ人《びと》とも旅《たび》ゆきし人《ひと》とも憎《にく》みそひぶして居《ゐ》ぬ　（113）

六年《むとせ》へぬかしこき人《ひと》にいさめられおろかなる世《よ》にどよまれながら　（242）

たまたまはさびしき胸《むね》に綺羅《きら》かざりざれ言《ごと》どもを申《まを》しても見《み》ぬ　（236）

一首目は、何か夫の言いわけに不信と不快さを感じた晶子が夫に放った皮肉の歌であろうか。二首目は、夫の偽り言も敢て真実だと自分に言い聞かせようとする自らの軟弱さを嘆くと共に、夫に対する不信感を歌った。三首目は、歯の浮くような夫のおだてのうちにある、いい加減さを痛烈に皮肉っている。四首目は、夫婦間の破綻した感情によって間近にいながら心は遠くになってしまった悲しみを訴えている。五首目の「六年《むとせ》」とは寛と晶子の実質的な夫婦生活の長さを示している。波乱にみちた生活に翻弄された自らの生を揶揄した歌である。六首目は自嘲と皮肉のこもごもが綾なす歌である。これらの歌は時期的に言って寛の退院後の晶子の心の葛藤をあらわに吐露した歌である。こうした晶子の歌の現実暴露的な傾向は、このころ全盛期にあった自然主義文学の影響が多分にあったものと考えられる。

また「明星」（５月）には山川登美子の「新詩社詠草」一八首が載せられていた。これは一月の「明星」に発表された一一首に引き継ぐ病床詠である。

桜ちる音《おと》と胸うつ血の脈《みやく》とつめたし涙そぞろ落つる日
ところ狭《せ》に行きぬ道なき厓《きし》づたひ獅子に逐はるるここちするかな
溢れぬる涙せかむと築きたる胸の堤《つゝみ》に恋の花さく
果《み》は蒔《ま》きぬ天上《てんじやう》にして花と咲き君と陰《かげ》ふむ日の有りや無し
花かをる常世《とこよ》の島に船うかべ笑む日あれかし君を待つかな
うるはしき恋の啞とし忍べども見れば泣かるる君いかにせむ
ただよへる海路《かいろ》に疲《つか》れ灯台のひかり見出でつ君に往く時
輪をつくる軽き波にもふたかたに藻の花のゆれてわかれぬるかな

これらに描かれているのは、すでに死を覚悟していた登美子の痛恨の嘆きと生への執着故に、恋にすがろうとする、はかない希求である。これほどまでに登美子はひたむきな思いを告白しているが、この一連の歌の翌六月に寛は「ほととぎす」一〇首を「国文学」に発表しているものの、登美子の心に直接応える歌は見られない。むしろ晶子の「明星」六号の歌に一首のみだが、登美子の病を悲しむ歌に、

常少女百合《とこをとめゆり》の異名《ゐみやう》を美《うつ》くしみ行《ゆ》くらむ友《とも》か影《かげ》のさびしき　　（『夢之華』159）

が見出されるのみである。この歌について後述する（本書436頁参照）。

六月の「明星」には「新詩社詠草」として寛は二首、晶子は七〇首発表し、そのうち五七首が『夢之華』に採られた。これらの中には前月の三紙発表の歌と重複したものもある。晶子は「中央公論」の「野風俗」一五首のうち『夢之華』に一三首採られた。三紙に四七首（「都新聞」8首・『万朝報』5首・「東京二六新聞」34首）載せている。寛の「明星」の二首は、「国文学」一〇首と重複している。次に寛の「国文学」掲載の「ほととぎす」一〇首中の

歌を見る。

うらやさしわが恋ふる子のひと族《ぞう》か薔薇《さうび》ほのかに丹《に》を染めて咲く
大鳥《おほとり》の爪《つめ》の引《ひ》掻目《かきめ》はらはらに木《き》の皮《かは》裂けて秋立つ嶽《たけ》よ

一首目は、やさしそうだなあ、私が恋しく思う人の一族のようだ、薔薇がほのかに丹の色に染めて咲く（のは）。恋しい人に寄せる思いをうす紅の薔薇に託して詠んでいる。二首目は、「大鳥《おほとり》」とは鷹とか鷲などのような猛鳥類のことであろう。荒々しい光景の中に秋を迎える、という表現には男性的な力強さがあり、ここ一、二年の寛の歌としてはめざましい感がある。右の二首は対照的な内容を歌っていたが、共通しているのは、歌われている世界の明るさと生き生きした描写である。これは「ほととぎす」一連を覆う特色で、こうした傾向が現われてきたのは、前述した寛の病気が癒えたことに要因があるのではなかろうか。「伊豆の湯が島にて」という添え書のある歌もあるように、病後の保養を兼ねての旅をしていることも右の明るさを裏づけるものとなっているのであろう。

次に晶子の歌を見る。「明星」の七〇首中には、前月の三紙掲載の歌と重複しているものもある。『夢之華』には五七首採られた。まずその中から晶子的な、発想の飛躍性のある感覚的な歌をあげる。

夜《よ》の湖水《こずゐ》おほみなぞこに名香《みやうかう》を焚《た》くとし思《おも》ふうす靄《もや》のして　(101)
海底《うなぞこ》の家《いへ》に日入《ひい》りぬおごそかに大門《だいもん》さしぬ紫《むらさき》の雲《くも》　(74)

一首目は、うす靄のかかる夜の湖水の神秘性から水底で「名香《みやうかう》を焚《た》く」という思い切った発想に転換させている。二首目は、日没時の光景を荘厳に雄大に華麗に表現した歌である。続けて「明星」掲載の『夢之華』の歌を見る。

五《い》つとせと三月《みつき》十日《とをか》と今日《けふ》までをかぞへたがへぬやつやつしさよ　(250)
あはつけき物懲《ものごり》しらぬこころもてまたも見《み》られむあはれなる人《ひと》　(191)

妬《ねた》き日《ひ》やわが本性《ほんじやう》の人疎《ひとうと》を知《し》りしとごとく寝《ね》てはあれども　(149)
忍辱《にんによく》のかたはし知《し》らぬ生出家《なますけ》ををしへむほどの殊勝《しゆしやう》にも居《ゐ》ぬ　(241)
戸《と》をひけばにこやかにして君《きみ》います四月《しぐわつ》の山《やま》の木《こ》の花《はな》のさま　(157)
常少女《とこをとめ》百合《ゆり》の異名《ゐみやう》を美《うつ》くしみ行《ゆ》くらむ友《とも》か影《かげ》のさびしき　(159)

一首目は、五年三ヶ月一〇日という寛との苦労の多かった生活ではあったが、かけがえのないものだったと詠嘆しながら回顧している。二首目は、世間からは真価が認められず、評価も得られず、中傷され、批判される夫に対する同情の歌で、妻としての辛さを歌っている。三首目は、『短歌三百講』（大5・2）によって作者の屈折した愛情表現だと分かる。それは夫に妬心を抱く時には不快に思うが、夫を心底嫌っているのではなく、心のどこかで愛情を求めているという思いが結句に詠まれている。四首目は、「忍《にん》」の片鱗すらも知らない、中途半端な出家者を説教するほどの殊勝さも、私は持ち合わせてはいないのだ、という。寛には礼譲という法名があることから「生出《なます》家《け》」とは具体的には寛を指しているのであろう。夫に対する皮肉と嫌味をこめ、下句はその夫を見放した思いの痛烈な一撃である。五首目は、これまでの四首とは打って変わって安らぎと微笑ましさに溢れた歌である。六首目は、「百合《ゆり》の異名《ゐみやう》」とあることから、この「常少女《とこをとめ》」と「友《とも》」は「白百合」の雅号をもつ山川登美子を指し、病状の悪化が伝えられる登美子を案じて詠んだものか。これまでの登美子への心の葛藤が消え去ったかのような清澄で哀切な韻きのある歌である。前月の「明星」に掲載された登美子の一八首を受けての返歌とも考えられるが、七〇首中一首しか登美子を詠じた歌がないのは、晶子の登美子への屈折した心情の表れでもあろうか。

また晶子の「野風俗」（6月）一連はきらびやかな語を用いた歌が多いが、作者の意図した歌の内容が明確に伝わらず、同月の「明星」発表の歌と比較すると、いくらか空疎の感は否めない。しかし『夢之華』に採られた晶子らしい「野風俗」の歌を一首だけあげる。

久方《ひさかた》の天《あめ》のいくさの火箭《ひや》おちてにほひするなり罌粟《けし》の花原《はなはら》　(160)

これは天上でくり広げられる戦いの火箭が落ちて燃え上がるように見える一面の罌粟の原が自在な空想力によって豊麗なイメージを喚起させている。この月の三紙発表の歌には「明星」「中央公論」掲載の歌と重複するものもある。これらの中で『夢之華』に採られたのは一七首である。六月の「明星」に発表された夫寛との心の亀裂を詠じた歌はここにおいてもまた歌われている。

おそろしき魔遣《まや》らふさまに君《きみ》を云ひさびしき人《ひと》はゑみて居《ゐ》るかな　(262)
（「東京二六新聞」明39・6・9）
母《はゝ》の子《こ》は二心《にしん》をにくむ病《やまひ》なし御膝《みひざ》にけふもにこやかに居《ゐ》ぬ
なほ人《ひと》はとけずけ遠《どほ》しいかづちの音《おと》もふれかし二尺《にしやく》の中《なか》に　(45)

一首目は、恐ろしい悪魔を追い払うようにあなたを罵り、それを聴いている寂しいあなたはただ微笑んでいるなあ、という歌。夫に対する憎悪をヒステリックに表白しながら、同時に弱者の夫を憐れんでいる歌である。二首目は、大人のもつ二心をまったく気づかずに無邪気に振舞う子供を見て詠んだ歌。「二心《にしん》」とは「御膝《みひざ》」とあるので夫の「二心」であろう。夫婦間の溝の深さを子供の無心さと対比させている。三首目も、夫婦がお互いに歩み寄ることのできない決定的な距離を強調した歌である。

以上のように、夫婦の不和を詠んだ歌とは対照的で明らかに寛以外の男性を対象に詠んだ歌がある。

立《たち》かへりすくふゑにしの人《ひと》まちぬ無期《むご》にしづめる魂《たま》とおもはず　（「東京二六新聞」明39・6・17）
みやびかに今《いま》めく君《きみ》としめやかにもの思《おも》ふ子《こ》などむつまじき　（右同）
見《み》て老《お》いぬしのび恋《こひ》けるこしかたは千《ち》とせなりしを髪《かみ》おちずして　（「読売新聞」明39・6・19）
消息《そうそく》は生《なま》むつまじき文字《もじ》にして逢《あ》はぬ清《きよ》さをしへ給《たま》ひぬ　（「東京二六新聞」明39・6・21）
自《みづか》らの胸《むね》の下恋《したごひ》いくとせにひと目見《めみ》に来《き》てものたらぬなし　（右同）

花《はな》としも君見《きみみ》はやせし一《ひと》さかり君《きみ》も夢《ゆめ》みぬわれも夢《ゆめ》みぬ　（「東京二六新聞」明39・6・23）

かたかたは二《に》なき人《ひと》をし思《おも》ひ初《そ》めひとつの胸《むね》は君《きみ》をはなれず　（「東京二六新聞」明39・6・25）

歌男《うたをとこ》よき名《な》をかきに君来《きみき》ませ門《かど》につくらむしろがねの榻《しぢ》　（右同）

見《み》ずと云《い》ひて帰《かへ》る日《ひ》にさへますらをは長閑《のどか》に歩《あゆ》むとねたかりしかな　（「東京二六新聞」明39・6・29）

これらは三つの新聞に発表されたが、いずれも『夢之華』に採られなかった。一首目は、過去において何度も私を救ってくれる縁の深い人を待った。永遠に沈みこんだ私の魂とは思わないで、という内容。ここでは魂の触れ合いをもつ人の存在を明示している。二首目は、優雅で現代風なあなたとしめやかに、この思い煩うとはどうしてこんなに仲睦まじいのでしょう、という内容。これは「みやびか」で「しめやか」な関わりのある二人の仲睦まじさを歌っている。三首目は、人目を忍んで恋をしてきた、これまでは千年ほどであったが、髪は衰えることなく来たものを、あなたに逢った途端、心が緩んで急にふけてしまった、という内容。これまでの晶子の歌には「しのぶ恋」という恋歌はなかっただけに「しのぶ恋」の哀切さが現実性をおびて詠まれている。四首目は、あなたからの手紙は何となく睦まじい文字で書かれていて、私たちが逢わないでいる清らかさの意味を教えて下さった、という内容。ストイックな恋をつつましやかで可憐に表していて、このころの二人の関係がどのような情況にあったかがうかがわれる。五首目は、自分の秘めた恋は何年たってもあなたがひと目と言って会いに来た位で、もの足りないことはない、という歌。六首目は、花のように美しいとときめかした、この一さかりの心の高ぶりを、そんな風にあなたも夢見、私も夢見たのだ、という、「一《ひと》さかり」とは恋に命燃え盛る青春性の意味である。七首目は、それぞれが二人といない人を恋い初め、私のこの一つの胸はあなたを離れることはない、という内容。相思相愛の情を臆面もなく打ちだしていて、まさに盲目的な恋に溺れているかのようである。八首目は、歌よむ方よ、あなたのすてきな名を書きにいらして下さい、あなたをお迎えする門にしろがねの榻を作りましょう、という内容。「榻《しぢ》」とは牛車から牛を放した時に轅の軛を支え、また乗降の際の踏み台にするもの。「榻」という語から相手が高貴な身分の男と想像される。また風流を解する歌人で与謝野家へ気軽に出入りしている男、つまり新詩社同人の一人ではないかと憶測される。九首目は、会わないと言って帰ってしまう日にすらその男はゆったりと歩いてゆくなあ、と嫉ましく思いますよ、という内容。会えないにもかかわらず相手が余裕をもっている様子にやきもきし、苛立っている女心がリアルに描かれている。

これほどまでに極端な愛憎の念を露わに歌えるのはプロとしての晶子の才能による。晶子は心の傷みを歌の世界で遊ぼうとして架空に描く恋男を幻想して十分に楽しんでいる。あくまでも虚構の歌である。夫に対する嫌悪、憎悪の念へのレジスタンスから心に描いたロマンを素直に吐き出したものか。

七月の「明星」には寛の歌はなく、晶子の「新詩社詠草」八首があり、『夢之華』に採られたのは四首。また八首中七首は前月の三紙に発表されている。この他晶子には「中学世界」に「簾影」一五首、そのうち『夢之華』に採られたのは四首、三紙に三三首（「都新聞」5首・「万朝報」4首・「東京二六新聞」24首）があるが、この中には『常夏』（明41・7）の歌が三首見える。従ってこの月には二歌集に収録された歌が発表されているのである。「明星」の一首（7月）に

相見ける後《のち》の五《いつ》とせ見ざりける前の千とせを思ひ出づる日（六月十日旅にある人のもとに）　(306)

とある。右の歌の添書の「旅にある人」とは、晶子の『短歌三百講』の説明により寛のことだと分かる。右の歌の背景については同書で自釈されている。生活を共にしてから五年、あなたに会う前の千年をそれぞれ思いだす日だなあ、という結婚を境に変転した自らの運命を、六月一〇日と期してしみじみ思い返す、という歌である。「旅」が晶子の上京を意味すれば、「六月十日」でなく六月一四日が事実である。前記したこの月の三紙に発表された歌は総じて詩的昂揚が低く、表現が洗練されていないためか、歌意の不明瞭な歌が多い。

とこめづら上《うへ》なし君《きみ》とわれすみて相《あひ》ゑめる時相泣《ときあひな》ける時《とき》　（「東京二六新聞」明39・7・2）

たちばなの香《かぐ》の樹蔭《こかげ》をゆかねども皐月《さつき》は恋《こひ》し遠居《とほゐ》る人《ひと》よ　（『夢之華』25）

右の二首は比較的分かりやすい。一首目は、前月の紙上で詠まれた歌とは余りにもかけ離れた夫婦愛を手放しに詠んだ。このような歌を詠む理由は恐らく前月の「歌男」との関わりが急速に終結したことを意味するのではなかろうか。感情の振幅の激しさは寛に通ずるものがある。二首目は、橘の芳しい香のする木蔭を行くことはないが、五月は恋しい月だ、遠くに住む人よ、という内容。この歌は『古今和歌集』の有名な「五月まつ花橘の香をかげば昔の人の袖の香ぞする」を踏まえている。本歌取的な効果をもった、味わいのある歌である。

八月の「明星」には二人の歌はなく、寛は他誌紙にも発表していない。晶子は「文章世界」に「海のかぜ」一五首を発表したが、このうち一首を除いてみな前月の紙上に掲載された。その一連には『夢之華』一首『常夏』（明41・7）三首に収められたものが併載されている。また前月と同じ三紙には三〇首（「都新聞」7首・「万朝報」4首・「東京二六新聞」19首）を発表し、ここにも『常夏』の他に『夢之華』四首「舞姫」二首『恋衣』一首の過去の歌集の歌が載せられている。まず「海のかぜ」の歌から見る。以下（　）内の番号は『常夏』の歌番号である。

金蓮花《きんれんくわ》すきみゆるさじ葉《は》にかくれあまたの君《きみ》のうたたねするを　(308)

簾《すだれ》には黒髪青《くろかみあを》む透《す》きかげのさして雛罌粟《ひなげし》かつ散《ち》る夕《ゆふべ》　（「東京二六新聞」明39・7・27）

天《あま》の原百合《はらゆり》の花積《はなつ》み船《ふね》きたるけはひに夏《なつ》の月《つき》ほのめきぬ　（右同　明39・8・5）

路喘《みちあへ》ぐわれを見《み》たまふ世《よ》の旅《たび》にわかさや消《き》ゆと危《あや》ぶみし眼《め》よ　（右同）

花吸《はなす》ふとつばさ揚《あ》げたる蝶《てふ》のごと船《ふね》よそひして青《あを》き江《え》を来《く》る　（右同　明39・8・9）

みづうみの底《そこ》より生《お》ふる杉《すぎ》むらにひぐらしなきぬ箱根路《はこねぢ》くれば　(374)

蘆《あし》の湖《うみ》いく杉《すぎ》むらの紺青《こんじやう》の下《した》にはつかにわが見《み》てし時《とき》　(373)

一首目は、金蓮花をこっそり見るなどということは許しませんよ、と言って葉にうずくまって沢山の金蓮花の君がうたた寝しているのを見る、という内容。咲いている沢山な金蓮花の可愛らしさを乙女の無邪気なうたた寝姿に見立てて詠んでいる。あどけないあだっぽさがうかがわれる。二首目では、作者が庭から簾越しに見える女性の黒髪を見、さらに近景の雛罌粟に視線を移している。時刻が夕ぐれと設定されていることから、あえかでデリケートな情緒が映し出されている。三首目は、ほのかに見える夕月を、白百合を積んだ船に見立てたことで、その夏月が青白く今にも消えそうな様子であることが分かるという美しい比喩を用いた叙景的な歌だが、「百合《ゆり》の花《はな》」から登美子の気配を暗示しているようにも思われ、はかない雰囲気が漂っている。四首目は、路を喘ぐように懸命に生きている私を見ていらっしゃるあなたはこの世の旅にある若狭の人（登美子）はもう命が消えるのではないかと心配そうにしているという内容。自分を気遣いながらも若狭の登美子の病状をも案ずる夫に対する妬心と言えようか。右の二首は同紙に発表されたもので、京都で療養に専念していた登美子を意識して詠まれたものである。登美子が晶子にとって拭い去り難い存在であることがここからも察せられる。五首目は、花の蜜を吸おうとして羽をあげた蝶のように、船が装って帆を立てて青い川をやってきた、という華麗な比喩の歌。六首目は、湖の底から生えているように見える杉木立からひぐらしの声が聞えてきた。箱根路を来ると、という幻想的な聴覚を詠んでいる。七首目は、杉むらの間にやっと見い出した紺青の蘆の湖に、ときめきと喜びを覚えた歌。この歌によって六首目の「みづうみ」が「蘆《あし》の湖《うみ》」だと分かる。

九月の「明星」には寛の「新詩社詠草　その参」四二首があり、そのうち三二首が『相聞』に採られたが、晶子にはない。しかし晶子には三紙の二八首（「万朝報」6首、「都新聞」6首、「東京二六新聞」16首）中、『常夏』には五首採られ、すでに刊行されている『舞姫』からは三首、『恋衣』からも一首採られている。寛はこれまで発表した歌は少なかったが、この月にまとまって「明星」に発表された。全体として生彩に欠け、沈鬱な雰囲気が見られる。

そこには、拭いがたい生への悲哀感が惻々と伝わり、自虐性がうかがわれる。（　）内の数字は『相聞』の歌番号である。

煙《けぶり》より血《ち》ながると見《み》えて一《ひと》ひらの紅葉《もみぢ》ちりきぬ夕《ゆふ》ぐれどきを　(527)
わがこころ饑ゑて欲《ほ》りしぬかにかくに二心《にしん》あるなるのろのろ人《びと》も
君《きみ》おもひえ堪《た》へぬ秋《あき》にこほろぎも細《ほそ》き音《ね》に出《い》づ石《いし》のひまより　(9)
口《くち》がためさはな強《し》ひそね万《よろ》づ世《よ》に青香具山《あをかぐやま》はもの云《い》はねども　(366)
憂《う》き人《ひと》は好《この》まし言《ごと》をまたおほく云《い》はず月《つき》へぬ失声《ひごゑ》病《や》めるか　(721)
潮《しほ》おちぬ干潟《ひがた》となりぬいかがせむこころすさべり情《なさけ》の冷《ひえ》に

一首目は、立ち上がる煙から血が流れるのではなく、ひとひらの紅葉が散ってきた、夕暮れ時に、という、「血《ち》」と見まがうほどの「一《ひと》ひらの紅葉《もみぢ》」という凋落のさまから心の傷みそのものを表している。「ちりきぬ夕《ゆふ》ぐれどき」によってその憂鬱さがより一層鮮明になってくる。二首目の上句では自らの心の饑餓を訴え、心満たすものが欲しいと言い、下句の「人《びと》」とは「二心《にしん》ある」ために心のうちをはっきり見せないと言うことから夫婦がそれぞれ満たされない思いを抱いている現実を暴露した歌である。三首目の「君《きみ》」とは前歌の解釈と関わって考えると、このころの屈折した寛、晶子の心情から晶子とは考えにくい。寛の内面を察すると登美子の存在が浮び上がる。四首目の上句は身辺のトラブルと鬱々とした思いを洩らすまいとしているのだが、本当は内心を吐露してしまいたい衝動を歌ったものと考えられる。下句は歴史性のある香具山を提示し、そこに悠久性を見出すことで、上句の卑小で世俗的な人間臭さと対比させている。五首目は、憂鬱な人は人当たりのよい言葉をまた多く言わないで月日を経たのだった。この人は失声《ひごゑ》の病なのであろうか、という、夫婦間の不和か。黙ったまゝ日々を過している「憂《う》き人《ひと》」に「失《ひ》声病《ごゑや》めるか」と、皮肉っぽく批判めいて問いかけている歌か。寛と晶子の仲であったか否か、判じ難い。六首目は、潮が引いて干潟となった。なぜか、私の心はすさんでしまった、情愛が冷えてしまったからという内容。これまでの歌から見て、夫婦間の冷え切った二人の仲を寛の側から詠んだ歌だと分かる。三句目まで各句がすべて終止形で区切られ、下句で三句までの内容の理由を示しているところに、寛のすさんだ心境がうかがい知れるのである。これまで述べてきた寛の心情とは裏腹な歌も「明星」九月の歌に見られる。左にあげる。

言葉にはえもなぐさめず泣く日さへあてにかをりぬ薔薇《さうび》つまばや
花薔薇《はなさうび》しなへて微《ほの》に息《いき》づきぬむかしの人のくちづけの香《か》に

一首目は、言葉では私を慰めることができないで、ただ泣いていた日にさえも上品に香っていた、その薔薇を摘みたいなあ、という内容。自分の悲哀や孤独を慰めたのは薔薇なのだ、と言って甘美な薔薇を追想し、その薔薇を得たいという欲望を表した歌。ここに寛の甘えやすねが見られる。二首目は花がなえかけてやっと息づいた薔薇の様子から、かつての恋人との甘い口づけを連想した歌。「むかしの人」とは妻晶子ととるより、かつての恋人と考えた方が妥当であろう。こうした歌が詠まれた背景には、晶子の六月の歌が寛を刺激したのではないかと思われる。従って一首目の薔薇は登美子を比喩したもので、二首とも晶子へのあてつけであったと言えようか。

次に晶子の前記の三紙の歌を見る。

神無月《かみなづき》京洛《きやうらく》かこむ山々《やまく》に紅玉《こうぎよく》ふらし村雨《むらさめ》の来《く》る　（「東京二六新聞」明39・9・4）
五《いつ》とせや無《な》き名《な》そら名《な》のゆかりあるひびきの中《なか》にあひ初《そ》めし君《きみ》　（右同　明39・9・17）

一首目の「紅玉《こうぎよく》」とは紅葉の美しさを見立てたもので、「京洛《きやうらく》」という語に相応しい華やいだ情緒がある。二首目の「五《いつ》とせ」から「あひ初めし君《きみ》」は夫寛だと分かり、二句から四句までの、その五年前、つまり三四年三月一〇日に出た『文壇照魔鏡』事件（明34・3）などを想定して詠んだものか。この五年間、無実無根の評判に縁の切れなかった喧騒の渦中で初めて出会ったあなただったと感慨深く詠んでいるが、初対面したのは明治三三年八月上句である。

一〇月の「明星」には寛・晶子の歌はない。寛は「芸苑」に「白糸」一〇首あるが、『相聞』にも『槲《かし》之葉』にも採られていない。「国文学」に「槲の葉」一〇首があるが、そのうち『相聞』に八首、晶子は「中学世界」に「秋の日」一三首があり、そのうち四首が『常夏』に採られた。三紙三五首（「都新聞」7首、「万朝報」4首、「東京二六新聞」24首）中、『常夏』には一〇首採られ、すでに刊行している『夢之華』『舞姫』『恋衣』からそれぞれ二首ずつ採っている。まず、寛の「槲の葉」から見る。

在《あ》りわびぬ命《いのち》死なむと目《め》うるみてわれ見《み》し人《ひと》も老《お》いにけるかな　(48)

あゝ女《をみな》うへなき欲《よく》をおのれ愛《め》でおのれ果敢なみたをやぎて居ぬ

わかうどの心《こゝろ》を女《をみな》ひとすぢの落髪《おちがみ》よりも捨《す》てて思《おも》はず　(29)

一首目は、生きにくかった、死んでしまうだろうと瞳を潤ませて私が見た人も老いてしまったなあ、という歌。上句は「われ」の精神状態を表している。世に迎合できず、孤独に陥っていた時に出会った「人《ひと》」とは全体から見て晶子ではなかろうか。今は生活に疲れている「人《ひと》」を憐れむ気持ちから「老《お》いにけるかな」と詠嘆している。二首目は、女というものは、この上ない欲を抱き、自分を愛し、自らの運命を儚んで優しくしているという。「女《をみな》」とはナルシスティックでヒロイズムに傾きがちなものだ、という男から見て女に対し、揶揄の形を採りながら、具体的には晶子に対する皮肉と冷笑であろうか。三首目は、若人の心を、女は自らの一筋の落ち髪よりも簡単に捨てて考えもしない、という「女《をみな》」に対する揶揄の歌である。青年の純情を軽くあしらって、何とも思わない女の薄情さや身勝手さに対して痛烈な一撃を加えた歌。これら三首は「人《ひと》」や「女《をみな》」という語を通して彼の処理し難い心の葛藤をかなり率直に表現している。

晶子の「中学世界」所収の「秋の日」一三首、そのうち四首が『常夏』に採られた。採られなかった歌をあげる。

いただきに沙羅《しやら》の花《はな》ちり大《おほ》すそに百合《ゆり》のたふるる山風《やまかぜ》おもふ

右の歌は「百合」を強調することでさわやかさがあり、「山風」を通してスケールの大きさを印象づけている。

さらに紙上の歌で『常夏』に採られた歌のうち比較的内面を吐露したと思われる歌をあげる。

老《おい》よ奪《と》れ炎《ほのほ》のあとのもえがらのひそかにいぶるあさまし人《ひと》を　(14)

胸《むね》の海《うみ》われだに知《し》らぬ暗礁《あんせう》にやぶるる船《ふね》は泣《な》くと云《い》へども　(72)

一首目は、「老《おい》」を擬人化して、その「老《おい》」に、燃え殻のようになった人に呼びかけている。これは熱意が消え、生きる気力を失った人間への失望であり、「あさまし人《ひと》」とは夫寛の日常を皮肉ったものではなかろうか。二首目の初句は自らのうちにある矛盾や葛藤を意味し、二、三句では初句のようなものを自分自身でも解明し難いものと考えている。それが自らを傷つけ、破綻させると四句目で詠み、そういう自分を傷みながら、なお且つ含みをもたせたのが結句である。その含みの中には、初句を受けて喜怒哀楽の感情が様々に混沌する自分を認めた上で、なお強く生きようとする自己肯定的な姿勢が見られる。こうした強い自己肯定の裏には前記した寛の歌の中の女性像に対する釈明と抵抗が表されているようにも思われる。

一一**月**の「明星」で、「新詩社詠草」として、寛の三九首中二六首は『相聞』に採られ、晶子は五四首中四八首が『常夏』に採られた。他に三紙三三首（「都新聞」4首、「万朝報」4首、「東京二六新聞」25首）中一四首が『常夏』所収である。寛の「明星」掲載の歌の中から『相聞』の歌を左にあげる。

君《きみ》とわが中《なか》に香《かぐ》の樹《き》たわたわに赤《あか》らたちばな実《み》こそ照《て》りぬれ　(25)

世《よ》に一《いち》の愛痴《めでしれ》びとは美《うつ》くしき目結《めゆひ》して来《き》ぬ君《きみ》に寄《よ》りなむ　(429)

其様《そさま》ゆゑ命 捨《いのちす》てうず下京《しもぎやう》の西《にし》の御堂《みだう》の仏《ほとけ》たのまじ　(781)

君見ては面《おも》ほの熱《ほて》り片の間《ま》にわれ狭丹《さに》づらふ啞《をし》となりぬれ

一首目は、君と我との充実した美しい関わりを、たわわに赤みを帯びて照り映えている橘の実に比喩して詠んでいる。前月の「檞の葉」に見られる「女《をみな》」への揶揄や皮肉に満ちた歌から考えて、感情の起伏の激しい寛にあっては不思議なことではあるまい。二首目は、この世で一番好きで好きで仕様のない人は美しい目結紋様の着物を着てやってきた、そんなあなたに頼りましょう、という内容。一首目と同様な手放しの愛情表現の歌である。三首目は、あなたを愛する故に命も捨てましょう、下京の西の御堂の仏など頼みにしないで、という内容。この歌も女に対する一途な思いを抜け抜けと表した歌である。四首目は、あなたを見るとほのかに頬が熱くなって束の間私は真っ赤になり、嬉しさの余り言葉も出ない。という。二、三、四首目は、いずれも女への「愛痴《めでしれ》びと」になった男心を披瀝している。しかしそれはむしろ女を持ち上げながら、からかい軽んじ、遠回しに揶揄した歌なのであろうか。あるいは一途な思いを装ったものか。

次に晶子の「明星」の「新詩社詠草」から見る。全体として心情を歌ったものと叙景の歌があるが、前者は屈折した心理を隠しているために、その内容が読者には率直に伝わりにくい。後者は主情性の強い叙景歌である。前者の歌をあげる。以下（　）内の数字は『常夏』の歌番号である。

もゆる火《ひ》を目早《めばや》に見《み》けるきゆる火《ひ》をとくも知《し》りぬる心《こゝろ》は死《し》にぬ　(359)
生《うま》れける新《あた》らしき日《ひ》にあらずして忘《わす》れてえたる新《あた》らしき時《とき》　(79)
百年《もゝとせ》の日がれもよしとわがこころ思ひぬある日相むかひつつ
人めづる心はらまず恋生《う》まず素腹女《すばらめ》に似てわが若《わか》さ去る

一首目は、恋の始めも終わりもすばやく察知していた自分が、そうした敏感さを失い、無気力になったことを客観的に詠んだ歌。「火《ひ》」とは恋の焔を意味する。二首目は、今の私の日々は私が何かを忘れることによって得た新しい時なのだという、「新《あた》らしき時《とき》」とは現在の生活のことで、それは瑞々しい感受性を失うことによって得たもの、つまり詩人にとってもっとも大切なものを失う代償によって得たものなのだ、という歌。感動のない現在を送る自らを自嘲的に傷んでいる。三首目は、百年も顔を見なくてもいいと私は思った。ある日、夫と相向かいながら、という、夫との生活に倦怠し切った疲れと絶望感さえ見られる。四首目は、人を褒める心をもたず、恋することもなく、子供を孕むこともない女に似て私の若さは去っていくという、豊かな感受性をもつこともなく、徒に若さが失われていく悲しみを詠じた歌。四首に共通するのは現実への失望と喪失感で、ここには晶子の憂鬱さと悲哀感が紛れもなく表現されている。

叙景の歌を見る。以下（）内の番号は『常夏』の歌番号である。

花草《はなぐさ》の原《はら》のいづくに金《きん》の家銀《いへぎん》の家《いへ》すや月夜《つきよ》こほろぎ　(114)

蔦《つた》のつるほろほろ末《す》枯《が》れ葉《は》ひろ山蕗《つは》ただれ黒《くろ》みし路《みち》を秋去《あきさ》る

（「東京二六新聞」明39・11・12）

一首目は、月光に映える野原の美しさを金や銀の色をしたこおろぎの家と見立てて詠んだ歌。メルヘンティックで色彩感の華やかな歌である。視・聴覚が鮮明に打ち出されている。二首目は、蔦の蔓の末の方がほろほろと枯れ、葉の広い山蕗がただれて黒ずんでしまった路を秋が去っていく、という晩秋のありふれた自然現象だが、タ行・ハ行・ラ行の音を巧みに用い、リズミカルで軽やかな調べが印象的である。肉親を詠んだ『常夏』の一首をあげる。

歌《うた》よむと外法《げはふ》づかひをいむごとく云《い》ひける兄《あに》のけふもこひしき　(134)

（私が）歌を詠むのを、常識はずれの人間だと忌み嫌った兄が今日も恋しく思われる、という歌。この「兄《あに》」は後年、電気工学の権威者となった鳳秀太郎のことで、寛との恋愛や結婚に反対し生涯義絶した人である。「外法《げはふ》づかひ」とは歌詠みの晶子を指す。義絶した兄を恋しく思う気持ちの裏には、日常のうちに満たされぬものがあるために、肉親のほのぼのとした温みを懐かしむ思いがあるのであろう。

この月、晶子が三紙に発表した歌をあげる。

おそれにき病《やまひ》のあとのほがらかさ恋《こひ》にもかかる日《ひ》あるおぼえて　（「東京二六新聞」明39・11・2）
思《おも》ふこと胸《むね》のよそげに語《かた》り居《ゐ》る安《やす》さにも似《に》ず心饑《こころう》えぬれ　（「万朝報」明39・11・24）
牡丹《ぼたん》こそ咲《さ》かば諸王《しよわう》にまゐらせめ誰《た》れに着《き》せましわが恋《こひ》ごろも　『常夏』(173)

一首目は、病の癒えた後の浮き立つ思いは恋の喜びにも通じ、それは人目につきやすいから注意せねば、という気持ちを「おそれにき」と言った。心ときめくこともない日々の中で恋に対して恐れたことを懐かしみながら、現在恋をすることもない生活をわびしく思う気持ちを詠んだものか。二首目は、私が思っていることは口先だけで語れるような安易なものではない。それほどに私の心は飢えているのだという、救い難い心の饑餓を詠んだ歌。三首目の「牡丹《ぼたん》」が咲くと、その花は「わが恋《こひ》ごろも」に匹敵するほど豪華なものであるから、「牡丹《ぼたん》」を「諸王《しよわう》」に与えるように「わが恋《こひ》ごろも」を誰に着てもらうのが相応しいのか、という。これは自分の恋の思いを誰かに受けとめてもらいたい、という女心を表した。これら三首にはこのころの晶子の精神状態が如実に表白されている。

一二月の「明星」には寛の歌はなく、晶子の「新詩社詠草」一五首のうち一四首が『常夏』に採られた。三紙に晶子三五首（「都新聞」8首、「万朝報」5首、「東京二六新聞」22首）中『常夏』に二一首採られた。「明星」の歌から見る。

春《はる》の鳥今巣《とりいます》がくれてある冬《ふゆ》と猛《まう》におもひぬ胸《むね》をおさへて　(370)
うき十《と》とせ一人《ひとり》の人《ひと》と山小《やまご》屋《や》の素子《すご》の妹背《いもせ》のごとくすみにき　(306)

一首目は、春の鳥が今飛び立つこともせず、巣に隠れている冬だと猛烈に思った、胸を抑えながら、という内容。のびのびと心の翅を羽ばたかせることができない、鬱屈した悲しみを冬、春の鳥が巣がくれしている姿に比喩している。二首目は、鬱々とした一〇年間、一人の人と山小屋に暮らしている素朴な里人の夫婦のように住んでいたという内容。これは結婚以来の作者夫婦の生活を詠んだものか。三句以下には華やかだった「明星」のイメージとは裏腹に粗末で貧しい生活を送らざるを得なかった口惜しさと惨めさを皮肉と自嘲をこめて吐き出している。不本意な日々を過ごしてきたことを夫と自らに向ける一方で、そういう貧しさを素直に見ている晶子の素朴さも感じられる。これらには晶子の屈折した心情が引き継いで詠まれている。

三紙に発表され『常夏』に採られた歌を見る。

すてがきす恋《こひ》しうらめしうしつらし命《いのち》 死《し》ぬべしまた見《み》ざるべし　(230)
人《ひと》ならずわれさへ弄《ろう》すこの心《こゝろ》きたなきものと明日《あす》は泣《な》くべき　(214)

一首目は、書いては捨てる。恋しい、恨めしい、憂鬱だ、辛い、きっともう死ぬだろう、再び会わないだろうなどと書いては、という、自暴自棄的な心境を歌った。生命の躍動感を失った満たされない思い、それは絶望感であろうか。二首目は、他人ではなく、この私ですら弄ぶ私のこの心よ、それはやがて汚い塵芥となるのだろうか、という内容。自らの心の行方を持て余している自虐的な気持ちである。二首とも払拭し難い鬱状態をかなり赤裸々に表している。この年の六、七月ごろには夫以外の男性へ激しく心を寄せているように歌っているが、それは歌の上での一過性の恋の夢であったのであろう。それが失われ、埋め難い空虚感となって暗鬱の度合いを深めていった。そこに夫婦間の綻びとやり切れない心情を織り込み、歌に複雑な翳りを見せている。

(2) 詩と散文

寛はこの年、多くの詩を書いているが、晶子には一篇の詩もない。以下寛の詩について述べる。

一月の「明星」には「心のあと」八篇（「機縁」「琴」「我」「永生」「諸法」「源兵衛」「森」「玉」）がある。後述するがこの月の「明星」冒頭には志知善友の「救世言」を支援する寛の一文が掲げられている。善友の宗教的雰囲気に魅了された寛はその影響で興奮気味になり、右の「心のあと」八篇の詩の中の「永生」にはそうした宗教的高揚感が濃厚に漂っていた。これに類する詩として他に「我」があるが、その他の「機縁」・「琴」には女性への耽美的憧憬が歌われている。他の詩は散漫な感が否めず、詩的情感が乏しい。また「太陽」には詩「恋」一篇がある。この詩の内容は「西《にし》の京《きやう》なる山《やま》かげに」や「濃《こ》きくれなゐの紅葉《もみぢば》」や「二人《ふたり》が中《なか》に」から明治三三年の秋、鉄幹・晶子・登美子の三人が一泊した粟田山での思い出の情景が下敷きになっていると推定される。因みに前年一二月の「明星」に山川登美子の「入院治療」が伝えられていることから登美子に長く心を傾けていた寛が「恋」という詩において登美子を懐かしむことによって、その病を胸中深く案じていたのであろう。

二月には「太陽」に「琴」一篇を寛は発表しているが、これは前月の「明星」に載せられたものである。

三月には「太陽」に「与謝野鉄幹」の署名で「樵夫」一篇がある。これは「乞食《かたゐ》法師」と「樵夫」「市あきうど」を登場させているが、詩の内容は稀薄である。「新古文林」は「与謝野寛」の署名で「春」「忍辱《にんにく》」の二篇がある。「忍辱《にんにく》」は「修行者の友」との会話を通して、その友が「忍辱《にんにく》の鎧《よろひ》ぞ著たる」者であり、「常楽《じやうらく》の涅槃《ねはん》の教《をしへ》」を説くのに相応しい人として称えた詩である。ここにも一月号に発表された志知善友の影響が色濃く投影されている。「春」は春の景色を詠んだ詩で、春を擬人化しながら全体としてうららかな雰囲気を漂わせている。

四月には「明星」に「心のあと」九篇（「牡丹花」「その日の家」「わかうど」「望台」「緑雨」「瞬く間」「樟の樹」「恋」「沈丁花」）がある。九篇はいずれも内部的衝迫力に欠け、饒舌な感じがする。

五月には「明星」に「花ちる日」一篇がある。前月の「明星」に見られた倦怠感や冗漫さはさらにこの月の詩に至って、平俗な歌謡調へ向かい詩としての緊密さを失っている。左にその第一連をあげる。

花がちる。　あれ、花が　愛宕《あたご》おろしにちるぞえな。　花もひら、ひら、　心《こゝろ》もひら、ひら。　なんとせう。
颯《さつ》といつしよに、舞扇《まひあふぎ》　あけて受けよぞ。ちる桜《さくら》。

また「太陽」には「長詩二篇」として「風の音」「恋しくば」がある。「風の音」は「花ちる日」と同様に「からから、たらりたらたら。……ひゝら、ひゝら。さやさや」といったオノマトペ（擬音語）が用いられ、俗謡的な調べがこのころの寛の詩の一端を示している。「太陽」の二篇も感動が薄い。「中央公論」には「妙音四篇」と題して「還城楽」「磯の香」「垣間見ぬ」「ふたなさけ」がある。いずれも平板で感動の焦点が不明であり、徒に言葉のみを並べた感がある。「芸苑」には「笄《かうがい》」一篇、また「中学世界」には「蟻の塔」「車」「その夜」「月見草」四篇がある。「笄」はこの年のこれまでには見られなかった内面の深い表出がうかがわれる。左に抄出する。

刻々《こくく》に　凍《こゞ》えに逼《せま》る。わが足《あし》は鉄《てつ》より重《おも》し。立《た》ちながら釘《くぎ》づけて、一歩《いつぽ》もここの居室《ゐま》去《さ》らず　死《し》ねとぞ繋《つな》ぐ。
断末魔《だんまつま》、身《み》は早氷《はやごほ》る。生《い》きぬるは心《こゝろ》と眼《め》のみ。この時《とき》にうるはしや、卓《しよく》のうへなる青玉《せいぎよく》は　爛《らん》と光《ひか》れり。
よろこびに　涙《なみだ》ながれて、不思議《ふしぎ》なるわが夢《ゆめ》さめぬ。今《いま》こそは君《きみ》を知《し》れ。君《きみ》たゞひとり今生《こんじやう》の、後生《ごしやう》の光《ひかり》

ここには、孤独と失意に打ちひしがれた男の自虐的な精神状態が不気味に描かれているが、終連において漸く鬱々としたものから脱却して生きることへの光明を見い出し、「君」を知るに至って蘇生する喜びを歌っている。この寛の鬱状態は前年の七月発表の「朽尼」や一〇、一一月の短歌に見られた自棄的な心境に通ずるもので、三八、九年ころの寛のすさんだ心象風景の一面を知ることができる。

「笄」の終連に見られる浄福感は「中学世界」の「その夜」にも共通するものがある。左にあげる。

夜路《よみち》に白《しろ》き百合《ゆり》の花《はな》、　薄闇《うすやみ》に来《こ》し恋人《こひびと》を、　追憶《しの》べと咲《さ》くや。ゆかしきは　その君《きみ》よりもその夜《よ》なり。
よろこびぬ満《み》ちぬ。わが傍《かたへ》、　君常若《きみとこわか》に常《つね》います。さはいへ、猶《なほ》もゆかしきは、　今《いま》の君《きみ》よりその夜《よ》なり。

ここでは夜道に咲く白百合を恋人に見立てて追慕している。すでに述べているが、「白百合」からは登美子を想起し、この五月の「明星」に登美子は一八首発表している。この年の登美子について、「年譜」（『山川登美子全集』下巻）を見ると、四月学校へ戻ったが健康勝れず欠席がちであったことから登美子が在京していたことが察せられる。従ってこの詩は登美子を念頭において詠んだことが明らかである。「今の君」とは恐らく病床にある登美子を指したのであろう。忘れ難い登美子への愛慕を確認し、これを披瀝することで、寛は一様の精神的安定を得たよう

である。

六、七月には寛は詩を発表しておらず、**八月**の「明星」には「車」「ふたなさけ」「恋しくば」「蟻の塔」「磯の香」「垣間見ぬ」が載せられ、いずれも他誌に発表されているものと重複している。また「ぐうたら」五連を「明星」にはローマ字で、「文章世界」では和文で発表している。この詩は「女剣舞《をんなけんぶ》の座頭《ざがしら》」の、酒好きで、だらしない亭主を詠んだものである。俗謡的で「ぐうたら」という題が示すように、およそ「明星」派的な繊細さや華麗さはなく野卑で荒んだ詩である。**九月**には「国文学」に「爺」「たちばな」「秋の夜」三篇の詩がある。「爺」と「たちばな」はまったく俗謡調である。**一二月**に「秋の夜」があるが、詩としての高揚感が稀薄で新鮮味に欠ける。結局寛はこの年には一、二、三、四、五、八、九、一二月の八ヶ月詩を発表していた。しかし重複しているものもあった。

次に散文について述べる。「明星」**一月**には晶子の「同心語—小説二三」がある。**二月**の「明星」には寛の評論「救世言」に「登張竹風に与ふ」と副題をつけて二段組一五頁にわたって載せられた。「読売」紙上（1月21日）の竹風の「神仏の出現を笑ふ—余の人生観」に対して反論したものである（412頁参照）。竹風の一文は、「明星」一月号を賑わした志知善友の「救世言」（411頁参照）を嘲笑・誹謗した。竹風の言うように寛の文章はいささか独善的で高圧的な姿勢を示している。晶子は「同心語」に『晴小袖』がある。

四月の「新古文林」には晶子の小説「むかしの家」が掲載された。これは自伝小説でお浜に扮する晶子の駿河屋時代の生活を描いたもの。父が株で失敗し、そのため母は番頭の忠七から三百円を借りた。それをきいたお浜が貧乏になったことを歎いている内容である。表現は稚拙な感が逃れないが、晶子の伝記を裏づける資料としては意味がある。この月「読売新聞」（18日）には「名家を訪ひて（十一）—お留守（上）—与謝野晶子女史談」として晶子の筆談が載っている。そこには「面疔」で入院した夫寛の留守宅の情況が述べられ、さらに歌作を巡る日常を報告し、最後に『舞姫』の歌には満足しているが、『乱れ髪』などハ今ハもう見るさへ嫌な心持が致します」と結んでいる。右と同題「お留守（下）」（19日）では前年の一〇、一一、一二月ごろには作歌意欲が充実していて「困る程出来」て「愉快で堪」らなかったが、この筆談の載ったころは「ちっとも出来ない」と言っている。また日本の古典文学の理解が一般的に低いことを憂いている内容もある。他に晶子は「百芸雑誌」に「現代の歌」、「婦人世界」に「歌の話」がある。

五月の「明星」には晶子の「歌話」として「籔柑子」がある。これは二段組六頁半に及ぶものである。ここではこの月から「明星」で歌の話を担当することになったと述べ、寛の詩の作り方を説明し、その後で寛と晶子の生い立ちを披瀝している。また寛が「読売」（明31・4・10）紙上で発表した

春あさき道灌山の一つ茶屋に餅くふ書生袴つけたり

をとりあげて「私は其時何とも知れぬ新しい気に打たれました」と晶子が新しい歌を詠み始めたころのことや新詩社に入社した契機について触れている。また同人たちの歌の鑑賞をしている中で寛の歌についてもっとも頁を割いている。さらにまた「同心語」に「小説『破戒』其他」の一文を載せ、ここで藤村の「破戒」を評している。

六月の「明星」には寛の散文はなく、晶子は前月に続いて「籔柑子㈡」を載せている。ここでは晶子を含む同人らの歌をあげて鑑賞している。寛は「太陽」に「死んだ人」（エミール・ゾラ作　与謝野鉄幹 平野万里 共訳）、「文の友」に「怪しい男」（モーパッサン作　与謝野寛 平野万里 共訳）がある。晶子は「新古文林」に小説「村雲」を載せている。これはかつて御殿女中だった老女波路が奉公中の思い出を語る、という内容である。他に寛晶子の「同心語」がある。

七月の「明星」に寛の「白羊客合評」があり、晶子は「産屋日記」、「籔柑子㈢」（歌話）がある。「産屋日記」は明治三七年六月二二日に出産した次男秀を巡って、その前後の晶子の心境や肉親たちのことが書かれている。ここにおいて歌の世界では見られなかった生活の貧しさを晶子は露わに描き、出産時の肉体的苦痛と生活の貧しさ故の

惨めさを記している。「この夜明《よあ》けの短き時の長き苦痛は夢のやうに忘れぬ」と書いて、やっとお産の苦しみから解放された気持ちを述べ、「束《つか》の間《ま》のやつれ羞《はづ》かしく」とか「かたち醜《みにく》くては恥《はづ》かしと顔おさへて在るわれに、さもあるまじと云ふ君」と身の衰えを感じた自分に、夫が労りの言葉をかけている様子を描いている。そして見舞の人として玉野花子とその母、また生田長江、森田草平、登美子、雅子などの様子も伝えている。赤子がその兄光の仕立て替えの色褪せた産着を着せられているのを「未《いま》だ容《かたち》をなさぬ」ようで「鼻《はな》のみいたづらに高きやう、額髪《ひたひがみ》あな薄《うす》」いと、と生まれたばかりの赤ん坊に、貧しさ故に新しい産着を着せられない母親としての惨めさを書いている。二五日の日記には、長姉（異腹）のお産のとき朱塗り重や貝づくしの蒔き絵の重に料理を色々に詰めたことなど思い出し、それに比べて「こなたは唯玉子《たまご》のみなり。午《ひる》は鰹《かつを》にてでんぶ作らむ」というほどの粗末な食事であった。ところが、その日の午後三時ごろ、堺から心尽しの品が届き晶子は非常に喜んだ。ひどい貧しさであっただけにその感激も一入であったのであろう。二六日の日記には神田の三樹一平（明治書院社主）が、晶子らの住家を「あまりなるあばら家《や》に驚《おどろ》くの外なしと語り給ひ、さて千駄ケ谷の地にふさはしき詩《し》堂《だう》建《た》てまゐらせむと申さる、なり」と三樹が同情して言ったことをありていに叙している。事実、秀の生まれた年（明37）の一一月三日に明治書院が建てた千駄ケ谷の借家の一軒を借りて与謝野家は引越している。

これまでの晶子の美文や随想に自伝的なものはあったが、それらの多くは現実を浪漫的に美化したものであった。しかし「産屋日記」にはそういう装飾性がなく、まだ二六歳の晶子だったが出産のためか身の衰えを痛切に感じたものか、このころ、「明星」（明37・6）に、

　妻と云ふにむしろふさはぬ髪も落ちめやすきほどとなりにけるかな　（『恋衣』95）

と歌っている。身の衰えと共に妻らしい落着きをも見せている。

ところで、このころ（明39）の文壇は自然主義的傾向が強かった。晶子もまたその影響を受けてか、「産屋日記」

の赤裸々な現実描写など、歌では盛り切れない様々な情感や体験を盛りこんだ散文に積極的に取り組んだのであろう。この一文は登場人物の描写が生き生きとし、読み応えがあって自伝的意味合いが十分にうかがえる。「籔柑子」は前月に続いて晶子を含む同人らの歌をも鑑賞している。

八月の「明星」に寛の評論「同心語」、「伶人を笑ふ（上）」があり、晶子は「太陽」に脚本「夏の夢」を発表している。これは大阪北浜の株式仲買人越井を主人公にし、七月二五日の天神祭の夜を舞台として大阪弁で風土色を豊かに出しながら、株で大損した主人公とその妻との葛藤をテーマにした脚本である。

八・九・一〇月の「明星」に新詩社同人の署名で「蒲鞭―金子薫園の歌集『伶人』を笑ふ」（上・中・下）掲載。

九月に晶子の歌文「磯の日」が「婦人世界」に掲載。

一一月の「明星」には寛の「賤機」がある。ここには当時の近刊雑誌「莫告藻」掲載の小隠子が書いた新詩社同人評に対しての寛の申し開きが書かれてある。**一二月**の「明星」に寛の「同心語」があり、「国文学」には「短歌の新旧派」がある。

「明星」の自然主義への接近は、まず五月に藤村の「破戒」の批評を載せたこと、さらに四、五、六月号にエミール・ゾラの小説「外光」（馬場孤蝶訳）、六月にはゾラ（「太陽」）やモーパッサン（「文の友」）の小説を平野万里と寛が共訳したものを載せている。三九年の文学思潮のうねりの中で晶子は散文へ意欲的に志向したが、晶子の本領はあくまでも歌にあった。

この年の歌を見ると、夫婦感情の揺れや晶子自身の内面の葛藤がリアルに表現され、そこには誇張した言い回しはあっても虚飾性は薄い。これは自然主義の影響によるものと考えられるが、そこにはいわゆる自然主義短歌と違った晶子の個性に貫かれた現実感が詠まれているとも言える。

第二節　晶子の二歌集

(一)『舞　姫』

(1) 体裁と当時の批評

晶子の第五歌集。明治三九年一月一日、東京市日本橋区上槇町の如山堂書店より刊行。体裁は新四六判、布装、横一一、縦一九センチ。装丁、口絵、挿絵（「京の清水」）、包み紙図案共に中沢弘光、同年三月には二版、三版、四年一〇月には四版が刊行された。『舞姫』の巻頭献辞には、

西の京の三本樹のお愛様にこのひと巻をまゐらせ候　あき

とある。「お愛様」とは京都の三本樹にある鳳家（晶子の実家）の常宿だった「しがらき」の女主人の名である。「三本樹」について、晶子は「女子文壇」（明40・1）で加茂川の上流にある町名で、家はみな水に臨んで建てられ、昼でも千鳥が飛び交っており、いばらぎ、しがらきという名高い宿屋旅館があった、と書いている。晶子は子供のころ、父に連れられてきたことがあったという（母晶子―昭和期「明星」昭23・3）。定価七〇銭。本文は一五二頁、短歌三〇二首。本歌集の初出不明歌は一〇首。

集中の歌は三八年四月の「明星」より三九年一月の「中学世界」までの作品から採られた。雑誌として「明星」「中学世界」「太陽」「帝国画報」、新聞は「万朝報」から採られた。この間の「明星」に発表された歌三九九首中二五七首が『舞姫』に採られた。これまでの晶子の歌集は必ずいくつかの題が付され、章立てがなされていたが、『舞姫』以降は題がつけられていない。また全歌にルビがつけられるようになる。この形式は暫く続く。

まず「毎日新聞」（明39・2・10）の「毎日文壇」に掲載された愛濤漁郎の『舞姫』評が三月の「明星」の「同心語」の「文芸彙報」に転載された。そこには、

表紙の一端は光沢燦たる真紅の絹地、鼠色なす他の部分には金地に舞姫の落花に踊る後姿を現はしたり。巻を開くれば目ぞ眩めく、薄紫の花やかなる曲水綾なす扇模様の、桜を浮べ紅葉を漂して、緑は黄に映じ、紅は紫に照りて、華奢なる趣味を匂はしぬ。

とあって、装丁がいかに華やかな色彩であったかを指摘している。また「新古文林」（明39・3）の長梧子の「舞姫を読む」は第一の特色として「画趣に富んでゐる事」で「好個の日本画が出来さう」だと言っている。この点から「蕪村などの俳句の趣味と似通ってゐるのではあるまいか」と評している。こうした傾向の歌を「客観詩」と言い、「詩歌が余りに絵画的であると云ふ事は主観を離れすぎて稍々不自然の傾きともなる」と批判している。これは日本画的な美しい京都の風趣を思わせる歌集『舞姫』のもつ優雅さに注目していることである。また今日晶子の歌に蕪村的俳味があると評されているのは、このあたりの評に端を発しているのではないか。右の評にあるように『舞姫』の歌には「客観詩」の傾向が少し見え始めてきたとある。これは客観的な自然詠が増えてきたことを意味している。それが「舒びやか」で「軽快な一種の興趣を覚え」る歌とあるのも『舞姫』の特色を表している。もう一つの特色として晶子の歌が技巧的になってきているが「作為的でない」と評されているのは『みだれ髪』時代の未熟さや蕪雑さから脱して、洗練されているが、これらがごく自然に詠み出されてきていることを意味している。他に「東京二六新聞」（明39・2・11）の「二六文芸」にも『舞姫』への好意的な批評がある。このように『舞姫』は出版当初かなりの評価を得ていたことが分かる。

『みだれ髪』には「舞姫」という章名があって、その殆どが京都の舞妓を素材としているが、この歌集『舞姫』では舞姫を詠んだ歌は一首（295）のみで、「舞姫」と表現せず、僅かに

27きぬぎぬや雪《ゆき》の傘《かさ》する舞《まひ》ごろもうしろで見《み》よと橋《はし》こえてきぬ

152舞《まひ》ごろも五《いつ》たり紅《あけ》の草履《ざうり》して河《か》原《はら》に出《い》でぬ千《ち》鳥《どり》のなかに

と詠まれているぐらいで、『みだれ髪』にある「舞姫」のように、作者の思い入れはなく単純に描写し、また舞姫のある場面を作っているに過ぎない。「舞姫」という書名は前記した巻頭献辞にあった「三本樹」のイメージから祇園の舞姫の印象が残っていて「舞姫」という美的な雰囲気をふくらませて題名にしたのであろうか。

(2) 内容

(イ) 王朝趣味の歌　晶子の感覚的な美意識としてまず見られるのは、王朝的嗜好の歌である。

36わが宿《やど》の春《はる》はあけぼの紫《むらさき》の糸《いと》のやうなるをちかたの川《かは》

130夕顔《ゆふがほ》やこよと祈《いの》りしみくるまをたそがれに見《み》る夢《ゆめ》ごこちかな

188かきつばた扇《あふぎ》つかへる手《て》のしろき人《ひと》に夕《ゆふべ》の歌《うた》かかせまし

一首目の二句は『枕草子』の冒頭そのものであり、三句以下はその情趣をうまく詠みかえている。二首目は『源氏物語』の夕顔を彷彿とさせる雰囲気がある。三首目は『伊勢物語』九段をイメージして詠んでいる。その部分に該当する『伊勢物語』の一文を引用する。

その沢にかきつばたいとおもしろく咲きたり。それを見て、ある人のいはく、「かきつばた」といふ五文字を句の上にすゑて、旅の心をよめといひければ、よめる。

から衣きつつなれにしつましあればはるばるきぬる旅をしぞ思ふ

とよめりければ、皆人、乾飯《かれいひ》のうへに涙おとしてほとびにけり。

右の文から、三首目の歌にある「手《て》のしろき」とは業平に擬せられた歌の上手な貴人のことではないか。これら三首の歌によって晶子の王朝文学の素養が分かる。この他にも『源氏物語』の「螢」の巻を思わせる「170籠《こ》はなてば螢《ほたる》とまりぬ香木《かうぼく》のはしらにひとつ御髪《ぐし》にひとつ」や『蜻蛉日記』の世界を感じさせる「239うらわかきおんそぎ髪《がみ》の世《よ》をまどひ朝暮《てうぼ》の経《きやう》に鶯《うぐひ》《ママ》なくも」なども詠まれている。

また王朝を基底にする世界での恋愛を表現するのに、男は通い、女は待つ、見送るという仕組みの手法で、

101うすいろを着《き》よと申《まう》すや物焚《ものた》きしかをるころものうれしき夕《ゆふべ》

133牡丹《ぼたん》うゑ君《きみ》まつ家《いへ》と金字《きんじ》して門《かど》に書《か》きたる昼《ひる》の夢《ゆめ》かな

252白牡丹《はくぼたん》さける車《くるま》のかよひ路《ぢ》に砂金《しやごん》しかせて暮《くれ》を待《ま》つべき

など男の訪れを待ついじらしさを王朝的な華麗な雰囲気で表している。また朝帰りする恋人を見送る女心は、

262春《はる》の雨橋《あめはし》をわたらむ朝《あさ》ならば君《きみ》は金糸《きんし》の簑《みの》して行《ゆ》けな

と、恋人を華やかに着飾らせて春の朝、見送りたいという女の優しさを表している。このように王朝の通い婚の情趣をみごとに詠みこんでいる。

(ロ)　懐郷の思い

116ちぬの浦《うら》いさな寄《よ》るなるをちかたはひねもす霞《かす》む海恋《うみこひ》しけれ

71春《はる》そよと風《かぜ》ふく朝《あさ》はおん墓《はか》に桜《さくら》ちらむとなつかしき父《ちゝ》

132ふたたびは寝釈迦《ねじやか》に似《に》たるみかたちを釘《くぎ》する箱《はこ》に見《み》む日《ひ》さへ無《な》き（父君の日に）

163来世《らいせ》とやすててこし日《ひ》の母《はゝ》の泣《な》く夢《ゆめ》を見《み》る子《こ》の何《なに》をののかむ

192責《せ》めますな心《こゝろ》にやすきひと時《とき》のあらば思《おも》はむ法《のり》の母上《はゝうへ》

一首目は愛郷の思い、二首目は亡父を感慨深く懐かしみ、三首目は父の葬儀の折の悲しい告別、四首目は上京の折の、母との別れの辛さを戦慄するほどの辛い思いで回顧し、五首目は多忙の中でも母のことは忘れられないという切実さ、いずれも両親への深い愛情が伝わる。故郷を離れてから三年半たって漸く素直に自分の気持ちを両親へ

向けられるようになる。

(ハ) 恋の思い

96 君《きみ》を見《み》て昨日《きのふ》に似《に》たる恋《こひ》しさをおぼえさせずば神《かみ》よ咀《のろ》はむ

156 わがこころ君《きみ》を恋《こ》ふると高《たか》ゆくや親《おや》もちひさし道《みち》もちひさし

43 われを見《み》れば焔《ほのほ》の少女《をとめ》君《きみ》みれば君《きみ》も火《ひ》なりと涙《なみだ》ながしぬ

272 この恋君《こゐぎみ》《ママ》うらみたまへどそひぶしの寝物語《ねものがたり》もさまよきほどに

これらは歓喜に満ちた恋の思いである。一首目はいつ見ても恋しく思う人と共にいることの幸せを、二首目は君恋うる充実感に価値を見出し、三首目は確認しあう二人の情愛の深さ、四首目は女の満たされた思いを、どれも恋人として様々に思う夫への熱愛に満喫した歌である。しかしこれとは対照的に

37 ゆるしたまへ二人《ふたり》を恋《こ》ふと君泣《きみな》くや聖母《せいぼ》にあらぬおのれの前《まへ》に

72 おもはぬを罪《つみ》と知《し》る日《ひ》の君《きみ》おもひ涙《なみだ》ながれてはてなき日《ひ》なり

118 君《きみ》かへらぬこの家《や》ひと夜《よ》に寺《てら》とせよ紅梅《こうばい》どもは根《ね》こじて放《はふ》れ

46 ものいはぬつれなきかたのおん耳《みゝ》を啄木鳥《きつゝき》食《は》めとのろふ秋《あき》の日《ひ》

といった歌には夫婦の軋轢や屈折した思いが生々しく漂う。このように悲喜の両面を露わにする晶子の歌は、すでに『みだれ髪』のころから詠まれていた。感情の起伏の激しかった晶子にとって当然ながら、その根底には人一倍激しい情熱が加速し、沸騰し、時には常軌を逸するまでの奇警な表現となってしまうこともあった。それが晶子短歌の最大の特色であり、人口に膾炙され、親しまれてきたゆえんでもある。

(ニ) 叙景の歌　次に目立ってきたのは前記の批評にもあったことだが、叙景歌が多くなったことである。

79 夏《なつ》のかぜ山《やま》よりきたり三百の牧《まき》の若馬耳《わかうまみゝ》ふかれけり

125 大赤城《おほあかぎ》北上《きたかみ》つ毛《け》の中空《なかぞら》に聳《そび》やぐ肩《かた》を秋《あき》のかぜ吹《ふ》く
182 水《みづ》を出《い》でて白蓮《しらはす》さきぬ　曙《あけぼの》のうすら赤地《あかぢ》の世《せ》界《せい》《ママ》の中《なか》に
190 富士《ふじ》の山浜名《やまはまな》の海《うみ》の葦原《あしあら》《ママ》の夜明《よあけ》の水《みづ》はむらさきにして
23 遠《とほ》つあふみ大河《だいが》ながるる国《くに》なかば菜《な》の花《はな》さきぬ富士《ふじ》をあなたに

これら四首に共通するのは描写の鮮明さと色彩感覚の豊かさである。そしてここには清々しさと新鮮味が漂っている。特に五首目の歌には純叙景歌としての特性も見られる。

(ホ) 黒髪の人　次にあげるのは、美意識の対象としての髪で、その中で「黒髪」を詠んだ歌が比較的多い。

24 軒《のき》ちかき御座《みざ》よ火《ほ》の気《け》と月光《げつくわう》のなかにいざよふ夜《よる》の黒髪《くろかみ》
226 みじろがず一縷《いちる》の香《かう》ぞ黒髪《くろかみ》のすそに這《は》ふなれ秋《あき》の夜《よ》の人《ひと》
274 おもはれぬ人《ひと》のすさびは夜《よ》の二時《じ》に黒髪《くろかみ》すきぬ山《やま》ほととぎす

一首目は、軒近くにある御座に点る火の気と月光に照らされて揺らいでいる黒髪の美しい人、二首目は微動だにせずに立ち上る一筋の香が秋の夜の人の黒髪に這っているさま、三首目は愛されていない女の人の慰めは真夜中に黒髪を梳くこと、という孤閨をかこつ女の心情を表している。これらの歌には「黒髪」を通して王朝的な雅びな雰囲気が表現されており、ここにも晶子の王朝趣向がうかがわれる。この他に「髪」を詠んだ歌として、

44 梅雨晴《つゆばれ》の日《ひ》はわか枝《え》こえきらきらとおん髪《かみ》をこそ青《あを》う照《て》りたれ
98 髪《かみ》ながきおんかげ渓《たに》を深《ふか》う落《お》ち流《ながれ》に浮《う》きぬしろがね色《いろ》に
270 わが肩《かた》にいとやごとなき髪《かみ》おちてやがて捲《ま》かれて消《け》し春《はる》の夢《ゆめ》

などがある。右の三首にはナルシスティックな香りの漂う幻想性が感じられる。一首目の梅雨晴れの陽光が若葉を通してきらめく「おん髪《かみ》」、二首目の「髪《かみ》ながき」人の影が渓深く落ちて白銀色に見える、という幻想。三首目は

自分の肩に落ちた「いとやごとなき髪《かみ》」にまかれて消えたという春の夢に見る、夢幻に包まれた美意識が、それぞれの「髪」に歌われている。

以上『舞姫』の歌の主だった特色を五つあげた。集中の歌は『みだれ髪』や『小扇』の歌に見るような難解歌は比較的少なく、内容的には解しやすく表現も洗練されている。それだけに初期のころの歌のような迫力は薄らぎ、やや平明になった感は免れない。このころは未だ男児二人の母親晶子だったが、「明星」が次第に下降状態に向かうところで極度の貧しさとも戦わねばならぬ時期でもあったであろう（拙著『舞姫全釈』参照）。

二『夢之華』

(1) 体裁と当時の批評

晶子の第六歌集。東京市京橋区五郎兵衛町の金尾文淵堂より明治三九年九月五日刊行。定価は八〇銭。体裁は新四六判の上製布装、横一一、縦一九センチ。装丁画は杉浦朝武（非水）で、表紙にはオレンジ、茶、白の芥子の花があり、その左下の「夢之華」という文字はデザイン化され、優美でモダンで、洗練された感じである。背文字は「ゆめのはな　晶子作」と金押しされ、これもデザイン化されている。挿絵の署名は弘、弖と記されており、いずれも中沢弘光である。巻頭辞に、

浪華なる小林政治の君に捧ぐ。

と書かれてあるのは与謝野夫妻を終世後援した小林天眠のことである。本文は一五四頁。全歌は三〇七首。明治三八年一一月一四日の「万朝報」から三九年八月九日の「都新聞」までの歌が『夢之華』に採られた。この間の「明星」に掲載された歌から採られた『夢之華』の歌は二〇四首である。集中で「明星」掲載の歌がもっとも多く、他に雑誌では「中学世界」「新古文林」「芸苑」「婦人世界」「中央公論」新聞では「都新聞」「万朝報」「東京二六新聞」

から採られた。初出不明歌は一二首である。広告文として「明星」三九年の八、九月号に、

こは晶子女史が最新の作中より、手づから厳格なる選抜を以て、最も自信ある佳什を集められたるものなり。挿画また清新派画家の苦心に成る。希くは清覧を賜へ

とある。また一〇月から一二月号の「明星」にも、

……晶子女史の新作『夢の華』《ママ》出づ。冷艶素香これ女史が最近の詩境なり。彼の『乱れ髪』の奇嬌熱烈《ママ》『舞姫』の豊麗典雅を喜びたる読書界は、又此『夢の華』《ママ》に於て、女史が新様の趣致を迎へざる可からず。……

と広告されている。これらは「明星」に掲載されたもので寛が書いた宣伝文であろう。『舞姫』に比べると当時は殆ど反応はなく、批評も一一月の「早稲田文学」に載っただけである。ここには「作風思想共、『舞姫』に連続し」とか、「新意の作」は「少な」いが、「調の流麗」と「詩語」の豊かさは「渾玉の美を競つて居る」と言っている。また「箇性の発展」「自己の主観」が晶子の歌の根底にあることを指摘して一応評価はしているが、「今でも猶灼爛たる過去を回顧的に歌はうとして居る」ところが「わざとらしく」「一種の嫌味を感ずる」と批判的であった。また集中の青春回顧は「恋愛の咒咀」や「悔悟」だと言う。しかし「技巧主義、表象主義の影響」のあることは美質として認め、それに加えて「叙事叙景の作」は「平明にして淡々如たる趣きを加」え「所謂自然派的傾向」が見えるとも評しているのは好意的な見方であろう。

これらは出版当初の評であった。晶子の没年に、釈超空が『舞姫』より『夢之華』の方を高く評価し「油の乗り出してきた時で」「晶子さんの歌が完成して、それから鎮まって来て」と言って美点を指摘した（「短歌研究」昭17・7）。この超空の評は『夢之華』の真髄を突き、正当な理解のある批評だと思う。しかしまだ『夢之華』は晶子短歌の全体の流れの中で適確に評価されているとは言えない。

(2) 書名の意味

『夢之華』の書名について、この語は集中の歌に使われていないが、「夢」という言葉には青春の恋の夢がイメージされる。青春に咲いた花とは晶子にとって『みだれ髪』であり、その歌集の中でもっとも感慨深く思い出されるのは京都の粟田山での寛との再会という事実であった。この懐かしい恋の追憶こそが晶子の青春を飾る夢に見た花、つまり「夢之華」だったのである。集中では、これらと関連してその「再会」を、

2 よろこぶと発語《はつご》たやすく言《い》ひ得《え》たる再会《さいくわい》にしも命かけけれ

と詠み、自分の運命を決定づけた、あの「再会《さいくわい》」を青春の灯として命がけで真剣に生きてきたと歌っている。この「再会《さいくわい》」こそが、晶子の夢の中に咲いたもっとも大切な思い出となった花なのであった。ここに、この歌集の命名の意味合いが托されているのではなかろうか。さらにまた、その内容を考えてみると、集中には『みだれ髪』を「一《いち》の集《しふ》」、寛を「はた見《み》し人《ひと》」、粟田山を「まろかりし山《やま》」と一気に回想させる歌として

57 一《いち》の集《しふ》はた見《み》し人《ひと》もまろかりし山《やま》もことごとむかしとなりぬ

がある。これらがすべて過去となってしまい、その夢の中に咲いた花として蘇り、それが青春回顧に繋がる意となって命名されたのではなかろうか。晶子のロマンをしのばせる書名である。

(3) 内　容

(イ) 古典的雰囲気のある歌　さきにあげた批評にあるように『夢之華』と『舞姫』とは「内容」「作風」に「大差なく」「連続」しているという点を見ると、まず王朝的嗜好が考えられる。『古今集』の有名な「さつきまつ花《はな》たちばなの香《か》をかげば昔《むかし》の人《ひと》の袖《そで》の香《か》ぞする」があり、右の歌を踏まえて詠んだと思われる集中の三首をあげる。

25 たちばなの香《かぐ》の樹蔭《こかげ》をゆかねども皐月《さつき》は恋《こひ》し遠居《とほゐ》る人《ひと》よ
76 たちぱ《ママ》なのなかに御衣《みぞ》おく塗籠《ぬりごめ》を建《た》てて君《きみ》まつ五月《さつき》となりぬ
105 人《ひと》ならずいつの世《よ》か着《き》し紫《むらさき》のわが袖《そで》の香《か》をたてよたちばな

など、これらは「たちばな」の花の香りの漂う季節になると、嘗ての恋人の着物に沁みこんだ橘の香を思い出すという王朝趣向の歌になっている。また王朝時代の人名や書名を詠みこんだ歌もある。

154 貫之《つらゆき》も女楽《にょがく》めされし楽人《がくにん》も短夜《たんや》の帳《ちゃう》の四面《しめん》に侍《はべ》れ
215 女《をなご》をかし近衛《このゑ》づかさは纓《えい》まきて供奉《ぐぶ》にぞまゐる伊勢物語《いせものがたり》

一首目は歌聖紀貫之も、管弦を奏する人も、帳の中にいる自分のために仕えてほしいと歌って、自分をそれに相応しい歌人に仕立てて強調し、二首目は『伊勢物語』の七六段を踏まえている。この他にも王朝期の、恋人（男）のくるのを待つという「通い婚」を思わせる歌に、

28 柱《はしら》いひぬ誰《た》れ待ちたまふ春《はる》の夜《よ》を君《きみ》はたように身《み》じろぎがちに
287 美《うつ》くしきかたちとともに君《きみ》まちぬ人《ひと》をはばかる心《こゝろ》の鬼《おに》も
136 猶《なほ》まちぬ君見《きみみ》る時《とき》のよろこびをみづから実《じつ》の心《こゝろ》とはせで
170 うしと云《い》へ人《ひと》をまつなり夕《ゆふ》さればかをる衣《ころも》と着《き》かへなどして

などがある。他に『源氏物語』の女三宮を観察する源氏の内面を想像して詠んだ歌（19）、『伊勢物語』を踏まえた歌（138・215）、『竹取物語』のある部分を捉えた歌（233）、『古事記』の「根の堅州国」が想起される歌（94）、『平家物語』の「禿髪」にある「紅衣の童」を踏まえた歌（246）などがある。

(ロ) 夫に向ける様々な感情　次にあげるのは『舞姫』に共通する夫への心の向け様である。

113 語《かた》らねば夜《よ》がれ人《びと》とも旅《たび》ゆきし人《ひと》とも憎《にく》みそひぶして居《ゐ》ぬ
197 脈《みやく》うたぬ手《て》とるおん身《み》の冷《ひ》え知《し》らずおはす日《ひ》おもふ夕《ゆふべ》もありぬ
241 忍辱《にんにょく》のかたはし知《し》らぬ生出《なます》家《け》をしへむほどの殊勝《しゅしゃう》にも居《ゐ》ぬ

これらには夫婦間の屈折した感情が、一首目の夫婦の愛憎、二首目の愛せぬ夫、三首目の夫への侮蔑などがリア

ルに詠まれている。この時期、つまり三八、九年のころにはこれらに類した歌が多かった。その内実は登美子の存在が晶子を悩ませたこともあったろうし、また新詩社内外の様々な人間関係、経済面など、トラブルは尽きなかったであろう。そうした状況下での複雑な心理面が晶子の歌に大きな影を落としていたであろうと思われる。

しかしこうした苦悩とは裏腹に、

48 身《み》をめぐりほのほのごとき雲《くも》ありてわれを運《はこ》びぬ君《きみ》が御胸《みむね》へ
49 親《おや》すてし悲歎《ひたん》に闇《やみ》をつくりける下《した》の心《こゝろ》に君《きみ》を見《み》つつも
251 末《すゑ》の世《よ》に双《さう》なき人《ひと》と逢《あ》ひそめし悪因縁《あくいんねん》を美《うつ》くしむかな

とも歌う。一首目は甘美でロマンティックで豊かな空想力で愛に満喫した歓びが瑞々しく詠まれ、清らかなエロティシズムさえ漂っている。二首目は親を捨てたことへの後悔と自責の内面を告白しながらも夫との幸せを歌っている。三首目は、この世で二人といない大事な人と出会った因縁を愛しみ、幸せだという歌だが、二首目のように内省的な表白をせざるを得ないこともあった。今が幸せであるだけに悔悟的な思いも去来するのであろう。

(ハ) 奔放な幻想の歌　次の特色として、奔放自在に空想を馳せ、大胆な発想と表現をもつ、所謂晶子的な歌として

26 いななきぬ秋今《あきいま》きたる風《かぜ》ふきぬ神《かみ》のつくりししろがねの馬《うま》
33 三吉野《みよしの》のさくら咲《さ》きけり帝王《ていわう》の上《かみ》なきに似《に》る春《はる》の花《はな》かな
208 霜《しも》ばしら月《つき》の宮居《みやゐ》にあくがれて夢見《ゆめみ》る土《つち》のむねにうまれぬ
220 この森《もり》に奇異《きゐ》なる鳥《とり》の声《こゑ》せねど南洋《なんやう》に似《に》し御手《みて》の熱《ねつ》かな
221 ちよろづの金鼓《きんこ》うつなり冬の海北陸道《ほくりくだう》を取《と》らむとするや

などがある。一首目は初秋の気配から跳躍力のある秋風をダイナミックに喚起させ、二首目は吉野山の桜を「帝王《ていわう》の上《かみ》なきに似《に》る」と比喩して賛美するほどの奇警な表現は「三吉野《みよしの》」と「帝王《ていわう》」の取り合わせには奈良朝のころ、

吉野が天皇の国見の場所であったことを意識していたと考えられる。三首目は「土《つち》」の表面を「むね」と比喩し、霜柱は月の美しさに憧れて生えてきたものだと見立て、清浄で神秘的な世界を創り上げている。四首目は四句目までは「御手《みて》の熱《ねつ》」を導く序であり、比喩が余りに奇抜なためにイメージだけが空回りしている感じもある。五首目は北陸の波の荒々しさを下句で表し、夕日に照り映えている波の音を「金鼓《きんこ》」と躍動的な比喩表現にしている。これら五首には通常の発想を遥かにしのぐスケールの大きな比喩力があり、これによってありふれた自然を新たな詩的世界の中に再構成し、幻想的な言語空間を作り上げている。このあたりが晶子短歌の最大限の魅力と言えようか。

(二) 感覚的な叙景歌　この他に感覚的な叙景歌をあげる。

30 地《ち》はひとつ大白蓮《だいびやくれん》の花《はな》と見《み》ぬ雪《ゆき》の中《なか》より日《ひ》ののぼる時《とき》

146 ほととぎす東雲《しのゝめ》どきの乱声《らんじやう》に湖水《こすゐ》は白《しろ》き波《なみ》たつらしも

177 百合《ゆり》をるる雨《あめ》は暴雨《ばうう》と云《い》ひつべき赤城《あかぎ》の山《やま》の八月《はちぐわつ》の路《みち》

183 春《はる》の日《ひ》のひらたき海《うみ》は青草《あをぐさ》の牧《まき》と和《な》ぎたり馬《うま》はなつべき

269 夏《なつ》の花原《はなはら》の黄萱《きすげ》はあけぼのの山頂《さんちやう》よりもやや明《あか》うして

一首目は曙光に輝いた雪原を「大白蓮《だいびやくれん》の花《はな》」に見立てている。勇壮で華麗な朝の雪景色である。二首目はほととぎすの鳴き声と湖水の白いさざ波に詩的な因果関係をもたせることで情景を鮮烈にしている。明け方に鳴くほととぎすを素材に詠みこむことで晶子の古典的素養が知られる。晶子らしい詩的直観力がうかがえる。三首目は赤城山の豪雨で百合の折れたさまを歌っているが、「云《い》ひつべき」と言ったところに、荒々しさと可憐さの絶妙な取り合わせを見せている。そこには晩夏特有の一抹の荒涼感が漂う。四首目は春の静かに凪いだ海を「青草《あをぐさ》の牧《まき》」に見立て、広々とした穏やかな情景を彷彿とさせている。そこに馬を放つのが相応しいという大胆な躍動感に溢れた発想は感覚的で瑞々しく、メルヘンティックである。五首目には夏山の夜明けの清々しさの中に点在する色彩の華やぎが見られる。それまでの四首に比べるとやや純叙景的な趣がある。一、二首目の歌は晶子らしい自然詠であり、一、四首目の歌に見る見立てや比喩の技法の巧みさには飛翔力のある空想性が見られ、三、五首目の歌は感覚的な叙景歌と言えよう。

以上が『夢之華』の主な特徴である。『舞姫』のように重版はなく、批評も前記したように「早稲田文学」だけで、「新意の作」は少なく、とある。確かに内容的に『舞姫』と繋がるものもあり、『舞姫』のもつ平穏で唯美的な優しさが『夢之華』にも見られるが、その一方で、かなり激しい情念を露わにした歌もある。『舞姫』を花の蕾のような美しい乙女にたとえれば、『夢之華』は成熟した女の落ち着きと激しさと美しさを思わせる。共通して見られた嫉妬の歌は『舞姫』には多少の激しさはあっても、「妬み」という語は使われていなかった。しかし『夢之華』では、露骨に嫉妬の情を出している。

127　つよく妬《ねた》むわれなり今日《けふ》も猶胸《なほむね》にほのほはためく恋《こひ》のわざはひ

149　妬《ねた》き日《ひ》やわが本性《ほんじやう》の人疎《ひとうと》を知《し》りしとごとく寝《ね》てはあれども

これらに見られる嫉妬の感情は明治三五年ころからの寛の歌に見られる山川登美子への恋慕の情に対するものであったと考えられよう。登美子もまた呼応するかのように歌い、晶子もまた嫉妬を駆り立てられる、それが強力に詠まれたのが『夢之華』という歌集の一つの特色とも言えよう（拙著『夢之華全釈』参照）。

第八章　明治四〇年（寛34歳・晶子29歳）

第一節　新詩社発展のための行動

(一) 詩と短歌の「競技製作」の歩み

「競技製作」というのは一つのテーマや題を設けて同人たちが競作することで、明治三六年の「明星」から行われていた。まず「明星」における詩の「競技製作」には明治三六年の「源九郎義経」八篇、「日本武尊」九篇がそれぞれ一つの題名のもとに叙事長詩を分担し、個々に題をつけて詩的技量を詠じ合った。これは当時流行の歴史的叙事詩に準じ、おのおのの個性によって力量を発揮し技を競ったが、一時的なものであった。

しかし短歌の「競作」には一夜で百首詠む錬成の場となった「一夜百首会」があり、同人たちの精進をめざす場として続行されてきた。この会は「徹宵会」「五十首会」とも「明星」の社告ですでに報じられている。「競詠」の歌会では「結び字」を一首ごとに詠み入れ、「明星」に掲載された。これは「明星」隆盛期の三六年ころから始まって三八年には「明星」に新進の俊才として吉井勇、北原白秋たちが加わり、同年一一月の「明星」では「在京同人間に於て競争試作の議熟し」とあり、これを「新詩社の短詩の聊か一展開せむとする新機運の萠《ママ》芽なりと認めらる」とか「世に流行する謂ゆる新派和歌の詩風に慊らず」と言い、「一層努力し自家の懈怠を鞭撻せるもの」と言って非常に気負っていた。このころが「競技製作」のピークで三八年の「明星」一一月には、寛九二首、晶子九一首、一二月には晶子百首を載せるようになる。その後、平出修が四〇年七月の「明星」の「同心語」の「競技製作の歌」に、

何人も我から求めて興を呼ぶことに努力する。夫には競技製作なども一種の面白い手段だ。之が動機となりはづみとなつて、随分試作の三昧に入ることが出来る。……従来の『明星』を点検すると、同人の製作の進歩と、競技製作との関係を見出すことが頗る容易である。

と言って「競技製作」による歌の進歩を提示している。また「之が動機となりはづみとなつて、」とあるのは「結び字」から触発される競技製作のうま味を意味している。殊に「寛、晶子、万里二《ママ》氏の如きは練熟した手腕を持ちながら近来容易に作らない、斯う云ふ人々には、屢この競技製作を以ていぢめるが可からう」と皮肉って書くほど修は「競技製作」に力を入れている。それに引き換え「一昨年十一月の競技製作」以来、吉井勇の歌を「前人未踏の一境を更に開き来つた」と高く評価している。その一方で修は、寡作であった晶子の変貌ぶりを

晶子女史の作が近年益々円熟した客観詩を出だすと共に『みだれ髪』時代の熱烈焼くが如き叙情詩を減じたのは、その適例である。

と同文で賛じている「円熟した客観詩」とは『舞姫』あたりから詠み始めた純叙景歌を意味するのであろうか。「競技製作」によって新詩社の主だった俊才は「明星」を賑わし、これまでになく、多くの同人が「新詩社詠草」として詩や歌を発表するようになる。これは新進の英俊たちの才質を大きく育むことになる。つまり四〇年は彼らによって「明星」が最期の花を開かせた年であるが寛、晶子にとっては「明星」の危機を感じ始めた年でもあった。その一方で「競技製作」は新人たちの競争意識を刺激し、個々の能力を全開させる契機となったことは言うまでもない。この競技製作は歌のみでなく、詩の方でも多くの逸材を新詩社から輩出させた。

(二) 九州旅行とその成果

三五、六年ころまでの寛は関西から中国地方にかけ、その多くは新詩社の支部拡張と宣伝、同人らとの親睦を図るためのものであった。三七年には同人たちと、三八年には晶子と二児を伴い同人たちと両年かけて赤城山へ、三九年には晶子と同人たちと房州へ旅したが、いずれも吟行で一週間ほどであった。

四〇年になって九州への一ヶ月ほどの遠出の旅を計画したのは、今までにないことだった。寛を中心とする一行は平野万里・太田正雄（23歳）は東大工学部と医学部生、北原白秋（23歳）・吉井勇（22歳）は早稲田大学生であった。白秋の郷里が九州の筑後柳川であったことが旅行の機縁となったと思われる。「北原白秋年譜」（『短歌全集』北原白秋編）の四〇年の項に「夏、与謝野寛氏を郷里へ招じ……」とあって、白秋の意向が強かったと思われる。また太田正雄は「明治末年の南蛮文学」（「国文学・解釈と鑑賞」昭17・5）の中で

旅行に先だって、上野の図書館に通ひ、殊に天草騒動に関する数種の雑書を漁り、且つ抜き書きし

と書いている。かつてゲーテがその著書「イタリア紀行」でイタリアに心酔して書いているように、自分も九州の南蛮南国に憧れる気持ちで旅立つと書いている。このように太田にとってこの旅は美しい期待と憧憬に満ちていたのである。この九州旅行について「明星」未歳七月号末尾にある謹告には、

来る八月一日より、往復三十日間、本社同人与謝野寛平野万里吉井勇北原白秋中尾紫川の五人、福岡、佐賀、熊本、長崎、鹿児島、大隅、日向諸地方へ旅行致し候間、此段該地方の新詩社同人及文芸同好諸君に謹告致し候。

と書かれてあるように、九州地方の支部の人たちとの面談を期待し親睦を計ろうとしていたことが分かる。九月号の「社友動静」にもこの旅行のことが記されてある。

この旅行記は「東京二六新聞」に「五人の靴―五人づれ」と題して八月七日から九月三日までの二三回、柳川を

さいごとして九州旅行は終わっている。そのあと、徳山、京都に寄り、旅先通信で二九回連載となり、九月一〇日で終わっている。五人の署名は、寛はK、正雄はM、白秋はH、万里はB、勇はIのそれぞれのイニシャルで表され、本文には出発日も帰着日もない。この「東京二六新聞」の旅行記について『日本耽美派の誕生』（野田宇太郎、昭26・1）に詳述されている。ここに「東京二六新聞」記載の旅程を簡単に紹介する。前書に

　五足の靴が五個の人間を運んで東京を出た。五個の人間は皆ふわふわとして落着かぬ仲間だ……（8月7日）

とあって、八月七日の紙上に掲載された。九州旅行は寛にとって支部拡張や同人らとの親睦、新進の英俊らと南蛮情調に詩材を求めて異国的色彩を「明星」に吹き込もうとする意図があったと思われる。白秋の家は筑後の柳川で屈指の酒造屋であった。一行は非常に歓迎された。その銘酒「潮」の即興歌として

　火のうしほ世をも人をも焼かむとす恋にさも似る君が家の酒
　玄海の早潮に似る酒わきぬ君が倉なる一百の桶
　波に聞く松かぜに聞く遠妻やけだし筑紫のわが旅を泣く

など、五人のうちの誰の作か分からないが、三首目は寛だけが世帯持ちだったので「遠妻」は晶子を偲んで歌ったと思われる。それぞれの作品は帰京後の「明星」に異国風な色調をもたらしたが、彼らの中でいちはやく発表したのは寛で、「明星」九号に「せりうり」「島原」「みやびを」の三題の詩を載せた。「せりうり」は五つの娘子を抱えてやもめずみの三〇男のせりうりの

　『早来《はよこ》い、早来《はよこ》い、品物《しなもの》は　みんな廉《やす》か。』といそがしく　左のふところてのひらを　握りこぶしに打叩
　く。『この花いけは有田《ありた》焼《やき》、　買《か》はつせ、買《か》はつせ、そら弐円、　廉《やす》か。』と呼べど、群集《ぐんじふ》は　冷然《れいぜん》として繞
　り観る。（二―三連目）

と、方言まじりの詩で、佐世保の夜店の瀬戸物屋の光景を詠み、俗謡的である。「島原」は船乗りの客衆と艶女《やしよめ》の

戯れる色町情緒を
蒸して息《いき》づむ夕なぎに　海は凪なし。たはれ女も　衣脱《きぬぬ》ぎすべし、掩へるは　紅木綿《べにもめん》なるゆもじのみ。
ものうげなりや、上目《うはめ》して　客衆《きやくしゆ》の膝によりかかり、　はた、肱をつき、腹ばひて　覆醤子《ほほづき》ならすし
だらなさ。（二連）

と詠んだ。阿蘇登山の詩はいずれも八月一五日、二三日、九月二日の「東京二六新聞」に掲載され「明星」に採られた。一〇、一一月の「明星」掲載の寛の詩は白秋や正雄の詩に比べると詩質において劣り、このころから新鋭たちとの才能の隔たりは明らかなものとなった。寛の詩は旅行者が異国の地を風俗的に詠んだに過ぎない。

一〇月の「明星」で寛は「彗星」一篇を発表したが、これは九号の詩と同様に詩質が高いとは言えない。一〇月の「明星」の巻頭にのせられた白秋の詩「彗星」は一〇篇で「鉛の室」「舗石」「煙草」「青き酒」「あかき木の実」「空罎」「蹠」「炎上」「たはれ女」「晩夏」のタイトルである。次に寛の「彗星」を抄出する。

彼《か》の虚空《こくう》、すぐるは誰れぞ。
しろがねの箜篌《くご》の音《ね》うかべ
疾風《はやち》ふき、雲《くも》こそ明《あか》れ。
蓬《ほう》として見よ、九万尺《くまさか》の
青《あを》き髪背《せな》になびけり。

ああ、はうきぼし、未曾有《みぞうう》と
汝《なんぢ》を讃《さん》ず。命運《めいうん》の
外《ほか》なる道《みち》を徂徠《そらい》する
天上《てんじやう》の才《さい》、不退《ふたい》の子、
千万年《せんまんねん》にひとたびの
秘密《ひみつ》もたらす大使者《だいししや》よ。
常珍《とこめづ》らなる恋《こひ》の燭《そく》
黄金《こがね》の長柄《ながえ》高照《たかてら》し、
古りし世《よ》よりの歎《なげ》きゆゑ
泣き爛《たゞ》れたる双《さう》の眸《まみ》、

日月輪《にちぐわつりん》も金牛《きんぎう》も
大熊星《だいいうせい》も見かへらず、
唯《たゞ》あはれなる地球星《ちきうせい》
半死《はんし》のさまを一瞥《いつべつ》す。
行方《ゆくく（ママ）》はいづこ。ましぐらに
かなたへ、かなたへ、高光《たかごふ》る
安楽《あんらく》の土《ど》の『永劫《えいごふ》』に。

また白秋の「彗星」中の「青き酒」（四連）からその一節を引く。

青き酒、——
など、汝は否《いな》む。これやわが深《ふか》みの炎《ほのほ》、
また永久《とは》の秘密《ひみつ》の徴《しるし》、われと聴く
激《はげ》しき恋の凱歌《かちうた》に沈《しづ》みにし色。
こを飲まば
刹那の刹那、歎《なげ》く血の歓楽《よろこび》にこそ、——
痛《いた》ましき封蠟色《ふうらふいろ》の汝《な》が胸も、
ただ刹那《せつな》、
千年《ちとせ》に一度《いちど》現《あらは》るるかの星こそは、
われとわが醸《か》みにし酒の火《ひ》の飛沫《しぶき》、——
濃き幻《まぼろし》のしたたりに天《そら》さへ燬《や》けめ。
焦《こ》げつつ聴かめ、
この夜半《よは》に音《おと》なく響く管絃楽《オケストラ》、
虚無《きよむ》より曳ける青き火の丈長髪《たけながかみ》を。

二人の詩を一読すると、その才能の差異が歴然としている。白秋の詩からは溢れるばかりの才気が迸っていて、詩人として羽ばたくに十分な天稟は紛れもない。五官すべてにわたる感性の冴えが白秋の詞藻を早くも証明しているようである。翌一一月の「明星」には太田正雄の「外光」九篇、白秋の「天艸島」一五篇が掲載された。同号に寛は「紅茸」七篇を載せているが、白秋も正雄も斬新な発想と洗練された表現で一つの詩のスタイルを創り出した。これらは白秋や正雄らの強い影響を受けているように思われる。具体的には南蛮趣味的な言葉や雰囲気が表れてい

るが、詩の完成度において白秋、正雄らには及ばない。ところで正雄が南蛮趣味に興味をもち始めたきっかけを前記の「明治末年の南蛮文学」(471頁参照)に見ると、

われわれの間に「南蛮」に対する異国趣味の起ったのは又偶然の機会からです　明治四十年の夏

と書いている。これによって九州旅行が同人たちにとっていかに大きな実りであったかが分かり、また彼らの詩才を湧出させ、その才華を明確に発揮させたが、一方で寛の才能の限界を画然とさせたとも言える。こうした逸材を擁している「明星」が寛の指導の許におのずから体質を変えざるを得なかったのだが、白秋ら七人が翌年一月に新詩社を脱退する結果となる。彼らの作品はまさに「明星」のさいごを飾る華やかな置き土産になったと言えよう。

㈢　新詩社外の動き

⑴　観潮楼歌会とパンの会

寛と子規の対立は明治三三、四年ころからあり、このことについてはすでに「鉄幹子規不可並称説」の項で述べた。三五年に子規は没したが、その後も両派は平行線を辿っていた。特に目立ったのは、子規の弟子の伊藤左千夫が、晶子の「鎌倉や」の歌についての酷評を下し、それに寛が対抗するなどのことがあった。そうした相反する両派の歌人らを融和させ、さらに他派との親睦も計ろうとしたのが森鷗外であった。鷗外の自宅は東京の駒込千駄木町(現在の文京区)にあって、ここで催された歌会が「観潮楼歌会」と言われた。「観潮楼」という名について、永井荷風は『日和下駄』(大４・11)に次のように書いている。

根津の低地から弥生ケ岡と千駄木の高地を仰げばここも亦絶壁である。絶壁の頂に添うて根津権現の方から団子坂の上へと通ずる一条の路がある……当代の碩学森鷗外先生のお屋舗はこの道のほとり、団子坂の頂に出ようとする処にある。二階の欄干に佇むと、市中の屋敷を越して遥に海が見えるとやら、然るが故に先生は

この楼を観潮楼と名付けられたのだと私は聞伝へている。

このあたりに観潮楼の由来の一端がうかがえる。「観潮楼」の名はすでに「柵草紙」や「めざまし草」において「観潮楼主人」の雅号を鷗外は用いていた。鷗外にはこの他に「明星」では「ゆめみるひと」「腰弁当」などの雅号があった。この会は明治四〇年三月から四三年四月まで毎月一回、第二、四の土曜日の夜開かれた。観潮楼歌会について四〇年五月の「明星」の「文芸彙報」で寛は

四月六日森林太郎氏の観潮楼に第二回千駄木短歌会を開き、主人の外に佐々木信綱、上田敏、伊藤左千夫三氏及平野万里と余の諸人が会した。趣味及作風の異つた同士が毎月一回自作を持寄つて、直截なる批評を交換する会だ

と書いている。「主人」とは鷗外。また「石川啄木日記」（明治41・5・2）には同会について「二時、与謝野氏と共に明星の印刷所へ行つて校正を手伝ふ。お茶の水から俥をとばして、かねて案内をうけて居た森鷗外氏宅の歌会に臨む」と書いてあり、さらに出席者は信綱、左千夫、万里、勇、白秋、寛、啄木、鷗外の八人と記し、寛と万里を除いて他の人たちはみな自分と初対面だとも書かれている。また啄木は角、逃ぐ、とる、壁、鳴、の五字を結び字とし一人五首、「採点の結果、鷗外十五点、万里十四点、僕と与謝野氏と吉井君が各々十二点、白秋七点、信綱五点、左千夫四点」と同日記に報告されている。この他鷗外の日記にもこの会について書かれてあり、さらに、鷗外は詩集『沙羅の木』（大4・9）の自序にも

其頃雑誌あららぎと明星とが参商の如くに相隔つてゐるのを見て、私は二つのものを接近せしめようと思つて、双方を代表すべき作者を観潮楼に請待した。

と書いている。またそのめざすところについて鷗外は

叙情詩に於ては、和歌の形式が今の思想を相容るるに足らざるを謂ひ、又詩が到底アルシヤイスムを脱し難く、

国民文学として立つ所為にあらざるを謂つたので、歌を新詩社とあららぎ派とに通じて国民新風を夢みた。
（『なかじり』大６・９）

と書いている。この会の出席者は新詩社側から寛、晶子、万里、啄木、白秋、勇、木下杢太郎（太田正雄）、根岸側から伊藤左千夫、長塚節、斎藤茂吉、古泉千樫、竹柏会側からは佐佐木信綱。晶子の出席は一回限り（4月6日）であった。因みに八角真の「観潮楼歌会の全貌—その成立と展開をめぐって」（「明大人文研究紀要」昭37・12）によれば、歌会の回数を確認し得たものは二六回で、二三人（延べ一一五名）参加し、作品数は一九四首で、その内訳は「国民新聞」に発表した歌三二首、平出禾蔵（平出修嫡子）の詠草七四首、諸資料八八首と書かれている。

ところで、観潮楼歌会は三年続いたが、その間、新詩社内外で文学史上の特記すべき事項として、四一年一月、白秋ら七人の同人が新詩社脱退、同年一一月「明星」廃刊、同月に「パンの会」発足、四二年一月「スバル」創刊、五月に「トキハギ」創刊、などがある。こうした情況はそれぞれの個性や主張をもつ歌人たちを刺激し、様々な感情の屈折や摩擦を生ぜしめた。それらを含んで鷗外を頭とした歌会が三年にわたって続いたことは鷗外の人柄もさることながら意義深いものがある。鷗外が意図した新詩社と子規派の「接近」はそれぞれの体質を異にしながらも取りあえず功を奏したと言えよう。具体的には白秋と茂吉・千樫との親交、杢太郎と茂吉の交友などがあったことであり、この歌会は明治四〇年から大正期にかけての歌壇に大きな役割を担った歌人たちが出会った重要な場であった。そして観潮楼歌会に集まった人たちは、おのおのの見識と意欲を以てこの会に臨み、恐らく鷗外の要請に応ずることを名誉としたのであろう。

しかし観潮楼歌会が三年で終結したのは、際だった才をもつ歌人たちの集まりにおいて必然的なことであったであろう。この間の事情を表したエピソードとして木下杢太郎は後に次のような一文を残している。

白秋、勇などの現代の錚々たる歌人はつまらぬといひ、観潮楼歌会に往くとて出た途をそこに行かず鳥屋で夕飯を食うて別れてしまつた

（『廿五周年を迎ふる』―「アララギ」昭8・1）

右のことから、白秋、勇、杢太郎らは観潮楼歌会にもはや十分な満足や感動がなかったようである。彼らはこのような経緯から「パンの会」に参画して行ったのであろう。「パンの会」の「パン」とはギリシャ神話に出てくるパンのことで、これは牧畜・狩猟・森林を司る牧羊神のこと。それ以前の明治四〇年に創刊された美術文学雑誌「方寸」は石井柏亭、森田恒友、山本鼎らによって創られたものだが、ここにも白秋、杢太郎らが加わって美術と文学の融合した耽美主義的な文芸運動を起こした。こうした新しい近代文芸を育成するために作られた母体が「パンの会」であり、この会を提唱したのが杢太郎であった。第一回目の「パンの会」は四一年一二月から催され、その時には「方寸」同人に加えて白秋、杢太郎、勇、啄木という顔ぶれであった。

しかし「スバル」刊行後、明治四三年にかけて「スバル」同人も加わって「パンの会」は隆盛し、さらに「白樺」「三田文学」「新思潮」の同人らも参加した。このような文芸、美術を統合させた西欧風な「パンの会」に魅了された杢太郎らが彼らの才能を発揮させるために「パンの会」に傾倒したのは当然であり、やがて「朱欒《ザンボア》」「地上巡礼」などの文芸雑誌が創刊されるのである。この意味で「パンの会」に触発された詩人や画家が多く、彼らにとっては魅力ある存在であったのであろう。そのためか、観潮楼歌会には次第に物足りなさを抱くようになっていったのも自然の成り行きであったと言えよう。

(2) 閨秀文学会

「明星」六号から九号まで四回にわたり、閨秀文学会員募集の広告が記載され、六、七号の広告には講師に晶子、八、九号の広告には寛の名もある。この会は六月一四日から開講された。広告には東京麹町区飯田町四丁目の成美女学校内で催されるとあり、月、火、水、木、金の午前八時より同九時までとなっている。「生徒募集」に当たり、

授業課目は晶子四、生田長江三、馬場孤蝶二、森田白揚（草平）一で課目名を出しているが、「明星」八号（明40‐8）では、

時勢の必要に応じ、文科大学の制度に拠り、内外諸般の文芸を講述して、婦女子の好尚智識を高め、傍ら女流作家を養成する目的を以て、本会を設立す。

とあり、女流として晶子ひとりが講師に選ばれ、課目も多かった。時間割は、火曜日は長江、水曜は孤蝶、白楊、晶子は月木金の三日間を担当し、金曜日に新古今と作歌法を兼ね、五日間のうちの過半は晶子に占められていた。こうしたことから当時、晶子が未だ女流歌人として注目されていたことが分かる。八、九号の広告ではその内容が少し変わって、授業時間は午後三時三〇分より同五時三〇分まで、夏季中は午前八時より同一〇時までとあり、満三ヶ年で卒業、講師には新たに与謝野寛、平田禿木、満井信太郎、川下江村、和田英作、三宅克己、戸川秋骨、赤司繁太郎らが加わったともある。寛は万葉集、長詩作法および添削（孤蝶と共に）、短詩作法および添削（晶子と共に）とあり、晶子は前の課目と比べて新古今が減っているが、課目数は晶子がもっとも多い。晶子単独の課目は二課目で、寛は一課目である。当時、この文学会の生徒だった平塚雷鳥が後に書いた「閨秀文学会」（『わたしの歩いた道』昭30・2）には講師の中に寛の名は見えず相馬御風の名が書かれている。この一文は五〇年ほどたった後の思い出だから必ずしも正しいとは言い難い。さらに雷鳥は

生まれてはじめて十首ばかりの歌をつくり与謝野先生から「よきお作」とほめていただきました。

とあり、その中の一首であろうか。平塚明子の名で「明星」に掲載されている歌に、

みなみだと思へばかなし朝々の花におく露袖にうけまし

がある。右の歌が「先生の朱筆が加わっているだろう」と書いている歌かどうか分からない。この他の課目には美術も加わり、課外講演の中には文学、美術、音楽、彫塑、演劇もあり、ずっと幅広く充実して来たともある。講義録の初号は九月一〇日発行、定価は一冊一五銭とし、特典として閨秀文学講義録直接購読者には創作を無料で「批

正校閲す」とあり、発行所は東京の金尾文淵堂となっている。このようにして出発した「閨秀文学会」は当時の著名な文学者を講師とし積極的に女流文学啓蒙を理想としたのである。しかし九月一日の「文庫」には閨秀文学会の生徒数が二〇名に過ぎず、教師の方が多いと書かれている。さらに一五日の同誌では同会が

愈々つぶれる、廃校解散の日、女子星菫党万歳を三呼するだらう……

と記されてある。「明星」派を星菫調と言うことから「女子星菫党」とは「明星」に関わる人達が講師であったためか、「明星」に向けられた皮肉とも揶揄とも言えよう。一〇号以後の「明星」には同会の広告は掲載されていない。四ヶ月の開催中も「明星」には広告しか記されず、会の様子も一切記載されていない。しかし聴講生の中からは平塚雷鳥、山川菊栄などの女流文学者を輩出し、明治四四年九月には、雷鳥を中心とする雑誌「青踏」が刊行されるに至ったことは、たとえ短期間であったにせよ、この会は女流文学養成の目的を果たし得たことになる。この会で知り合った講師の森田草平と生徒の平塚雷鳥の恋愛は「煤煙」事件にまで発展するのである。雷鳥は晶子を女流文学者の大先輩とし、その後個人的にも交流があった。その一例としてやがて「青踏」創刊号（明44・9）に晶子が巻頭詩「そぞろごと」を寄せることとなる。

「閨秀文学会」以前のこの年の一月一五日の「平民新聞」には日本女子大学の成瀬校長を攻撃している記事があった。それに寛も同調し「明星」二月号の「文芸彙報」に女子大と称しながら家政科が大学の七分を占め、高等な英文、国文などの教育に冷淡なことを諫め、女子大学生という以上、源氏、栄華の面白味が分かるように教育してほしいと書いている。こうした思想傾向が「平民新聞」や「明星」にあったことが、女子の文学的教養や思想面を啓蒙しようとする動きを刺激して、閨秀文学会は案出されたのであろうか。「明星」は、初期のころから女性歌人を多く輩出していたし、また後半では大貫（岡本）かの子などがおり、小説では大塚楠緒子がしばしば執筆していた。女流の作品を載せた雑誌として「女学雑誌」（明18・7創刊）・「女学世界」（明34・1創刊）・「女子文壇」（明

38・1創刊)などがすでにあったが、女流文学者養成のための会はこのころ珍しかったようで、この会の講師は「明星」に縁の深い人々だったため、寛、晶子が講師に選ばれたのであろう。それゆえ、ロマンティシズムの残照を止めたこの会に関わったことは「明星」末期における晶子の業績の一つとも考えられよう。この文学会は新しい女の方向を示すものであり、女性解放運動の烽火としての「青踏」がこの会の生徒であった平塚雷鳥によって創刊されたことは意義が深い。これはすでに晶子が『みだれ髪』において示した女性優位、女性解放を歌っていた延長線上にあり、その意味で文学史的にも女性史的見地からも認めるべきである意義深いものであったと言えよう。

第二節　寛・晶子の作品傾向

(一)　短歌(登美子の歌も含む)

この年において顕著なことは寛の歌数が前年に比べてかなり増えたことである。**一月**(1日)の「明星」における寛は「旅の歌」一一首が『相聞』に全部採られた。晶子は「新詩社詠草」五三首、そのうち『常夏』に四七首採られた。寛の「旅の歌」は前年の一一月二日から一八日まで、寛、蕭々、勇、白秋の四人が、伊勢、紀伊、和泉、摂津、大和、山城へ旅した時に詠まれたもので、これらは前年の一二月の「明星」の「同心語」所収の「同人遊記」に詳述されている。「旅の歌」の歌をあげる。

伊勢《いせ》の海《うみ》ほのかに富士《ふじ》の雪負《ゆきお》ひて古《ふる》き能褒野《のぼの》の白鳥帰《しろとりかへ》る　(『相聞』282)

右の寛の歌は「能褒野《のぼの》」や「白鳥《しろとり》」の語によって「古事記」の世界を想起させる。この一連にはこの他「伊勢」「三熊野」「五十鈴の川」「伊良湖」など古代の地名が詠みこまれている。そのいずれにも神話的雰囲気を伝えようとする寛の意図が見られるが、言葉のみが先行し、空疎の感を逃れ得ない。

次に晶子の「新詩社詠草」の歌を見る。（　）内の番号は『常夏』の歌番号である。

ものほしききたな心《ごころ》のつきそめし瞳《ひとみ》とはやも知《し》りたまひけむ　（8）

人《ひと》ならずわれさへ弄《ろう》すこの心《こゝろ》きたなきものと明日《あす》は泣《な》くべき　（214）

川原田《かはらだ》の一段《いちだん》ごとにあかねさし霞《かすみ》のごとく春の雪する

冬《ふゆ》きたる大《おほ》き赤城《あかぎ》の山腹《さんぷく》の雲《くも》おひおとす木《こ》がらしの風《かぜ》　（47）

一、二首目に共通しているのは「きたな心《ごころ》」「きたなき」という表現に託された作者の内攻する心情である。「ものほしき」「われさへ弄《ろう》す」からは強い自己嫌悪による惨めさと耐え難さが伝わり、「きたな心《ごころ》」という一語をさらに強めている。これらの歌の背景には人間関係を巡る微妙なトラブルがあって、そこから鋭く自己へ向かう批判の矢が放たれたと解されようか。三、四首目はいずれも印象が鮮明な叙景歌である。ここには晶子の感性の豊かさが十分にうかがわれる。こうした傾向とは別に

火《ひ》の中《なか》のきはめて熱《あつ》き火《ひ》の一《ひと》つ枕《まくら》にするがごとく頬《ほ》もえぬ　（『常夏』287）

火《ひ》に入《い》らむ思《おもひ》ははげし人《ひと》を焼《や》くほのほはつよしいづれなりけむ　（右同261）

などがある。二首とも「火《ひ》」という言葉を使って何らかの意味を付与しようとしたのであろうが、表現方法が観念的で独りよがりなために正確には伝わり難い。

この一月には他に晶子は「芸苑」（1日）に「朝寝顔」一五首、そのうち一二首、「文の友」（3日）に「新詩社詠草」一五首、そのうち五首、「帝国文学」（10日）の「春雪集」に一五首、そのうち九首、三紙に三四首（「都新聞」8首・「万朝報」4首・「東京二六新聞」22首）、そのうち一三首がそれぞれ『常夏』に採られた。一月の紙上の歌を採る。

朱《しゅ》のかむり白《しろ》たへ長《なが》き後《しり》ひきてかけろと云《い》ひぬ時守司《ときもりづかさ》　(146)

桃《もゝ》さくら菩薩《ぼさつ》の御顔《みかほ》光《ひかり》しぬ白木蓮《びやくもくれん》は浄土《じやうど》のあるじ　（「東京二六新聞」明40・1・29）

一首目は朱色の冠を被り、白い布のような長い裾を引いている鶏が「かけろ」と鳴いた、時を守る役人だ、という、一見　クイズのような歌である。結句によって夜明けを告げる鶏だと分かる。このようなユーモラスな歌は珍しい。「かけろ」とは鶏の鳴き声の擬声語。二首目は春の木の花に「菩薩《ぼさつ》の御顔《みかほ》」「浄土《じやうど》のあるじ」を取り合わせて華やいだ浄らかさを湛えている。「木蓮《もくれん》」は仏教に関わりのある花であることを示している（「木蓮《もくれん》の落花《らくくわ》ひろひてみほとけの指《ゆび》とおもひぬ十二《じふに》の智円《ちゑん》」『舞姫』18・「おほらかに此処《ここ》を楽土《らくど》となす如《ごと》し白木蓮《はくもくれん》の高《たか》き一《ひと》もと」『火の鳥』140）。右の二首は、この月の歌の中で出色の出来ばえと言えよう。

二月の「明星」（1日）には寛の歌はなく、晶子には「新詩社詠草」三首、うち一首、また「ハガキ文学」（1日）の「鐘音」六首、うち二首、三紙に三二首（「都新聞」8首・「万朝報」4首・「東京二六新聞」20首）、うち二二首、いずれも『常夏』に採られた。内的衝迫力は乏しく、佳作と言えるものも少ない。「東京二六新聞」（2月27日）掲載で『常夏』に採られた歌を左に掲げる。

老《おい》よ奪《と》れ炎《ほのほ》のあとのもえがらのひそかにいぶるあさまし人《ひと》を　(14)

しろがね矢《や》おへる丹《に》の頬《ほ》の助勢《すけぜい》のきたるを覚《おぼ》ゆ海《うみ》をし見《み》れば　(116)

一首目の「老《おい》」とは精神的に充実した老練の人を意味し、「炎《ほのほ》」とは恋を比喩している。恋の余燼に浸っている自分への苛立ちと、そこから一刻も早く脱して精神面で充実した人になりたい、という願望がうかがわれる。二首目は、海を見ていると、白銀の矢を負って赤ら頬をした援軍が押し寄せてくると思われた、と言う。上句は夕日に照らされながら白波が打ち寄せるさまを「助勢《すけぜい》」に比喩している。晶子らしい大胆な発想であり、ダイナミックな情景が描かれた歌である。

二月には、九ヶ月ぶりに山川登美子が「明星」に「新詩社詠草」として一〇首掲載、前年五月の「明星」に一八首発表して以来のことである。登美子の、前年の消息についてはすでに述べたが、日本女子大学の山里寮で療養していた。四月、一旦学校へ復帰したものの体の不調が続き欠席が多く、七月六日、帰省するために東京を出、その途中京都の姉の家に寄り、京都大学附属病院で肋膜炎と診断された。その後、治療に励んだ甲斐あって、秋には一時病気は回復の兆しを見せ、外出も可能になった。しかし年末には風邪で発熱し入院。翌四〇年には、「明星」に歌を四回発表しているが、この年の三月に大学を中退。京都の姉の許で療養に専念したためか、病状は快方に向かい、平穏な生活を送った。一二月になって胃腸病・感冒症を併発し、かなり悪化した（『山川登美子全集』下巻）。

二月発表の登美子の歌を抄出する。

しら珠の珠数屋町《じゆずやまち》とはいづかたぞ中京《なかぎやう》こえて人に問はまし

ひかりなき我は日を見ず月しらず人めでたしと云へば年祝ぐ

われ招く死《しに》のすがたか黒谷の鐘なる暮の山出づる雲

思ふことひとつ唯あり神うけよもゆる火中《ほなか》も乞ひて走らむ

くれなゐの蝶のにほひに猶も似る有りて年ふるわが恋ごろも

一首目の、「しら珠の」は「珠数屋町《じゆずやまち》」を導く序詞的な用い方で「珠数屋町《じゆずやまち》」を清らかなイメージに高め、そこを人に問うという形で登美子の向かう心のありようが暗示されている。それは死を覚悟した者のもつ諦めから発せられた悟りの境地とも言えようか。現在の「珠数屋町《じゆずやまち》」は下京区正面通り油小路西入ルにあり、西本願寺正面あたりである。現在と同様、当時も仏具店は多かったのであろう。従って「珠数屋町《じゆずやまち》」の所在を問う登美子の心のうちはすでに一歩々々死に向かいながら、やっと生きていることを自ら確かめる思いがこめられている。因みにこの歌は折口信夫の『世々の歌びと』（昭27・4）所収の「女流短歌史」で戦後いち早く評価された。二首目は、前年来の体調の悪化によって心身共に弱っていた情況下で詠まれたのであろう。この一首には救い難い絶望感がうかがわれ、生きる意欲を失した虚無感が漂っている。三首目には死を覚悟した不吉な予感が三句以下に託されている。因みに「黒谷」は京都の地名で、登美子にとって三三年秋の寛、晶子と共に歩いた思い出の地であった。しかし「黒谷」という言葉から発せられるイメージの重さは死のイメージに相応しく、一首の中で死を切実に感受している登美子の心情が鮮やかに伝わってくる。五首目の紅色の蝶の匂やかさに似て、今もなお私のうちに生き続ける、私の「恋ごろも」よ、という「わが恋ごろも」とはかつて晶子、雅子との合同で出版した歌集名であり、同時に登美子の恋の思いをも意味している。恋を「くれなゐの蝶のにほひ」と表現することで、華やぎとときめきと艶やかさをそこに感じることができる。死を予感する中でこのような歌を詠んでいるのは痛ましい。

三月の「明星」（1日）には「新詩社詠草」として寛は「その八」五〇首中『相聞』には四八首、晶子は「その弐」二一首中『常夏』には一六首採られた。この他晶子は三紙に三一首（「都新聞」9首・「万朝報」5首・「東京二六新聞」17首）掲載している。寛の「明星」五〇首中六首は恋の歌で、他は旅行詠であり、この旅については前述したとおり近畿地方を旅行した時の連作にしている。まず「明星」掲載の寛の恋の歌から見る。

　君を吸ふ君木《こ》の花の咲くに似る吸ふとひまなしわれ蝶に似る
　天《あめ》の華ともにかざしし天《あめ》の世のわかさに居りてまた君を見る（傍点筆者）

一首目は、あなたの唇を吸う。それはあなたが木の花に似ているからだ、その花の蜜を吸うと、それだけでもう他に何するひまがない。そんな私は蝶に似ている、という、鼻じろむほどの甘さとややうわついた官能性のある歌である。「君」とは次の歌に「わかさ」とあることから山川登美子と言えよう。また前月発表した登美子の一連の歌の悲傷性に寛が心を傷めて、登美子の歌に応えたものと見るのも自然であろう。結句が、二月の登美子の歌に見られた「くれなゐの蝶」に心が通じ合っているように思われる。二首目は、天上の華とも言うべき恋の華を共に掲げた天上界、その天上界である若狭にいてあなたに会うのだ、という歌。「わかさ」とは登美子の出身地ではあるが、このころ登美子は京都の姉の家に身を寄せていた。寛は近畿地方の旅行中、京都にも足を伸ばしてはいるが、その地で登美子には会っていないことが前記の「同人遊記」に記されている。従って登美子を偲ぶ思いが「わかさ」を「天《あめ》の世」とも形容し、神聖な場として一首に詠まれたのである。旅中で登美子に会えなかった無念さと前月の登美子の歌によって、右の歌を恰も登美子に会っていたかのような表現にしている。やや唐突とも言えるこれらの恋の歌は、作品として佳作とは言い難いが、この期の寛の心情の一端を示したものであろう。

右の二首は『相聞』に採られていない。これは登美子を意識したため憚って載せなかったのであろうか。

このころ寛の旅行詠は全体として南紀熊野あたりを巡りながら風物を詠じ、また上代の神々を物語風に歌っている。寛の作歌意欲は十分うかがわれるが、趣味性の強いロマンティシズムに傾き過ぎて詩としての実感に乏しい。

またこの一連には色彩的な華やぎはあるが、それが却って装飾的な印象を与え、表現の上での新鮮味は薄い。

神達《かみたち》の咲《あ》らぎか青《あを》き雲《くも》の奥熊野《おくくまの》の嶽《たけ》の風《かぜ》ほうと吹《ふ》く　（『相聞』306）

少女《をとめ》ども磯《いそ》に火《ひ》ふきぬ流《なが》れ木《ぎ》のなかにか香《かを》る木蘭《もくらん》の枝《えだ》（三輪が崎にて。）　（右同　313）

比較的よい歌をあげた。一首目の「神達《かみたち》」は熊野神社に祀られた神々を指すのであろう。清澄で雄渾な印象を与える一首である。「風《かぜ》」の音を「神達《かみたち》の咲《あ》らぎ」と表現しているのはいかにも新詩社風で、その飛躍した発想は感覚的である。二首目の「少女《をとめ》」は海女のことであろうか。「木蘭《もくらん》」は木蓮の別名。「少女《をとめ》」と「香《かを》る木蘭《もくらん》の枝《えだ》」によって一種瑞々しい色気を漂わせている。

三月の「明星」に発表された晶子の「新詩社詠草　その弐」を見る。

半生《はんしやう》は半死《はんし》におなじはた半　君《なかばきみ》におもはれあらむにひとし　（『常夏』178）

むかひ居《ゐ》てはかばかしくもの云《い》はぬ人《ひと》におもはれおはすさびしさ　（『常夏』182）

一首目は、夫の愛情の半分が私に注がれて生きてきたということを「半生《はんしやう》」と言い、それと等しい分、夫から全面的に愛されていない思いを「半死《はんし》」と表現し、その孤独がいかに強いものかを訴えた歌。同号の新詩社詠草では、寛の恋の歌が前記したように登美子への露骨な愛情表現とも言えるので、晶子の歌はそれを意識して詠んだものか、斬りこむような鋭い詠風である。二首目も前歌と共に夫への強烈な皮肉を詠み、夫婦の沈黙の葛藤のさまを歌っている。「人」とは晶子自身を指している。次に三月の三紙発表の歌をあげるが、共に『常夏』に採られていない。

神《かみ》のわざ世《よ》のわざ知《し》らず二十日《はつか》へぬ晶子《あきこ》母《はゝ》なし病《やまひ》癒《い》えし日《ひ》（母を亡ひて）　（「万朝報」明40・3・23）

君《きみ》を忘《わす》れ数日《すじつ》すぐしぬ君《きみ》にくみありし日頃《ひごろ》にまさる安《やす》さに　（「万朝報」明40・3・30）

一首目は、「二十日《はつか》」経た「病《やまひ》」とはこの年の三月出産の双生児出産のための産褥を指す。この間二〇日晶子には母の死（2月14日）が知らされていなかった。万感の思いが率直に歌われている。「晶子《あきこ》母《はは》なし」という素朴な表現には哀切が漂う。二首目は、あなたを忘れていた数日、あなたを憎んでいたころに比べると遥かにまさる安らぎなのだ、という、不穏だった夫婦間の感情がリアルに詠まれている。

この三月には前月に引き続き、登美子は「明星」に「新詩社詠草　その参」一二首を発表している。この年の三月、女子大学を中退するが、一時的には小康を得ていて、この一連にはそうした心の安らぎがうかがわれる。

わが死なむ日にも斯く降れ京の山しら雪たかし黒谷の塔

春のかぜ海に生ひたる玉藻《たまも》なすわがたわたわの朝の髪ふく

一首目は、自己の死を客観的に見つめ、その心の余裕さえ見える悲しい歌だが、視覚的な印象が鮮やかな一首である。「京の山」「黒谷の塔」には青春の思い出深い寛、晶子との明治三三年秋の粟田山のことが胸中に深く潜んでいるように思える。二首目は春の風は海に生えた玉藻のように美しくなびき、私のたわたわとした朝の髪を吹いていく、という内容。小康を得た心のゆとりから発せられたのであろうか、ナルシスティックで、柔らかな情感が瑞々しい。「明星」派らしいロマンティシズムが存分に表された佳作である。登美子には駄作が少ない。死を意識しながら生きる真摯さが登美子の歌から余剰をそぎとり、詩的レベルを高く保たせる。それが、また同時に作歌技巧の勝れたところと言える。

四月の「明星」には二人の歌はないが、寛は「ハガキ文学」（1日）に「花ぐもり」一〇首があり、うち八首が『相聞』に採られた。晶子は三紙三一首（「都新聞」7首・「万朝報」5首・「東京二六新聞」19首）、そのうち『常夏』一〇首、『舞姫』（明39・1）五首採られた。まず寛の「ハガキ文学」掲載の歌を見る。

三月《さんぐわつ》の京《きやう》の遊《あそ》びに疲《つか》れたる若人《わかうど》なれや蝶《てふ》一《ひと》つ来《く》る　（『相聞』89）

いにしへも我《われ》とひとしき歓《よろこ》びに歌《うた》ひけらしな安見児《やすみこ》得《え》たり　（右同　262）

一首目は、京の色町での歓楽を詠んだ一連のうちの一首だが、このころ寛は京都に行っていない。寛は前年の一一月上旬からの近畿の旅で京都に立ち寄っているが、その折のことを体験したように詠んだものか、日常から解放されて浮き立つような気分になって、京都の春の情緒に溶け込んで甘美な想像をめぐらし連作にしたものか。二首目の「安見児《やすみこ》得《え》たり」は『万葉集』の「吾はもや安見児得たり皆人の得がてにすとふ安見児得たり　95（藤原鎌足）」を本歌取りにしている。「安見児《やすみこ》」とは采女の名前で、采女は奈良時代の女官である。寛は古代人の大らかな愛情表現を自らの歌に採り入れ、京都で味わった歓びのように表した。一連の歌にはロマンティックな情感はあるが、作品の質は必ずしも高いとは言い難い。こうした詠み振りの背景には新進の俊才らに圧倒され、自らの才能に限界を感じ、様々に屈折した思いがあったのであろう。それが却って空疎な華やぎとなって表現に装飾性をもたらしたと考えられる。

前記の晶子の三紙掲載の歌は全体として創作意欲が薄く、叙景歌は晶子らしい独創性がなく、陳腐である。その中でいわゆる晶子的な歌として一首あげる。

むらさきの蝶《てふ》夜の夢《ゆめ》にとびかひぬふるさとにちる藤《ふぢ》の見《み》えけむ　（『常夏』18）

故郷でかつて見た藤の落花が心に浮かんできたことが引きがねとなって、夜の夢の中で蝶が飛び交ったという、耽美的な甘さのある歌である。

五月の「明星」には寛、晶子の歌はないが、晶子には「女子文壇」（1日）に「ゆりばな」六首、そのうち『常夏』に三首、三紙に二九首（「都新聞」6首・「万朝報」4首・「東京二六新聞」19首）そのうち『舞姫』三首、『夢之華』三首、『常夏』九首がそれぞれ採られた。まず「ゆりばな」から見る。

いつの日《ひ》かわかさたよわさふさはしき君《きみ》とつみける白百合《しろゆり》の花《はな》

「白百合」を登美子の雅号とすれば、このころ登美子が京都で病床にあったことは知っていて、若いころの登美子との思い出に焦点を当てているが、「若《わか》さたよわさふさはしき君《きみ》」と詠じたところに登美子の薄命をそれとなくはかなみながら、美化しているように思われる。この歌は歌集には採られなかった。三紙発表の歌を見ると、全体として衝迫力は乏しいが、一首のみあげる。

相住《あひす》みてうつうつと居《ゐ》てにくしみてありける人《ひと》のこひしき夕《ゆふべ》　（「東京二六新聞」明40・5・19）

これは明らかに夫への愛憎を露わにした感情を歌った。そのために歌集には採られなかったのであろう。中年にさしかかったころの晶子の感慨を素直に吐露している。

五月の「明星」には登美子の「新詩社詠草（西の京に病みて）」一〇首がある。いずれも不治の病床にあって死におびえながらも、強い生への執着を以て詠まれている。ここには緊迫した登美子の真情が切々とこめられ、その表現には無駄がなく、洗練されている。このころの寛や晶子の歌に比べて、詩としての完成度は高い。

みすくひの御船《みふね》のぞみて海に墜つ汗しづくして目ざめぬるかな

うつくしき蛾よあはれにもまよひ来ぬにほひすくなく残る灯《ほ》かげに

行くべきや蟒蛇《おろち》は暗き谷間よりこひしき母の声してぞ喚ぶ

一首目は神の御救いは船を望んでいたのに海に落ちた、そんな夢から汗まみれになって目覚めたことだなあ、という内容。断ち難い生への希望を夢の中で断ち切られたという絶望感が痛ましく詠まれている。二首目は「うつくしき蛾」に、病床で容姿の衰えた自己を自虐的に投影させている。残り少ない自らの命をいとおしみ、はかなむ思いが明らかである。三首目は、死が大蛇の姿を借り、さらに「母の声」で自分を招いている、それに従うべきかと、ふと死の淵に見入られそうになっている自らに気付いてはっとする、生への強い悲願とは裏腹に、いつのまにか死を受け入れている危うさが詠まれたものか、この他の歌もそれぞれみな捨て難い。

六月の「明星」（1日）の「新詩社詠草　その五」は寛で七六首、うち四五首が『相聞』に、晶子は「その四七〇首、そのうち『常夏』に五八首採られた。この他晶子には「中学世界」の「初夏」一一首、そのうち『常夏』に五首、三紙二七首（「都新聞」7首・「万朝報」6首・「東京二六新聞」14首）、そのうち『舞姫』に二首、『常夏』に一四首採られた。この月の寛の歌はこれまでの不調からは僅かに脱した感がある。またこのように歌数が多いのは寛の作歌意欲を反映させたものと言えようか。「明星」掲載の寛の歌を引く。（　）内の番号は『相聞』の歌番号。

春かぜは唇《くちびる》に似る火を秘めて年にひとたび罌粟《けし》の花焼《や》く

うまおひも蟋《いとど》も闇《やみ》に爪弾《つめはじ》く二妻恋《ふたづまこ》ふるわれを嫌《きら》ふや　（704）

衣《ころも》がへわが汗《あせ》の香《か》も残《のこ》るこそこころわりなく涙《なみだ》おちぬれ　（39）

一首目は、春風は赤い唇にも似た情熱を秘めていて、一年に一度罌粟の花を燃え上がらせるようにして咲かせる。罌粟が燃えるように見えるのは、春風に情熱があるからだと歌っている。新詩社風の華麗さはあるが、テクニックのみが先行して詩的内容が伴わない。二首目はバッタも蟋も闇の中から（私を）爪《つま》はじきするように鳴いている。

（それは）二人の妻を恋しく思う私を嫌うためだろうか、という内容。「二妻《ふたづま》」とは妻晶子と病床にある登美子のことであろう。一見嫌われ者の惨めさを装いながら、その実二人の女性を恋する歓びを誇示している。三首目は、衣替えして着物を着替えたところで、私の汗の香も残るのは辛く、涙が出るほど悲しい。着物を脱ぎ捨てるように、過去への執着から脱皮したいのだが、それが叶わないことにやるせなく辛い思いを抱いているというのであろう。世間から見捨てられた孤児のような孤愁を感じるのも、「明星」廃刊の前年の寛の心情としては当然であろう。

一連の寛の歌の特徴としての「朱」「火」「焔」「赤」「紅」「燃える」などの言葉には一つの統一されたイメージがある。こうした言葉は七六首中二六ヶ所もあって、頻度として多い。この傾向は三八年の「明星」においてもすでにあったが、これは寛の内面性に少なからず関わっているのであろう。

次に「新詩社詠草　その四」の晶子の歌集『常夏』に採られなかった歌をあげる。

わが胸のしら刃に似たる利《と》き器《うつは》おほひかくして五年《いつとせ》は経ぬ

しめやかにかたれどさびしはなやぎてあるべき人をとりこめしより

世にひとたび君が飲むべき泉こそわが身をかりて湧かむとすなれ

湯気《ゆげ》にほふ昼《ひる》と火桶《ひをけ》のかず赤《あか》き夜《よる》のこひしき父母《ちゝはゝ》の家《いへ》

（『常夏』318）

一首目は、私の胸は白刃に似ている鋭い器のようなものだ、そこには本心を覆いかくして五年を経てきた生活があるのだという歌。晶子が与謝野家に入籍した明治三五年から、四〇年までの様々な心の葛藤を押し隠してきた期間を結句で表した。夫への感情や経済面の不如意、「明星」経営への憂慮など多くの問題を抱えて辛うじて自己を支えてきたと、五年間を顧みての感慨を吐露した歌。こうした実感を二、三句の比喩に託して耐え難きを耐えてきた過去への慰撫と愛執を赤裸々に表している。二首目は、激しい恋愛の後の結婚生活の空しさをしみじみと歌っている。一、二首目は当時の晶子の心情をかなり露わに詠んでいる。三首目は、この世でたった一度だけあなたが飲まねばならない泉は私の身体を借りて湧き上がろうとするものなのだ、という、「君」と我との宿縁を自分の存在によって確認しており、夫にとって自分がいかに必要であるかを強調した歌である。ここには明らかに晶子の自己主張の強さがうかがわれる。三首目を一、二首目の内面表白と照合して見ると、このように歌いたかった晶子の心情も十分に察せられる。これら三首は『常夏』には採られていない。余りにも率直に露骨な心情を吐露したために歌集に収録することを憚ったのであろう。四首目の「かず」は程度の多さを表した接頭語。この歌は乙女時代の、今は亡き父母の家のぬくもりを懐かしんで詠んでいる。続けて『常夏』の歌をあげる。

　野《の》のよもぎいとほのかにもたきものすそよ風《かぜ》ふく日《ひ》雨《あめ》そぼふる日《ひ》　(187)

野に生える蓬にも親しみを感じて「ほのかにもたきものす」と詠んだところに晶子の温みのある感性を思わせる。

　しろ銀《がね》の魚鱗《ぎよりん》の上《うへ》に富士《ふじ》ありぬ相模《さがみ》の春《はる》の月《つき》のぼる時《とき》　(302)

夜の海面にうつる月光を「しろ銀《かね》の魚鱗《ぎよりん》」と言ったところは晶子らしい華やぎのある見立てを感じる。

この月には登美子の「新詩社詠草」一二首があり、この年はこれを最後として歌を発表していない。

　いま残るこの半生《はんしやう》はわれと我が葬《はふ》る土ほる日かずなるかな

　石を負ひて山ゆくなやみしとしとと寒き汗しぬ夜頃《よごろ》病めれば

　君きます焔《ほのほ》の波をかいくぐり真白き百合を浮木《うきぎ》にはして

一首目は、今私に残っているこの命が生き永らえられるのは土葬の穴を掘り終わるまでの間ほど短いということで、死期の迫ったことを予感している。二首目は、寝汗をかきながら病床に喘ぎ苦しんでいる自らの姿を、石を背負って山登りするような重苦しさに比喩して歌った。三首目は焔のように燃える激しい波をくぐり、真白い百合を浮木のようにして（摑まえて）という内容。「真白き百合」とは登美子を指す。従って「君」は登美子を思い、登美子の分身のような白百合を支えにして自分（登美子）の所へやってくるのだ、とまで思い込みたい登美子の心情を詠んだ。このような甘美な空想を歌に詠むのは、耐え難い孤独と不安の中にいて、それ故一層切実な愛を求めたのであろう。「君」とは寛を指す。登美子はこの夏には、一旦病状が回復して日常生活に支障を来さぬほどまでになって、このような甘く、はかない夢を描いたのであろう。しかし一二月、上京する予定だったが、胃腸病と感冒症を併発し、そのまま重病となった。

七月の「明星」には寛、晶子の歌はないが、晶子は「中学世界」(10日)の「初夏」に四首あり、三紙に一一首(「都新聞」5首・「万朝報」4首・「東京二六新聞」2首)、そのうち『夢之華』に二首、『常夏』に二首採られた。これまでと同様に重複歌は多い。

八月の「明星」にも寛、晶子の歌はないが、晶子は三紙に三七首(「都新聞」8首・「万朝報」5首・「東京二六新聞」24首)、そのうち一六首が『常夏』に採られた。二首をあげる。

高き屋《たかや》にのぼる月夜《つきよ》のはだざむみ髪《かみ》の上《うへ》より羅《ら》をさらに着《き》ぬ　(147)
麦《むぎ》の穂《ほ》の上《うへ》なる丘《をか》の一《ひと》つ家《いへ》くまなく戸《と》あけ傘《かさ》つくり居《ゐ》ぬ　(50)

一首目は、いかにも耽美的な歌である。二首目は、のどかな田園風景の中に見られる市井人の生活が鮮明に詠まれている。

九月の「明星」も寛、晶子の歌はないが、晶子は三紙に二〇首(「都新聞」6首・「万朝報」4首・「東京二六新聞」10首)あり、そのうち『恋ごろも』に二首、『舞姫』に二首、『常夏』に五首採られた。

若草《わかくさ》に一路《いちろ》すぢかふ春《はる》の山見《やまみ》つつ朝川《あさかは》かちわたりきぬ
(「東京二六新聞」明40・9・22)
十五《じふご》来《き》ぬをしの雄《を》鳥《とり》の羽《は》のごとき髪《かみ》にむすばれわれは袖《そで》ふる　(20)

一首目は、若草に一筋の路が交差する、そんな春の山を見ながら朝の川を徒歩で渡ってきた、という内容。春のさわやかな叙景歌。上句は視覚的、下句は触覚的でそれぞれのイメージが鮮烈である。二首目は「十五《じふご》来《き》ぬ」となっていることから作者の体験を詠んだと分かる。華やかだった少女時代の思い出を詠んだものと解する。

駿河屋の娘のころの生活を偲ばせる歌として『舞姫』の歌をあげる。

夏《なつ》まつりよき帯《おび》むすび舞姫《まひひめ》に似《に》しやを思《おも》ふ日《ひ》のうれしさよ　(95)

舞《まひ》の手を師《し》のほめたりと紺暖簾《こんのれん》入《い》りて母《はゝ》見《み》し日《ひ》もわすれめや　(268)

一〇月の「明星」は寛の「新詩社詠草」「その弐拾弐」三三首のうち『相聞』に二六首、晶子の「新詩社詠草」「その弐拾」一七首のうち『常夏』に一五首、他晶子は三紙に二一首（「都新聞」7首・「万朝報」4首・「東京二六新聞」10首）のうち『舞姫』に六首、『夢の華』に一首、『常夏』に五首が採られた。

まず「明星」の寛の歌から見る。寛は四ヶ月ぶりで「明星」に歌を発表した。ここには耽美的傾向が強く現れ、一種の官能的世界が濃厚に打ち出され、同時に鬱屈した心情の一端も覗かせている。『相聞』の歌をあげる。

わかうどが得《え》がてにすとふ寸《すん》の璧《たま》わが手《て》に来《きた》り星《ほし》の色《いろ》しぬ　(640)

百合《ゆり》の根《ね》に赤《あか》き雉臥《きじふ》すよしゑやし人は見るとも君《きみ》が傍《かたはら》　(69)

くちびるは紅き薔薇《さうび》をひたと吸ふ手はやや低き円肩《まろがた》におく　(「明星」明40・10)

十字《じふじ》の木《き》われ先《ま》づ負《お》ひて世人《よひと》みな殺《ころ》さむと云《い》ふ市中《いちなか》を行《ゆ》く　(76)

大木等尾《たいぼくらを》を引《ひ》く星《ほし》を追《お》はむとし白《しろ》き根《ね》もたぐ暴風《あらし》のゆふべ　(641)

一首目は若者の得難いものという小さな璧が私の手に入り、それは星のように美しく輝いた、という内容。この歌は四月の「ハガキ文学」に発表された寛の「いにしへも」（488頁参照）の歌（『相聞』262）を踏まえている。「寸《すん》の璧《たま》」が「星《ほし》の色《いろ》しぬ」というのは、美しい恋人を得たことを表している。「星《ほし》」という語が新詩社では恋に関わる意に用いられていることから、若者でさえ得難いほどの恋とは、通常の恋以上の至純さが考えられよう。このころの身辺を考えると病床にあって「君きます」（492頁参照）と歌った登美子との恋を指すのではなかろうか。二首目は、百合の根元に赤い雉が臥している。えいままよ、（こんな風にして）たとえあなたが私を憎んでも私は去るまい、あなたの傍らを。という内容。初二句は下句を導く序詞になっており、「よしゑやし」はそれを円滑にするための緩衝的役割を担っている。従って初二句と下句は内容的に繋がり「百合《ゆり》」と「赤《あか》き雉《きじ》」は「君《きみ》」と作者の関わりを意味する。「百合《ゆり》」を登美子とすれば「赤《あか》き雉《きじ》」は寛を比喩すると考えられ、登美子への強い愛情表現であって寛の熱い思いが率直に歌われたことになる。一、二首目とも登美子の存在をかけがえのないものとしており、一連の中で佳作と言える。三首目は、美的で、やや退廃的な雰囲気を感じさせる。美しいが、余りに官能的なので歌集に入れなかったのであろう。四首目は、自らをキリストに仕立て、その悲劇性をヒロイックに表現している。多分に被害妄想的な発想があり、卑下慢的な嫌いさえ見える。五首目は、何本もの大木は尾を引くように流れる星を追おうとして土から根を引き抜いている。夕暮れの暴風を神秘的にダイナミックな自然詠として詠んでいる。

次に晶子の「新詩社詠草　その弐拾」の歌を見る。同号の一連の歌は寛に比べると、全体として低調で詩的情感に乏しい。

胸《むね》は泣《な》くこれは無尽《むじん》に人《ひと》ひとり思《おも》ふ力《ちから》のなきわびしさに　（『常夏』335）

右の歌は、私は胸がいっぱいになって泣く。それは尽きることなく人ひとりを思い続ける力がないわびしさに、という、一人の人だけをずっと愛し続けていられない自らの心を反省して詠んだ歌だが、誇大な表現故に却って自己弁護的な空しささえ見える。この他に三紙に掲載された晶子の歌を見る。同月の「明星」の歌と重複するものは約半数である。三紙の歌も全体として振わない。

村雨《むらさめ》ハ落葉《おちば》を踏《ふ》みてしめやかに泣《な》きて過《よぎ》りぬ染寺《そめでら》の門《かど》　（「万朝報」明40・10・26）

「村雨《むらさめ》」を擬人化して詠んだ歌。「落葉《おちば》」と「染寺《そめでら》」が縁語のような効果を以てイメージされている。言葉が無理なく韻律に叶ってリズミカルに運ばれている、いい歌である。

一一月の「明星」には寛の「新詩社詠草」一〇首、そのうち『相聞』に九首採られた。晶子はない。晶子は三紙に一六首（「都新聞」7首・「万朝報」5首・「東京二六新聞」4首）、そのうち『恋ごろも』に三首、『舞姫』に三首、『常夏』に一首採られた。また「万朝報」（11月1日）の「東籬集」に一五首ある。

寛の「明星」の歌は、言葉はきらびやかだが、内容は空疎な感をまぬがれ得ないが、『相聞』に採られた一首を引く。

わがこころ静《しづ》かなるかな月《つき》も日《ひ》も燃《も》えてあとなき空白《くうはく》におく　(618)

この歌はきわめて分かりやすく、清澄な心のありようが格調高く詠まれている。

一二月の「明星」には二人の歌はないが、晶子はこの月の「文章世界」（15日）に「羸馬《るいば》」二五首があり、そのうち二〇首は『常夏』に採られた。この一連には難解な歌が多い。『常夏』には採られなかったが、晶子らしいロマンティックな歌をあげる。

西《にし》の空暗《そらくら》きにしじむ《ママ》たそがれに小鳥《ことり》のごとく星《ほし》はきたりぬ

波《なみ》の上人魚《うへにんぎよ》のむれの雪白《ゆきじろ》のまろ肩《がた》こして夕風《ゆふかぜ》ぞふく

一首目は、西の暗い空に滲んでいくように見える黄昏に、小鳥が舞い降りてきたかのように星が瞬き始めた、という、黄昏に瞬き始める星を詠んだ。二首目は、波の上を人魚の群が真っ白な雪のように円い肩を並べている。そんな風に見える波頭を越して夕風が吹いている。二首目の、真っ白な波頭、それを越して吹く夕風の、それぞれの比喩が巧みである。この他三紙二九首（「都新聞」9首・「万朝報」3首・「東京二六新聞」17首）、そのうち『恋衣』に一首、『夢之華』に七首、『常夏』に一一首採られた。この月はいくらか作歌意欲がましたものか、前月に比して『常夏』に採られた歌は多い。

大木《たいぼく》の桜《さくら》を籠《こ》とし数《かず》しらぬ白《しろ》き胡蝶《こてふ》をやしなふここち

（「万朝報」明40・12・21）

たのみてし初念《しよねん》をにくきものとせずながき宿世《すくせ》を相《あひ》かたりゆく　(183)

一首目は、大きな桜の木を籠として、満開の桜は数えきれないほどの白い胡蝶を養っているように見える、という、満開の桜を数多い「白《しろ》き胡蝶《こてふ》」に見立てたところは発想として新鮮であり、幻想的な華やぎがある。二首目の歌は後に『明星抄』（大７・３）上巻の冒頭に載せられることから、晶子の会心の作と思われる。寛との並々ならぬ運命的な出会いの感激とその思いを貫き通したい願望がやや感傷的に詠まれている。

以上、明治四〇年の寛、晶子の歌の傾向を見てきた。この年には白秋、勇ら新鋭の活躍に押され気味であったためか、作品は振わなかった。登美子は前年に引き続き、質の高い歌を発表していた。

なお、「歌」という語については「明星」創刊（明33・4）から三四年までは「短歌」という名称であったが、明治三五年には「短歌」と「短詩」とが並存していた。「短詩」とは「長詩」に対して用いられた名称で、短歌は詩と見做されていたのである。三六年から四〇年までの「明星」では「短詩」と表現し、四一年つまり廃刊の年には「短歌」と表すようになる。

㈡　詩、散文、童話

この年、晶子は一篇の詩しか発表していない。寛は**一月**の「明星」（1日）に「千駄愚草」七篇（「君」「初日」「翁」「斧」「火」「駱駝売」「蝶」）を載せている。白秋は同号に「灰色の壁」「暗愁」「そぞろありき」「はばたき」を掲載しており、白秋の詩には濃密な官能性や冴えた感覚性が漲っている。白秋に比べると、寛の詩は平板で言語感覚に閃きが乏しい。また寛には一月の「芸苑」（1日）に「黍」「絶句五篇」、「中学世界」に「白百合」があるが、これらの詩も同様である。ただ「白百合」は登美子の雅号であり、登美子を詠んだ甘い感傷に流された詩である。**二月**

には二人とも詩がない。

三月の「明星」には寛の「蜂」一篇がある。「蜂」の世界に起こった出来事を寓話的に描いているが、風刺や皮肉などを交じえず、単に面白くおかしな内容に終始している。この月には、また「芸苑」（10日）に「蛭児」一篇がある。これは『古事記』の「伊邪那岐」「伊邪那美」を巡って書かれた神話的な詩物語である。三六年のころの長篇叙事詩の名残りが見られ、目新しさは感じられない。

四月の「明星」には寛の「蝸牛」「大仏」の二篇があるが、「蝸牛」の方にやや見どころが見られる。この月の「芸苑」（3日）には晶子の詩「親の家」一篇がある。この詩は晶子が故郷を捨てて東走した折のことを感慨深く詠んだもので、ここには恋と親への愛情の狭間で激しく揺れる切迫した心情が吐露され、自伝性のある詩である。

五月の「明星」には寛の「馬鈴薯」「鯨」二篇がある。「馬鈴薯」という卑近な素材を用いながら、仏教用語を多用し、時空を超えたスケールの大きな詩である。また芽吹かぬ馬鈴薯が芽を出すまでの間、夢を見ていたという設定にして様々な体験を経て行く過程が描かれていて、よくまとまった作品である。「鯨」には捕鯨のさまを生き生きと捉え、野性的な息吹が感じられる。**六月**には「明星」を始めとして寛、晶子の詩はない。

七月の「明星」には寛の「大風」「蛾」「許嫁」がある。詠みぶりは五月の「明星」と同じようだが、誇大な表現に作為性が感じられ、やや浮薄さが見られるが、色彩感と語彙の豊かさはこのころの新詩社風をよく表している。

八月の「明星」には寛の「傘」一篇がある。これは夏の日照りの下を行く、日傘をさした二人の芸妓と、その間を駆け抜けて行った貴人の馬車の中に見えた白い傘を詠んだ、真夏の風物詩で、歌謡調の五行四連の詩である。同号の白秋や正雄の詩に比べると趣向、発想が共に古い。

九月の「明星」には寛の「せりうり」「島原」「みやびを」の三篇の詩がある。「せりうり」は佐世保の夜店の瀬戸物屋の様子を描写し、「島原」は唐津から来た船乗衆の色街風景を叙したものである。「みやびを」は阿蘇の山や島原へ同行した仲間の一人を対象として歌った詩である。擬古典的な言葉遣いを用いながら当地の自然や風俗を旅行者の眼で捉え、そこを行く「みやびを」ののびやかな姿を描いている。いずれも九州旅行を素材にしているが、「みやびを」が直接的に誰をモデルにしたかは詩からは判断し難い。九月の「国文学」に寛の「彗星」と「一瞥」二篇のうちの「彗星」一篇のみは翌月の「明星」に再掲される。

一〇月の「明星」に「彗星」、「早稲田文学」（1日）に「青涙集」四篇（竈焚・彗星・一瞥・苺）が発表されている。明治四三年にハレー彗星が回帰したことは事実だが、寛も白秋もこの四〇年に「明星」に「彗星」と題する詩を発表するのは、その三年前のことである。従って明治四〇年にはすでにハレー彗星出現についての知識や噂を何らかの方法によって得ていたのであろうか。寛と白秋の詩を比較すると、寛の方は多分に白秋の詩に刺激された感がうかがわれる。前記の寛の「彗星」「一瞥」は共に、きらびやかな言葉で綴られているが、詩的レベルにおいて白秋に劣っている。「早稲田文学」の「竈焚」は「竈焚」の「荒男」の作業姿のすさまじさと「稀《たま》の休みに言交す街の女等」への憧れが描かれている。「苺」は「少女子」との恋を甘く感傷的に表している詩である。両詩に扱われた世界は対照的だが、その評価は「彗星」「一瞥」と同様である。「国文学」（10月）にも詩「彗星」を寛は載せている。

一一月の「明星」には「紅茸」「蒙古狗」「海の中道」「流星」「燕」「ちやるめら」「箱館屋」七篇が掲載されている。「紅茸」は華麗な言葉遣いによって様々なイメージを交錯させるが、全体として妖艶なムードは伝わるものの、作者の意図がはっきりしない。「蒙古狗」は「大野《おほの》」に「仮寝《かりね》」する男の身辺を守る「小牛《こうし》なす蒙古狗《もうこいぬ》　二十五」について歌っている。「海の中道」は海辺で催される「淫《たはれ》の宴《うたげ》」の、男女の素朴で古代的な情景が描かれている。「二つの群《むれ》は入りまじり、　『お、わが少女《をとめ》』『あ、愛男《ゑをとこ》』　双手《もろで》をかはし、うなじ捲《ま》き、　はた、頬《ほ》を寄せぬ。『くちづけよ。』」、これらに見られる歌垣のような大らかさを寛は狙いとしたのであろう。「流星」「燕」「ちやるめら」はそれぞれ五行一連で会話体になっている。「箱館屋」は「銀座どほり」にあった養蜂の店を素材にした詩で、白秋的な異国情調が豊かで、表現が洗練されている。この他「文章世界」（15日）の「槲の葉」には「勧進」「孔雀」「小詩七篇」の三篇が載せられている。これらはやや古めかしい文体を想起させる。また「新思潮」（1日）には「刺の木」「おオ」「茴香酒」がある。その中の「刺の木」は、これまですべてを捧げてきた「わが歌」であったのに、それに対して自分に返ってきたのは「誇り」という「刺の木」であった、という失意を表した詩であり、当時の寛の心情を率直に吐露した三行四連の短い詩である。表現において気負いや衒気は見られず、理解しやすく、詩としての生命を得ている感じである。

一二月の「明星」には「汝」「刹那」二篇がある。「汝」は九行詩で「二なき力《ちから》の力《ちから》、王《わう》の王《わう》」である「汝《なれ》」に「激《げき》せよ、激《げき》せよ。」と呼びかけ、「汝《なれ》」の絶対性を称えた詩である。この詩には後進のめざましい活動ぶりに圧倒され、自らの才能への限界を自覚せざるを得なかった心情が背景にうかがわれる。このような精神的な圧迫は寛の無力感と自信喪失を深めていったのであろう。その追いつめられた気持ちが開き直りと自己賛美という形をとったのが「汝」という詩である。他の「新思潮」（1日）掲載の「真昼」一篇は石を斫《き》る響き、大紙鳶《おほたこ》のうなりや笛や喇叭《らつぱ》の音や錠をひらく音や馬の蹄などを叙したり、また青、白、赤、黒、紫などの色彩感を強調したりして、真昼時の情景を聴覚と視覚によって表した詩である。

次に寛、晶子の散文について述べる。一月には、「女子文壇」（1日）に晶子の「をんなの歌」が載る。これは二段組の五頁半にわたるインタビューの記事で、「女子文壇」の記者に応えたものか、内容は曖昧で論理も一貫していない。その内容は、一三、四歳のころ「後撰か拾遺の中の恋の歌」を見て女の歌の拙さを知って「女の仲間として羞しい事と思」ったのが、「初めて歌を作る動機になつた」と書き、さらに「女が努力しなければとても歌の上で男と歩むことが出来ない」ともある。また寛との共著の『毒草』に集めましたのが女として歌を詠みました最終」とか、「一昨年の夏ごろから自分を男とも女とも少しも思はずに歌を作つて居る」などとあるのは、自分を女として強く意識するような心境から遠ざかったことを意味しているのであろうか。その例証として『夢之華』巻頭歌（おそろしき恋《こひ》ざめごころ何《なに》を見《み》るわが眼《め》とらへむ牢舎《ひとや》は無《な》きや）をあげて説明している。

二月の「明星」にある寛の「賤機《しづはた》（二）」は前年一一月発表の「賤機」に続くもので、当時の文芸時評である。晶子の「藪柑子《やぶかうじ》」（歌話）は前年三回（五、六、七月）発表しており、ひき続き新詩社同人の歌評を載せている。

三月の「明星」に二人の散文はないが、寛は「趣味」に「詩と三面記事」、「国文学」に「歌の新旧二派」がある。前者は「三面記事」を書く記者に宛てた希望とアドバイスを書いたものである。ここに書かれているのは「三面記事」が「信用」でき、「正確の事実」を伝えているならば、「詩の題目又は材料になる」と言って、あくまで真実を報道することを希望し、また「三面記事」に「挿絵」と「教訓」を載せてほしいともある。さいごに記者はすべてに関して「充分の知識を有《も》つて」報道してもらいたいと述べている。後者は山県有朋を中心とする「常磐会」に属する井上通泰の「新旧二派を折衷しやうとする」意見や、佐々木信綱の「新旧混合体」に対する反論である。また桂園派の巨匠である小出粲の才気は認めているが、桂園派歌人全般については厳しく批判し、粲に酷評を下している。次に旧派の歌は新年の詠進歌となっているが、それを「進歩」がなく「朽廃している」と批判しているが、「常磐会」は旧派を「立て直そうと」している点で「甚だ結構」だと評価している。ところで、新派の歌に対しては「声は随分高いが、その実を収めるのはまだ〳〵遼遠」だと言って、「着々と地歩を」固めている「新体詩」と「友となり之と競争せねば」と示唆した。終わりに詩歌を正しく理解できる新聞記者が殆どいないことへの憤りを洩らしている。もう一つ「女学世界」（5日）に晶子は「当代の名物女」を書いている。

四月の「明星」の「同心語」にある晶子の、平野万里の歌集『わかき日』に対する批評文に反論した一文がある。

これは同人万里の歌を擁護した長文である。また「趣味」に晶子の小説「借家人」がある。これは庶民の日常生活の一こまを、会話風にした平易な文章で綴ったものである。

五月の「明星」の「同心語」には寛の批評文があるが、晶子は『栄華物語詳解』（和田英松・佐藤球著）を紹介している。ここで「註釈の詳密」を賛じながら、また用例をあげて誤りを訂正している。こうした晶子の態度は『栄華物語』に対する理解と知識を示すもので、大正期に『新訳栄華物語』を書く国文学への素養をうかがわせるものである（『鉄幹晶子全集』12巻解題参照）。この他「早稲田文学」に小説「お咲」がある。これも前月の「借家人」と同じように、庶民の日常生活を描いたもので、会話によってストーリーを展開させている。またこの月には「芸苑」に寛の詩話も載っている。

六、七月の「明星」には寛の「同心語」があるが、**八月**にはない。

九月の「明星」には寛の「同心語」があり、また「賤機《しづはた》(三)」もある。寛は数ヶ月前の「明星」の「文芸彙報」欄において「近時の詩壇に流行する新語、新語法、新当字、新漢字、新仮名づかひの一部」をあげて批判した。これについて評家鵠秋生は「読売新聞」紙上の「最近詩壇」で「唯だ中学の国文の教師もすなる文法の添削のみである」と言って批判した一文に対して「賤機《しづはた》（三）」では反論している。

童話として晶子の「少女世界」（6月）に「金魚のお使」、「詩人」（8月）に「ぼんぼんさん」がある。これらは晶子の童謡の始まりである。**一二月**の「趣味」には晶子の「自分の好む小説」がある。

第三節　新詩社における自然主義の評論

㈠「明星」に紹介された西欧自然主義の作品

自然主義文学は明治三九年以後、文壇を占めた大きな文学運動であった。この運動は日本における自然主義文学の実践的導入により明治三〇年代後半に至って、ゾラなどの理論や手法を取り入れて創作しようとしたものである。日本では主だった作品としては藤村の「破戒」（明39・3）、花袋の「蒲団」（明40・9）などから始まる。

「明星」が翻訳として載せた自然主義文学の作家の作品は、三八年には一月にドーデーの「あだなみ」（生田星郊訳）、モーパッサンの「追憶」（はなぶね訳）、一一月にはモーパッサンの「負債」（馬場孤蝶訳）であった。三九・四〇年には急激にその作品数が増え、西欧の自然主義文学への関心がいかに高まっていたかが分かる。三九年三月にはトルストイの「楽人のおとろへ」（平野万里訳）、四・五・六・一一月にはゾラの「外光」（馬場孤蝶訳）、五月にはゾラの「再生」（茅野蕭々訳）、八・九・一一月にはモーパッサンの「行商」（平野万里訳）、「同情」（馬場孤蝶訳）、「何」（深井天川訳）がある。四〇年の一月にはモーパッサンの「伯爵夫人」（平野万里訳）、一一月にはドーデーの「むかひあひ」（茅野蕭々訳）、三・四・六・七・八・一〇・一一月にはイプセンの「蘇生の日」（千葉掬香訳）、三月にはモーパッサンの「農夫の妻」（川上賢三訳）、四・五月にはツルゲーネフの「父子」（茅野蕭々訳）、四月にはイプセンの「少アイヨルフ」（兆木生訳）、七月にはチエホフの「小猫」（茅野蕭々訳）、九月にはモーパッサンの「温室」（秋庭俊彦訳）、一〇・一一月にはツルゲーネフの「春潮」（水上夕波訳）がそれぞれ「明星」に掲載されている。

㈡「明星」における「破戒」と「蒲団」への批評

日本の自然主義文学の発端ともなった藤村の「破戒」については、その発表後の三九年五月に「明星」の「同心語」で晶子は「小説『破戒』其他」と題して紹介している。ここに書かれているのは、好意的な立場に立って「破戒」の文体には「歯切れのよい言文一致」からくる「清新」さと描写の「緻密」さがありとし、長時間を費やした精力について敬意を示している。この文中で晶子は「破戒」を「目新しい小説」の一つとして認めてはいるが、「自然主義文学」という表現で、この小説を規定していない。

次に自然主義小説の代表作となった田山花袋の「蒲団」について「明星」の反応を見ると、「蒲団」発表後二ヶ月目の明治四〇年一〇月の「同心語」に「田山花袋氏の『蒲団』」と題して、太田正雄、平出修、天野逸人、寛の四人が批評している。これらはいずれも前年の「破戒」評の時と比べ、自然主義文学への認識をかなり明確にした上で評しているのである。まず正雄の評は、これまでのいわゆる自然主義の作品の中で、「一番良いものかも知れぬ」とか「現代の一部の日常生活を念入りに点検してみた様な気がして」とか「現代の問題の幾個が目の前に迫るのを覚えた」などと書き、好意的に受け止めている。さらに主人公の「日常生活の心理は甚だ巧に書けてゐる」が、「主人公以外の人は」「朦朧としてゐて」「描写は可なり詳しい」が「性格」がはっきりしないと批判的である。さいごに正雄は「自然主義として」よりも「芸術品として最良のものを望む」とすれば、「この小説に対」しては「言ひ分はいくらもある」と結んでいる。

次に修の評を見る。「此小説は」まず「事件を書かうとしたのか、性格を書かうとした」のかが不明瞭である。そして事件の発展についてては何のめざましきものはなく、性格の描写にも「何の生命もない」とか「此『蒲団』と云ふ題名からして既に気に喰はぬ」とか、「主人公の煩悩を抽象的に描写した」のが、吾人が「不満」で「面白味なく、切実」さもないとかなり厳しい。この修の批評は多分に主観的で、正鵠を得ていると言い難い。こうした感情的な対応には自然主義文学を否定的に見ようとしていることが分かる。次の天野逸人の評も修と同様に感情的な姿勢が露わである。「拙劣な一種の技巧」とか「所々へ浅薄なる小議論を態々挟んだ」とか「地の文の説明と実際の行為とが大分矛盾してゐる」と、かなり痛烈に批評している。

さいごに寛の一文があるが、その始めに「余は自然主義を万能なるものだとは思はぬ」と言い「特長」は「実に人情の自然を捉へて居ると感服した」とか、「田山氏の傑作」とか「中々骨の折れた、特色のある作だ」と書いている。しかし『蒲団』の文学性を評さず、瑣末な描写のみをとりあげて興味本位な観点から軽い印象批評でまとめた、と書いているのは、結局この小説を余り評価していないことになる。主人公がさいごに「女の残して行つた蒲団を」敷いて「性慾に悶へるなどは狂人の沙汰だ」と寛は評しているが、さらに「こんな事を書いては却て自然主義の主張を破壊するものだ」と加えるに及んで、寛の自然主義文学の捉え方の曖昧さがうかがわれる。

㈢「明星」における自然主義論

(1) 戸川秋骨と太田正雄論

自然主義文学が一文学運動として明治文壇に根づいたのは、三九年からである。この年の一月に島村抱月によって第二次「早稲田文学」が再刊されるや、すでに台頭していた自然主義文学の牙城が大きく展開した。軌を一にして「文章世界」(明39・3)、「趣味」(明39・6)がそれぞれ創刊され、既刊の「太陽」及び「読売新聞」の文芸欄も自然主義文学運動に参与した。こうした情況下で自然主義文学を決定づけた「破戒」と「蒲団」に対する「明星」における批評は前記したとおりである。

次に四〇年の「明星」における自然主義文学の受けとめ方はどうであったか、を見ていくことにする。一〇月の

「明星」に戸川秋骨が「平凡論」と題して

今やロオマンチックは殆んどその跡を絶てり。現代に於ける大体の傾向は自然派なり。よしやその勢は昔日の如くなる能はずとするも。その影響は文芸の各部に残れり。日常平凡の事実を材としてこれを小説となす。

と自然主義文学の隆盛を認めた。さらに「宇宙の真理は却つて日常の些事にあり。自然派の主張は現代の趨勢にしてまた不動の真理なり」と言って自然主義文学を全面的に肯定している。

一一月の「明星」巻頭に太田正雄の「『太陽』記者長谷川天溪氏に問ふ」が載せられている。天溪は「太陽」（明39・10）に「幻滅時代の芸術」、同誌（明41・1）に「現実暴露の悲哀」を発表して自然主義評論家として名声を博していた。正雄は一〇月の「太陽」の文芸時評欄にある天溪の「論理的遊戯を排す」に対して、天溪が建設的に主張したところは「最後の二行」だと言って、

一切の理想を悉く棄てて、現実を直観して、新なる意義を再建すること、是れ即ち吾等の任務である

という部分を以て論を展開させている。そして天溪の言う「新なる意義」について天溪が何ら説明していない点を指摘して正雄は批判しようとした。

第一の疑問は天溪の「自然主義」について、正雄は「自然主義」とは「唯文芸上の問題ではなくて、人間活動の全般に亘つた新しい運動を指すもの」であって、天溪の言う「自然主義」は本来の「自然主義」から外れて「新に唱へ出されたもの」で天溪によって「かく事々しく新なる運動が唱道せらるる程、今の思想界は沈滞してゐるであらうか」と正雄は辛辣に皮肉っている。次に批判の対象としたのは、天溪の用いた「現実」「理想」「真理」に付与された意味の曖昧さと矛盾についてであり、それを正雄は論理的に難じた。そして「理想は論理的遊戯の結果に外ならぬものであるから、此現実の世界とは、殆んど交渉のなきもの」という天溪の主張に対して論理的矛盾をついたのである。正雄の言う「理想」とは現実と「相互に相依従してゐる」ものだと言う。次に天溪の「哲学は一種の

芸術」という断言に対して説明の加えられていないことを正雄はあげ、さらに哲学が「排斥すべき論理的遊戯」だと言って天渓の意見に異を唱えた。また天渓の述べた「科学的研究方法其物」も、理想化されて、「現実世界とは太だ遠い様の理論」だと、正雄はその論の矛盾を説きながら、否定している。さいごに天渓が「文芸の目的は単に与楽のみでなく、」別に「教示」だと言ったことに対し、正雄は「教導には理想」が必要で「一切の理想は天渓氏の棄てた所である」という「矛盾撞着」を指摘した。

以上が正雄の論であるが、この忌憚のない論究は当時自然主義文学評論家として第一人者であった長谷川天渓の見解に客観的論理的な応戦を果たしたものであった。これは一文学者の姿勢を貫く立場に立って書いたもので、自然主義文学全盛期にあっては特記すべき重要な評論であったと言えよう。

(2)　角田浩々歌客

次に一二月の「明星」では浩々歌客が「文壇の自然主義を評して　超絶的自己発展に及ぶ」を掲載した。それは二段組九頁にわたる長文である。これは七項目の内容に分かれている。(一)作品に主義の標榜は無用なり　(二)主義雷同の無意味　(三)自然主義の諸論　(四)自然と自己発展　(五)破理顕実とは何ぞ　(六)自然主義は竟に作品の上に解すべし　(七)要結　(一)では当時の日本文壇では「自然主義の論」が多く取り上げられていて「自然主義」は「唯美主義に反動せる唯真主義」だと規定している。しかし、文学の作品には、「主義の標榜は全く無用」、作家は、「唯だ自家の情感思想を自己の欲する形式」を以て「詩歌小説脚本」を制作するものだと書いて、作品よりも主義の先行する弊を説いた。(二)では主義に「雷同し模倣する流行者」を諌めている。(三)は島村抱月、長谷川天渓、岩野泡鳴の自然主義論をあげ、三者の論に解説と批評を加えている。これによって浩々歌客は自然主義が各々違った解釈がされていることを明らかにした。(四)では泡鳴の自然主義に対して(三)で述べた三者のうち抱月は「何処までも学者の態度」なので「文芸作品を対象として」の「批評」だと言っている。天渓は「所謂ジヨ《ママ》オナリストの態度」なのでその「着眼は時想の趨勢を対象として鼓吹的」だと言っている。泡鳴については「所謂詩人の態度」なので「着想は唯だ自己を対象として放言的」だと言っている。結局三者が、それぞれ自然主義を「問題」としていたと浩々歌客は述べたのである。こうした前置きの後で泡鳴の自然主義について、浩々歌客は「自己の感想し得たるまゝを何等の制肘をも受ずに作品に出せといふ義のみ、但だ彼は作品以外に自己の処世観（敢て人生観と言はず）が加はりて、作品と処世の行為とを統一せむと試みたるなり」と言い、また「彼は自己発展を自然主義に附会せしに過ぎず」と言って、かなり手厳しく批判した。（五）では天溪の「破理顕実」がいかに御都合主義的な浅薄な論理であるかを鋭くつき、その矛盾を具体的に明らかにしている。（六）では抱月の論については「着眼が文芸を離れず冷静に学問的に批評の地にある」と言って、その論を「醇正」だと評価した。その上で浩々歌客は「自己の欲する所の様式に依りて作品に表現せしむるを以て、文芸の旨とせしめよ」と言って「文芸の作品の価値は、主義の榜《ママ》標如何、賛否如何を以て律すべきもの」でないと強調している。天溪、泡鳴に比べて浩々歌客は抱月を高く買っていることが分かる。（七）では人間が生きていくための究極の目的は「超絶的自己発展」だと浩々歌客は主張する。彼はエマルソンの言葉を援用して「一切の主義、一切の事象、一切の自然より超越して、絶対に自己を信ぜよ、この超絶的自己をして、人生にも社会にも文芸にもその最能力を発展せしめよ、然らばまた文芸も最美最良のものを出すこと遠からじ」と書いて結んでいる。（六）までは自然主義文学に関する浩々歌客の見解を述べ、（七）に及んで「超絶的自己発展」を導こうとしているが、これはいささか論に飛躍があり、説得力に欠ける嫌いがある。

第四節　寛と自然主義文学

㈠　寛の反自然主義文学についての発言

明治四〇年は「明星」廃刊の前年であり、すでに何度か述べてきたが、新詩社内には、新進の逸材らが各々その才を発揮し、三八、九年の「明星」を賑わせていた。彼らは時代の趨勢に敏感に反応してめざましい活躍ぶりを示したが、それとは裏腹に寛、晶子の作品には以前のような精彩は薄れて「明星」そのものの空気が変貌しつつあった。このころは自然主義文学の全盛期であり、四〇年の「明星」には前記したとおり、西欧の自然主義文学作品の翻訳が数多く載せられたり、また日本の自然主義文学に関わる評論も何度か発表されたりしている。こうした情況から自然主義文学の存在が「明星」で無視できなくなっていたことが分かる。

この年の一二月の「明星」に「『明星』を刷新するに就て」という寛の一文が載せられた。これは「新詩社同人」の署名による一頁のみの短文ではあるが、翌年一月の白秋、勇、正雄ら七人の新詩社脱退事件に及び「明星」廃刊へ繋がる一連の動きの直接的な引き金となったものであった。それほどにインパクトが強かったのであった。全文を左に掲げる。


文壇、何なれば爾かく閒人の多きぞ。又何なれば爾かく惰気の瀰漫する。

見よ、無益なる自然主義の論議に日を消する諸君、そこにも、彼処にも。

又見よ、性慾の挑発と、安価なる涙とを以て流俗に媚ぶる、謂ゆる自然派の悪文小説は市に満つ。

想ふに、彼等、人として統一的自覚なく、文人として天分乏しく、甚だ空想と情熱と詞藻とを欠き、古代文芸の修養浅く、はた、社会競争の苦闘より未だ心上の鍛錬を甞めざる平凡の徒が、偶ま茲に平凡なる安堵の地を見出でて、姑らく落居せむとするものか。

詩歌の浄域も亦漸く彼等が跳舞の場たらむとす。

あゝ我等、不敏と雖、此際に努力せざるべけむや。

『明星』は来る新年号以下、社外先覚の熱烈なる助成と、社中同人一層の刻苦精励とを以て、一大刷新を加へ、文芸の大道に一個の標石を建てむことを期す。

外国文学の紹介は益々切実に効果あるべきを信じ、毎号、詩歌に、美文、小説に、戯曲に、評論に、多数の翻訳を掲げて、新様の詩歌の創作と共に、此雑誌の中心たらしむ。

小説、脚本、絵画の創作、文芸の論議及講話等、また、力めて異色あらしめむとす。

新詩社の同人に加り来る諸君を歓迎し、文芸の享楽と研鑽とを共にせむとす。

社外の投稿をも採録して、新進文人のために各一席を供ふ。

世上、文芸の同好諸君、幸に本誌の微意を翼賛し、愛読を賜へ。猶別項の新年号予告を見られよ。


ここには自然主義文学の作品と作家に対する感情的な非難と嫌悪が露わに表現されている。表向きは題名が示すように「明星」を刷新するための提起という体裁をとっている。しかしその背後には自らの才能の限界を自覚せざるを得ず、俊才らの登場や文学思潮の変遷に対処し切れない焦燥感などがあったのではなかろうか。そうした捌け口のない精神状態の発露を、右の一文で代弁したと考えることができる。

㈡　寛への批判――Ｇ生

寛はこれまでにも幾度となく厳しい非難を受けることがあったが、彼を非難するのは大抵雑誌「新声」に関わりのある人々であった。例えば三四年の三月の『文壇照魔鏡』事件では高須梅渓、田口掬汀、三五年一月の『叙景詩』の著者尾上柴舟、金子薫園、同年七月の「明星」収載歌を無断転用した『新派和歌事典』に序歌を載せた金子薫園、さらに三九年三月には無断転用事件を引き起こした『白すみれ』の柴舟門下の編集者二名、四月の『新詩辞典』に関わった梅渓、薫園、柴舟、いずれの人も新声社に何らかの形で繋がっていた。これらについてはすでに詳述している。こうしたことから新詩社と新声社との間には数年にわたる感情的な縺れがあった。寛はこうしたことに対して「明星」誌上で度々応戦を重ねたが、その多くは「同心語」所収の「文芸彙報」欄に掲載された。他方では三九年八、九、一〇月の「明星」での「金子薫園の歌集『伶人』を笑ふ」上・中・下、四〇年二月の「明星」での「賤機」における柴舟、薫園評など、いずれもかなり感情的レベルに傾いた感がある。このほか『公開状』や『魔詩人』も寛や晶子への罵言とも言える。

　このように寛の、他者に対する誹謗や批評の数々が「明星」誌上に掲載されたことは、寛の人格面の破綻を露呈したことになる。これによって文人らの反感を買ったり、心象を害したりしたことは想像に難くない。こうしたことの一貫であろうか、この年の六月の「新声」に「G生」の署名で、「与謝野寛」と題する二段組二頁余りの一文が掲載された。この文章内容が寛に対する攻撃の意を含むものであったことは言うまでもない。まずこの一文の目的は「寛氏の『明星』経営の発展（換言すれば新詩界のリーダーとしての態度、文壇に対する態度）を論」ずることにあると言う。それは「どの雑誌でも、与謝野氏の態度を褒めたものはな」く、その「人格」や「行動」はすべての「文人詩人の誹謗の的になって居る」からであると書かれている。以下誹謗の内容を述べている。第一に寛は「策の人」であり、「『明星』の批評が策である」と言って、「明星」の「同心語」「蒲鞭」が「自分勝手な、独りよがりな、浸略《ママ》的な、一策異臭のある策」であることは周知だと言う。性格は「活動的」「感情的」で「刺々しい」とあり、それは「損な事」だと言っている。さらに、『文壇照魔鏡』では相当暴評を受けたが、「寛氏は世間の思って居

るやうな、それ程腹のくろい男ではない」と言って、そのように誤解されるのは、

その感情や神経が詩人的に赤裸々に出ないで、才とか悪づれとか、妙な形にして了ふ。それが行動となるから、世間はすぐ眉を顰めるのだ

と説明している。寛の書いた「『伶人』を笑ふ」について寛が薫園を中傷したことを、当時の薫園は才能とは別に自分に歌壇的勢力のあったことを認めた上で、薫園が実力以上の評価を得ていることへの不満を寛がついたとして、その心情を同じく「G生」は分析している。次に寛に対する忠告として「自己を吹聴しすぎる」点をあげ、「すぐ認められたい」と「あせりすぎ」だと言い、

これ見よがしに自分の発展を感心せよと言はれては可い心地はせぬ、こゝの処のみ込んで貰いたい

と忠告している。またさいごに「吾党偉し」と「新詩社」を「吹聴するのは天下無類の醜態である」と言って、「駄作をほめて見たり」「一世紀遅れの批評をやつて」いるのを「滑稽」とも言っている。以上が「G生」の寛評である。辛辣な批評ではあるが、寛の性格の一面をかなり正確に捉えているようにも思える。

第九章　明治四一年（寛35歳・晶子30歳）

第一節　「明星」の崩壊

㈠　新詩社脱退事件（第四次）

⑴　**正雄・勇・幹彦の回顧と白秋の手紙**

これまでの「明星」社告には、殆ど毎月同人の加入、退社について、その氏名が報告されていた。明治四一年になって、「明星」を脱退した人々をふり返ると、第一次脱退は一条成美、第二次は窪田空穂、水野葉舟、第三次は前田林外、相馬御風、平木白星、そしてこの年の一月の第四次には吉井勇、北原白秋ら七人の連袂退社により新詩社の終末を来した一大事件が起こった。二月号の「明星」の社中消息には一月の同人加入の一〇名の名をあげ、その後に

吉井勇、北原白秋、太田正雄、深井天川、長田秀雄、長田幹彦、秋庭俊彦の諸氏は、各独立して文界に行動するを便なりとし其旨申出の上退社せられ候。又松原至文氏も一身上の都合より退社せられ候。如上の諸氏は皆新進文人の俊髦に候、益々その才分を発揮し、目覚しき創作と論議とを以て、社外より我等を教へられむことを希望致し候。

とあって、一応穏当な報告だが、事実はそれ相応な個人的な理由があった。それらについて七人がそれぞれ書いたものを見ていく。昭和になってからまず木下杢太郎（太田正雄）が「冬柏」（昭8・2）に「与謝野寛先生還暦の賀に際して」の中で「明星」の四一年新年号に「蒲原、上田、薄田の諸氏の新体詩が、四号活字で麗麗しく組まれたのに反して、社中のものの《ママ》は常の如く五号二段組で片付けられたこと」で、それに対し「殊に気を負うてゐた北原は心甚だ不平であつた」と書いている。続けて「滝田樗陰がこれらの人人を焚き付けて、その詩はその歳の四月から数箇月の頃中央公論に現はれるやうになつた」とも書いている。また自分らは「西洋の文学及び芸術上の自然主義には寧ろ同情」的だったので、木下も四〇年末の「明星」掲載の寛の「自然主義小説に対する発言」に反感を抱いていた。また長田幹彦は『吉井勇全集』月報3（昭38・12）で白秋が自分らの新しい表現を寛がそっくり盗むため、自分らの成長も発展もないという「猛烈な憤慨」に同調して七人連袂したと言う。幹彦はさらに「青春時代」（昭27・11）の中で「新詩社脱退事件は誰れが首謀であったか。今では記憶がはつきりしてゐない」とも書いている。右の文中で幹彦もまた滝田樗陰と蒲原有明が脱退組に賛成して「門途の宴を開いた」とある。

吉井勇は「懐かしい『五足の靴』—浪漫主義運動の始まり」（「私の経歴書　文化人Ｉ」「日本経済新聞」連載　昭32・4・13）ではすでに九州旅行の「時分から決裂の機運がさしていた」とか、「他の雑誌に書いてはいけない、という与謝野先生の束縛に耐へられなかつた」などと忌憚なく書いている。彼らがもっとも欲したのは「自由の世界に解放されるということだつた」とも記している。これは彼らがたとえ「明星」を捨てたとしても、そのころ「明星」以上にもっと幅広い発表機関があったことを示しているのである。当時文壇の登竜門であった「中央公論」の編集長の樗陰が彼等の才能を利用しようとして脱退を側面から応援し、「中央公論」の方へ引き入れようとしていた。また前記したように「明星」初期から協力しており、寛が高く評価して上田敏と共に別格に優遇していた蒲原有明が寛に対する背信行為をなぜとったのか、そこには他に何らかの事情があったものか、分からない。

脱退組の中で白秋の憤怒はもっとも激しかった。その激怒を露わにぶちまけた白秋書簡が、越後出身の新詩社同人高田浩雲（「明星」脱退は明41・9）に宛てて出信されている。これは長文の手紙（明41・1・15）で富山の郷土誌「高志人」（昭23・1　翁久允主宰）に掲載された。

さて、いよいよ先日の大肝癪の一件に就ておはなしすべき時がきました。もうまるで立派なドラマです。そうしてそのなかの立役者になつて新時代の青年のために大反抗の揚火《のろし》をあげたかと思ふと、涙がながれます。爆裂弾です。爆裂弾です。実に〳〵痛快極まる、まだ〳〵この大謀叛は何時までつゞくかわからぬ。要するに吾人は奮闘せねばならぬ。……僕はとうから新詩社を見限らうと思つてゐた。そして、千駄ケ谷にゐて与謝野氏にも近づいたことが益々この決心を早からしめたんです。僕はすつかり与謝野氏の人格がわかつた。あの人は詩人ではない。才の人である。ポリシー（権謀）の人である。誠実でない。要するに詩人として何等の誇りも有せない人です。

と、ただならぬ場面の展開を予想して、さらに「僕の様な詩を生命としてゐる、何等の世故に長けない、極めて単純な男と、友情すべてが権謀で、冷酷な、嫌悪な蛇のやうな人と、さう〳〵何時までも事をともにするといふことはできうべきものではありますまい」と書いてある。また「あの人は真摯を口実にしてゐる。それはなか〳〵うまいもんです。僕等は後進だとおもふからこそ世間に対しても新詩社―与謝野氏に対して出来るだけ謙遜に謙遜してゐました。……僕等は随分やられてゐます。話をすればすぐに盗られます。作つてゆけば、それをうまい工合に吸収られて了ふ。……徒に虚名ばかし高くなると云ふことを痛切にみとめた以上は新詩社にゐることを潔しとせない」と書いている。また寛に対して「文芸に対する不真摯な軽薄で、後進の詩をそのまま盗んで」と我慢できぬほどの憤懣を洩らし、結社不必要を強調している。さらに続けて、

新詩社といふものがたゞ与謝野氏一個の名のために存在し、左右され、益々世間から吾人の態度を誤解される

に至つては断じて許すべきぢやないです。爆裂弾です。僕は大反抗を震ひ起した。実はそれで二月には愈々退社するつもりでした。無論僕一人で、一月の「新思潮」に出しました。僕の詩の名は「謀叛」です。おもしろいでせう。そうしたところがこの十日に小集があつた。この時の不穏と云つたら実になかつた。言ひあはさねども誰れの瞳にも反抗の炎がもえてゐた。皆心ある新時代の子です。たしかに与謝野氏に不服です。大不平をもつてゐる。それが一時爆発しさうになつたま丶じつと圧しつけられてゐる不安——今に地震でも来さうであつた。

と記している。一月一〇日の小集について「明星」二月号の「社中消息」には出席者の名だけが記されている。さらに右の書簡によると、

十一日の晩長田秀雄君のところで晩餐会を催されたところ、与謝野氏は何故か来らず、益々不穏に見えた。酒は出る。愈々僕が爆裂弾を投げた。吉井、太田、長田二人、深井君ともに一時に爆発して大いにわかき人のために痛飲した。実に痛快極まる。僕は酔つて何度も「おれの袂には爆裂弾があるぞ」と叫んださうだ。

と書かれている。寛の性格や態度には陰険なところがあったろうが、卑劣だと決めこんだ白秋は、今にも爆発しそうな激語と興奮にみちて、さらに続けて

翌日大不安のままに日が暮れた。「酒中の決議」断行する勇気ありやといふ生の葉書に対して吉井、太田ともに早速断行の旨返事。事態愈々痛快になる。十三日早朝吉井来る。大に痛飲、長田を襲ひ、太田を呼び、深井を迎へにやり、座に秋庭あり、進退をともにせんことを乞ふ。

と誓い合った。夜になって彼らは新詩社に乗り込んだ。その折、幼児の長男光に対する寛のようすを、

その不安、その重くるしさ、実に何とも言へぬ。四畳半に皆座る。光皆の顔色を見てとつて泣き出す。すると病床より起きて来た寛氏突然金火箸をふりあげて大喝一声「こんなことで泣くか」ぶんなぐる。泣く、追ふ、

逃ぐる、その凄さ、毒蛇の本根を顕はしたる様、皆々気を呑まれて了ふ。寛氏座につく。その眼凄し。

と書いてある。彼らは退社したい旨を伝えると、寛は「どうして」と聞く。彼らは独立したいこと、文壇に結社の必要のないことを言う。寛は「「諸君御賛成ですか」凄い眼がぎよろりと光る……」とも記されている。

寛氏の手がふるふ。うつむく、眼をあげて、イヤにこにこし出した。さあいよ〳〵例の手だぞ用心せい。皆眼がほでうなづきあふ。

皆の言う結社不必要から退社するのなら、自分も一緒になって新詩社を解散し、それを「堂々と『明星』に宣言しよう」と寛は言う。さらに「二、三日内に皆集まつて愈々解散の決議をしよう」と寛は言い、平出を誘おうとも言うが、吉井は「待つてもらはう」と言って「この活劇を立派にうちとめた」と白秋は書いている。寛は気遣って「愛嬌をふりまく、たまに眼が光る」とあって彼らは「やつと逃がれてドヤドヤと出る」。寛のことを彼らは「古狸」とも悪口を洩らす。その後で「大きな運命が、僕らをかくならしめたのです。これからは愈々奮闘です」と書き、さいごに「とにかく新時代の子ですものね。大いにやらねばならぬ。またあとより」で結んでいる。この手紙を書いている途中で、馬場孤蝶が調停にきたが「僕は断然調停に応じなかつた」と白秋は記している。連袂脱退の通知は一四日に出しており、この白秋の書簡は「十五日晩」に書かれているので孤蝶の調停は、寛側から向けられたものではなかったか。この生々しい脱退直後に書かれた白秋の手紙はこの事件前後の現実を暴露したものと言えよう。

(2) 脱退前後の啄木の日記と書簡

四一年の石川啄木の書簡や日記には「明星」末期の新詩社や与謝野夫妻への直截な感情が露わに描かれている。

この年の啄木の書簡では、

今日以後の日本は、明星がモハヤ時勢に先んずる事が出来なくなつたと思ふが如何、自然主義反対なんか駄目々々、お情を以て梅の花一つ御送り被下度候（花明大兄宛て明41・1・30）。

自意識の発達した今の人間が、イヤでも応でも自然主義に走るのはそれだ。天溪の語を借りて云へば、所謂「現実暴露の悲哀」だ（宮崎大四郎宛て明41・2・8）。

と「明星」の衰退のさまを記している。これは四〇年一二月、「明星」に掲載した前記の寛の反自然主義宣言に反発したものである。それより前の一月三日の『石川啄木全集』の日記の中で水野葉舟の小説「再会」（「新思潮」明41・1）を取り上げ、啄木は寛、晶子に関しても詳しく書いた。その後で同日記に、

自然派の一作家なる水野君は此小説を以て与謝野氏及び新詩社そのものに対する一の侮辱を発表した。何となく面白い世の中になつて来た。予は此〝再会〟を読んで何故といふでもないが一種の愉快を感じた。

と書いている。ここでは、啄木が葉舟の「再会」を読んで寛、晶子に同情せず、逆に「水野君は巧みに彼等を嘲つて〝彼等は何か一種の神経を持つて居る様な顔をして居る〟と云つた。誠に小気味のよい嘲罵であると自分は考へた」と皮肉っぽく書いている。また同日記で啄木は新詩社には「自然派の意味の解つた人が一人も居ない」と言い、また新詩社同人たちを「実に一種の僻んだ肝玉の小さい人許り」とか「文壇の一角を僅かに占領したに過ぬ、そして其同人は多く詩人ぶつて居る、詩人がつて居る」と辛辣な評価を下している。しかしかつての啄木は晶子と初対面した時の好印象や「詩友としてはかの有名な与謝野鉄幹君らに尤も親しんで居りますが、吾々新詩社々友の熱心が若し他日我邦の詩を大成せしむる一助ともならば、いかに嬉しいで御座いませう」（野口米次郎宛て明37・1・21）など新詩社への抱負や、「新詩社の御方々より悪く思はれては誠になさけなく」（大信田金次郎宛て明39・6・20）など新詩社へおもねる気持ちが十分にあった。しかし廃刊する四一年の始めのころの啄木の心は新詩社から離れていた。脱退事件のころ、啄木は釧路にいて直接事件に加わっていなかったが脱退組と同じように非常に批判的であった。彼らの脱退は確かに「明星」廃刊を早めたが、彼らが脱退せずとも「明星」は社会的基盤を失っており、自然

主義的趣向には対処できなかった。

脱退事件後の啄木の四月二八日の日記によると、この日に上京した啄木はすぐ新詩社を訪ねた。寛の「余程年老つて居る事」や「四畳半の書斎」が三年前と変りなく、そのままであったことや、「古着屋の店に曝されたものらしい」汚い着物を着た寛の貧しい姿、そして女児の双児（八峰・七瀬）のふえていること。また五月二日の日記では晶子が「昨年の大晦日などは、女史は脳貧血を起して、危うく脈の絶えて行くのを、辛うじて気を熾んにして生き返つた」ことが記されている。ここで啄木は晶子から生活費が月々九〇円のために、各新聞や雑誌の歌の選や原稿料で生計を立てていること、「明星」が前年から売れなくなって毎月九百しか（三年前は千二百であった）刷らぬとのこと、などを聞いている。この時、二人から「明星」は「今年の十月には満百号になるから」廃刊する。「それまで喜んで犠牲になります」とあるが、事実は一一月で廃刊となる。続けて「新詩社並びに与謝野家は、晶子女史の筆一本で支へられて居る。そして明星は今晶子女史のもので、寛氏は唯余儀なく其編集長に雇はれて居るやうなものだ！」とある。他方で啄木は

「新詩社との関係は関係として置いて、別に一家独立の立場を立てなくては損だ」とは真面目なる社外の人の凡てが小生に向つて成したる忠言に御座候、これは目下新詩社の勢力頗る微弱にて且つ敵多き故全く社内の人とのみなつて居ては、原稿売るにさへ都合悪い由に候。これは事実に候。小生は函館に居し時も云ひし如く、社とは文学上の意見も相異あり、社との関係は与謝野氏対小生の情誼上の関係に過ぎず候故、今後、氏の情誼に酬ゆる事は永久に忘れざると共に、一方独立の創作家としてやつてゆく考へに候。

（宮崎大四郎宛て明41・5・2）

とも書いている。「明星」は寛にとって「社会と戦ふ唯一の城壁」だったが、今や「重荷」であり、「苦痛」となる、ともある。また上京以前から啄木はすでに新詩社を批判していたが、まのあたりに二人の生活を見、話を聞いて同

情的ではあるが、一方ではかなり厳しく彼らの現実を見つめている。このように啄木は日記や書簡に忌憚なくこのころの感想を洩らしていた。さらに、

晶子さんは矢ツ張リ晶子さんだよ。自分では、いつかまた会心の歌を作り得る時期が来ると思つて居ますといつたが、この時期は恐らく来ないだらうと僕は考へる。しかし晶子さんは矢張り晶子さんだ。よしやその書く小説に、小主観が勝つて居て、作者の思ふ程は面白くないにしても、必ず面白い特長のあるものを書くだらうと信ずる　　（吉野章三宛て明41・5・7）

と書いている。ここでは晶子の小説に啄木は期待をかけていることが分かる。晶子は明治三六年ころから少数ながら小説を書いていたが、四一年以降多くなる。ここで啄木は晶子の戯曲「第三者」（明40・6）についてのモデルのことで日記や書簡に詳しく書いている。さらに五月一二日の藤田武治宛ての啄木書簡によると、五月二日の観潮楼歌会で勇や白秋が新詩社脱退後、寛と初めて会ったものか、その後の五月一七日の同日記にも「吉井北原二君は正月の脱会後初めて新詩社に来たのだ。……十時にかへる」とある。その後の六月二〇日の万里宛ての晶子書簡にも

この間、吉井様北原様御……二人にて、おあそびに御出でになり、三時間ばかり御話あそばして、御かへりになり候。皆様むかしのとほりにて、うれしく候ひき　　（『与謝野寛晶子書簡集成』一巻）

とあって二人の訪問を喜び伝えている。その後の七月四日の観潮楼歌会に寛は出席していないが、啄木、白秋、勇、万里らは新詩社側から出席している。七月の「明星」の「社中消息」で勇、白秋の詩集刊行を報告しており、八月の「社中消息」にも八月八日の新詩社短歌会について「来賓北原白秋、吉井勇二君及び……」と出席者一四名に二人の名を連ね、一一名が一夜百首会のために徹夜したことが記されている。その中には啄木、勇もいた。同年八月の「社中消息」には七月一六日、八月八日の「右両会に於ける競技製作の数は一千弐百首を超え候。之に徴するも

新歌壇は頓に沈滞を破りて一段の活気を加へ来り候形勢あり、製作に各自また一生面を開き候も遠からぬことと存じ候」ともある。次の「明星」九号（明41・10）巻頭には勇の「儦邪集」二五四首を掲載し、同号末尾には勇の『酒《さか》ほがひ』と寛の『相聞』の近刊予告を載せている。また一〇月三日の観潮楼歌会には勇、白秋に正雄も加わって、寛、万里が新詩社側から出席している。

このように勇や白秋は一時、感情的になって脱退したが、四ヶ月後には新詩社に再び出入りするようになり、観潮楼歌会にも寛と同席するようになる。啄木の日記や書簡には、彼らと新詩社との動静が時折書かれていることはすでに述べたが、これらを見ると、啄木、白秋、勇らは寛より晶子の方に馴染みが深かったようであった。「明星」終刊号に彼ら三人が執筆していたことにより彼らは廃刊後も新詩社に出入りし、師弟の気持ちを失わなかったことが分かる。木下杢太郎（太田正雄）は「冬柏」（昭８・２）で

先生は、明治から大正にかけて、日本の文壇に花花しい風雲を捲き起した闘将としての印象が一層強い。……一見反対の主義を有するが如きも、一度は何等かの意味でこの境内に徘徊したものも少なくない。

と書いている。廃刊に近いころの藤田武治宛て啄木書簡（明41・９・９）には

『明星』廃刊の事、万朝の生田長江が約を破つて発表して了つた為、意外に早く世に伝はり、喫驚いたし候。公平に見て、現時の歌壇は万葉古今以後の盛観なり。この隆運は一に明星の功に帰すといつてもよかるべく候。

廃刊は悲しけれども色々の事情ある事故致方なし。

と、かなり好意的に「明星」を見、さらに「スバル」については同書簡で、

新雑誌の件、実の所を白状すれば僕にとつては厄介なれど、与謝野夫妻との数年来の深き交誼上、不止得編輯に名を列ぬるを承諾したるものにて、僕の抱負主張は別の方にあるなり。

と温情を見せながら冷ややかな態度で書いている。啄木も白秋も勇も一応新詩社の洗礼を受けて成長し、それぞれ

の個性を確立して一家を成した。また反明星派の薫園、柴舟、夕暮、牧水らも歌人として名を成したが、彼らはいずれも前記したように、一度は「何らか」の形で新詩社の影響を受けたのであった。

(二)「明星」廃刊と寛・晶子への世評

「明星」百号の巻頭には二頁にわたって寛の「感謝の辞」が載せられている。ここには創刊以来、「明星」発展のために「助成」した人々に深謝の意を表した後で「明星」廃刊の理由を二つあげている。それは「経費の償はざること一、予が之に要する心労を自己の修養に移さむとすること二」である。一つ目の廃刊理由の経営難は発刊当初より始まっており、そのために寛は「明星」誌上で窮状を何度も訴え、しばしば基金を募った。それに応じて殆ど毎月のように寄付があったが、特に多額の寄付は「明星」八号（明33・11）の発禁事件と『文壇照魔鏡』事件（明34・3）直後であった。「明星」の上昇期には最高五千余の発行部数があったが、前記の啄木の日記（明41・4・28）では、廃刊の年には発行部数が九百に落ち込んでいたと書いている。こうした経営上の行き詰まりは、これ以上「明星」を存続させるのを不可能にさせたのである。

廃刊二ヶ月前、寛が大阪の小林天眠に宛て（明41・9・3）て

秋冷相催候処皆様御健勝奉賀候……経済界の乱調低調は一般の人心を冷却し且つ悶絶致候事久しく候が此際大兄の御焦心一方ならぬ事と御想像申上候　併し申すまでもなく人事ハ悉く回転致候が常なればこの反動ハ必ず早晩に参るべく夫までの御奮闘と御忍耐が必要に候　此時に当り寧ろ閑事業に属し候小生の事業などが影響を被り候事の甚しきは当然の事に候　即ち熟考を重ね協議を重ね候上にて断然来る十一月の百号記念号を機として「明星」を廃刊致候事に定め申候　大兄はじめ諸友より多大の言語に尽しがたき御庇護にあづかり今日まで持ちつゞけ候ものを財政不如意のために廃刊致候は身を切るにひとしき苦痛に候へども今は已むを得ず候……

とあり、ここには、経済全般の低調により「明星」廃刊はその余波を受けたものとして書かれ、「身を切るにひとしき苦痛」だと訴えている。同じころの「啄木書簡」にも当時の一般経済情況について次のように書いている。

（『天眠文庫蔵与謝野寛晶子書簡集』）

今年前半期に於ける一般経済界、殊にも出版界の不景気は十年来にない位の由にて、書肆は皆原稿の買入手控への態。春陽堂などは鷗外氏を介して僕の『病院の窓』買入の約束をして置き乍ら、今になつてまだ稿料払ひかね、掲載もせず候、花形役者ならざる限り、何人の原稿でも半年位寝せられる事常例の由、トント閉口致候、但しこの秋からは少しづつ景気引立つならんとの事。

（藤田武治宛て明41・9・9）

ここでも経済界、出版界の不況が記されている。四一年に廃刊となった雑誌は、啄木の言のように四一年の前半期に多い。例えば一月に伊藤左千夫主宰の「馬酔木《あしび》」（明36・6創刊）が四年半で、翌二月に「アカネ」に継承され、三月には小山内薫主宰の第一次「新思潮」（明40・10創刊）が六号で、五月には河井酔茗主宰の「詩人」（明40・6創刊）が通巻一〇冊で廃刊になっている。

次に「明星」廃刊前後に書かれた「明星」評のうち、まず廃刊前月の「文章世界」（明41・10）掲載の太田水穂の「明治和歌の来し方」を見る。水穂は明治の短歌を四期に分け、第三期に晶子を位置づけている。それを「明星」創刊のころとし「明星詩派は鉄幹子が表面上の中心であったが、実際の技倆中心は晶子」で寛を「明星詩派に於ける好箇の歌指南役」、「マネージャ」とも言って、晶子を「新歌壇の先駆」とし、晶子の方を高く評価した。さらに「明星」廃刊を「殊に遺憾に思ふのは彼の与謝野両氏及び社中多くの諸秀才が何故に日本韻文の先駆を以つて任じないか」と言って、新詩社の歌人たちに強いプライドと自信をもつべきだと促している。これは廃刊を惜しむ水穂の心の一端を示したと言えよう。

また一二月の「帝国文学」の「時評」では「明星終刊号を読む」と題して「『明星』は兎に角元老株」だから「恥

しからぬ終焉と云ふべき」だと言って同情的である。同月の「文章世界」の「明治四十一年文壇の回顧」において岩野泡鳴は「明星」には、

数年前まではまだ昔の余勢を保つてゐたが、この二三年来、時勢と相反してゐた為め、殆どその存在を忘れられてゐた程であつた。それが廃刊したのは、既に遅かつたくらゐだ。然しその経営に関する過去の骨折は、僕等がこの時期に当つて与謝野氏に対して一言感謝して置いてよからう。

と書いている。この辛辣な発言は自然主義作家らしいが、その中にも暖かみがかよっていて当を得ている。

最後に「明星」終刊号に寄せられた三名のうち木村鷹太郎の「『明星』廃刊を祝す」では「明星」廃刊の理由を三つあげ、その一つ目は「明星」の「文学及び芸術上過去十年間に尽くしたる功績」は認めるが「明星」の後半期の「著しい現象」として「明星」の「文芸は思想性なきもの」で、同人らは「『大文学の士』に非ざりし『美術は高尚なるものに非ざりし』」と言っている。二つ目は、明治三八年ごろの文士劇流行に乗じて新詩社も演劇に熱中していた「この時期の流行熱」を批判し、「あゝ『明星』が与謝野君を害ひたるや大なり」と結んでいる。三つ目は、詩人と雑誌経営の両立の困難さを指摘し、寛を「天才の人」と見立て「神聖なる天才を発揮する時間と精力の大部分を俗事経営の為めに奪はれ」、「『明星』の存在が真正の与謝野君を害する至大なるもの」と言って、最後に「敢て『明星』廃刊の祝意を表す」と結んでいる。

「明星」終刊号には太田水穂の「最近文芸史上に於ける明星詩派の位置」において明治の文芸史上に確然たる一期を占得したとし、これを「個人の発達に於ける青年時代、または処女時代」と見てその特色を五つあげ、これは「文学論上に見るロマンチツクと同一色を為して居る」と見ている。そして「明星詩派」の登場について「其思想の内容には在来の文学乃至は思想全部の伝統に対する激しい反動であつた。……これを以て現今の自然派文芸に至らしめた一の橋梁《ぶりつぢ》と見ようとするのだ」と書いている。さらに「維新以後の文芸が、ロマンチツクの形を有して居

る」が、「明星詩派」は「その特性を発揮して空想の跳躍《てうやく》」を見せたと言い、これを以て「明星詩派は真にわが国最近に於ける情緒主義の昂騰的極致と云へやう」と言って、長短所をそこに見ている。当時最盛期にあった「自然派は真の発揮」「現実ありのまま」と言うように「評論」されており、「空想を排《はい》せしめ、彼の情緒の奔騰を去らせ」たともある。つまり「自然派の自我はロマンチックの自我の冷却した」もので、「明星詩派の情の火がさしもに強烈であつたのも、やがて来る自然派の為めに其の省察と静観とをより深くならしめる前提であつたのだ」と書いている。最後に、「明星」は廃刊になるが、「日本文芸の未来に猶、之れよりも意義の深いロマンチック時代が必らず来るであらう」と言い、「今の明星詩派の解散が、何等かの力となつて、その際のロマンチック運動に影響を与ふるの時があるだらう。さう思つて吾人は暫らくこの詩派の解散後を見ようとする」で結んでいる。水穂は「明星」のロマンティシズムを高く評価し、「明星」の文芸史上の存在意義を明らかにして、それを「明星」廃刊に当たっての餞とした。

次の角田浩々歌客の「『明星』を送る」の一文は二段組の六頁近い長文、内容は重複した箇所が多いが、要約すれば「明星」廃刊は、「一人の親友を亡ひたるなり」とか、「『明星』の存続は一箇の独立詩国として文壇のために寄与大なるを信じたるなり」とか「明星」に発表の場を得たことに深謝して「明星」との親密さを表している。具体的には、晶子の詩「君死にたまふこと勿れ」への擁護、前年の「明星」一一号における自然主義文学への批判など、浩々歌客は「明星」廃刊に遺憾の意を表していたのである。

以上「明星」廃刊を巡って寛、晶子への世評を見てきた。これまで啄木の日記や書簡を通して晶子像を見てきたが、特に「明星」廃刊前後の晶子を啄木は痛々しく見ている。

七月二八日の啄木日記では、晶子と楽しく語り、「新詩社解散」、「その後継雑誌」について話し、その後で「女史は親身の姉の様な気がする」とあり、また同月二九日の宮崎大四郎宛て書簡では晶子のことを「姉と話してるやうな気がする」と書いている。またこの年の一一月三日の日記では、子供を連れた晶子が「薄小豆地の縮緬の羽織がモウ大分古い――予は晶子さんにそれ一枚しかないことを知つてゐた。――そして襟の汚れの見える衣服を着てゐた」と書いて、さらに、

満都の子女が装をこらして集つた公苑の、画堂の中の人の中で、この当代一の女詩人を発見した時、予は言ふべからざる感慨にうたれた。

と「日本画館」の中で見かけた晶子のみすぼらしい姿を捉えている。啄木は上京してから廃刊まで、それ以後も新詩社に出入りし、寛より晶子に親しみを抱いていた。晶子から手縫いの白地の浴衣が送られたり、御馳走にもなり、晶子から生活上のことや新詩社の実情も聞いていた。「明星」廃刊直前の晶子の貧しい姿を啄木は見ているが、このころは晶子の方が寛より高く評価されていたのである。このように「明星」は時代の趨勢には抗し難く、ついに廃刊の運びとなったのである。

第二節　寛・晶子の作品傾向

(一) 短歌（登美子の歌も含む）

この年も例年のように、晶子の歌の方が圧倒的に多い。**一月**の「明星」には二人の歌はない。この年の一月から晶子には「大阪毎日新聞」掲載の歌が加わり四紙となり、その四紙四〇首、(「都新聞」8首・「万朝報」4首・「東京二六新聞」23首・「大阪毎日新聞」5首) に掲載、そのうち『舞姫』に三首、『常夏』に九首が採られている。これらに加えてこの月のみ「福岡日日新聞」一〇首中一〇首が載った。これらは概して発想が常套的で歌として魅力に乏

しい。四紙の中からもっとも詠歎の強い歌をあげる。

火《ひ》に入《い》らむ思《おもひ》ははげし人《ひと》を焼《や》くほのほはつよしいづれなりけむ　（『常夏』261）

火に飛びこむような思いは激しく、人を嫉妬する焔のような思いは強い。私の胸にもえているのはどっちだろうかと結句で念を押している。「明星」によって自らの運命が決定し、愛憎や嫉妬の激情を体験した晶子は三〇代に向けて「明星」崩壊を目前にして今一度過去をふり返ることにより、現実の苦悩を越えようとしたものか。

二月の「明星」（1日）には寛の歌はなく、晶子には「新詩社詠草」として二八首がある。このうち『常夏』に二二首採られた。二八首中には前月の三紙発表の歌もあった。これら二月の歌は生彩に欠け、次の「明星」の歌を見ても知られる。晶子の二月の四紙は四八首（「都新聞」7首・「万朝報」6首・「東京二六新聞」20首・「大阪毎日新聞」15首）がある。

ゆかりなき心《こゝろ》のくまに出没《しゆつぼつ》す魔《ま》につかはれてあるらむ君《きみ》は　（『常夏』265）

ある人の今日うしなひし淡《あは》き恋君にもてきぬただそればかり

右の二首に見られる屈折した表現には鬱々とした心情が汲み取れるが、歌意が明確に伝わらない。四紙の中の歌をあげる。

天上《てんじやう》の花園《はなぞの》めぐり遊魂《ゆうこん》のかへりこしかやねくたれ姿《すがた》　（「東京二六新聞」明41・2・20）

けふののち忘《わす》れたまふや尽未《じんみ》来恋《らいこ》ふやわれ云《い》ふ二様《ふたやう》に居《ゐ》む　（『常夏』74）

一首目は、眠りから覚めたばかりの乱れた姿はロマンティックな夢の中で天上の花園巡りをして遊んで来たためなのかという。これは肉体から魂が離れるという古典の二元論の発想に基づいている。二首目の「尽未《じんみ》来《らい》」とは、未来のはてまで変わらず恋をする夫婦のことで、きわめて夫婦の仲のよいことを歌っている。相手の愛情を確かめ、その一方で、果して相手を愛することができようかと自らの気持ちを確かめている。

三月の「明星」（1日）には寛の歌はなく、晶子には「新詩社詠草」二三首があり、そのうち六首が『常夏』に採られた。これらの歌には前月の四紙の歌と重複する歌もある。「明星」掲載の歌で『常夏』の歌をあげる。

さやけき音《ね》わが住《す》む山《やま》の下《した》にきていかづちたちが霹靂《へきれき》を投《な》ぐ　(39)

風狂《ふうきやう》のいと大《おほ》いなる神人《しんじん》のはた偉《い》なるをも超《こ》えにきわれら　(333)

一首目は、快く響く音が私の住む山の下にやってきて雷鳴を轟かせ、閃光を放つのだ、という、一見自然詠だが、暗喩の歌と解すと新進の俊才たち（白秋、勇、正雄ら）が「明星」に清新な詩風をもたらし生彩を放ったが、やがて「明星」の存続を危ぶませる離反の衝撃の大きさを下句に託しているのではないか。二首目は、狂人で偉大な力のある神のような、そんな人たちをも超越したのだ私たちは、という誇大な自賛の歌だが、こうした大仰な表現の裏には、前歌に見られる脱退事件による苦難をのり越えてきたという自分たち夫婦の強い決意と自信が感じられる。

このように自らを鼓舞せざるを得ないほどに追いつめられている心情を暗喩の表現で訴えている。

この他、四紙四八首（「都新聞」9首・「万朝報」4首・「東京二六新聞」15首・「大阪毎日新聞」20首）、そのうち『舞姫』に三首、『常夏』に六首が採られた。これらの表現も内容も平板な感じである。恐らく「明星」廃刊を熟知しての気力の衰えや将来への不安などによるものであろう。比較的内面を吐露したと思われる歌を二首あげる。

人妻《ひとづま》は七年《なゝとせ》六とせいとまなみ一字《いちじ》もつけずわがおもふこと　（『常夏』100）

胸《むね》と云《い》ふあくたれものは黒髪《くろかみ》のおとろへし子《こ》を逐《お》ふと掟《おき》てぬ　（「大阪毎日新聞」明41・3・15）

一首目の「人妻《ひとづま》」を晶子自身とすると六、七年間つまり新婚から現在まで十分に思うことを書きつける暇もなかったと言う。つまり歌に専念できなかったことへの恨みと悲しみを「人妻《ひとづま》は」とつき放したような表現の中でやや皮肉っぽく詠んでいる。客観的に見てこの年の二人の歌は低調であったことを自覚していたのかも知れない。二首目の「胸《むね》」という乱暴者は若さの失われた私を追い払おうと決めたのだ、という、初二句は変わりやすい心の定め難さを言い、三句以下は容色の衰え、張りの失われた自らを嫌悪し、やりきれない思いで自虐的な心情を表した。

四月の「明星」（1日）に寛は埋草各二首ずつ、「赤」「瓶」「燕」各一首ずつがあり、それらの中から寛の『相聞』掲載の歌をあげる。

長《なが》き壁《かべ》あかく爛《ただ》れし夕焼《ゆふやけ》に一列《いちれつ》黒《くろ》く牛《うし》もだし行《ゆ》く　(569)

うめく声《こゑ》あはれ額《ぬか》より血流《ちなが》れて海《うみ》にひたれる大牛《おほうし》の群《むれ》　(221)

いずれも多くの牛を詠んでいるが、「あかく爛《ただ》れし夕焼《ゆふやけ》」や「額《ぬか》より血流《ちなが》れて」などからも神経症的でエキセントリックな雰囲気が漂う。すでに述べたが、寛の、赤系の色に関わる一つの作品傾向についてはすでに述べたが（382頁参照）、ここでも同様に考えられよう。「明星」廃刊間近の危機感もあったろうことから、このような異常性が短歌に見られることは不思議ではない。「明星」同号には晶子の埋草二首がある。晶子にはこの他四紙五〇首（「都新聞」8首・「万朝報」4首・「東京二六新聞」18首・「大阪毎日新聞」20首）そのうち『常夏』に二二首・『佐保姫』に四首採られた。『常夏』に採られた歌をあげる。

夢《ゆめ》の中《なか》に御名《みな》よぶ時《とき》も世《よ》にまさぬ母《はゝ》よと知りてさびしかりしか　(322)

右の歌は、前年に死去した母への追慕の歌である。

同号には山川登美子の「雪の日」一八首がある。一連は「明星」に一〇ヶ月ぶりに発表した歌で、このうち一〇首は父への挽歌（父の死は同年1月24日）であり、三首は同人玉野花子への挽歌である。他の五首は自らの死を予想した絶望感が詠まれており、一八首全体が挽歌の趣をもつ。

わが胸も白木《しらき》にひとし釘《くぎ》づけよ御柩《みひつぎ》とづる真夜中のおと

山《やま》うづめ雪《ゆき》ぞ降りくるかがり火を百千《もゝち》執らせて御墓《みはか》まもらむ

胸たたき死ねと苛《さいな》む嘴《はし》ぶとの鉛《なまり》の鳥ぞ空《そら》掩ひ来る

おつとせい氷に眠るさいはひを我も今知るおもしろきかな

一、二首目は、父への挽歌である。一首目は、父の死を悲傷し、登美子自らも死を予想するほどの深い動揺の淵にいることが分かる。二首目は、山を埋めて雪が降ってくるから篝火を百も千も焚いて父の墓を守りましょう、という、娘の優しい思いが詠まれている。三首目は、私の胸を叩いて死ねよと傷めつける嘴《くちばし》の太い鉛色の鳥は空を覆ってやってくる、という、生への希望の失せた暗鬱な思いが自虐的に詠まれている。そして同じ「雪の日」に「あらがねの斧の嘴《はし》もつ夜がらすよ陰府《よみ》の戸くだけ奪ひ帰らむ」と鋭い嘴をもつ鳥が素材に用いられている。右の歌と共通するのは武器のような攻撃性のある嘴をもつ鳥類で、ここに登美子の激しい気性がうかがわれ、それが内攻して右のような歌となったのであろう。四首目の上句は逆説的な表現で、氷のように冷たい床に独りで眠るのは今の自分には相応しいものと感受している。そういう自分を自嘲して「おもしろきかな」と言っているところに、登美子の救いがたい陰惨な内面がうかがわれる。この他、登美子の歌は秀歌と言えるものが多く、死期を前にした心境の冴えが、適格な言葉で巧みに表現されている。このころの寛、晶子が「明星」末期の緊迫した状況にあって、それを十分歌に表現し得なかったのに比して、登美子は死の迫った自らの心境をこのように表白し得たのであった。

五月の「明星」（1日）には寛の埋草二首、「第三信」には寛四首、晶子五首、そのうち『佐保姫』に三首、晶子には「新詩社詠草」二九首、そのうち『常夏』に六首採られた。これらの歌は前月の四紙の歌と重複しているものもある。寛の「明星」の埋草の中で『相聞』に採られた一首をあげる。

われ牲《にへ》とならむさらずば人皆《ひとみな》をわが牲《にへ》として牲《にへ》を絶《た》やさむ　（574）

私は世の人の犠牲になろう。そうでなければ世の人をみな徹底的に私の犠牲にしてしまおう、というこれまでの人生においてさいなまれ、傷つけられてきたプライドをいとおしみ、一挙に世の人に自分が経験したと同じような鬱屈さや無念さを仕返してやりたいという思いを吐露したものか。

四紙には四二首（「都新聞」6首・「万朝報」5首・「東京二六新聞」11首・「大阪毎日新聞」20首）、そのうち『夢之華』に一首・『常夏』に四首、『佐保姫』に四首採られた。次に当時の晶子の内面を吐露した歌を見る。

二十四《にじうし》を越《こ》えて早《はや》くも涙《なみだ》せずまた事《こと》なきを寂《さび》しとぞ思《おも》ふ
（「大阪毎日新聞」明41・5・18）

相《あひ》あれば倦《う》むを覚《おぼ》ゆと云ひつげて今日《けふ》われ君《きみ》の心《こゝろ》そこなふ
（右同　明41・5・30）

一首目の「二十四《にじうし》」とは晶子が結婚した年なので晶子の実感であろう。結婚後の日常の中で胸をときめかすこともなく、日々すぎてゆく空しさや寂しさを詠んでいる。恋愛結婚のドラマティックな体験を経ていただけに、それ以後の平板な現実生活への不満や不如意に欠落感を強めたものか。二首目はマンネリ化した夫婦のやり切れない思いを夫に告げたことで、夫の機嫌を損じたという「明星」末期の殺伐とした雰囲気の中での夫婦の倦怠感が歌われている。

同号の「明星」には登美子の「日陰草」一四首がある。「明星」における最後の出詠である。

後世《ごせ》は猶今生《こんじやう》だにも願はざるわがふところにさくら来てちる
あたたかに心をめぐる血の脈のひそめるありて稀に音しぬ
わが柩まもる人なく行く野辺のさびしさ見えつ霞たなびく

一首目は、生きる喜びを失いながらも散っていく桜を見て、微かにも生きている自らの生をはかなむ自己を見つめている。下句には万感の思いがこめられていて哀切である。二首目は、暖かに私の心を巡っていく血の脈が潜んでいるが、稀にそこから音が聞こえてくる、という、やっと余命を保っている登美子の、ささやかな生の証を詠んだ歌。三首目は、自らの孤独な死後をすでに見届けているよう歌である。ここには生への諦念から発せられる透徹した詩人の魂が歌に形象されたかのようである。この一連には、この他父の死を悼む歌もある。

六月の「明星」（1日）の埋草に寛は一首、二首、晶子一首あり。この他寛には「新声」（明41・6）に「幻住法師」の署名で「千駄愚草」一二首がある。この歌の中に寛の歌集『相聞』の歌があることから「幻住法師」が寛の作だと分かる。この署名は一月の「明星」に五行詩掲載の折にも使われている。右の「明星」の寛の埋草から引く。

くれなゐの末期さやかに大輪の牡丹目を過ぎひるがへるかな

紅色をした、散り際の華やかな大輪の牡丹は私の眼をよぎって鮮やかに翻っているなあと歌い、「末期」という言葉から「明星」末期が暗喩になっている。「牡丹目を過ぎ」から、かつて華やかであった「明星」の最期を詠んだ歌と考えられる。「くれなゐ」や「ひるがへる」という語から絢爛としていた牡丹が今まさに散乱している状態ということで、それは「明星」廃刊を前にして「明星」隆盛期を思い返している。

晶子には「明星」の一首の他に四紙に三六首（「都新聞」6首・「万朝報」4首・「東京二六新聞」16首・「大阪毎日新聞」10首）、そのうち『舞姫』に一首、『常夏』に四首、『佐保姫』に二首採られた。新聞発表の歌はこれまで「明星」発表作と重複することが多かったが、この月には「東京二六新聞」一二日付掲載の三首が一八日に再度載せられている。

七月の「明星」（1日）には寛の埋草各一首ずつ、「悔」一首、晶子の「新詩社詠草」七〇首のうち『佐保姫』に六一首採られた。前月に引き続き、創作意欲の低調さは甚だしく、晶子らしい華やぎも情熱もうかがわれないが、その中で比較的分かりやすく、生活感のある晶子の「明星」から『佐保姫』に採られた歌をあげる。

虫巣《むしす》くひ壁《かべ》もはしらも食《は》みさりぬわが住《す》む家《いへ》をわが心《こころ》から　(62)
一《ひと》はしの布《ぬの》につつむを覚《おぼ》えける米《よね》としら菜《な》とからさけをわれ　(96)
われに云《い》ふ言葉《ことば》も知《し》らずかにかくにやせやせてあるあはれなる人《ひと》　(162)

一首目は、わが家が蝕まれたように心が蝕まれてしまった、寄る辺のない喪失感を歌ったものだが、蝕まれたとは、晶子が晶子らしく生きる意欲が損なわれたことを意味するのであろう。二首目は、これまでの晶子の歌の世界の華麗さとは裏腹に、つつましい日常生活の一端を覗かせている。三首目の、「あはれなる人《ひと》」とは寛のことであろう。生活に疲れ「明星」廃刊を目前にして意気消沈している夫寛を憐れんでいる歌である。

　この他、晶子は四紙に五九首（「都新聞」6首・「万朝報」4首・「東京二六新聞」19首・「大阪毎日新聞」30首）のうち『佐保姫』に三四首採られた。この中にはこの月の「明星」と重複している歌もあるが、「明星」に比べていささか見るべき歌がある。「大阪毎日新聞」から採る。

　火《ひ》をはなちわが家《や》を焼《や》きぬ夢《ゆめ》さへもわれ世《よ》の中《なか》の人《ひと》と殊《こと》にす　（明41・7・1）

　石《いし》の階《きだ》一《ひと》つ一《ひと》つに沓《くつ》すりて上《のぼ》れと云《い》ふや羽《はね》ある人《ひと》に　（『佐保姫』63）

　日《ひ》のかげを見《み》ざる五《いつ》とせ七六《なゝむ》とせ凶年《まがどし》つゞく暦《こよみ》とぢめむ　（明41・7・18）

　一首目は、普通の人から見れば家を焼くという驚くべき内容の夢であっても自分にはそれを遥かに凌ぐほどの奇想天外な空想力を働かせることができる、という強いプライドを誇示した歌。二首目は、尋常な人間のように着実に生きていけと言うのか、才能の迸るままに生きている私にという自負の歌。三首目は、結婚後の生活を不如意なものとして、それを葬りたいという気持ちを歌っている。一、二首目には、晶子のゆるぎない才能への自恃がうかがわれ、「世《よ》の中《なか》の人《ひと》と殊《こと》にす」る自分であったが、三首目では惨めな生活を送り、その才能がスポイルされているという怒りがこめられているようである。

　八月の「明星」（1日）には「新詩社詠草」として寛は九八首、晶子は五五首、そのうち『佐保姫』に四八首が採られた。寛の九八首は全体として詩的興趣が乏しく、日常詠にしては凡庸で迫力がない。これほどの多作を試みながら佳作が少ないのは、この期に及んで創作への情熱が高まらなかったことを意味するのであろうか。廃刊三ヶ月前の寛の心情を「明星」掲載の中から以下『相聞』に採られた歌に見る。

　わが首《くび》を皿《さら》に盛《も》りなばその時《とき》や心《こゝろ》ゆくまで笑《わら》ふこと得《え》む　（653）

世《よ》の人《ひと》はみな泣《な》くものと思《おも》ひしにわが泣《な》くを見《み》て面《つら》ふくらせり　(538)
かひだるくねむたき日《ひ》のみうちつづき大床《おほどこ》の上《うへ》夢一《ゆめひと》つなし　(243)

一首目は、自らの首をヨハネの首にたとえ、サロメがそれを見て慢心の微笑みを浮かべるという内容。サロメが誰かを想定して詠んだものかどうか分からないが、一首には自虐、自嘲の思いが見られる。二首目は、自分の悲しみに世間の人が同情しないばかりか怒っている、という、世間から見捨てられたような自棄的な心情が表されている。三首目は、将来への夢もない虚脱状態の日々を歌った。こうした心のありようの一環として、妻晶子との生活を同誌で次のように詠んでいる。

ひとりよりよろしきは無《な》し三十《さんじふ》を越《こ》えてやうやく知《し》れる愚《おろ》かさ　(732)
黒髪《くろかみ》の長《なが》きを愛《め》づるわが癖《くせ》のなにぞ余《あま》りに禍《わざはひ》となる　(175)

一首目は、世帯をもつことの煩わしさを歌った。二首目は、自分の結婚は失敗であったことを告白している。「黒《くろ》髪《かみ》の長《なが》き」とは晶子を指す。下句から寛の鬱積した晶子への不満と自己嫌悪がこめられているようである。こうした心境を抱きながらであった故か、

わが妻も時に我背をわれと抓《か》く心利《き》きたる爪に及ばず　(新詩社詠草「明星」明41・8)

と詠み、自分の背中を思うように抓いてもくれない妻への苛立ちを表している。余りの露わさのためか、『相聞』に採られなかった。しかし一方で、

子《こ》の四人《よたり》そがなかに寝《ぬ》る我妻《わがつま》の細《ほそ》れる姿《すがた》あはれとぞ思《おも》ふ　(75)

と詠んで、子育てと生活に疲れ果てた妻を労る思いも洩らしている。

一般的に人間は現実生活に不如意を感ずれば感ずるほど、清浄なもの、至上なものへの憧れを強くする。寛にとって、それに相当するのは登美子への思慕であった。若狭の地にあって重病の登美子を詠んだと思われる寛の歌に、

百合の花しらしら咲きしぬ《ママ》そのごとく我等が恋の清く全《また》けむ
大《おほい》なるいのちのなかにあることの証《あかし》に咲きぬ白百合《しろゆり》の花《はな》　(639)
君恋《きみこ》ふる心《こころ》は直《なほ》しこれをもてわが生涯《しやうがい》のあかしにぞする　(585)
(新詩社詠草「明星」明41・8)

がある。言うまでもなく「白百合《しろゆり》」は登美子の雅号である。一首目では、自分たちの恋が清らかで完璧なものであったと自賛し、二首目では、その恋が自らの命の証であったと自己陶酔している。三首目は二首目の下句の言葉や発想と類似していることから「君《きみ》」は登美子を指したものであろうか。この他、寛の屈折した心情を表した歌に

才高《さいたか》く歌《うた》もて我《われ》をおどろかす惜《を》しき二三子《にさんし》あやまちをせよ　(621)
あらし来《こ》よ潮干汐満《しほひしほみ》つわたつみのその平調《へいてう》にわれ飽《あ》けるゆゑ　(768)

がある。一首目は、才能が豊かで、歌を以て私を非常に驚かせた「二三子《にさんし》」つまり有能な弟子たちに向けて今や「あやまち」をしろ、と言って、愛憎、嫉妬こもごもの感情を赤裸々に歌った。「二三子《にさんし》」とは新詩社を脱退した人々を歌ったとすれば余りにも感情が露骨である。二首目は、ありふれた日常に飽き飽きした故に、何か一大変化が到来するのを待望しているという歌。ここには「明星」廃刊寸前への危機感が痛感される。

　次に晶子の「明星」八月発表の「新詩社詠草」を見る。総じて詩としての迫力が乏しい。中には旧派和歌的な情緒や表現で詠まれた歌もある。例えば「もろこしの葉《は》に夕露《ゆふつゆ》のしろき路《みち》こほろぎ啼《な》けばあゆみかねつも」(207)、「ゆく春《はる》の春日《かすが》の宮《みや》の玉垣《たまがき》の松《まつ》の根《ね》にちる山《やま》ぶきの花《はな》」(243)など。(　)内の番号は『佐保姫』の歌番号。

古《ふる》さとの家《いへ》にかへれば東《ひがしみ》　見ず詠《なが》め泣《な》きけむ母《はは》ゆゑにわれ　(423)
しら刃《は》もてわれにせまりしけはしさの消《き》えゆく人《ひと》をあはれと思《おも》ふ　(295)

　一首目は、かつて母親のいたころの故郷に帰ると、辛い東京生活を一時《いつとき》忘れて心許して泣いたという記憶を歌い、母のいない故郷ゆえに甘える所がないという感傷を詠じた。二首目は、性格の激しかった人が気弱になったことを

歎いた歌。この「人《ひと》」は寛と想像される。まったく性格が変わってしまった人を「あはれと思《おも》ふ」と言い切れるのは、当然この「人《ひと》」を身近な存在として見る立場にあるからである。

この他に晶子の特色をよく表した「明星」の歌として『佐保姫』に採られた歌をあげる。

三十路人《みそぢびと》泉《いづみ》の神《かみ》の素肌《すはだ》にもいまだいくらもおとらざりけり　(424)

月見草花《つきみぐさはな》のしをれし原行《はらゆ》けば日《ひ》のなきがらを踏《ふ》むここちする　(114)

一首目は、三〇代の女性の肌の清らかな美しさを称えた歌。「泉《いづみ》の神《かみ》の素肌《すはだ》」に匹敵するほどだと表現することで三〇女の清らかさを表している。この年、晶子は三〇歳を迎えていたことと「泉《いづみ》」とあることからナルシシズムの歌とも考えられ、「泉」は故郷の泉州堺をかけている。二首目は、下句の比喩が個性的である。

八月の晶子は「中学世界」(10日)に「夏雲」二〇首そのうち『佐保姫』に一二首採られた。また四紙には四七首(「都新聞」6首・「万朝報」5首・「東京二六新聞」21首・「大阪毎日新聞」15首)、そのうち『佐保姫』に三六首が採られた。いずれも重複した歌が多く、ここで特にとりあげる歌はない。

九月の「明星」は休刊だが、晶子には四紙に三三首(「都新聞」7首・「万朝報」4首・「東京二六新聞」7首・「大阪毎日新聞」15首)、それらの中で『佐保姫』に三四首採られる。これらの中には七、八月の「明星」と重複している歌も多く、新鮮味に乏しい。その中で日常生活の中で夫とわが子を素材とした『佐保姫』の歌をあげる。

生《い》きむすべ安《やす》きをねがひらちもなき男《をとこ》と三《み》とせそひぶして寝《ぬ》る　(67)

わが太郎二歳《たらうにさい》の牛《うし》の角《つの》とらへ友《とも》とするまでたけ生《お》ひにけり　(345)

一首目は安楽な生き方を願う夫をはがゆく思い、苛立ちながらも半ば諦めている気持ちを歌った。二首目の「わが太郎《たらう》」とは長男光。逞しく健康に育った我が子を、母親として頼もしく喜ばしく詠んだ歌である。

一〇**月**に九号の「明星」(1日)が発行された。この号には寛の歌はないが「太陽」(1日)に「万葉廬雑歌」三一首、「中学世界」（10日）に「霜余集」一三首を発表している。「万葉廬雑歌」というタイトルだが、万葉的な調べや表現は見られない。また「霜余集」も含めて、この月の寛の歌には気力が乏しく内的盛り上がりが薄い。『相聞』に採られた歌を引く。

誇《ほこ》らくは我等《われら》が籤《くじ》はいち早《はや》く黒髪《くろかみ》をしも引《ひ》きにけるかな　(739)
われ久《ひさ》に聞《き》かずもあるか美《うつ》くしきかりそめ言《ごと》の染《し》みて痛《いた》むを　(536)

一首目は、自分たちの運命を決める籤は早くも黒髪を選んだことに誇りをもつという。「黒髪《くろかみ》」は晶子を指すことから、晶子を伴侶としたことに満足している。これは寛の率直な感情か、屈折を交えた皮肉か。二首目は、一首目とは裏腹に心に沁みて傷むほどの美しい「かりそめ」の愛の言葉を久しく聞いていないなあ、という感慨を洩らした歌。ときめきのない日常を送らざるを得ない失望感を詠んだ。

一〇月の「明星」には晶子の「雁来紅」一六五首のうち『佐保姫』に一五三首が採られた。この年は年頭より概して作品の質は芳しくなかったが、この月に至ってやや弾みがついて来た。それは目前の「明星」廃刊に向けて一気に創作意欲が燃焼したからであろうか。日常生活の夫婦間の心の機微が巧みに表現されている。「雁来紅」から『佐保姫』に採られた歌を引く。

やごとなき君王《くんわう》の妻《め》にひとしきはわがごと一人思《ひとりおも》はるること　(25)
表《おもて》まちわが通《とほ》るとき裏町《うらまち》を君《きみ》は歩《あゆ》むと足《あし》ずりをする　(101)
髪《かみ》あまた蛇頭《へびがしら》する面《おもて》ふり君《きみ》にもの云《い》ふわれならなくに　(33)
しら刃《は》もてわが身《み》つかるることばとも思《おも》ひしこともけふはただごと　(371)
たれやらに通《かよ》ひ行《ゆ》くてふいと怪《け》しき君《きみ》が御履《みくつ》を釘《くぎ》づけてまし　(475)

一首目の初二句の誇張表現はいかにも晶子らしく、豪奢なものを好む晶子の趣向とナルシシズムがうかがわれる。

二首目は、自分の名声に比べて夫の不遇を地団駄踏む思いでいる作者の心情の痛みを詠んだ歌。三首目は、沢山の毛が蛇となって頭に生えているメドゥサのような、そんな恐ろしげな顔を振ってあなたにもの言う私ではないのに、という内容。メドゥサとはギリシャ神話に登場する女の怪物で、頭髪が総て蛇であり、その姿を見たものをみな石にしてしまったという。夫が自分を見る眼の中にまるでメドゥサを見るようなおぞましさや嫌悪感があるのを感じとって、それに対して詠んだ歌。ここには晶子の女としての悲しみがうかがわれ、夫婦間の険悪な雰囲気から生じたやりきれなさが読みとれる。この年の「明星」巻頭の右上には蛇の髪をもつメドゥサのイラストが小さく載せられている。この絵からヒントを得て詠んだものか。四首目は、辛辣な言葉で幾度となく傷つけられてきたが、それが今では馴れっこになってしまった、という歌で、夫婦間の馴れ合いによって感受性の鈍ってきたことを詠んだものか。五首目は、心ここにあらぬ夫への皮肉をさらりと言い放ちながら、その実おだやかならぬ内心を吐露している。

また「明星」廃刊の引き金となった新詩社脱退事件は、寛と晶子にとって痛恨な思いを免れ得なかったであろうが、その傷みを詠んだと思われる「雁来紅」中の『佐保姫』に採られた歌を見る。

七人《ななたり》の恨《うら》みを負《お》へばその声《こゑ》は鐘鼓《しようこ》のごとし夜《よ》もいねかねつ　（363）
そむきたる人《ひと》てふ名《な》ありいささかの血《ち》ぬるをいとひあり経《へ》けるゆゑ　（433）
君《きみ》をおきて二三《にさん》の子《こ》らのうはさする我《われ》は苦《くる》しきならひつくりぬ　（47）

一首目は、新詩社脱退者七名に対する悔恨の思いを詠んだ。ここには当然成るべくして成ったと脱退を暗に認める響きがある。夫と脱退者たちの間に立って苦悩したことが察せられる。下句には若さと才に溢れた七人を羨望しつつも悩ましくて眠れないという、「明星」廃刊の現実を直前にした慙愧に堪えない無念さがこめられている。二首目は、離反した人だという噂があって、ちょっとした言い合いをも嫌って月日を過ごしたために、という、脱退事件の過去をさめた心で詠んだ。三首目は脱退者に対して過敏になっている夫を気遣って、夫のいない時に彼らの噂をする、そんな辛い習慣がついたという歎きを歌った。前記の寛の歌（535頁参照）の「二三子《にさんし》」を受けたものか。この621の歌には癇癪もちで激しやすい夫寛の性格が十分に汲みとれる。

以上の歌には屈折した内面や緊迫した心情が表されていたが、「雁来紅」の中には、これまでとは趣を異にした晶子的な彩りのある歌が見られる。

恋《こひ》をしていたづらになる命《いのち》より髪《かみ》のおつるはをしくこそあれ　（24）

朝風《あさかぜ》をさくらは吸《す》ひぬ君《きみ》と寝《ね》し撓《たわ》ある髪《かみ》をわれは吹《ふ》かせつ　（225）

一首目は、恋を空しく感ずることより髪が落ちることを悲しむという歌。若さの失われていく女としての寂しさを「恋《こひ》」「髪《かみ》」によって、一首全体には艶な感傷性が見られる。二首目は、春の朝風が髪から桜へ吹き流れていくさまを詠んでいるが、「君《きみ》と寝《ね》し撓《たわ》ある髪《かみ》」には甘美で官能的な彩りがある。

次に『佐保姫』の純叙景歌をあげる。

朝顔《あさがほ》の枯葉《かれは》をひけば山茶花《さざんくわ》のつぼみぞ見《み》ゆる秋《あき》のくれがた　（315）

西《にし》のかた萱《くわんざう》草色《いろ》の夕雲《ゆふぐも》の下《した》に波《なみ》ありしろき鳥《とり》とぶ　（435）

一首目は植物を素材として季節の推移を歌い、二首目は、「萱《くわんざう》草色《いろ》の夕雲《ゆふぐも》」と「しろき鳥《とり》」という色彩的取り合わせを詠んだ。

この月の四紙の四三首（「都新聞」8首・「万朝報」5首・「東京二六新聞」5首・「大阪毎日新聞」25首）、そのうち『佐保姫』に採られたのは三九首、その殆どが同月の「雁来紅」に採られ、その中で『佐保姫』の歌をあげる。

この命《いのち》うたもわが世《よ》も終《をは》るなり君《きみ》にかかはる一切《いつさい》のこと　（441）

ことのすぢすこし曲《ゆが》める恋《こひ》ながら神《かみ》のおきてし道《みち》に変《かは》らず　（「大阪毎日新聞」明41・10・31）

一首目は、自分の歌も命もあなたと一蓮托生の運命に従って、ここに終わろうという、「明星」廃刊の前月に当たっての感慨を歌ったものか。これまでに歌った中で、自分と夫と「明星」の三つ巴の運命をこれほど深く直截に表した歌は少ない。晶子の絶唱とも言うべき歌であろうか。二首目は、通常の恋よりやや曲折の多い恋ではあるが、神が定めた道に相違ないという、自分たちの恋を至上のものとして肯定しているが、上句の消極的な言い回しに作者の年相応の奥行きも感じられる。

一一月の「明星」一〇号（1日）は終刊号で、これは通算百号である。この号には「新詩社詠草」として寛は一一二首、そのうち『相聞』に採られたのは九八首、晶子は七九首、そのうち『佐保姫』に採られたのは七二首。寛の歌は歌数は多いが、詩人的感興に乏しく漫然と詠まれた感が強い。ここには終刊号に相応しい感慨や青年時代を回顧したり、官能美に淫したりするという感傷性が露わである。このあたりに寛の歌才の限界があったのではないか。しかし巻頭より一二首までは「（以上先師の五年祭に）」と添え書されていて、故落合直文を詠んだことが分かる。この一二首は「新詩社詠草」の中ではもっとも充実していて、体験に裏づけられた実感があり、作家意図が明らかである。以下（　）内の数字は『相聞』の歌番号である。

うれしくも万葉《まんえふ》に次《つ》ぐ新歌《にひうた》を師《し》の御名《みな》により世《よ》に布《し》けるかな　(183)

世《よ》ひと皆《みな》われを殺《ころ》すを救《すく》ふ人萩《ひとはぎ》の家《や》の大人《うし》ひとりいましき　(187)

一首目は、万葉調の歌に次いで新しい歌を師のおかげで世に広げることができた、という慶びの歌。明治二六年に直文は浅香社を創設し、その傘下に入った寛は二七年に「亡国の音」を発表した。ここにおいて『古今和歌集』を否定し、『万葉集』を重んじ二六、七年ころには盛んに万葉調の歌を作った。その後寛は新しい歌の理想を掲げて「明星」を創刊した。このあたりの経緯が右の二首に詠まれている。二首目は、世間の中傷誹謗に晒された自分を先生一人だけが擁護してくれた、という内容。「萩《はぎ》の家《や》の大人《うし》」とは直文を指す。上京後間もない寛の貧窮ぶりを

雪《ゆき》の夜《よ》に蒲団《ふとん》も無《な》くて我《わ》が寝《ぬ》るを荒《あら》き板戸《いたど》ゆ師《し》の見《み》ましけむ　（182）

と親身にまさる師恩を懐かしく回顧している。

また「明星」終刊に当たっての失意と悲嘆、寂寥を詠んだ寛の歌を同号に見る。

ほめことば人のどよみも花束も我にはさびし葬《さう》の日きたる　（「明星」10号）

広大《くわうだい》のわが姿《すがた》なるあめつちも泣《な》く日《ひ》のありて秋《あき》の来《きた》れる　（『相聞』466）

一首目は、「明星」の果たした業績に対する称賛も、自分にとって終《つい》の日を迎えた、ということで寂しさを禁じ得ないという、結句に寛の万感の思いがこめられている。二首目は、広大さにおいて私自身の姿にも匹敵する天地でさえ、泣く日があって、そのようにして秋がやってくる。上句は序詞的な表現であるが、誇張された言い回しの中に高い矜持もうかがわれる。下句からは、文学的使命を終えた、という苦い自覚が読み取れよう。いずれも「明星」廃刊の悲しみが伝わってくる。右の二首の他には

わが雛《ひな》はみな鳥《とり》となり飛《と》び去《さ》んぬうつろの籠《かご》のさびしきかなや　（『相聞』557）

衰《おとろ》ふるわが青春《せいしゅん》か詩《し》の才《さい》か夢《ゆめ》に見《み》るなり枯《か》れにし葵《あふひ》　（『相聞』406）

など、弟子らの去った後の淋しさ、青春も才能も衰えたという夢を見る悲しさを歌っている。これらとは別に

河の洲のたふれし蘆に降りおけるはだらの雪の紫に見ゆ　（「明星」10号）

しづかなる精舎《しやうじや》の秋の朝じめり朴《ほう》の広葉の鬱金《うこん》ちりしく　（右同）

などの叙景歌には、色彩表現による華やぎがあり、歌としてよくまとまっている。こうした傾向はこれまでの寛の歌からは余り見られなかったが、歌人としての新たな方向性を示すものと考えられよう。

「明星」掲載の晶子の歌の中で、このころの心情を披瀝した歌をあげる。（　）内の番号は『佐保姫』の歌番号。

ほこりてふ険《けん》をたのみし城《しろ》ぬしの泣《な》きたまふ日《ひ》をつくりにしかな　（275）

さびしきとさびしがれると二人居てうとく思はねなぐさめかねつ
翅《つばさ》ある人《ひと》の心《こころ》を貰《もら》ふてふことはあやふし貰《もら》はずば憂《う》し　（174）
その日恋《ひこ》ひその日《ひ》あらはれそのただち君《きみ》えしすぢはあはつけけれど　（217）

一首目の「城《しろ》ぬし」を「明星」主宰の寛とすれば、文学者としてただ誇りのみで困難な「明星」経営を果した夫寛が行き着いた果てが「泣《な》きたまふ日《ひ》」であって、それが「明星」廃刊であった。その「明星」の命運をつぶさに見てきた晶子の深い感慨を詠んだ。そこには夫を見る眼の、やや醒めた部分もあるように受けとめられる。二首目は寂しさを感じる人が二人居て、それをうとましいとも思わず、さりとて慰めかねてもいる、という、将来の見通しがなく、意気消沈した夫婦の暗澹とした思いを詠んだ。三首目は翅《つばさ》が生えたように自由に生きる人の心を分けて貰うのは危険だけれど、分けて貰わなければ憂鬱だ、という、自由に生きることに対して、怖れと憧れの両極にゆれ動く心情を歌った。「明星」廃刊によって、経営面では解放されたが、未知の世界へ一挙に向かうことへの不安を味わわざるを得なかったのであろう。四首目は、会った途端に燃え上がった恋を半ば反省しながら、半ば満足している歌。ここには、無鉄砲で恐れを知らなかった青春時代をいとおしむ心が読み取れる。

一一**月**の晶子の四紙四二首（「都新聞」4首・「万朝報」4首・「東京二六新聞」14首・「大阪毎日新聞」20首）の中で『佐保姫』には二五首採られたが、「明星」終刊号に掲載された歌と重複している歌もある。これらには概して深刻な訴えはないが「恋」という語はよく用いられている。『佐保姫』の歌をあげる。

恋《こ》ふてふはものを奪《うば》ふにひとしきとかねておもへる君《きめ》《ママ》にとられぬ　（335）
恋《こ》ふと云《い》ふ言葉《ことば》をもてし君《きみ》を刺《さ》す時《とき》をうつさずわれを刺《さ》せかし　（352）

一首目は、人を恋するということは物を奪うのに等しい、とかねてから思っていたあなたに私は奪われたという、自分たちの恋愛を回顧して詠んだ歌だが、結句によって晶子のナルシシズムがよく表されている。二首目は、恋するという言葉であなたの心を捉えるから、あなたもすぐに私の心をその言葉で捉えて下さい、という、このころの殺伐とした精神状況の中で「恋」という言葉のもつ甘さで心を潤わせたい、という女心が描かれている。

「明星」は一一月を以て終刊。以後、他の雑誌、新聞から寛と晶子の歌を見ていくことにする。

この年の一二月から「東京二六新聞」の紙名は「二六新報」に戻る。

一二月に寛は「二六新報」に五行詩「小曲」を六回（1・12・13・22・23・25日）掲載している。晶子は四紙に三四首（「都新聞」6首・「万朝報」4首・「二六新報」9首・「大阪毎日新聞」15首）を発表し、その中『佐保姫』に二八首採られた。諸紙の中から『佐保姫』に採られた歌をあげる。

ただごとに故《ゆゑ》よしつけてわれら居《ゐ》るそれならじかと尋《たづ》ねても見《み》つ　(394)
火《ひ》の跡《あと》の灰《はひ》といささかことなれるこのおもむきをこの君《きみ》は知《し》るらむ　(43)
男《おとこ》をばはかると云《い》ふに近《ちか》き恋《こひ》それにもわれは死《し》なむとぞ思《おも》ふ　(53)

一首目は、自分たちが夫婦であることにささやかな理由をつけていなければいられないほどに冷めてしまった、やり場のない心を歌っている。二首目は、「明星」廃刊の絶望感の中でも、ただの燃え殻になってしまってはいけないことを自ら認めながら、夫にも同意を促している。晶子にとって今後も文学活動を続けていきたいことを一首の中にこめたものか。三首目は、男をだますというのに近いような恋、そんな不純な恋にでも自分は命をかけて死にたい、という内容。救い難い心の飢餓感を癒すためなら、偽りの恋さえ厭わない、という絶叫に近い女としての悲しみを詠んでいる。

(二)　詩（五行詩）と散文

寛はこの年も例年どおり、詩を多く発表している。前年までの寛の詩の発表は雑誌のみに限られていたようであるが、この年から「東京二六新聞」に五行詩を頻繁に発表するようになる。五行詩はすでに前年の一二月の「明星」に「流星」「燕」と題して二篇を発表している。この四一年の一月の「明星」（1日）にも「幻住庵雑歌」と題して「幻住法師」の署名で二三篇の五行詩が載せられている。これらの詩が詩歌集『檞之葉』（明43・7）に採られたことから「幻住法師」が寛と分かる。そのうちの「あかんぼ」「油日」を左に載せる。「油日」は「夏日」と題して『檞之葉』に採られた。

　　あかんぼ
硝子《がらす》ごし、隣《となり》の居間《ゐま》に
遊《あそ》ぶ児《こ》は父《ちゝ》を怖《おそ》れず。
まして、など、母《はゝ》を憎《にく》まむ。
俯伏《うつぶ》して泣《な》く母《はゝ》ながめ、
ほうと吹《ふ》く。玩具《おもちや》の笛《ふえ》を。

　　油　日
鶏《にはとり》は庭《にほ》に砂浴《すなあ》び、
犬《いぬ》どもは喘《あへ》ぎて共《とも》に
背《せ》にわける虱《しらみ》を噛《か》みぬ。
油日《あぶらび》は撒《ま》きぬ。一面《いちめん》、
疫病《えきびやう》の発疹《ほろし》《ママ》の斑《まだら》。

「あかんぼ」は両親の不和も知らず、無心に遊んでいる「あかんぼ」の姿を描いた詩。やり場のない夫婦の心のはけ口を、その赤ん坊に見い出したものか。五行目によって一抹のなごやかさと暖かみが感じられる。「油日」は真夏の昼の光景を描いており、四、五行目には異常な暑さを独自な比喩で表現している。「明星」にはこの他「海の怪」と題する詩がある。これは二号活字で組まれているところから寛の会心の作か。その内容は「水牛の角《つの》、馬《うま》の爪《つめ》、鰐《わに》の大口《おほぐち》、鷙鳥《してう》の眼《め》、海蛇《かいぢや》の胴《どう》の怪物《くわいぶつ》」が「劫暗《ごふあん》の氷の原《はら》に子生《こうま》むと」「日夜《にちや》に百里《り》」も泳いで行く豪壮なさまを、絢爛豪華な語をちりばめながら想像力豊かに詠んでいる。しかし語彙の華麗さとは裏腹に、表現の空虚さが目立つ。

「明星」以外の雑誌に発表された詩は寛には五行詩ではなく、「中央公論」（1日）には「鼻」、「詩人」（10日）には「殻」、「中学世界」（1日）には「倒影」、「文章世界」（15日）には「夕の色」がある。「鼻」は脚韻を踏んだ遊び的要素の強い詩だが、内容は乏しい。他の三篇の詩は寛の作詩意図が不明瞭で、詩としてのインパクトが弱い。

一月に寛は「福岡日日新聞」（1日）に「詩」（爪くれなゐといふ名の蝶を見て）、「東京二六新聞」に「小曲」五行詩「刹那」（9日）、「自負《じふ》」（11日）、「飢渇」・「破裂」（12日）、「市役所《しやくしよ》」（13日）、「生疵《なまきず》」（16日）、「躁熱《さうねつ》」（18日）、「如《によ》是《ぜ》」（20日）、「寒夜《かんや》」（24日）、「火《ひ》」（30日）の一〇篇の五行詩を発表している。以後「東京二六新聞」で「小曲」五行詩は続く。これらは一月の「明星」に発表された五行詩と七篇が重複しているが、このうち七篇が改題されている。しかし右にあげた「あかんぼ」と「油日」は「東京二六新聞」には採られていない。総じて五行詩はそれぞれムードはあるが、詩として稀薄である。

二月の「明星」で寛はまた「幻住庵雑歌」と題して二篇の五行詩一二篇を載せている。また「東京二六新聞」では、「愛欲《あいよく》」・「擦硝子《すりがらす》」（2日）、「十字架《じふじか》」・「橇《そり》」（5日）、「我」・「姉妹《しまい》」（6日）、「自然派《しぜんは》」（11日）、「舞衣《まひぎぬ》」（12日）の八篇の五行詩が発表されている。「明星」と「東京二六新聞」で重複しているのは五篇である。五篇の中には改題しているものもある。「明星」発表の五行詩はいずれもやや気分に流されて書かれた感がある。「明星」に載らなかった「東京二六新聞」の詩をあげる。

我

われは行《ゆ》く。此《この》いと高《たか》く。
おごそかに峻《けは》しき岨《そば》を。
鈍人《おぞびと》えも続《つゞ》き来《こ》ず。
はた聞《き》かず。刺《そしり》と媚《こび》と。
われは世《よ》を此処《ここ》ゆ眺《なが》めむ。

（明41・2・6）

自然派

皮剥《かはは》げば唯血《たゞち》は流《なが》る。
蕊摘《しべつ》めば既《すで》に香《か》も無《な》し。
いづらぞや。花《はな》とたをやめ。
今《いま》の世《よ》のかしこき人《ひと》は。
科学《くわがく》にぞ百合《ゆり》を尋《たづ》ぬる。
（明41・2・11）

「我」は自らの孤高と超然とした生き方を明らかにした詩である。白秋らの脱退事件直後に書かれているので、孤独と失意のうちにかくありたいという願望がうかがわれる。「自然派」は「花とたをやめ」のような美しいものの正体を知ろうとする、そのものに本来備わった美しさを無残に「剥」ごうとする自然主義派への皮肉と批判を歌っている。凋落の一路を辿る明星派のあえない抵抗を示しているのであろうか。

三月の「明星」（1日）には「雨糸柳糸」という五行詩一〇篇および四行詩一〇篇の連作の体裁を成した詩がある。この五行詩の中には新たに題を付して『檞之葉』に収録されたものもある。しかし「雨糸柳糸」は全体としてストーリー性をもつもので、貴種流離譚の趣がある。そこに描かれているのは、耽美的で華麗な状況設定の中に、癒し難い精神の頽廃と虚無をたたえた主人公の嗜虐的で、孤独な心のありようである。第一連はその主人公の気持ちを端的に表している。この第一連は「倦怠」として『檞之葉』に採られた。

すべて興《きよう》なし、すべて憂《う》し。
黄金《わうごん》の輪《わ》の鹵簿《ろぼ》の上《うへ》
大擲弾《だいてきだん》は裂《さ》けしかど。
年頃《としごろ》めでし一人《いちにん》の
真白き指《ゆび》を皆切《き》れど。

「鹵簿《ろぼ》」とは行幸・行啓の行列の意。「擲弾《てきだん》」とは手榴弾の意。絢爛豪華な行列に大きな砲弾が炸裂したけれども、日頃愛している女の白い指を皆切ってみたところで、心に巣食う憂鬱は払うすべなく、すべてに興を失っている、という救い難い心境を吐露している。この第一連を発端として極彩色の素材を数多く用い、贅を尽した環境にあっておのずからなる崩壊を余儀なくされた異国の王の心理と状況が描かれていくのである。こうした詩を書く背景にあるのは一時的にせよ、歌壇を賑わせ、例を見ない若々しい華やかさで、世人を瞠目させせた「明星」が、今や衰微の一路を辿っていることに対する悲嘆と無気力感ではなかっただろうか。

三月の「明星」以外では「東京二六新聞」に前月と同様「小曲」五行詩「大臣席《だいじんせき》」・「驕落《けうらく》」（1日）、「避病院《ひびやういん》」（4日）、「島影《たうえい》」・「羽衣《はごろも》」（5日）、「爪《つめ》」（11日）、「夕《ゆふべ》」・「潰滅《くわいめつ》」（12日）、「紫《むらさき》」・「提督《ていとく》」（19日）、「谷」（21日）、「初日《はつひ》」・「海」・「上目《うはめ》」（24日）、「春《はる》」・「墓《はか》」（26日）の五行詩が発表されている。これらは「明星」の「雨糸柳糸」に比べて、その長さとストーリー性において詩としての密度が薄い。他に「中学世界」に寛の訳詩「枯れたる木」がある。

四月の「明星」には「砂ぼこり」一篇がある。この詩は三月発表の「雨糸柳糸」と同様に虚無的で頽廃的な心象を描いており、耽美や華麗の要素はなく、むしろ殺伐として陰湿で無気力な感が強い。

臨終《いまは》にせまる行きだふれ、
つりがね草《さう》ぞ萎《しな》へたる。
河原に弱《よわ》る乞食《ものごひ》は
鑢《やすり》にかけて髑髏《されかうべ》
蒼《あを》ざめし歯をくひしばる。（二連）
けづる響《ひゞき》か、きりぎりす。（三連）

右の詩にある「乞食《ものごひ》」「髑髏《されかうべ》」の他に「砂ぼこり」「鼬《いたち》」「病人《やまうど》」などが前述したような雰囲気を醸し出している。四月の「明星」には埋草の詩もある。この他「太陽」に「蟻の崩れ」一篇と「小曲」数篇（五行詩九篇）がある。「蟻の崩れ」には神経症的な過敏な感覚が現されている。

蟻《あり》の城《しろ》こそ崩《くづ》れたれ。
八万《まん》四千《せん》の蟻《あり》ぞ匍《は》ふ。
全神経《ぜんしんけい》の抹梢《まつせう》を
螫《さ》しつゝ、噛《か》みつゝ。

全神経《ぜんしんけい》の抹梢《まつせう》を
総崩《そうくづ》れなる蟻《あり》ぞ匍《は》ふ。

凍《こほ》り果《は》てたる躁熱《さうねつ》よ。（五連）

この「蟻」を巡る捉え方には、どこか常軌を逸した異様さがうかがわれ、このころの寛が少なからずノイローゼ気味であったことが察せられる。この詩は白秋らの脱退後二ヶ月ほどで作られたものであろうが、「蟻《あり》の城《しろ》こそ崩《くづ》れたれ」に見る崩壊感覚は脱退事件を反映した表現であろうか。「小曲数篇」とは別にこの月には、「東京二六新聞」に「小曲」の見出しで五行詩「恍惚《くわうこつ》」（1日）、「玉《たま》」（5日）二篇がある。

五月の「明星」には「啞の島」一篇がある。またこの月の「東京二六新聞」には寛の詩は掲載されていない。

六月の「明星」には「にはだつみ」一篇がある。「にはだつみ」は「にはたづみ」（庭潦）の誤植か。この月にはこの他「東京二六新聞」に「小曲」五行詩「落紅《らくこう》」（7日）、「百合《ゆり》」・「君《きみ》と我《われ》」（21日）、「象徴《しやうちよう》」・「天才」（26日）がある。

七月の「明星」には埋草に無題の五行詩一篇・二篇（6号活字）がある。この他「東京二六新聞」に「小曲」五行詩「蛙《かへる》」・「嵐《あらし》」（1日）、「床《とこ》」・「新《あたら》しき火《ひ》」・「一夜《いちや》」（7日）が発表されているが、このうち「嵐《あらし》」「床《とこ》」「一夜《よ》」は「明星」と重複している。

八月には「明星」、「東京二六新聞」のいずれにも寛は詩を発表していない。

九月は寛の「東京二六新聞」に「小曲」「出現《しゆつげん》」（26日）、「女《をんな》」・「文《ふみ》」（27日）だけである。

一〇月は「明星」に寛の埋草の詩がある。他に「東京二六新聞」に「小曲」五行詩「我《われ》」・「夢《ゆめ》」（14日）、「乳母《うば》」・「夢《ゆめ》」（20日）、「仇人《あだびと》」・「弟《おとうと》」（25日）、「呵責《かしやく》」・「人妻《ひとづま》」・「西京《さいきやう》」（29日）を載せている。

一一月の「明星」終刊号に寛の埋草の詩があり、他に「おどろがもと」は五行詩七篇の詩で、それぞれに内容的関わりは見られない。「明星」終刊号の詩としての切迫した心情も特にうかがわれず、むしろ気分的に書き流したかのような七篇で、全体はムードが先行し、深みがない。

酒瓶《さかがめ》は倒れて赤し。
彼の隅に女人《によにん》の髑髏《どくろ》
琴ひけば、うしろの扉《と》より
VERLAINE《ヱルレエヌ》青ざめ覗く。
のけぞりて友は眠れり。（第五連）

黒きとびらの前に立ち、
譫言《たはこと》めけるつぶやきは、
恋の未練《みれん》か、詩の厭《あ》きか、
滓《をり》を見出でし酒ゆゑか。
寒き瘧《おこり》の前触《まへぶれ》か。（第七連）

右の二連から分かるように、ボキャブラリが多く、ストーリー性もあるが、一歩踏み込んで対象を把握するには至っておらず、徒に言葉のみが流れている。このあたりに詩人としての方向性を探しあぐねて低迷せざるを得ない寛の現実があったのか。ただこの中で一篇だけ素朴だが、寛の率直な思いを披瀝したものがある。

友は歌舞伎に筆つけつ。
近く西より帰りこし
博士は二なく巴里《ばり》を讃《ほ》む。
心いたみぬ。さらにまた
若狭の人は病むといふ。（第三連）

ここには恐らく「明星」の三人の歌友の消息が書かれているのであろう。そのうちの一人「若狭の人」は言うまでもなく、山川登美子のことで、重病が伝えられていたであろう登美子を案ずる思いが消極的に詠まれている。表現は淡々としているが、終刊号に敢て登美子と分かる人物を載せたのは、重病の床にいる登美子に対する寛の精一杯の気持ちを表したものか。

一一月の「東京二六新聞」には「小曲」五行詩「生立《おひたち》」・「漂泊《へうはく》」（４日）、「飢渇《きかつ》」（６日）、「毒茸《どくたけ》」・「思出《おもひで》」（７日）、

「草《くさ》」・「夢解《ゆめとき》」・「魔王《まわう》」（9日）、「蝶《てふ》」・「死《し》」・「時雨《しぐれ》」（13日）、「毒葡萄《どくぶだう》」（14日）、「さすらひ」・「酒《さけ》ほがひ」・「願《ねがひ》」・「澆季《けうき》」（18日）、「株市《かぶいち》」・「教授《けうじゆ》」（25日）の一八篇がある。

一二月には「小曲」五行詩「禿頭《とくとう》」・「母《はゝ》」・「勝利《しようり》」（1日）、「少女《をとめ》」・「黄金《こがね》」（12日）、「女優《じよゆう》」・「飯粒《めしつぶ》」（13日）・「初雪《はつゆき》」・「霰《あられ》」・「友《とも》」（22日）、「沈没《ちんぼつ》」・「噂《うはさ》」（23日）、「窓《まど》」（25日）の一三篇の五行詩が「東京二六新聞」に発表されている。

以上が寛の詩であるが、総じて前年の一一月から掲載し始めた五行詩は寛にとって新しい試みで、試作の行き詰まりが求めた一つの方向ではなかったか。しかしその意欲とは別に大きな魅力は持ち得ず、この後の寛の作詩活動において実を結ぶことには繋がらなかった。

この年に発表された晶子の詩は「明星」九号（明41・10）掲載の「赤とんぼ」一篇だけで、前記したように六連から成っている。これは晶子が一三歳の少女だったころの思い出を歌ったもので、郷愁とそのころの体験を織り混ぜて情感を率直に表している。表現には装飾性がなく、筆の流れるままに書いており、晶子の幼少時代が彷彿とする。前年発表の「親の家」同様に過去の体験を印象深く描出しており、このころの晶子の関心が自らの生い立ちへ向けられていることが分かる。従って「親の家」・「赤とんぼ」は共に実感がこめられていてしみじみとした詩である。「赤とんぼ」を抄出する。

庫《くら》の下《した》なる焼板《やきいた》に
あまたとまれる赤とんぼ
しげをの君の肩にきぬ。

一つと思ふにまた一つ
帯にとまりぬ、また一つ
裾にもとまる、赤とんぼ。（五連）

つと足とめて、あなをかし
とんぼの衣《きぬ》とわれ云ひぬ。
とんぼの衣《きぬ》とその人も
はじめてものを云ふものか。
酒屋の庫のうら通り、
初秋の日は黄《き》に照りき。（六連）

ここにでてくる「しげをの君」とは「評判者のいぢわるの」「隣《となり》の子」である。こうした少女期の友人や知人の姿を生き生きと表すことは、この後、エッセイの形を借りて大正五年から「新少女」に発表される作品によっても知られる。

次に寛、晶子の散文を見る。まず**一月**には、晶子は「女子文壇」に随想「歌の作り始め」を発表した。これは晶子が歌を作り始めた動機を記したもので、乙女時代の歌にまつわる思い出を辿りながら書いている。巻頭では一四歳のころ「私は初め歌と云ふものが嫌ひ」だったと言って、「唐詩選」と「古今集」を比較して「古今集」を「東《あづま》夷《えびす》の片言」と思っていた。その後『新古今和歌集』を読み、一七歳で『万葉集』を初めて読んで感激したと言う。さらに「後撰《ごせん》か拾遺《しふゐ》かの集《しふ》で女《をんな》の歌《うた》のあまり拙《まづ》かつた」ことを知って女が余程努力しなければ歌は男に太刀打ちできないと悟った、と書いている。また旧派の会へ誘われたが、曖昧な返事をしていたようである。始めは月に二、三首の歌しかできず、自ら歌才の有無に疑問を抱いていたころ、ある朝目覚めて「源氏の一巻一巻を歌につくって見」たところ「一時間ほどに四十いくつ出来ました」と言って、それは「苦なしに詠めた」と言う。大正一一年の「明星」に初めて活字として『源氏物語礼讃歌』五四首が掲載されるのだが、右の一文で分かるようにすでに娘時代に試作していたことが分かる。その時から作歌を「自覚いたしたやう」だとある。そして駿河屋の店番や帳簿付などやりながら読書し、歌は「羊羹場と申す大真名板」の上で詠み、『みだれ髪』の歌の多くがここで詠まれたとも書いている。

この月には晶子の歌評として「新年御題社頭松詠進歌に就いて」が「東京二六新聞」に六回載せられている（21、22、25、26、27、29日）。二一日の記事は右の連載歌評の任に当たっての所信表明である。歌評の対象となった旧派歌人に対してどのような理解を示していたかであった。

確かに一見識ある歌壇の一派として敬意を受くるやうに努力遊ばしては如何でせうか。……旧派は私共の故郷である。故郷を是非するのは故郷を愛するからであります

このような旧派に対する配慮は、詠進歌出詠歌人の社会的地位に、神経を配っていたものか。しかし二三日以降の実際の歌評はかなり手厳しいものである。この月に幻の童話集の『絵本お伽噺』（天佑社刊）が刊行されている。

二月、寛は「明星」の「雑俎」に「『古今和歌集』を紹介す」を載せている。

三月、寛も晶子も散文はない。

四月、寛は「明星」にこの月から一〇月まで「歌話」と題して『万葉集』第一から巻三までの歌を抄出して批判を下している。それは五回（㈠4月・㈡5月・㈢6月・㈣7月・㈤10月）である。この月に晶子は「女子文壇」（1日）において「談話手の上の氷」（源氏物語談話の一節）を載せている。これは「蜻蛉《せいれい》の巻」の講義という体裁をとっており、講義内容を速記したものであろう。この巻の中で晶子は源氏、紫の上、浮舟を供養する「御八講」の後の描写をあげている。ここでは、寛いだ女房たちが局で涼をとっている姿が描かれ、それを薫が覗き見している。薫が思いを寄せていた「小宰相」の魅力的な様子に次いで、「一品の宮」（女一宮）の美しさが印象的に語られ、薫は強くこの宮に心惹かれるのである。「手の上の氷」とは小宰相が一品の宮に氷を手渡した一シーンから採られた題であろう。女房たちの生き生きとした姿と共に「小宰相」、「一品の宮」のやりとりがこの巻では鮮明に描かれ、このあたりを晶子は「この源氏中の最も趣のある所」だと評している。「少女の友」に晶子の童話「女中代理鬼の子」がある。

五月、晶子は「新潮」（１日）に小説「島田」を発表している。登場人物は「樋田先生と、万波先生と、利井さんの三人」、この小説は専ら「万波さん」の眼を通して描かれている。大学で教鞭を執っているらしい「樋田先生」が小説家志望の二人の学者を連れて歩いていると、夜中に、雪解けの道で下駄もはかずに泣いている若い女を見つけたのが、この小説の発端となっている。この三人の対話から「先生」の姿を彷彿とさせ、それが小説の主旨で、飾り気のない文体や筋の展開には無理がない。この月、「女学世界」（15日）に晶子の随想「女詩人の神輿《しんよ》」がある。

六月、晶子は「新声」（１日）に戯曲「第三者」を掲載している。主人公は小説家、文学博士夫人国子。国子を巡る文学士石田と文科大学生野島および夫の関根の四者の心理的葛藤を描いたドラマである。国子は救い難い孤独と、夫の愛情を得られない飢餓感を抱いているが、国子に厚意を寄せる理性的で常識的な野島に癒されることなく、むしろ女と心中し損ねた石田に自らを重ねて同情と親近感を抱いている。夫に失望して追いつめられた国子は人生の敗残者である石田を挑発し、心中を覚悟する。モルヒネで心中しようと決めた二人の前に、夫関根が現われる。夫はすぐに出て行こうとするが、その直前まで国子は夫への未練を捨て切れず、そうした心理をト書きで「国子、なつかしげに夫を見て」とか「国子、名残惜しげに博士を見る」とか、「国子追ひ行きて、廊下を行く博士を見て居る」と表して場面を展開させていく。国子は石田とモルヒネを飲み干し「好い気持」だと言いながら夫の腕の中で死ぬと言い捨てて去る。「僕は第三者だ」と石田は言いながら泣いて倒れる、というところで終わっている。国子が夫の腕の中で死ぬということは夫を愛するが故に、報われなかった愛への復讐という意図をもったものではなかったか。愛と死という重いテーマを緊密な構成によって描き、そこにドラマとしての盛り上がりを見せている。この戯曲に人物の性格も会話の中に適確に表現され、詩歌以外の晶子の作品として重要な意味をもつものである。この戯曲について啄木の日記（明41・５・２）に「此頃脱稿したといふ一幕物の戯曲〝第三者〟の話をした。女主人公（博士夫人）は女史自身で、一緒に自殺する男は森田白楊君、そこへ出て来て女主人公に忠告する大学生は茅野蕭々君」

と書いている。吉野章三宛ての五月七日書簡にも「第三者」のモデルについて書いている。六月には、与謝野寛・茅野蕭々共訳の「女ごゝろ」（ズウデルマン作）」が「趣味」（1日）に載せられている。晶子の「少女の友」（1日）に童話「金ちゃん螢」あり。**七月**の同誌に「早口のお嬢さん」あり。

八月の「文章世界」（15日）で寛は「現今詩壇談義」、晶子は「私の歌を作る態度」をそれぞれ掲載している。「現今詩壇談義」は談話調で書かれ、ここでは詩人の生き方、「詩形」について語られている。「私の歌を作る態度」も寛と同じく談話調である。晶子の方は作歌に臨んで「予《あらかじ》め用意《ようい》といふことを致《いた》さず」「感興《かんきょう》の無《な》い時《とき》に」は歌わない、また「毎年春《まいねんはる》から夏《なつ》」にかけてもっとも作歌意欲が湧く。しかし子供の病気や雑用が重なると、「其年《そのとし》一年《ねん》は何も出来ないやうに失望《しつぼう》」すると言う。「頭《あたま》に浮《う》いて来《く》るものをそのまゝ歌《うた》」うけれど、「現在《げんざい》を露骨《ろこつ》に告白的《こくはくてき》に歌《うた》ふことをあまり好《この》」まず「矢張歌《やはりうた》は追憶《おもひで》を歌《うた》ふもの」と言っている。晶子にとっての「過去」とは「少女」「人妻」「わかき母」時代を指し、それらの中で「少女」のころがもっとも懐かしいと言う。近ごろ「若い一二のお上手な方の歌に感化されて」いるが、今後は「若いお方に敗けぬやうに努力してやりたい」と謙虚に書いて結んでいる。この一文には色々の意味での当時の晶子の心境の一端がうかがわれる。童話「赤い花」が「少女の友」（1日）に掲載。**九月**には童謡「衣裳もちの鈴子さん」掲載。**一〇月**には童話「お化けうさぎ」「懸賞音楽会」がある。何れも「少女の友」である。

一一月、「明星」冒頭に寛の「感謝の辞」あり。「中学世界」（臨時増刊文芸号）の「文壇諸名家雅号の由来」において、寛は自身の雅号について書いている。これはすでに本書で述べたので省く。以上で詩と散文における紹介は終わる。この他にこの月にも童話「美代子さんと文ちゃんの歌」がある。

なお、この年には水野葉舟の小説「再会」が「新思潮」一月号に発表されている。これは晶子、寛、葉舟をモデルにした小説で、三人の確執を巡ってかなりリアルに書かれており、その内容についてはすでに述べたので省く。

この小説が発表されたことは、啄木の「明治四一年日誌」一月三日付の記述から分かったのであり、それによって当時の「明星」同人の反応が具にうかがわれる。この虚実混合した啄木の書き振りは多分に興味本位の嫌いが見られる。

この年の「明星」誌上には充実した論評が加えられている。まず二、三月では「王堂学人　田中喜一」の「夏目漱石氏の『文芸の哲学的基礎』を評す」があり、二月号では二段組二七頁余り、三月号では二段組三四頁の長文である。

四、五月は樋口龍峡の「自然主義論」が二回、八月の巻頭に「王堂学人　田中喜一」の「我国に於ける自然主義を論ず」という一一三頁の長論文を載せている。その内容は次のような項目をたてて述べられた。

一、序論

二、本論　　二葉亭四迷氏の自然主義　生田長江氏の自然主義　片上天弦氏の自然主義

長谷川天溪氏の自然主義　島村抱月氏の自然主義

三、結論

以上のように田中喜一の広い視野に立った論文や樋口龍峡の自然主義論は「明星」末期であってもその誌面に幅をもたせたのであった。前年以来自然主義文学に批判的立場を見せていた「明星」が引き続き、自然主義文学へ高い関心を寄せていたことがこのことを以て見ても明らかである。

第三節　『常　夏』

㈠　体　裁

『常夏』は晶子の第七番目の歌集。明治四一年七月一〇日、日本橋一丁目の大倉書店より刊行、新四六判布装（赤）、奥付には定価の記載がなく、朝鮮文字の検印がある。一八八頁、装幀画は中沢弘光、花を一輪もった女の横顔が掲載され、その右上に「常夏」と記され、背表紙には変体仮名で「登古奈津」とある。挿画には岡田三郎助の「いんすぴれいしよん」と中沢弘光の「奈良の夏」の二葉がある。巻頭に「馬場孤蝶の君に献ぐ」とあって、次頁に「著者肖像」の写真掲載。「明星」廃刊の四ヶ月前に刊行された。四一年の「明星」五、六、七月の広告文には「彼《かれ》の艶麗高華《えんれいかうくわ》も然《さ》ることながら、沈静《ちんせい》の中《うち》に優婉《いうえん》なる哀愁《あいしう》の湿潤《うるほひ》に満つる本集《ほんしふ》、将《はた》、一雨《いちう》の後《のち》の常夏《とこなつ》の花《はな》と見《み》給《たま》へ」とある。集中の歌は三七四首。そのうち初出判明歌は三六六首。三九年一〇月の「中学世界」から四一年五月の「明星」に発表された歌の中で、「明星」に発表されたのは三二二首、その中で『常夏』に採られた歌は二五五首。この他に掲載された雑誌は「文の友」「芸苑」「帝国文学」「女子文壇」「文章世界」、新聞は「都新聞」「万朝報」「東京二六新聞」「大阪毎日新聞」「福岡日日新聞」から採られた。

㈡　内　容

⑴　比喩のうまさ

「常夏」の歌の内容については三九年一〇月から四一年五月までの晶子の「作品傾向」において詳述したが、ここでは歌集全体の特色を見ていくこととする。

まず第一に晶子らしい比喩表現の巧みな歌をあげる。

85 牡丹《ぼたん》見《み》て渇《かつ》をおぼえぬ野《の》のそらに銅《あかがね》　雲《ぐも》をあふぐ日《ひ》のごと

88 一《ひと》しきりあられふりきて夕庭《ゆふには》に拝《はい》し舞踏《ぶたう》しおもしろく去《い》ぬ

141 ゆく春《はる》の雨《あめ》ののちなり朝露《あさつゆ》の蜘《くも》の巣《す》がきに似《に》たる星《ほし》の夜《よ》

245 朝《あさ》がほの苗《なへ》はならびて水沼《みづぬま》の鷺《さぎ》のかたちに三《み》つの葉《は》ぞする

一首目は、初二句に見る牡丹の花と咽の渇きとの因果関係の意外さからくる面白さ、及び初二句を三句以下のような比喩とした発想の飛躍、という二つの技巧を無理なく収めたところが晶子らしい。二首目は、通りすぎていった「あられ」の様子を「拝《はい》し舞踏《ぶたう》し」と擬人化した。結句に機知の面白さがある。三首目は、晩春の雨後の星の夜を「朝露《あさつゆ》の蜘《くも》の巣《す》がき」と比喩した。大胆な発想の転化が軽い驚きを読者にもたらすほど、晶子の感性の冴えをうかがわせる。四首目は、朝顔の苗が並び植えられている様子を水沼に立つ鷺の姿に比喩して詠んだ歌。朝顔の葉はまず二葉が出て、次いでその間から再び二葉が生じるが、この二葉がまだ小さくて二分しているように見えない状態を「三《み》つの葉《は》」と言ったものか。朝顔の「三《み》つの葉《は》」を素材とした歌に、かつて「小《こ》百日《ひやくにち》三《み》つ葉《ば》せぬゆゑ朝顔《あさがほ》の暦《こよみ》くるなりさみだれの家《いへ》（『夢之華』164）」という歌があった。このような意外性のある着想には、晶子の感受性の新鮮さが十分にうかがわれる。

(2) 内面の表白

特色として晶子の内面性を表白した歌をあげる。ところで一つの歌集の巻頭歌には大抵作者の歌集への意図や思い入れを反映することが多い。前歌集『夢之華』がそうであったように『常夏』も晶子のその時点における心境をかなり露わに表現している。左に巻頭歌群中で晶子の心理がよくうかがわれる歌をあげる。

1 ある宵《よひ》のあさましかりしふしどころ思《おも》ひぞいづる馬追啼《うまおひな》けば
2 ひだりして枕《まくら》ぬれけりとしごろを片寝《かたね》しにけるあしきならひに
5 花鎮祭《はなしづめまつり》につづき夏《なつ》はきぬ恋《こひ》しづめよとみそぎしてまし
7 わが心《こゝろ》さびしき色《いろ》に染《そ》むと見《み》き火《ひ》のごとしてふことのはじめに

一首目は、馬追虫が啼くと、かつてのある宵に味わった殺伐とした閨でのことを思い出すという内容。晶子が体験した夫婦間の埋め難い溝や不信感を詠んだものか。これを巻頭に配したところに孤独や憂愁に満ちた夫婦の越え難い距離を知ってしまった苦い諦念が歌集全体を覆うテーマとなっていると言えよう。二首目は、永年左を下にして寝る習慣がついているから、閨で泣く時には左に当たる枕ばかりが濡れるのだという内容。思うに任せない男女間の悲哀を初二句で表した。三首目は、疫病を鎮めるという花鎮祭に続いて夏はやってきた。（しかし）私は恋心を静めようとみそぎをしたい、という内容。去り難い恋心の懊悩を歌った。四首目は、総て物事の始めは火のような情熱を傾けるものだが、今の私の心は、情熱が冷めて淋しさ一色に染っているという、心を燃す対象や目的を失った淋しさを感傷的に詠んだ。右の四首はいずれも心の満たされない索漠とした悲しみや虚しさが詠み込まれ、こうした歌の傾向は、この歌集の随所に見られる。次にそれらをあげる。

87 あはれなり年《とし》へだてては悲《かな》しさのあるを云《い》ひつつ出《い》でもまじらふ
99 いつしかとえせ幸《さひはひ》になづさひてあらむ心《こゝろ》とわれ思《おも》はねど
241 その日《ひ》さへ過当《くわたう》のことぱ《ママ》たまはりし日《ひ》とただおもふさめたる女《をみな》
260 いくとせかうれひの家《いへ》に堪《た》へこもる魂《たま》よびたまふ死《しに》のおん神《かみ》
272 きづつける胸《むね》とも悲《かな》し心《こゝろ》とも空処《くうしよ》に名《な》をばつけつつありぬ
370 春《はる》の鳥今巣《とりいます》がくれてある冬《ふゆ》と猛《まう》におもひぬ胸《むね》をおさへて

一首目は、自分の心とは裏腹な行為をとることへのほのかな虚しさや諦めを「あはれなり」と感慨を以て詠んでいる。二首目は、いつの間にか偽りの幸福に馴れ浸っている自分を顧みて、それを避けきれなかったことへの自己憐愍や軽い悔恨などが一首にこめられている。三首目は、身に余るほどの言葉を賜ったその日でさえも、ただ褒め言葉を頂いたに過ぎないと思うほど私は冷めてしまった女なのですよ、という内容。これは百の褒め言葉より一つの愛の言葉が欲しいという、屈折した女の心理を表している。四首目は、何年も鬱々とした家に堪えこもっている私の魂をお呼びになる死神よ、という内容。憂鬱に堪えかねた晶子に訪れる死への誘惑を詠んだもので、ここには救い難い絶望感がある。五首目では、「きづつける胸《むね》」とも言い、「悲《かな》し心《こゝろ》」とも言って、私の心の空き場所へ、そんな思いに沈む私の名を書き続けているのだ、という内容。癒し難い悲愁を常に確認せざるを得ない自己を、さらに冷めた眼で見ているのではなかろうか。六首目は、作者の内に猛々しく騒いでやまない青春性への憧れを比喩した歌で、それが叶えられない悔しさや悲しみに懸命に耐えている心境だとうかがわれる。上句には、現在の自分の置かれた状況を不如意に思い、大きく羽ばたきたい欲求を強く抱いている心情が託されている。この一首は当時の晶子が痛切な希求をもちながら自己表現できない喘ぎをよく表現している。いずれも晶子の煩悶や悲傷を十分に詠みこんでいる歌である。

以上のように晶子の一方ならぬ屈折した女心を歌の中に見てきたが、これは『常夏』全般を通してもっとも著しい特色を成すものである。心境の吐露という点では通ずるが、これらとは対照的な夫婦間の歓びを率直に、また皮肉に披瀝した歌がある。それらを次にあげる。

62　古女君《ふるをなごきみ》とその世《よ》の相聞《あひぎき》の歌《うた》もて足《た》れるあめつちに居《ゐ》ぬ
127　ふるさとを恋《こ》ふるそれよりややあつき涙《なみだ》ながれきその初《はじ》めの日《ひ》
266　相恋《あひこ》ひぬ慢気《まんき》慢心《まんしん》たらざるを知《し》らぬ少女《をとめ》と清《きよ》き男《をとこ》と

286 二十四時日《にじふしじひ》のいとなみにわれ恋《こ》ふる君《きみ》にひとしきかたよりごとす

350 うすものを着《き》るとき君《きみ》はしら花《はな》の一重《ひとへ》の瞿粟《けし》《ママ》と云《い》ひ給《たま》ふかな

363 おん瞳《ひとみ》つとまもらひぬ美《うつ》くしさ二《に》なきもの見《み》るわななきしつつ

一首目は、年を重ねた女の私とあなたとはそのころ、恋歌を詠み交せば満足だった、という、心燃えていたころを回顧し、懐かしんではいるが、「古女《ふるをなご》」という表現に、年を経て女の盛りを過ぎてしまった、という哀感が見られる。二首目は恋い初めの日の高揚感は懐郷の念以上だ、と言って当時の心の高ぶりを思い返した、初夜の感激か。三首目は、恋に夢中になって何ごとも可能だと傲慢であった自分の過去を振り返り、そんな自分が「清き男《きよをとこ》」と恋をしたと言う。かつては「星の子」とも「夜の神」とも称えた恋人を聖化して「清《きよ》き」と言っているが、これはまた現在の寛に対する痛烈な皮肉と受け取ることもできようか。四首目は、二四時間片時もあなたのことを忘れないで恋をしている、という現在の晶子の心境を露わに詠んだものか。五首目は、ナルシスティックな歌ではあるが、楚々としたイメージが、華やぎよりむしろ寂しげな美しさとして詠まれている。この寂しげな美しさを自らの姿として詠んだところに、どこか満たされない、うら悲しさがヒロイックに表されていると解せないだろうか。六首目は、自分の姿が見られていたことに気付いた時、相手の眼差しの中にうっとりとした表情を読みとった歌。いかにも晶子らしいナルシスティックな歌であるとは言え、当時の作者の日常から推測すると、このような自己陶酔に溺れるほどの情況下にはない。むしろ内面的には飢餓感や孤独にさいなまれることが多く、このように甘美な設定を詠んだのは恐らく満たされることのない心の裏返しか、あるいは一時的にも逃避したかったのではないか。つまり歌意とは裏腹な現実の中で、はかない夢を見ようとする女心を歌った。こうありたいと思う自分をドラマティックに劇化したのであろう。

集中に詠まれたナルシスティックな傾向の強い歌は、右の二首（350・363）しか見い出されず、これまでの歌集と比較してこれは一つの変化と言えよう。さきに詳しく述べてきたように、晶子の内面の葛藤や混沌を詠んだ歌はかなり多い。それを考えると、こうしたナルシスティックな歌の少ないのは当然とも言えるが、これらの歌が、ナルシシズムの歌として表されていても、それは晶子の心理の屈折表現として詠まれているように思われる。

また集中には叙景歌が非常に多い。全般的に平板で発想は比較的凡庸であるが、ただ比喩表現の奇抜さが一つの新鮮な面白さをもつ。それらの叙景歌はすでにあげたとおりだが、こうした歌は数少ない。さらに古典を素材とした歌はかなりあるが、これまた出典やその背景が曖昧で、物語性をそこに読みとることができないためか、いずれも印象がうすい。

(3) 故郷と肉親

さいごに数は少ないが、故郷や近親者を詠んだ歌をあげる。

27　ふるさとの渚《なぎさ》にしぶくしら波《なみ》をふとも思《おも》ひぬ一群《いちぐん》の鳥《とり》
233　ふるさとの山《やま》の焼生《やけふ》に雨《あめ》ふれば春《はる》ちかき香《か》のたつと思《おも》ひし
318　湯気《ゆげ》にほふ昼《ひる》と火桶《ひをけ》のかず赤《あか》き夜《よる》のこひしき父母《ちゝはゝ》の家《いへ》
322　夢《ゆめ》の中《なか》に御名《みな》よぶ時《とき》も世《よ》にまさぬ母《はゝ》よと知りてさびしかりしか
323　いかめしく松柏《しようはく》しげる山《やま》に居《ゐ》て千年《せんねん》つきずわれおもふ母《はゝ》
111　のみぬけの父《ちゝ》とどらうつ兄者人《あじやひと》の中《なか》に泣《な》くなるわが思《おも》ふ人《ひと》
112　兄《あに》たちは胡桃《くるみ》をくらふぬりごめの小《ちさ》きけものの類《るゐ》に君《きみ》よぶ
134　歌《うた》よむと外法《げはふ》づかひをいむごとく云《い》ひける兄《あに》のけふもこひしき
239　春《はる》の陽《ひ》は藁《わら》にかくれてありけるとあたたかげにもわれよぶ兄《あに》よ

一、二首目は、故郷を懐かしむ歌である。三首目以下は母、父、兄の思い出の歌である。父は明治三六年、母は四〇年に没しており、兄とは寛との結婚によって義絶したままになっている。いずれも会えない肉親への哀切な心情を素直に吐露した歌である。

この歌集の歌はそれぞれの年の「作品傾向」で述べてきたので、右にあげた歌の特色と併せて『常夏』全体を理解していきたい。

第一〇章　明治四二年（寛36歳・晶子31歳）

第一節　「明星」廃刊後の新詩社

㈠「スバル」創刊と啄木の思い

明治の詩歌壇における浪漫派の系譜を見ると、前期を浅香社、中期を「明星」とすれば、後期は「スバル」となる。「スバル」は「明星」廃刊二ヶ月後の明治四二年一月一日に創刊し、白秋、勇、万里、啄木、修らが編集に携わった。啄木は三五、六年の「明星」に歌を発表した後、三年間は発表せず、四〇年八月から再び「明星」に掲載し始めた。そして四一年四月、再度上京した時にはすでに同人ら七人が脱退した後だったので、脱退には直接加わることはなく、廃刊まで「明星」に作品を発表していた。その間の日記や書簡には寛や新詩社批判をかなり厳しく書き、「明星」存続を危ぶんで「一家独立」の姿勢を明らかにしていた（明41・5・2書簡）。「スバル」は「明星」廃刊後、浪漫の残照を残しながら耽美的な色合いを留めて大正二年一二月まで続いた。

「スバル」創刊に関して「明星」申年九号（明41・10）の巻頭一面には、

純文芸雑誌「昴」明治四拾弐年一月一日初号発行

と広告されている。ここには

我らの新に建てむとする家はこれなり。壁は青く塗るべきか、はた赤く塗るべきか

と書かれてあり、ここには若々しい才能の息吹で新時代に相応しい雑誌を作ろうという意気込みが感じられる。外部執筆者として「森林太郎、馬場孤蝶、薄田泣菫、蒲原有明、与謝野寛、北原白秋、太田正雄外数氏名」、内部執筆者として「与謝野晶子、茅野蕭々、大井蒼梧、江南文三、栗山茂、吉井勇、石川啄木、平野万里外十数名」をあげている。さらに「明星」終刊号では、外部執筆者として上田敏、平田禿木、小山内薫、阿部次郎、内部執筆者として高村光太郎、茅野雅子が加わっている。前記した「明星」九号末尾の「社中消息」で寛は新詩社詠草を「スバル」に掲載すると書いているが、実際には余り載らなかった。その後に

尤も「スバル」は本社の機関には無之候間、直接発行所より御購読相成りたく候。

と書いている。「スバル」発刊の記事は前記のように「明星」九号に発表されたが、その数ヶ月前の啄木の日記（明41・5・9）には

十月に一百号を出して、一先づ明星をやめ、社友組織を解いて、新たに何か薄い雑誌にしようといつた様な語も出た。

と書かれており、そのあと同年七月二九日の啄木の宮崎郁雨宛て書簡にも、また「明星」廃刊後に、

その後継雑誌の件、僕は合議政治に絶対的不賛成をとなへ、一かバツかの議論をした。退社連中との連縦に強硬説をとなへ、平野に編輯の全権を与へて第二明星を起すことを唱導し、若し数頭政治をやるなら僕は加名せぬ

と書いており、啄木の気持ちを理解してくれたのは晶子だと付言している、そして八月一〇日ころに「秘密に協議会をひらく」とも書かれているが、その後の啄木日記（明42・8・8）で「千駄ヶ谷歌会」（観潮楼歌会）の折にも

廃刊の事与謝野氏の懇望によつて決し、新たに与謝野氏と直接の関係なき雑誌を起すこととなり、平野吉井予

の三人編輯に当ることとなれり。予は初め固辞せしも聞かれず、与謝野氏の衷心に対する同情は終に予を屈せしめたり。

と記されている。ここでは、新詩社とはまったく、無関係の雑誌のように書かれているが、このころの小林政治宛ての寛書簡（明41・9・3）に、

明年一月より表面新詩社以外の事業として「昴《スバル》」と申す菊版の小雑誌を出候　編輯員には社中の平野工学士、吉井勇、石川啄木、平出修、川上賢三、茅野文学士及び晶子の諸人之に当り　此の監督には主として森鷗外先生を推し上田敏氏と小生とは顧問といふ位地にある事と致候

と書いている。さらに「此の計画には森先生非常の熱心にて『昴』といふ名も先生の命名に候」と伝えている。そして「スバル」の基本金は編集員や自分ら夫妻が毎月三、四円ずつ醵出して不足を補い、「明星」に比して小雑誌ゆえ、毎月二〇円程度の補足で運営できるだろうと右の書簡に書いている。「明星」廃刊は遺憾だが、「鷗外先生の下に我等の同志が新雑誌を出し候事ハ却て世の耳目を新たにして意外に注意を引くやも知れず候」と弟子たちによって出版される雑誌に新たな期待を寛はかけていた。また明治四一年九、一〇号の「明星」に新詩社はそのまま継続して同人らの作品を寛、晶子が選抜し批評を加え、そのうちの佳作を新詩社詠草として「スバル」に発表する旨を記しているが、事実は思いどおりにいかなかった。

ところで四二年の「スバル」を通して見ると寛より晶子の作品の方が多く、寛の短歌は五号の短歌号に「似非百首」を掲載しているだけである。右の小林宛て寛書簡には「上田氏と小生とは顧問といふ位地にある」と書いているが、実際には「スバル」編集に携わらなかったため作品発表を控えたのであろう。晶子も五号において「百首歌」を掲載しているものの、一方で二人は小新聞ながら「トキハギ」を発行（5月）していたので「スバル」の方へは欠詠がちになり、七、八、九月の「スバル」には、寛も晶子も作品を発表していない。一〇月の「スバル」の「消

息」では「九月五日には、千駄木の観潮楼で短歌会があツた。十九日には駿河台の新詩社で短歌会があツた。席上の作の一部は此号に載せてある」とあって、事実同じ一〇号では「新詩社詠草」（一、二）が実際に載せられた。このことについて一〇月号の「消息」では、さらに九月二四日の「読売新聞」の「よみうり抄」を取り上げて

今度与謝野氏が『スバル』編輯の任に当る事となツたので、内部執筆者が怒ツて『屋上庭園』（筆者註—明42・10～43・2）を出すとか何とか言ツてあるが、『屋上庭園』は都会趣味を発揮した凝ッた雑誌をと言ふので、北原白秋、太田正雄、長田秀雄三氏が出すのだ、『スバル』とは何の関係もない。

と記している。こうなった理由について同消息では、さらに「多分新詩社詠草を載せる事にしたからの流言だらう」と記されてある。このためか「屋上庭園」一号（明42・10）末尾の「スバル」の広告中に「東京新詩社発行所常磐木《ときはぎ》は本誌と合併せり」とある。この記事は「スバル」には載っていないから、恐らく「屋上庭園」の人々の誤解で「スバル」には「常磐木」の新詩社詠草のみ載せることとし、以後寛は、晶子と共に「常磐木」を中心として細々ながら活動することになる。たとえ噂であったとしてもこのようなことが「読売」に載るということは、寛と白秋らとがうまくいっていないことを意味していると言えよう。

これらを考えると「明星」創刊のころの直文と寛の師弟関係とはまったく異なる。それは直文の、弟子に対する寛大な包容力と信頼感の然らしむるところにあった。しかし寛の場合、弟子だった脱退組は寛に不信と反感を抱き、感情的になり釈然としないまま去って行った。彼らは一度は背信的行動をとったもののやがて新詩社へ出入りするようになるのだが、心の底では平行線を辿っていたようである。「スバル」発行についても、前記の小林政治（天眠）宛ての九月三日の寛書簡にあるように寛自らは「顧問」だと自認していたが、刊行後は殆ど弟子らの手に一任されていた。これは編集者の意向か、寛の意志であったか分からないが、歌壇の中心から離れた寛、晶子の作品が「スバル」に多少でも載せられたことは、白秋らの温情によるものと解せよう。しかし同情的に見られるのは辛く、

弟子たちが気負っている「スバル」に追従するのは寛にとってプライドが許さなかったのであろう。それに比べて、女性故に晶子は順応性もあってか、「スバル」との関わりは寛より円滑にいっていたことから、晶子の作品の方が多く「スバル」に掲載されていた。さらに晶子の方は、廃刊のころから世間では寛より高く評価されていた。

㈡「トキハギ」創刊

「トキハギ」は「常磐樹」とも書き、明治四二年五月から四三年五月まで隔月に発行され、第七集で終刊となった。発行所は神田区東紅梅町二　東京新詩社で与謝野夫妻の住居である。「明星」終刊号の「社中消息」に「別頃《ママ》広告の如く『常磐樹』と題して印刷の上の社友に限り無料を以て配布致す」とあって「単独に随時印刷配布」し、新詩社詠草も載録することを伝えている。創刊号には編集兼発行人の名は記されていないが、二号から七号までは晶子名義になっている。また「スバル」八号の「消息」にも「与謝野晶子氏編輯の『常磐樹』第二号は既に発行せられ候」とある。「明星」が創刊された時も五号まで先妻林滝野の名義になっていたのは資金面で林家の援助があったものと思われ、またすでに河井酔茗が述べていたように寛個人の借金などもあったことに起因していたのであろう。「トキハギ」の場合も晶子名義であったことについて「新詩社より」（創刊号）で、四二年一月発行予定が遅れた理由の一つとして「『明星』に関する旧債に攻められて居る事」をあげているのを見ると「明星」創刊当初と同じ状況だったと想像される。また同文で晶子は廃刊以来生活が一変したことで「九年間の重荷を卸した様な訳で」「多年の気苦労に空隙《すき》が出来てがつかり」したと「同時に多少呑気になつた気味もあ」ったと記している。この他に金銭上のことや「『明星』に関する残務の整理」や「出版費に差支へる様な窮境にあ」ったことや、転居、病人、出産（麟）などに忙殺されていたことを、遅れた理由としてあげている。「トキハギ」は言うまでもなく「スバル」に対抗し得べきものでなく、小規模な「新詩社月報」であった。

「トキハギ」の体裁は「明星」「スバル」に比べて寥々たるものであった。二号だけは四六判の雑誌型で、三六頁あるが、二号以外は新聞半截型の小新聞。一号は三二頁、五号は六頁、それ以外の三、四、六、七号は四頁。寛は同紙の「新詩社より」に「本月より斯様なる体裁にて出す事と相成り候。種々の事情有之已むを得ず候」と書いており、晶子も創刊号の「新詩社より」で「斯様な単純なる体裁と内容とで発行する事」になって「紙数をも殖やしたい」が「新詩社の現状」では不可能であり、

此のささやかな印刷物は決して新詩社の機関雑誌などと称すべきもので無く、まあ社内の廻覧雑誌と云ふ程の心持で、毎月社友の製作と歌話などを載せて御互の参考に供し……社友の近状を報ずる

と記している。さらに「之を以て今の文界に一旗幟を樹て、賑かな諸雑誌の間に角逐しようなどと致すのでは毛頭ありません」ともある。同号で晶子は紙数についても、多くて一六頁から二〇頁までと意向を示しているが、実際には希望通りに行かなかった。また晶子は同文で「トキハギ」出版費は社友の社費と読者の購読料で自治的に経営したいため、滞納がないように、また購読者を勧誘してほしい旨をも伝えている。「トキハギ」続行を願う晶子の必死な努力が見られる。

以上「トキハギ」発行前後の晶子の心境と諸事情を記したが、これらを見ても「明星」創刊当初の寛の高慢な気負いとは程遠かった。「新詩社詠草」は「トキハギ」二号まで載せたが、三号以後は資力が続かなかったものか載せていない。「スバル」には五号まで「新詩社詠草」が掲載されたが、その後は載らず、一〇号から再び「新詩社詠草」を載せた。「明星」終刊号や「スバル」六号に掲載された「トキハギ」一号の広告の目次は実物と違っており、他号の「トキハギ」も広告どおりでなかった。定価は一号から四号が一五銭で、五号以後は七銭である。「トキハギ」の一、二号は他号に比べて紙数も多かったため、比較的内容が充実している。特に一号には後述する登美子への哀悼の歌「哀歌」や晶子の青春時代を想起させる「故山川登美子の君」、また「寄合語」には駿河屋の家業

と商売、そして読書、多忙な生活、酔茗、鉄南、寛とのことなど、また晶子の作歌態度も描出されており、資料的に重視すべきことが多い。三号以後は殆ど寛の「万葉集講話」（「明星」には第四回まで掲載し五回目から「トキハギ」一号に掲載。それは万葉巻五から八までを抄出して講じている）と「和泉式部歌集評釈」（後に大正四年一月、『和泉式部歌集』として寛、晶子共著で刊行）の二つだけとなり他は消息や抄録である。特に「新詩社より」には寛と晶子の心境や信念が記されており、これは「明星」廃刊後の二人の生活や寛と晶子の内面を知る上で重要な資料である。「トキハギ」掲載の歌については二人の作風の展開の項で述べる。細々ながら懸命に従事している二人の姿が痛ましい。

㈢「自宅文学講演会」と『源氏物語』口語訳の萌芽

晶子は明治四〇年六月から四ヶ月間続いた「閨秀文学会」の講師となったことがある。その当時聴講生の一人だった平塚雷鳥は後に『わたしの歩いた道』（昭30・2）の中で、その会は「新詩社系の人びとが中心であった」と書き、さらに

わたくしたちの目の前に現われた与謝野先生は、いかにも無理にひつぱつてこられた感じ

と書いていることから、晶子は閨秀文学会からの懇望で講師になったようである。「全部で十数人ほど」の会員で「おそらく講師の先生方は無報酬で来ていられたにちがいありません」とも雷鳥は言っている。これによると晶子の収入にはならなかったようである。公的な仕事で女性作家の先輩として選ばれたのは名誉であったに違いない。

明治四二年から行われた「自宅文学講演会」は寛、晶子が中心で「明星」廃刊後、半年ほどたってから始めた、きわめて私的な文学講演会であった。この会は大体「トキハギ」創刊と同じころから催された。四二年の「スバル」三、四、六号の広告にはこの文学講演会について「与謝野氏毎週講演」という見出しがあって、

明治四十二年四月四日より開講満一年にて終了

と記されているが、確実に四月四日から開催されたものか、その記録はこの広告以外にない。終了の期日については「トキハギ」七号（明43・5）の「消息」に

拙宅の文学講演会は予定より少し延引し六月中にて閉会致すべく候。

とあり、また「スバル」六号（明43・6）の「消息」にも「予定の如くこの六月限り閉会する相だ」とあって、一年の終了予定は二ヶ月伸びたようである。③年譜の四三年の項に

自宅に毎週両度晶子と共に文学講演を開き、寛は万葉集及び新詩社の歌を、晶子は源氏物語を講ず。上田敏博士しばしば科外講演に出席して助成せらる。聴講者の中に阿部章蔵（水上瀧太郎）、堀口大学二君あり

と書かれてあるが、他に大貫（岡本）かの子、原田琴子、三ケ島葭子も聴講していた。その内容について「スバル」四号（明42・4）の広告に、寛が「歴代古歌講義」を担当した、と書かれてある。その内容は「古事記、日本紀、万葉集、神楽、催馬楽、伊勢物語、業平集、貫之集、小町集、和泉式部集等の歌」、晶子は「源氏物語大意講義、大鏡抄読講義」、寛晶子両人で「新派和歌講義」「短歌及び新体詩製作談」「会員の短歌添削」を担当するとある。毎月一回若しくは二回、科外講義として「外国文学、小説、戯曲、新体詩、絵画、音楽等に関する、専門諸氏の講話会を催す」と広告されている。この他「束修金」（筆者註―入学金）として一円、聴講料は毎月二円、各月最初の開講日に納付すること、とあり、さらに「会員諸氏の短歌は選抜の上新詩社月報『常磐樹』に掲載す」るともある。

しかし「スバル」一〇号掲載の文学講演会の広告は今までの半分のスペースとなり、講演項目も多少変更している。寛は「万葉集講演」「枕草紙抄読講演」「日本上古史談」を、晶子は「源氏物語講演」を、共同のものとして「新派和歌講演」、「会員の短歌選評」をその内容とする、と載せられている。この他聴講者は住所、氏名、雅号を記載し、束修金と聴講料は同じく「与謝野家方に送ること」とし、住所も会の名称も同じだとある。この他は記載されていない。それが一一号になって「規則変更」と添え、「本会は講演者の時間の都合上、今十一月より毎週一回の

開演に改め、日曜日午前八時半より同十二時まで左の講演を開く」と記されている。具体的には「歴代古歌講演」は寛の担当で「本月中に万葉集を終り、平安朝の短歌に及ばんとす。書籍持参に及ばず。筆記帳持参」とあり、次の「源氏物語講演」は晶子で、「本月より蓬生の巻に入る。書籍持参」とあり、「枕草紙」「日本古史談」は寛で、「新派和歌講演及製作談」と「会員の短歌添削」は前の広告と同じように寛、晶子になっている。束修金は同じく一円だが、月謝は一円となった。以上二つの広告を比べると、前半（「スバル」4、6号）の方は晶子単独のものが二課目で、寛は一課目であったが、後半（「スバル」10号）は寛が三課目で晶子が一課目となっている。これは恐らく晶子の方が当時高く評価されていたため、開講当初は晶子の課目を多くしたのであろうが、現実には晶子が家計を支えており、この年の三月には三男麟の出産もあり、翌四三年二月に生まれる六人目の佐保子を身籠っていたことや原稿依頼も多いなど、様々な理由があって、寛が多く講ずることとなったのであろう。そして週二回を一回にしたことはまさにこの講演会の不振を示すもので、一年間で打ち切らざるを得なかったと思われる。始めの広告にある『大鏡』や『源氏物語』の講義は閨秀文学会の時と同じ題目である。実際には広告に示されたとおりに講義されたか否か分からない。いずれにせよ「スバル」に掲示された広告のすべてに「源氏物語講演」の記事が載せられたのは「スバル」同人たちの厚意と見てよかろう。与謝野光の「母・晶子（七）」（昭和期「明星」3号、昭23・3）の中に、このころの貧しかった生活を叙し

　自宅で毎週二回文学講習会を開く事にして、父は和歌に就て、母は源氏物語の講義を初めた。二階の八畳の間に毎回集まる聴講者は二十名内外であった。その中に水上瀧太郎、堀口大学両氏もあったと謂ふことである。

と記録している。また筆者は堀口氏からこの会について「日本語の美しさを教えられて有難く思っている」という直言も得ている。そのころ「トキハギ」には新派和歌について寛、晶子の意見が強力に述べられ、短歌は添削したものを選抜して載せていた。この自宅の講演会は「トキハギ」発行の赤字防止のために同時期に出発したが、現実

には聴講生は少なく思惑は外れた。光氏は先の一文でさらに続けて

母は若い時から源氏物語を好んで何回も読んで居たので、此を判り易い現代語で解釈する事を試みたのである。

後に晶子源氏と謂はれる現代語訳源氏物語を生む機縁は此辺に胚胎して居る訳である。

とも書いているが、前述したようにそれ以前（「閨秀文学会」など）から晶子は源氏の講義をしていたのである。

㈣「晶子源氏」着手

これまで晶子は新詩社内での『源氏物語』研究会や「閨秀文学会」・「自宅文学講演会」で源氏の講義などをやっていた。そうした晶子の『源氏物語』への執心を理解し認めていた小林天眠は晶子に源氏口語訳を叶えさせたいと思い、小林は苦しい与謝野家の家計を援助しようとする好意からも源氏の口語訳を晶子に依頼したのであった。

天眠の計画は、天眠を中心に旧よしあし草同人たちが昔日の夢を実現させようとして、明治三六年に企画し、四三年から大正七年までの百ケ月間（八年）に一〇万円を積立て、それを資本金にして理想的な出版物を出す、その目玉商品として晶子の源氏口語訳を選んだのであった。この企画は天眠と演劇家中村吉蔵が主となり、寛、晶子を始め多くの「よしあし草」同人らが株主になり、それぞれが天佑社設立に協力することとなる。このようにして八年後の天佑社設立の暁には、晶子の「源氏」口語訳を出版の第一声として放つべく天眠は切望し、晶子も完成への希望に燃えていた。天佑社設立までの原稿料は天眠個人で捻出して与謝野家に送金していた。その書簡には

この度の御文何もく〳〵私どものために御たて下され候ひし御もくろみと涙こぼれ候　実はそのことにつき二日三日考へてばかり居り申候ひき　そのことをありのまゝに申上くべく候へば　あしからずまづ思し召し被下度候　先づ御仰せの書物は源氏の註釈なりや講義なりやと申すことに候　只今の源氏のかの仮名文字おほきをてき当のかん字を（おほく）入れて先づ目に見やすくすること句点などのおほくたがへるをたゞしくすること（こ

れらは何れも寛のいたし候こと）
それに私ら二人にて註釈をかの文学全書の落合氏の註釈に幾倍せるものをつけ候こそ　それに絵を入れて書物にすることそのやうのものに候へば御仰せの費用と時日とにておんひきうけいたしてよろしからむとぞんじ候
源氏の講義と申すことになり候へば　それは先に申上げしものより大部のものになり候は云ふまでもなきことに候へど時日は百ケ月大き月ならば百ケ月にて（私はある程度まで意志のつよき人に候）いたしとぐべく候
こゝにいたりて私どものけいざいをありのまゝに申上げ候　（『天眠文庫蔵　与謝野寛晶子書簡集成』明42・9・18）

とあり、家計について毎月必要額は「百三十円」（月賦も含む）、その中「七十円」は二人の定収入、この他晶子は「万朝、二六、都、中学世界、少女の友、女子文壇、大阪毎日、東京毎日」の仕事をしているが、毎月「二十五円位の不足分」を小説や論文、お伽噺を書いて補う。それらは一二日間で仕上げ、残りの十八日間で源氏訳をしたい旨を伝え、「私一生の事業としてそのことはいたしたき考へに候」と書いている。紫式部については

私など不学のものに候へど　式部のかきしものを直覚に私の感ぜしところを講義いたさむとおもひ候　式部と私との間にはあらゆる注釈書の著者もなく候　只本居宣長のみ私はみとめ居り候

と書いている。その理由と思われることを前記の『新訳源氏物語』末尾の「源氏物語の後《のち》に」に

自分が源氏物語に対する在来の註釈本の総《すべ》てに敬意を有《も》つて居ないのは云ふまでもない。中にも湖月抄の如きは寧ろ原著を誤《あやま》る杜撰《づさん》の書だと思って居る

と書き、これにより、いかに晶子が「直覚」を大切にして「源氏」の口語訳をしたかが分かる。この晶子の源氏口語訳は天佑社設立の時にはまだ半分にも満たず、結局大正一二年の関東大震災で全焼してしまうのである。これについては大正一二年の項で述べる。

(五)　山川登美子の死

(1)　登美子の訃報

明治四一年一月初旬、登美子は重病の父を見舞うため、自ら病身なのに京都の姉の家から郷里若狭の小浜へ戻った。しかしその月の二四日に父は他界し、それに加えて八月には愛娪河いくが早逝し、登美子はかなりの精神的打撃を受けた。以後登美子の病状は急変し悪化した。明治四一年に登美子が「明星」に歌を載せたのは四月の「雪の日」一八首、五月の「日蔭草」一四首のみで、公の発表はこれで終わる。四二年になって病は急速に進み、遂に四月一五日、享年二九歳で他界した。法名は登照院妙美大姉、墓は山川家伝来の発心寺に納められた。登美子の辞世の歌は死の二日前に詠まれた。

父君に召されていなむとこしへの春あたゝかき蓬萊のしま

（『山川登美子全集』上巻252頁）

登美子の死について「スバル」五号（明42・5）の社告に

新派和歌草創者の一人に数ふべき山川登美子女史は宿痾遂に癒えず、四月十五日を以て逝去被致候。我等同人は此の得難き才媛の薄命に対し痛切に哀悼の情を表し候。

とあり、客観的報告が記載されているが同誌同号掲載の寛、晶子の「百首歌」には登美子への挽歌はない。しかし同月一五日創刊の「トキハギ」の「消息」の末尾には

多年病床にありし山川登美子氏四月十五日を以て若狭の自宅に逝去せられし旨の通知に接し、且つ驚き且つ悲しみ申し候。女史が三十一年の短き生涯に就いて別に晶子が記述する所あるべく候（五月十日）

と寛は書き、哀悼の意を表している。また一九日には寛、晶子の連名で登美子の弟山川収蔵に書簡（『山川登美子全集』下巻）を宛てている。

啓上
御葉書拝見仕り候。

登美子様御逝去遊ばされ候とは、夢のさめぬこゝちにおどろき申候。昨年の末のお便りには余程快方に赴きしとのお知らせに、こちらの友人ハ皆々安心致居りしに候。当方よりも御無沙汰致し候ひしが、とみ子様よりもしばらく御便りのなかりしは、此春になりて次第に御重体なりし故かと只今おもひ合され候て、御生前にお手紙さし上げざりし事を悔い申候。過去十年の御交際をかへりみて、万感胸にせまり、まなこうるみ申候。

御母上様はじめ皆様の御悲嘆さぞかしと察上候。よろしく御悔み御伝へ願上候。御葬式ハ何日なりしか、又御法名ハ何と申候や、御聞かせ被下度、当方にても知人相集り、御追悼の小集相催し度と早速相談致居り候。猶又御臨終までの最近の御様子御洩し被下度、御生前の御遺稿御日記など候はゞ、拝借致して拝見致度候。

とみ子様ハ早くより文学上の御才なみ〳〵ならずすぐれ玉ひしに、多年の御病気のために十分その方面の結果をも収め玉はずして、芳蘭空しく砕け候は哀しく存候。願くは小生どもの手にて遺稿を編し、永く此君の御紀念と致度候。此義《ママ》御許し被下度、それに関する御材料のあるかぎり御貸し願上候。

又小生の雑誌「常磐樹」へ掲載致度候間、近年の御写真一葉御貸し被下候やう、是又願上候。

御悔みにかねて右御願ひまで、如此に御座候。　艸々拝具

四月十九日　　与謝野　寛
　　　　　　　　　　　晶子
山川収蔵様
　御直披

(2)「哀歌」に見る寛の心情

「トキハギ」創刊号巻頭に寛、晶子は「哀歌」と題して登美子への挽歌を二〇首ずつ発表している。それらを見

ると、寛の方は万斛の涙を以て歌い深い切実感があるが、晶子の方は寛と登美子を巡る過去への屈折した思いが死を悲しむより妬心を含ませた複雑な思いも感じられる。

次に寛と晶子のそれぞれの歌の内容を分類し検討してみる。まず寛の歌を大別すると四つの傾向がうかがわれる。以下、（　）内の数字は『相聞』（明43・3）の歌番号である。

(イ) 登美子の死を直接嘆き悼む歌

①君《きみ》なきか若狭《わかさ》の登美子《とみこ》しら玉《たま》のあたら君《きみ》さへ砕《くだ》けはつるか　(683)

②しろ百合《ゆり》の花《はな》は砕《くだ》けつ言《こと》にこそ百合《ゆり》とは云《い》はめあたら清《すが》し女《め》　(684)

③君亡《きみな》しと何《なに》の伝《つて》ごと死《し》にたるは恐《おそ》らく今日《けふ》の我《われ》にはあらぬか　(685)

④若狭路《わかさぢ》の春《はる》の夕《ゆふ》ぐれ風吹《かぜふ》けばにほへる君《きみ》も花《はな》の如《ごと》く散《ち》る　(686)

⑨天地《あめつち》の有《あ》りのことごと春秋《はるあき》の有《あ》りのことごと見難《みがた》くなりぬ　(691)

⑬この君《きみ》を弔《とぶら》ふことはみづからを弔《とぶら》ふことか濡《ぬ》れて歎《なげ》かる　(695)

登美子を、①では「しら玉《たま》」、②では「しろ百合《ゆり》」に喩え、その死を「砕《くだ》けはつる」「砕《くだ》けつ」と凄絶で無残なイメージに託し、それを「あたら君《きみ》さへ」「あたら清《すが》し女《め》」と惜しんでも惜しみ切れない哀切な叫びとして表している。「言《こと》にこそ百合《ゆり》とは云《い》はめ」とは「百合《ゆり》」という文字が「百」と「合」から成っていることで「言葉では百に合わせるほどたくさんと言えるであろうが」の意ととると、死んでしまった登美子を言葉の上では何度でも蘇らせることはできようが、現実には不可能だということを表すことになろう。①・②は共に登美子を「白」のイメージで揃え、「清《すが》し女《め》」という一語で清浄無垢な登美子像を歌中で作り上げている。同じ登美子の死を詠んだ④では、折しも四月半ばの桜の落花を連想させ、甘美で匂やかな雰囲気の中に、死を美的に昇華しようとしている。③・⑨・⑬は死のショックから茫然自失、落胆悄然とした思いを詠んだもの。

(ロ) 嘆きの中にも登美子への告別の意を表した歌

⑫わが心《こころ》すずろに乱《みだ》る天《あま》つ風吹《かぜふ》けるあたりに君《きみ》や袖振《そでふ》る　(694)

⑱君永久《きみとは》に無辺《むへん》に満《み》てるあめつちの広《ひろ》き心《こころ》に還《かへ》りけるかも　(700)

二首とも死を昇天として捉えている。言葉は美しくすがすがしいが、右の二首は発想が常套的なために前の歌群に比べて実感に乏しい。

(ハ) 恋情の告白と過去への追想を詠んだ歌

⑥十《と》とせこそ下《した》に泣《な》きけれ天飛《あまと》ぶや帰《かへ》らぬ君《きみ》を声《こゑ》あげて泣《な》く　(688)

⑦すずしかる御瞳《みひとみ》も見《み》ゆうつぶしてぬれし頬《ほ》も見《み》ゆ前髪《まへがみ》も見《み》ゆ　(689)

⑧君《きみ》が上《うへ》を我《わ》が云《い》ふは最《いと》せつなかりおほかたに讃《ほ》めおほかたに泣《な》く　(690)

⑩うらわかき君《きみ》が盛《さか》りを見《み》けるわれ我《わ》が若《わか》き日《ひ》の果《はて》を見《み》し君《きみ》　(692)

⑭口疾《くちど》にも胸刺《むねさ》す歌《うた》のはげしさに人驚《ひとおどろ》かす君《きみ》なりしかな　(696)

⑮あやまりて人《ひと》の伝《つた》へば受《う》けれども君《きみ》をいためば古《ふる》き日《ひ》おもほゆ　(697)

⑯浪速《なには》にて君《きみ》が二十《はたち》の秋《あき》の日《ひ》のかなしき文《ふみ》は血《ち》もて書《か》かれき　(698)

⑰君《きみ》を泣《な》き君《きみ》を思《おも》へば粟田山《あはたやま》そのありあけの霜白《しもしろ》く見《み》ゆ　(699)

⑲わが胸《むね》に君《きみ》の影《かげ》さすあめつちの 魂《たましひ》の影《かげ》わが影《かげ》の影《かげ》　(701)

⑳な告《の》りそと古《ふる》きわかれに云《い》ひしことかの大空《おほぞら》に似《に》たる秘《ひ》めごと　(702)

右の傾向の歌は全体の半数を占める十首で、寛がいかに登美子との過去を哀惜し、恋慕の情を持ち続けていたかを示すものであろう。⑦・⑧・⑩・⑭は登美子の容姿、若さ、人柄、歌才に対してどれほど強く心惹かれていたかを表した歌である。⑥・⑲・⑳は足掛け一〇年にわたって育んできた思いが、すでに消し難いほどの大きな存在となり、その死によって、なお一層自らの中に絶対的なものとして棲みついてしまった登美子を詠んだ歌。⑮の上句は間違って人が自分と登美子のことを伝えたとしたら憂鬱だけれど、かつてのことが偲ばれるという、二人のことは、すでに当時ある程度は半ば公然としたものとして伝えられていたのであろう。それが死後も曲解されていくことを怖れるが、翻って思い返すと二人の過去が懐かしくなってくる、という歌。⑳の歌の下句は大空に匹敵するほどの測り知れない「秘《ひ》めごと」が二人の間にあるということを意味するのであろう。他人の想像できない位の大きな愛情が隠されていたことを今にして公表したい思いを披瀝したのであろう。⑯・⑰は三三年の秋の京都粟田山での思い出を万感こめて歌っている。

(ニ) 晶子を含めた三人についての回想

⑤わが為《た》めに路《みち》ぎよめせし二少女《ふたをとめ》一人《ひとり》は在《あ》りて一人天翔《ひとりあまがけ》る　(687)

⑪その人《ひと》は我等《われら》が前《まへ》に投《な》げられし白熱《はくねつ》の火《ひ》の塊《かたまり》なりき　(693)

⑤の上句は自分が進もうとする歌のために身を挺してくれた二人の乙女、その二人の運命を下句で表し、深い感動をこめて詠んだ歌。⑪の「その人《ひと》」を登美子として「我等《われら》」とは寛と晶子にとって登美子の存在は激しい情熱の「塊《かたまり》」そのものであったことを表す。これを以て見ても生前中の登美子が二人にいかに強い刺激を与え続けていたかが分かる。

(3) 「哀歌」に見る晶子の心情

これに対して晶子は登美子の死をどのように受けとめたであろうか。これらも四つの傾向に分けて見る。

(イ) 寛を強く意識した心情的な葛藤のある歌　以下、（　）内の数字は晶子の『佐保姫』（明42・5）の歌番号である。

①背《せ》とわれと死《し》にたる人《ひと》と三人《みたり》して甕《もたひ》の中に封《ふう》じつること　(499)

⑧まづわれの心《こころ》をとりてただすこし亡《な》き人《ひと》のこと語《かた》る君《きみ》かな　(507)

⑰たれよりもさきに見《み》そめしかたはらの人《ひと》をなみするおん涙《なみだ》かな　(511)

⑱またもなく悲《かな》しきことをうちいでず平《たひら》かげにも居給《ゐたま》へるかな　(509)

①は寛と登美子と自分との間に繰り広げられた一〇年近い歳月の心理ドラマに終止符を打ったと歌っている。長かった葛藤を自らのうちに漸く封じこめ、その煩悩から解放された安堵感によって深い感慨が詠まれている。⑧・⑱は登美子の死に衝撃を受けている寛の心を見抜く晶子と、その晶子の心を察している寛との間に高まっている緊迫した心理的状況を表した。⑰の「かたはらの人《ひと》」は晶子、「見《み》そめし」と「なみする」の主語は寛、「おん涙《なみだ》」は寛の涙。誰よりも先に私を見初めたのはあなただったのに、そのあなたの傍らにいる私を蔑ろにして死者に対して涙を流していらっしゃるあなた、という意。感情を押し殺し、努めて平静を装いながらも、ふと放心状態になって落胆している夫寛に対する皮肉や怒り、空しさや悲しみなど、複雑な心境で自身を見つめている。

(ロ) 登美子への屈折した思いを、その死に臨んで内省して詠んだ歌　⑨の歌は「トキハギ」一号、⑩は同紙2号掲載。

⑥君病《きみや》みてのちの五《いつ》とせわれがほに歌《うた》よみし子《こ》は誰《た》れにかありけむ　(506)

⑦挽歌《ひきうた》の中《なか》に一《ひと》つのただならぬことをまじふる友《とも》をとがむな　(505)

⑨初めより君におとらむ宿世ぞとさだめし友はなほいのちある

⑬君ゆゑにもろもろの幸《さち》うちすてむねがひもありき片へ心に

⑯亡《な》き人《ひと》を悲《かな》しねたしと並《なら》べ云《い》ふこのわろものを友《とも》とゆるせし　(508)

⑲この友《とも》はいく重《へ》心《ごころ》をもつ故《ゆゑ》に悲《かな》しとなげきねたしとわびぬ　(510)

⑥の「われがほに歌《うた》よみし子《こ》」、⑦の「ただならぬことをまじふる友《とも》」、⑨の「友はなほいのちある」、⑬の「片へ心」、⑯の「わろものを友《とも》とゆるせし」、⑲の「悲《かな》しとなげきねたしとわびぬ」などの言葉に晶子の心情が明らかに見られる。登美子の生前中のみならず、死に至った現在までも心乱さずにいられない自分を省みて登美子に詫び

を申し入れ、そうした心境を表すのに自らを、登美子に対して「友《とも》」という語に託し、そこに意味される親密さと甘えによって、許しを乞うているのである。

(ハ) **登美子への回想**　⑪⑫⑳の歌はみな「トキハギ」一号掲載、（　）内の数字は『佐保姫』の歌番号。

②十年《ととせ》前《まへ》今《いま》のわが背《せ》を師《し》とよびて二人《ふたり》はともに歌《うた》ならひにき　（500）
③尼《あま》となるねがひこまかに書《か》きこせし亡《な》き人《ひと》の文《ふみ》とりいでて見《み》つ　（501）
⑪渋谷なるまづしき家に君むかへ見ぬ四年をば泣きて語りし
⑫あるとしの秋の夕ぐれさびしさに指《をよび》をかみて血吸ひし少女
⑳末の世に尼とならむをねがひしも母悲しさになしはてざりき

②・⑪・⑫は三人の思い出の中で、もっとも清らかな記憶に包まれたものである。②は三者が師弟関係にあり、登美子とは歌友であったことを、初々しい関わりにあったこととして懐かしんだ歌。⑪は未亡人となった登美子に四年ぶりで逢った嬉しさから泣きながら語ったことを思い出している。⑫は三三年の秋、三人で行った京都粟田山の思い出。③・⑳は未亡人となった登美子が悲嘆の余り尼になることを望んでいたが、母の心を汲んで思い止まったことを詠んでいる。五首とも回想を淡々と綴ったかのようである。

(ニ) **登美子の死を悼む歌**

④君《きみ》今年《ことし》わか紫《むらさき》の藤《ふぢ》の花《はな》あやめの花《はな》もつまざりしかな　（504）
⑤友《とも》と友《とも》遠《とほ》くわかれてあるきはは命《いのち》あるだにかなしきものを　（502）
⑩ああ皐月《さつき》琵琶のみづうみ北に越えこよと云ひける人はあらなく
⑭北《きた》の海《うみ》の波《なみ》は悲《かな》しと若狭《わかさ》よりわびたる文《ふみ》のこぬ世《よ》となりぬ　（503）
⑮年なかば君のかたより文のこぬ悲しみに次ぐ長き悲しみ

寛の慟哭に比べ、晶子は永遠の悲しみを美しい言葉に中に留めてしまったきらいがあり、発想も凡庸である。以上、二人の歌を見てきたが、登美子の死を両者がそれぞれの記憶や疑惑に従って、その詠みぶりを微妙に違えていることが分かる。

同号の「トキハギ」には晶子の「故山川登美子の君」の一文がある。ここには新詩社との関わり、同人増田雅子、玉野花子らとの交遊、『恋ごろも』刊行、発病から死に至るまでの過程、「明星」終刊に際して送りよこした「端書」、辞世の歌の紹介、登美子の人物描写などが書かれてある。また京都の姉の家で静養中に写した写真一葉が載せられている。次の「トキハギ」三号（明42・7）で晶子は「文月集」一六首を掲載し、その中で明らかに登美子を詠んだと思われる三首をあげる。

なき友を妬《ねた》ましと云《い》ふひとつよりやましき人《ひと》となりにけるかな
君ゆゑになげきするより外のこと少し知らむと思ひたちにき
妬ましき思出ばかりとりいづるものぎたなかる心となりぬ
（『春泥集』477）

一首目と三首目は、登美子の死が引き金となり、忘れていた嫉妬までが蘇ってきて、死者への悼みより煩悩に苛まれている自分を半ば嫌悪しながら認めた歌である。二首目は他の二首を踏まえた上で、そこから何とか脱却し、新たな自分の生き方を求めようと思い始めた歌である。

三人の人生を決定する思い出を、相互に分かち合い、それぞれの中に大きな影を投げかけ合った三人であったが、その中の一人が死んだことによって残された者の錯綜する心理が「トキハギ」一、二号に赤裸々に表されたのである。寛は大きな喪失感に打ちのめされ、追憶の中に帰り来ぬ登美子の姿を求める一連を歌った。それに引き換え、晶子の方は寛とは違った複雑な哀悼の思いを展開させている。晶子は友情とは裏腹に、これまではおし止めていた妬心を明らかに自覚し、さらにその苦痛と、登美子を素直に哀悼できない自己欺瞞に懊悩する一連を詠んだ。因みに登美子の死の三ヶ月前に登美子との思い出を詠んだ歌四首については後述する。さらに加えて『佐保姫』では六首載せている。

ところで、寛は明治四三年六月の「太陽」に「殻」三三首を発表している。その中に「以下四首山川登美子女史の一週忌に」と題する歌が四首詠まれている。これらは『檞之葉』に三首採られた。

はて知《し》らぬ悲《かなし》みもまた月日《つきひ》あり君《きみ》にわかれし春めぐりきぬ　(48)（以下山川登美子の一週忌に）
君《きみ》なくて久《ひさ》しく倚《よ》らぬをばしまを黄なる小鳥《ことり》の下《お》り来て啄《つゝ》く　(49)
世《よ》の常《つね》の娘《むすめ》のごとく君死《きみし》にき四月《しぐわつ》の花《はな》の散《ち》るにまじりて
君《きみ》しのぶ心《こゝろ》の上に花《はな》ちりてうすくれなゐに悲《かな》しき四月《しぐわつ》　(50)

忘れ難い登美子を偲び、感傷的に詠じてはいるが、前年の「トキハギ」創刊号の挽歌に比べて、切迫した情感はやや薄れて表現の上でも類型的と言える。晶子には明らかに意識して登美子を偲んだ歌は見当たらず、一周忌に詠んだと思われる歌をあげる。

君知《きみし》るやよその子故《こゆゑ》にわが泣《な》きし先《さき》ごろのことこのごろのこと　（「大阪毎日新聞」明43・4・10）
友死《ともし》にぬ妬《ねた》みにをどる心《こゝろ》より悲《かな》しきことのやゝまさるかな　（「東京毎日新聞」明43・5・3）
このごろは日ごと香焚く君が日の今日も香焚くあなさびしとて　（「スバル」明43・5）

一首目は、登美子の一周忌前後に詠まれていることから、「よその子《こ》」とは歌中の内容から登美子と推定される。そのように考えると、「君《きみ》」は寛を指し、「わが泣《な》きし」原因を「よその子《こ》」と「君《きみ》」との関わりの深さに求めることができる。一周忌を迎えてもなお忘れ難く、払い難い嫉妬の念をここに読みとれる。二首目の「友《とも》」を登美子として、一周忌後の感慨を詠んだこととなる。友の死後、鎮め難い嫉みよりは哀悼の思いがやや強くなったことに詠嘆している。言い換えれば、死の前後は、嫉み心が現在（一年後）より遥かに深かったことを意味する。三首目の「君が日」は登美子の一周忌、「香」は線香を指す。二首目と同様に登美子の死を感慨深く思い、「あなさびし」と表白している。

第二節　寛・晶子の作品傾向

(一) 短歌

一月の「スバル」創刊号（1日）には寛の歌はないが、晶子の「絃余集」五〇首が発表され、そのうち四五首が『佐保姫』に採録された。「絃余集」には詞書はないが、その全体の内容はあるドラマ性をもつ連作の体裁を採っているように思われる。テーマは短い恋愛期間に繰り広げられた悲喜と愛憎を、相手の男とうら若い乙女と我との三つ巴の恋による心理葛藤劇となっている。ここには、晶子自らの体験の有無を裏付けるものはないが、緊迫したドラマ性は恰も短編小説の趣がある。まず「絃余集」の冒頭歌では、この一連がひと方ならぬ人の心の綾を綴ったものだと歌っている。以下（　）内の数字は『佐保姫』の歌番号である。

見《み》るかぎり絵《ゑ》などに書《か》きておきたまへ一《ひと》いろならぬ心《こゝろ》の人《ひと》を　（12）

上句は読者及び以下登場する男に、自分の気持ちがどのようなものであるかをよく理解してもらいたいという表明である。まずどのような恋愛であったかを、次のように歌っている。

おなじ火《ひ》に燃《も》えたまふべき心《こゝろ》かと一たび問《と》ひぬ死のしばしまへ　（52）
七日《なぬか》して亡《ほろ》びし恋《こひ》の中《なか》にさへうれしきことも悲《かな》しみも見《み》ゆ　（287）

うき人《ひと》を刺《さ》さむことばを七《なな》つほどえりてありしも要《よう》は無《な》かりし　(412)

故《ゆゑ》なうてたかぶるわれと自《みづか》らの心《こころ》の玉《たま》をわすれむとしき　(487)

ほんの一時の気まぐれで誘ってみた、というほどの恋の発端であったが、すぐに本気の恋になり、激しく動揺する心を自らいとおしみながら、また断ち切ろうとも思う。余り誠実ではない男を責め、なじりたい言葉を七つほど用意はしたものの、胸に止めるのみで終わってしまった。それほど思いつめた心を男に訴え、男の真意を探ろうとはしたが、はかばかしい応えは得られず、死ぬほどの絶望感に襲われた。ではその女がそれほどまでに熱中した男とはどんな人間であったか。

人《ひと》こふる心《こころ》あまねき君《きみ》ゆゑにわがなげきにもかかづらひけむ　(409)

死《し》ぬと云《い》ふこの風流男《みやびを》の血《ち》に染《そ》めし文《ふみ》のたぐひにわれおどろかず　(414)

ふと飽《あ》かばふと別《わか》れむとたはぶれのやうにもあらず云《い》ひし君《きみ》ゆゑ　(484)

一《ひと》たびはわがききしことわが云《い》ひしことなどつづりよそにやるらむ　(126)

この君《きみ》よもはらにわれを思《おも》へりとたれもするなる嘘云《うそい》ひにきぬ　(411)

「風流男《みやびを》」と皮肉りながらも強く心惹かれる男は「心《こころ》あまねき」博愛の持ち主だったから、自分の悩みごとにも相談に乗ってくれたりした。しかし軽佻浮薄で誠実さに欠け、男女のプライバシーも守れないような男であったことに深く傷つき、プライドが損なわれる。このような経緯の中で男へ失望していく。さらにその失望の度合いを深めたのは「少女」の存在であった。

この少女恋をこそすれ人の世の王者《わうじや》ばかりの威はおのづから

花なぐる恋に捲みたる天少女《あまをとめ》氷の片《きれ》を人の世に投ぐ

いつの日《ひ》かわがよろこびをくつがへす少女《をとめ》のむれと若人《わかうど》のむれ　(338)

恋《こ》ふる子《こ》にこらしめごとを案《あん》じ居《ゐ》るにくき少女《をとめ》の戸《と》の中《なか》に入《い》る　(289)

恋をした「少女」は夢中になる余りに、何物をも恐れず有頂天になっていた。しかしやがて自分の恋を現実の中で見据え始めた時、様々な不如意や意外なしがらみ、また男への不信から生じる悲哀感によって激しく感情をたかぶらせるようになる。こうした「少女」を見ると、若さのもつ奔放なエネルギーや圧倒的なパワーに驚異を覚え、少しずつ若さの失われていく自分はいつか敗残者になるのではないかという恐怖を抱き始める。つまり「少女」と自分は一人の男を巡って対立しながら、すでに敗北を予感する。しかし「恋《こ》ふる子《こ》」に仕返ししてやろうと思案している憎い「少女《をとめ》」に年上の自分は真向おうと意を決する。こうした情況の中で、どのように気持ちが揺れていくかを、次のように歌っている。

わが前《まへ》に紅《あか》き旗《はた》もつ禁衛《きんあい》の一人《ひとり》と君《きみ》をゆるしそめにし　(17)
をかしかり此《これ》より君《きみ》をさそひしと万人《ばんにん》の云《い》ふさかしまごとも　(42)
九品《ここのしな》これは下品《げぼん》のためしにも見《み》むと来《き》ませし君《きみ》にやはあらぬ　(219)
いささかの涙《なみだ》ちりつつ思《おも》ふことある夜《よ》もあれどなべては安《やす》し　(160)
泣《な》くことを制《せい》することは知らぬ子《こ》のあまたにわれはかかづらひつつ　(57)
おのれのみ異《こと》なるものと思《おも》ひしを若《わか》き初《はじ》めのあやまちとして　(200)

一首目は、男に翻弄され、屈辱を受けた恋に終止符を打ち、改めて男と自分との関わりを見つめようとした時に「わが前《まへ》に紅《あか》き旗《はた》もつ禁衛《きんあい》の一人《ひとり》」として男を認めることで許し始めた。つまり自分を親身になって護衛してくれる男たちの一人だと思いなして誇らかに自分を優位に保たせようとし、辛うじて女としてのプライドを守ろうとしている。二首目は、巷では自分から男を誘ったように噂するが、それは「さかしまごと」だと皮肉りながら「をかしかり」と余裕を見せて言い訳をしている。三首目は、そのように言い訳をさせる男を「九品《ここのしな》これは下品《げぼん》のためしにも見《み》む」とまで貶しめねば気がすまない。ここに男への幻滅や怒りをぶっつけるように表白し女の悲しみを歌っている。四首目は、ある程度心の整理もできて自らの恋を省みた時「いささかの涙《なみだ》」を流しながらもすでに気持ちが凪ぎ、自嘲めいた苦い思いの中にも一抹の安堵を感じている。五首目は、そのことに気づくと自分の周りには感情を制し切れず人間関係を複雑にさせていく人々が「あまた」いる。それに自分は振り回され否応なく引きずり込まれてきたことを半ば諦めながら認めている。六首目は、このような人間のあり方は特殊ではないが、自分は若さの傲慢さから何か自分は世人と異なって、秀でたものがあるように錯覚していたのだと、自省している。

「紘余集」一連は「明星」廃刊直後に発表されたものであるから、この時期は精神的ダメージを強く受けていたことで、「スバル」掲載に当たってはかなり屈折した思いもあったであろう。振幅の多い心理状態にあってこのような作品を発表したのは、歌の背景を成す事実の多少にかかわらず、作品化という創作的行為によってある種の心の綾をドラマ的に展開させたのであろうか。

この月には、この他晶子は「帝国文学」（1日）の「椿」一二首中三首、「新声」（1日）の「ゆづり葉」一四首中五首、「趣味」（1日）の「ありのすさび」一〇首中八首がそれぞれ『佐保姫』に採られた。「ありのすさび」はその半分以上が病床にある登美子を歌っている。左にあげる。

この恋《こひ》はわれやゆづりしゆづられし初《はじ》めも知《し》らず終《をは》りも知《し》らず　(209)
もろかりし恋《こひ》なりしとぞ友《とも》の手《て》をはなちし人《ひと》と七《なゝ》とせ住《す》みぬ
友病《ともや》むと公《おほやけ》ごとに悲《かな》しまむそれよりもげにかなしきものを　(210)
御《ろ ママ》やまひを親《おや》よりすぐれなげくなる一人《ひとり》の人《ひと》にわれおとらめや　(212)
このきはの熱《あつ》き涙《なみだ》もいづかたへおつるとぞおもふねたみ悲《かな》しみ　(214)

登美子の死については前述したとおりだが、右の五首は死の三ヶ月前に発表されたものである。晶子、寛、登美子の八年にわたる三つ巴の恋をしみじみと回顧し、登美子は親の意志により結婚を選び晶子は恋を貫いたが、登美子の重病を伝え聞いて晶子は深い悲しみに浸っている。とはいえ三人を巡る様々な思い出の中の複雑な思いが五首目の歌に託されている。「ねたみ悲《かな》しみ」には晶子の揺れる心境がよく表されている。一首目は、夫と自分と登美子との三つ巴の恋であって、何が何だか分からなくなると歌い、四句目まではまさに明治三三年一一月の「明星」掲載の寛の詩「山蓼《やまたで》」と「敗荷《はいか》」の情景を踏まえて詠んでいるようである。

この他晶子は一月には四紙に五〇首（「都新聞」6首・「万朝報」5首・「東京二六新聞」11首・「大阪毎日新聞」28首）があり、これらの中には「スバル」「帝国文学」「趣味」掲載の歌と重複するものもある。また内容については「スバル」の「絃余集」に通ずる内面を披瀝した歌がある。二紙や『佐保姫』から歌を引く。

君恋《きみこ》ふる心《こころ》を払《はら》ひにくめるは初《はじ》めに君《きみ》を恋《こ》ひけるこころ　(398)
飽《あ》くと云《い》ひぬ思《おも》ふとつげてこころよく泣《な》きし日《ひ》に似《に》る安《やす》さはあらず　（「大阪毎日新聞」明42・1・27）
久《ひさ》しくも消《き》ゆとわびたる心《こゝろ》の火《ひ》この頃《ごろ》燃《も》ゆと告《つ》げもかねつつ　（「万朝報」明42・1・30）

右のうち一首目のみが『佐保姫』に採られた。一首目は、「君恋《きみこ》ふる心《こころ》」を白紙にして、むしろ憎むのは恋し始めたころの激しさと同じほどだ、という、愛情が憎悪に一変した心の振幅の激しさを歌っている。二首目は、相手に対して飽きてしまったと告白することは、好きだと告げてその歓びに身を委ねて泣いた日の安らかさとはまったく違うのだ、という、愛の決裂を迎えて自らの心に生じた大きな変化を見つめた歌。三首目は、長らく心燃やす恋を忘れていたと歎いていたが、このごろ新たに恋し始めた、そういう思いは他人に告げられないものの、という内容。久しく味わっていなかった恋のときめきを覚えながら、一方では様々な立場から本心を公にできないことに戸惑っている歌。右の歌は発表日の順に並べたが、内容的には三首目、一首目、二首目と並べ換えると分かりやすい。

二月には寛の歌はない。晶子は前月に引き続き四紙に三二首（「都新聞」5首・「万朝報」4首・「東京二六新聞」4

首・「大阪毎日新聞」19首）、そのうち『佐保姫』に二一首採られた。これらには前月の「スバル」発表の「絃余集」と重複する歌が多い。前記の「絃余集」と内容的に繋がるようにも思われる三紙の歌をあげる。

あめつちの心《こゝろ》ハ寛《ひろ》しよしあしも否諾《いなう》も言《い》はですべてに許《ゆる》す　（「万朝報」明42・2・13）
ねたむとは恋《こひ》のことばに角《かど》つくり一時《ひととき》ばかりいだかれぬこと　（「大阪毎日新聞」明42・2・25　106）

一首目はすべてに寛大な心を称えた歌で、この心の持ち主は暗に夫寛を指しているのであろう。つまり夫へ全幅の信頼と愛情を寄せる思いを吐露している。過剰なまでの愛情表現は世人に向けたものであり、自己肯定の強い歌だが、それは自らの弱さ、脆さを見せまいとする強がりとも解せよう。二首目は、嫉妬しながらすねている女の、心のありようを、具体的な行為として二句以下で表している。一首目に比べると、二首目は濃やかな夫への愛情の裏側にある、夫からの愛情が確認できない悲しみや苛立ち、甘えなどが託されている。これらによっても晶子の心の振幅の激しさや愛情への強い欲求がうかがわれる。このように考えると「絃余集」の内容と共にこれら二首は寛に対する晶子の心の交戦であったかも知れない。

三月にも寛には歌がなく、晶子は「スバル」に「新詩社詠草」三三首を発表している。このうち約三分の一はすでに一、二月の四紙に掲載されている。四首目までは「スバル」掲載の歌をあげる。（　）内の数字は『佐保姫』の歌番号である。

われ泣《な》かむ道《みち》もとめしかいのちさへかけて計《はか》りしたはぶれごとか　（216）
夏山《なつやま》の杜《やしろ》は雷《らい》にくだかれぬわれのやしろはたれのくだきし　（291）
玉《たま》ならばうなじに掛《か》けむそれよりもたふとき恋《こひ》はいただきに載《の》す　（350）
かかはりもなき話《はなし》よりふと君《きみ》に七日《なぬか》いだかれいねぬを思《おも》ふ　（307）

一首目は、過去を自ら振り返っての感慨を述べた歌。「たはぶれごとか」とは懸命に生きたはずの人生も徒労に近いものではなかったか、という苦い思いを半ば自嘲めいた皮肉をこめて発した言葉である。自ら選んだ生き方が悲しみに満ちたものではあるが、それを否定できず、現実のおのれを静かに見つめていることがうかがわれる。この歌を「新詩社詠草」の冒頭に掲げたのは、中年を迎えた晶子の心境の分岐点を示す意味があったのであろう。二首目の「われのやしろ」とは自らの魂を司る場所、つまり何物にも犯し難い心の聖域を意味する。それが雷にも匹敵する衝撃によって木っ端微塵にされたことへの悲しみ、怒り、屈辱を下句では強く訴えている。その実体とは自分たちにとっての「明星」廃刊の無残さを指すのではないか。三首目は恋愛礼讃の歌。四首目の初二句は根も葉もない無責任な噂といったほどの意味か。それがきっかけで、自分は一週間も夫から愛されていない、としみじみ思っているという。「かかはりもなき話《はなし》」「七日《なぬか》」という語から一月の「絃余集」中の「七日《なぬか》して亡《ほろ》びし恋《こひ》の中《なか》にさへうれしきことも悲《かな》しみも見《み》ゆ(287)」(583頁参照)が想起され、この(287)の歌の内容が右の(307)の歌に対応するものとすれば、「かかはりもなき話《はなし》」が晶子の恋愛を指すことになる。いずれにしても夫婦間に生じた溝をやや言い訳めいて詠んでいる。

この他、この三月には「新声」(1日)発表の「白鳥」六首がある。また前月に引き続き、晶子は四紙に五〇首(「都新聞」7首・「万朝報」3首・「東京二六新聞」21首・「大阪毎日新聞」19首)、それらのうちで一六首『佐保姫』に採られた。これらには同月の「スバル」掲載の「新詩社詠草」と重複する歌が多い。総じて内容的には「絃余集」を引き継いでいて、夫婦間の感情の機微や振幅が詠まれている。つまり、第三者を交えた恋愛感情の葛藤の余波だと想像されるような歌が大半を占めている。右の「新詩社詠草」の歌をあげるが『佐保姫』には採られていない。

いはれなきはかなごとよりあらそひし夜《よ》の三《み》つばかり日《ひ》の四《よ》つばかり
道《みち》ゆけば十人《とたり》の中《なか》の三人《さんにん》はわれのかたちをあざむがごとし

一首目は、「いはれなきはかなごと」によって三夜四日にわたって喧嘩した、という内容。これは前記の(307)の歌の「かかはりもなき話《はなし》」「七日《なぬか》」と右の一首目の「いはれなきはかなごと」「夜《よ》の三《み》つばかり日《ひ》の四《よ》つばかり」

は内容的に呼応している。従って一首目の「いはれなきはかなごと」は婉曲的に晶子の恋愛を示しているのであろう。これらを踏まえて二首目を考えてみると、世間の人々の半数近くが自分を軽蔑しているように感じられる、という内容だが、こうなった原因は「いはれなきはかなごと」を指していることになる。世間の眼を必要以上に気にして卑屈になっている晶子の様子が右の歌からうかがえる。このように卑屈にならざるを得なかったのは、晶子の恋愛の相手に、その理由を求めることができる。それは例えば「一《ひと》たびはわがききしことわが云《い》ひしことなどつづりよそにやるらむ」（『佐保姫』126）「をかしかり此《これ》より君《きみ》をさそひしと万人《ばんにん》の云《い》ふささかしまごとも」同上42）などの「絃余集」の歌にあるように、軽率で多弁な相手の態度に晶子が深く心を傷つけられたことが思い合わせられる。

なお四紙に採られた歌をあげるが、いずれも『佐保姫』に採られていない。

死《し》ぬ日《ひ》さへ忘《わす》れえぬ名《な》を一《ひと》つならずもてる男《をとこ》のかたはらに寝《ぬ》る（「万朝報」明42・3・6）

二《ふた》つなく思《おも》ふあかしにおとろへを見《み》せよと君《きみ》の云《い》ひしならねど（「大阪毎日新聞」明42・3・7）

われ盲《めしひ》なにの幸《さち》ぞや手《て》さぐりに玉《たま》なす君《きみ》が心《こゝろ》を拾《ひろ》ふ（「万朝報」明42・3・27）

一首目は、死ぬまで多情に生き続ける男だ、と覚悟して自分はその男の傍らに寝るのだ、という、一途な女心を露骨に披瀝しているが、一方ではけなげで可愛いポーズを見せている。類歌として「死《し》なむ日《ひ》も紅《くれなゐ》の衣《きぬ》くもりなくあざやかに着《き》てそひぶしをせむ」（「大阪毎日新聞」明42・3・3）もあって、ここにも情の深いひたむきな女心がうかがわれる。二首目は、恋やつれした姿を相手にさらして、同情を買い自分の思いの強さを表した歌。類歌に「ややすこし君《きみ》より先《さき》におとろへて切《き》りし髪《かみ》など見《み》せまつるかな」（同紙　明42・3・3）があり、「おとろへ」という表現に愛情の強さの裏づけを求めている。三首目は、盲目の愛による幸福を称え、「君《きみ》」が自分に向ける愛情を夢中になってわがものにするのだ、という。「盲《めしひ》」とか「手《て》さぐり」の語に惑溺し、縋りつかんばかりに愛情を求める「われ」の心が表されている。三首とも一歩身をひく形で男の愛を乞う姿勢が詠まれている。これら三首に通じる歌として「世《よ》の末《すゑ》に君《きみ》が心《こゝろ》をひきたわめわれのみ見《み》よと云《い》ふが悲《かな》しき」（同紙　明42・3・3）がある。

いにしへのその折々《をりく》の文《ふみ》のから貧《まづ》しき妻《つま》の衣《きぬ》より高《たか》し　（「大阪毎日新聞」明42・3・3）

少女《をとめ》の日四人《ひよたり》の母《はは》となりし日《ひ》ものの際《きは》なしおん心《こころ》より　（311）

一首目は、愛情に満ちた手紙の多さは、そのまま過去の精神的な豊かさを意味するのであろう。それに引替え、現在の生活の貧しさは着物の嵩の少なさと同様に満たされない心をも表している。過去の手紙を巡って、そのころの幸せを偲んで詠んだ歌に「わが脊子《せこ》とかきかはしたる文《ふみ》がらの古《ふる》き香《か》かげば春日《はるひ》しおもほゆ」（『佐保姫』11）がある。過去の歓びとは対照的に結婚生活の過程に価値を見い出した歌に「いにしへを重《おもん》ぜざれど君《きみ》と見《み》しこの十年《じゆうねん》を宝《たから》とおもへり」（「大阪毎日新聞」明42・3・8）がある。右の二首目は、乙女時代、そして四人の子の母となった現在も夫の御心によってその愛情には際限がない、という深い愛情を確認した歌。四人の母とは、光、秀、双子の八峰、七瀬の母親であることを言ったもので、この月の三日には五人目の麟が生まれている。この時の出産を控えての歌に、

髪洗《かみあら》ひ身清《みきよ》め児《ちご》の生《うま》るるをまつやよひの日《ひ》うぐひすの啼《な》く　（「大阪毎日新聞」明42・3・7）

がある。同月の一五日付の「読売新聞」には「産の床」と題する詩もある。三月の初めの出産という事実から考えると、この年の一月以降の恋の歌は出産を控えての精神的な安定を欠き易い時期であり、「明星」廃刊後の失意の状態であったことから前記の「絃余集」の「七日の恋」と詠まれるような現実逃避の意味をこめて恋愛を巡る心理を様々に展開させた、構成意識をもつフィクショナルな歌を多く詠んだものと思われる。

四月にも寛の歌はなく、晶子は四紙に四四首（「都新聞」7首・「万朝報」4首・「東京二六新聞」8首・「大阪毎日新聞」25首）、それらのうち一四首が『佐保姫』に採られ、発表しているが、この中には前月の歌と重複しているものもある。この月の作品の内容は大別して二つの傾向が見られる。一つ目は故郷を中心とした近畿一帯の風景とそ

こにまつわる追憶を詠んだ歌をあげる。

ふるさとの大堰《おほゐ》の川《かは》の早《はや》き瀬《せ》に散《ち》りて渦《うづ》まく山《やま》ざくら花《ばな》　（「大阪毎日新聞」明42・4・11）

日毎《ひごと》きて木津川口《きづがはぐち》にひまもなく出《い》で入《い》る船《ふね》を見《み》て居《ゐ》し少女《をとめ》　（右同）

蕪村《ぶそん》をば伯父《をぢ》のたぐひと思《おも》ふこと久《ひさ》しくなりぬ十二の日《ひ》より　（「大阪毎日新聞」明42・4・13）

一首目の「大堰川」は京都の嵯峨を流れている。そこに散って渦まく山桜の花を映像的に捉えている。晶子は大阪の堺が故郷だが、京都をも含めて「ふるさと」と詠むことがある。京都は歴史や古典文学にゆかりが深く、情緒のある京都に、青春の金字塔であった粟田山追懐の思いもこめて、精神的な意味で「ふるさと」と認めていたものか。二首目の「木津川《きづがは》」は大阪の住の江を流れ大阪湾に注ぐ川である。住吉と堺は隣接していることから、歌中の「少女《をとめ》」は晶子自身を指すとすれば、平穏だった乙女時代をしみじみと懐かしんだ歌となる。一、二首目とも秀歌でありながら歌集に収められていない。三首目は、蕪村を近親者のように喩えることで、蕪村俳句への傾斜と親しみを表している。また蕪村を詠んだ有名な歌に「集《しふ》とりては朱筆《しゆふで》すぢひくいもうとが興《きよう》ゆるしませ天明《てんめい》の兄」（『毒草』6）があり、同類の歌として「したしむは定家《ていか》が撰《え》りし歌の御代式子《しきし》の内親王《みこ》は古りしおん姉」（『小扇』232）がある。さらに「十二」という年齢を「わが十二もの、哀《あは》れを知りがほに読《よ》みたる源氏《げんじ》枕《まくら》の草紙《さうし》」（「二六新報」明44・6・20）などもあり、一二歳ごろから晶子が古典文学に親炙していたことにも繋がってくる。

二つ目は「紘余集」を引き継ぐと思われる内容の歌として、

焼鉛背《やきなまりせ》にそそがれしいにしへの刑《けい》にもまさるこらしめを受《う》く　（『佐保姫』152）

うしろより危《あやふ》しと云《い》ふ老《おい》のわれ走《はし》らむとするいと若《わか》きわれ　（『春泥集』453）

君《きみ》がことわがこと知《し》れるやから居《ゐ》てもの云《い》ふ時《とき》は心《こころ》くもりぬ　（右同　447）

人妻《ひとづま》のわれを思《おも》へばその前《まへ》に大《おほ》いなる山《やま》わだかまるちふ　（「大阪毎日新聞」明42・4・21）

一首目は、死に匹敵するほどの裁きを受ける、そんな苦痛を訴えた歌。「刑《けい》」を受ける以上は、それ以前に罪を犯していたことになる。罪の報いがこの苦しみをもたらしたのである。この歌が「絃余集」を引き継ぐとすれば、「罪」とは道ならぬ恋を意味するものと考えられる。晶子はそれに対して「こらしめを受《う》く」と言い、激しい攻撃を受けたことを言っている。ここに晶子自身も強い後悔と自責の念があったことが分かる。二首目では、晶子の心が理性と感情の葛藤に二分され、上句と下句は対立の形をとって大きな振幅を繰り返している。三首目は、人に知られたくないことを知っている者が、「君《きみ》」と「われ」のことを色々と噂する憂鬱さを詠んだ歌。口さがない人間の軽口に晶子は深く傷ついている。四首目は、「人妻《ひとづま》」の自分と、相手の男との間に「大《おほ》いなる山《やま》わだかまる」ような障壁があってそれを超えることができない、という男の言葉に作者は男の真意を見い出しているのであろう。男の逃げ腰に対して自分はより純粋に恋にのめりこもうとする、その際の処女のような心のありようを自ら認め、

またたくま清《きよ》き少女《をとめ》となほわれを思《おも》ひたふとぶ心《こゝろ》もがもな　（「大阪毎日新聞」明42・4・21）

と男に訴えている。つまりほんのちょっとの間でも乙女のような純情な私の心を汲み取って欲しいというのである。ところがそう願えば願うほど両者の間に食い違いができ、

烈《はげ》しかる一《ひと》つの恋《こひ》のかた〳〵に君《きみ》ハほこらふわれなげきわぶ　（「万朝報」明42・4・17）

のような結果となるのである。

以上の六首から晶子が一人相撲にも似た恋に苦しみ、相手の男の頼めなさに悩み、無責任な噂に心痛め、追いつめられた果てに激しい自己嫌悪と慚愧の念にさいなまれることになったと詠んでいる。この時期に「絃余集」に繋がるような歌を詠んだのは、こうした現実から逃避しようとする安らぎの気持ちがあったのかも知れない。

五月には「太陽」に寛の「黄昏」二〇首、「スバル」に寛の「似非百首」一〇〇首、晶子の「百首歌」一〇一首、「トキハギ」に寛と晶子の「哀歌」二十首ずつ、「中学世界」に寛の「鐘下集」一三首を発表している。晶子は「美

術之日本」に「落紅」一〇首、四紙に四二首（「都新聞」7首・「万朝報」5首・「東京二六新聞」10首・「大阪毎日新聞」20首）がある。そのうち『佐保姫』に八首、『春泥集』に七首が採られた。

まず寛の歌から見る。寛は「スバル」創刊以来この月になって初めて百首を掲載した。この号は「短歌号」と銘打たれ、森林太郎の「我百首」を巻頭歌にし、晶子の「百首歌」百一首、寛の「似非百首」百首が載せられている。勇以外の白秋、杢太郎、啄木などは創刊以来小説、詩、脚本など他の文芸ジャンルにむしろ力を注いできていたが、この号で「スバル」は初めてまとまった短歌作品を掲載している（但し杢太郎は主に脚本）。寛の「似非百首」というタイトルには、当時の寛の精神状態が如実に反映されている。「似非」とすることで自らの歌をおとしめ、遜ったポーズを示し、自らの屈折したプライドと自嘲を辛うじて保ち、精一杯の虚勢を張っているようなニュアンスが感じられる。寛と「スバル」同人たちとの心理的関わりを端的に表したものは、次のように啄木の日記（明42・3・28）に、

昴の相談会を与謝野氏宅で開くといふハガキが来てゐたので、十時頃にゆくと、会場は平出君宅だといふ。行つてみると誰も来てゐない、十二時過ぎて太田が来た、悄気てゐる。やがて吉井が来たときには予は出社せねばならなかつた。

とある。これだけでは経緯のほどは分からないが、寛と「スバル」同人たちの間に何かすっきりしないものが感じられる。こうしたところに双方の齟齬の一端が見い出され、「似非」という語に託された寛の複雑な心理がうかがわれる。「似非百首」を検討する。（　）内の番号は『相聞』の歌番号である。

蛇《へび》きつね火《ひ》つけ盗人《ぬすびと》かどはかしをかしき名《な》のみ我《われ》は貰《もら》ひぬ　（558）
わがこころ瘧《おこり》の如《ごと》くうち慄《ふる》ひときどき寒《さむ》き愁《うれひ》きたりぬ　（586）
くちなはのわだかまりゐる如くにも心のうへの黒きかなしみ　（「スバル」明42・5）

藤《ふぢ》さきぬわれの裂《さ》けたる心《こゝろ》にもわか紫《むらさき》の色《いろ》をうつして　（234）

一首目は、一連の冒頭歌。「我《われ》」がもらった「をかしき名《な》」は上句のとおり、世間でもっとも忌避されるものばかりである。自分に与えられた世の評価は最低のもので、それを跳ね返す力もなく、脱力感と失意のうちにある自虐的な思いに満ちたものである。二首目は、世の片隅で生きている、気力も失せ余りの苦悩から呻吟している心の様子を描いている。時折痙攣するような、いたたまれない思いに襲われ、時に沈鬱な気分になるというきわめて不安定な心の状態を詠んでいる。三首目は、心のうちにわだかまっている去り難く底深い哀しみと、暗澹とした思いが表されている。上句の比喩には激しい嫌悪を催すようなおぞましさや無気味さが含まれていて、それを寛自身の内に見い出しているのである。四首目は、このように破綻した精神状態にあっても春盛りのころになると、何となく気持ちも和らぎ、ロマンティックな気分に浸ることもある、という内容。ここにはひと時訪れた、やや甘美な感傷性が見られる。この他寛の「似非百首」百首には妻晶子を歌ったものが多い。『相聞』に採られた歌をあげる。

君《きみ》と云《い》ふ禁断《きんだん》の実《み》を食《は》みしより住《す》む方《かた》も無《な》く人《ひと》に憎《にく》まゆ　（42）
千《ち》とせ居《ゐ》て厭《あ》かぬ君《きみ》とは思《おも》へども養《やしな》ひ難《かた》きもの嫉《ねた》みかな　（751）
君《きみ》が前《まへ》にわが言《い》ふことのちと渋《しぶ》るそを近頃《ちかごろ》の難義《なんぎ》にはする　（593）
わが妻《つま》のかたちづくらずなりたるを四十《しじふ》に近《ちか》きその夫子《せこ》の泣《な》く　（439）
腹立《はらだ》ちてわかればなしを持ち出《いだ》す気疎《けうと》き妻となれる君かな　（「スバル」明42・5）
その父《ちち》はうち打擲《ちやうちやく》すその母《はは》は別《わか》れむと云《い》ふあはれなる児等《こら》　（460）
しめやかに別れむと云ふものがたり五人《いつたり》の児を中《なか》に居させて

これらのうち、前三首は晶子を「君《きみ》」、後四首は「妻《つま》」「母《はは》」と詠みわけ、微妙な心の差異を表現している。一首目は「君《きみ》」の嫉妬深さをユーモアに大仰なポーズの中で軽く揶揄している。二首目は、嚙み合わない心のままに言葉も十分に通じ合わない夫婦間を歌い、晴れやらぬ鬱陶しさや面倒くささを持て余している。三首目は、無理して結ばれた結婚だったので慢罵の中傷を浴びた、という歌。晶子との結婚を暗に後悔した感じも見られる。四首目は次々の出産や執筆に追われて身嗜みに気配りをしない妻の日常を悲しむ優しい夫寛である。しかし五首目では妻が怒って別れ話を出すほどに疎遠になっている状態を歌う。当時は未だ夫権が強く「三行半《みくだりはん》」という妻への離婚状の方が多く、それが一般的に通用していた。しかし妻晶子の方から離縁話を持ち出している。

別《わか》れむと云《い》ふまじきことひとつ云《い》ひおひめつくりぬありのすさびに　（『春泥集』150）

三歳《みつ》の児を乞児《かたゐ》のごとくつくばはせ叱《しか》る父ゆゑ心くるひし　（「スバル」明42・5　「百首歌」）

と晶子は歌う。「別れ話」を持ち出した自分、幼児に当たり散らす夫の姿を生々しく詠み、当時の夫婦間の危機感をよく伝えている。僅か二首ではあるが、リアルで迫力があり、これによって寛の歌の背後にある心情にまで踏み込んで理解できる。また晶子の「百首歌」全体に見られる感情の起伏の激しさは晶子のおかれた現実がどれほど錯綜していたかを物語っている。別れ話を歌い、子供たちを叩いたり殴ったりすることが原因で別れ話となったが、五人の子等の前で静かな話し合いをして解決したらしい。寛は妻晶子とのこと、子供のことをかなりリアルに沢山歌っているが、晶子は「百首歌」では右の二首だけである。寛は尚も「似非百首」で「面《おも》なくも妻に嗔《ころ》ばゆわび男《をとこ》児あるがゆゑに縊《くび》りかねつも」「奴《やつこ》われ妻の怒りにふれし日を命日《めいにち》として死なむとぞ思ふ」「児等に告ぐ児等の児等にも又告げよかしこき妻は拝《をろが》みて居れ」「嗤ふべし汝がなすことは拙《つたな》かり嗔《いか》れるを見《み》よ妻《つま》に及《およ》ばず（「相聞」403）」「わが妻《つま》は言《い》ふこともなく尊《たふと》かり片時《かたとき》にしてきげん直《なほ》りぬ（同上　869）」とも歌う。面目なくも妻に叱られて身の置き所もないほどの情ない男だと詠んでいるが、子供のために死ぬこともできず、子への愛情に絆され、夫として父としての自信喪失を自嘲し、憐れみながら自らを認めている。そして恐妻振りを屈折しながらジョークとウィットに絡めつつ呟いている感じである。以上の歌には当時の寛の心境が痛感される。

この五月には前記の寛と晶子の、登美子への挽歌二〇首ずつの他に、「中学世界」掲載の「鐘下集」の歌がある。

青《あを》の朱《しゆ》のわか紫《むらさき》の酒《さけ》の香《か》の小雨《こさめ》そぼふるきちがひ笑《わら》ふ
病院《びやうゐん》の夜半《よは》の壁《かべ》よりさとばかり赤《あか》き血垂《ちた》るを見《み》て命《いのち》絶ゆ

一首目は、小雨を鮮やかな色彩と酒の香に喩え、そこに佇む「きちがひ」の、笑う姿を写している。二首目は、幻想的な光景をショッキングに詠んでいる。前にも述べたが、寛の歌に赤系統の色が詠まれる時には、概ね精神が非常に不安定で、一種の錯乱状態とも言える時期に当たるようである。この一連は総じてエキセントリックな内容をもち、作歌意図の分からない歌が多い。

晶子の「スバル」五号掲載の「百首歌」の歌も前月発表の四紙の歌と重複しているものがある。またその内容は「絃余集」以来の激しい感情の浮沈を詠んだ歌と平易な歌とがある。前月の歌の中には自己嫌悪や後悔にさいなまれる歌があったが、「百首歌」にはむしろ自らを肯定し、自信を得ているような歌が見られる。この号から『佐保姫』および『春泥集』に採られるようになる。

左には歌集に採られていない「スバル」五号の晶子の「百首歌」をあげる。

われながら量りあたはぬ情もておもへる人と君を知るかな
君と住み七日夜《よ》を寝し賀にせむと重たき髻を結び初めしか
君ならぬ外の男は秋山の菌《きのこ》の族《ぞう》とおもひおとしぬ
恋ひし日のこと云ひつづけいつまでも変らぬさまのむつごともしぬ

一首目は、この上ない愛情を注ぐに足る人として「君」を思う、という内容。二首目は夫婦の深い愛を確かめた歓びを歌っている。三首目は「君」を最高の男と認めた歌。四首目は不変の愛をしっかりと納得し得ている。いずれも夫への絶大な愛情表現である。三月の四紙に詠まれたような一途な女心が夫に伝わり、受けとめられたためであろうか。女としての自信とゆとりの感じられる歌である。こうしたものに裏打ちされてか、強い自己肯定意識の露わな歌である。なお引続き「百首歌」の歌を引く。（　）内の数字は『春泥集』の歌番号である。

今日の明日《あす》の身の盛りをばおもひつつ人に見られむ心をぞ研《と》ぐ

惜《を》しと云《い》ふ声《こゑ》をきくかな手《て》をぬけておちし玉《たま》にもあらなくにわれ（352）

龍騎兵《りゆうきへい》いで入《い》るたびに旗《はた》とりてわれをまもるもこちたくなりぬ（383）

書きやりぬ僕《しもべ》がもてる心よりまされるものを見せに来よなど

わがよはひ盛《さか》りになれどいまだかの源氏《げんじ》の君《きみ》のとひまさぬかな（126）

一首目は、絶頂期にある自分を意識することによって、自分の姿をいま人に見られたい、という思いを確認している歌。二首目は、三句以下の具体的な内容は分からないが、二句までを自分に対する世の評価だと自認し、そういう過去から抜け出た「玉《たま》」に匹敵するほどの「われ」だと周囲が認めていることを前提とした歌。三首目は、自分が常に守られて大切にされていることが鬱陶しくなった、という内容。「龍騎兵《りゆうきへい》」とはナイトの意があって女としての満足と驕りさえ見られる。「絃余集」の「わが前《まへ》に紅《あか》き旗《はた》もつ」（『佐保姫』17）に通じる内容で、晶子のプライドが十分に示されている。四首目は、「僕《しもべ》」の忠誠心以上の篤い気持ちを示してほしいとよびかけた歌。前歌と関連づけると、忠実な「龍騎兵《りゆうきへい》」を上回る愛情と敬意を払ってほしいと要求している。これは直接夫へ向けて詠んだかどうか分からないが、誇りを保ちつつ、なお女としての歓びの報われることを願った歌。五首目は、心身共に女としてもっとも充実した時期を迎えているが、そんな自分に相応しい理想の男性はまだ目前に現われない、という内容で、「源氏《げんじ》の君《きみ》」の来訪を心待ちにしている心情のうちには、一首目に見られるような自信の裏づけがあるのであろう。総じてナルシシズムの強い歌だが、そこには成熟しつつある女の心満ち足りた華やぎがある。この他叙景歌もあるが、概ね凡庸である。

この月には「スバル」五号の他に、晶子は「美術之日本」に「落紅」一〇首を発表しているが、歌集に採られたのは一首のみである。左に掲げる。

大八島《おほやしま》めぐりて通《かよ》ふわたつみの潮《しほ》わく音《おと》すわが身《み》の内《うち》に　（「美術之日本」明42・5）

稚子《ちご》の泣《な》く夜《よ》は石《いし》ころを投《な》げにきぬ隣《となり》に住《す》める南京《なんきん》の人《ひと》　（右同）

死《し》ぬと云《い》ひ真《ま》白《しろ》の床にぬるときもかばかり人《ひと》や恋《こひ》しかるべき　（『佐保姫』440）

一首目は、日本全体を取り囲む大海の潮なりにも似た音が私の中に轟いている、という内容。ダイナミックな生命の躍動が伝わる歌で、心身の充実感がうかがわれる。その充実感がもたらす自信の表れとして「あはれむは唯《たゞ》一人《にん》にかぎれども王者《おうじゃ》の徳《とく》にひとしきをなす」（「大阪毎日新聞」明42・3・20）とも詠まれている。二首目は、夜泣きする子供の声に苛立った隣家の中国人が我が家に投石した、という内容。「南京《なんきん》の人《ひと》」とは中国人の俗称。同じく生活感を漂わせている歌に「ときは木《ぎ》の松《まつ》の中《なか》なる物干《ものほし》の棹《さを》にしづくすゆく春《はる》の雨《あめ》」（「美術之日本」）がある。三首目は、死に際の清澄な心にある時ですら君を愛し続けるであろう、という内容。局限状態での至純な恋を美化しながら一抹の寂しさを湛えた歌。類歌として「夜《よ》にきけばわが殯屋《もがりや》をつくりなす音《おと》ともさびしさはな泣《な》きそね」（「美術之日本」）などがある。どのような意図からこのような歌を詠んだかは不明だが、ドラマ性があり、晶子の恋への憧憬がこめられているように思われる。

六月から「東京毎日新聞」が加わる。晶子には五紙に三八首（「都新聞」7首・「万朝報」4首・「東京二六新聞」6首・「大阪毎日新聞」20首・「東京毎日新聞」1首）、それらの中で『春泥集』には一一首、『青海波』には一首採られた。

さうびちる君《きみ》と生死《せうじ》の別《わか》れする悲《かな》しき日《ひ》をば思《おも》ひぬさうび　（「大阪毎日新聞」明42・6・10）

わが頼《たの》む男《をとこ》の心《こころ》うごくより寂《さび》しきは無《な》し目《め》には見《み》えねど　（『春泥集』415）

云《い》ひ知《し》らず人言《ひとごと》しげしさりながら君《きみ》とおのれは隠道《いんどう》を避《さ》く　（「大阪毎日新聞」明42・6・18）

一首目は、薔薇の散りざまを見て、いつか迎えるであろう君と死別する日を感傷的に詠んだ歌。甘美ではあるが、ありふれた発想である。二首目は、心から信頼している男が心変わりすることの寂しさを詠んだ歌。三首目は、口さがない世間の人々が何と言おうと「君《きみ》とおのれ」は正々堂々と生きるのだ、という内容。この「君《きみ》」は恋人か夫か判じ難いが、男を愛しながら生きることを誇りにする晶子の姿勢がうかがわれる。下句にそうした作者の意志が強く感じられ、当時としてはかなり思い切った表明であったであろう。

七月には寛の歌はないが、晶子は五紙に五〇首（「都新聞」6首・「万朝報」6首・「東京二六新聞」12首・「大阪毎日新聞」24首・「東京毎日新聞」2首）、そのうち『春泥集』一〇首、『佐保姫』六首、『青海波』に一首採られた。

こらしめに心臓《しんざう》とらむ髪焼《かみや》かむかかることをば神達《かみたち》の云《い》ふ　（「大阪毎日新聞」明42・7・18）

うとまれていまだいく日《ひ》もたたなくに尼《あま》ごこちしてわれはさびしき　（『春泥集』472）

畳かず十ひらあまりの間《ま》の隅にかがやくほどの牡丹をおきぬ　（「スバル」明42・5）

一首目は、作者か何らかの行為に対して「神達《かみたち》」が懲罰を下す、という内容。二首目は、人に疎まれてすぐ俗界を捨てた尼の心境に似た寂しさを味わった、という。「尼《あま》ごこち」という男性禁制の境涯にある寂しさを抱くということで、その対象は男性と想像される。ここでは夫のことか。一、二首とも晶子は自己否定を迫られるほどの戦きを覚えながら、一方それを素直に認め、受け入れているかのようである。三首目は、牡丹の豪華さを詠んだ歌。十畳ほどの空間性の広がりと、それを満たすほどの牡丹の華麗さが描かれ、晶子の美意識が存分にうかがわれる佳作である。晶子には「文月集」（「トキハギ」2号）一六首がある。この中には登美子に関わる歌が三首あり、これについては、すでに述べたとおりである。この他に

三《み》月見《つきみ》ぬ恋《こひ》しき人《ひと》と寝《い》ねながらわが云《い》ふことは作《つく》りごとめく　（『春泥集』344）

わが墓もいささか高くもりたまへ君とありけむ窓を見るべく
（「トキハギ」明42・7）

腹立ちて父のいとよくたたきたるこのをみなごを君もたたきね
（右同）

がある。一首目の「恋《こひ》しき人《ひと》」とは「文月集」一連に登美子を詠んだ歌があることから、寛にとっての「恋《こひ》しき人《ひと》」つまり登美子のことで、死後三ヶ月経ても悲しみの去らない夫寛と寝ながら、二人の中はやや白けた空しさが漂う、と下句で歌っている。類歌として「さまざまに云《い》ひのがれ居《ゐ》しをかしさは今《いま》に変《かは》らぬものにぞありける」（『春泥集』381）がある。二首目は、自分の死後もあなたと暮したこの家の窓が見えるように私のお墓を少し高く盛り上げて下さい、という内容。死んでも絶えることのないほどの深い愛を「君」に抱いていると言う、女のけなげさ、一途さがよく表されている。「わが墓も」の「も」には亡き登美子の存在が意識されていたとも想像されよう。登美子は若狭から「君」を見守っているだろうが、自分が若し死んだならばもっと近くで「君」との思い出を偲びたいというのであろう。類歌に「君とわれその日それより云ひあがり百とせ住むと定めにしかな」（「トキハギ」7月）がある。この歌は二首目に続いて「トキハギ」に配されている。一緒に住まうと決めた日を発端として百年も共に過ごそうと決めた、と言い、お互いに愛情を確認し合ったことを思い出して詠んだ歌。三首目は、かつては父親に、今は夫に暴力を振われることを歌っている。夫婦喧嘩については五月の「スバル」で二人がそれぞれリアルに歌っており、この歌もその一連と言えよう。

この月には、この他「中学世界」に晶子の「夏草」二三首がある。「夏草」の歌を引く。

十二《じふに》まで男姿《をとこすがた》をしてありしわれとは君《きみ》に知《し》らせずもがな

風森《かぜもり》を涼《すゞ》しくかよひ空見《そらみ》れば大《おほ》き手《て》まげぬ夕立《ゆふだつ》の雲《くも》
（『春泥集』113）

一首目は少女時代まで「男姿《をとこすがた》」をしていた自分を歌っている。これに類する歌として「ものほしへ帆《ほ》を見《み》に出《い》でし七八歳《ななやつ》の男《をとこ》すがたの我《われ》を思《おも》ひぬ」（『夏より秋へ』209）がある。幼少時代から女の子らしい身なりをしないままに少女期を過ごしたことを素直に回想した歌である。二首目は叙景歌。「風森《かぜもり》を」は風が森を、という意。「大《おほ》き手《て》まげぬ夕立《ゆふだち》の雲《くも》」とはダイナミックで大胆な比喩である。

八月には、寛は「中学世界」に「汐」六首を発表している。晶子は五紙四二首（「都新聞」7首・「万朝報」4首・「東京二六新聞」17首・「大阪毎日新聞」10首・「東京毎日新聞」4首）、それらのうち『佐保姫』に八首、『春泥集』に一一首採られた。

まず寛の「中学世界」のうち『相聞』に採られた歌をあげる。

我《われ》を見《み》てかどはかしとも火《ひ》つけとも惘《あき》れ騒《さわ》げり或《ある》は然《しか》らむ　（533）

少女《をとめ》等《ら》をかにかく恋《こ》ひきそのひまに歌書《うたか》きちらし名《な》さへわれ得《え》つ　（365）

一首目は、世人が自分のことを「かどはかし」「火《ひ》つけ」などと誹謗し回るが、それは今に始まったことではない、という内容。類する歌として五月の「スバル」の「似非百首」では「蛇《へび》きつね火《ひ》つけ盗人《ぬすびと》かどはかしをかしき名《な》のみ我《われ》は貰《もら》ひぬ」（『相聞』558）と寛は歌って、どれほど自分が世間から忌み嫌われているかを誇張している。二首目は、乙女たちとの恋の折々の歌を書き散らして有名にさえなったという、ドンファン的な生き方を半ば自嘲しながら誇示している感がある。

次に五紙の中から晶子の歌を見る。

自《みづか》らを殺《ころ》しかねつも十年《じふねん》の君《きみ》が馴染《なじみ》の妻《つま》とおもへば　（『春泥集』474）

ふりはへてまたいく少女見《をとめみ》むと云《い》ふ君《きみ》を祝《いは》ひて心《こゝろ》けふ死《し》ぬ　（「大阪毎日新聞」明42・8・22）

一首目は、一〇年間夫婦として馴染んでいるので、死ぬこともままならない、という内容。死をも辞さないような苦悩はあるが、永年つれ添ってきた以上、ここで自分が死んで見たところで何の解決にもならない、と言って死を思う理由が夫婦間の心の縺れに関わっていることが暗に分かる。二首目は、わざわざまた何人かの少女に会いたいという「君《きみ》」を祝いはするが、自分の心は死ぬほどの思いだ、という内容。ひたすら若い女性を追い求める「君《きみ》」を表面上は「祝《いは》」うと表現しているが痛烈に皮肉り、その反面作者は強い絶望感を抱いている。夫婦間の埋め難い心の亀裂が苛責なく表されている。

九月には寛の歌はなく、晶子には「帝国文学」の「かりそめごと」一〇首が加わる。また五紙二四首（「都新聞」6首・「万朝報」4首・「東京二六新聞」・「大阪毎日新聞」9首・「東京毎日新聞」5首）、このうち『佐保姫』に六首、『春泥集』に四首採られた。

王《おほぎみ》の后《きさき》に似《に》たるわれと云《い》ひ子《こ》をはぐくみてありふとも云《い》へ　（「大阪毎日新聞」明42・9・10）

歌《うた》なくば風来人《ふうらいじん》と呼《よ》ばれる父持《ちゝも》ちし子《こ》は死《し》ぬべかりしか　（右同）

一首目は、女としても最高、母親としても立派に任を果たしているという、かなり思い切った自画自賛した歌である。二首目は、歌がなかったならば当然「風来人《ふうらいじん》」とも呼ばれている男を父にもった子は死んだ方がよかったのではないか、という内容。詩人としてのみ漸くプライドを保っていられるような男だから、そんな男の子供は不憫だというのであろう。ここには夫寛を冷めた眼で見る晶子の一つの姿勢がうかがわれる。一、二首とも作者はやや優位に立った余裕を以て自らと夫を見ている。ここ数ヶ月の、鬱屈して自信を失ったかのような心境から一転し、強い自己肯定と満足が表れているが、こうした感情の起伏はこれまでにもしばしば見られたことである。

一〇**月**には、寛の歌はない。晶子は「スバル」に「葉鶏頭」二〇首、「新声」に「灰色の日」三〇首あり、五紙に四九首（「都新聞」7首・「万朝報」5首・「東京二六新聞」3首・「大阪毎日新聞」24首・「東京毎日新聞」10首）のうち『佐保姫』に二首、『春泥集』に八首採られた。「スバル」の「葉鶏頭」の歌を見る。

わりなくもわれはまことに疎《うと》まるとはなはだしげに云《い》へば慰《なぐさ》む　（『春泥集』128）

みづからを帝王とするたかぶりは後おもはじとせしわれならね

一首目は、自分は徹底的に人から嫌われていると大袈裟に言うと、却って気持ちが慰められる、という内容。思いきり自分を貶めることによって逆に安心を得ることがある、という人間の不可思議な心の綾を詠んだ歌。二首目は、自分を最高位にあると認める驕りは、後そのように思うまいとした私ではないけれども、という内容。下句は二重否定になっていることから、上句を肯定する意となり、「みづからを帝王とするたかぶり」をこの後もずっと保っていくというつもりだ、という絶大な自信を詠んだ歌である。前月の「大阪毎日新聞」（9月10日）で採った「王《おほぎみ》の后《きさき》に似《に》たるわれと云《い》ひ子《こ》をはぐくみてありふとも云《い》へ」に通じる一首である。

「新声」発表の晶子「灰色の日」三〇首の中から見る。この一連の冒頭に

願《ねが》ふことあき足《た》らぬことといと多《おほ》し腹立《はらだ》たしさも打まじりつつ　（「新声」明42・10）

かかる時《とき》をのこなりせば慰《なぐさ》むるわざの一つに雄詰《をたけび》をせん　（右同）

とあるように、一首目は世の中への願望や不満などの余りに多いことを歌で率直に訴えようとし、二首目は男尊女卑の社会に向けて精一杯の反抗を示している。「灰色の日」という色彩感からくる題名が示すように鬱々とした思いを吐露した歌である。

左の歌には、これまでにはない、風俗的な視点から現実を具体的に詠もうとしている。表現はリアルで、社会諷刺的な趣と露骨な感情がうかがえる。通俗的な喜びにうつつを抜かし、文学を蔑ろにし、女を軽んじている日本人への批判を次のように詠んでいる。

浪華《なには》ぶし活動写真《かつどうしやしん》小田原の金次郎《きんじらう》をばよろこべる国　（「新声」明42・10）

いにしへも検非違使《けびゐし》などは文学《ぶんがく》を知らざるをもて愧《は》ぢざりしかな　（右同）

わが草紙《さうし》水仕《みづし》に裂けし赤切《あかぎれ》の赤き指《ゆび》もて国を咒咀《じゆそ》する　（右同）

清原《きよはら》の女《ぢよ》も石川《いしかは》の女郎《いらつめ》もこの大御代《おほみよ》に用無《ような》しとする　（『春泥集』112）

一首目は、一般庶民の風俗的な楽しみを喜びとし、勤勉勤労の偶像としてまつりあげている小田原出身の二宮金次郎を人間の鏡として疑わない国だ、と言って文化レベルの低さを皮肉っている。この一連中には「小田原《おだはら》の金次郎をば説《と》く日のみ哲学博士《てつがくはかせ》大声《おほごゑ》を掲ぐ」（右同）「博士等《はかせら》も説《と》くはまことか二宮《にのみや》の金次郎《きんじらう》をば二《に》なきが如《ごと》くに」（「東京毎日新聞」明42・10・19）などがある。このように二宮金次郎を嘲笑の的としているのは、伝説化されたヒーローの非人間的な美談への疑いが根本にあるからであろう。それを「浪華《なには》ぶし」や「活動写真《かつどうしやしん》」と同レベルの世話物として受けとめる俗世間の人々や、無批判に受け入れ、声高に説く知識人への軽蔑が、これら三首には歌われている。

二首目は、かつての「検非違使《けびゐし》」クラスの人たちは文学を知らなくても恬として恥じなかった。現在も「検非違使《けびゐし》」に相当する役職の人間は同様の認識しかないのだ、という内容。「検非違使《けびゐし》」とは平安朝に設置された京中の違法を取り締まる役で、現在の警察官に近い。当時この役職は、民間では多少の権力を誇示できたから、これを揶揄することで一首目と同様に「文化」というものが一般にはいかに理解されていないかを言ったものであろう。三首目は、清少納言や石川女郎の優れた、かつての女性文学者も、この明治の御代には役立たずだ、という内容。現代ではまったくその価値をもたないものとされている。この二人にも匹敵するほどの自分の才能も無意味なものと見なされているという口惜しさと嫌味がこの「大御代《おほみよ》」という語にこめられている。四首目は、私の書いたものは、日常の水仕事で赤切れてしまった血の滲む指で国を呪っているのだ、という内容。日々繰り返される生活の中から摑みとったものを筆にしたのが自分の文学なのだが、それが正当に評価されず、物心共に満足のいく暮らしができない、という怒りを、文化を尊ばない日本国に向けて発した。以上の歌に類するものとして同じ「新声」（明42・11）に

長雨の泥《どろ》の都に金貸《かねかし》と邪慳《じやけん》の医者《いしや》と行きかへるかな

高価《かうか》なる専売局《せんばいきよく》の葉巻《はまき》をば買はむとぞ思ふ違勅《ゐちよく》ならずや

教育を見世物《みせもの》にする教師《けうし》達《たち》をとめの為めに檻《をり》を造れる
わが歌《うた》のかたはしをだにかの長者《てうじや》その宰相《さいしやう》は知らずやあるらん

がある。これらはいずれも社会に対する批判精神を根底にもって詠まれており、地位や権威への懐疑と文化への認識の低さを辛辣に指摘した一連である。これらにはこれまでの晶子らしい耽美的で豪華な雰囲気を好む美意識はまったく見られず、当時の日本の文化の低さに悲憤慷慨する一途な晶子の生き方がうかがわれる。

一一月には、この他五紙七三首（「都新聞」7首・「万朝報」4首・「東京二六新聞」29首〈寛20・晶子9〉・「大阪毎日新聞」15首・「東京毎日新聞」18首）発表している。これらの中には前月の「灰色の日」などと重複する歌もある。

一一月四日の「東京二六新聞」に寛は「輓歌」二〇首を発表。それらは『相聞』に「伊藤博文卿を悼む歌。明治四十二年十一月」と題して一六首採られた。この年の一〇月二六日、ハルピン駅で朝鮮の独立運動家安重根に暗殺された伊藤博文を素材として詠まれた一連である。「東京二六新聞」発表（明42・11・4）で『相聞』に採られた歌をあげる。ここで寛は万感の思いで博文の死を悼み、その衝撃を歌にした。

ひんがしの日《ひ》の出《い》づる国《くに》に君《きみ》ひとり世界《せかい》を観《み》ると目《め》の開《あ》きてありし
厩戸《うまやど》の皇子《わうじ》鎌足秀吉《かまたりひでよし》も名《な》はありけれど伊藤《いとう》に如《し》かめや　(999)
な憂《うれ》ひそ君《きみ》を継《つ》ぐべき新人《しんじん》はまた微賤《びせん》より起《おこ》らむとする　(1000)

一首目は、東国日本であなた一人が世界の情勢を見極める視野をもっていたのだ、という内容。国際人としての政治的手腕と先見の明をもっていた博文を称えている。二首目は聖徳太子や藤原鎌足、豊臣秀吉らの名は有名だけれど、政治家としてあなたには及ばない、という内容で博文の政治家としての逸材ぶりを強調している。三首目はあなたの後継者たるべき新人はまた低い身分の中から輩出してくるだろう、という内容。博文の出自が貧しい出であったことを下句で暗に示したのか。寛自身が貧しい僧家の出身であったところに博文への共感もあったと想像される。一国の宰相の死を悲嘆する思いは強いが、博文賛美に終始しているのは挽歌としての類型を脱していない。

伊藤について寛はこの年の一〇月三一日から一一月六日までの「二六文壇」に「伊藤公の一側面」四回（10月31日、11月2・5・6日）を載せている。ここには伊藤との個人的な交流のあったことが書かれている。伊藤が若い頃から出入りしていた大阪の住吉の三文字茶屋の百畳敷の広間に、明治二二年、皇后陛下が住吉神社へ参拝した折、ご休憩されることになっていた。伊藤はお伴してきたのである。その時、三文字茶屋の女主人が寛に「奉伊藤博文卿詩」を書いて伊藤公に献上するように言ったが、漢詩はできなかったので、大文字で「太平楽」と書き、姓名と年齢を添えて、他に住吉の松原を詠じた旧作の詩二篇を献じた。その後伊藤の演説を聴く機会があって、その後で「自分に閔妃殂落の前後及当夜の実状を詳しく語らせ、韓国の風俗人情、唐留官民の気風等を仔細に尋ねられた」と書いている。そのころの寛は二十三、四歳で、「伯父さんに物を尋ねる様にづけづけと話をする」間柄だったと記している。他に伊藤との対話や人柄についても詳しく書いて伊藤の「一側面」を明らかにした。

一二月から「東京二六新聞」は「二六新報」に戻った。この新聞はしばしば名称が変更されている。この月には寛の歌はない。晶子は前月と同様五紙四九首（「都新聞」6首・「万朝報」5首・「二六新報」6首・「大阪毎日新聞」20首・「東京毎日新聞」12首）。「大阪毎日新聞」の歌で『春泥集』に採られた歌をあげる。

霜《しも》ばしら冬《ふゆ》ごもりして背子《せこ》が衣縫《きぬぬ》へと持《も》てきぬしろがねの針《はり》　（225）
わが家《いへ》のこの寂《さび》しかるあらそひよ君《きみ》を君打《きみう》つわれをわれ打《う》つ　（313）
恋《こひ》をする男《をとこ》になりて歌《うた》よみしありのすさびの後《あと》のさびしさ　（321）
冬《ふゆ》の夜《よ》もうすくれなゐの紙《かみ》のはし散《ち》れる灯《ほ》かげは心《こころ》ときめく　（413）

一首目は、日常の一場面を歌っている。「霜《しも》ばしら」「しろがねの針《はり》」はイメージとして重なり合い、どこか冷たく尖鋭な感覚が、この歌を単なる日常詠とは異なるものにしている。二首目は、夫婦喧嘩によって双方が自分を傷つけることで言い知れぬ寂しさを感じ、殺伐としたやり切れなさを第三者的に詠み、冷え冷えとした家庭内の空気を歌った。三首目は、男になり代わって恋をする、という歌。晶子は二〇代のころから時折、男の立場から歌を詠むことがあった。例えば「わが妻《つま》は妹背《いもせ》のみちをわが定《さだ》めわが初《はじ》めたるものと思《おも》へる」（『春泥集』250）と男に代わって歌っている。これは男が自分の妻の気持ちを察した、という歌で、男を信じ男の意向のままに夫婦となったことを疑わない女のいじらしさを詠んだ。そんなけなげな女を詠むことで晶子は婉曲に自らをいとおしみ、ナルシスティックな歓びを感じている。こんな儚い歓びに浸っていたことも後になってみると、空しく淋しく感じられ、ふと我に返った瞬間、自分が夫に愛されていない現実を認識し、愛されない女の悲哀を痛感したのであろう。四首目は、冬の夜に見る「灯《ほ》かげ」がちらちらと揺れる様子を、うす紅色をした紙の小片が散っているさまに見立て、それによって心がときめく、という、何の「灯《ほ》かげ」かは明らかではないが、冬の夜にそれを見ることで晶子の心に一種の華やぎが生じた、という。「うすくれなゐ」という色彩感に晶子の心が反映されている。

㈡　詩

寛はこの年も短歌に比べて詩の方が圧倒的に多い。**一月**には雑誌として「女子文壇」（1日）に「旧都の歌」、「活動の友」（1日）に「諧音」、「芸苑」（20日）に「をさなき日」を発表している。また新聞には「福岡日日新聞」（1日）に「巣の上」、「東京二六新聞」に「鶏の歌」（1日）・五行詩「小曲」七篇（2、4、11、19、23、27、30日）を掲載している。五行詩については翌四三年刊行の詩歌集『檞之葉』の項で述べる。「鶏の歌」は「巣の上」と同じ趣向の詩で、日常生活を送る男女の一般的な心情を鶏に託している。

「旧都の歌」は晩秋の京都に寛が訪れた、という設定で時雨降る町並みのしめやかな様子を情緒的に描いた詩である。「諧音」は紅灯街を彷彿とさせる絢爛と官能と頽廃の入りまじった光景が詠まれている。この詩は後に「支那街の一夜」と題して寛の詩歌集『鴉と雨』（大4・8）に採録される。「をさなき日」は寛の幼少時代の思い出を、感傷を交えながら童話風に綴った詩。「巣の上」はうら若く美しい「牝鶏《めどり》」が「新しき内なる力」を感じて苦しみに耐えながら卵を生み、それが雛に返るまで一心に己の命をかけて守る姿を描いた。雄鶏《おすどり》は「此の大事」にまったく無関心で、他の牝鶏を追いかけ遊び暮らしている、と言い、雄鶏、牝鶏をそれぞれ人間の男女に喩えた詩。ここでは、女は情深く逞しく、男は父親になっても外に心が向くという画一的な男女間を歌ってはいるが、実感がこもっているためか、言葉遣いは生き生きとしている。

晶子は例年、詩より短歌の発表数が多かったが、この年の一月には珍しく三篇も詩を掲載している。「芸苑」に「宿屋」「篳篥」の二篇があり、「福岡日日新聞」の元日掲載の「男の胸」一篇には、晶子らしい、激しく大胆な感情の発露が見られる。この詩は男への愛憎に揺れる女心を表し、刀で刺してやりたいほどの憎しみを抱かねばいられない、いとしさを男の胸に感じとっている。「いと憎《にく》き男《をとこ》の胸《むね》に　とき白刃《しらは》あてなむ刹那《せつな》　たらたらとわが袖《そで》にさへ、指《ゆび》にさへちるべき紅《あか》き　血《ち》を想《おも》ひわれほくそゑみ　こころよく身《み》さへ震《ふる》ひぬ」とあるように「白刃」は作者の感情の高ぶりを端的に表した語である。白刃で刺すという表現はすでに歌にも見られる。

しら刃《ろ》《ママ》もて刺《さ》さむと云《い》ひぬ恋《こ》ふと云《い》ふただ言千《ごとち》たび聞《き》きにける子《こ》に　（『夢之華』230）
しら刃《は》もてわれにせまりしけはしさの消《き》えゆく人《ひと》をあはれと思《おも》ふ　（『佐保姫』295）
しら刃《は》もてわが身《み》つかかることばとも思《おも》ひしこともけふはただごと　（『佐保姫』371）

いずれも「しら刃《は》」という語には強い情念がこめられていてこれらの歌も「男の胸」に通ずるものがある。

二月には、寛は「中学世界」（10日）に「鶏の歌」を発表しているが、これは前月の「巣の上」と同じ趣向の詩である。この他に寛は「東京二六新聞」に五行詩「小曲」四篇（5、11、23、25日）を掲載している。この月には晶子の詩はない。

三月には、寛は前月と同様の五行詩「小曲」一〇篇（2、5、8、13、20、22、23、24、25、30日）を「東京二六新聞」に発表している。晶子には「読売新聞」（15日）に「産の床」がある。この詩はこの月の三日に生まれた三男麟を称え「わが悩《なや》み早《はや》も残《のこ》らず　子よ、汝を生みし夕《ゆふべ》の　うら若き母のまぼろし」で終わり、母となった喜びを素直に表現している。

四月には、寛は雑誌「火柱」（15日）に一二連五行詩の「悪酒」と、「東京二六新聞」（4、21、24日）に五行詩「小曲」一篇を発表している。この中には一月から三月までの「東京二六新聞」に発表された五行詩と重複するものもある。例えば

鴉《からす》、鴉《からす》、狡猾《かうかつ》な鴉、　さわぐ鴉、　からゐばりの鴉、　木《き》を枯《から》す鴉。（『槲之葉』小曲百六十編96）

などがある。言葉遊びの要素は強いが内容にはそれ以上の面白さは見られない。この月には晶子の詩はない。

五月には、寛は「東京二六新聞」に五行詩「小曲」四篇（4、16、17、21日）を発表。晶子にはない。

六月には寛は「スバル」（1日）に「鈴の音」を載せ、「東京二六新聞」に五行詩「小曲」二篇（21、29日）を発表。晶子は「読売新聞」（14、15日）に「伴奏」（上・下）があり、それぞれ六つの詩から成っており、内容としては一貫性はない。この中で生活面を描いた詩もある。

七月には、寛の詩はないが、晶子は「トキハギ」二号に、「折にふれて」と「東京二六新聞」（5日）に「新しき家」を載せている。「折にふれて」は六つの詩から、「新しき家」は二つの詩から成っている。

八月には、寛は「東京二六新聞」（13、15、17、18、25日）に五行詩「小曲」五篇を発表。晶子はこの月から一二月まで詩を発表していない。

九月にも、寛は同紙（21日）に五行詩一篇、一〇**月**も同紙（3、12、26、27日）に五行詩「小曲」四篇を載せている。

一一月には、寛は「中学世界」（20日）に二〇連の五行詩「鸚鵡杯」を発表しているが、これも四月の「悪酒」と同じように「東京二六新聞」（11、12、17、26日）の五行詩「小曲」四篇と重複している。どれも詩の断片の提示に止まり、情緒や雰囲気の域を脱していない。

以上で寛、晶子の詩の紹介を終える。

㈢　散　文

(1) **評論・随想**

次に二人の散文を年代順に見ていくことにする。

一月に寛は「詩話（一）」を「新声」（1日）に載せている。これは二段組で三頁半にわたる一文。ここでは、口語詩の作家および批評家へ向けての批判と皮肉が主旨となっている。これは前年盛んに行われた「口語詩の議論」に終結し、「今後は創作の方で実効を挙げるやうに努力して貰ひたい」と寛は主張する。寛は自身の詩に対する自負と、それを肯定するのに急ぐ余り口語詩の詩人と批評家を故意に貶している嫌いがあり、そのため論旨の一貫性はない。

この月には、晶子は「新年御題雪中松詠進歌評」が「東京二六新聞」に六回（20、21、23、24、25、26日）にわたって連載された。これは宮中御歌所の新年詠進歌について「御歌所寄人《よりうど》井上通泰先生」が「毎日新聞」の記者との談話で語った発言に対する晶子の所見である。まず寄人たちが選んだ七首は非常に優れていると言ったが、その歌を選んだ寄人自体の歌の是非をここで問うている。晶子は寄人たちに対して

　諸先生の歌の標準が依然として世界の詩の標準と一処に成らず、個性を尊ばずに襲踏を迎へ、昂騰せる詩人の感想情緒を採らずに、無趣味なる俗人の平語を喜び、甚しきは月並発句、狂歌、川柳の類にも劣る軽佻野鄙の

駄洒落を珍重せらるる

と酷評を下している。また寄人に対して、世間には「度《ど》し難《がた》き頑冥固陋《ぐわんめいころう》の徒《と》と蔑視《べつし》」する「青年が多数」いることを指摘した上で、井上については「後進の意見を御聴きに成る事が出来やう」と皮肉りながら、寄人たちと彼らが選んだ詠進歌が、晶子の眼から見ていかに劣っているかを、かなり辛辣な表現で批判している。例えば当時の旧派歌人の筆頭であり、かつて寛が「亡国の音」（明27・5）で誹謗した高崎正風に対し、晶子はここで「一代の儀表と成る大家が猶貫之の駄作にも及ばぬ程の歌を得意とせらる丶のは何う云ふものでせう」などと言って、思い切った批判を下した。このころの「東京二六新聞」がどのような体質をもち、どのような社会的影響力があったかは分からない。しかし前年も同主旨の記事が晶子によって同紙に書かれていたことから類推すると、晶子のような急進的な発言を受け入れ、且つ擁護できる許容力と政治的基盤が「東京二六新聞」にあったのだと想像される。この他に「少女」（27日）に「歌の出来る時季と時間」を寛と晶子は載せている。

二月には、寛は「東京毎日新聞」（26日）の「毎日文壇」の欄において「歌談一則」を掲載している。「此頃の短歌は十年前に比して格外の進歩を示して居る」が、これは、「曾て短歌の如き短い詩形は時代に適せぬから滅亡して了ふだらう」という「杞憂」を覆すものだ、と言う。短歌の存続を危ぶむ発言は、翌年発表の尾上柴舟の「短歌滅亡論」より以前、つまり『新体詩抄』（明15）のころから始まっていた。寛はこういう考え方を否定しているのである。様々な詩形はあるが、短歌は「新体詩の様に形式の苦心を要する事なくして歌ひ得る」「円熟した詩形」であり、俳句のように短かすぎたり「制約が厳重」すぎることもなく、「自由に詩人の感想を出す事が出来る」、と言う。但し今後は常に「フレッシュなる自我の放射」に努め、「惰性に囚へられ」ないようにすべきと結んでいる。前月の「詩話（一）」に比して短文であるが、論旨は明快である。他に寛の「詩話（二）」（「新声」1日）、詩話「文士推讃に就て」（「東京日日新聞」2日）がある。

三月には寛は「東京二六新聞」（12日）に「翻訳と日本文」を載せている。当時のロシヤ文学の翻訳家昇《のぼり》曙夢の翻訳集『白夜集』（明41・12）の「誤訳や気の利かない語」に対する馬場孤蝶の指摘を発端として翻訳のむずかしさを論じている。翻訳するためには逐語訳ではなく、表現力も高めるべく日本語を学んでほしいというのである。寛の主旨は今日から見ると当然なものであるが翻訳の歴史の短かった当時としてはどの程度、文人間で共通の受けとめ方がなされていたであろうか。馬場・昇に敬意を払いながら双方にとって好意的な立場に立っての寛の発言である。また三月には、寛の評論「短歌の現状」が「新潮」（1日）に載せられた。その冒頭で「昨年は世の中で短歌が振は無いと云つて居た」と書いているのは、現実に四一年には「馬酔木」、第一次「新思潮」、「詩人」、「平民新聞」そして「明星」も廃刊となったことを指しているのだろう。寛はこうした事実を踏まえながら、むしろこれを楽観的に捉えようとしている。いわばこの時期を「妊婦が十月の間悪阻《つはり》や何か身も痩せる迄悩んで居る様な」準備期間だと言い、現在は「新しい短歌の分娩期が近づいて居る」という。しかし「今後の短歌」の「風体」は従来より遥かに自由になって用語や「習慣や典型」にこだわらないようになるだろう。また短歌結社に固執せず表現形式も短歌に止まらず、他のジャンルにも積極的に取り組むことになると予測している。「新潮」の末尾にはこの年五月から出る「常磐樹」（トキハギ）の予告を載せている。

同月、寛は「女子文壇」（1日）に「和歌は女性に適す」を掲載。古来から和歌は女性の方が優れていると言って、男性は「多くの材料を盛」ろうとして却って「技巧に無理」が生じたり、内容が「散漫」「晦渋」で「斬新」「奇抜」のみに終わりやすく、「一時の流行」に止まると言う。しかし女性は素材の範囲は狭いが、感情の振幅が激しく、また繊細なので短い詩形にはそれを盛り込みやすく、結局流行に左右されない普遍性をもち「染々《しみじみ》と胸に応へる」歌となる。従って「今日の新派和歌も矢張さうであ」り、「佳作は女子の方に多いやうで」「短歌は特に適した詩形である」と断言している。このような歌人としての女性優位論は発表の場が「女子文壇」という女性作家養成を主とした雑誌であることを考慮していたであろうが、当時としてはかなり大胆な発言であったと言えよう。確かに「明星」は女性歌人の能力を大いに発揮させたことで、その理念を具現化させたことは事実である。晶子、登美子、増田雅子、玉野花子、大貫かの子（筆者註―岡本かの子）などの優れた女性歌人を輩出した功績から、寛がこのように自ら確信を以て発言し得たと言える。男尊女卑の思想がまだ強かった当時、短歌という限定された枠のうちであれ、女性優位をここまで明確に唱えたのは寛にとって当然であった。この一文の後半には登美子の歌一二首、晶子の歌六首をあげて評釈している。

この三月に晶子の随筆「初めて東京の芝居を見た時」（「演芸画報」）がある。娘のころから大阪で見ていたであろう芝居を思い出しながら歌舞伎役者のあれこれについて書いている。

この他同月には「東京二六新聞」に四回（17、18、19、20日）にわたって「産屋《うぶや》物語《ものがたり》」を連載している。これは二年後に刊行される第一評論集『一隅より』の巻頭に載せられる。この一文は出産を「穢《けがら》はしい」と受けとめ、女を「罪障の深い者」とか「劣者弱者」と見做す当時の思想に反撥し、積極的に女の性を尊重しようとする晶子の考え方を述べた。これは晶子の実体験を通して得た発想であったから、真実味のある文章である。まずこの年の三月三日に、三男麟を出産したことから筆を起こし、「生死《しやうじ》の境に膏汗《あぶらあせ》をかいて、全身の骨と云ふ骨が砕ける程の思ひで呻《うめ》いて居るのに、良人《をつと》は何の役にも助成《たすけ》にも成ら」ず「世界の有《あら》ゆる男の方が来られても、私の真の味方に成れる人は一人《いちにん》も無い」と言って、出産の苦痛の甚だしさを訴えている。そういう苦痛を与えるに至った男は何の痛痒も感ぜずにすむことへの不公平さをついた。ここには出産を不浄とする一般通念を超えた晶子の主張がうかがえる。

この主張を基にして男女を人間として「対等」にすべきと考える晶子の男女観を、

　同じく人である。唯協同して生活を営む上に互に自分に適した仕事を受持つので、児を産むから穢《けがら》はしい、戦争《いくさ》に出るから尊いと云ふ様な偏頗《ば》な考《かんがへ》を男も女《をなご》も持たぬ様に致し度いと存じます。女《をなご》が何で独り弱者でせう。

男も随分弱者です。……　男が何で独り豪《えら》いでせう、女は子を産みます。随分男が為《な》さつても可《よ》さ相な労働を女が致して居ります。

という。また田山花袋が「女子文壇」で発言した「男子と女子とは生殖の途《みち》を外《ほか》にして到底没交渉なのでは無いか」をとりあげ、花袋を含む「新しい文学者の諸先生」も女を「弱者」「玩弄物《もてあそびもの》」として見、「対等の『人』たる価値《ねうち》を」認めないのは「文明人の思想に実際到達して居られぬから」だと厳しく批判した。そして「進歩した文学者は『人』として対等に女《をなご》の価値を認めて戴き度い」と必死に向き合った。このような男女観に立って、晶子はほぼ同時代の樋口一葉を始めとし、近松や紫式部の作品にも触れながら、男女はそれぞれが美醜を合わせもった存在であることを、これからは書くべきだと述べている。晶子の、男女を対等とする見解がこれほどはっきりと表されたのは、これが最初で、ここに晶子のフェミニズム的発想の原点があったと思われる。

四月、晶子は評論「藤井女史の離婚問題其他」を「東京二六新聞」に四回（8、9、10、11日『一隅より』再掲）連載した。これはこの年離婚した声楽家の藤井環（筆者註―三浦環）を巡る新聞記事の見解に異を唱えることを発端とした文章である。晶子は「離婚と云ふ事を一概に罪悪の様に考へる」一般通念に対して疑問を投げかけ、夫婦とはどうあるべきか、という問題にまで発展させた。当時の男性の教育者の一人が「夫唱婦和」を掲げたのに対して晶子は、

男の方が自分の都合のい、様に設けられた教《をしへ》で、根が女を対等に見ぬ未開野蛮のあさましい思想

だと批判している。晶子は「教育勅語」にある「夫婦相和し」こそが「夫婦の対等」だと主張する。当時の「女子教育」の最高機関である女子大学は「良妻賢母主義の倫理と家政科と言ふ割烹《にたき》の御稽古」だったが、しかしそれ以前に必要なのは「令嬢教育」だと晶子は言う。「令嬢教育」とは「家庭に於て、社交に於て、男女交際に於て、一人前の娘として恥しからぬ娘を仕立てる」ことであった。「目が開《あ》きかけた今の若い婦人は」学校を離れ「自身で新代の令嬢教育を不完全乍ら試みて居」ると現状を説明している。一方、「今の多数の男子は勿論婦人に比べて数

倍の学問も智慧も有」るが、「完全なる『人』としての教養は何う」かと疑問視し、さらに「妻に対する心掛が野蛮」な現状を憂いている。このような現状をもたらした一因としての教育は「単に学校を卒業した男子と、時世遅れの良妻賢母に合ふ女子とを作る事のみ急」だと晶子は言う。真を追究する教育とは「『人格を完備した男女《だんぢよ》』を作る事」だと提起する。ここに晶子の教育観の根本が明らかに示されていた。

以上のような観点に立って藤井環が自ら夫に離婚を申し出たことを、世の教育者が「飛《とん》でも無い心得違」だと非難したことを逆に晶子は批判している。つまり「夫婦」は対等の立場で互に尊敬し自然に相和して行くのが本来だから、どちらから離婚の申し出であってもよいはずだと言う。そしてこれからの女性は娘時代に「我手で立派な人格を修養」するために様々な教養を身につけ、人間性を高めることに努めよ、と女の生き方を示唆している。この一文は藤井環の離婚を枕としながら晶子の男女観、夫婦観、女子教育の見解をかなり具体的に述べていて、啓蒙的な色彩は濃く、「産屋物語」と共に晶子の女性論の根幹を成している。

五月には寛の「詩話」が「新声」（1日）に載った。また「トキハギ」一号（15日）には寛の「消息」、「万葉集講話（五）」、晶子の「新詩社より」（社告）、「故山川登美子の君」があり、寛と晶子の「和泉式部歌集評釈（一）」「寄合語」が掲載された。晶子の「女学世界」掲載の「折々の手紙」がある。これは書簡形式をとった五通のもので、作者と友、妹、乳母との身辺を伝える、こまやかな心のこもった作品である。そこにはきわめてプライベートな内容が綴られており、どこまでがフィクションか分からないが、候文でしめやかな女性らしい文体である。

六月には、寛の「女子文壇」掲載の「故山川登美子女史の歌」の一文がある。これは四月一五日に没した登美子の歌を評釈したものである。また「読売新聞」発表の「詩話雑話」四回（2、3、4、5日）がある。一回目は、詩作とは自分にとって本来「内から促され」る「本能的自発的」な行為であり、詩作のために「一主義を立」てることは、「堕落」以外何ものでもない、と言う。自然主義を標榜した岩野泡鳴について「誇大妄想狂者の日記」のような論を展開してきたが、その主張を裏づける「詩篇」はまだ発表していないというような例を出して主義、主張が先走る無意味さをついた。二回目は、一回目を受けて詩は「自己の満足を計るのが」「第一目的」で、そのためには「臨機応変の新技巧に苦心し得る人格で無ければならない」とも言う。「一時技巧無用論と云ふ如き破壊論」が出て、それによって「急激な破壊主義」が文学にとっての「刺激剤」となったとも言う。詩壇もまた「口語詩自由詩と云ふが如き破壊運動が昨年あたりから」起こってきたが、まだ「無雑千万《ママ》」だと言う。「詩の革新は常に天分ある作家が自分の詩の革新を基礎」とすべきであり、軽率に「雷同」すべきでない、と強調している。三回目は、口語詩と自由詩について、それぞれ口語詩を新しい詩型として打ち立てようとするのは「誰も異論」を挟む余地はない。しかし「口語は語彙が少く、品位と含蓄とに乏しい」上に「作家」は「大抵漫然と浅俗な口語を並べたのに過ぎない」ような詩しか発表していない。だからまだ完成に達していないと言う。自由詩について寛は「国語の正系たる文語を中心とし」「口語乃至外来語を選択し摂取して用語の範囲を」広く考え、さらにそれを定型以外の方法で表そうとした詩だと言う。「自由詩は思想感情をして適当なる言語を選ばしめようとする故に無理が無」く、「最も詩人の感想を現はすに適切なるものでは無い」と結んでいる。四回目は、三回目に引き継いで自由詩を成功させたのは白秋、正雄、栗山茂、三木露風だと言う。寛は色々な詩型によって詩作するのが好ましいと言うが、散文詩はまったく認めていない。以上が当時の詩の情況を説明した寛の一文である。

この他、寛には「東京二六新聞」発表の「発売禁止に就て」四回（17、18、19、20日）がある。当時の文芸の出版物が屢々発売禁止になった事実を踏まえて、それを批判した一文である。例えば永井荷風の「仏蘭西物語」と小栗風葉の「姉と妹」を載せた「中央公論」、幸徳秋水の「自由思想」などが「風俗壊乱とか安寧秩序を害する」と言って発売禁止された。寛はこれらに対して発禁の理由を客観的に明示し、その「標準」となるところを判然とするように行政官に求めている。風俗壊乱に当たる「性」に関わる記述はすでに『古事記』などの歴史書や生理学書、辞書や新聞の情痴記事などにあり、また日常生活でも男女間のあり方の様々も茶飯事として見受けられる。幸徳秋水を筆頭とする社会主義者は危険でないどころか、日本の将来に益するところがあると評価している。このようにして書籍の発売禁止に異を唱えている。翌年六月には、秋水らの大逆事件が起こったことから考えると、寛の発言はかなり大胆なものであったと言える。

この六月には、晶子のインタビュー記事「妾と芝居」を「歌舞伎」に載せている。これは少女時代から現在までに見た芝居の感想を思い付くままに述べ、大阪と東京の芝居とその観客の比較を率直に綴った一文である。

七月の寛には「トキハギ」に「寄合語」と「新詩社より」があるだけである。晶子には随想「雑感」が七、八月にかけて「東京二六新聞」に五回（7月30、31日・8月1、3、4日）に連載された。五回の文章を通して一貫したテーマはないが、個々において問題点を採りあげている。（一）はその年に文学博士となった「森先生久米先生」について触れ、国はその業績に適った人を博士とするような「公平さ」をもつべきだと言う。ここで晶子が高く評価する博士とは森鷗外と久米邦武のことであろう。これに引替えて吉田東伍、関根正直の学位授与に対してかなり露骨で辛辣な批判を加えている。（二）は陸軍の兵士虐待を指摘し「軍馬より劣つた待遇」に憤り、こうしたやり方は「国家の不利」を招き、ひいては「国民の精神」を亡くすことになる、と言う。兵士と同様に悲惨な生活を強いられている芸術家にも触れ「学問や芸術を虐待する国家は決して万世不朽の国家とも国民とも」言い難いと断言している。虐待を続ける以上は「立派な軍人や大作の芸術が出来上」るはずはなく、従って「日本はまだ万事に野蛮保守の勢力が強い」のではないか、と疑問を促して批判している。（三）はまず芸術を志す人間は生活の不如意を覚悟すべきで、「非凡の才分と意思とが無ければ」偉大な作品は生まれないと言う。国は「文芸院」を創設するらしいが、これに優遇される文学者は「文部省の道徳主義教育主義と抵触する事」を自ら認めることになるだろうと言う。「文学」とは「全く他の勢力より独立すべき性質の物」だから「文芸院」は無用の長物だと晶子は言い放っている。鷗外の「ヰタ・セクスアリス」を載せた「スバル」を発売禁止処置にする政府は文芸院設立と発売禁止とが相矛盾することを理解すべきだと皮肉っている。（四）は短歌に関する「雑感」と近事の教育者の発言について。後者の方で、大阪の女学校で「男女の何れに成りたいか」と問うたところ「多数の女生徒が『男に成りたい』」と言ったことを晶子は「気持善く感ぜられました」と書いている。これは男尊女卑の当時では、男がいかに優位であったかを物語るものであり、その結果を小気味よく思って晶子が揶揄したものであろう。（五）は政治家や教育者が旧弊固陋な道徳観を振りかざしていて少しも進歩しないことを憂いている。その一方で「婦人解放」に対して「男子解放」を主張すべき時期に達している、と晶子は提言する。具体的には結婚生活に倦怠を覚える感情は人間として自然だから夫が「他の多くの女に赴」くことを認めよう、それが妻として「賢い立派な量見だ」と言うが、それは「私の理性」から発する考えで、実際には「非常な苦悶を」感ぜずにはいられないだろうと本音も吐いている。（五）の後半部の主張はこれまでの晶子の所論を裏切るものであり、何故このように発言したか理解に苦しむ。一つ考えられるのは四月に死去した山川登美子を追慕していた寛の心中を汲んで登美子への嫉妬を反省する意も含めて自らに言い聞かせるつもりだったのか、また「明星」廃刊後の鬱々とした寛の心情を察して寛大で母性的な気持ちになったものか。さらに多忙をきわめていた晶子が心身共に執筆活動に専心したい気持ちから発した一時的な思いであったか。以上、社会や国家に向けて忌憚のない意見を発表しているところは、評論家晶子の出発として面目躍如としたものがある。これらの多くは第一評論集『一隅より』（明44・7）に採られることになる。

八月には晶子の前月掲載の「雑感」㊂1日・㊃3日・㊄4日）があるのみである。

九月の「東京毎日新聞」（9日）には寛と晶子の「一言」に「一日中の楽しき時刻」があり、「トキハギ」（12日）に寛の「新詩社より」と「評釈」の「新派短歌解説」、また二人の「和泉式部歌集評釈（三）」もある。晶子のエッセイ「家の為めに働らいた時代」（「文章世界」）がある。「二十になった時分」の思い出の一文。このころ実家は経済的に困窮しており、「男まさりの女が好い」という堺の風習に従って晶子自ら駿河屋の切盛に努めたと書かれている。「一身を犠牲にするつもりで」働いている中に暮らしが安定してきたので、晶子に養子を迎えるという話が持ち上がった。しかし「両親」の生活を見て「夫婦の関係ほど醜悪なものはないと思って」トルストイの影響から「一生独身だときめて居」たと言う。堺時代の思い出については、これまで「をさなき日」「母の文」などにも見られた。

一〇月には晶子の「婦人くらぶ」（15日）に「をさなき日」、「婦人画報」（1日）に「秘家の児と婢」、「国民新聞」（10日）に「昨日午前の日記」。寛の「東京二六新聞」（14・15・17・20日）に「偶感数則」（一・二・三・四）、同紙（31日）に「伊藤公の一側面（一）」。

一一月には晶子の「スバル」（1日）に「反古より」、「女子文壇」（1日）に「最近の日記」と、寛は「東京二六新聞」（4日）に「文学者の観たる伊藤公の死」を載せ、晶子には「日本の家庭」（10日）に「姉様御許へ」、「平紙雑誌」（10日）に「子供の介抱がてらに着物一枚縫ふ」、「トキハギ」（12日）に「和泉式部歌集評釈（四）」と寛の「万葉集講話」がある。

一二月には寛の「女子文壇」（1日）に「歌壇の現在」と晶子の「東京毎日新聞」（22・23日）に座談（上・下）がある。

(2) 小　説

一月には小説として寛は「スバル」（1日）に「大畑歌」があり、また晶子は「小説綿帽子」に「活動の友」（1日）を発表した。これは後の晶子の短編小説集『雲のいろいろ』（明45・5）に収録された。この小説は大阪を舞台として「清之助」という一九歳の青年が主人公。彼は三ヶ月年上の「小べんさん」を秘かに思慕していたが、嫁に行くことになった「小べんさん」のために持参品の目録を書くよう母に命ぜられた。清之助は「花のやう」に美しい

「小べんさん」に思わず見とれる。いよいよ駕籠に乗る段になって「小べんさん」の「綿帽子」が見当たらず、皆が騒ぎ始めた時、清之助は俄に「小べんさん」と自分との結婚を妄想するが、綿帽子が見つかった途端、現実に戻って清之助は「小べんさん」を見送ろうと思ったという、式当日の清之助の心理を追った短篇小説で、運命に抗することなく従う二人を淡々と描いたドラマ。会話をすべて大阪弁にしたところに地方色がうかがわれ、それぞれの人物を効果的に描出している小説である。

二月には寛の「東京二六新聞」に四回（15、16、17、18日）にわたった小説「崩さる、家」を連載。「市区改正」に伴って取り壊される「二六社」を巡って寛の体験を回想した随筆風の一文である。社名は「明治二十六年の創立」。神田の大通りに面した三階建ての石造りは壮観だ、と言う。この建物について書く気になったのは「明治二十五年に上京」した寛が「文壇に於て曲りなりにも多少一人前」とか、「其初呱々の声を挙げ」たのは明治書院で、これによって「入社当時二十一歳」で「田舎」出の「少年」が編集の仕事を通して同席していた当時著名な文人と交流、人となりを知り、多くのことを学んだと。また寛が「『二六』紙上で自分等が革新の第一声を放った」と書いているのは明治二七年五月、八回にわたって同紙に載せられた歌論「亡国の音」のことであり、当時は「反抗精神が旺盛」で「今日から顧みると冷汗の出る様な愚作許り」を発表していたと寛は書いているが、「其愚作の代表」が『東西南北』（明29）であったと謙虚を装って書いている。社屋取り壊しを惜しむ文章だが、創刊から渡韓までの自らの社員時代の思い出を詳しく、また生き生きと描いている。

三月に寛は二篇の小説を書いている。一篇は「新声」に発表された「蓬生」で、これは少年時代の寛をモデルとした「門徒寺の四男」の「貢さん」（寛）を主人公とし、貢の眼を通して父母及び三男晃の言動をドラマティックに描いている。内容は前述したので、ここでは詳しく触れないが、破天荒の父親、苦労を重ねる母親、重瞳の眼をもち、乱行の絶えない三男、彼らを見守る貢の姿が活写された小説である。もう一篇は「読売新聞」に四回にわたる小説（3月14～17日）は「執達吏」である。与謝野夫妻をモデルに、「明星」廃刊前後の極貧の生活を比較的事実に基づいてリアルに描いた小説。主人公真田保雄は「此の十年来何かに附けて新聞雑誌で悪く書」かれる詩人で、いつも貧乏で加之《おまけ》に高利貸に苦しめられている。「妻美奈子は有名なる歌人」で、執筆に追われている毎日である。二人が発刊していた雑誌を「満百号」で廃刊にした翌春、一家は郊外から市内（今の都心部）へ引っ越してきたが、美奈子の書いた長篇小説の稿料で漸く可能になった引っ越しなのに、新聞誤報に載せられてやってきた「執達吏」は誤報を逆手にとって家中の物を差し押さえた、という筋立てである。悲惨な状況が赤裸々に描出されている。ここに書かれている引っ越しが事実と重なる所があるのは、四二年一月三一日に一家が千駄ヶ谷から駿河台東紅梅町に引っ越した事実と妻が歌人であることも符合する。また雑誌「満百号」で廃刊ということも「明星」廃刊と符合する。一、二編は共に自伝的要素の濃い小説であるが、いずれも物語性があって、読みやすい。

四月には、寛の散文はなく、晶子には小説として「趣味」（4月）に「親子」、「読売新聞」に「初産《うひざん》」を四回にわたって連載した（16、17、18、20日）。「親子」は現実の寛、晶子をモデルにした七夫とお浜の恋愛から同棲生活までをリアルに描いた小説。ここには二二歳のお浜が二七歳の七夫に出会って忽ち恋に陥ったこと、一方七夫とその妻との離婚が具体化していったこと、翌年七月（六月が事実）意を決し、お浜が上京して七夫と同棲し、そこへ別れた七夫の妻子が再び上京して近くに住み始めたこと、七夫宅に仕えていた婆やがお浜に辛くあたり、その婆やをやっと出した。ところがその後、婆やが先妻の子をあてつけがましく七夫とお浜の前に連れてきたこと、ある日、帰りの遅くなった七夫をお浜が咎めたことから喧嘩となり、七夫がお浜の帰郷を強く奨め、お浜に死を決意させるまでに追いつめられ、激しい葛藤の後で和解する。その後先妻が子供を連れて毎日のように出入りするようになったが、やがて先妻は婆やと共に神田で生活するようになる。さいごに母からの手紙で、先妻がお浜の兄の所に訪ねてきて、自分が貸した二百円を返金してほしいと申し入れたところで終わっている。多少フィクショナルな面もあるが、現実に近い面も見られる。このような小説を書く背景には現実として一〇年近い歳月は流れ、事態を客観視できるようになったことと「明星」が前年に廃刊になり、それによって心理的に一区切りがついたことがあったと考えられよう。また自然主義小説に影響された現実暴露の方法をとったとも想像される。表現はかなり露骨で、男女の心理描写は素朴とも言えるほど率直に描かれている。次にその一節を引く。

> お浜は嬉しかつた。七夫の心も何とは知らず嬉しかつた。今初めてこの女と一緒に住むやうな気がしたのである。女の唇は日となく夜となく男によつて潤ほされた。この間は十日だ。七夫は先の妻に文を書かなかつた。十一日目の夜には先妻が子供を連れてこの家へ来た夢をお浜は見た。半目《はんめ》明《あき》になつた後のお浜の日記にはかう云ふことが書いてある。

小説「初産」は「親子」と同じく自伝小説で、内容的に引き継がれている。長男光の出生後の情況を素材にしている。初産を迎えようとする主人公お浜は出産の不安と期待の中で、夫芳之助と先妻との間にできた「初子」のことを思い、様々に煩悶する。夫の優しさを知るにつけてもそれが先妻への嫉妬に変わり、陣痛の苦しみと共にお浜の心は千々に乱れる。夫婦のデリケートな心の動きを描写した短編の心理小説。実際の初産から七年後に書かれた。両方とも筋の展開に無理がなく、登場人物の言動や心情に説得力がある。

五月には「新小説」（1日）に寛と茅野蕭々の共訳「一撃」（プーシキン）がある。また晶子は小説「千駄ケ谷」が「新声」（1日）に掲載された。この小説は日露戦争の最中のできごとを発端とし、「穏田」（現在の渋谷区）から千駄ケ谷（同上）へ引っ越してからの日常生活を主婦の立場で描いた自伝的小説である。事実に即している点はまず出征中の弟の留守見舞に晶子が帰郷したことである。「君死にたまふこと勿れ」批判に対する「ひらきぶみ」のことも詳述されている。また引っ越すに至った事情は、明治書院社主三樹一平の遺族の厚意によるものだったらしいことが小説では、この申橋家と云ふのは、良人の恩人《おんじん》の家でして、お亡くなりになりました申橋《ざるはし》の御主人《ごしゆじん》のお蔭で、良人は今日の地位も作つたと云ふほどで、一日《いちにち》も申橋さんの御恩《ごおん》を忘れてならぬとは、良人の口癖《くちぐせ》のやうに申すことでした（筆者註―「申橋家」は明治書院三樹一平家のこと）

と書かれてある。この一文によって寛と明治書院との関わりが分かる。ここにある「御恩を忘れてならぬ……」とは恐らく『東西南北』のころのことを指すのであろう。千駄ケ谷の引っ越しについて晶子はすでに「産屋日記」（「明星」明39・7）に書いており、この小説の内容は事実と符合する。身辺雑記を小説にしていて、当時の市井人の生活や風俗の一端を垣間見ることができる。

六、七月には小説がない。

八月には寛の小説はないが、晶子には小説「不覚」がある。これは「万朝報」に三〇回にわたって八、九月に連載した（8月10～15、17～22、24～29、8月31日、9月1、5、7、8、10、11、12、14、16、18、19日）。この小説は画家に嫁いだ一九歳のお藤を巡る世話物めいた内容。登場人物が多く、人間関係も錯綜していて、余り成功したとは言い難い、中編小説である。この他、八月には「女学世界」（1日）に小説「磯のかをり」がある。

(3) 戯　曲

この年の**二月**、晶子が発表した戯曲は一篇で「スバル」（1日）二号掲載の「損害」である。これは法学博士高石伸の妻和代が主人公。和代は九年間の結婚生活で来訪する男と口を聞いたのは七度きりという「品の好い」貞淑な妻であったが、そんな自分が夫の「囚《とら》はれ人《びと》」であったと気付く。「人といふものは為《し》たいことをするのが好いのだといふ気にな」って夫に黙って一つの謀りごとをする。それは電報を打って「三越」に男（夫の教え子の弁護士）を呼び出す。先方が電報の主を和代だと知らずにやってきたのを和代から話しかけ、二人はコーヒーを飲んで別れる、というたわいのないことだが、和代にとっては夫の関知しない所で男に積極的に働きかけた初めての体験だった。それは常に夫の価値観の中でしか生きて来なかった自分が自分の意志で行動したという、現実を素手で触れようとする「自我の発露」でもあった。夫は「姦通」と早呑み込みをするが、和代はそれを否定し、「今日私のした事は貴夫の損害だ」と言う。ここで言う「損害」とは一時的にしろ、夫を心の外に追い出し、自らの衝動に任せて他の男に気持ちを傾けたことは、結局夫を傷つけていることに等しい、という「精神的負担」を言うのである。和代は「はかないけれど、」「やっぱり囚《とら》はれて居る方が可《い》い」と言い、博士は「それが可いのだとも、妻の道は安全な道だ。」と答える。和代は「囚《とら》はれて居る」「妻の道」を「はかない」と実感する。しかしその後「私は菊枝の母ですもの。母の道ははかない道ぢやない。」と開き直り、母であることの実感が確かだと悟る。恵まれた家庭内で自らのアイデンティティを見失った和代がささやかなアバンチュールを体験する。それによって自分の無力さを知ると同時に与えられた環境の中で母としての自覚を獲得して行こうとする心理ドラマである。

(4) 童　話

この年の童話はみな「少女の友」（1日）に発表された。**一月**に「こけ子とこつ子」、**二月**は「山あそび」、**三月**は「鶯の先生」、**四月**は「女の大将」、**五月**は「芳子の虫歯」、**六月**は「螢のお見舞」、**七月**は「蛙のお船」、**八月**「おくりもの」、**九月**は「うなぎ婆さん」、**一〇月**は「虫の病院」、**一一月**は「紅葉の子」、**一二月**は「お留守」がある。

第三節　『佐保姫』

(一) 体　裁

『佐保姫』は晶子の第八番目の歌集。歌数五一四首収載、そのうち初出判明歌は五〇一首、明治四一年四月二七日の「大阪毎日新聞」から四二年五月五日の「トキハギ」までの歌から採られた。四二年五月一六日、東京市神田区表神保町一〇番地の日吉丸書房より刊行。体裁は四六判、表紙は布製、天金、背表紙も金字で「佐保姫　晶子作」である。定価は一円、二五八頁。装幀画は和田英作、挿絵は英作の「春」と和田三造の「磯辺」である。見返しに「故山川登美子の君に献げまつる」という献辞がある。第二版は明治四四年一二月七日、神田区錦町一―一六の二松堂書店より刊行。「佐保姫」の広告は「スバル」一号から九号まで載せられた。左に一〇号の広告を掲ぐ。

著者が叙情主観の才華、遽に光焔万丈なり。『舞姫』『夢之華』『常夏』の諸集に於て、女史が客観叙景の円熟を見たる人々は、此集によりて『乱れ髪』以後再び奔騰せる恋愛詩を味ふを得べし。加ふるに咏物叙景の諸作、また多大の飛躍を示されたるをや。

この他「スバル」七号には「舎密生」という署名で『佐保姫』と題する一文がある。これは「佐保姫」中の四三首についての寸評である。「佐保姫」は「明星」「スバル」「新声」「中学世界」「趣味」「帝国文学」「トキハギ」「美術之日本」の雑誌や「大阪毎日新聞」「東京二六新聞」「万朝報」「都新聞」の新聞の歌から採られた。『佐保姫』上梓は『常夏』（明41・7）から一〇ケ月後に刊行された。この間には「明星」廃刊、「スバル」刊行への助力、登美子の死、三男麟の出産、自宅文学講演会、「トキハギ」発行など、大きな出来事が引き続いた。同時に寛と晶子にとって一つの岐路を迎えたころでもあり、これらが『佐保姫』の歌の内容に反映している。

㈡　歌集の特徴

⑴　恋の歌

第一は恋の歌の多さとそこに託された感情の複雑さは作品全般にわたっているが、四一年と四二年とは、その内容と質の傾向を異にする。四二年については、特に恋歌が一月から三月に集中し、これについてはこの年の「詩歌の傾向」中の「短歌」の項においてすでに述べた。ここでは、集中の四一年の歌を見ていく。

10 恋《こ》ひぬべき人《ひと》をわすれて相《あひ》よりぬその不覚者《ふかくもの》この不覚者《ふかくもの》　（7月）

58 日《ひ》をば見《み》ぬかげにかくれて恋《こひ》せむとあへて思《おも》ひしわれならねども　（12月）

161 君《きみ》に逢《あ》ひ思《おも》ひしことを皆告《みなつ》げぬ思《おも》はぬことも云《い》ふあまつさへ　（10月）

380 去《い》ねと云《い》へど君《きみ》が門辺《かどべ》にはこびきてもて去《さ》りがたきわが心《こころ》かな　（10月）

一首目の「恋《こ》ひぬべき人《ひと》」を寛とすれば、寛を蔑ろにして新しい恋人ができた。下句は恋人と自分のことを「不《ふ》覚者《かくもの》」と言って懺悔すべきものとは言っていないが、どこか有頂天の慢心がうかがわれる。同時に寛への当て付けめいた口吻も見られる。二首目は、まったく日の目を見ない忍ぶ恋を無理に貫こうとした私ではないけれど、結局表沙汰にならなかったという意。三首目は「逢《あ》ひ」という語から「君《きみ》」が夫でなく恋人であろう。逢う瀬の感激の余り、つい口数の増える自分の言動を微笑ましく感じている。四首目は、恋しさの余り恋人の家まで来てしまい、帰れと自分に言い聞かせてはみるが、どうしても去り難い女心を詠んだ。このように見ると、四一年の恋の歌は、虚実はともかく詠みぶりに余裕があり、ロマンティックな趣がある。ところが、四二年一月の「紘余集」（「スバル」）以後は恋の発端から破綻までが「七日して亡びし恋」という表現を得て強いドラマ性に貫かれている。また恋人の性格や作者との関わり、心の振幅の激しさには迫真性がある。

この他「紘余集」に近い内容のものと、「寛　晶子の作品傾向」で紹介しなかった四二年発表の歌で集中に採られた歌をあげる。

312 ことわれに及《およ》ぶとかねて知《し》りしごとさそひたまはる火《ひ》の中《なか》に行《ゆ》く

348 いはれなくわれをなみする心《こころ》もて手《て》とらむとこし君《きみ》をなげきぬ

488 このたびは拭《ぬぐ》ひぐるしき名《な》と知《し》りて君《きみ》にはしると今日泣《けふな》くわれは

一首目は、そのことが自分の身の上にふりかかるとかねてから知っていたように、誘って下さるままに恋の虜になっていく私なのだ、という内容。二首目はわけもなく私を軽蔑する心をもちながら、媚びへつらって私の手をとろうとやってきたあなたを哀れに思った、という内容。三首目は今度こそは拭おうにも拭い切れない噂が立ったのを知って、あなたの許にかけこもうと思って今泣いているのだ、という内容。いずれも夫寛以外の男性を詠んだ歌と解する。それは寝食を共にする夫への歌としては不自然な個所が見られるからである。例えば「312ことわれに及《およ》んで「火《ひ》の中《なか》に行《ゆ》く」行為、「348手《て》とらむと」わざわざやってくるような見え透いたご機嫌うかがい、「488拭《ぬぐ》ひぐるしき名《な》」が立って「君《きみ》にはしる」という切羽詰まった行為によって理由づけられよう。「絃余集」は先に述べたように恋愛を詠んだ一連であったから、右の三首もこれに連なる歌と見てよかろう。これらの歌も四一年と同様に虚構の歌と思われるが、このころ、実生活の面では「明星」終刊に伴う、かなりの動揺が夫婦間にあったことは想像に難くない（「スバル」百首歌参照）。これが晶子の創作意欲を多分に刺激したとも考えられ、廃刊後の晶子短歌に際立った個性となっている。『佐保姫』所載歌は五月までであるから、四二年の作は五ケ月間のものに限られる。この間の恋愛の過程はこの年の「寛・晶子の作品傾向」に詳述しているので省く。三首目は今度こそは拭おうにも拭い切れない噂が立ったのを知って、あなたの許に駆け込もうと思っていま泣いているのだ、という内容である。

以上、ドラマ的に仕立てた恋の歌を紹介してきた。

(2) 内面の吐露

第一の特徴は暗鬱な精神状態を吐露した歌が見られることである。

1 この五日《いつか》うつし心《こころ》もなきわれは狐《きつね》の墳《つか》を踏《ふ》みてこしかも

2 撥《ばち》に似《に》しもの胸《むね》に来《き》てかきたたきかきみだすこそくるしかりけれ

5 男《をとこ》にて鉢叩《はちたた》きにもならましを憂《う》しとかかこちうらめしと云《い》ふ

107 世《よ》のつねの貶《おと》しめごとにひとしきは涙《あみだ》《ママ》ながして思《おも》ひえしこと
268 中《なか》ごとをすると軽《かろ》くも見《み》るものかおきふしわれはのろへるものを

右の五首はいずれも「明星」廃刊前後に詠まれた歌で、これらには鬱々としてやり場のない苦悩、怒り、恨み、無念さがうかがわれる。特に一、二、三首目が歌集の巻頭部に集中しているのは、編集時の晶子の意図が反映されたものと考えられる。つまり廃刊に際しての心情が端的にここに表され、ひいては歌集全体を流れるトーンとなっているのである。「明星」と命運を共にした夫との関わり方にも当然こうした心情が投影されている。

第二の特徴は夫と自分を巡る内面や自己の生への肯定意識、ナルシズムを吐露した歌が見られることである。

317 今宵《こよひ》のみ一人寝《ひとりぬ》るなりかく思《おも》ひおもひ上《あが》りてありてさびしき
471 人《ひと》の世《よ》にまたなしと云《い》ふそこばくの時《とき》の中《なか》なる君《きみ》とおのれと

一首目は、一人寝の寂しさにけなげに耐えている女心を詠んだ歌。二首目は、自分たち夫婦は、この世で空前絶後とも言えるほどの仲なのだ、という、一読すると夫婦愛の強さを賛美したかに見えるが、「そこばくの時《とき》の中《なか》なる」ということばから「明星」廃刊の前月に詠まれたという事情をこの歌の背景に考えると、強い危機感の裏返しにある強引なまでの肯定意識だと解される。同じ肯定意識でも、より自己の生にひきつけ、それを率直に表した歌もある。

215 頂《いただき》の平《たひら》かなるをたのみつつ険《さか》しときし心《こころ》によぢぬ
216 われ泣《な》かむ道《みち》もとめしかいのちさへかけて計《はか》りしたはぶれごとか
292 直《なほ》き道《みち》すこぶる逸《そ》れてわが心《こころ》あゆみぬと知《し》る人《ひと》の子《こ》ゆゑに
463 一尺《いつしやく》をすすむあひだに七生《しちしやう》の力《ちから》をあつめわれありしかな

一首目は、どんな艱難辛苦があっても、その行きつく果ての高処は平穏だと心頼みにして努力するのだ、という内容。自己の生き方への信念が強くうかがわれる。二首目は、自分が選んだ生き方に一見、疑惑を投げかけるポーズをとりながら、そのじつ選択に誤りはなかったのだ、という肯定感を反語で表した。三首目は、世の順当な生き方からはかなり外れて、自分らしい生き方を知らぬ間に歩んで来た、という内容。世の中から見れば誤りとうつるかも知れないが、自分に相応しい生き方を自ら選んだという自負が十分にうかがわれる。四首目は、ほんの僅かな間に人が七度生まれ変わるほどのエネルギーを自分は発散して生きて来たのだ、という内容。誇張された表現の中に手放しといってよいほどの自恃が見られる。

以上のような生への自負や自恃はナルシシズムと根を同じくするものである。

25 やごとなき君王《くんわう》の妻《め》にひとしきはわがごと一人思《ひとりおも》はるること
197 春《はる》の花《はな》わがいきほひの半《なかば》にも足《た》らでほこれる牡丹《ぼたん》を切《き》らむ
424 三十路人泉《みそぢびといづみ》の神《かみ》の素肌《すはだ》にもいまだいくらもおとらざりけり

一首目は、自分が夫からどれほど愛され、尊ばれているかを大胆なまでに表現した。懸命に夫婦愛を確かめようとする必死な思いがうかがわれる。二首目は、あまたの春の花の中でも牡丹は美しさ、豪華さにおいて最高だが、そんな牡丹であっても、自分のうちに漲る生命力や美しさの半ばにも足りない、その牡丹を切りましょう、という内容。自らの圧倒的な美しさを誇るナルシシズムを詠んだ歌である。三首目は、三〇歳を迎えた私ではあるが、泉に住む女神の素肌にもまだ殆ど劣っていない、という内容。このような強烈な自己陶酔は『みだれ髪』時代から顕著であったが、これらの歌の作られた時期は「明星」廃刊の三ケ月前であることに留意する必要がある。同時期に「93 心《こころ》まづおとろへにけむかたちまづおとろへにけむ知《し》らねど悲《かな》し」があり、標題歌と対照的な歌である。右の93の歌が本音であるとすれば、424の歌は自らを励ますための精一杯の、背伸びした表現なのであろうか。

(3) ロマン性豊かな歌

第三の特徴は、幻想的、耽美的なロマンティシズムの豊かな歌である。これは『みだれ髪』のころから引き続いて見られる晶子短歌の特色と言える。

27 樺《かば》いろの雲《くも》の中《なか》よりこしと云《い》ふ童《わらは》にまじり朝寝《あさい》しぬるも
221 おどけたる一寸法師《いつすんほふし》舞《ま》ひいでよ秋《あき》の夕《ゆふべ》のてのひらの上《うへ》
226 大和《やまと》なる若草山《わかくさやま》の山《やま》の精来《せいき》てうたたねのわれに衣《きぬ》かく
282 鈴《すず》ふりにつかはしめたる童《わらは》らの小床《をどこ》をつくる秋萩《あきはぎ》の花《はな》
38 あざやかに漣《さざなみ》うごくしののめの水《みづ》のやうなるうすものを着《き》ぬ
99 葦間《あしま》より霧《きり》たちのぼり羅《ら》のたもと寒《さむ》しと泣《な》けば秋来《あきく》とおもふ
333 しら梅《うめ》の夜明《よあけ》にあひぬ閨《ねや》の炉《ろ》のたきものの香《か》にわかれてくれば

一首目から四首目までは、お伽話に登場する童が想起され、夢物語のようなメルヘン的な世界が描かれている。この他にも「131 あかつきの風《かぜ》の童《わらは》の来《く》るに逢《あ》ふしろきうばらのきぬぎぬの路《みち》」がある。五、六、七首目は幻想的とも言える耽美的な歌である。「うすもの」「羅《ら》」から、あえかで繊細な雰囲気が漂ってくる。七首目と共に女性らしい感覚が生かされた、美意識の反映する歌である。この他にも「114 月見草花《つきみぐさはな》のしをれし原行《はらゆ》けば日《ひ》のなきがらを踏《ふ》むここちする」「261 草《くさ》の原小舟《はらをぶね》ばかりのむしろしきあればゆらゆら月《つき》のぼりきぬ」などがある。

(4) 叙景歌

第四の特徴は叙景歌の多様性である。まず第一に想像力を自在に飛躍させたり、巨視的な把握を特徴とする歌である。これらも初期から一貫する晶子の個性の一つである。

7 西方《さいはう》の垂天《すゐてん》の雲《くも》むらさきに東方《とうはう》の山青《やまあを》きゆふぐれ
235 陶器《すゑもの》の大《おほ》き鉢《はち》してみちのくの津軽《つがる》の海《うみ》は夕立《ゆふだち》を受《う》く

334 冬《ふゆ》の神《かみ》もとどりはなち駈《か》けたまふあとにつづきぬ木《こ》がらしの風《かぜ》

一首目は東西にわたる景観の広さを空間的な広がりをもって描かれた色彩効果もある。柿本人麿の「ひんがしの野にかぎろひの立つ見えてかへりみすれば月傾きぬ」や与謝蕪村の「菜の花や月は東に日は西に」を想起させる。二首目は津軽の海に降る夕立の景色を「陶器《すゑもの》の大《おほ》き鉢《はち》」という意外な表現で比喩している。三首目は吹きすさぶ木枯しを司る「冬《ふゆ》の神《かみ》」を想像し、その猛烈ぶりを「もとどりはなち駈《か》けたまふ」と擬人化した。これらはダイナミズムの感じられる叙景歌である。

二つ目は絵画的構図や色彩感のある歌。こうした傾向は晶子二〇代半ばから現れたものである。

155 透見《すきみ》しぬ菖蒲《あやめ》の節句《せつく》の朝《あさ》かぜに吹《ふ》かれてなびく雲《くも》のいろいろ
255 あかあかと柑子《かうじ》のいくつかかりたり深雪《みゆき》の崖《がけ》の一《ひと》もとの木《き》に
256 むらさきの女松《めまつ》の上《うへ》のあかつきのあかねの中《なか》にうぐひす飛《と》びぬ
303 しら麻《あさ》のとばりほのぼの社《やしろ》見ゆ川《かは》の隈《くま》はふ秋霧《あきぎり》のうへ
435 西《にし》のかた萱草色《くわんざういろ》の夕雲《ゆふぐも》の下《した》に波《なみ》ありしろき鳥《とり》とぶ

一つ目の傾向については、これまでの歌集をひき継ぐものだが、二つ目は前歌集『常夏』の平板、凡庸であったのに比べてレベルが高く、晶子らしい華やかさが叙景歌に反映されている。

(5) 日常的な歌

第五の特徴は日常や身辺を詠んだことである。まず生活を詠んだ歌をあげる。

96 一《ひと》はしの布《ぬの》につつむを覚《おぼ》えける米《よね》としら菜《な》とからさけをわれ
111 見《み》るままにかまど作《つく》りてきのこ飯《めし》かしぐまはりに七人《ななたり》は寝《ぬ》る
192 世《よ》をこめて小《ちひさ》き襯衣《しやつ》をぬひいでしよろこびなどもあはれなるかな

236 米買《こめか》ひしあとの小銭《こぜに》に紅梅《こうばい》の二枝《ふたえ》をかへてわれ待《ま》つ背子《せこ》を
368 君《きみ》がため菜《な》摘み米《こめ》とぎ冬《ふゆ》の日《ひ》は井縄《ゐなは》の白《しろ》く凍《こほ》りたる家《いへ》

これらには「米《よね》」「しら菜《な》」「からさけ」「きのこ飯《めし》」「襯衣《しやつ》」「井縄《ゐなは》」など日常に即した具体的な素材が用いられ、一見身辺雑記風だが、特に貧しい中にも母として妻としての喜びやゆとりがうかがわれる。また四、五首目には貧しさの中にも華やいだロマンティシズムが明らかに感じられる。次に子供を詠んだ歌をあげる。

199 白鳥《しらとり》の裔《すゑ》とおもへる少女子《をとめご》と獅子《しし》の息子《むすこ》とねよげにぞ寝《ぬ》る
204 子《こ》らの衣《きぬ》皆新《みなあた》らしく美《うつ》くしき皐月《さつき》一日花《ついたちはな》あやめ咲《さ》く
345 わが太郎《たらう》二歳《にさい》の牛《うし》の角《つの》とらへ友《とも》とするまでたけ生《お》ひにけり

三首とも、子供への愛情とその成長を素直に喜ぶ母親としての満足が微笑ましいばかりに描かれている。この第五の特徴は第一、第二の、それに見られるような、暗鬱で屈折した内面とはまったくかけ離れており、束の間に訪れる心の安らぎが柔らかく、汚れなく表されている。

(6) 回想の歌

第六の特徴は回想の歌があることである。

11 わが脊子《せこ》とかきかはしたる文《ふみ》がらの古《ふる》き香《か》かげば春日《はるひ》しおもほゆ
82 ゆきかへり八幡筋《はちまんすぢ》のかがみやの鏡《かがみ》に帯《おび》をうつす子《こ》なりし
179 まはり縁《えん》小《ちさ》き足袋《たび》さげ走《はし》りこし君《きみ》を見《み》し日《ひ》は十二《じふに》の童《わらは》
196 あなかしこ楊貴妃《やうきひ》のごと斬《き》られむと思《おも》ひたちしは十五《じふご》の少女《をとめ》
241 寒暖計《かんだんけい》こはせしわれとわが従兄《いとこ》水銀《すゐぎん》の玉《たま》くだきてあそぶ
254 島田《しまだ》結《ゆ》ひ大阪人《おほさかびと》とよばるるをわれにふさひし名《な》ともせしかな

少女から乙女のころの思い出を情感をこめてさまざまに懐かしみながら歌っている。

(7) 古典的な歌

第七の特徴は古典的雰囲気をもつ歌があること。

140 男《をとこ》にていませるゆゑに罪《つみ》なしと須勢理姫《すせりひめ》さへゆるせしものを
173 加茂人《かもびと》は忘《わす》れさせよとことづてし御禊《みそぎ》を神《かみ》におこたり居《を》らむ
189 すめらぎが菜摘少女《なつみをとめ》をにほはしと思《おも》ひしごとく見《み》てのみやまむ
239 いざなぎといざなみの神生《かみう》み忘《わす》れいにし歌人今見《うたびといまみ》つるかな
306 いざなみの裔《すゑ》にうまれし少女子《をとめご》と黄泉国《よもつくに》にてかたきとなりぬ
452 しら玉《たま》はたれのぬすみて尽きけるやかの年月《としつき》の手《て》にぞとられし
476 いにしへの和泉式部《いづみしきぶ》にものいひし加茂《かも》の祝《はふり》はわれを見知らず

一、四、五首目の歌は『古事記』、三首目は『万葉集』、二、六首目は『伊勢物語』のそれぞれの一場面を想起させるような素材で詠まれた。七首目は「和泉式部」の名に因んでの歌。第七の特徴は従来の歌集にもしばしば見られたもので、古典に造詣の深い晶子の面目を施すものである。

(8) 登美子への歌、懐郷、老いなど

第八の特徴は登美子に関わる歌に見られる。集中には病床の登美子を詠んだ六首（209〜215「趣味」明42・1）、挽歌一三首（499〜511「トキハギ」明42・5）などが集中にある。これらについてはそれぞれ述べたので省く。

特徴というまでには至らないが、以上の他に故郷や近親者を詠んだ歌として

456 ちぬの海淡路《うみあはぢ》につづく平《たひ》らなる潮干《しほひ》の海《うみ》に琴置《ことお》き弾《ひ》かむ
457 あたたかき南《みなみ》に面《めん》し住《す》む人《ひと》のそがひの家《いへ》に生《うま》れにしかな

90　母《はは》もまたしかく云《い》ひけりその昔《むかし》ななめにききしをしへの中《なか》に
423　古《ふる》さとの家《いへ》にかへれば東《ひがし》 見《み》ず詠《なが》め泣《な》きけむ母《はは》ゆゑにわれ
154　左《ひだり》にて小刀《こがたな》つかひ木《こ》の実《み》など彫《ほ》りける兄《あに》とはやく別《わか》れき
298　わらふ時身《ときみ》も世《よ》もあらず海《うみ》に似《に》し大声《おほごゑ》あぐる兄《あに》とおもひき

がある。歌数は少ないが、懐郷と亡母への追憶と絶縁した兄への思いが切々と詠まれ、しみじみとした情感が伝わる。他に老いや官能を表す歌として

93　心《こころ》まづおとろへにけむかたちまづおとろへにけむ知《し》らねど悲《かな》し
95　桐《きり》のちる音《おと》きくごとくさやかなる響《ひびき》は立《た》てね髪《かみ》おちてゆく
288　口《くち》づけを惜《をし》むにあらぬあかしをばことさらにしも見《み》せたまふかな

などがある。ここには老いの兆しを悲しむ思いと、大胆なまでの求愛がそれぞれ詠まれている。

『常夏』に続いて「明星」廃刊前後の歌集として事件的にも心情的にも繋がる姉妹歌集と言えよう。多面的に展開された喜怒哀楽の人生模様が躍如として生彩を放った歌集と言える。

第一一章　明治四三年（寛37歳・晶子32歳）

第一節　その後の新詩社

(一)「トキハギ」第五号より第七号終刊

「トキハギ」について前年に詳述したからその続きとして稿を進めることにする。「トキハギ」は四三年の一月に五号、三月に六号、五月に七号を刊行し、「スバル」に予告された目次どおりには刊行されなかった。今日七号が最終となっている。九月の「スバル」の消息によると、九月中旬に「トキハギ」八号が出るらしいと伝えている。それまでの例として「トキハギ」刊行の翌月の「スバル」誌上に必ず「トキハギ」既刊の広告が載せられていたがそれがない。「トキハギ」七号の「消息」のさいごに「次号は六頁とし『相聞』の歌に就て解説を試むべく候」と書いていることによって、終刊を報せずに自然消滅の形で廃刊になったものと思われる。四三年の「スバル」九号以後、「トキハギ」の広告が載らなかったことと、「資料㈢」にも「七号にて廃刊す」と記載されているのと合わせて「トキハギ」は七号限りであったと断定できる。まず「スバル」二号に掲載された「トキハギ」五号の広告のうち「万葉集講話」と「和泉式部歌集評釈」は項目どおりだったが、「トキハギ」五号冒頭の「感想」が蕭々生、安里生、晶子、寛の執筆となっている。これは広告と題名は違っているが、おそらく内容は同一のものを紙数の関係上一つの題にまとめたものと考えられる。五号で寛は現歌壇を厳しく批判し、蕭々は自然主義を批判し共に新詩社の姿勢を鮮明に示している。晶子もまたこれに同意し、孤高の詩精神を強調している。六号は広告どおりの内容だが、順序が変わっている。冒頭の「詩歌と音楽」（高村光太郎）は「感想」と共に評論でもある。七号の広告では「六月十日に発行を延期」したとあるが、実際の七号の発行は五月一二日であり、その内容も広告どおりでなく「万葉集講話」と「和泉式部歌集評釈」の連載で、広告にあった『相聞』評は掲載されていない。広告にある晶子の「近頃の歌」は七号の「座談」で『相聞』について晶子が推奨しているのみであって、寛の『相聞』評は載っていない。ここでも寛の意見に同意して新詩社のあり方をはっきりうち出している。その後の寛の書いた「消息」は同人らの動静を伝えているだけである。四三年刊行の「トキハギ」三冊も前年刊行の分と同じように晶子名義になっているのは、名実共に晶子の方が比重が重かったことを示していると言えよう。

この年の「トキハギ」に掲載された寛、晶子の評論の殆どは、そのころ流行した歌への批判であって新詩社同人に対しても妥協は許さず、自分らの意見を率直に述べている。その内容については後述する。このように現歌人への厳しい批判を忌憚なく叙述できたのは、自分たちの雑誌（月報）という気安さから確信をもって主張できたものと思う。「スバル」の人たちの殆どが「明星」から巣立ったとは言え、四三年の新浪漫派の第一陣として歌壇を風靡した彼らの清新な感覚に比して、寛、晶子の歌は、色あせた感じとなり、逆に「スバル」同人らの歌に近づくかのように思えた。こんな情況の中で「トキハギ」の存在は文壇的にはまったく微々たるもので、七号まで存続させたことも二人にとって金銭面で容易ならざることであった。「トキハギ」はごく内輪的なものであったから支援する仲間も少数であった。創刊号の「哀歌」は登美子に対する二人の心の歴史を辿るものとして見るべきである。

「トキハギ」の「万葉集講話」、「和泉式部歌集評釈」、文学講演における古典講座を始めとして「トキハギ」中で特に強調している自己尊重の新詩社の根本的主張は当時にあって微力ながらも明治四二、三年ころの二人の文学思潮の一端を示すものと言えよう。これらが土台となって寛は自ら「資料㈢」の明治四二年の項で示しているように「日本語原学の研究に著手す」る方向に向かい、晶子は、四二年になって小林政治（天眠）から源氏物語口語訳の百ヶ月契約を受けるようになり、さらにその後も寛晶子共著の「和泉式部歌集評釈」（大4・1）を出版し、また晶子の古典評釈や研究は進められるようになる。このように考えると四二、三年はまだそれほど、古典口語訳や日本語原学の研究が進んでいなかった。歌人である二人は歌壇の傍流にありながらもこれらの研究に向けて積極的に取り組んでいたことは注目すべきである。それらを大正期にも続けて、歌人としての他に異色な国文学研究家としての二人の、特に晶子の活動がこのころから始まったと言えよう。「トキハギ」は二人にとって唯一の城であったが、生命は短かった。しかし「明星」廃刊後、僅かな余力として零細な資金の中で続け、自己の主張を発表し得た場として一時的にせよ彼らの心の傷を癒していたと言えよう。

また四号（明42・11）、五号（明43・1）で天佑社の報告をしていることも資料として見るべきものがあることを付記しておく。

㈡　天佑社との関わり

天佑社企画において中心的存在であった大阪の小林天眠（政治）が書いた『『よしあし草』を中心にして大阪の文芸を語る」（「大阪明治文化研究会会報」11号）とほぼ同じ内容のものが後に「トキハギ」四号（明42・11）に「謹告」として発表された。それを左にあげる。

吾等同人、曾て明治二十九年大阪の地に、関西青年文学会を設け、雑誌「よしあし草」「関西文学」を刊行して文学趣味の鼓吹と、青年品性の向上を企図し、壱千余名の同志を得て、雑誌を続刊する事三年余、関西罕《まれ》に見る壮挙なりき。而かも当時同人等各年少、自家独立処世の急に迫られ、遺憾を忍んで会を解き、刊を廃して、他日の捲土重来を期するの止むを得ざるに立至れり。而して明治三十六年四月、同人再び相結んで、天佑社の名の下に十五年計画を立て、青年の素志を全うせんと盟約した

ここには天佑社創設の由来と企画が述べられ、三六年の時点で「十五年計画」と明記されている。この中で「明治二十九年」に「関西青年文学会を設け」とあるのは三〇年の誤記である。三六年四月に同志が集まったことを同年七月の「明星」の「小観」に「天佑社設立趣旨」として

明治三十六年四月十七日大坂商事新報社内に於て中村春雨（筆者註—吉蔵）、寺田靖文（筆者註—堀部周三郎）、小林天眠（政治）の三人相会し、将来文学上の或る理想的事業を遂行せんが為め、本社を組織し、左の趣意書を作成す

とあって、その前に「天佑社諸君の計画こそ稀有殊勝なれ」とあり、続けて

我等は大に天眠氏の志業を壮とし、刮目して其の十年後の活動を期待せずんばあらず。願ふに文界新進の一部少数の士に如此き遠大の企画ある、又適々以て彼等酔生夢死の語豪傑を警醒するに足らむなり。

と賛辞を送っている。さらに同年一〇月の「明星」の「くさ〴〵」においても

曾て記したる大阪天佑社の諸氏は、社員の一人天眠氏の商業機関『大阪商事新報』に『第二よしあし草』の欄を設け、社事の報告、社員の作物等を載せつゝあり。去る八月二十七日までの現在社員は次の如し。

とあって、具体的なことについて「社員たる者」は

三十六年四月より向ふ拾ケ年間、毎月金拾銭以上壱円以下の範囲に於て適宜に事業費を積み立て、積立金は確実なる銀行へ預け入れ、通帳名義を社員各自とし、其権限は幹事に一切委任する……

とあり、中村、寺田、小石の他に金尾思西、中山梟庵、西村酔夢、増田水窓、河井酔茗など一六名の住所と氏名をあげ、「加盟せむとする諸氏は、大阪市東区安土町四丁目大阪商事新報社内天佑社小石孚次郎氏宛に」申し込むこ

とを記し、さいごに「軽佻なる社員の数量のみを増すが如きは発起者の志に非ず」とあって、発起人の一人である寛は天佑社創設に関して細心の配慮を慎重に書いている。この年（36年）九月上旬と思われる天眠宛ての寛書簡に、

天佑社の着々として真面目なる御活動、及び第二よしあし草の御編輯等此間も小島烏水氏よりまことに敬服の旨申参り候　小生も何も大兄の御精神は存居り候一人につき事々しく申上げず候へども個人の熱烈なる信念が如何なる偉大の結果ある乎は十年後に明著なるべくと刮目致され候

とあってさらに、高邁で「熱烈なる信念」の人である天眠に共感しているとも記す。その後暫く「明星」には天佑社についての記事は載っていない。それから六年経た四二年六月二一日の天眠宛ての寛書簡には、

実行の方法は中村君の帰朝後猶徐ろに御計画相成度候へども八九年後に東京にて更に新活動を御試み被成候御壮挙には全然賛成仕候「自己」を十にも二十にも遣ひ分け候は人生の最大快事と信じ候故に御坐候

とある中に「中村君の帰朝」とあるのは、天佑社の発起人の一人中村吉蔵（劇作家）の外遊を意味する。中村は三九年六月五日から四二年一二月一四日まで欧米漫遊中だったので、中村帰朝後の四三年から天佑社は本格的な資金積立の準備期間に入るわけである。

天佑社の計画がなされた三六年のころの「明星」はピークであったが、準備が具体化するころには「明星」は廃刊になっていた。この間のことはすでに述べてきたが、前記の「トキハギ」四号（明42・11）で寛は「小生夫妻が拾年の親友」と天眠を紹介し、「敏慧摯実」「偉大なる精力と伎倆とを有し、信頼すべき新事業家」と賞し「関西文学会及天佑社」の計画も天眠が中心であったと述べ、さらに明治四三年から

八年後、諸友と共に謂ゆる理想的出版会社を起さんとする本志も、営利のみを目的とせず、併せて新文芸の普及と文芸作家の擁護とに微力を致さんとするものに候。如此き趣旨より成れる天裕《ママ》社に候へば、他日の紀念として多少に関らず文学同好家諸氏の応募を乞ひ、相共に破天荒の新書籍会社を成就せん事これ氏及発起人一同

の希望する所に候。小生夫妻も従来天祐《ママ》社の社友に推され居り候故、玆に広告の趣旨を敷衍して同好諸君に勧奨致し候……

（新詩社より「トキハギ」四号）

とも書いている。その後に前記の「謹告」に続けて「発起人の中村、寺田、小林の名」を書き「来りて吾等の志業に賛同を与へ給はんことを。明治四十二年十月一日　天佑社発起同人」とあり、他に一七名と記し、その後に「天佑社創立規約」一〇ヶ条を掲げている。それを左に要約する。

（一）天佑社は人文、文芸、学術上の進歩を助長せしむために図書雑誌を刊行する。（一）明治五十一年より事業開始のため八年間余は、活動の潜勢力と諸般の予備行為期間であること。（一）理事三名は一切の業務を処理する。（一）理事は小林、中村、寺田。（一）資本金五万円、株式組織により、一株五十円とし千株の半額弐拾五円を五十一年四月迄に払込み事業を開始する。其支払方法は（甲）百ケ月間毎月一株につき二十二銭払込む（乙）四十三年一月より五十年迄の八ケ年に毎年一月二十五銭（筆者註―二円五〇銭の誤りと「スバル」12号〈明42〉と「天佑社報告」三号で訂正して掲載）と五十一年一月に一円払込む（丙）五十一年三月に二十四円を一時払込む証拠金として一株に付一円を前納する。（一）以上申込は四十二年十二月十五日を期限とす。（一）五十一年以後事業の状況により相応の配当をする。又株金残額の払込みは当分せず。（一）株主で中途解約する時は既納分は事業開始迄返付せず、但し此払込金には利息を付せず。（一）天佑社の本社は東京か大阪に置く。（一）此規約は理事、株主多数の意見により変更する事を得。以上である。

とあり、ここには寛や晶子の名はなく、理事三人に実権があったようで、二人は資金面では乏しい株主であったのであろう。「トキハギ」五号末尾記載の「天佑社報告」には「更に一千株を募集す」とあり、要約すると、

（一）十月一日の規約発表後、期限前に応募株定数に満ち尚申込頻頻よつて発起同人の大口引受を減じ小口申込を募集締切日とし各々の持株を確定す。しかし天佑社のために協力してくれる同志の多く遺漏されることと

経営拡大のために更に千株増し、株数二千株資本金拾万円とし、創立期間に残余株式の募集をする。（一）中村吉蔵の帰国を伝へ東京方面の事業に努力すること。（一）甲株は本月より毎月二十五日迄、乙株は毎年一月二十五日迄、地方は振替貯金として大阪の小林政治宛送ること。（一）領収書は一々送付せず。（一）丙株証拠金の一株一円本月中に納付す。（一）天佑社報告は毎年一、四、七、十月の四回各株主へ通告す。

とあり、株式募入確定として総株数壱千株の個々の持株数と株主七六名の氏名と住所が四三年一月一八日付で掲示されている。以上の四二年一月一日の報告は同年の一二月、四三年一月一八日の報告は同年二月にそれぞれ「スバル」に再掲された。大株主は百株ずつ、最低株は一株だが、寛と晶子は五株ずつ負担している。

「トキハギ」廃刊後は「スバル」一一号（明43・11）の巻末に「天佑社広告」として

未曾有の新組織を以て成立せる文芸同好者の団体たる本社は新たに「天佑社報告」第四号を刊行せり。

とあって、申込みを望み、その目次をあげている。「天佑社報告」三号（明43・7）の社報によると、四三年一月から六月までの半年季間の払込株金は一二六〇円余で株総数一〇四〇株（甲株六四三株、乙株一二八株、丙株二二九株、株主九二人）、末尾に「株金領収報告」として寛と晶子の、四月から六月までの甲株五株ずつの払込金が他の株主と共に掲示されている。同号の「株主紹介」欄の中山正次（梟庵）について書かれた文中に

若やかに常盤木立てりみやび男と、いらつめとゆく新しきみち

という寛の歌があり、「天佑社報告」四号（明43・10）の冒頭には水落露石の俳句二句と晶子の一首に、

入海《いりうみ》の引潮《ひきしほ》どきに聴《き》きなれしあなづらはしき波《なみ》の音《おと》かな　（『春泥集』165）

がある。同号の「社報」では「株金千七百余円、株主百十名」になったことを報じ、「一人にても多くの同好者を」「仮令一株にてもよし永久の伴侶として」「事業」上「交誼」上「相互に趣味同好の知己として」天佑社の「存在の意義」のあることを述べている。この号にも寛、晶子は甲五株ずつとして七月から九月までの払込金が登載され

ている。末尾の「天佑社創立規約」の追加条項として「トキハギ」五号で報じた株式一千株資本金五万円増加のために第二次募集を成したことを再掲している。「天佑社報告」六号（明43・4）の社報では「二千八百余円となり大体予定通りだが、未募入八百余円」と報じられ、「至急払込みを冀ふ」とある。その後に晶子の短歌二首あり、同号の「株主紹介」の「その十四　与謝野晶子夫人」として「明治騒壇の一大天才」「近代文界の一大産物」と賞し、愛児七人を抱きながらその文彩は古今東西にわたり、「優婉」「熱烈なる詞華」は「燦然たる」「新詩」や「創作」に見られると絶賛し、「卓絶」した「エネルギー」「非凡なる」「努力」の結晶である「永遠の生命」を有する、その著作は今まで以上に永い将来に期待をかけると前途を祝している。天佑社設立前の政治宛て寛書簡二通の中の四二年六月二一日の長文書簡中の六項目を要約すると、

（一）八九年の後に更に第二の大転歩を試みむとせられ候事は双手を挙げて賛成。
（二）新時代に応ずる諸種の知識も必要、……世界の新聞雑誌書籍等の新知識吸収を怠らぬこと。
（三）「第二の小林君を発揮」するために「今より資本と知識と社会的地位を作」ることが必要。
（四）教科書を主とする出版ならば効果が多いが、それ以外の出版は意外に効果が揚がらない。
（五）一大活版所と出版業と洋帋業と諸官省印刷物の独擅《ママ》と教科書発行と丸善のような外国書籍の大販売がよい。在来の書肆の如き出版業は博文館だけでよい。
（六）東京の出版界の行詰りと困難を述べ、前述のように活版と出版を合して「独占の位地」を作るべき

とある。このように寛は事業家であった天眠の理想出版の計画に賛同して出版の経験者として様々に助言しているが、同書簡の末尾に前記したように渡欧したい旨を第一に相談すると言って、天眠に義捐金を乞うている。これらには寛の、それ相応の渡欧援助という下心があったかも知れない。

また天佑社創立の第一出版として前記したことだが天眠は晶子に源氏物語口語訳に期待をかけて依頼していた。

出版界に明るかった寛は少しでも自分の知識を天眠に役立てようとして頻繁に助言している。この後の天眠宛ての寛書簡（明43・8・9）には、「天佑社の御計画も着々好都合に御運びの由」とあって自分の紹介した人で未払の人には「夫々督促致おき候」と天眠に誠意の丈を見せている。このように寛の尽力のほどがよく分かる。しかしその後の天佑社との関わりは晶子の源氏物語口語訳の原稿送付がしばしば遅れることへの弁明を何度も寛と晶子が天眠に書簡で書き送っている。天佑社設立については大正七年の項で述べる。

第二節　寛・晶子の作品傾向

(一) 短歌

唯一の発表機関だった「トキハギ」を失った二人の打撃は大きく、その後の二人の執筆量には大きい隔たりが生じるようになる。

一月には寛の歌はなく、晶子は「帝国文学」に「日記より」一五首、そのうち『春泥集』に七首、『青海波』に一首収載、「女子文壇」に「金鳳華」二五首、そのうち『春泥集』に一首が採られた。まず「日記より」から作者と夫との関わりを詠んだ歌を左にあげる。

夜《よる》に来たり寝る人《ひと》よりも昼《ひる》かたる友《とも》の恋しくなりし頃《ころ》かな　（『春泥集』40）
この頃《ごろ》は心《こゝろ》ならざる歌詠《うたよ》みぬ君《きみ》を軽《かろ》んじわれを軽《かろ》んじ
ひたすらに余所《よそ》の少女《をとめ》を語《かた》るより悪心《あくしん》おこり口《くち》びるを吸《す》ふ
妬《ねた》みゆゑいく年前《とせまへ》にかへりこしわが心《こころ》ともだりや花《はな》さく　（右同　278）

恋《こひ》をする男《をとこ》になりて歌《うた》よみしありのすさびの後《あと》のさびしさ　（右同　321）

一首目は夫より「昼《ひる》かたる友《とも》」の方が好ましい、という内容、夫との間に齟齬があってか、寝食を共にするのが鬱陶しく思うという本音を吐いた歌。二首目は近頃は、心にもない歌を詠んで互いに軽蔑し合うと言って嘆いた歌。夫をも自分をも傷つけている日常の辛い思いを述懐している。三首目は余りにも他の女性を褒めるので、嫉妬と悪戯心から思わずコケティッシュな行為をした、という作者の積極的で露骨な面を表している。四首目は嫉み故に何年も前を思い出させた、それは、炎天下に咲くダリヤそのままのような華やかさだった、という。五首目は徒然のままに女を恋する男になり代わって歌を詠んでみたが、後に淋しさを感じた、という。ふと我に返って、愛されていない女の悲哀を痛感したというのであろう。五首とも夫に対する心の機微を細やかに捉えている。

次に「金鳳華」を見ると、全体として散漫で歌として張りがなく、作歌意図が伝わりにくい。『春泥集』に一首しか採らないのを以て見ても、この一連を作者の自信作とは言い難い。「金鳳華」の歌をあげる。

因縁のまぬがれぬ故われと住む女童《めわらは》なりと君の申《まう》さく
もの縫《ぬ》ひぬここちよげにも寝《ね》伸びする二尺《しやく》ばかりの男《を》の子《こ》を見《み》つつ

一首目は夫の言葉を通して作者がいかに愛されているかを詠んだ歌。作者を「女童《めわらは》」と夫が言ったという表現に晶子のナルシシズムがある。二首目は日常生活の一端として、母晶子の優しい眼差しがあり、前年の三月三日に出産した三男麟《りん》を詠んだものであろう。

この他、晶子には五紙に八五首（「万朝報」5首・「都新聞」9首・「二六新報」23首・「大阪毎日新聞」22首・「東京毎日新聞」26首）、そのうち二〇首が『春泥集』に採られたが、『春泥集』に採られなかった歌を引く。

白鳥《しらとり》の羽《はね》をわれ敷《し》き棘草《とげぐさ》を君《きみ》が夜床《よどこ》に敷《し》くも恨《うら》むな　（「万朝報」明43・1・1）
高瀬《たかせ》ぶね初荷《はつに》の上《うへ》に雪《ゆき》しろく降《ふ》れるもをかし下京《しもげう》の川《かは》　（「大阪毎日新聞」明43・1・9）

商《あき》びとのわが弟《おとうと》は初春《はつはる》の酒《さけ》たべ過《す》ぎて白雪《しらゆき》に眠《ぬ》る　（右同）

まめやかに君《きみ》が後見《うしろみ》するよりは歌《うた》よむことが好《す》きなれどわれ　（「二六新報」明43・1・25）

この心《こゝろ》ものにぞくらしわれと云《い》ふあはれなる身《み》をつねにさいなむ　（右同）

一首目は自分には「白鳥《しらとり》の羽《はね》」、君には「棘草《とげぐさ》」の夜床を敷くという、こうした悪意を露わにする表現には君への抵抗や復讐や、怨恨があり、君とは険悪な情況にあることが想像される。二、三首目は新春らしい光景や肉親への愛情をなごやかに表している。四首目は夫の身の回りの世話をまめまめしくするより歌を作る方が好きという歌。五首目は自分の心が絶えず混迷の中にあって揺れ動き、それによって苦しめられている、という内容。一、四、五首目の歌はいずれも愛憎こもごもの屈折した心情を披瀝している。

二月には寛の歌はなく、晶子には「スバル」に「夢想」五〇首、そのうち『春泥集』三四首、『青海波』三首、「中学世界」の「君故に」二四首、そのうち『春泥集』に九首採られた。この月と一月既出の歌をあげる。（　）内の番号は『春泥集』の歌番号。

灰《はひ》いろの壁《かべ》の中《なか》にもかくれぬと思《おも》へりわれの男《をとこ》に来《こ》しを　（298）

わが恋《こひ》を黒《くろ》とばり上《あ》げ覗《のぞ》き見《み》る黒《くろ》き人《ひと》なり斬《き》らましものを　（330）

み心《こころ》の半《なかば》をわれにかへせよと云《い》ふに過《す》ぎざるさもしき妬《ねた》み　（339）

わが外にやや暫し見し人と云ふ塵のやうなる君が恋人　（「夢想」）

誰《た》そやそも七《なな》とせの前三《まへみ》とせ前《まへ》ときどき死《し》ぬるばかり嫉《ねた》むは　（168）

一首目は「夢想」一連の冒頭歌。夫との生活を比喩した歌で、冷たく閉塞された日々だったと回顧している。上句から暗鬱で今にも窒息しそうな重苦しさが伝わる。夫との心の葛藤が底流をなしているが、これは「夢想」一連を貫くテーマとなっている。二首目は、自分の恋は二句から四句までの表現によって邪魔者の存在になっているが、自分を邪魔者扱いした人は、もはや死者となっていると言って、「斬《き》らましもの」と、かなり激しい嫉妬の念をこめている。「ましものを」から「黒《くろ》き人《ひと》」の存在を断ろうにも斬れない無念さを噛みしめていることが分かる。これは前年に死した登美子との確執の再燃とも言えようか。三首目は、夫の愛情がすでに自分に向いていないことを認め、あなたの愛情の半分なりとも自分に返してほしいと願っている。しかし結句の「さもしき妬《ねた》み」という表現によって自らの惨めさの本音を吐いている。相手の女性に譲歩した気弱ささえ見える。また他に自分の知らないところで夫が女性と懇ろな言葉を交わすことを想像すると耐え難くなってしまう、そんな思いを「わが知《し》らぬ君《きみ》がむつごとわが胸《むね》に浮《うか》びくるたび牡丹《ぼたん》おとしぬ（433）」とも歌っている。四首目は夫の恋人（登美子）を侮辱した歌。自分から心を逸らした夫の言い訳を上句におき、その言い訳への反感と鬱憤を下句のような強烈な侮蔑を恋人に向けて皮肉っぽく「塵のやうなる君が恋人」と表し、それに引き比べて、精一杯自らの誇りを保とうとしたのが「われよりもとりどころなき彼の人を十とせ忘れぬ君は憎まじ」（「夢想」）とも歌う。恋人を十年間忘れられない夫を敢て「憎まじ」と言うのは、その女性が自分以上に優れていないと自らの優位を納得しようとしている。五首目は、激しい嫉妬でこれまでに死ぬほどの体験をしたことがある、という告白を歌った。初句の初出は「十とせ前」という具体的な表現で、これにはかなり重い意味が託されている。一〇年前の明治三三年に晶子と寛は初対面した。と同時に登美子との邂逅の年でもあった。つまり初出の「十とせ前」「死《し》ぬるばかり嫉《ねた》」んだ相手とは登美子以外には考えられない。初句を「誰《た》そやそも」と添削したことで事実を朧化させているが、「七《なな》とせ」「三《み》とせ」で登美子とのことであることは明らかである。「夢想」に詠まれた計五首の「十とせ前」へのこだわりはみな登美子への嫉妬を表したと言えよう。このように考えると「七《なな》とせの前《まへ》」は夫を亡くした登美子が上京して新詩社に出入りしていたころ（明37）を指し、「三《み》とせ前《まへ》」とは登美子の死去を指している。夫が登美子への愛を一〇年間かくし続けてきたことを詠んだのが「思《おも》ふこと下《した》にかくして君《きみ》ありしこの十年《じふねん》のわれのおとろへ」（『春泥集』300）である。夫の愛情がすべて自分に向けられて来なかったことから生じた夫婦間の亀裂が常に晶子の心にいさかいを招き、互いに傷つけ合っていた。「夢想」はかなり強烈に自己を表白した歌があったが、同じ二月の「中学世界」掲載の晶子の「君故に」はそれよりもやや落ち着いた詠みぶりである。ここでは一月の新聞の歌をあげる。テーマは内面的なものと叙景などである。

わが如《ごと》く君《きみ》ゆゑに泣《な》く人《ひと》ひとりこの世《よ》にあるが苦《くる》しかりけり　（『春泥集』83）
半《なかば》づつ恋《こ》はれてありとおほらかに思《おも》へばあるは安《やす》からむかも　（「大阪毎日新聞」明43・1・20）
われ知らであるをよしとも思《おも》はねど君《きみ》が二心《にしん》をなど明《さや》に見《み》し　（「東京毎日新聞」明43・1・16）

一首目は自分以上に夫を愛する人間はこの世にいない、だから苦しみも大きいのだ、という内容。二首目は夫の愛情が恋人と自分と平等に分けられているから、決して自分が愛されていないわけではないと鷹揚に構えることができれば心安らぐのだなあ、という内容。前記の「夢想」の三首目では「み心《こころ》の半《なかば》をわれにかへせよ」と強硬に迫って自らの惨めさを吐き出しているが、ここでは諦めてか、心静かに受けとめている。三首目は、夫の「二心《にしん》」を知らない方がよかったとは思わないが、なまじいはっきりと知ったばかりに辛く悲しい、という内容。「君《きみ》が二心《にしん》」は、一、二首目と重ね合わせて考えると、夫が愛情を両天秤にかけているようにも思われる。

この他晶子には五紙に七〇首（「万朝報」4首・「都新聞」9首・「二六新報」12首・「大阪毎日新聞」25首・「東京毎日新聞」20首）、そのうち三九首が『春泥集』に、二首が『青海波』に採られた。次に歌集に採られなかった歌を見ていく。

よしわれもまた見《み》む人《ひと》をつくらむと戯《たはぶ》れにてもおもへよ心《こゝろ》　（「二六新報」明43・2・2）
おもひ出《で》の黒《くろ》きものども来《く》る中《なか》に灯《ひ》一つもてるわが二十《はたち》の日《ひ》　（「東京毎日新聞」明43・2・10）
つばさある馬《うま》にしも乗《の》り船《ふね》に乗《の》り乳母車《うばぐるま》にも乗《の》りぬる　（「大阪毎日新聞」明43・2・20）

ましろなる素肌《すはだ》よろしき半身《はんしん》がうすくれなゐの爪切《つめき》る夕《ゆふべ》

（「東京毎日新聞」明43・2・21）

一首目は、夫への対抗意識を露わにした歌。夫が他の女に心奪われていることへの当て付けとして自分もまた恋人を作ろうと冗談めかして詠んでいるが、実際には思いどおりになるわけではない。精一杯自ら鼓舞し、夫への腹いせにしようとする、いじらしいまでの女心がよく表れている。二首目は、これまでの思い出には憂鬱なことが多い中で唯一光を放っているのは、青春時代だった、という内容。何物をも恐れることなく歌や恋にすべてを投入できた若さをいとおしんで詠んでいる。三首目は自在な心を詠んだ歌。たとえ自分が体験せずとも体験したと同様の実感で受け止められる、それほどの逞しい想像力を自分はもっているという、何物にも替え難い誇りを表した。四首目は『みだれ髪』に通ずる官能的でナルシスティックな歌である。入浴後の女の姿態を詠んだものであろうか、しどけない姿で爪を切る自分の姿を甘美な思いで客観的に観察している様子が伝わる。「ましろなる素肌《すはだ》」「くれなゐの爪《つめ》」という表現には、女であることの歓びが十分に見られ、視覚的な効果も大きい。この月には「抱く」という語を詠みこんだ歌が散在し、性愛を通して愛情を確認したいという切実な思いが表現されている。例えば、

いだかれむ速《すみやか》に来《こ》よはしりこよかく云《い》ひしかど後《おく》れつる人《ひと》

（「大阪毎日新聞」明43・2・14）

ふと今し彼恋しきや君が妻つよく抱かる何ごころなく

（「夢想」）

この人《ひと》がわが言葉《ことば》をば用《もち》ゐるは抱《いだ》けといふに抱《いだ》くときのみ

（「東京毎日新聞」明43・2・21）

などにも見られる。夫婦間の溝を埋め難く思う虚しさと悲しさが見られる。一首目は、自らの中に高まった愛情のままに一刻も早く愛されたいと願っているのに、その思いが遠のいてゆくころになって、やっと夫は自分の気持ちに気付く、という内容。夫婦の、中々一致しない愛情のずれを失望をこめて歌った。二、三首目は共に「抱く」という言動に力をこめ至福に満たされている。

三月には、寛は「太陽」に「青怨集」三〇首、そのうち『相聞』に二七首、「新声」（1日）に「燕」二四首、そ

のうち『相聞』に二七首、「文章世界」に「剥啄」一〇首、そのうち『相聞』に二六首が採られた。まず「青怨集」の歌を引く。（　）内の数字は『相聞』の歌番号。

沖《おき》つ国土佐《くにとさ》に行《ゆ》けども青《あを》ざめし近代人《きんだいじん》は癒《い》えがたきかな（平出修氏に。）（922）

ぞんざいに荒《あら》き言葉《ことば》を鑢《やすり》とし倦《う》みし心《こゝろ》をがりがりと磨《す》る（919）

しろがねの瓶《かめ》よりたらら、ら、ら、ら、ら、と円《まろ》く静《しづ》かに流《なが》るるPIANO《ピアノ》（861）

彗星《ほうきぼし》ふざけたるかなその尾《を》もて地球《ちきう》を撫《な》づと云ふ彗星《ほうきぼし》（「太陽」明43・3）

はらはらと琵琶《びは》を走《わし》れる撥音《ばちおと》の急《きふ》なる如《ごと》く下《お》りくる雀《すずめ》（893）

一首目は、南国土佐の穏やかでのんびりした地に赴いても自我に目覚めた理性的な近代人は心癒え難い、という内容。この「近代人《きんだいじん》」を寛自らとすると、すでに素朴な前近代人つまり旧い人間に戻り得ない知識人としての嘆きとプライドを表したことになる。土佐で見聞した体験が記憶にあって、その折の雰囲気が現在の寛には馴染み得ない遠いものとなってしまったことを実感しているのであろう。二首目は、刺刺しい言葉を不用意に吐き、自虐的になっていく荒んだ心の状態を詠んだ歌。デリカシーのない荒っぽい言葉を鑢として倦怠と憔悴に満ちた心を「がりがり」削る、というきわめて攻撃的な心境が露わである。これは当時の寛の本音であろう。三首目は、ピアノの音色を感覚的に比喩した歌。その円やかで静かに流れる音色を銀の瓶から垂れ落ちる水の音に喩えた。擬音語が音楽的で、聴覚的効果があり、また「しろがねの瓶《かめ》」からはいかにも冷たい感触と色彩が感じられて触覚的視覚的効果もある。こうした感性に訴える表現には、白秋の詩との類似が見られる。四首目はこの年、地球に接近したハレー彗星を詠んだ歌。彗星の大型のものは長い尾をひき「ほうきぼし」と呼ばれていて「妖星」とも称し、彗星の出現は古来凶兆として恐れられていたが、そういう常識を歌わず、むしろその出現に親しみを感じて、ユーモラスに捉えている。斬新な発想、ダイナミックな把握には一種の余裕と遊び心がうかがわれる。五首目は、急降下してくる雀の羽音を、琵琶をせわしくならす擬音に比喩した歌。これは発想の面白さを狙ったのであろうが、その意図が表現の上に十分反映しているとは言い難い。

次に「新声」三月の「燕」から寛の歌を見ていく。

物《もの》ひがみ我《われ》を詛《のろ》ふか羨《うらや》むかあなかしましや故郷《ふるさと》のひと
わが家《いへ》の八歳《やつ》の太郎《たらう》が父《ちち》を見《み》てかける似顔《にがは》（ママ）は泣顔《なきがほ》をする　（880）
時計屋《とけいや》に掛《か》けし時計《とけい》の指《さ》す針《はり》の皆《みな》ちがへるもうつせみの世《よ》ぞ　（847）

一首目は、ひがみ根性の故郷の人々への苛立ちや怒りを訴えた歌。幼少から一家離散し、住居を転々と変えていた寛の言う「故郷《ふるさと》」はどこを指すのか。しかし周辺の人々の中傷を多く受けてきた寛には、こうした被害者意識が常に付きまとっていた。余りに露骨な心情吐露なので歌集には載せなかったのであろう。二首目は、明治三五年生まれの長男光が描く自分の似顔絵は泣き顔だという歌。子供はいつも親の姿を正直に見るものだという、悲しい発見を詠んだ。この一連には、二男秀を詠んだ歌に「わが次郎《じらう》あぐらを組《く》めば斧《をの》を持《も》つ人形《にんぎよ》の如《ごと》くひざぼしが出《で》る（950）」もある。三首目は、時計屋にかかっている時計の時刻がそれぞれ違っているのを見て、人間はおのおの自分だけの時計に従って生きているのだ、という当然のことながら、確かな事実を認めようとしたのであろうが、歌全体から微かな悲しみや諦めが伝わって来る。

次に「剥啄」掲載の『相聞』の寛の歌を見る。

さびしくも酔《ゑ》へる超人《てうじん》痩《や》せつつも歌《うた》をおもへる第一人者《だいいちにんしゃ》　（851）
鶏《にはとり》の砂《すな》をば浴《あ》ぶるこころよさ我《われ》も求《もと》めてあざけりを浴《あ》ぶ　（841）
竹筏《たけいかだ》あをきが上《うへ》にさくら散《ち》り油《あぶら》のごとき嵯峨《さが》の春雨《はるさめ》　（954）

一首目は、寂しさに酔っている超人よ、いくら痩せても歌を忘れない歌の第一人者よ、という内容。「超人《てうじん》」とはニーチェがめざした超人哲学を意味し、ここではニーチェ自身のことを指す。「第一人者《だいいちにんしや》」は「痩《や》せつつも歌《うた》をおもへる」人間であるが、ここでは「痩《や》せ」を美学としていた作者自身を指す（拙著『鴉と雨全釈』303～305頁参照）。「超人《てうじん》」と「第一人者《だいいちにんしや》」を並列させたところに、それぞれの分野での最高峰であることを前提とし、ヒロイックな存在として対照させた、不遜とも言うべき自恃である。二首目は、鶏が砂浴びをして気持ちよさそうにする、そうした快感を自分も求めてみたが、却って世の嘲りを浴びた、という内容。鶏は羽虫をとるためによく砂を浴びる。これは求めて得られる素直な快感である。作者も同様に作品を世に問えば当然しかるべき評価を得られると単純に思ったのだが、予想に反して嘲笑しか得られなかったという悲哀を歌ったのであろうか。一、二首目には大きな落差があるが、作者の本音はむしろ二首目の自嘲、自虐の方にあるが、そこには虚勢と願望も混じり合っていたのではないか。三首目の「嵯峨」は竹の産地である。嵯峨の大堰川に浮いている青竹の筏の上に桜が散りかかっている。そこに春雨が降る情景を詠んだ。その春雨を「油《あぶら》のごとき」と表現したのはしっとりとした春の雰囲気を表そうとしたのであろう。

次に晶子は五紙に五五首（「万朝報」4首・「都新聞」10首・「二六新報」6首・「大阪毎日新聞」15首・「東京毎日新聞」20首）、そのうち『春泥集』に二首、『青海波』に二首採られた。歌集に採られなかった歌を見る。

君《きみ》と寝《ね》ぬかけはなれつる心《こゝろ》いま帰《かへ》ると云《い》へばあさましけれど　（「東京毎日新聞」明43・3・13）
わが涙《なみだ》弱《よわ》き胸《むね》より出《い》づるぞと思《おも》ひ給《たま》ふがあやまちなりき　（「二六新報」明43・3・22）
にぎはしき恋《こひ》の話《はなし》にたゞよひしたましひわれにかへりてさびし　（「東京毎日新聞」明43・3・29）
のち逢《あ》はゞはらからたらむかく云《い》へるいと愚《おろか》なるかためせし宵《よひ》　（右同）

一首目は、すっかり疎遠になっていたのに、いつの間にか元の鞘に収まろうとする自分自身に驚き、うろたえている女の本音が率直に表されている。二首目は、誤解していた相手に自分の本心を諭した歌。自分の涙は弱さ故のものではなく、むしろ気の強さから流したのだ、と啖呵を切らんばかりの迫力で披瀝している。三首目は、他人の浮いた噂話に高ぶっていたのに、ふと気付くとそうした華やいだ喜びがもはや自分にはないと悟って悲しんでいる内容。恋のときめきを失った現在の自分をいとおしんでいる。四首目はなまじい夫婦になったばかりに心乱れることが多いから来世で兄妹でありたいという願望を詠んでいる。夫婦の関わりは絶って、血縁の契りで心を通わせたいと言うのである。

四月より、「二六新報」掲載はなくなり四紙となる。

寛は「創作」に「自らを嗤ふ歌」一六首、そのうち一四首が『檞之葉』に、「中学世界」に「夢のあと」一三首発表。これは『相聞』にも採られた。晶子は「婦人之友」（1日）に「三十五周年の祝ひに」三首。まず「創作」発表の寛の歌をあげる。（　）内の数字は『檞之葉』の歌番号である。

うなだれしわが横顔に砂を打つ二月の風も浮世なるかな　（4）

口ぐせに死ねと叱りしわが父は今つく息を知りにけらしな

あめつちを眺むることも恋を得しことも人並《ひとなみ》さて何を泣く　（7）

粉煙草《こたばこ》をきせるにつめて思ふことDANTE《ダンテ》に隣り盗跖《たうせき》につづく　（9）

わが児啼く生れて二日《ふつか》その親を食はんとぞ啼く殺さんと啼く　（10）

一首目は、風までも世間と同様に悪意に満ちて冷たく吹きつける。世間から見捨てられ、自己を喪失した苦悩と心身のバランスを失いがちな自らを詠み、また「からうじて己《おの》《ママ》ひとりを恃《たのれ》《ママ》みしかその己すら浅く見かぎる」（「創作」）とも「わが影の赤く乱《みだ》れて踊りつる昨日の庭は白く乾けり（3）」とも歌う。苛酷な自虐の歌である。二首目は、口ぐせに死ねと叱った父は今死を思う自分の気持ちを早くから見通していたのだ、と詠嘆した歌。生きる意味を見失った絶望感を「わが上に黒き日はきぬ定まれる墓《はか》の如くに黒き日はきぬ（6）」とも詠んでいる。三首目は、世の中を知り恋愛することも人並にやってきたが、何が不満で涙がでるのか、と自問した歌。ここには、自分は本来「人並《ひとなみ》」以上だという自負があり、それが発揮できなかったことを悲しんでいるが、同じ「人並《ひとなみ》」でも自らを慰める意味で用いた歌に「袂《たもと》より煙草を出だし空を見てまた人並《ひとなみ》に明日《あす》を思へる（17）」などがある。四首目は、所在なさに任せて思うことは、自分の才能はダンテに並び、人から恐れられること、大泥棒に匹敵する、という内容。自嘲の裏側にある激しい自恃を大向に張った表現で歌った。こうした傾向の歌は一連中この一首のみである。五首目は、生後二日目の赤子が泣く様子を、親を殺そうとするかのように激しく泣くと被害妄想的に感じた歌。愛情を感じるより恐怖の念が先に立つのは作者の神経が病的に先鋭になっているのだろう。この赤子はこの年二月に生まれた三女佐保子のことであろう。四六時中泣く赤子によってエキセントリックになった寛の感情の振幅の甚しさがうかがわれる。また病める子を看護する父母のようすを「泣顔を隠さんとして病める児の熱ある頬《ほ》をば吸へるその父（11）」「病める児は赤しいたましその母の寝足らぬ顔は青し醜し（12）」などと詠んでいる。

たはぶれに悪者《あくしや》の童《わらは》ひとすぢの縄を引きたるわが行手《ゆくて》かな　（13）
赤き頬《ほ》の少年われをうち覗《のぞ》きははと笑へり古びたればか　（15）

一首目は前途が塞がれたような心情、二首目の年少者から受ける屈辱、蔑視など当時の寛の追いつめられた心境が様々に詠まれている。発狂せんばかりの精神状態が実感として伝わってくる。

次に四月の「中学世界」掲載の寛の「夢のあと」にある『相聞』の歌を見る。

人《ひと》は皆墓《みなはか》の動《うご》くにことならず瓦斯《がす》の火《ひ》しろき大通《おほどほり》にて　（917）
岡山《をかやま》の旭橋《あさひばし》ゆくわれの見《み》ゆ口笛《くちぶえ》ふきて児等《こら》が遊《あそ》べば　（913）

一首目は、当時の墓は殆ど白木の卒塔婆だったのであろうか。ガス灯が白っぽく光を放っている通りでは、人はまるで墓が動いているように見える、と言うのであろうか。作者は恰も死後の世界を彷徨しているような錯覚に捕らわれている感じである。夜道を歩く人間を「墓《はか》の動《うご》く」という無気味な捉え方をしている。尋常でなく、神経が異常に研ぎ澄まされているかのようである。二首目は、口笛を吹いて遊んでいた少年時代、岡山の旭橋をゆく自分の姿が目に浮かぶ、という内容。素直に過去を懐かしみ、その思い出を偲んでいる。寛は一三歳のころから一年半ほど岡山にある安住院（長兄和田大円の養子先の寺）にいたことがあった。このころを回想したのであろうか。

次に晶子は四紙に五三首（「万朝報」5首・「都新聞」8首・「大阪毎日新聞」20首・「東京毎日新聞」20首）、そのうち『春泥集』に一六首、『青海波』に四首採られた。歌集には採られなかった歌を見ていく。

夢《ゆめ》おほき我《わ》が二十《はたち》をば溶《と》かしたる雫《しづく》の如《ごと》き香料《かうれう》の風《かぜ》　（「万朝報」明43・4・9）

からたちの卯月《うづき》の花《はな》の白《しろ》き日《ひ》につれなき人《ひと》をつぶやく我《われ》は　（「都新聞」明43・4・11）

白髪《しらがみ》の三《み》すぢを君《きみ》に見《み》てしより安《やす》しなどとは告《つ》げられぬこと　（「東京毎日新聞」明43・4・15）

別《わか》れむと生《い》きがたしてうこと云《い》ふを恋《こひ》しき人《ひと》よ怒《いか》り給《たま》ふな　（右同）

一首目は、香料から漂う香りは夢溢れる青春の思いそのものだという、ロマンティックな雰囲気に満ちた歌。三句以下から化粧水の甘美な香りがイメージされ、晶子本来の柔らかな抒情が漂い、嗅覚に訴えた歌である。視覚的な歌には「雪《ゆき》の山《やま》いくつ清《きよ》らに並《なら》ぶごと真白《ましろ》の花《はな》の大《おほ》でまり咲《さ》く」（「都新聞」明43・4・8）、「由比《ゆひ》が浜朝《はまあさ》の日《ひ》させば網《あみ》に居《ゐ》る鯛《たひ》もくらげもくれなゐに見《み》ゆ」（「東京毎日新聞」明43・4・19）がある。二首目は、からたちの花が白く咲く四月、無神経で薄情な人に小声で文句をいう、という内容。恐らく夫寛に対する思いであろう。三首目は、僅か三筋の白髪が夫に生えたのを見てから老いの兆を覚えて戸惑いと不安を感じている。四首目は、別れましょう（さもないと）生きて行けそうもないなどと（私が）言うのを恋しい人よ、怒らないで下さい、という内容。二、三、四首目には当時の、夫に対する作者の心の揺れが表されている。

五月、「スバル」（1日）の地方短歌会詠草沛蕃社（京都）に寛と晶子の一首ずつあり。山川登美子女史の一周忌に寛は「シキシマ」に「即興」八首中五首『榭之葉』に、「中学世界」に「青き実」二七首そのうち『榭之葉』に採られた。「即興」より引く。

虱をばとる手端銭《はぜに》をかぞふる手粉煙草にしも染みて黄なる手
水ぎはの薄き月明《げつめい》三階の石づくりより霧のしたたる
（『榭之葉』38）

一首目は、きわめて貧しい生活者の日常の一端を様々な手の表情から捉えた歌。このように現実の惨めさを畳みかけるように詠むのは、自然主義的な発想と言えよう。二首目は一首目とは対照的で耽美的と言える。西欧風でシックな情景が「三階の石づくり」といった当時のモダンな洋館を彷彿させ、神秘性のある静謐な雰囲気を漂わせている。同じ耽美的でも官能性の強い歌に、

窓かけの黄ざくら色の匍ふもとに腕《かひな》を越えて寄りし唇
山荘《さんさう》の春のあしたの湯ぶねより出でたる人の黄楊《つげ》の横櫛
（『榭之葉』34）

などがある。

次に『榭之葉』に採られなかった「青き実」より引く。

さゞれ石《いし》さゞれ石《いし》こそ哀《かな》しけれ波際《なみぎは》にしてはぢきあひする
密柑箱《みかんばこ》ふたつ重《かさ》ねてめりんすの赤《あか》き布《きれ》しく我児等《わがこら》の雛《ひな》

一首目は、「さゞれ石《いし》」のような、どこにでもいるといったつまらない人間は、波際で「さゞれ石《いし》」が揉まれ合うように、いつも互いに小競り合いを繰り返すというのである。これは自らを「さゞれ石《いし》」に比喩した自虐的、自嘲的な歌である。二首目は、貧しい生活を垣間見るようである。この一連にも耽美的傾向の歌として、「清水《きよみづ》のひがんざくらの下《した》をゆく濃《こ》き緋《ひ》の帯《おび》と紫《むらさき》の扇《あふぎ》」などがある。

この五月には、晶子の「シキシマ」掲載の「花柑子」六首、うち『春泥集』に五首が採られた。「創作」に「老

のくりごと」一六首中一四首が『春泥集』に採られた。「花柑子」より『春泥集』に採られた歌をあげる。

うれしさは君《きみ》に覚《おぼ》えぬ悲《かな》しさはむかしのむかし誰《たれ》やらに得《え》し　（318）

喜びはあなたによって知った。悲しみはその昔誰やらからもらった、と言って、一読すると寛をもち上げた表現となっているが、「誰《たれ》やら」とぼかし、「むかしのむかし」といった軽い表現には逆に晶子の皮肉が言外に含まれているように思われる。悲喜こもごもの体験が晶子と寛を巡ってあったことがここで詠まれている。三句以下の皮肉まじりの表現には、あるいは登美子を念頭においているかも知れない。

次に「創作」掲載の「老のくりごと」を見る。左の二首はすでに発表された歌である。

なほ人《ひと》に逢《あ》はむと待《ま》つやわが心 夕《こころゆふべ》となれば黄《き》なる灯《ひ》ともる　（『春泥集』255）

君知るやよその人故わが泣きしさきごろのことこの頃のこと

一首目は、夕暮れになると人恋しくなる寂しい思いを吐露した歌。満たされない心と憂いを、なすすべもなく、抱き続けている晶子の本音がうかがわれる。二首目は「トキハギ」で説明したが、「よその人」の存在によって自分が過去も現在も深く悲しんでいるのを「君」は知っていると確かめた歌。「よその人」と言って一周忌を迎えてもまだ夫婦間に影を落とす登美子を取り上げて皮肉まじりに夫を責めているのである。

この月から晶子のこれまでの四紙（「都新聞」7首・「万朝報」4首・「大阪毎日新聞」17首・「東京毎日新聞」15首）に「京都日出新聞」（寛3首・晶子4首）・「毎日電報」40首が加わって六紙計九〇首となる（寛も含む）。そのうち『春泥集』に三七首、『青海波』に四首採られた。二歌集に採られなかった歌から引く。

初夏《はつなつ》やあひゞきの夜《よ》のほのかなる月《つき》の下《した》なる金盞花《きんせんか》かな　（「毎日電報」明43・5・12）

波《なみ》の上《うへ》水豹《すゐへう》はしる白《しろ》がねのけものが走《はし》る有明月夜《ありあけづきよ》　（右同　明43・5・18）

あかつきの光《ひかり》の中《なか》に水《みづ》ありてすくよかに咲《さ》く白《しろ》あやめかな　（右同　明43・5・26）

一、三首目は、瑞々しく色彩感のある自然描写が鮮やかで、柔らかなロマンティシズムが漂っている。二首目の「水豹《すゐへう》」はあざらしのこと。白がね色をした水豹が波の上を走るように泳ぐ。そのさまを夜明けの月明かりの中に描いているが、これは実景ではなく、知識からイメージされた情景であろう。幻想的で躍動感のある歌である。

六月、寛は「太陽」に「殻」三四首発表、そのうち二六首が『檞之葉』に採られ、さらにその中に「潜航艇員の変死を悲める歌」の七首、「山川登美子女史の一週忌に」の三首が含まれている（659～660頁参照）。登美子についての歌はすでに述べたので省く。それ以外の寛の歌を引く。

二日ほど家をあくればさくら草《さう》しをれて泣けり妻《つま》のたぐひか　（『檞之葉』32）

きちがひと明日はなるべきわがこころ青く慄《ふる》へてVIOLON《ヸオロン》を聴く　（右同　20）

撞《つ》き止《や》みし青《あを》き木間《このま》の釣鐘《つりがね》のしばらく動《うご》く夏《なつ》の夕《ゆふ》ぐれ　（『鴉と雨』147）

一首目は二日家を明けただけで悲しがる妻を、萎れたさくら草に比喩した。可憐な妻をいとおしむ思いが素直に詠まれている。二首目は、発狂せんばかりのノイローゼ状態を詠んだ歌。「明星」廃刊（明41・11）から渡欧（明44・11）までの三年間のうちで最も精神的に追いつめられた時期の心情が痛々しく伝わる。一、二首目は寛の心境であろう。三首目は夏の夕ぐれのほっとした気分を詠んだ歌。表現に無駄がなく情景と気分がマッチしている。

さらに晶子は「文章世界」に「いちはつ草」二七首発表、そのうち『春泥集』に採られた二五首をあげる。

ほととぎす石竹色《せきちくいろ》のとばりよりくろ髪《かみ》の子《こ》のいづる暁方《あけがた》　（138）

横《よこ》ざまにそねむ人《ひと》らの中《なか》に居《ゐ》て初恋《はつこひ》の日《ひ》の心《こころ》わすれず　（107）

わが昔《むかし》うら若《わか》き日《ひ》はこの君《きみ》と世《よ》をつつましく思《おも》ひて過《す》ぎぬ　（317）

一首目は「石竹色《せきちくいろ》のとばり」の赤と「くろ髪《かみ》の子《こ》」の黒との取り合わせが鮮やかで絵画的。ほととぎすの声を聞いて明け方起きた乙女の姿が描かれている。二首目は、どんなに非難されようとも初恋のころの純情さを決して失っていない、という自負を詠んだ。三首目は、新婚のころを懐かしみ、可憐でけなげであった自分をナルシスティックに回想した歌。

また同じ六月（1日）「三田文学」に「夏ごろも」三〇首発表。そのうち『春泥集』に一三首、『青海波』に二首採られた。同月の「いちはつ草」一連に比べ「夏ごろも」は成熟した女性の情感と官能が感覚的に捉えられている。

晶子の六紙七七首（「万朝報」5首・「都新聞」6首・「大阪毎日新聞」14首・「東京毎日新聞」10首・「毎日電報」40首・寛の「京都日出新聞」2首）。これらの中から『春泥集』に三五首、『青海波』に五首採られた。一歌集に採られなかった歌を見る。

さりともと思《おも》ひたゆみし心《こゝろ》よりうき日《ひ》を産《う》みぬあはれなるわれ　（「毎日電報」明43・6・3）

わが背子《せこ》と彼《かれ》をさへぎる霧《きり》に似《に》るもの生《う》む胸《むね》はくるしかりけり　（「大阪毎日新聞」明43・6・24）

君《きみ》が恋《こひ》おもひもよらぬ過《あやま》ちとおどろくさまをつくる悲《かな》しさ　（「毎日電報」明43・6・28）

一、二首目には晶子の心のうちに漂う陰鬱さと苦悩さえ見えてくる。その内面は三首目に見る「君《きみ》が恋《こひ》」を「おもひもよらぬ過《あやま》ち」と鮮明に詠んでいることから察せられる。それを君は「おどろくさま」に装っていると晶子は感じとってそれを「悲《かな》しさ」と詠んでいる。ここにはまさしく登美子の存在が見えてくる。『佐保姫』と『春泥集』には哀悼より妬心を露わにした歌が多い。二首目の「彼《かれ》」は女性にも使い、「あの人」の意であって登美子を指すとすれば夫と登美子の中を遮る自分を「霧《きり》」に比喩して介在させて、それを「くるしかりけり」と悲しく詠嘆している。そこには未だ晶子の心のうちには鬱々とした妬みめいた気持ちがわだかまっていたことを感じさせる。同じころ（「殻陽」明43・6）に詠んでいる寛の歌に、

はて知らぬ悲しみもまた月日《つきひ》あり君にわかれし春めぐりきぬ　（『檞之葉』50）

（以下山川登美子の一週忌に）

君なくて久しく倚らぬおばしまを黄なる小鳥《ことり》の下《お》り来て啄《つつ》く　（右同　49）

君しのぶ心の上に花ちりてうすくれなゐに悲しき四月《しぐわつ》

と詠まれている。これは明らかに登美子への哀悼の歌であり、登美子への追慕がしみじみと迫ってくる。これらの歌から、このころの寛と晶子の心に宿る登美子への、それぞれの思いが想像される。ここで『檞之葉』は終わる。

七月の短歌は「早稲田文学」に寛の「くさぐさの歌」一〇首、そのうち『檞之葉』に三首、『鴉と雨』に五首採られた。同誌で晶子の「涓滴」一〇首、そのうち『春泥集』に八首、『青海波』に二首採られた。他に六紙九二首（「万朝報」5首・「都新聞」9首・「大阪毎日新聞」17首・「東京毎日新聞」20首・「毎日電報」40首・「京都日出新聞」1首）。そのうち『春泥集』には五〇首。『青海波』に四首採られたが、『春泥集』(449)と『青海波』(158)は重複している。

まず寛の「早稲田文学」の「くさぐさの歌」の中で『檞之葉』に採られなかった歌を見る。

あはれにもつよく握るにまかせたるべにさし指のももいろの爪《つめ》

もろともに防風《ばうふう》の芽《め》を嚙《か》みし後発作《のちはつさ》の如く寄せし唇

二首とも女性との接触を「つよく握る」とか「寄せし唇」と官能的に詠んでいるが、耽美的である。

次に晶子の「涓滴」のうち、『春泥集』に採られた歌をあげる。

二十二《にじふに》はしからず三《さん》と四《し》となれば捨身《すてみ》となりて今日《けふ》をつくりぬ　(231)

わがかひな人《ひと》かいなぐり打擲《ちやうちやく》すこの悪夢《あくむ》さへ一人寝《ひとりぬ》るさへ　(10)

思《おも》ふことわが掩《おほ》ふ時《とき》あさましき人《ひと》とや見《み》ゆる冷《つめ》たくや見《み》ゆる　(259)

一首目の「三《さん》と四《し》となれば」とは二三歳で寛と初対面した直後から恋愛し、二四歳で上京して同棲し、結婚して「今日《けふ》」になるまで「捨身《すてみ》となりて」と懸命に生きてきたわが人生を回顧している。二首目は四二年の「別れ話」の歌で述べたが、「打擲《ちやうちやく》すこの悪夢《あくむ》さへ」が現実か否かは別として、「別れ話」の原因が「打擲《ちやうちやく》」にあったと歌っていたことを踏まえると「この悪夢《あくむ》」と言ったところに現実性が見えてくる。こうした生活の中で晶子は三首目で内心を隠す自分を「あさましき人《ひと》」とも冷酷な人間とも見えると客観的に見つめている。これら三首に見られた自らの生き方、日常の「打擲《ちやうちやく》」、不満が生活のひと雫であったことから、「涓滴」と題したものか。

八月、晶子は「太陽」に「麻の葉」八首、そのうち『春泥集』に七首、『青海波』に一首採られた。また「文章世界」に「うきくさ集」二七首、そのうち『春泥集』二〇首、『青海波』二首（重複一首ずつ）採られた。六紙九〇首（「万朝報」4首・「都新聞」10首・「大阪毎日新聞」12首・「東京毎日新聞」14首・「毎日電報」40首・寛は「京都日出新聞」に10首）、そのうち『春泥集』に四〇首、『青海波』に一〇首採られた。二歌集に採られなかった歌をあげる。

ましろなる秋《あき》の芙蓉《ふよう》は帝王《ていわう》のうからの如《ごと》し静《しづか》に日《ひ》くらす　（「東京毎日新聞」明43・8・6）

ふるさとの竈《かまど》の下《もと》に火《ひ》を吹《ふ》きし夏《なつ》もなつかし鶏頭《けいとう》咲《さ》けバ　（「万朝報」明43・8・15）

妬《ねた》むことゆるやかならぬ妻《つま》ながら背子《せこ》を少女《をとめ》の賞《ほ》むるよろこぶ　（「東京毎日新聞」明43・8・24）

一首目の白芙蓉が「帝王《ていわう》」の親族のようだ、というのは、「白芙蓉」の清潔でおおらかな感じを「帝王《ていわう》のうから」に比喩したのであろう。しっとりとした落着きを思わせる歌である。二首目の鶏頭の花が咲くころになると、故郷での日常的な仕草が思い出される、という何気ない懐郷の念を誘う歌である。三首目は激しい嫉妬を抱く妻だが、夫をほめるのが少女なので妬まないで喜ぶ、という歌。嫉妬の対象にならない「少女《をとめ》」を出して嫉妬の対象ならば未だ嫉妬は続くと言いたかったのであろう。

寛の「京都日出新聞」（21・28日）掲載の「沛蕃社詠草」一〇首のうち四首が『鴉と雨』に採られた。

父母《ちちはは》の墓《はか》をめぐりて泣《な》きにけり遊子《いうし》も時《とき》に孝子《かうし》の如《ごと》く　(261)

これは上句を改作して「スバル」（明43・11）に載せたのが、のちに『鴉と雨』に掲載された。この一〇首は「父の十三回忌に京に帰りて詠める（その一）（その二）」と詞書されている。これらの歌には実感がこめられている。

『紫』（明34・4）にも父のことを詠んでいた。

九月の「太陽」に晶子の「かなかな蟬」一一首、そのうち『春泥集』に一一首採られた。同誌に「（無題）」三首、そのうち『春泥集』に一首。寛は「自然と夢」三〇首、そのうち『鴉と雨』に二七首採られた。晶子は他に「尾三文学」に「君を旅にやりて」六首、そのうち『春泥集』に二首採られた。「学生文芸」に「初秋の歌」一五首、そのうち『春泥集』に八首、『青海波』に二首採られた。六紙に九二首（「万朝報」3首・「都新聞」6首・「大阪毎日新聞」26首・「東京毎日新聞」15首・「毎日電報」41首・「京都日出新聞」1首）、そのうち『春泥集』には四四首、『青海波』三首、『佐保姫』に一首が採られた。

生《うま》れ来《き》て一万日《いちまんじつ》の日《ひ》を見《み》つつなほ自《みづか》らをたのみかねつも　（『青海波』(164)）

生まれてこの方ずっと自分を見つめてきたが、やはり頼りないなあと思う。かつては自負と自恃の強かった晶子だったが、今はこのような心境なのであろうか。

寛の「自然と夢」（「太陽」9月）の拾遺の歌のうち『鴉と雨』に採られなかった歌をあげる。

わが恋《こひ》は見《み》るべからざる古《いにしへ》か愚《おろ》かに待《ま》てる当来《たうらい》の世《よ》か

自分の過去の恋を否定するのか、愚かにも未来に期待するのか、と自問している。六紙の拾遺の歌を見る。

君《きみ》と居《ゐ》て十《と》とせ経《へ》ぬれど歌尽《うたつ》きず常新《とこあたら》しきわが恋《こひ》のため　（「毎日電報」明43・9・7）

おのれ見《み》るうき因果《いんぐわ》さへ何《なに》ごとの報《むく》いと知《し》ればもの哀《あはれ》なる　（右同　明43・9・18）

なきがらを隠《かく》してましと魂《たましひ》の心《こゝろ》づかひすはや三年《みとせ》ほど　（「東京毎日新聞」明43・9・30）

一首目は、夫と一〇年暮らしているが、いつも新しい自分の恋の歌が尽きない、という歌人としての最高の幸せを詠んでいる。二首目は、わが人生の因果応報をしみじみと回顧している。三首目の四句までは晶子の気持ちである。「なきがら」を登美子とすれば、彼女への思いを葬ってほしいという哀願をこめ、「はや三年《みとせ》ほど」に作者の屈折した感慨がこめられている。

一〇月は寛の「精神修養」(1日)の「濁流」二〇首、そのうち『鴉と雨』に一九首。「早稲田文学」(1日)の「自らを嗤ふ歌」三〇首中『鴉と雨』に二五首。「三田文学」の「ありのすさび」三〇首中、『鴉と雨』に二六首がそれぞれ採られた。晶子は「学生文芸」(1日)の「わが折々」一五首、そのうち『春泥集』に九首。「太陽」(1日)の「土ぼこり」三〇首は『春泥集』に二〇首、『青海波』に二首採られた。

六紙九五首(「万朝報」5首・「都新聞」8首・「大阪毎日新聞」23首・「東京毎日新聞」15首・「毎日電報」41首・「京都日出新聞」3首(寛1首・晶子2首))がある。

「濁流」中の一首のみ拾遺の歌をあげる。

　またしても人憎《にく》からず痛きまで胸を躍《おど》らす紅き夢かな

寛の人間に対する愛着の情がまたしても湧いてくるのだが、それは下句によって恋に関わる思いだと分かる。

「自らを嗤ふ歌」の拾遺の歌をあげる。

　嗅ぎなれしだいなまいとの煙こそ女《をなご》の如くうら恋《こひ》しけれ
　われをして斯く三たびまで呼ばしめぬかの女《をなご》こそ憎き仇《あだ》なれ

一首目は、いつも身近でダイナマイトが爆発して匂ってくる煙は、甘い風味が漂っていて女の香りのように恋しい、とは情熱的な女への慕情であろうか、異常な感覚と言えよう。二首目は、自分を三度までも呼ばしめた「かの女」が「憎き仇」だと激怒している。その内容は分からないが、「かの女」とは前歌の恋に燃えている女かも知れない。二首に見る「女」を晶子とすれば夫婦間の諍いをこのようにユーモアに作り上げたものか。

「ありのすさび」の中で『鴉と雨』に採られなかった拾遺の歌を引く。

　手をとりてすぢりもじりにのめりたる小萩が上の若き秋風

手に取ってみると曲がりくねっていた小さな萩は倒れて、その上を初秋の風が吹いていく叙景だが、当時の寛の心情を考えると、紆余曲折してきた自分をのり越えて清新な風が吹きつける、という新風に打ちのめされている自己への鬱憤を匂わせているのであろうか。

晶子の「わが折々」の拾遺の歌を引く。

二方《ふたかた》に分《わ》くる心《こゝろ》と知《し》らざりしこの無念《むねん》さを夜昼《よるひる》にうたふ

大《おほ》かたのものは思《おも》はず秋《あき》かぜの真珠《しんじゅ》の中《なか》にまどろむ夜《よ》より

一首目の初二句は、「明星」廃刊を意味し、それを不意打ちとし、その無念さを歌っている。二首目は、世間的なことは考えず、美しい世界に生きている心の姿を歌っている。

「土ぼこり」にある『春泥集』に採られた歌と拾遺の歌を見る。

不可思議《ふかしぎ》は君《きみ》が二《ふた》つに分《わか》つ恋《こひ》われかたはしも欠《か》かであること　（176）

若《わか》き日《ひ》のおもひちがひの一《ひと》つともこの頃人《ごろひと》は忘《わす》れゆくらむ　（「東京毎日新聞」明43・9・14）

一首目は、君が二分した恋の片端の自分はその片方ではなく、恋のすべてを占有していることを確信を以て歌っている。二首目は自分たちの人生は若き日の勘違いの一つだったことを忘れていく、彼もまた、という今の幸せを感受している。六紙掲載の拾遺の歌を晶子に見る。

いくとせも透《す》き通《とほ》りたるよろこびを秋風吹《あきかぜふ》けば思《おも》ひぬわれは　（「都新聞」明43・10・12）

君《きみ》がためわれ三《み》たび生《い》く君《きみ》がため六尺《しゃく》の髪《かみ》そこなはずして　（「大阪毎日新聞」明43・10・17）

一首目の、秋風が吹くと年々味わってきた純粋な喜びが身に染むという、夫婦としての至福の世界である。二首目も「君《きみ》がため」に生きる無上の幸せをしみじみと感動をもって味わっている。しかしその一方で、

秋《あき》の日《ひ》は涙《なみだ》こぼれぬ君《きみ》と居て冷たき石《いし》と云《い》ふならねども　（「毎日電報」明43・10・20）

と歌う。一転して秋の日の寂寞とした感傷と君との不穏な心情を繋げている。

一一**月**には晶子の「スバル」では寛の「新詩社詠草」七六首、そのうち『鴉と雨』に六八首、晶子の「霜の花」五〇首、そのうち『春泥集』に四二首採られた。「精神修養」では寛の「塵影」二〇首、そのうち『鴉と雨』に二〇首、晶子の「鏡のもと」一五首、そのうち『春泥集』に五首、他に晶子は「白楊」に「ふるさと」一〇首、そのうち『春泥集』一首、『夏より秋へ』に二首、これらの歌は『春泥集』に採られた。「学生文芸」に「一葉二葉」一六首、そのうち七首、「文章世界」（15日）に「初霰」三〇首、そのうち一二首、「中学世界」に「塩原の歌」一四首、そのうち一三首がそれぞれ『春泥集』に採られた。晶子の六紙九四首（「万朝報」4首・「都新聞」6首・「大阪毎日新聞」19首・「東京毎日新聞」25首・「毎日電報」37首・「京都日出新聞」3首がある。

「スバル」の寛と晶子の歌の中で、それぞれの歌集に採られなかった拾遺の歌を見る。

みづいろの空に遊びてのどかにも鷲の描《か》きゆく大いなる円《あん》　寛
忍辱《にんにく》のくろ髪かづく人なれば牡丹にも似ずほのほにも似ず　晶子

一首目は、のびやかな大自然、二首目は、どんなことにも忍受してきた自分なので美しいものも情熱的なことも相応しくない、と否定的になっている。この年には「創作」の牧水などからかなりの攻撃（所謂スバル派の歌を評す「創作」明43・3）を受けていた、という事実もあり、こんな心境になっていたのであろう。

「精神修養」の寛（「塵影」）と晶子（「鏡のもと」）の歌の中で、寛は『鴉と雨』、晶子は『春泥集』に採られなかった歌をあげる、二人の拾遺の歌を見る。

わが涙《なみだ》あぶらのごとく断《た》えず散《ち》るこの水盤《すゐばん》に人濡《ひとぬ》れよかし　寛
ことありて泣《な》かば後《うしろ》に笑《わら》はむとする目《め》のおほく見《み》ゆるものかな　晶子

二首とも誇大妄想的な歌で、こういう点が「創作」の牧水らに攻撃されるのであろう。晶子は当時の辛い立場にある悲しみを如実に歌っている。

晶子の「白楊」、「学生文芸」、「文章世界」、「中学世界」の中の拾遺の歌を一首ずつあげる。

なつかしき紺《こん》ののれんに撫でられし振分髪も老いにけるかな　（「白楊」）

つと野分《のわ》け来《きた》るがごとく兄《あに》の来《き》て語《かた》る夜《よ》おほくなりぬ十月《ぐわつ》　（「学生文芸」）

思《おも》ふこと甚《はなはだ》しくて夕《ゆふべ》など路《みち》に泣《な》くまでなりけるかな　（「万朝報」明43・10・22）

山頂《さんちやう》も橋《はし》の下《した》なる岩《いは》かげも夕日《ゆふひ》に照《て》れば万木《ばんぼく》燃ゆる　（「中学世界」）

一首目は、懐郷の思いと現実の姿、二首目は、晶子の実兄であろうか、突然やってきて語ることが多くなった一〇月だと詠んでいる。晶子は結婚後、兄と断絶状態だったと聞いているが、真偽は不明。三首目は思うことが辛くて夕方など道端で泣くほどにまでなったという状態か。四首目は美しい叙景歌である。

次に六紙の中の拾遺の歌を一首あげる。

知《し》らねども涙《なみだ》の上《うへ》にうつるらむこの頃《ごろ》おほく切《き》れし前髪《まへがみ》　（「東京毎日新聞」明43・11・30）

悲しい歌である。以上、歌集に採られなかった歌を見てきたが、全体として悲しい歌が多い。

一二月には晶子の「太陽」掲載の「雁来紅」三〇首のうち『春泥集』に一四首。「精神修養」では寛の「先師の例祭に奉れる歌」二〇首は全部『鴉と雨』に、晶子の「秋より冬へ」一五首のうち『春泥集』に二首、「創作」に寛、晶子一首ずつ。六紙八〇首（「万朝報」5首・「都新聞」8首・「大阪毎日新聞」10首・「東京毎日新聞」15首・「毎日電報」38首・「京都日出新聞」4首（寛1・晶子3首））がある。

晶子の「太陽」掲載の拾遺の歌を見る。

あめつちの円《まろ》きものてふ理《ことわり》を知《し》れども恋《こひ》に限《かぎ》りあらめや

七日《なぬか》ほど思《おも》へりし子《こ》に捨《す》てられし心《こゝろ》はかゆし身《み》はかひだるし

一首目の、円満という理屈は分かるが、恋は円満の限界内に納まるか、納まらない、という晶子らしい発想である。二首目は四二年の項で述べた「絃余集」にあった「七日の恋」の続きの歌のようである。

「精神修養」の寛の歌には拾遺の歌がないので『鴉と雨』の歌をあげ、晶子の「精神修養」の拾遺の歌をあげる。

　草木《くさき》なす身《み》にはあれども師《し》の大人《うし》に次《つ》ぎて歌《うた》はば八千代《やちよ》ならまし　(310)

　恋《こひ》と云《い》ふ心《こゝろ》に住《す》める生《いき》もの、猛《たけ》きを放《はな》つ一人《ひとり》の人《ひと》に　（「東京毎日新聞」明43・12・5）

一首目は謙虚に言いながら、寛は師の後継者としての矜持を強く意識し、二首目は晶子らしい「一人《ひとり》の人《ひと》」に向けて猛進した生き様が激しく伝わる歌である。六紙の拾遺の歌を見る。

　超《こ》えてまた超《こ》えてわれ行《ゆ》く神《かみ》ならぬ人《ひと》の引《ひ》きたるいく筋《すぢ》の縄《なは》

　わが心《こゝろ》この頃《ごろ》なりぬしろ銀《がね》と黄金《こがね》の蝶《てふ》のあそびがたきに　（右同　明43・12・22）

一首目は幾重にも越えてきた様々な人間らしい生き方を回顧している。二首目のような歌は当時の歌壇の攻撃の的になったであろうと思われるほどに表面的な歌である。

以上で明治四三年の二人の歌の傾向は終わる。八月以降はできるだけ拾遺の歌をあげながら歌の傾向を見てきた。それは歌集に採られないところに晶子や寛の思惑を見ようとしたからだ。かなり時代的に意識しながら詠んでいたものもあるし、新詩社の歌風を故意に打ち出そうとする歌もあった。歌壇の傍流にあっても必死に生き抜こうとする晶子のあり様が伝わるものもあった。

㈡『相　聞』

⑴ 体裁と命名

寛の第七集目の作品で唯一の単独歌集。明治四三年三月二五日、明治書院から刊行。体裁は四六判布製（縦一九、横一三センチ）、カバー付き、本文三三六頁、一頁三首掲載、歌数一〇〇〇首、装丁画および挿絵は高村光太郎。扉に「上田敏氏に献ぐ」とあり、「相聞序」は森林太郎。巻末に寛の一文があり、その後に「明治四十三年三月、東京駿河台に於て、著者」と記されている。定価一円。署名は与謝野寛。「相聞」の読みは本書巻末の一文では「あひぎこえ」、「スバル」（明43・2）の広告では「あひきこえる」、「芸文」（明43・4）の広告では「あひぎこえ」、『与謝野寛短歌全集』（昭8）では「さうもん」とルビがある。鷗外の「相聞序」は当時詩壇から疎外されていた寛の文芸的真価を再認識させる意味で至言と言える。まず、

与謝野寛君が相聞を出す。これ丈の事実に何の紹介も説明もいる筈がない。一体今新派の歌と称してゐるものは誰が興して誰が育てたものであるか。此問に己だと答へることの出来る人は与謝野君を除けて外にはない。

から始まる。最後に鷗外が、寛のことを「極めて忌憚なき文章」を書くため「世を驚かし俗を駭かさずには已まない」ので「恐ろしい人」と書いているのは、当時の寛の真の実力を世に知らしめようとする深い愛情と必死な擁護さえ痛感する。鷗外の序文により『相聞』が当時の歌壇で高く評価されたとは言い難い。鷗外は寛の歌の古さを指摘しているが、寛の「資料㈢」の明治四二年の項に『相聞』刊行を記しているのは四三年が正しい。ここには

この集に収むる所は最近五六年間の作にして、著想の領域、寛の旧に比して拡大し、特に象徴詩及び象徴詩的なるものの加はるを見る。表現またあらゆる新姿態を試みたるも、猶未だ万葉集の臭味を脱却するに至らず。

とあるのは、当時の歌壇で全盛をきわめていたアララギ派の軽薄な万葉崇拝に対抗して寛の万葉観を打ち出そうとしたのではないか。それが寛の言う「新姿態」であった。『相聞』末尾の寛の文中に

……常に一味に偏するを喜ばず、刹那刹那の偶感を出だして、自家の矛盾をさへ快く飲まむとす

とある。これは一つの主義に偏重するのを避け、広い視野で自己の矛盾を見極めようとする寛の見解を意味しているのではないか。

『相聞』命名の由来について寛は続けて、

この集の中心たる所、おのづから女性の愛にあるを尋ねて、『あひぎこえ』と名づけたり。

と書き、女性の愛を相聞く意味でいわゆる万葉の相聞歌を根底に匂わせている。そこには男女の愛の歌の意味合いがある。しかしそれは青春の愛というより、中年に達した男女の相響き合う愛であり、喜怒哀楽の感情をすべて内包した愛が中心となっている。それを意味づけるように、

この集の草稿は、一一みづから点検するの暇なく、取捨、編纂、浄写等、すべて妻晶子の用意と労力とに任せ、校正の時に於て、少しく手削を加へたり。

とあるのを見ると、晶子の協力がいかに大きかったかが分かる。

この歌集を出版した年には晶子の歌集は出ていない。しかし新詩社では晶子と江南文三との共著の歌文集『花』（1月）を出した。また晶子の『女子のふみ』（4月）を出し、これは版を多く重ねた。また寛の詩歌集『檞之葉』（明43・7）も出した。その他にも殆ど毎月雑誌や新聞に晶子は小説、評論、短歌を掲載しており、この年の二月には三女佐保子を出産している。こうした多忙の中にあっても夫寛の歌集出版に尽力したのは、夫の歌才を世に問おうとする晶子の悲願と期待があったからであろう。一般的には妻の援助のあったことは男の面子にかけて隠すものだが、寛は晶子への感謝の意をこめ、さらに恣意的には晶子の人気を意識して妻任せにしたと書いたのであろう。

(2) 当時の批評

当時の『相聞』評は、五月の「趣味」掲載の「詩集のいろ〳〵」（青嶂子）では「如何にも老手の手になつた歌とし「文字の使ひこなしの巧み」さは「今の歌壇に独歩する」とあって「才人と云ふ面影も全体を通じて遺憾なく顕れて居る」と書いている。これらが却って「幾分の累をなして居ると云ふ傾き」があって、このことがこの歌集に対する非難だとも言っているのはむしろ好意的な批評と言えよう。同月の「三田文学」の「新刊一覧」では新派

を開拓し指導してきた寛の努力の記念として認めながらも、内容は「家事茶飯事」「自己の生活」を「深い反省もなく苦悶もなく、淡々たる態度で玩んでゐる点」が「食ひ足りない」と言って、そこが「寛氏の特色」だとも言う。また「内容に余裕があつて形式に粉飾が多く」「静かな、清い、綺麗な歌が多い」とも賛じている。さらに「日本語の駆使の技量において現今の歌壇に及ぶものがない点永く教科書たるべきもの」と言う。これらの批評は賛辞とも皮肉とも言うべきで、寛の内面やその背景を探ろうとしていない。同月の「帝国文学」の「新刊批評」では「過去数年」間の寛の「一大事業ともいふべき」で、その形式内容の充実を認め「一家の風格を備へ醇化の影」ありとし「完成の極に達し」と褒めているが「此から先が下り坂ではないか」と寛の才能を封じこめるように言い、「八百余首の中二百位は何とも云へずうまい」と言っている。「八百余首」とあるが、事実は千首である。

昭和になって吉井勇は「与謝野鉄幹論」（『現代日本文学全集』15巻　昭和29・11　筑摩書房）で『相聞』を『東西南北』以来試みた歌の集大成とし、渾然として完成された大詩集と評しており、それまでに出版した晶子の多くの歌集を一つにまとめても『相聞』一巻に及ばぬとも書いているのは、実作者として晶子以上に寛の歌才を高く評価していることになる。さらに勇は「歌壇も文壇も」「軽佻浮華」で「空想的な情熱を謳歌」していた時期だったので、晶子の歌を賛美する者が多かったと言って、さらに

名声の蔭にあつて、隠忍しつつも自分の個性を堅持してゐた鉄幹先生の作品の方に、数段上の芸術的価値を見出さずにはゐられない

という批評は最適だと言える。釈超空も「追ひ書きにかへて―明治の新派和歌『世々のうたびと』」（昭27・4　角川書店）で技術的には晶子より寛の方を高く評価し、『相聞』時代の歌について

「相聞」の鉄幹は技工において、殆及ぶ人の稀な処まで、短歌史上の位置に上つた。赤彦より空虚なところはあるが、技工のおもしろさは、確かに根岸第一の赤彦の腕も、此だけ水際だつてはゐない。…人生的であるよ

りも、芸術的ではあるが、爽快な様式の美しさは、誰よりも、人を誘《オビ》くものを持つてゐる。

と絶賛している。『相聞』に見る苦悩にみちた心理描写は、その後もっと深刻になり複雑になっている点を考えると、歌の巧拙は別として「下り坂」になっていくという見方には首肯しかねる。新鋭歌集の簇出した明治四三年に、鷗外の言うように古風な感じを与えながらも、新進歌人らに決して劣ることのない歌集として『相聞』を出版したことは非常に意義が深かった。

⑶ 内　容

(イ) 寛の心情　『相聞』は『毒草』（明37・5）以降、すなわち「明星」のピークが少し下りつつあった三七年から本歌集出版までの変転多き内容が網羅されているが、隆昌期の三六年ごろの気負った作品は殆どない。むしろ沈潜し、内省し、人生に疲弊困憊した倦怠、傷心、嘲笑、焦燥、未練、憂愁、憤懣などが虚無的空白観に覆われている。こうした心の披瀝を真摯にうち出したところにこの歌集の特色がある。しかし冒頭の

1 大空《おほぞら》の塵《ちり》とはいかが思《おも》ふべき熱《あつ》き涙《なみだ》のながるるものを

は自らの半生を顧みて、大空に浮遊している塵のような無意味な人生だったとどうして考えられようか。すべてにわたって熱い涙を流し、情熱を捧げ尽してきた。感慨深く、意義のある生き方であったと、寥々とした今の自分の境涯に立って、自らの人生を消極的ながら肯定しようとする誇示さえ見られる。こうした寛の姿勢はかつての彼の詩歌集には見られなかった。そこには卑下慢的な衒気はなく、うちひしがれた弱気は感じられるが、自ら成し得た仕事に対する自負と確信を得ようとする願いがこめられていたことが考えられる。こうした人生に対し

479 何事《なにごと》を解脱《げだつ》すべきぞ大地《おほつち》を離《はな》れもあへぬ人《ひと》の身《み》にして

とすべてから脱しようとしても、この世にまだ未練を抱く私だが、と歌って

518 枯《か》れし花《はな》いくつと数《かぞ》へほこりかに思出《おもひで》を云《い》ふあさましきかな

といくつもの追憶に花をさかせようと誇らかに思い出を語る自分をあさましく思うが、

147 寂《さび》しくも全《また》く秘密《ひみつ》を無《な》くしつる虚空《うつろ》に臥《ふ》して物《もの》をこそ思《おも》へ

226 彼《か》の空《そら》に似《に》たるむなしきおそるべき大虚言《おほおそごと》を書《か》かむと願《ねが》ふ

251 わがこころ一期《いちご》病《やまひ》す虚《うろ》の海《うみ》かなしや遠《とほ》く白鳥《しらとり》の啼《な》く

618 わがこころ静《しづ》かなるかな月《つき》も日《ひ》も燃《も》えてあとなき空白《くうはく》におく

など空漠とした空虚さ、空白観に襲われる。「明星」の隆盛期から衰退期そして廃刊、その後の生活も含め、その間の人間的懊悩、時代的苦境を経て到達した寛の感慨は、悟りに近い冷徹した境地であろう。しかしそこに達するまでの心情の展開を見ると、

673 うしろより追《お》ひくる如《ごと》し追《お》ひくるも追《お》はるる我《われ》も共《とも》に飢《う》ゑつつ

に見る焦燥と不安におののき、時としては

768 あらし来《こ》よ潮干《しほひ》汐満《しほみ》つわたつみのその平調《へいてう》にわれ飽《あ》けるゆゑ

919 ぞんざいに荒《あら》き言葉《ことば》を鑢《やすり》とし倦《う》みし心《こゝろ》をがりがりと磨《す》る

と嵐のような刺戟を求め、倦怠に陥った心を削り落とそうとする心境になるが

472 夕《ゆふ》されば石《いし》のつぶてをかの家《いへ》の藪《やぶ》に投《な》ぐるを常《つね》とせしかな

とやり切れない気持にもなる。

それは時代的思潮に置きざりにされている自分の存在を惨めに思う一方、新詩社より巣立っていった愛弟子らとは、もはや及びがたい才覚を、時には羨しくなっておとし入れたいと思ってか、

621 才高《さいたか》く歌《うた》もて我《われ》をおどろかす惜《を》しき二三子《にさんし》あやまちをせよ

と歌う。人間としてもっとも醜悪な性情を赤裸々に歌い上げたことは彼の率直さを表すと共に、このように歌わず

にいられぬほど歪められ、追いつめられた自棄的な心境になっていたとも考えられる。

この歌はあくまで寛の切実な実感であり、悲しい告白と言えよう。もしこれらの歌、いやそれ以外の心情の披瀝も自分に繋げることを卑劣とすれば『相聞』の真価が見失われると思う。

また『照魔鏡』を想起するかのように

533 我《われ》を見《み》てかどはかしとも火《ひ》つけとも惘《あき》れ騒《さわ》げり或《ある》は然《しか》らむ
558 蛇《へび》きつね火《ひ》つけ盗人《ぬすびと》かどはかしをかしき名《な》のみ我《われ》は貰《もら》ひぬ

と歌い、また白秋、勇らの「明星」脱退事件のあとの心情を「557 わが雛《ひな》は」と歌い、さらに

892 船《ふね》の帆《ほ》を港《みなと》に入《い》りて巻《ま》くごとく我《わ》が思《おも》ふことも末《すゑ》に近《ちか》づく

などと、「明星」末期を彷彿とさせるようにも歌っている。

以上多彩な内容をもつこの歌集の中で、もっとも読者の肺腑を打つものは、寛の心情の痛切な訴えであろう。この他に観念的概念的な虚無、空白、憂愁、暗鬱、悲哀、憤怒、嘲笑、寂寥、倦怠、感傷など漠然とした心懐を歌ったと思われる歌には、彼の境涯がごく自然に暗示されている。

245 わが黒《くろ》き愁《うれひ》のうへにわが怒《いか》り馬《うま》のごとくに蹄《ひづめ》鳴《なら》しぬ
841 鶏《にはとり》の砂《すな》をば浴《あ》ぶるこころよさ我《われ》も求《もと》めてあざけりを浴《あ》ぶ
921 安《やす》からずいらだつ下《した》に倦《う》みはてしわが心《こころ》をば吸《す》ふ少女《をとめ》なし

など、「怒《いか》り」「あざけり」「いらだつ」という激情を示す言葉で表されている（傍点は筆者による）。これは抽象的な世界だけで詠んでいたとすれば実感は湧かなかったであろうが、これらには寛の歌わずにはいられなかった様々な現実があった。そのやむに止まれぬ気持ちが生《なま》の感情として伝わってくるところに寛の真摯さが脈々として迫ってくるのである。

(ロ) 晶子と子供たち　前記したとおり、本集の命名が「女性の愛」によることと「妻晶子の用意と労力」に任せたとあることにより、寛と晶子の愛情の結晶としてこの歌集が誕生したとも言える。こうした愛を示す歌として

423 世《よ》ひと皆荒《みなあら》くののしり殺《ころ》さむと言《い》ふ日《ひ》に笑《ゑ》みて抱《いだ》きぬ君《きみ》を

があり、これは恐らく照魔鏡事件による寛への非難、中傷の囂々たる渦中にあっても動ずることのなかった晶子との確かな愛を寛は歌ったものと思われる。

42 君《きみ》と云《い》ふ禁断《きんだん》の実《み》を食《は》みしより住《す》む方《かた》も無《な》く人《ひと》に憎《にく》まゆ

585 君恋《きみこ》ふる心《こころ》は直《なほ》しこれをもてわが生涯《しやうがい》のあかしにぞする

と一首目は結婚によってひどい非難を浴び、世間から憎まれたが、二首目はその愛を貫いたことを正しかったと自負している。

869 わが妻《つま》は言《い》ふこともなく尊《たふと》かり片時《かたとき》にしてきげん直《なほ》りぬ

49 わが妻《つま》は藤《ふぢ》いろごろも直雨《ひたあめ》に濡《ぬ》れて帰《かへ》り来《く》その姿《すがた》よし

とわが妻を尊重し、美化しているが、現実には「75……細《ほそ》れる姿《すがた》」を「あはれ」と思い、「439……かたちづくらず」になったと嘆いたりする。また

489 水汲場《みづくみば》素焼《すやき》の瓶《かめ》とわが妻《つま》のあかきたすきの影《かげ》うつる時《とき》

と愛妻の日常の姿をも歌い、さらに貧しい生活を

145 あたたかき飯《いひ》に目刺《めざし》の魚添《うをそ》へし親子《おやこ》六人《むたり》の夕《ゆふ》がれひかな

424 五人《いつたり》の子等《こら》が冬著《ふゆぎ》に縫《ぬ》ひ直《なほ》しさもあらばあれ親《おや》は著《き》ずとも

817 五歳《いつつ》にて早《はや》く知《し》りしはみじめにもわが両親《ふたおや》に銭《ぜに》のなきこと

528 ひときれの堅《かた》き餅《もちひ》をあかがりの手《て》にとりもちて歌《うた》をしぞ思《おも》ふ

と歌い、この他にも夫婦間の恨寝、別れ話の歌などもある。このように現実や過去を回顧して生活を偲び、肉親への追慕の情を打ち出しているところは晶子の歌集にも多く見られたところである。

(ハ) 晶子的な情熱と暗い恋　もっとも晶子的な情熱の歌として

705 さかしまにもゆる火中《ほなか》を落《お》ちながら互《かたみ》に抱《だ》きてくちづけぞする

665 われは火《ひ》ぞみづから立《た》つる火《ひ》の柱《はしら》なかに焼《や》かれて死《し》なむと願《ねが》ふ

などがある。集中ただ一首だけ孤高に生きる主我的な歌として

457 高知《たかし》るやわれは光《ひかり》ぞ一点《いってん》の陰翳《いんえい》も無《な》しとほりて光《ひか》る

がある。しかしこれとは対照的な歌として

146 高光《たかひか》る日《ひ》のいきほひに思《おも》へども心《こころ》は早《はや》く黄昏《たそがれ》を知《し》る

406 衰《おとろ》ふるわが青春《せいしゅん》か詩《し》の才《さい》か夢《ゆめ》に見《み》るなり枯《か》れにし葵《あふひ》

617 いちじるし初恋《はつこひ》の日《ひ》のあまかりしときめきよりも老《おい》のおどろき

がある。ここにある黄昏、衰え、老いも『相聞』を覆っている特色の一つである。ここには青春の情熱を回顧的に懐かしむというより精神的老化に溺れ、それを翻弄している気配すら感ずる。この時の寛は三六歳であった。恋の歌には

220 わが恋《こひ》はあへなく死《し》にぬ思《おも》ひ出《で》の集《つど》ひて泣《な》ける喪屋《もや》に横《よこ》たふ

67 わが恋《こひ》は荒木《あらき》の小船《をぶね》ましぐらに暗《くら》がりの夜《よ》の洪水《おほみづ》に乗《の》る

など暗い恋、憂き恋が多い。これらも彼の陰鬱で消極的になっている心境の反映と言える。

(ニ) 万葉の臭みと新しさ　『万葉集』を意味づける歌として「133古歌《ふるうた》の」「729万葉《まんえふ》を」などがあり、前記した『相聞』を意味づける歌に

977家持《やかもち》が越《こし》にて詠《よ》みし相聞《さうもん》のかなしき歌《うた》も三十路《みそぢ》へて後《のち》

がある。さらに万葉歌人の一人である山上憶良を「978あはれなる憶良《おくら》は弱《よわ》き子《こ》をもちて宴《えん》の半《なかば》に罷《まか》らむとする」と詠み、万葉調の歌として「17沖辺《おきべ》より汐《しほ》みちくれば大《おほ》いなる石《いし》のうつろの哀《かな》しげに泣《な》く」「405わたつみも夕《ゆふべ》となれば人《ひと》を恋《こ》ひ葦辺《あしべ》をさしてひたひたと鳴《な》る」「262いにしへも我《われ》とひとしき歓《よろこ》びに歌《うた》ひけらしな安見児《やすみこ》得《え》たり」「640わかうどが得《え》がてにすとふ寸《すん》の璧《たま》わが手《て》に来《きた》り星《ほし》の色《いろ》しぬ」「355大君《おほぎみ》は神《かみ》にしませば臣《おみ》の子《こ》と申《まう》さぬ人《ひと》も臣《おみ》としたまふ」がある。405の本歌は赤人の「わかの浦に潮満ちくれば潟を無み葦辺をさして鶴鳴き渡る」、262の本歌は藤原鎌足の「吾はもや安見児得たり皆人の得がてにすとふ安見児得たり」、355の本歌は『万葉集』に六首ある。そのうちの柿本人麻呂の「皇は神にしませば天雲の雷の上に蘆するかも」が本歌のように思われる。この他にこはゐぐき、よしゐやし、ゆ、かもなどの万葉語の駆使が多い。万葉の他に大名牟遅、少那彦名、事代主命、役の行者、宮簀姫、和泉式部など歴史上の人物も登場させ、古歌を想起させている。

(ホ)　その他　叙景歌も多い。晶子ほど色彩感が鮮明ではないが、繊麗さにおいては寛の方が優れていると思う。

91深林《しんりん》や樟《くす》の大木《おほき》のきりかぶに鳩《はと》の羽色《はいろ》の靄《もや》ひく夕《ゆふべ》

84秋《あき》の雨金砂《あめきんしや》ながすや玉生《たまう》む霽《は》れし入日《いりひ》の土香《つちかを》りきぬ

などがある。また草、木、花の歌や動物の歌も多い。この他に仏、寺、聖、キリスト、神を取材したもの、特にモダンさを見せる横文字の歌もある。

13作者《さくしや》なるMAUPASSANT《マウパツサン》の発狂《はつきやう》に思《おも》ひいたりて手《て》の本《ほん》を閉《と》づ

64かの若《わか》き不足顔《ふそくがほ》なるMATROOS《マドロス》は葉巻《はまき》くはへて反《そ》りくつがへる

888人《ひと》おほきていぶるの隅匙《すみさじ》とりて片目《かため》をしかめCOCOA《ココア》をぞ吸《す》ふ

など横文字の歌はすでに「明星」や「スバル」の歌に試みられていたことで、象徴詩の訳詩にも見られたが、歌として優れたものは少ない。しかし右の歌の中に見られるマウパッサン、マドロス、ココアなどの外国のことばから西欧風のモダンな風俗が連想される。その方には象徴詩的なものも加わるが、いわゆる西欧の象徴詩のイメージというより、高度でロマンティックな歌風を意味するものもある。しかし全体を通して、それほど多くない。

23 くれなゐの珊瑚《さんご》《ママ》となりて我妹子《わぎもこ》の櫛笥《くしげ》の底《そこ》に隠《かく》れたる夢《ゆめ》
561 沈丁花汝《ぢんちようげな》が香《か》を嗅《か》げばまぼろしにうなじにありぬやはら手枕《たまくら》

などの他、言葉の繰返しも多い。

99 笛《ふえ》きこゆ別《わか》れし人《ひと》の泣《な》くごとし笛《ふえ》の音きこゆ泣《な》く声きこゆ
682 しやくり上《あ》げしやくり上《あ》げ泣《な》く水盤《すゐばん》の飛沫《しぶき》もよろし君《きみ》と歩《あゆ》めば

など、万葉の畳語とは少し趣を異にしているように思えるが繰返しによって悲しみの情感を増している。

以上『相聞』の特色を略記したが、総じて『相聞』には駄作が少ない。晶子の歌集は製作年代が限られていて、その範囲内の生活環境、時代思潮が網羅されている。『相聞』は『毒草』（明37）から『相聞』出版の四三年まで、すなわち三二歳から三八歳までの六年間の歩みが綴られている。寛は父の失敗により、一家離散の生活が多く、転々としていただけに、晶子ほど懐郷の念が強くない。生活そのものの追憶はあっても、故郷としての回顧にはなっていない。父母、兄弟の思い出はあるが、子供たちとの生活をリアルに歌っている方が多い。

四三年という時点に立って『相聞』の存在は多少認識されていたようだが、後になってこの歌集の真価は認められた。『相聞』以前の詩歌集は時代思潮に乗じてその価値は認められたが『相聞』刊行は、時流から外れ、寛独自の作風形成の時期であり、当時あまり問題にされなかったようである。それまでの寛は「明星」経営そして廃刊後も隠忍しながら、発表機関が狭まったが、自らの作風を保持し、総まとめのつもりで『相聞』を出版したのである。この歌集は寛の念願によったものであろうが、恐らく寛以上に晶子が熱望したものと思われる。前記したように晶子に一任したと寛が書いていることからも察せられ、晶子的要素が多分に包含されているように思える。この歌集には、寛の歌の生命をとり戻そうとする晶子の悲願と深い愛情がこめられているようにも考えられる。

㈢『女子のふみ』

『女子のふみ』は東京市日本橋区檜物町二六番地の弘学館書店から、明治四三年四月一七日に刊行した。体裁はA五判、縦二二・三、横一三・五センチ、本文二二四頁。一四ヶ所の誤植を示した訂正表が挟まれている。同書店出版図書目録中には該書について「極美製全一冊、正価金四十五銭、送料八銭」とあり、同類書として新しい書翰文が多くあげられている。これらは男性の書いたものだが、『女子のふみ』は女性の立場から女性の教養としての手紙の書き方を教示している。今日から見れば一般的なことであるが、当時としては女性の啓蒙書として価値の高いものだったと思う。まず内容を紹介すると、本文は「年始の文《ふみ》」より始まり、必ず「かへし」「返事」があり、共に一四七項目から成っており、終わりは「金子《きんす》を返す文」となっている。だいたい四季を通じての事柄に関連し、常識的な招待、見舞、御礼、問合せ、肉親、友人などとの往復書簡で、非常に具象的に書かれてあって、その情景が彷彿として描いているが、これらは書簡の実例である。本文の上に書かれてある頭書は三六あり、目次は一一三の項目になっている。それは祝賀、弔慰、照会と依頼、通知と案内、謝絶、紹介などの心得と書き方を教示している。本文より頭書の方が晶子の手紙に対する見解や心遣がはっきり分かる。広汎にわたる慎重な配慮と晶子らしい情感が頭書に鮮明に描かれている。手紙の目的についても、「我が思ふ」まま「真心」「素直さ」をもって「品よく上手に」「真情《まごころ》」をこめて書くという、きわめて常識的な見解を晶子は自らの体験を通して

著者の如《ごと》きも女学校の教育をさまで受けざりしかば、十二三の時より用向のあるに任せ誰《たれ》に習ふとも無く思ふ儘《まゝ》を書き初め、知らぬ字は字引《じびき》を引きなどして今に至りぬ。其《そ》れにて余り不自由も不都合も無かりき。

と書いている。見苦しいのは「素養も無き人の手紙に、聞きかじりの漢語洋語などを並べ」ていることで、教育のない人は飾らずに平仮名だけで、話のように素直にしたためたのが、却って人の心を打つとある。

この他、文体については候文と言文一致の二種のあることを書き、それぞれ用例をあげて説明し、さらに「候文と言文一致と中古の国文とを書きまぜ」た雅俗折衷体の用例もあげている。これらは共に「心の本《もと》を修めずして文章の末のみを飾らむとするは、造り花の如《ごと》く其《そ》の匂ひ浅くして識者の前に恥しきもの」ともある。すなわち内容と形式を整えず修飾のみを重んじようとする浮薄さをついたものである。また女の手紙には漢字の多いのは生意気に見え、風情がなく、平仮名は優美だが片仮名はよくないとある。これは王朝好みの晶子らしい情感である。字体も行書にし、よみにくい草書は避くべきとし、あくまで手紙を実用の具として重んじている。「言文一致の書きかた」は手紙の冒頭《かきだし》や時候の挨拶などごく一般的な注意である。敬語と候文はその人柄をやさしく淑やかにし、語気を美しくすると言っている。また当字や仮名遣い、誤字のないようにと記し、混同しやすい仮名の実例をあげている。仮名のついた熟語を五六頁にわたり本文の上段の頭書の個所に記している。それらは手紙の他普通の文章にも必要で親切な指導法である。その次は「祝賀」の文には不吉なことを書かぬようにとある。これらに対し「弔慰《てうゐ》」の悔みや病気見舞や災害見舞の文は雅俗折衷文がよいとある。それから「照会と依頼と」と「通知と案内」「謝絶」「紹介」「礼状、其他《そのた》」などで終わっている。じつに克明に微細に女性らしい感覚で書かれている。単なる空論や理想論でなく、実用的な見地から諸事象を捉えて分かりやすく解明している。そのうえ本文においては実際の書簡文を作例として書いている。こうした雅文折衷の美文調の手紙は今日では古典的な感じがするが、候文の手紙が一般の人たちに普及していたものの、まだ女子の教養の低かった当時にあって、この書は女子の生活上、教養の不足を補うための必須の書として座右から離すことができなかったのであろう。

一四〇通の往復書簡のうち、言文一致体の書簡は一六通で、その中には一つの往復書簡で発信も返信も候文のものや、発信が候文で返信が言文一致体だったり、その逆もあり、両方とも言文一致体のものもある。今まで晶子には歌論や歌語やその他エッセイ的なものはあったが、これらは大抵何らかの形で自己に関連のあるものが多く、このように客観的に、実用性をもったもので普遍的に論及したものは初めてである。

この書の「はしがき」に晶子は手紙を書き慣れない人々のための手引草だとし、参考にしてほしいと言っている。この書の作例は四季の順に従い、著者が発信者の立場に立ち、その境遇になってその心持ちを書いたもので、頭書の作例も「専《もつぱ》ら用向の種類に従ひて認《したた》め」たとある。また本文にあげなかった作例を頭書には多く入れ、仮名遣いの項は「一般の作文に必要なる言語を網羅したれば、『小《ちひさ》き仮名遣辞書』として日用を便ずるに足るべし」とある。このように見ると、この書は女子の作文のための啓蒙書として晶子の知識を披瀝したものである。「はしがき」のさいごに「明治四十三年四月、東京駿河台にて」とあることにより、これは弘学館書店の依頼による書き下ろしのものと思われる。

この書は当時の女子の要望に答えるところがあったと見え、四三年四月初版刊行後、五月一日に再版、同月二〇日に三版、八月に四版、一二月に五版、四四年二月に六版、一〇月に七版、四五年一〇月に八版、九版、大正二年五月には一〇版となり、その後も版は続いたろうと思う。かつての歌集においてもこれほど版を重ねたものはなかった。それほどこの書は万人にうけたようである。この書は女子義務教育敷衍化と共に、当時の社会教育の一端としても重要な意味をもつと言える。

閨秀文学会（明40）における講師として晶子が出講したことも女子教育に端を発するものであるが、これはあくまで特定の閨秀作家を養成しようとする意図によったものである。しかし『女子のふみ』は大衆向けの教育書であり、もっとも身近に必要である手紙の書き方と心得を教示したものである。これは、その後の晶子の婦人問題、さらに女子教育についての多くの評論や随筆、また大正一〇年に創設した文化学院における女子教育の理想実現への道にも繋がるものと言える。その意味において、『みだれ髪』のころ、すでに見られた女性解放、女性優位の歌には晶子の先駆的な覚醒があった。それらを土台にしながら、その具体的な仕事として、もっとも初歩的な女子教育を一般女性にも差し向けようとしたのが本書の目的であったのであろうと思う。単なる固い教育的な理論ではなく、実例にはやはり晶子らしい情感と常識が脈打っており、書簡文の入門書として気軽に愛読でき、いつまでも人口に膾炙され、珍重されたのは、これほど版を重ねたことが何よりの証拠であると言える。このような実用書を出版したことは晶子の現実主義への志向を意味し、卑俗なことに目を向けることになるのだが、それはまた、女子教育への萌芽とも言えよう。

㈣『檞《かし》之葉』――五行詩

⑴ 体　裁

『檞之葉』は寛の著作としては九冊目で、明治四三年七月二〇日、博文館より発行、体裁は菊半截型、縦五・六、横二・五、三二八頁、定価四〇銭、扉には「森林太郎先生に献ず」とあり、その裏面に

　明治三十五年以後、最近に到る、八年間の製作より、小曲百六十篇、長詩四十二篇、短歌五十首を撰びて、この一巻をなせり。　著者。

と記されてあるのみである。ここには明治三五年から八年間の作品とあるが、実際の詩は明治三八年一月の「明星」掲載の「法楽の夜」から四三年二月の「スバル」掲載の「蛙」までの五年間の作で、共に長詩である。短歌の方は四三年四月の「創作」掲載の「自らを嗤ふ歌」から同年六月の「太陽」掲載の「殻」までが本集に掲載された。『相聞』と年代的に重複しているが、小曲、長詩、短歌の三つのジャンルに分類されている。「小曲」とあるのは五行書きの詩でその殆どが七五、五七調の定型を保っているが、中には不定型律の自由詩も多少ある。この形式の始め

は、四〇年一一月の「明星」に発表された寛の長詩で、七篇のうちに「流星」「燕」と題する五行詩二篇が『槲之葉』に採られた。そのあと「明星」末期の四一年一月号の「幻住庵雑歌」は幻住法師の署名で、「消息」「妻」「寒夜」「許嫁」「大音」などと三三篇から成る小題をつけた五行詩が載せられ、そのうち一九篇が『槲之葉』に採られた。また同年の「明星」二月号にも「幻住庵雑歌」と題して、「我敵」、「曙光」、「大寺」など一二篇の五行詩、そのうち八篇が『槲之葉』に採られ、題を変えた詩が五篇ある。同年の「明星」三号には「雨絲柳絲」と題し、与謝野寛の名で五行詩一〇篇と四行詩一〇連の詩がある。いずれも小題はなく、内容的に独立している。その五行詩のうち四篇がそれぞれ、「倦怠」、「春はきぬ」、「残虐」、「宿」などの題をつけ『槲之葉』に転載された。

(2) 内　容

(イ) 五行詩（口語詩も含む）　四一年四月の「太陽」には「蟻の崩れ」と題する寛の詩の中に「小曲」と題して九篇の五行詩があり、これには小題はないが、それぞれ独立した内容である。このうち一篇が「蛾」と題されて『槲之葉』に採られた。四行詩は詩型としてあったが、五行詩は寛が「明星」に初めて載せたと思われる。「資料㊂」にも五行詩について何も触れていないから、恐らく一時期に試作したのであろう。この詩型は一行を五七か七五の一二音にして五行並べたものである。以下『槲之葉』の詩を見る。「詩人」と題して

歌びとよ、我等ただ見る。　片はしの物の争ひ。　かのすべて睦《むつ》べるさまは　君ひとり妙《い》しくも知れる。
この故に君に食《く》はせん。

を始めとする五七調の五行詩の他に不定型律の自由詩もある。たとえば、「爪」をあげる。

馬の爪《つめ》、猫の爪、牛の爪、　爪《つめ》こそはすべて無残《むざん》なれ。　鷲《わし》の、猿の、鸚鵡の爪、　さては少女の紅《べに》させる爪、
山の修験《しゆげん》の白く長き爪。

不定型律になっても五行の詩型で統一している。これは短詩と言った新詩社の伝統から見て、短詩と長詩

の中間的詩型で新しさを求めたものとして、一時的にせよ、「明星」末期の新奇なスタイルとして考えられる。それらに加えて『檞之葉』に多くの五行詩を載せたことは『檞之葉』に重要な特色と意義をもたせている。『檞之葉』では一詩ごとに題をつけ本文の一頁に五行詩を一篇ずつ掲載し、全頁の半数近く五行詩を収録している。四三年という時点にあって、寛の五行詩を吉井勇はじめ、長島豊太郎や大貫晶川らも書いたことは、この詩型にやはりなんらかの魅力があったと言えよう。五行詩には不定型律の詩があって、その中には五篇の口語詩がある。例えば、

旦那《だんな》は禿《はげ》だ、禿《はげ》だ。　新参《しんまゐ》の小僧《こぞう》は気になッてならぬ。　七日《なぬか》も八日《やうか》も禿《はげ》を思ッてる。　旦那は知らない、
旦那はよく叱《しか》る。（主人）

の他に、「女よ」「犬」「お艶さん」「独語」などの五行の口語詩があり、長詩の方も四二篇中二篇の口語詩がある。しかし口語詩でなくても口語詩的発想による新しい感覚の詩もある。

まず五行詩にうたわれた「自我」をもっとも表したものに「われ常に」と題する詩がある。

われ常に高きを渡り、　向股《むかもも》に蹴《く》ゑはららかす、　八つの雷《らい》、十二の旋風《つむじ》。　人に投ぐ、若《わか》き茜《あかね》の　霞たつ
海の日の出を。

この詩に見る孤高を求める心は「われ」において「……時におのれを高しとし……」と詠み、「平凡」において

指さし示し、『かの子等《こら》の　群《むれ》にまじれ』と誨へける。　家鴨《あひる》の群《むれ》にあらねども、　草の束《たば》ねにあらねども、
わが嫌ひなるかの群《むれ》に。

と平凡を嫌い、自らを高きにおいて、非凡に生きようとした、かつての寛の青春期の衒気は

嵐ぞきたる。嵐、嵐。　海よりきたる。嵐、嵐。　あけぼの色の絶壁《ぜつぺき》に　白帆《しらほ》の如き大鳥《おほとり》の　翼《つばさ》を送る。
嵐、嵐。（「颶風」）

の詩に象徴される時代的大勢が彼にとって嵐となって襲いかかってくる。こうした致命的現実に立って

暴風《あらし》の後《のち》の池水に、　傷負《きずお》ひし幹《みき》、飛び去りし　枝の裂目《さけめ》ぞ映《うつ》りたる。　みなわが如し。ちり浮ぶ　赤きはなびら、青き果《み》も。（「池」）

と嵐去ったあとの荒涼とした自然の風物が池水に映っている姿をわが姿に投影させ、寥々とした胸裡を披瀝している。こうした自己を省みて

わが命《いのち》いと粗《あら》きかな。　わが歌の未熟《みじゆく》なるかな。　わが歎き、わがいきどほり、　わが涙、みな力なく、　みな旧く、みな濁りつつ。（「自省」）

と時代に抗し得ぬ歎き、悲憤のうちに自己を閉じこめようとする寛の消極的な思いが自省へ、繋がっていく。そして

われに添ひぬるわが影も　われにはあらず、わが口を　出でにし歌も帰りこず。　あはれ、あはれ、まして彼《か》の神。（「孤独」）

と現実にある自分の姿は自分ではなく、かつて歌った自分の真実の歌は再び戻らぬあわれな孤独の自己だと歌い、

われ亡ぶとも、沈むとも、　かの人言《ひとごと》に耳仮《みみか》さじ。　おもしろきかな。生滅《しやうめつ》の　相《すがた》のなかに起き臥して、　よしあしも無く振舞ふは。（「静観」）

と盛者必衰の境地に到達する。しかし一面では

われはすべてを凌辱《りようじよく》す。　踏みにじらんと、鉄底《てつぞこ》の　重《おも》たき靴をあつらへぬ。　われ残虐《ざんぎやく》をおこなはん、　刺《はり》ある枝《えだ》を杖《つゑ》に伐《き》る。（「残虐」）

と世に抗せんとする残虐を心に決め、さらに自虐的になったが、

すべて興なし、すべて憂し。　黄金《わうごん》の輪《わ》の馬車の上《うへ》　大擲弾《だいてきだん》は裂けしかど。　年頃めでし舞姫の　真白き指を皆切《き》れど。（「倦怠」）

とすべての人間的哀歓へ情感も感興も湧かなくなり、憂愁にみち、

　などか、などか、わが愁《うれひ》　木彫《きぼり》のごとく黙《もだ》したる。　寡婦《やもめ》のごとく、病人《やまうど》の　ごとく、静かに黙《もだ》したる。
　　わが愁、汝《なれ》も老ゆらん。（「愁」）

と沈黙のうちに、その愁も精神的に老いていく、それは

　三十路《みそぢ》の男しをたれて　真黒き家に帰りきぬ。　わかき少女のくちづけの　名残もあらぬ唇の　色褪《あ》せ
　たるを歪《ゆが》めつつ。（「頽廃」）

とうらぶれた男の姿であり、寛の心境を象徴するかのようである。以上、寛の切実な心情を耽美的に自虐的に赤裸々に歌い、自己告白的な姿勢をも覗かせている。五行詩にはこのように、寛の内面を忌憚なく覗かせているものが多いが、長詩にはそれがあまり見られない。ただ「笄《かうがい》」一篇の末節あたりに

　刻刻《こくこく》に　凍《こご》えは迫《せま》る。　わが足は鉄より重《おも》し。　立ちながら釘づけて　一歩《いつぽ》もここの居間《ゐま》去らず　死ねと
　　なるべし。

とあり、重苦しい心境を歌っており、そのあとの節に「断末魔《だんまつま》　身は早氷《はやこほ》る。　生きぬるは心と目のみ……」とあり、不如意の人生を訴えている。

(ロ)　短歌に見る寂寞と悲愁　本文末尾にある短歌の中の「自らを嗤ふ歌」一二五首には右に見た五行詩における寛の心中が痛ましいほどにさらけ出されている。

4　うなだれしわが横顔に砂を打つ二月の風も浮世なるかな
6　わが上に黒き日はきぬ定まれる墓《はか》の如くに黒き日はきぬ

と暗鬱な表情、そして無気味で不吉な現実が迫ってくるかのように歌っている。

18　かにかくに悲み白し三十路《みそぢ》をば越えて早くも老《お》いにけらしな

と生きる支えであった「明星」を失い、精神面で老化さえ覚えるほどの悲歎にくれる、そんな思いを

19 濃き青《あを》の四月《しぐわつ》の末の海に浮く水母《くらげ》の如く愁白《しろ》かり

21 いたましき緑青色《ろくしやういろ》のわがうれひ卯月の雨に似る涙かな

の歌にみる水母のように捉え所のない愁が白々と見え、それは緑青色のような寂寞とした悲愁であった。

5 一人ある高きを求めわしりきぬ与《くみ》することの空しきを知り

と孤高を求めてひた走りに走ってきた人生だったが、自分に与えられたものは、「空しき」ことであったことを知った、と言う歌。

3 わが影の赤く乱《みだ》れて踊りつる昨日の庭は白く乾けり

と荒れすさんで乱れていた自分の過去はもはや今の自分にとって白々として乾き切ってしまったと省みて、

20 きちがひと明日はなるべきわがこころ青く慄《ふる》へてVIOLON《ギオロン》を聴く

と将来を思うと発狂したくなるような今の心境を思って戦慄する。すべてにわたる自己を厭いたくなる。その背後には五行詩に見られた孤独、残虐、自省、呵責、愁、頽廃、倦怠に覆われた自己が跼蹐しているのである。そこには自虐、自嘲へ繋がる寛のやり場のない、再起しがたい疲れ果てた敗残者を思わせる悲痛な叫びがある。さいごに

25 あはれにも捨身《すてみ》となれる彼を見よ女の前に泳ぐ真似する

と女の前では活躍しているかのように見せて、捨身になって動いているあわれな彼を見よという、妻晶子の前ではなにか虚勢を張って生きようとしている日常の姿をさらけ出すかのように寛は詠んでいる。

その次の「くさぐさの歌」二五首にはロマン的な詠風が流露していて心情の告白的なものは殆どないが、一首だけ空漠とした心の動きを、

40 たよりなき心の如く風ふけば葦《あし》の若葉に流れよる泡《あわ》

と不安定な思いを自然の風物に表そうとしている。「自らを嗤ふ歌」の最後の三首（663頁参照）は登美子の一周忌の歌で、忘れがたい青春の記念として掲載したのであろう。

(ハ) 五行詩と短歌に見る自然主義的傾向　寛にとって孤高を保とうとすれば、却って禍となって時代に逆行し、反発して世間に順応できなくなってくる。もはや美意識だけでは生きられない現実に直面して挫折し、狼狽し、激怒し、絶望することが多かった。それはかつての『東西南北』から『紫』へと進展した青春期の豪放、自負、歓喜の絶頂から転落して主情主義詩歌の終末となったことを意味する。そこには幻滅、焦燥、倦怠、自嘲、自虐、自省の思いが残った。これを素直に吐き出すことこそが寛にとって現実暴露に繋がる自然主義的な生き方なのである。この否定しようとして否定し切れぬ自己をさらけ出す姿勢は孤高をつき破った寛の新しさであった。それは自然主義的傾向にある時流に便乗するというよりも、現実の生活や心情を忌憚なく表現することが寛にとって素朴な万葉の詩精神を復活させることであったのではなかろうか。

そのためか、現実の事物、風物をありのまま見ようとした自然主義的なあり方がごく自然に『槲之葉』に見られるのである。まず五行詩にそれを見ると

新兵のたまはる銭は　日に四銭《しせん》。酒保《しゅほ》の片かげ、　泣きて食ふ。堅麺包《かたぱん》一つ。　さて啜る。温湯《ぬるゆ》を二杯《にはい》。　生疵《なまきず》は母に文《ふみ》せじ。（「新兵」）

とあり、また

縄の帯、ちやいろの単衣《ひとへ》、　素足《すあし》して、　頬《ほ》の痣《あざ》黒き　その男またも来りぬ。　『大橋の下《した》に住へり、　銭たまへ、物を食はまし。』（「飢渇」）

と詠み、まったく主情を交えぬ新兵や乞食の生活を現実暴露的に捉えている。また庶民的生活を歌ったものに「市役所」「らんぷ屋」が取材され、「大路」では

大路《おほぢ》を行けば面白きかな。今しがた印刷局の検査場《けんさば》に　裸《はだか》となりて綱《つな》越えし　女工等《ぢよこうら》もさあらぬけはひ、
さざめきぬ。黄昏《たそがれ》の人の為《す》る如《ごと》。

とかつての彼の詩においては素材にもならなかった卑近な現実に目を向け、さらに

ぱん、ぱんと悪《わろ》き売声《うりごゑ》。　ろしやぱん売《うり》の悲しさよ、　妻子《つまこ》ある身の悲しさよ。　暑き日中《ひなか》の裏町《うらまち》を　ぱん、
ぱん、と喚んで行く。（「ぱん、ぱん」）

と当時としてロシヤパンを売り歩く人の声やその姿がもの珍らしく、まったく美意識からは離れているが、現実生活の一端を如実に歌っている。さらに日常生活の悩みの一つであった、もっとも不潔で汚い「蠅」を素材とした

腐《あざ》れたる溝《みぞ》に伊群《いむ》れて、　青き蠅大関《はへおほどき》つくる。　『かの大蛇《だいぢや》、焼けたる沙《すな》に　時疫《じえき》病み、呻《によ》びのたうつ。
天《てん》の時われらに来《きた》る。』

があり、この他に「脊骨腐《せぼねくさ》れし予備少尉」（「病室」）とか、犬の姿を捉えて「背にわける虱《しらみ》を噛みぬ」（「夏日」）と描写し、今まで見のがしがちだった汚いものに目をつけた。これらの詩は四一年一、二月の「明星」に発表された。こうした醜悪なものを暴露的に描写していく自然主義的傾向の詩を寛は「明星」廃刊の年である四一年初頭に載せているが、その前年の一二月には反自然主義宣言を絶叫していた。自然主義を否定しながら右のような自然主義的な詩を作っている。こうした矛盾は寛の場合よく見られるが、彼のこのような詩はすでに三八年一月の「明星」に載せられた蒲原有明の自然主義的作品として評価された「朝なり」（『春鳥集』明38・7　再掲）に見られる。

朝なり、やがて濁川《にごりがは》　ぬるくにほひて、夜《よる》の胞《え》を　ながすに似たり。しら壁に――　いちばの河岸《かし》の並《な》み蔵《ぐら》の――
朝なり、湿《し》める川の靄。……流るゝよ、あゝ、瓜の皮、　核子《さなご》、塵わら。さかみづき　いきふきむすか、靄
はまた　をり〳〵ふかき香《か》をとざし、　消えては青く朽ちゆけり。……

などの悪臭ただよう濁川に流れてくる汚いものを観察する朝の光景や、四〇年九月の「詩人」に掲載された川路柳

虹の「塵溜《はきだめ》」に詠まれた「臭い塵溜が蒸されたにほひ」、「いろいろの芥《ごもく》のくさみ」、「塵溜に湧く虫」、「浮蟻《うんか》の卵」などの言葉の影響をすでにうけていたことになる。こうした傾向の作品が『檞之葉』に掲載されたことは、誰もがもっとも忌避し嫌悪していた現実から詩材を得、さらに日常の事物にも目を配るという、現実へ目を向ける方向に行ったことになる。このように有明や柳虹の影響は右の五行詩に見られるが、『檞之葉』の長詩においても、

……晒《さ》れ骨《ぼね》と残りて朽ちず、　仰向《あふむけ》に二《に》枚歯《まいば》見ゆる……（「刹那」）

……臨終《いまは》にせまる行きだふれ、　河原に弱《よわ》る乞食《ものごひ》は　青ざめし歯をくひしばる。　……（「砂ぼこり」）

などは人間のもっとも嫌悪し、醜悪に思う「晒《さ》れ骨《ぼね》」や「乞食《ものごひ》」である。それを叙していることも、目前に存在する姿をありのままに捉えた点において先の五行詩に通ずる。ここにも自然主義思潮と無関係でなかったという確証が得られる。

次に彼らの現実生活を歌ったものを五行詩にみると、

破れし黒き靴《くつ》したを　ねむたき目して綴《つづ》りさし、　蚤《のみ》のせせれる己《おの》が背《せ》を　心ゆくまで掻《か》き下《さ》げぬ。　あはれ、
あはれ、古《ふる》き妻《つま》かな。（「妻」）

があり、貧しい生活を赤裸々に詠じ、みすぼらしい妻晶子と子供の姿を彷彿と描いている。

いとほし、いと哀《かな》し。　面ざしの我に似るこそ　運命の我に似るなれ。　いとほし、いと哀《かな》し。　末《すゑ》の児は、
わが児は。（「児」）

と本能的な骨肉への深い愛情を叙し、また子供の病気に際して

窒扶斯《ちふす》を病めるわが太郎、　また夕方は四十度に熱こそ昇れ。　譫言《うはごと》にCHANTER《シヤンテ》、CHANTER《シヤンテ》と　仏
蘭西唱歌《せうか》のいと嬉しげなる。　あはれ、この児を我等死なさじ。（「わが児」）

と病児を必死に見守る親心を歌い、また

11泣顔を隠さんとして病める児の熱ある頰《ほ》をば吸へるその父

12病める児は赤しいたましその母の寝足らぬ顔は青し醜し

と、懸命に看護する父である自分、看病疲れで憔悴しきって醜く見える母晶子の姿を通して子供の病気の重さを詠んでいる。さらに貧乏生活を

39冷飯《ひやめし》を法師のごとく清水もて洗ひて食ひぬ夏の夕ぐれ

とさらけ出して歌っている。「法師のごとく」と言ったところに貧しさの中にも宗門の出である寛の現実を達観したような生活ぶりも一方に見られる。

　このようにもっとも卑俗な日常生活の中で今までなら詩材にならないほどの汚濁な事象に目を向けたり、平凡な植木屋仁作の生活や機屋のお才のおいたちや、病人、乞食の生活をありていに客観的に叙しているところなど、自然主義的傾向と見倣してよいと思う。

㈡ **ロマン的傾向**　以上、時代的思潮に叶った『檞之葉』の自然主義的な作品を見てきたが、本集で記したように三五年以後最近に至るという範疇にあって、「明星」全盛期を思わせるロマン的傾向の濃密な作品として五行詩の「一夜」がある。この詩について吉田精一は「頽廃的というべき崩れるような美しさは、春夫に云わせれば夢二の詩のような不健康さであるが、これはこれで爛熟した境地である」（「浅間嶺」165号）と評している。その詩は

　祇園の桜ちりがたに　ひと夜の君は黒瞳《くろめ》がち、　上目《うはめ》するとき身にしみき。　そは忘れてもあるべかり、
　若き愁のさはなるに。（「一夜」）

である。この詩はロマン的と言うより耽美的と言えよう。また「ひと日」は

　君が化粧《けはひ》の室《ま》にありぬ。　水色ぎぬを脱ぎ撓《たわ》め、　円肩《まろがた》かけて君が塗る　白きかをりをわれ愛《め》でぬ。　若き
二十《はたち》の日の如く。（「ひと日」）

であり、この詩に見られる美しい芸妓の濃艶な姿態は爛熟し切った明星ロマンの終焉を飾る耽美の一面を捉えている。寛に即して言えば、追いつめられた究極で対世間的なものに抗する意味にこういう形で、このような空しい美しさを示したのではないだろうか。また長詩における「法楽の夜」は

そと寄りて　ゐかかるものか、　わが膝に。　あはれ、この君。　香油《かうゆ》ぬる鬢《びん》の香《か》と、　衣《きぬ》の香《か》と、　さと

打《うち》かをる。……

に始まり「法楽《はふらく》の　初夜《しよや》の黒谷《くろだに》、　人なかに　我を見知れる　君や誰《た》そ。うつぶして　ものいはず。　今、鐘鳴りぬ。……目はあひぬ。　おもて染まりぬ。　火のごとき　われのはぢらひ。　目うつせば、いと大きしろがねの　香炉ぞ煙《けぶ》る。……」と情熱的な場面を叙し、さらに「やはき手は　袂のしたに、　今つよく　わが手をとりぬ。　花ちらす天童は、　わが前を　三たび過ぎゆく。」で終わり、色濃くロマンの匂いが感じられる。長詩には崩れかかるような頽廃美の漂うものは多いが、それとはまったく無関係な九州旅行や乞食の詩、博打、蜂、蛙、旧都、仏など、素材は広範囲にわたっている。短歌には余り頽廃的なものはなく、むしろ心情の内面を探るものが多い。

『相聞』と『檞之葉』を出版した四三年は、寛の洋行前年であっただけに心理面において『相聞』の方が、自己に即した切実な真迫性があり、作品そのものに無駄がない。脱退組の弟子らへの思惑、夫婦間のいさかいなどいたましいまでに自己の心懐をさらけ出している。その点『檞之葉』にはそれほど強烈に夫婦間のことや自分たちの生活を露わにしていない。五行詩という特殊な形態をとった詩には一種の新奇性を覚えたが、『相聞』に歌われたもっとも人間的なみじめさやさびしさなどが稀薄になっている。詩そのものは優れているが、四三年という時点に立って考えると『相聞』の方が、寛の真情に触れ、生身の人間味を痛感する。

『檞之葉』には、『相聞』の特色をなした万葉調の歌は多少見られるが、『相聞』に多く詠まれた叙景歌は『檞之

葉』の短歌には見られず、五行詩、長詩は叙景というより風俗や事物の叙述の方が多い。それはもっとも卑近な事物や人間などをうつし、いわゆる俗人情的に変わっている。また横文字の語を入れた歌は『相聞』ほど多くない。

かつての処女詩歌集の『東西南北』（明29）から『天地玄黄』（明30）への著しい精進ぶりは、寛自身の人間的成長と共に歌の本質にも変化をもたらした。この二詩歌集は新派和歌試作の出発点であっただけに稚拙さはあったが、その後一〇年以上たってから、同じ年に出版された『相聞』と『檞之葉』は、成長し円熟しさらに爛熟し、頽廃に向かっている時期の作品の数々である。「相聞序」で鷗外から至上の讃辞を得たが、一般的にはさほど評価されなかった。『檞之葉』には序文がなく、当時あまり問題にされなかったようである。しかし共に浪漫主義から象徴主義、自然主義、さらに耽美主義の期間に向かった様々の傾向をもち、そこに時代的な流れを見ることができる。

㈤『少年少女《おとぎばなし》』

⑴ 体　裁

晶子の二冊目の童話集である。一冊目は明治四一年一月、祐文社から出版された『絵本お伽噺』とされている。これは広告では見たことはあるが、現在は「幻の童話集」として「牛のお爺さん」と「羽の生えた話」が収載されていることが分かっているだけで、現存していない（『鉄幹晶子全集』五巻、解題―上笙一郎参照）。

本書は東京市日本橋本町三丁目の博文館より明治四三年九月九日、出版された。三一八頁の四六判（縦二〇・五、横一三・五センチ）。二七篇の短篇童話を収録。本書の初出は明治四〇年六月の「少女世界」掲載の「金魚《きんぎよ》のお使《つかひ》」から四三年五月の「少女の友」掲載の「燕《つばめ》はどこへ行《い》つた」までである。初出不詳は一篇のみ。「少女世界」一篇のみで他はみな「少女の友」である。

⑵ 内　容

晶子は短歌、詩、小説を問わず、様々な表現形式を自らのものとしてきたが、すでに明治四〇年代から童話を書き始めていた。児童文学という名称や概念はまだこのころ成立されておらず「お伽話」という類のものであった。「お伽話」とは一般的に子供向けの伝説や物語を指す。本書の「はしがき」を抄出すると、

> 初《はじめ》の内《うち》は世間《せけん》に新《あたら》しく出来《でき》たお伽嘶《とぎばなし》の本《ほん》を買《か》ッて読《よ》んで聞《き》かせるやうに致《いた》して居《を》りましたが、それらのお伽嘶《とぎばなし》には、仇打《かたきうち》とか、泥坊《どろぼう》とか、金銭《きんせん》に関《くわん》した事《こと》とかを書《か》いた物《もの》が混《まじ》ッてゐたり、又言葉《またことば》づかひが野卑《やひ》であッたり、又《また》あまりに教訓《けうくん》がかッた事《こと》を露骨《ろこつ》に書《か》いたりしてあッて、児供《こども》をのんびりと清《きよ》く素直《すなほ》に育《そだ》てよう、潤《ひろ》く大《おほ》きく楽天的《らくてんてき》に育《そだ》てようと考《かんが》へてゐる私《わたくし》の心持《こころもち》に合《あ》はないものが多《おほ》い所《ところ》から、近年《きんねん》は出来《でき》るだけ自分《じぶん》でお伽嘶《とぎばなし》を作《つく》つて話《はな》して聞《き》かせる事《こと》に致《いた》して居《を》ります。

などと書き、従来のお伽話を不満とし、勧善懲悪や因果応報の教訓めいた内容を排除し、その代わりに、子供に相応しいものを創造しようとしたところに、晶子童話の萌芽を読み取ることができる。

以下本書に掲載された作品も含めて明治四〇年から四三年にかけての晶子の童話を見ていくことにする。晶子はこれまでの懲罰的な大人の概念から脱し、自由に生きる子供の心に力を入れた。それは当時としては、斬新であったと言えよう。これこそが晶子にとって、人の心を一つの倫理で拘束する旧弊への反発であったと言える。このような認識から晶子の童話には従来の教訓めいたものはまったく含まれていない。

晶子には始めから必ずしもこうした概念があったか否かは分からないが、本書の中でもっとも古い「金魚《きんぎょ》のお使《つかひ》」の内容を紹介する。きわめて他愛もない内容である。子供たちの代わりに金魚が電車に乗り、往復してお使いを果す、という筋書きである。この童話の特徴は晶子の子供たちを実名で登場させ、甲武鉄道（現在の中央線）の駅名を用いたことである。これは実際に晶子が夜、子供たちを寝かせる時に話して聞かせるための物語が原形になっていたことを示し、子供たちにとっても親近感や興味を抱かせるような筋立てとなっている。

この年の八月には二番目に古い「詩人」三号に「ぼんぼんさん」を載せた。これは本書に掲載されていないが、ここでも「ぼんぼんさん」は晶子の次男茂（実名秀《しげる》）の呼び名になっている。この童話は「ぼんぼんさん」を中心として他の子供の実名も使い、家族生活の一面を描いている。前作のような金魚が電車に乗る、という荒唐無稽さは見られず、むしろ子供たちの日常を虚飾なく、母親の眼で捉えた、散文的要素の強い童話である。

四〇年はこの二篇に止まったが、翌四一年には四、六、七、八、九、一〇、一一、一二月に一篇ずつ、いずれも「少女の友」に掲載している。これらはみな本書に採られている。しかし「文《ぶん》ちゃんの朝鮮行《てうせんゆき》」だけが初出不明である。ここでは長男光と次男茂の実名で、父の朝鮮体験の中で虎や雁、犬の話を聞く物語である。晶子が毎月のように童話を書くのは四二年以降のことである。

次に、四二年の童話を見る。以下「少女の友」一月には「こけ子《こ》とこつ子《こ》」を発表する。「花子《はなこ》さん」という幼い少女が主人公。伯母の誕生記念に二羽の鶏をもらい、やがて卵を生み、めんどりが卵をかえす姿を不思議がり、二羽の雛となったのを素直に喜ぶ少女のやさしさや可愛らしさをうまく捉えている。

二月には「山《やま》あそび」を発表している。春子、太郎の幼い姉弟が主人公で、田舎の従姉弟たちと山で兎取りをする話。適度なユーモアもあり、いかにも幼い子供が喜びそうな内容である。

三月には「鶯《うぐひす》の先生《せんせい》」を発表。「嘘《うそ》つきおかね」という婆さんがもらった美声の養女「おつる」に鶯の鳴き声を真似させ客を騙して金をとったが、まもなく警察に捕まった。その後「おつる」は人の厚意で音楽学校へ入った、という筋書きである。いかにも因果応報めいた内容だが、起承転結が明快でストーリー性がある。

四月には「女《をんな》の大将《たいしやう》」を発表。静子は泣き虫の一〇歳の少女で主人公、「ひひい、いん、いん、いん。」と泣き始めると誰もが堪え難くなる。その泣き声の威力が見込まれて「いんいん女《をんな》の大将《たいしやう》」と呼ばれその名は外国にまで轟いた。彼女は西洋に招かれ泣き声の効力を発揮して、その国の王様から土産として赤ん坊用の玩具をもらったという変化に富んだ奇抜な内容。子供に好かれる面白さがある。五月には「芳子《よしこ》の虫歯《むしば》」を発表。六月には「螢《ほたる》のお見《み》舞《まひ》」を発表。これは病気が治りかかっている花子が主人公。欲しい物を父親に問われた花子は螢が見たいと言って、そのまま眠ると夢の中で人間の姿をした螢が花子を慰めに来た。花子と蛍たちが一緒に楽しめるように父親が作った駕籠は実際には蚊帳だった、という筋書き。美しくロマンティックな雰囲気はあるが、やや作為的なところも見られる。この他に九月には「うなぎ婆《ばあ》さん」が掲載されている。四三年には一月に「三疋《さんびき》の犬《いぬ》の日記《にっき》」、四月には「ほととぎす笛《ぶえ》」が掲載されている。

このころの晶子は五人の子供の母親であり、次々と頭に浮かんでくる童話の世界を語りかけながら、自在に筋を変えたり子供たちの要望も取り入れて作成していったのである。

第三節　寛・晶子の文芸観――「創作」と「短歌滅亡論」に対して

『相聞』の刊行された明治四三年三月には、前田夕暮の『収穫』、金子薫園の『醒めたる歌』が歌集として注目され、また短歌隆盛を期して短歌専門の雑誌として「創作」（若山牧水主幹）が創刊された。牧水は言うまでもなく『叙景詩』を刊行した金子薫園、尾上柴舟の系統に立つ人である。その後薫園は「白菊会」、柴舟は「車前草社」を創設したが、牧水は夕暮や正富汪洋らと共に「車前草社」に加わり、やや感傷的な自然主義短歌へと展開し、ついに「創作」を刊行するようになる。翌四月に牧水は『別離』を出版したのである。四三年の歌壇はまさに牧水、夕暮時代と言われたほどで「創作」の執筆者の多くは自然主義の詩人、歌人、評論家、作家であった。そのころすでに新詩社は衰退していたが、その後「スバル」は歌壇で活躍していた。その「スバル」に対して、かつての『叙景詩』と「明星」との対立を復活させるような行為として、「創作」創刊号に「所謂スバル派の歌を評す」と題して

「創作」の作歌態度を明白にしてその立場を表明した。『叙景詩』刊行当時ほどの激論にはならなかったのは、寛の立場がすでに牧水、夕暮らに対抗し得るほどの気力も失せている時期であったため、正面切った反発も見せていない。

前記したが、「創作」の「スバル」の牧水評は厳しいもので（所謂スバル派の歌を評す「創作」創刊号　明43・3）、「現今の『スバル』に見るが如きは余りに痛ましき事実ではないか」と評し、一方では「所謂『スバル』の歌は時代精神の発現とも見れば見うるのである」と言い、「売出しの楽隊」的とも批判し、さらに「バラツク式な、日本橋の大通式な――故に私らはスバルの歌を呪ふ前に先づ、時代精神を呪はざるべからざるを痛感する」と言い、さいごに、寛、晶子の歌をも槍玉にあげている。

与謝野氏夫妻を初めとし、平野、茅野、平出、吉井、北原等の諸氏、何れも並々ならぬ才能を謳つて縦横に歌ひ出でらるゝ所に個々充実せる特色のあるは改めて云ふまでもない、

と言って「我等の見る所を以てすれば根底の無い歌、浮いた歌、枯れた歌、作つた歌、人形歌」と難じ「私は曾て晶子女史の『佐保姫』を評して」「歌ばかり書いてある」が「晶子といふ人は出てゐない」すなわち「晶子といふ人間、唯一絶対の或一生命とは殆ど何等の関係が無い、極めて普遍的に遊離した、雲の様な歌が多い」こと「美しい」が「たゞ眼さきをのみ刺戟せられて終る事が多い」「歌を透してその作者の生命を見む事が私の希望の全てである」と晶子の歌への不満を洩らしている。寛については「その作つてある所が眼に立つて、寧ろ見るのが苦しい」と言い「何れの歌を見るも実に巧みにそのこつが捉へてありかなめな所が睨んであるが、要するに作られた歌は死んで居る」と言って月並調改革を企てているが、月並調だと言っている。そのあとで、平出、茅野、吉井の歌を難じているが、勇と晶子の作だけは「実に眼中物なくすら〳〵と思ふ所に走り走つて自由を極めて居るのはよそながら痛快である」と評し、平野万里の歌だけを「最も内容の充実して居る歌」と激賞している。右の牧水の晶子への

批評は当を得ている点もあるが、やはり対立的な見地からの批判である。たしかに「雲の様」に掴みどころのない点もあり、「美しい」が「眼さきをのみ刺戟せられて終る事が多い」という浮華的傾向は逃れられないが、これは唯美的なものを追求する晶子の歌風としてやむを得ない。まったく立場を異にする牧水から見れば難ずべきことかも知れないが、『みだれ髪』刊行当時は牧水も夕暮も共に晶子の歌風を模倣しており、薫園においては晶子を非難しながら、やはり晶子的詠風の洗礼を受けていたのである。しかるに四三年になって自分の雑誌を尊重しようとして寛、晶子を難ずることによって牧水は自分らの歌風を世に誇示しようとした。「晶子といふ人は出てゐない」とは『佐保姫』に限らず、他の歌全般にわたって牧水は言っているのだろうが、『佐保姫』を一例にとってみても、むしろかつての絢爛とした自己陶酔や自己礼讃的なロマンティシズムは薄らぎ、懐郷的な自己を表示し、肉親への思慕から現実の自分の姿や心情を捉えている。それはむしろ痛ましいまでの醜い自己や夫婦間のことをもさらけ出している。これは歌全般の傾向ではないが、牧水の言うように晶子という人間像がでていないという表現は断定しがたいと思う。

また寛に対しても月並調だと言ったが「スバル」五号（短歌号）（明42・5）の寛、晶子の百首歌に詠まれた夫婦間の危機を、実に現実的に捉えているところなど月並とは言いがたい。中には月並的な歌もあるが、全般的に見て月並調と評する方が自らの無知を露呈していると言える。

このように牧水が「スバル派」の歌を非難したのは、今日から見ると不遜に思えるが、常に自己主張する時には、それまでの権威を否定するところから始め、旧権威を打倒して自分の意向を強調していくものである。こうしたことを承知して寛は「創作」二号に、晶子は三号に作品を掲載し、そしてまた牧水の方でも「創作」を自己一個の主張を述べる結社的なものと考えず詩歌全般の綜合雑誌として自然主義作家のみに局限しなかった。だから寛、晶子に対し既成作家としての権威を認めて二号、三号と執筆を依頼したのであろう。こうした「創作」の意向を汲んで二人は求めに応じたのである。しかし「創作」五号の「自選歌の後に」の一文に「個々の作家の意の適く所を知り、延いては現代日本の短歌の代表的作物を知らむがために我等は玆にこの自選歌の蒐輯に着手した……」とあって、その後に「与謝野寛同晶子両氏及び窪田通治氏の作は次号に頂く事になつて居る」とあり、牧水は礼を尽して載せ、寛、晶子の寄稿を予定したが、次の六号には二人の歌はなく、同号の「記者通信」によると、「本号に自選歌号に漏れた与謝野両氏の詠草を頂く筈であつたのを次のやうなハガキを牧水にあてて来られた」とあって、二人のハガキの文章が掲載されてある（記者通信「創作」六号　明43・8）。

拝復、御健勝賀上候さて御眷顧を垂れられ毎回御雑誌を御恵送にあづかり候が御芳情に対し何の微力も致しがたき義につき今後御見合被下たく従来の御厚情は万々御礼申上候猶又十六日の同人会にも出席の余裕無之併せて御断り申上候追て又私共の拙作も貴誌を汚し候に忍びず候間今後一切御勧誘無之やう願上候由来短歌にのみ興味を持ちかね候ため従つて拙作を世に出す興味も無之次第に候草々、　七月十二日、寛、晶子、

と、今後一切寄稿を断るという、婉曲ながらかなり激しい文面である。牧水自身、独歩と同じように自ら自然主義作家という自覚をもって「創作」を創刊したのでもなく、「あらゆる外界の森羅万象も悉くその自己といふものに帰着せしめて初めて其処に存在の意義を認める」と言い、歌人として自己探究に生命をかけ、自然主義も社会主義も標傍していないが、いつの間にか「創作」の作品に自然主義的傾向のものが多く集まった。そして時流に乗じて牧水の歌は四三、四年ごろには歌壇の中心を成すようになり、「スバル」を凌駕する勢いとなった。こうした隆盛の途上にある「創作」に一時寄稿したものの、寛、晶子にとっては、自らの孤高を守ろうとする意地と反自然主義的立場にある自己を曲げてまで、歌壇の主流に妥協しようとはしなかった。ここに寛の潔癖さと頑迷さがあったと言えようが、彼らにとっては創刊号であのような痛罵を受けてまでも「創作」に寄稿することを自ら潔しとしなかったのであろう。しかし寛の作品の中にはこうした懸命な抵抗によって自己を堅持しようとしつつも現実には孤

高を通し切れぬ苦悶と自己撞着があった。『檞之葉』ではこうした寛の内面を赤裸々に訴えている歌や詩がある。このような心情の披瀝が四三年の寛の詩や歌に展開されており、牧水の言うように月並調のみとは言いがたいと思う。追いつめられた現実をいかに打開していくかという懊悩からくる憂愁・寂蓼、悲哀が作品に惨み出ていて、自己を惜しみなく表示している。牧水の「スバル」系歌人への批判の焦点は寛、晶子に当てられていたことは言うまでもないが、こうした論難はかつての寛が旧派歌人に向けた厳しい先鋒にも通ずるところがあった。

自然主義隆盛は散文を尊重し、韻文を軽視する向きがあり、四三年には歌人自ら短歌形式に疑惑をもち（石川啄木など）、また短歌そのものの存続を否定しようとする者すら現われた。しかし古い伝統に立つ短歌に対するこうした否定論はまず明治一五年の『新体詩抄』に始まった。これは西欧風の長詩型を取り入れるべきという形式的なことから始まったが、それは旧派和歌への覚醒を促すものとして意義があった。このあと『歌楽論』（明17〜18）、『詩歌論』（明25）『日本韻文論』（明23〜24）などがあり、いずれも短歌滅亡の論議が掲示された。また明治一八年にでた『小説神髄』や『十二の石塚』の序文にも同様の意向が述べられ、いずれも西欧詩の影響によって生まれた新体詩は和歌改良、和歌否定へと展開した。しかし西欧の新体詩を吸収して誕生したのが新派和歌で、その隆盛は「明星」へ発展した。しかし終刊後、詩歌全盛のロマン主義を否定するところから、短歌を蔑視して、ついに四三年には尾上柴舟の「短歌滅亡私論」（「創作」10月）へと発展した。

世はいよ〳〵散文的に走つて行く。韻文時代は、すでに過去の一夢と過ぎ去つた。時代に伴ふべき人は、とく覚むべきではあるまいか。

と柴舟は警告した。それゆえに「短歌の存続を否認し」「廃滅した時を以つて国民の自覚が真に起つた時として尊重したいと思ふ」と提唱した。まさに散文万能を強調する自然主義思潮を裏づけた主張とも言えよう。こうした柴

舟の論議に対して、寛は「スバル」一一号（明43・11）の「新詩社詠草」で、歌集には採られなった一首は、

さかしらに歌の亡ぶと言ふは誰ぞ自《し》が歌なきを忘れんとして

歌の友柴舟《しばふね》に告ぐみづからを歌の亡ぶる証《あかし》にはすな

と詠んでいる。これは柴舟への嘲笑の一撃とも言うべきもので、実は、柴舟が歌えなくなった、ある行き詰りから脱しようとして利口ぶって短歌滅亡の私論を唱導したのではないかと寛はこのように詠んでいる。また短歌滅亡のゆえに歌ができなくなったのだと、「自分をその証拠のようにふりかざすなよ」とも、歌友柴舟によびかけている。このように寛は歌をもって抵抗を示しただけで、それ以上咎めなかったことは、相手どるに足るべき理論でなかったことを意味すると見てよかろう。「創作」の一一月号の「一利己主義老と友人との対話」において啄木は

尾上といふ人の歌そのものが行きづまつて来たといふ事実に立派な裏書《うらがき》をしたものだ。

と寛と同じような意向を洩らしている。

かくして前記の「創作」への寄稿を断ったこと、また「短歌滅亡私論」への批判の歌などから考えてみると、それは寛自ら固持してきた彼の詩精神を貫いた行動であり、本志であったに違いない。このように強いて自然主義歌人らに抵抗を見せ、自らの節操を保とうとした寛の文芸上の姿勢が強く感じられるが、これは時流に強いて抵抗しようとする、はかない虚勢に過ぎなかったと言えよう。

第一二章　明治四四年（寛38歳・晶子33歳）

第一節　寛の渡欧

(一) ヨーロッパへの夢

寛と晶子は明治と昭和に二回外遊している。明治期に寛は四四年一一月から一年二ヶ月、晶子はその半年後の四五年五月から五ヶ月の渡欧でいずれも自費。昭和期は三年五月から一ヶ月近く夫妻同伴で共に満蒙へ、満鉄の招聘による公費の旅であった。この二つの外遊のうち、二人にとって重要な意味をもったのは渡欧であった。当時文人として海外へ行ける人はごく少数であり、渡欧は容易なことではなかった。明治期で、例えば森鷗外は一七年から四年間ドイツへ、夏目漱石は三三年五月から二年間イギリスへ、有島武郎は三六年から三年間アメリカへの留学など、いずれも公費であった。しかし寛と晶子の渡欧は個人的な旅行であって、多くの人達の厚意に支えられた遊学であり、一般的に見て当時の美談の一つであり、稀有なことでもあった。それらの旅以前に寛は、明治二八年から四年間に四回渡韓している。その第三回目の折（明30）、当時、朝鮮人参で多額の利潤を得ていた日本人のことを聞き、一攫千金を夢見て、

今度朝鮮へ行けば洋行費ぐらゐは訳も無く独力で作られると云ふ空想が自分を支配して居た

と追想している（「沙上の言葉（六）」大正期「明星」大14・1）ことにより、将来への夢に洋行熱が芽生えていたことが想像される。それから一〇余年経て、「明星」廃刊後の鬱状態のころ、大阪の小林天眠に宛てた寛書簡には

　小生も只今は具図々と致居るやうに外見には見え候とも実際は五六年後に小説及び劇の方面に更に微力を出し申度と存候　夫には近年語学をつゞけ居り候が成るべく四十歳までに一二年仏国へ参り頭脳をも世間の気受をも新しく致度と存じ候　（明42・6・21）

と書き、具体的に渡仏費は二千円ほど、それは四〇歳までに準備する。五百円は自分の著述で、千円は晶子と二人の揮毫で、後は明治書院と他の人たちの義捐金などと、費用の出所を明記し実現を夢見ていた。これは渡欧する二年余り前のことで、このころの寛は渡欧によって心機一転を図っていたことが察せられる。

　晶子もまた乙女のころ、漠然としたものだったが、河野鉄南宛て書簡に

　みなわ集かげぐさなどよみてよりはひたすらにローマペ《ママ》ルリンのそらなつかしのこゝろおさへがたくまたの世ニは南欧の香高きくさのおふる野辺のほとりにうまれなましなど、人様にはきのくるひしと思すやうな事とき〳〵申のニ候　（明33・7・26）

と記していたことがあった。鷗外訳の『美奈和集』（明25・7）や『かげ草』（明30・5　小金井喜美子共訳）に刺激され、異常なまでの南欧熱に浮かれていた。二人はそれぞれの青春期にあって欧州への憧れを抱いていた。その後、年を経て二人が渡欧する明治末年には国情も思潮も、二人の個人的、社会的立場も一変していた。鷗外、漱石、武郎らのように金銭的な余裕がある勉学の徒とは違って、寛、晶子の場合は金銭的にかなり無理な捻出であった。寛の渡欧は多くの人々の善意と晶子の必死な金策の労苦の上にあった。これらについては後述するが、晶子の自伝長編小説『明るみへ』（初出は百回「東京朝日新聞」大2・6・5～同・9・17。金尾文淵堂　大5・1）に詳述されている。

(二)　晶子の悲願と百首屏風

「明星」廃刊前後から晶子の方が文壇から高く評価され、寛は次第に詩歌壇から疎遠になりがちで不如意なことが多く、ますます孤独に陥り、鬱々とした日々が続いた。そんなやり場のない心境を寛は、

わが問《と》へる事《こと》に違《たが》ひしいらへをば寒《さむ》くつれなく天地《あめつち》はする　（『鴉と雨』108）
すてばちに荒《あら》く物言《ものい》ふ癖《くせ》つきぬ何《なに》に抗《さから》ふ我《わ》れにさからふ　（右同　62）
灰《はひ》をもて灰《はひ》に抛《なげう》つわが事《こと》の空《むな》しきを以《も》て空《むな》しきに泣《な》く　（右同　65）

など、狂おしいばかりの自暴自棄の辛さ、空しさである。一方、晶子はこうした夫の「哀れ」な日常を捉えて

わが背子《せこ》は世の嘲《あざけ》りを聞《き》くたびに筆《ふで》を擱《お》きて物《もの》をおもへる　（『春泥集』268）
この君《きみ》がもの、ついでに漏《も》らすことひがごとなれど哀《あは》れとぞ思《おも》ふ　（「二六新報」明44・6・24）

と歌う。二首目は余りの惨めさ故か、歌集に入れていない。そんな夫の内面をえぐりとるように書いたのが前記の『明るみへ』である。寛は透、晶子は京子、晶子の妹里は春子で登場する。心身共に衰弱し切っている夫透を奮起させ、夫の宿願であった渡欧実現を叶えさせようと一途に邁進する妻京子が描かれている。妹春子に宛てて京子は

いかになりゆくべきかと悲しく候。良人は才を頼みて下根《げこん》なる人の恨み買ふ如きことは致しも候ひしならめ、四十に足らずして狂となるに当るべき罪の何あり候《そろ》べき。廻り縁の角の柱に倚《よ》りつゝ、頬の骨高くなれる良人《をっと》を見て心細きこと思ひ尽し候私《わたくし》の心をお察し下されたく候。

と夫を憂うる京子の辛い思いは透の哀れな日常生活を通して書いている。しかしこれはあくまで小説であり、晶子の創作である。京子は夫について、

「新月」を廃刊してから三年越し不機嫌な顔ばかり見せられて、

と不運な夫を何とかして蘇生させたい一念から懸命に努力する。右の「新月」とは「明星」のことである。

借《か》し給へと申す二千円は良人に使はせたき金子に候。海の外に遊ばせばやと思ふにて候。彼の心の病《やまひ》の不治の症ならぬことはあなた様にもお分りになるべく候。救ひ候に名医の要なきは、心安く候。

と妹春子に手紙で金策を頼んだ京子は、あなた（春子）が都合つかなければ、他の人に頼んで何としても夫の渡欧費を準備せねば、と伝える。しかし返事がない。このころの京子の生活は

顧《かへり》みれば健康すら全《まった》からぬ女の一人の力にて己れを養ひ五人の子を育て、二千金の償ひを果し得《う》べしとは思はれ難く候。

とあるように経済的に苦み、思いあぐんだ京子は夫妻の後援者の一人である金尾文淵堂主人に扮する小沢に頼み込む。小沢は京子なら金を出す人もいるが……と言って言葉を濁す。話し合いの末、京子自筆の百首歌を書いた金屏風を販売したらという案が出た。その後、小沢は百首歌の依頼書を何百遍か方々に送ったが申込者は三人しかいなかったと聞いて京子は、他人に迷惑をかけたことと思って胸を痛め、

受けないでも好《い》い、辱《はづかし》めを買つて出たのは自分からである

と無理強いしたことへの自責の念に苦しむ。現実の寛の方は二年前から渡欧を熱望していたことは前記の天眠に送った寛書簡（明42・6・21）に綿々と綴られている。その二年後の四四年になっても自力で渡欧費が都合できず、鬱情は深まるばかりであった。このあたりのことも『明るみへ』に詳しい。晶子が自力で金を得るには百首屏風を書くより方法はない。小説で小沢は「金の二枚折で極《ごく》上等」な屏風で四〇円かかるから代金は百円にして「五六十人望み手があつたら先生の洋行費は出来る」と言う。前記した申込者は三人というのも虚実のほどは分からない。しかしこの時期から現実に百首屏風を書き始めて販売しようとしていたことが四四年五月二九日の天眠宛ての寛書簡によって分かる。

近日試みに荊妻の歌を現実に百首自書せし二枚折金屏風（甲種百円、乙種五十円）歌を大書せし半折軸物（表装せしもの、十五円）を或る数を限り応募者へ勧誘状を出す計画有之候。

ここに「近日試みに」とあることから初めての作業であったことが想像され、渡欧半年前ころから百首屏風の話は具体的に進んでいたのであろう。いよいよ同年の八月六日には晶子の署名入りの依頼状（印刷物）が方々へ送られるようになる。その文面を左に掲げる。

拝啓

いよいよ御清適のほど賀し上げまゐらせ候。さて唐突に候へども、此度良人の欧州遊学の資を補ひ候ため、左の方法により私の歌を自書せし百首屏風及び半折幅物を同好諸氏の間に相頒ち申し度く候間、御賛成の上御加入なし下され候やう、特に御願ひ申上候。早々敬具

明治四十四年七月　　与謝野晶子

殿

規　定

一、「百首屏風」は二枚折屏風に晶子自作の短歌一百首を縦横に雑書したるもの。之を左の二種に分つ。

一、第一種は二枚折、竪五尺、幅弐尺五寸、縁墨塗の金屏風にして、堅牢なる箱入とす。此代価金壱百円。

一、第二種は二枚折、竪五尺、幅弐尺五寸、縁墨塗の金砂子屏風にして、堅牢なる箱入とす。此代価金五拾円。

一、半折幅物は薄紙に晶子の歌一首を自書せるもの。絹表装の上、桐製の箱入とす。此代価金拾五円。但し特に絹本に揮毫を望まるる人は別に金壱円五拾銭を添へられたし。

一、加入申込期限は本年九月二十日とす。
一、申込書は代金全部を添へて下記申込所の内何れかへ送附せられたし、申込所は直ちに受領書を呈す。猶東京大阪両市内に限り申込書のみを送附せらるる時は集金人を差出すべし。其他の地方よりは振替貯金為替にて送金せらるるを便とす。
一、揮毫は申込順に由る。
一、現品は申込順に由り三十日乃至五十日以内に各申込所より送附す。但し送料は申受けず。
一、代金領収の責任は与謝野晶子に於て之を負ふ。
一、之に関する用件は申込所の内特に金尾文淵堂へ御照会を乞ふ。

申込所　東京市麹町区中六番町参番地　与謝野方
東　京　新　詩　社
振替貯金口座東京七弐四壱
東京市神田区神保町弐番地　平出方
昴　発　行　所
電話本局四弐六四
東京市麹町区平河町五丁目五番地
金　尾　文　淵　堂
電話番町弐〇九三
振替貯金口座東京参八壱七
大阪市東区備後町四丁目十二番地

小　林　政　治
電　話　東　五　五　弐
振替貯金大阪弐四四弐

一、追つて御交友の間へも御勧誘下され候やう併せて願上候
〔以上、印刷物。以下晶子の署名だが、印刷物の上に添書してちらしてあるのは寛の毛筆〕

啓上
皆様御壮栄奉賀上候
この義《ママ》おもひ立ち候まゝ甚だ御手数と存じ候へども御助力被成下度候　何卒御名前を入れ候義《ママ》御快諾被下候やう是又御願ひ申上候
若し御地の人にて貴方へ問合有之候はゞよろしく御答へ被下度候　又代金なども御手元より御受取おき被下度候
品物は当方より直接先方へ送附致すべく候。別封にて広告文さし出しおき候
寺田様へも別にさし出しおき申候。拝具
　小林様
　御夫人様へおよろしく御伝へ被下度候　　晶子

右の書簡で分かるように百首屏風は早急の仕上げであり、多くの人の厚意をあてにしての金策であった。先に述べた天眠宛て寛書簡（明44・5・29）では、すでに天眠からの援助（屏風代か）があったらしく

此度小生どもの悪筆に対し過大の御謝儀に預り恐縮致し申候。御同情の厚きを乍毎度御礼申上候。

と書いて深く感謝している。なお同書簡では続いて

小生渡欧の費用もほゞまとまり申候。内訳左の如くに候。

一金　壱千円也　京都西賀茂村の兄より（筆者註—長兄和田大円）

一金　五百円也　山口県徳山の兄より（筆者註—次兄赤松照幢）

一金　五百円也　明治書院及大倉書店より

一金　参百円也　京都嵯峨の兄より（筆者註—異母兄大都城響天）

一金　壱百円也　紀伊大畑氏より寄贈

一金　参百円也　貴下（筆者註—小林天眠）

計弐千七百円也

右の内京都の兄ハ都合に由つて渡欧の際に半額、渡欧後に半額を支出し呉れ候事と相成るやも知れず、又嵯峨の兄も目下の境遇上少し当てに致しかね候。されば渡欧の際弐千五百金丈持参し得られる程度の覚悟を定め居り候。猶出発前の準備費ハ小生と荊妻とにて拵へ候積に御坐候。

と書いている。これらを見ても寄付を見込んでの渡欧であり、実に不安定な計画である。百首屏風を書き上げるのは大掛かりなことだが、幅物ならば早く書けるので、その方の販売に協力してほしいと天眠に懇願していたのである。それに加えて

小生の立場よりも又荊妻のためにも外遊致し頭脳を一洗致候事必要に候故猶何かと御援護願上候。

と晶子も同行させたい旨を訴えている。その場合には長男は森鷗外の家に、小児は弟修夫婦に託し、留守中の費用は新聞社の通信を晶子がやり、その不足分は新詩社の人たちに援助を乞う、とある。また晶子に関して「人並の洋

装とか日本服とかも必要」と細心の神経を配っている。晶子同伴を懇望する一方で、
財界不振の折故応募者が少くば荊妻の渡航ハ見合せ候事勿論に御坐候。
とも心迷う寛であった。二人が同行するのは金銭面で不可能だと承知していた晶子の気持ちを、右の小説で複雑に揺れ動く京子の気持ちを通して自己投影させているのである。自費とは言え、このように多くの人々の懐をあてにし、常識を逸した無謀な旅であり金銭面で二人の渡欧は無理であった。

(三)　夫を見送る――思慕と「気まぐれ」

海《うみ》こえて遠《とほ》く旅《たび》するわが夫子《せこ》と別《わか》るることの明日《あす》に迫《せま》りぬ
（「東京日日新聞」明44・12・3）

と晶子は歌う。心ある人々の誠意が結集していよいよ明治四四年一一月八日、寛は横浜から船で神戸へ向かう。『明るみへ』にはそのころのことが詳しく描写されている。そこには、かつて新月社を足蹴にして去って行った弟子たちの姿を、見送り人の中に京子が見い出した時の感激を、「良人への最高の餞けと励ましになる」と記している。さらに京子は、日ごろよく夫が言っていたことも思い出して感激を新たにする。小説では「明星」終刊号に載った寛の「わが雛《ひな》はみな鳥《とり》となり飛《と》び去《さ》んぬうつろの籠《かご》のさびしきかなや」（『相聞』557）を京子は思い出して

自分よりは立派な鳥の雛《ひな》なのだから斯《か》うなるのが自然なんだよなど、よく透《とほる》は云つたが、昔の雛《ひな》が皆美しい翅《つばさ》を振つて、今日も残つて居る新月社《しんげつしや》の人達と交つてかうして門出を送つてくれるのを良人《をっと》は嬉しく思つて居るに違ひない

と皆の祝福を受けて旅立つ夫の喜びを、我がこととして夫の心機一転をひたすら願って送り出す京子だった。夫を見送りに行った時のことを「良人への手紙」（「大阪毎日新聞」明45・1・2）に晶子は綿々と綴っている。
横浜の船まで御見送いたして帰る積りの私がふと汽車の中から神戸まで便乗して参る気になりしは自分ながら

大胆なる酔興と驚き候ひしが、その酔興を実行致したればこそ横浜にては泣《な》かざりしに候。神戸にていよ〳〵お別れ致すべき鐘の音の鳴り響き候時、私の心は初めて寒くなり申し候。

と横浜で別れるのが辛くて神戸まで同船してしまったが、ここではどうしても降りねばならない。さらに続けて「良人への手紙」は

取り残さるゝ孤独の淋しさはひしと私の心を噛み候。私の世に頼むべきは唯だ君一人なりしと思ふ心鏡の如く明かに澄みて、身は藻脱の殻の如くよろ〳〵と君が方に進み候。

など、この時三三歳だった晶子は甘やかな乙女心が蘇ったように恋情をこまごまと描いている。この他にも

君《きみ》なくて片時《かたとき》だにも在《あ》り得《え》ざるさびしき我《われ》を如何《いか》にすべきぞ
（「東京日日新聞」明44・12・3）

忍《しの》べどもこぼるゝ涙《なみだ》つめたかり人《ひと》なしと見《み》て泣《な》く時熱《ときあつ》し
（右同　明44・12・18）

などと歌い、また悲しみに耐える涙は冷たく、人知れず夫を思う涙は激しい情熱で熱いとも歌っている。

夫と神戸で別れた後、その日、堺の実家で一泊し翌日、大阪の小林天眠の家に寄り、その夜帰京した。そして翌年（明45）の一月三日、夫の留守中に一家をあげて麴町中六番町に引っ越した。「良人への手紙」はまだ続き、書斎に置かれてある夫の移り香の残っているペン軸や吸取り紙を見ても「遣瀬なき心の慰め」とし、防人の妻の気持ちが、わが身に襲いかかってきたようにも思い、右の同文で

初恋の日は遠く過ぎしに候へど、君を恋する新しき日は再び私の上に来り候。但し初恋の胸の血は火の如くに熱く候ひしが、今の心地は滝つ瀬の如くに寒く候。

と夫への思慕が再び新しい恋として湧くのだが、それがまた「はかなし淋し」と涙する晶子であった。

さびしき日物足《ひものた》らざる日恨《うら》める日《ひ》われにおいては事多《ことおほ》きかな
（「東京日日新聞」明44・10・21）

思《おも》へどもわが思《おも》へどもとこしへに帰《かへ》りこずやと心《こころ》みだるる
（『青海波』513）

と歌い、思い乱れる心情を同文で「さびしくて永き一日々々を疾く過ぎよ」とも念ずる。夫が側にいる時には原稿依頼があっても夫に聞いたり、また見せては皮肉な批評をされ、誤字を訂正されたりしていたのだが、今はそれができないと嘆き、さらに

先づ君に見すること無くて世に出だし候は日光にあてざる植物の心地致し候。

と夫に頼り切っていたことをさらけ出し夫と離れることで、その存在感の重さと有難味が痛感され、夫への愛の深さをしみじみと思い返す晶子であった。

人《ひと》ひとり恋《こひ》しと知《し》りて俄《には》かにもわが天地《あめつち》は楽《たの》しくなりぬ　（「東京日日新聞」明44・11・19）

あるかぎりことをこのめる中《なか》に居《ゐ》てひとりすなほに恋《こひ》もつくりぬ　（『青海波』242）

火《ひ》の恋《こひ》にもゆる心《こゝろ》とおそろしく自《みづか》ら眺《なが》め為《な》すところなし　（「東京毎日新聞」明44・10・28）

と夫への恋に浸って「楽《たの》しくなり」、そういう自分を「すなほ」と歌い、「火《ひ》の恋《こひ》にも」える自分の激しさを「為《な》すところなし」と夫への一途な思いを様々に表現している。このように甘美で至福な夫婦愛を余り露わに出したせいか、歌集に採られた歌は少ない。

「良人への手紙」は夫への熱愛の甘い心をありのまま書き綴った随想だが、『明るみへ』はこうした一筋の愛慕の中で、かつての嫉妬を再燃させ、夫を刃物で一突き刺してやろうと思うほどの「危険な妄想」にかられたことをも追想して書いている。また夫の精神上の行き詰まりを知りながら、自分のエゴから過去の女性らのことで悩んでいたころのことも思い返してみる。しかしそうしたことの空しさを知り、乙女時代の純粋さに立ち返って京子は心の眼を開こうとした。それを小説『明るみへ』では、それまでの安逸な眠りから覚めて「気まぐれ」という自由な世界へ向かって新しい生活を作ることだと書いている。夫も同じ気持ちで日本を去ったであろうと京子は想像し、夫を自分から解放して自由な情意の世界へ飛び立たせた。そしてこれまでの、停滞し固定していたものを突き破り、

夫は一気に海外の広い天地を求めて旅立った、と京子は納得しているのである。京子は夫との別れの辛さを乗り越えた孤独の中で、目覚めた新しい自己を築くことこそが真の生活であり、新しい自己形成だと考えた。こうした精神面を『明るみへ』はかなり掘り下げて書いている。やがて夫の許へ行けるという渡欧実現の夢に胸を膨らませて京子はその日の来るのを心待ちにしているのである。

このように渡欧するまでの現実の晶子には夫を一途に思慕する歌が多く、このころは自己の内面を否定的に見ようとする歌は殆ど見られなかった。しかし寛の場合は渡欧するまでには様々な心の葛藤があった。その過程を露わに詠みこんだのが寛の詩歌集『鴉と雨』（大4・6）である。これについては大正篇において後述する。

㈣　晶子の渡欧を慫慂する寛

晶子洋行のことが評判になったらしく、四五年一月二五日の「東京日日新聞」に写真入りで「晶子女史の巴里行」と題して「夫恋ふ心を歌に寄せて　女詩人が美しき涙の匂ひよ」と小見出しをつけ、三首の歌を出し、その後に

此程鉄幹氏より来仏を促し来れるより愛慕の情止むべからず大阪の文士某に計りしに某は六百円を出すべしとの事に今夏愛児等を親戚に託し西伯利亜鉄道にて仏蘭西に赴くべしといふ、巴里の華街に此の女詩人が涙の鉄幹氏の胸に注がれん時詩情果して如何

と結んでいる。「大阪の文士某」とは小林天眠のことか。

神戸から門司についた一二日の早天、寛は晶子に宛てた書簡を熱田丸から書き送った。それは

神戸にてのお別れはまことに別れらしき厭な気が致し候（明44・11・12）

とあって、金策さえつけば晶子を渡欧させたかった寛は、さらに同じ手紙で恰も晶子の渡欧が叶ったかのように、日本船に乗る時には和服は必要だが、巴里では不用だから他に持参しない方が気が利いていると記している。また

同書簡に「多忙のために脳を気遣ひ申候。何卒よく御安眠被下度候」とか「君旅の疲れお心の疲れが出ずは致さずや」と見送りにきてくれた妻に礼を述べ、細やかな配慮を下している。妻晶子に送る書簡はきわめて丁寧な文章で全文敬語を用いている。

寛は寄港するたびに、晶子を始め子供たちや友人らに手紙や絵ハガキを連日のように送った。それらも含めて寛没後、晶子は多くの人たちに送った寛の書簡を一括して昭和一〇年（寛の歿年）から一四年にかけて三一回（昭和10年5月28日～14年4月28日）にわたって「冬柏」に「与謝野寛書簡抄」と題して掲載した。これは『与謝野寛晶子書簡集成』全四巻（八木書店）に収録されている。その中で寛出立直後の長男光宛ての書簡に

カアサンガサビシイデセウカラ、イロイロオハナシヲシテ、ナグサメテアゲテ下サイ。ケンクワヲセヌヤウニタノミマス（明44・11・13）

と幼ない子に母晶子を労るように頼んでいる。妻思いの寛のやさしさは、さらに明治四五年一月四日の晶子宛ての書簡にも

芝居、寄席、オペラ又婦人の服装、美術品のかずかず驚く事のみに候。之を小生一人にて観るは一一遺憾に思ひ候。何とか先便に申上候如く御計画の上、往復五六ケ月の積にて御出掛被下候やう致度候。子供等の事は気に成り候へども、御出立の前にお静（筆者註—寛の妹）をお呼び被下候はば女中も居り候事故、五六ケ月はすぐに無事に立ち候事と存じ候。

とあって晶子渡欧を盛んにすすめ、具体的に交通機関や服装などについて続けて詳しく書いている。その内容を要約すると、一、新橋より巴里までのシベリヤ線の二等の通し切符は六百円以内（敦賀よりの船賃を含む）、伯林まで一二日かかり、伯林で乗換えて巴里へは一日余りで着、急行列車なら一三、四日で来られる。　一、旅行券を至急東京府へ依頼する（二十銭切手を封入して京都の役場よりとった戸籍謄本を入れること）　一、服装は袴と靴だけで、

あり合わせの日本服で来て巴里で洋装にすること。洋装は廉くて見よきものがあり。荷物は革包を大小二つに限る。一、路づれは田中喜作、高村光太郎二君に依頼すること。　一、銭は正金銀行より巴里に送らせ、切符は新橋で買い（特別急行の汽車の時間に間合せた上）、途中の小遣は正金銀行で仏国貨幣に代えて貰い、実際に入用なのは五、六〇円でいいが、二百円持参のこと、とある。まだ続くのだが、早く決めるように、高村氏が同行せずとも船中に日本人がいるなどと書き、渡欧は空想でなく、是非決心すれば何とかその方法が開ける、と強制的である。そして巴里着時は自分が伯林へ出迎える。語学は修得せずともいい、渡欧費二千五百円必要、欧州は二人旅行の方が安い、郵税の安い物を送ってほしいと記し、「君に逢ひたしとのみ日夜おもひ候。郷愁と云ふものに候べし」とか「君と巴里に相見る日をのみ想像致し候」と晶子をひたすら待つ思いを披瀝している。

年あけて四五年一月一七日の晶子宛ての寛の手紙（「与謝野寛書簡抄㈡」）には「君を早く此地へ呼びだし《ママ》と思ひ候。小生も案外、心の底は淋しく候」とあり、「小生は全く一人ぽつちとなり、今夜から一層淋しき事と思ひ候」とか、「是非この欧州の光景を君と共に見たく候。君に見せたく候」と書いて「四月中に巴里に着くやうに」と旅程についても具体的に何度も書き送っている。晶子白身渡欧への憧れを煽り立てられるのだが、現実には金銭面や子供たちのことで迷うことが余りにも多く、中々決心がつかなかった。同書簡にはさらに「御渡欧の御決心の手紙が早く見たく候」と、寛は再三執拗に晶子へ手紙を書く。一月二七日付の書簡（「与謝野寛書簡抄㈢」）では、「一日も早く」とあり、「君の恋しと思ひ玉ふと我の心と何のけぢめあるべきとほほゑみ候」とか「アヅマコオトに靴ばきにて来たまへ。洋装は巴里に着きて一日にて整ひ申候」などとくり返し書いてくる。余りの寛の熱意に晶子は負け、自らも渡欧を熱望していたこともあって、天眠に宛てて

先頃より良人が度々この秋にシベリヤにて四五ケ月のつもりにて見物にこよと申まゐり候が只今平野様と御相談いたし、かの方より森様へ相談にゆき給はるはず、（明45・1・25）

と晶子は書き、来月一五、六日ごろ、御地に行き、ゆっくり話合いをしたいと書いて、さいごに、

私がまゐるまでは巴里にとゞまり、その以後に旅行をいたしたしなど申をり候　その思ひ居り候ことも私のおもひもさは中候へど空想に終るらしくも御坐候

と書いて判断しかね、平野万里（弟子）や鷗外にも相談して天眠にも頼ろうとしていたことが分かるが「空想に終るらしく」と悲観的になっていた。しかし四五年二月八日の天眠宛て晶子書簡では

啓上、御文ありがたくぞんじ申候　いつの日も　かげにひなたに御つくし下さる御厚志をおもひ候ておもはず暗涙にむせび候　はたいろ〳〵の御ことばもて慰め給はり御情忘るまじく候　御心配多きあなた様が私どもにまでかくし給はること、これをおもひ候へば何ごとにもうちかちて猶進む方に道をもとめ申すべく候

とあって、天眠から恐らく晶子渡欧に関して金銭的協力をするという手紙が来たのであろう。それは百首屏風を世話することであったらしく、手紙はさらに続けて「屏風は早速表具師に申しつけ候　二十五六日に出来上るよしを申候」と書き、渡欧の旅費について「日日新聞千円、実業の日本社三百円」の約束ができたと書き「いかにかしてあとを三越の店ニていだし貰はんとその方便を二三の人と相談いたし居るのに候」とある。またこの書簡に天眠が註して（天眠文庫蔵『与謝野寛晶子書簡集』43頁参照）晶子とは一面識もなかった三井関係の、ある重役が洋行費五百円を贈与したと記されてある。旅費二千円の金策は方々の寄付や新聞、雑誌の原稿料の先取りや百首屏風頒布などによるものであった。一方、寛も二月一〇日付の書簡で天眠に相談している。

荊妻が当初の希望を復活し往復四五ケ月にて欧洲へ参り小生と一緒に旅行致候て一緒に帰朝したき旨申参り候。自然今頃は御地へ参り大兄はじめ親戚などへ御相談致す事と存じ候。旅費の二千円も出来候はゞ又なき好機会につき何卒晶子の前途のために一度欧洲を観せおきたく候。何分の御配慮を奉煩候。短日月の旅行に候故シベリヤ鉄道にて参るやうに致度候。帰路は船に可致候。委しくは本人より可申上候。

と書いて、天眠に何としても晶子の渡欧を実現させてほしいと懇願していた。

このころ、晶子の『新訳源氏物語』の上巻が渡欧前の明治四五年二月に出版され、渡欧後の六月に中巻、帰国後の大正二年八月に「下巻の一」、一一月に「下巻の二」がそれぞれ刊行されるのだが、出発前はその校正にも忙殺されていたろうと思われる。渡欧中の校正は鷗外が引受けて出版したことについて『新訳源氏物語』の出版元の金尾文淵堂主人金尾種次郎（思西）が書いている（「晶子夫人と源氏物語」「読書と文献」2巻8号　昭17・8）。

このように多くの人々の善意によって「空想」と思っていた洋行が可能となり、平野万里に宛てて晶子は

この間うちはいろ〳〵とかつてなことばかりおねがひ申し上げまして申しわけがありません。おかげさまで思つたやうになりましたのですから、私は夢のやうにおもひます。けれども先方からの言葉がございますからかの件は黒い幕につつんでしまひます。そのうち千駄木へまゐります。（明45・3・3）

と書き送っている。右にある「先方からの言葉」についてか、書簡の追伸のように誰の筆か分からないが、「鷗外先生の口利で三越から洋行費の一部が出ることになつた件に関するもの」と記載されている。万里から鷗外に晶子の洋行について相談したことは晶子の渡欧費のことであろう。

かくて晶子は、その始めは「空想」のように思っていた洋行が実現されることになった。その背後には、寛渡欧の時も含めて、何度も言うが、多くの人々の協力と厚志があり、また二人の並々ならぬ努力もあった。

㈤　東南アジアを経て巴里へ（寛）

寛は晶子と共に横浜から熱田丸に乗って神戸に立ち寄り、その後は一人で一一月一一日、神戸港を出て門司を経て上海へ向かった。欧州の旅のようすは帰国後に出版した寛、晶子の共著『巴里より』（大3・5）に詳述されている。これはみな「東京朝日新聞」に掲載したものから採った。これと天眠に宛てた書簡や他の人々に宛てた書簡

をも参照しながら二人の旅の足跡を辿って行くことにする。

上海に着いた寛は同行の旅客と馬車で市内見物をする。物質文明の進んだ繁華な雑踏にまず驚く。当時清国を騒がせた革命軍の旗が街に翻っているが、中立地帯である上海には余り革命軍の影響はなかったようである。また天眠宛て寛書簡（明44・11・15）では、「日本人の店は三四の大会社を除き概ね見すぼらしく候　日本婦人の脛の出づる日本服にて往来」しているのは「国辱」だと寛は書いている。これは当時の日本的感覚と言えようか。

次は香港である。ここでは「全山を水晶宮《すゐしやうきゆう》とし」「五彩の珠玉《しゆぎよく》を綴つた」ような「壮観」な夜景だと賛嘆している。この地で晶子からすべて安心するように、という電報を受け、一一月二〇日に香港を出発した。二五日の朝、蘭領のアノムバ島に着き、二六日の朝、新嘉坡に着く。赤道直下の酷暑、市街はゴシックの層楼が多く、保守的で英国風。馬来全体は丘陵で椰子が繁茂している。二八日、寛は馬来街の遊女街へ行く。新嘉坡からマラッカ海峡に出て彼南《ペナン》につき、極楽寺で遊ぶ。

一二月一日、彼南を発ち、コロンボへ向かう。船内で言葉の通じなかった急病のインド人が船医からもらった薬で急死した。こうした死に対して同情する者もいない、この哀れなインド人の末路を寛は冷静に見つめていた。いよいよセイロン共和国の首都コロンボに入港、翌年完成する大規模な港に寛は驚嘆する。どこも舗装されているのを見て、日本を思い出し、明治末年の日本と英国の政策を対比しその差の大きさについて寛は考えてみた。このころ彼南までは中国の勢力が強かったと書いている。

一二月八日、コロンボを発つ。インド洋からアラビア海へ出て一〇日目にアラビアとアフリカを近くに見た。午前四時ころシナイ山らしい山を右に見て、その日の夕暮れに蘇西《スエズ》の運河へ入った。見渡す限り「セピヤ色の砂丘《しやきう》」が続く。「寥廓《れうくわく》たる万古の沙漠《しやばく》を左右して寝て居るのかと思ふと、此《この》沙漠の中から予言者が起つたり、行き暮れた旅客に謎《なぞ》を投げると云ふスフインクスの伝説が生じたりするのも自然らしい事の様に感ぜられた」と記している。

コロンボを発って、一三日目にポートサイドに着き、二時間ほどで上陸する。街は狭いが欧州の入口なので、東洋の諸港とは違う。街では早朝からバーもカフェも客がつめかける。レモン・カアッシュを吸いながらマンドリンやギターに合奏する者、それを聞く者、前夜から博打をしている者が群がっている。「毒毒しい紫黒色《しこくしょく》」のアラビア族の幾百の黒人を見た時寛は「鬼の世界へ来たかと恐ろしく感」じたと書いている。「出帆時間が来た。……愈《いよく》欧洲に一歩踏み入る旅客となつた」のは一二月二三日。これまでの航海は浪が穏やかだったが、「地中海に入つて初めて逆風《ぎやくふう》」となり、減速の日が二日続いた。「夜明にストロンボリイ島の噴火丈を近く眺めた」のである。

二五日の午後一時、サルジニア島とコルシカ島の間の海峡を通過して二六日の朝、マルセーユに着いた。ここに二日滞在したのは寺や博物館を見物するためであった。大規模な港に驚く。しかし街は非常に汚く英領の道路とは格段の差だが、博物館で見た絵画に寛は瞠目する。ビスケー湾が荒れていたので、急遽汽車に変更して、二八日の午後八時、マルセーユを出発した。

『巴里より』の「序」に「伊太利《イタリイ》の紀行中、羅馬《ロオマ》に就ては数回に亘る記事を一括《いつくわつ》して新聞社へ送つた筈《はづ》であつたのに、其郵便が日本へ着かずに仕舞《しま》つた」ことが書かれてある。「今更記憶を辿《たど》つて書き足す気にもなれない。此書の為に益々不備を憾《うら》むばかりである」と無念さを記している。日本を出帆してからコロンボまでは『巴里より』に載っており、コロンボからアラビア海を通るまでの間に、インドのボンベイに寄ったことが右の「序」によって分かる。この他紅海を通り、ポートサイドに着くまでと、さらにポートサイドからマルセーユまでの五日間、ローマ、ギリシャに寄ったことも分かる。地中海沿岸の国々やアテネを中心にギリシャの遺跡も恐らく回ったのではないかと思われる。ローマ、ギリシャなどにおける紀行文が『巴里より』に入っていたならば、ヨーロッパ紀行としてもっと幅広い視野が展開されたであろうが、寄航した国々はあくまで寄り道であって、やはり巴里での滞在を記述することが主眼であったことが「序」のさいごに予等は主として巴里《パリイ》に留《とゞま》つて居た。従つて此書にも巴里の記事が多い。「巴里より」と題した所以《ゆゑん》である。

と書かれてあることによっても明らかである。

㈥　巴里における寛――『巴里より』

⑴　巴里に着いて

寛が明治四四年一二月二八日、巴里に着いたことは小林天眠宛ての書簡に

小生旧臘二十八日を以て無事に当巴里に着致候（明45・1・1）

とあることで分かる。以下『巴里より』（前掲）の紀行文はすべて「東京朝日新聞」の記事を再掲したもので、改題したり同題のものもあるが、それらを追って寛と晶子の渡欧の足跡を辿る。『巴里より』の「巴里《パリイ》の除夜」によると「巴里へ着いてから四日目」とあって文末に「一月四日」と記されている。記事が翌四五年一月二七日の「東京朝日新聞」に掲載され、故文豪の旧宅を訪ねたことが記されてある。その日はユーゴーの誕生日で、その大理石像の前に「シエキスピアの家より」と記された花環が供えられてあった。文豪の遺族同士がそれぞれの誕生日に花環を贈る習慣なのである。寛はこれを「奥ゆかしい」と書いている。ユーゴーの旧宅は小博物館で、遺品、遺作などがある。その旧宅を出た寛は画家石井柏亭らと芝居を見ながら新年を迎えた。除夜の巴里はどこも徹宵の騒ぎであったとある。

次に『巴里より』では「パンテオンの側《そば》から」と題して（一）から（五）に分かれている。そのうち（一）（二）は「巴里だより」で明治四五年一月九日と一〇日の「東京朝日新聞」の記事、（三）（四）はプレ、パンテオン、（一）（二）は同年一月二七日、二八日の同紙の記事、（五）は「巴里より」で一月二九日の記事である。これらの中で一月九日の（一）では、巴里の曇天を「モネの絵にある様な力の弱い血紅色《けつこうしよく》をした小さい太陽を仰ぐ許《ばかり》」と書き、

「何となく『海の底にある賑《にぎ》やかな都』」と表現している。まず寛が驚嘆したのは交通量の多いことで「前後左右から引きも切らずに来る雑多な車の刹那《せつな》の隙《すき》を狙《ねら》つて全身の血を注意に緊張させ」と書いている。晶子もまた『雑記帳』（大4・5）の冒頭にある「エトワアルの広場」に「断間なしに　八方の街から繰出《くりだ》し、　此処を縦横《じゆうわう》に縫つて、　断間なしに　八方の街へ繰込《くりこ》んで居る。　おお此処は偉大なエトワアルの広場だ…　わたしは思はずじつと立竦《たちすく》んだ」と詠んでいる。

また前記の二月九日の（一）でセエヌ河の辺にある「名物の古本屋」について「石垣の上に涯《はて》も無く本箱を載せ」ている、と書いている。これについて、ロオセ・デスプラスの詩「セエヌ河岸の古本屋」を寛は「早稲田文学」（明45・7）で訳し、訳詩集『リラの花』（大3・11）に採録した。左に抄出する。

河岸の上の古本《ふるほん》の優《いた》ましさ。雨が降り、
開《あ》けたる箱の黴《かび》の匂ふ時、
恥を忍ぶ彼等の肌《はだへ》は
みすぼらしい老人《としより》のやうである。

寛は現実に貧しい古本屋を見、交通の激しい巴里を目前にして前記の二月九日の㈠に「斯う云ふ緩急《くわんきふ》二面の生活を同時に味はつて居るのが巴里人《パリイじん》なの」だと書いている。当時の日本では見られなかった場面に接して寛は感動したのであろう。その後、石井柏亭と寄席や絵の展覧会を見て回った。歌麿の版画が多く陳列されていること、日本食料品店が多いことが記されてある。パンテオン近くのオテル・スフロに一月近く宿泊していた寛は、毎日のようにリュクサンブルグ公園と美術館へ行った。「パンテオン」とはフランスの偉人を国葬する寺で、ローマに擬しているると寛は書いている。そのパンテオンの入口にロダンの彫刻「思想家」が置かれてあり、ボンナアの壁画や、ルソー、ヴォルテール、ユーゴー、ゾラなどの石棺が花輪で飾られてあるのを寛は見た。詩人や画家がよく集まるラタン区の「リラの庭」へも行った。また画家の徳永柳洲らとチュイルリイ公園に沿ったスケート場へ行き、日本では見られない流行の新装の婦人たちを見て瞠目し、帰りには大夜会の盛装の美しい婦人たちにまた驚く。

(2) モンマルトルへ

寛は一月末に下宿を変えた。このことについて明治四五年二月一〇日の天眠宛ての寛書簡に、

小生は一月の末よりモンマルトルと申す土地の或る家庭へ下宿致居り候。この地は大坂ならば船場のやうなる街にて純粋の巴里人の住み居る処に候。学生などは一切見受けず、全く富家の紳士と俳優及びその他の芸人とに取巻かれ居り候。か丶る処にも一二ケ月留ることは面白からんと考へ候。その内又々他へ移り可申候。

とあって、ここに寛は暫く落ち着くことにした。『巴里より』の中では「モンマルトルの宿」と題する一文は「東京朝日新聞」の三月一日に発表された記事である。モンマルトルは現在では画家が野外で絵を描いているが、寛の滞仏のころは漫画家や俳優、芸人が多く住んでいた、と書いている。「名高い遊楽《いうらく》の街」「有名な踊場を初め、贅沢な飲食店《レスタウラン》や酒場《キャバレエ》や喫茶店《キャッフェ》が多い」こと、終日、音楽と歌が聞こえてくるという賑やかな所であった。下宿屋が非常に家族的で「楽天的な滑稽《おど》けた家庭」を「純《じゅん》巴里人《パリイじん》の性格の一種」だと言い、モンマルトルでの生活を寛は楽しんでいる。しかし「石炭を燻《く》べても燻べても容易に温《あたゝ》まらない部屋の中で僕はしみじみと東京の家を恋しいと思つ」たとも書いて家族を恋しがった。

三月三、四日の「東京朝日新聞」の「画室《アトリエ》」と「墓」（上・下）が「画室《アトリエ》と墓」として『巴里より』に掲載された。同行の人には画家が多く、美術館巡りや裸女のモデルをデッサンしているのを見学したり、モルパルナスの大墓地にあるモーパッサンやボードレール、リルケの墓をも訪ねている。印象的な墓守がいて四〇年ほど前に横浜や江戸に二ヶ月ほど滞在していたという。当時の日本では見られない墓碑のあでやかさをも書き、文末に墓守について

よろよろして墓の奥の方へ入つて行く後姿が石碑の間へ影の如く消えた。古い仏蘭西《フランス》の歩兵よ、老いた墓守よ、僕に取つてお前は今から墓へ入つたも同じだ。もう再び会ふ日は無いであらう。

と墓守の後姿を書いて、この一文を結んでいる。

「東京朝日新聞」（明45・3・8）に「巴里の郊外」と題され、それが『巴里より』では「サン・ゼルマン」と改題された。巴里から四〇分ほど汽車に乗って行くサン・ゼルマンの街は「京都から伏見へ行く」ような感じで「昔の城や王政時代の離宮の跡」があり、駅前には「御者台《ぎよしやだい》に鞭を樹《た》てて御者帽を被つた御者《ぎよしや》が手綱《たづな》を控へて居」り、王政時代を偲ぶ西欧的な感じだとあり、ここで寛は画家梅原龍三郎と一緒だった。

三月九、一三、一六、一七日の「東京朝日新聞」には「ムネ・シュリイ」の内容について書いているが、これらは『巴里より』に掲載されていない。新聞によると、ムネ・シュリイとは世界一の悲劇役者の老後の名で、エデブ王がムネ・シュリイによって演じられた。巴里では新作の芝居はいつも満員で新作物を見ていないと社交用の話題の仲間入りができない、という巴里の現状を書いて「ムネ・シュリイ」は終わる。これに続いて三月二五、六日の「東京朝日新聞」の「巴里文人の決闘」（上・下）が『巴里より』では「文人の決闘」と改題され、若手の劇評家が国立劇場で大入りになった「ブリム・ロオズ」を一〇数回にわたって攻撃した。そのため、この芝居の劇作家と劇評家が二月一六日午前一一時から衆人環視のもとで剣をとって決闘を行うことになった。双方とも怪我をしたが、和睦もせず武装も解かぬまま決裂した。その後もこの劇評家は国立劇場へ向けて論文を新聞に載せた、ということでこの文章は終わっている。

(3) 謝肉祭《キヤルナヷル》

三月二八、二九日の「東京朝日新聞」の「巴里だより」のうち二八日分が『巴里より』では「謝肉祭《キヤルナヷル》」と改題されたが、二九日分は『巴里より』には省略された。以下、二八日の記事によると謝肉祭は待望の巴里の無礼講の節会で、二月二〇日前後五日間行われる。毎夜、大通りの人波の中を、「頗《すこぶ》る振《ふる》つた仮装行列や道化《ピエロオ》が沢山に出」る。東洋諸国の風俗に扮した男女の大学生、中には「日本の陣羽織《ぢんばおり》を着て日本刀を吊《つる》した若い女大学生」など、「天下晴れての無礼講《ぶれいかう》」なのである。見知らぬ女を抱きかかえて頬ずりしたり、お互に「コンフエツチ」の花の雪を浴びせ合う優雅でいたずらな祭である。その後、巴里で第一に盛んな祭は三月の「ミカレエム」だと書いてこの一文は終わる。

二九日の「巴里だより」には毎日、大きな自動車会社の車に爆裂弾が発見されるのは社会党の悪戯だと言ってこの事件について簡単に触れている。この後カムというインド人の富豪の未亡人老婆が、インド独立を夢想してインド本土の志士に援助金を送っているということで、寛はインド文学の話を聞くためにこの老女をホテルに訪ねたりする。その後で寛とユーゴーと同じ誕生日だとも書いている。

四月二一日の「東京朝日新聞」の「巴里雑信」と五月一、三日の同紙の「巴里のいろ〳〵㈠㈡」と合せて三回分が『巴里より』で「巴里のいろいろ」に（一）（二）（三）と分載された。その（一）は巴里の女流飛行家の話と、髭のある男性への女性の批判、女の装飾、その年の流行服、日本の神話や文学史を講ずるソルボンヌ大学のルボン博士、日本人の会合のパンテオン会、在留日本人百人、日本の芸妓、ヴェルサイユ宮殿見物などについて書いている（三月一一日記）、（二）巴里の若葉と瑠璃色の空、チューリップ、純白の八重桜、連翹、梨の花、メルルの好い節回しの啼き声、文豪の墓地、巴里女の掃除好き、ピエル青年の文学好き、下宿屋の主婦の老母、親孝行の下宿屋の主婦の話など（四月一二日記）、（三）では四月に入って雪が降って酷寒のため寛は風邪をひく。回復後、巴里の展覧会について、……など書いている（四月一四日記）。

次に五月五、八、九日の「東京朝日新聞」に「巴里の新劇」と題し、上中下の三回に分載されているのを『巴里より』では「モリエエルの家庭」と改題して一つにして再掲した。これは巴里の国立劇場に一週三度も上演された韻文劇のことで、モリエールの伝記から脚色した五幕六場の内容を詳述している。右の九日の文面のさいごに、近日中オデオン座で「日本人の名誉」という新しい芝居の予告として「何うやら武士劇とでも云ふべきものを演つて厭な切腹を見せるらしい」と書いているが、『巴里より』では「モリエエルの家庭」の前に「日本の誉《ほまれ》」と題して右に予告した新作劇の筋を紹介している。このあと五月一二、一五日の「東京朝日新聞」に載った「巴里に於ける日本」（上・下）は四月一八日付で載せられた。これが『巴里より』では「魔術街《マジックシテエ》」と題されて一文となっている。魔術街はセエヌ河の左岸にある大規模な見世物小屋で四月から開場した。この魔術街の一部に出来た日本街には粗末な日本建築、「芸妓の手踊《てをどり》、越後獅子を初め、錦絵、小間物、日光細工、楽焼、饅頭屋、易者などの他に富士山、日本風の田舎、大仏、神社など色々の店が乱雑と俗悪を極めている」と寛は嘆いている。これについて

巴里《パリイ》の真中へ東洋の一等国を代表して斯様な非美術的装飾を見せびらかすのは国辱も甚だしい。

と寛は言い、さらに「日本の外務省の心掛が悪い」と激しく批判した。

五月二三、二四日の「東京朝日新聞」に「巴里だより」と題して発表したものが『巴里より』では「五月一日《にち》」と改題された。ここでは欧州人が喜ぶ五月一日を、寛も面白く暮らしたいと念じて昼間は大学や研究所などへ行ったが、夜は前記の「日本の誉《ほまれ》」を観に行った。これは忠臣蔵の翻案で仏蘭西人にとって珍奇でエキゾチックであったろうと見ている。

その後、『巴里より』に「巴里《パリイ》のいろいろ」がある。これは五月二五日、六日に「巴里だより」、六月六日に「巴里のいろ〳〵」として「東京朝日新聞」に掲載されたもので、仏蘭西一の喜劇役者が舞台監督と衝突して辞職した事件を書いている（5月25日）。またサロンでの新旧の絵画に対して批判しているが、ルノワールとモネ、ドガの絵には感激している（5月26日）。この他に避妊問題や世界文明の先頭にある仏蘭西の行政と日本を比較して、日本を批判している（6月6日）。

次の『巴里より』の中の「飛行機」は六月一二、一四日の「東京朝日新聞」掲載の「飛行機を観る記」（上・下）に発表された。このころ欧州の飛行機界で有名な男爵シゲノが滋野式飛行機若鳥号を携え、遠からず巴里を発って日本へ帰る筈だと寛は書いている。寛は滋野に会って飛行機についての知識を与えられ、それを興味深く記している。

以上は、晶子が渡仏するまでの、巴里における寛の一人暮らしを『巴里より』にみてきた。実にめまぐるしい日々であった。芸術の都パリを少しでも多く見聞しようとした寛は殆ど毎日のように巡り歩いた。日本では経験できない別世界を現実に観て驚くことが多かったが、その一つ一つを丹念に観察し情熱的に受けとめている。この後『巴里より』に晶子の「巴里《バリィ》まで」が五月一九日付で載せられている。これは一二頁にわたっているが、寛のパリに着くまでの記載は五八頁にわたるものであった。晶子の分は四五年・大正元年の項で述べる。

第二節　晶子の作品

㈠ 第九歌集『春泥集』

⑴ 体　裁

『春泥集』は晶子の九冊目の歌集。初版は明治四四年一月二三日、東京市麹町区平河町五丁目五番地の金尾文淵堂より刊行。この歌集は一五版まで版を重ねたと言われている。体裁は四六判型、横一二・八、縦一九・四センチ。函つき、表紙は布装、装幀画は藤島武二、挿画は中沢弘光。定価一円五〇銭。二〇六頁、六一三首の短歌収録、そのうち初出不明歌は四五首。重複した歌は、集中では4と596、6と224。他歌集では『佐保姫』46と『春泥集』491、『佐保姫』267と『春泥集』481。『青海波』158と『春泥集』449、『青海波』329と『春泥集』593、『青海波』392と『春泥集』338である。集中の歌は明治四二年四月二一日の「大阪毎日新聞」から四四年一月三日の「東京毎日新聞」までに発表されている。巻頭には、上田敏の「春泥集のはじめに。」という二八頁にわたる長い序文が載せられた。ここには抒情詩人のあるべき内面、感情、言語について、フランスの詩人、明治の新詩人について書かれているが、『春泥集』には一切触れていない。しかし晶子については、

晶子夫人は『みだれ髪』の処女作以来、多く短歌の作家として盛名を馳せ、たとひ三十一字詩の形式は守つても、其広からぬ枠の内で、声調に措辞に殆どあらゆる変化を加へて、和歌の新体を確定した。

と記し、「日本長詩の詞華集《アントロギカ》には逸すべからざる佳什を出し」とあり、さらに

晶子夫人を以て明治唯一の詩人とするは諛に過ぎてゐるが、確に一流者中、光芒の燦たる星であらう。もとより才分の優れた為ではあるが、婦人の身を以て、この盛名ある理由は何だらう。……日本歌壇に於ける与謝野夫人は、古の紫式部、清少納言、赤染衛門等はものかは、新古今集中の女詩人、かの俊成が女に比して優るとも劣る事が無い。日本女詩人の第一人、後世は必らず晶子夫人を以て明治の光栄の一とするだらう。

と絶賛の語を以て結んでいる。当時も今日も晶子がいかに評価されていたかが分かる。

(2) 内　容

(イ) ナルシシズム

「明星」廃刊から二年経て明治四三年になって寛は、『相聞』（3月）、『檞之葉《かし》』（7月）を出したが、晶子はこの年に歌集は出していないが『女子のふみ』（4月）・『少年少女《おとぎばなし》』（9月）を出版している。『春泥集』出版直後には二度目の双子を出産したが一人は死産であった。それ以前の晶子の出産は四〇年の双子出産のあと四一年は出産はなかったが、四二年に麟、四三年に佐保子の出産があった。著作も「明星」廃刊後は四二年に歌集『佐保姫』、四三年には前記したように歌集はなく四四年に『春泥集』が出版された。そうした環境の中で、

揺れる思いをかなり率直に歌っている。そこには女性としての幸福、それとは裏腹に、嫉妬、悲哀など、様々に心の葛藤が多く歌われている。

59　おもしろく悲《かな》しく妬《ねた》くさまざまに変《かは》る心《こころ》のうづ巻《まき》を愛《め》づ

と悲喜こもごもに変わる自らの心をむしろ楽しんでいる。まずナルシスティックな歌として、

264　三十路《みそぢ》をば越《こ》していよいよ自《みづか》らの愛《め》づべきを知《し》りくろ髪《かみ》を梳《す》く

565　みづからを愛《め》でん己《おのれ》を楽《たのし》まんさせずば春《はる》もさびしきものを

など、三〇を越してますます自己への愛着が強まり、高らかな思いは

217　自《みづか》らを后《きさき》とおもふたかぶりを後《のち》おもはじとせしにあらねど

と「后《きさき》とおもふ」と不遜なまでに自ら高ぶらせる自己愛である。さらに自らを愛せずにいられなかった心情を、

186　けふはなほわが情《なさけ》もてよろこびをみこころに呼《よ》ぶ幸《さち》のあれども

と夫と共にあることの喜びと幸せに満たされている。その反面、その思いは、

191　おのれをばかたゐの子《こ》とも高名《かうみやう》の人《ひと》ともなにか今《いま》はおもはむ

と相反するものを兼備しているような今の心情は何ものにも拘泥せず、大らかな思いなのであろうが、極端に揺れる両面を自らの内面に認めながら、自己を肯定的に見ている。しかし

356　七日《なぬか》ほど家《いへ》にこもりて愁《うれ》ふるに悲《かな》しみごころ透《す》き通《とほ》りゆく

と、一週間ほど鬱々とした思いで籠っていると、悲しみが次第にうすらいで世俗的な悩みから解放され、心は澄み切ってすがすがしくなる、と言うのであろうか。だが晶子にとって

42　われの云《い》ふ悲《かな》しきことと世《よ》の人《ひと》の悲《かなし》むことと少《すこ》しことなる

と歌うほど自分の悲しみと一般の人の悲しみは少し違うのだと、やや自負したいような気分にもなる。ここには多

少のナルシスティックが感じられる。

(ロ) 虚ろ――思ふこと下にかくして　何かしら捉えどころない不安と儚く悲しい心の痛手が渦巻くような気分になって

480 自《みづか》らははかなごととも天地《あめつち》の一大事《いちだいじ》とも思《おも》はぬ歎《なげ》き

と歌う。世の無常や恋愛などすべてに感動を失ったことへの嘆きに虚しさを抱いたものか、しかし

96 わが胸《むね》はうつろなれどもその中《なか》にいとこころよき水《みづ》のながるる

とわが心に空しさを感じているが、その中に安らぎを感じとって明るさを見出そうとする。その一方で

24 二日《ふつか》三日《みか》旅《たび》のここちか云《い》ふことのわれに寂《さび》しき家《いへ》のうちかな

など家庭内の憂鬱さか、寂寞か、いずれにせよ、集中には悲哀、空虚さを自らの内面に見ようとする歌が多い。

177 たちまちに身《み》も世《よ》もあらぬ悲《かな》しさをわが来《こ》し方《かた》に見《み》いづる心《こころ》

4 いと重《おも》く苦《くる》しき事《こと》をわが肩《かた》に負《お》はせて歳《とし》は逃足《にげあし》に行《ゆ》く

一首目は悲愁極まりない思い出を心に見出すという気持ち。二首目では日常の重苦しさを身一杯に負わせて身動きできぬほどの悲しみの中に時は過ぎていく、という測りきれないほどの複雑さなのであろう。動揺して止まない、このころの晶子の心を頑なに領していたのは夫への不信と疑惑であった。夫への愛が深いほど心の溝も深い。そうした心の葛藤や齟齬が晶子の内面を暗くさせ、身の衰えを感じさせる。それを具体的に、

300 思《おも》ふこと下《した》にかくして君《きみ》ありしこの十年《じふねん》のわれのおとろへ

自分に秘密をもつ夫への疑心を抱いて一〇年この方、身の衰えを感じたという、その原因を解き明かすように、

381 さまざまに云《い》ひのがれ居《ゐ》しをかしさは今《いま》に変《かは》らぬものにぞありける

と作者の心を見抜いてか、様々に作者を気遣って弁明がましいことをいつも言っている夫の言動を「をかしさ」と

突き放して皮肉がましく表現し、夫の心を玩んでいるかのようである。

322 わが外《ほか》に君《きみ》が忘《わす》れぬ人《ひと》の名《な》の一《ひと》つならずばなぐさまましを

「君《きみ》」を夫寛と想定すれば夫婦間の軋轢の原因は嫉妬となる。夫の忘れられない唯一の人故の嫉妬に苦しむ。「トキハギ」創刊号（明42・5）掲載の晶子の、登美子への「哀歌」二〇首には嫉妬の情がこめられていた。これらは『佐保姫』に採られたが、その後の「トキハギ」二号（明42・7）の「文月集」中の一首が、集中に

477 なき友《とも》を妬《ねた》ましと云《い》ふひとつよりやましき人《ひと》となりにけるかな

と改作されて集中に採られた。生々しい嫉妬は登美子生前中は勿論、未亡人となって上京した後も死後も続く。嫉妬の歌が多い中で登美子への嫉妬と思われる歌が見られる。これに類する登美子への嫉妬の歌は四三年の歌の傾向に多くみられる。登美子の死後の嫉妬の歌は『佐保姫』にもあった。しかし、『春泥集』はもっと深刻になって自ら反省しながらも脱し切れない懊悩さえ見える。

(ハ) 故郷への思い　これまでにも晶子は故郷の歌、肉親の歌を多く詠んできていたが、必ずしも幸せな情況ばかりを歌っていない。本集は色々の思いを詠みながら、まず駿河屋時代の成長していく姿をみていく。

98 絵草紙《ゑざうし》を水《みづ》に浮《う》けんと橋《はし》に泣《な》く痴《かん》だかき子《こ》はわれなりしかな

113 十二《じふに》まで男姿《をとこすがた》をしてありしわれとは君《きみ》に知《し》らせずもがな

126 わがよはひ盛《さか》りになれどいまだかの源氏《げんじ》の君《きみ》のとひまさぬかな

20 張交《はりま》ぜの障子《しやうじ》のもとに帳《ちやう》つけしするがやの子《こ》に思《おも》はれし人《ひと》

9 古《ふる》さとの小《ちひさ》き街《まち》の碑《ひ》に彫《ほ》られ百《もも》とせの後《のち》あらむとすらむ

一、二首目は子供のころを、三首目はわが恋人を光源氏に託し、四首目では駿河屋で商売をしていた娘のころを思い返している。五首目では、故郷に百年後、自分の歌碑があってほしいと謙虚に歌っている。この他に「314 ふる

さとの花《はな》たちばなのちるけはひひそかに思《おも》ふ六月《ろくぐわつ》の閨《ねや》」「332ふるさとのその停車場《ていしやば》に歩《あゆ》みよるわが足音《あしおと》を数年《すねん》なほきく」などと懐郷の歌を多く詠んでいる。

晶子は育った環境に対する不満を多く書いているが、駿河屋の商売には協力してよく働いていたことは事実である。そういう生活を、晶子はまた

192こし方《かた》はいとしも暗《くら》しその中《なか》に紅《あか》き灯《ひ》もてるわが二十《はたち》の日《ひ》

とも歌う。過去つまり娘時代は非常に暗鬱だったが、その中に激しい情熱を燃焼させた青春の日があったことをこの上なく懐かしんでいる。これは当然ながら寛との恋である。しかしそれ以前であったか、

70二十《はたち》まで人見《ひとみ》ざりつるおのれをば毒木《どくぎ》の類《るゐ》とおもひ放《はな》ちし

と二〇歳までは恋しい人と会うこともなかった、それは寛を知る前の、恋のなかった娘時代のことであった。そのころのことを「毒木《どくぎ》の類《るゐ》」と忌避していたと回想している。

㈡　対世間

231二十二《にじふに》はしからず三《さん》と四《し》となれば捨身《すてみ》となりて今日《けふ》をつくりぬ

と二三歳以後は一途に生きてきて今日を築いてきた、という肯定的な生き方を詠んでいるが、対世間的には

107横《よこ》ざまにそねむ人《ひと》らの中《なか》に居《ゐ》て初恋《はつこひ》の日《ひ》の心《こころ》わすれず

333人《ひと》の世《よ》の掟 破《おきてやぶ》りと云《い》ふことを三千日《さんぜんじつ》に忘《わす》れかねつも

362親兄《おやあに》の勘当《かんだう》ものとなりはてしわろき叔母《をば》見《み》にきたまひしかな

と詠まずにいられないほどの仕打ちであった。一首目の「初恋《はつこひ》」が原因で封建社会では許されぬ恋愛が二首目では「掟 破《おきてやぶ》り」となり三首目では「勘当《かんだう》もの」として誹謗された。従って晶子にとって「25ふるさとは冷《つめ》きものと蔑《なみ》し居《を》り……」という現実があった。

恋愛から結婚となって様々の苦難をのりこえて晶子は

474自《みづか》らを殺《ころ》しかねつも十年《じふねん》の君《きみ》が馴染《なじみ》の妻《つま》とおもへば

とずっと耐えてきた過去を顧みて「君《きみ》が馴染《なじみ》の妻《つま》」であったと皮肉っぽく感慨深そうに歌っている。ここには前記した「300思《おも》ふこと下《した》にかくして……」の歌に見る晶子の夫に対する疑惑が「馴染《なじみ》の妻《つま》」と背合わせに存在していたとも考えられる。その一方で、

317わが昔《むかし》うら若《わか》き日《ひ》はこの君《きみ》と世《よ》をつつましく思《おも》ひて過《す》ぎぬ

と新婚のころの生活を幸せだが、「つつましく」と回顧して懐かしみ、

325相《あひ》よりてものの哀《あは》れを語《かた》りつとほのかに覚《おぼ》ゆそのかみのこと

と、ほのかな記憶を辿って睦まじかったころを思い出し、さらに

396その昔《むかし》はじめて君《きみ》と洛外《らくぐわい》の霧《きり》にまかれし日《ひ》もおもひ出《い》づ

と初めて結ばれた「洛外《らくぐわい》の霧《きり》」とは京都の粟田山を指し、そこへ心を戻して夫を愛慕している。それは死者となった登美子への嫉妬の裏返しである。

色々に屈折した心をもちながらも、母、妻としての晶子はこのころ六人（光、秀、八峰、七瀬、麟、佐保子）の子と夫に囲まれていた。

240楽《たの》しげに子《こ》らに交《まじ》りてくだものの紅《あか》き皮《かは》むく世《よ》のつねの妻《つま》

556わが脊子《せこ》とわが子等《こら》がため生《い》くる甲斐《かひ》あれとぞ祈《いの》る初春《はつはる》の人《ひと》

97軒近《のきちか》く青木《あをき》のしげるここちよさそのごと子《こ》らのたけのびて行《ゆ》く

268わが背子《せこ》は世《よ》の嘲《あざけ》りを聞《き》くたびに筆《ふで》をば擱《お》きて物《もの》をおもへる

など家庭的で優しい妻であり、母親としての晶子の姿が如実に歌われている。その一方で夫への世間の冷たさを、

568わが脊子《せこ》に四十路《よそぢ》ちかづくあはれにも怒《いか》らぬ人《ひと》となり給《たま》ふかな

と悲しく訴えている。一首目は鬱々とした夫の感情、二首目は不惑の年に近づき怒る気力の失せた夫を憐れむ。しかし、

150別《わか》れむと云《い》ふまじきことひとつ云《い》ひおひめつくりぬありのすさびに

313わが家《いへ》のこの寂《さび》しかるあらそひよ君《きみ》を君打《きみう》つわれをわれ打《う》つ

と一般家庭に見られる夫婦喧嘩も詠まれている。一首目は二人で詠んだ「スバル」（明42・5）の別れ話一連中の一首である。かなり露骨だが、歌の上での演技かも知れない。二首目は夫婦の心の葛藤を詠んでいるが、一方では対照的に、

598わが歌《うた》は少《すこ》しづつ見《み》よひと花《はな》を日毎《ひごと》に摘《つ》みて若《わか》やぐが如《ごと》

と自分の歌を少しずつ理解してほしい、という歌人夫婦のほほえましさも感じられる。さらに、

599よしと見《み》るおのが歌《うた》をばその脊子《せこ》もよしと言《い》ふ日《ひ》の八《や》とせ続《つづ》ける

と夫も認めてくれている自分の歌を誇示しているが、誰よりも夫に誉められることの歓びを言外に含んでいる。そこには驕りの思いもなく、静かに自己を見つめているほのかな満足が感じられる。「八《や》とせ続《つづ》ける」と言ったところに八年続いた「明星」時代ずっと夫は自分の歌を「よしと見《み》」てくれていたと満喫しているのであろうか。

全体を通して心情的なものの他に、叙景歌や花を詠んだ歌も多いが、四季を通じて集中には秋を素材にした歌が多いのは、晶子の淋しい心象の表れと言えようか。この他に特に印象的と思われる歌に、

408道《みち》を行《ゆ》くかのあさましきちぢれ髪《がみ》それなどにこそ生《うま》るべかりし

があって、晶子らしい大胆な時代感覚と言えよう。またニコライ、サッフォオ、クレオパトラなどの外来の人名や事物の名を歌っているところにモダンな新鮮味が見られる。

このころの晶子の歌には、寛の『相聞』や『檞之葉』に見られるような自虐、自嘲的なものは見られないが、回顧的な哀愁や寂寞を客観的に示しながら、いささか批判めいたものも感じられる。『春泥集』が多くの版を重ねたのは当時の作者の心情や夫婦間のことなどがかなりリアルに歌われていたからであろうか。「明星」廃刊後の晶子は、小説、脚本、童話、古典口語訳と散文の方へとジャンルを広げていった。その中で現実を見つめる姿勢に向かっていったのは自然主義の影響によるもので、時勢を敏感に受けとめたためとも言えよう。それが歌にも伝わり、これまでの晶子的な詠風に、さらに時代的な感性が加わってきたとも言えようか。もう一つ、晶子の歌に時折見られていた登美子への数々の嫉妬の歌は『春泥集』で終わり、次の歌集『青海波』からは、これまでの登美子に関わる感情が凡て払拭され、夫寛の渡欧へ向けて心は一転していくのである。大正期には渡欧の体験が生かされて歌集と評論、その他の執筆活動にもジャンルの多様の広がりを見せるようになる。

㈡ 第一評論集『一隅より』

⑴ 体　裁

晶子の第一評論集。明治四四年七月二〇日発行。発行元は東京市麴町区平河町五丁目五番地の金尾文淵堂。発売元は東京市神田区小川町一番地の報文館書店。体裁は四六判（横一三、縦一九センチ）。六二一頁の大冊。二〇篇の評論があり、そのうち初出不明は六篇である。明治四二年一月一日の「福岡日日新聞」掲載の「男の胸」から四四年六月一日の「三田文学」掲載の「線と影」までが載せられている。文中に詩も散在している。定価は一円二〇銭。表紙はグレイの布製、右に短冊内に薊の図案化した絵があり、中央に「一隅より　晶子」の晶子自筆の金押しの文字があり、函入りである。扉に「一隅より」とあり、次頁に「近い三四年間に書いた感想文と詩篇との中から、書肆の希望に従ひ、その一部を輯《あつ》めたのが此一冊」とある。またそれらは「大抵新聞雑誌の依頼を受けて」書いたとあることからその殆どは既出である。ここで言う「感想文」とは随筆風の意と解されるが、かなり思想的な面があるものは評論と見なした。二〇篇の題のついた散文の後に「線と影」と題して一一に分けた詩が載せられている。本文の全頁の過半を占める「雑記帳」の中にも一六の詩が文中に載せられている。「線と影」一一篇と「雑記帳」中の詩は昭和四年一月に出版された『晶子詩篇全集』に再掲されることとなる。その多くは「読売新聞」に掲載されていたが、他に「芸苑」「トキハギ」「精神修養」「二六新報」「福岡日日新聞」に掲載され、さらにそれらは『一隅より』には改題されて載せられたものもあった。

なお、「東京二六新聞」は明治四二年一一月まで同年一二月から大正三年七月二六日まで「二六新報」である。

(2) 内　容

(イ) 産褥の苦しみ

このころ、女性の評論集は殆ど出版されておらず、本書が明治末年の女性の評論集として一本になったことは、まさに先駆的であった。それまでの晶子の散文は自伝的、追想的な随筆や、古典や歌に関するものが多かったが、明治四〇年代になってから思想的な文章が見え始めた。それらが『一隅より』の中で婦人問題から女子教育、政治的、思想的な文明批評や社会批判など男子に対決すべき女子の立場についての論評となっている。その内容は当時としては新鮮で、論調も堂々としたものであって現在にも十分に通ずると言える。このような思想面の他に、もっとも人間的と思われる産褥の激痛と辛苦、子供のこと、ごく卑近な女性に対する見解、日常的なこと、古典、歌に関することなどが幅広く網羅されている。

冒頭の「産屋物語」は明治四二年三月三日に生まれた三男麟の四回目の出産のことを書いた。その実感を

分娩の際には命を賭けて自分の肉の一部を割《さ》くと云ふ感を切実に抱《いだ》きます。生れた児は海の底に下りて採り得た珠と申しませうか、迚《とて》も比べ物の無い程可愛《かはゆ》う思はれます。

と率直に述べており、懸命に分娩へ臨む晶子の覚悟と生まれてきた我が子への深い愛情が見られる。また激しい陣

痛の襲う度に「全身の骨と云ふ骨が砕ける程の思ひで呻《うめ》いて居るのに、良人《をっと》は何の役にも助成《たすけ》にも成らない」故に「例《いつ》も男が憎い」とも言う。「併《しか》し児供が胎を出でて初声を挙げるのを聞くと」、「女と云ふ者の役目を見事に果した」と、まさに体験者ならでは得られないという強い実感を述べ、「如何なる憎い者でも赦して遣ると云つた様な気分に成」ると忌憚なく発言する。産婦は「死刑前五分間」という思いで出産し「いつも十字架に上《のぼ》つて新しい人間の世界を創《はじ》めて居るのは女です」とも言っているが、これらの言葉は麟の出産の場合だけでなく、これまでの産褥の経験をも含めての真実の声であったと思う。

次の「産褥の記」（明44・4「女学世界」）は五回目の佐保子出産（明治43・2・28）に続いて六回目の出産における凄絶な肉体的な激痛と絶叫をあからさまに書き、その中に一〇首の歌が挿入されている。これは明治四四年のことで二回目の双生児出産であったが、一人は死産という惨事となった。ここには、

　二月廿二日の午前三時再び自然の産気が附いて、榊博士の御立会下さつた中で生みました。

とあるが、それまでは出産後「五日目位から筆を執る」習慣であったのに、今度は入院ということになり、「産前から産後へかけて七八日間は全く一睡もしなかつた。産前の二夜は横になると飛行機の様な形をした物がお腹から胸へ上《のぼ》る気がして、窒息する程呼吸が切ないので、真直《まつすぐ》に坐つた儘《まゝ》呻き呻き」と書き、

　生きて復《また》かへらじと乗るわが車、刑場に似る病院の門。　（「万朝報」明44・3・4）

と「病院の門」を死刑囚が入る「刑場」の門のように感じ、死を覚悟して悲壮な思いで入院したのである。難産の最中のことであろうか、晶子は、

　目を瞑《つぶ》ると種種《いろく》の厭な幻覚に襲はれて、此正月に大逆《だいぎやく》罪で死刑になつた、自分の逢つた事もない、大石誠之助さんの柩などが枕許に並ぶ。目を開けると直ぐ消えて仕舞ふ。

と書いている。「大石誠之助」は、明治四四年一月二四日に起こった、幸徳秋水を首謀者とする「大逆事件」で死

刑となった一二人の中の一人である。右の歌にある「刑場」には、ある意味では、この事実をも暗示しているかも知れない。「産褥の記」には採られなかったが、この幻覚を裏づけるかのように思われる歌に、

産屋《うぶや》なるわが枕辺《まくらべ》に白《しろ》く立《た》つ大逆《だいぎやくしう》囚の十二《じふに》の柩《ひつぎ》　（『青海波』193）

がある。

『一隅より』掲載の難産の歌はさらに続く。（　）内の歌は『青海波』に採られた歌である。

悪龍《あくりよう》となりて苦《くるし》み猪《ゐ》となりて啼《な》かずば人《ひと》の生《う》み難《がた》きかな　（182）
あはれなる半死《はんし》の母《はは》と息《いき》せざる児《こ》と横《よこ》たはる薄暗《うすぐら》き床《とこ》　（187）
男《をとこ》をば罵《ののし》る彼等《かれら》子《こ》を生《う》まず命《いのち》を賭《か》けず暇《いとま》あるかな　（180）

など初出の歌が出産直後の新聞で赤裸々に歌われているが、そのうち一〇首が前記の「産褥の記」に採られ、後に「新日本」（明44・7）に「悲しき跡」と題して三〇首載せられた。そしてまた再掲され、一五首が『青海波』（明45・1）に採られた。

「産褥の記」の最後に「男《をとこ》をば罵《ののし》る」の歌を踏まえて「命がけで新しい人間の増殖に尽す婦道《ふだう》は永久に光輝があり、「真に人類の幸福は此婦道から生じる」と言い、「是は石婦《うまずめ》の空言《くうげん》では無い、わたしの胎を裂いて八人の児を浄めた血で書いて置く」と婦道の尊厳と価値を意味づけている。ここに晶子の、産褥の苦しみを通して男女は対等であるべきという人間の本筋のあり方が示され、これが基本となって今後の評論に多様な広がりを見せていく。このように「産褥の記」に書いた自己体験の裏づけをもつ故に晶子の発言には実感と説得力があり、多くの共感を呼ぶ。

「産褥別記」はこの出産の翌日の一三日から三月一日までの日記として載せられたもので日常的な随想である。

(ロ) **母親としての晶子**　この明治四〇年代には四二、三、四年と毎年の出産があり、一方では超人的な多作がなされていたが、本書では「雑記帳」（「芸苑」明42・1）の中で「自分は我《わが》子に向つて何の報償を求める心も無い」と

言い「心身共に健全に育て」る「義務と責任」を感じていると書いている。母親としての情愛の深さを本書の「雑記帳」に散在している詩の中に見る。子供らの病気の姿を

いたましく、いたましく、流行《はやり》の風に三人《みたり》まで我児ぞ病める。梅霖《つゆ》の雨しとどと降るに、汗流れ、こんこんと苦しき喉に咳するよ。兄なるは身を焼く熱に父を喚《よ》び、泣きむづかるを、わが夫子《せこ》が　抱《いだ》きすかして、売薬の　安知歇林《あんちぴりん》を飲ませども半《なかば》えづきぬ。あはれ此夜のむし暑さ。氷ぶくろを取りかへて、団扇《うちは》とり児等を扇げば、蚊帳越しに蚊の群《むれ》の鳴く。

（伴奏　下「読売新聞」明42・6・15）

と詠んでいる。次々と病気で倒れる幼子を目前にして晶子がいかにひたむきな母の愛情を傾けていたかを痛感する。一般的な母親として病気のわが子の看護に必死になっている晶子の姿が彷彿とする。この他にも強い母性愛を表した歌や詩、また散文も随所に見られる。

相次ぐ出産と共に晶子は目まぐるしい変転の中で多作に挑み、妻として母としての日常生活にも愛情を注いでいることが本書中に見られる。例えば「新年における雑感」（雑記帳「女学世界」明44・1）では誰でも経験するお正月気分を「生生《いきいき》として嬉しい」と実感を洩らし、子供たちの着物を裁って着せる喜び、子供たちと一緒に玩具を作ったり、古いハガキで色々な家を作ったり、長男が停車場や家を作り、女の子が汽車や電車を作るのを見て楽しむ母親晶子の姿が彷彿とする。このようにして子供と遊んだりお玩具を買ったりするのは原稿生活者の晶子にとって辛かった。しかし、子供たちに創造力をつけさせる意味で、超多忙の晶子だが、子供の相手をすることこそ教育の実践だ、と考えたのであろう。晶子は実質共に生活の支柱であっても母親としての義務と責任を果す一人の女であった。このように全身こめて子供たちに深い愛情を抱く晶子だったが母として

母体を子に食はれて仕舞ふ虫の様に子の犠牲になるとも、我子から報酬を得ようとする心は微塵もない。

とも書いて、我が子に孝養を強いる母親でないとはっきり言っている。これは当時としては先端をいく母親の生き

方であったであろう。その一方で月並の母の姿を詠んだ詩も本書の「雑記帳」に見られる。

(ハ) 晶子の結婚観　従来の家同士で親が決める結婚を晶子は否定する。晶子は自己に正しく目覚めた女として双方の人格を自主的に選ぶことが急務だと主張する。「離婚に就いて」の一文には当時話題になった陸軍軍医藤井と東京音楽学校助教授の三浦環の離婚について世間では「趣味の相違から生じた」ものとしている。しかし晶子は「寧《むし》ろ日本の家庭の進歩した為に生ずる行き違ひ」だと論じ、離婚を罪悪だと考えていない。離婚して幸福になった人もいるから、離婚は賀すべきで双方の気分の食い違いから不快となるより、「合議の上で離婚するのが正当の処置」だと晶子は提言する。このことについてすでに明治四一年の評論の項で詳細に述べている（615〜616頁参照）ので省略する。「離婚」について男女が対等に話し合っていく教育の必要性から学校と家庭の教育が人格形成を忘れていることを指摘している。そして奇形な賢母良妻主義や夫唱婦和説を固守している以上、環女史のような悲しむべき離婚が続出すると晶子は断言する。完全な人間となるべき「自尊自負」の心のある女子であれば、軽率な誘惑や離婚沙汰を起こす結婚や不都合な社交や処世を仕出かすわけもなく、貞淑な妻そして賢明な母となるに違いないと言って、『更科日記』の著者の、女としての生き方にも賛同し、肯定している。晶子の結婚観について、この後も多く論じており、嫁と姑の争いの原因なども具体的に、また論理的にも追求されている。

(ニ) ノラへの批判　本書の「新婦人の自覚」では、晶子独自の見解を述べている。日本女性の多くが親、夫、我が子の三者に屈伏する習慣に馴らされている現状にあって晶子は独立の精神を積極的に婦人に認めさせようとした。知識欲の乏しい日本婦人に、今こそ新しい自覚に立ち、世界に向けて開眼を遂げた所謂「文明婦人」として生きなければならないことを主張する。その自覚の第一歩として自己反省と自己凝視を強調した。その一例に「人形の家」のノラをあげ、軽率、卑怯、不聡明だと批判した。一般的にノラは新しい婦人と目されていたが、晶子は一時《いちじ》の衝動や感情に支配せられて道理に合はない「反抗の態度」を執ると云ふ様な女は、最早旧式な月並の女だと思ふのです。ノラは家を出るに当つて「わたしは親や妻になる前に、一人前《いちにんまへ》の女に成る積りですわ」と云ひました。

と書き、それを「痛快な自覚の菩提心を奮ひ起こした叫び」だと言って驚嘆している。そして、「俊秀な女子の参考としては大変に古臭い物に感」ずると難じ、果してこうした過激な事を決行せねばならぬほど身の上が行き詰っていたかとノラを追究し、自分がノラの立場だったら家出せず万全を尽して『自分を一人前の人に教育する』目的を遂げ」るよう努力すると言う。夫が俗物ならそのままにして家が邪魔になれば表面上は家事をしながら家を無視し「可愛《かは》ゆい子供は何うしても自分が世話して育てて遣ります」と述べた。ここに晶子の深い人間愛から生まれた母性愛が見られる。さらに

自分を教育しながら片手では良人《をつと》をも感化し、一家の改造に努力する事も出来やうと思ツてゐます。私は今頃ノラと同じ様な拙《まづ》い態度を執《と》るのを新しがる女があつたら、其れは丁度電燈のある世の中に洋燈《らんぷ》を新しがる人の様なもので、其愚かさは未《ま》だ、蠟燭を嬉しがつてゐるのと五十歩百歩だと存じます。

と自分を新しい女として錯覚し、その無知から発した誤りを自覚し得ぬ不幸な女としてノラを批判した。ノラの、「一人前の人に自己を教育する」という発言に対して晶子は「一人前の文明人に自己を教育する」と補足している。

自制力と敢為力《かんゐりよく》とを適当に用ゐて、一歩一歩確かに踏み締めながら根気づよく実行して参り、障礙《しやうがい》にも苦痛にも其れに打勝つて前進するのを愉快とし、自分の天分と努力と境遇との許す限《かぎり》を尽して、精神的にも物質的にも、自己の生活を豊かに楽しいもの、誇る事はあつても悔ゆる事の無いものに致す点に帰著《きちやく》すると、私は考へて居ります。……避けられる家庭との衝突をわざわざ構へたりする消極的な態度は、量見が狭く、その結果が無駄で、そんな暇に、内心に根深く残つてゐる因襲を追払ひ、自己を新しく教育する事に努力するのが、聡明な仕方だらうと思ひます。

とも書いている。これは晶子自身の体験から生まれた生き方であり、強い訴えと言えようか。自己反省なくして前進も光明もない。自己肯定に立つ楽観的な人生観をもつ女性は、聡明な理性と爽快な感情と堅実な意志をもった判断力、自制力、敢為力に富んだ人だと晶子は言う。これこそが晶子の言う「文明婦人」なのである。つまり「自己教育」「自己改造」とは、従来の浅薄な感情、小さい我欲、愚痴、泣言などの内心の「因襲」から脱し、欲望の対象を大きくし、自覚の第一歩から自己を教育し、改造していくことによって女子の自覚は完成されるのだと晶子は論ずる。こうした見地からノラの生き方に晶子は首肯できず、反発せずにいられなかったのであろう。

(ホ)　軍閥への批判と芸術への虐待　『一隅より』では、さらに人間尊重の建前から軍閥・芸術についても様々な意見が述べられている。晶子がかつて日露戦争中「君死にたまふこと勿れ」を発表して戦地にいる弟の生命を案じて天皇《すめらみこと》を大胆に歌いこみ、弟の無事帰還を祈ったことは周知である。今また国家的な意味において本書中の「雑記帳」（雑感（二）「東京二六新聞」明42・7・31）に軍部のやり方に対して

一体陸軍では兵士の人格を少しも認めず、寧《むし》ろ軍馬よりも劣つた待遇をすると申す事ですが、人格の無い陛下の赤子《せきし》が然《さ》う何百万あつたからと云つて国家の名誉でも何でもありますまい。何うか上官も部下も互に人格を尊重し合ひ、互に其義務を尽し合う様にして欲しいと思ひます。只今の様な待遇では国民が次第に兵役の義務を厭ふ様に成り、武道は名許りで実際は不忠の民を増して行く結果に成るでせう。不忠の徒を増す事の大嫌ひな国家が大切な兵士を虐待するのは矛盾です。

と酷評を下した。多くの兵士が炎天下を強行軍して日射病に罹って死んでいくのは戦争のある限り「国民の血税」として諦めるが、兵士の待遇の非人道的な仕打ちは許せないと晶子は義憤を洩らしている。これは戦争に対して批判したのではなく、残虐極まりない上官の横暴で邪険な仕打を平然と黙殺している軍部を、もっと厳しく見直すべきだと痛言を吐いたのである。日夜虐待を受け「肉を削《そ》がれ髄を涸《から》されて一分《いちぶ》試しに命を縮めて行く人間が何れ位

多数に有るか」と迫った。

これはまた当時文学美術で生活して行こうとする新進有為の人々にも言えることで、それはまさに「此《この》怖ろしい冥《めい》冥の虐待を受けて居る強行軍の病兵」に等しいとも言っている。しかし兵士の日射病は新聞記事に出て一般に知れるが、芸術家の悲惨な生活状況は世間には分からない。兵士ばかりでなく学問や芸術を虐待する国家は決して万世不朽の国家とも国民とも思えないと批判の眼を向けた。これもまた晶子の、尊重すべき主張で、今日から考えても堂々たるヒューマニズムだと言える。この他に『一隅より』の中の「雑記帳」の項では家計のやりくり、収入、衣食住、子供達のことなど日常生活についてかなり具体的に露に真実を披瀝している。

総じて『一隅より』に見られる考え方はすでに『みだれ髪』の根底にあった人間尊重、女性優位、情熱の燃焼が基盤になっていたことが明白である。一切が人間愛から出発していた晶子の人生観は、近代人としての自覚から生まれたものである。晶子は常に「今日の新しい自分を造る努力が無くてはならぬ」と言っているが、その新しい自分を晶子は本書で「新吾」という語で表している。この語は後の長篇小説『明るみへ』の中で詳しく書いているが、例えば「吉田松蔭《ママ》の様な偉人も因襲を脱して新吾《しんご》を磨かうと」して殺されたと本書中の「女子の独立自営」にも書いている。また当時起こった大逆事件（明44・1）に対しても「老先輩の自覚」の中で青年たちが「大逆事件の発生を一斉に官僚政治の余弊だとして痛憤して」いることに対して晶子は賛意を示した。そして老人たちがこうした青年たちの言を危険思想と案じて取り締まろうとしていることを晶子は強く難じた。大逆事件に関することの発言は当時、身の危険に及ぶことであったから、これ以上晶子は意見を述べることを避けて、青年の思考に共鳴する形で論じている。皇室に関してもその尊厳は認めているが、形式的な歓迎や作法をもっと簡素化して「手軽に皇室と国民との接近を計る」ように主張している。今日にも通用する意見である。

明治末期において、これらが書かれたということを改めて思う時、晶子が芸術上の偉大な業績の他に成した先覚的、多面的な業績に対して驚きを禁じ得ないのである。「大日本帝国」を誇示していた明治体制下にあって、これほど辛辣な批判を軍部に向けたこと、芸術家の悲惨な生活に同情するなど臆面もなく発言する晶子の勇気には驚嘆せずにいられない。

第三節　明治末年の展開

㈠　新詩社にいた人々と寛の三行書短歌

耽美派の系列として「スバル」に続いて四三年には「三田文学」、明治四四年には「朱欒《ザンボア》」が創刊された。これらの雑誌の執筆者には「明星」に縁のある人も多く、寛は僅かだったが、晶子はかなり執筆していた。耽美派歌人で元新詩社同人だった北原白秋、吉井勇、木下杢太郎（太田正雄）らの、その後の活躍はめざましかった。「スバル」創刊の一月前の四一年一二月に開かれたパンの会も彼らが中心となり、そこに新進画家たちも加わり芸術を賛美し語り合った。彼らは西欧の耽美派を通じて江戸情調のうちに異国の美しさを見い出し、青春の美と酒に陶酔した。こうした雰囲気の中でパンの会の機関誌として四二年一〇月「屋上庭園」が創刊され、勇の『酒ほがひ』（明43・9）、白秋の詩集『邪宗門』（明42・2）・『思ひ出』（明44・6）が出版された。

彼らとは少し傾向が違っているが、同じ新詩社同人だった人に窪田空穂がいた。彼は「明星」初期のころ活躍していたが、三四年に脱退し、その後『まひる野』（明38・9）・『明暗』（明39・7）を出し、また『新派和歌評釈』（明41・4）において寛や晶子の歌を評釈していた。空穂は身辺的なことに素材を求め、平易で直情的な作風を示し、明らかに自然主義的傾向に近づいていった。

石川啄木も新詩社から出発した歌人だった。始めは「明星」風の歌を作っていたが、変転多き生活苦もあってか、現実を凝視するようになり、感傷的な気分の中に深刻な生活をさりげなく歌い、やがて自然主義的傾向に近づきつつ、一方で社会主義的方向へ向かうようにもなる。『一握の砂』（明43・12）・『悲しき玩具』（明45・6）に見られる啄木の、社会への激怒は苛酷な現実を暴露することであった。時恰も大逆事件で幸徳秋水らの社会主義者達が処刑された（明44・1）という現実に直面し、啄木の社会主義への傾斜は深まるばかりであった。こうした傾向は啄木の詩や歌、そして評論にも反映し、生活に生々しく密着していった。

このように社会的関心を強め、労働問題を赤裸々に歌った人に土岐哀果がいた。思想面では啄木が哀果に影響を与えたが、啄木の右の二歌集の三行書の形式に影響を与えたのは土岐哀果であった。因みに短歌を三行書にしたのは短歌史上、哀果が始めとされている。しかしすでに明治三〇年六月の「中学新誌」（「鎌倉に宿りて」）に鉄幹の署名で

いまさらに、
誰の夢をかおどろかす。
かまくら山の入あひの鐘。

を発表し、他にもう一首と合わせて同じ形式で二首掲載している。このように一三年前に寛がこの形式で短歌を発表していたという事実は先駆的な意味があったと言える。このことは一般的に知られていない。哀果が四三年四月に出版したローマ字の歌集『NAKIWARAI』の三行書が先駆けとして重視されている。もし寛がその後もこの形式で続けて作っていたならば、哀果や啄木の先声を成していたことになるが、この二首で終わってしまったことでその先駆性は失せてしまった。哀果のこの歌集も啄木と同様に生活の歌であり、そこには青春の哀歓を織り込んだ浪漫性もある。また『黄昏』（明45）にも労働問題が色濃く歌われている。哀果は金子薫園の弟子で、白菊会に属

していたが「明星」には多くの作品を発表しており、啄木とは結社は異なっていたが、互いに影響し合っていた。

㈡　六人の与謝野晶子論

これまで晶子について論じられることがあってもこれほど著名な画家、文人の晶子論は初めてであった。翌年にも七人の文人の晶子論が載せられている。その後晶子を特集することは晶子没後から復活され、戦後から今日に至るまで何度もなされている。明治四四、五年の晶子は、寛渡欧のための懸命な努力と自らの渡欧も果しながら超人的な多作を成してきた。そういう晶子の努力が認められていたこともあってか、「女子文壇」（明44・5）には当時一流だった六人がそれぞれ晶子に対する好意的な批評を二四頁にわたって特集している。

第一の和田英作の「婦人の作物に現れたる色彩」では晶子の歌から色の研究をしたらという提案があったと言う。まず紫式部は色について「只単に目に映じたまゝを単純に書いてある」とあり、清少納言は「観察が実に細かく、又するどく」「何んとも言へぬ渋い好み」は「実に床しい思ひがする」と評している。そして晶子に対しては「深さと細さと、且複雑の趣味性から選んだ面白い調子の色」と言って色彩感を相当高く評価している。しかし晶子短歌の「色」についての意味と分析は成されていない。画家らしい感覚だが具体的な説明がないので説得力がない。晶子の歌について「得がたい稀なる円満な天才の婦人」とか、平凡な家庭人でありながら非凡な才華を無理なく発揮しているという賛辞は一般的な評価である。

次の「短歌の為に生れた人」は森田草平である。晶子を「短歌にゆかしめた」のは「燃ゆる焔の様な、又ルビーの様な人」で「其光は外に向つて燦爛と輝」き「燃えて居る」ためだと言う。「絶対の輝、絶対の閃めきを持つて生れた人」で「短歌より外にない」と強調する。短所として「ものを内考して纏める力」の不足と「論理」的でないこと、その例として詩、小説にはいいものが一つもないと断定している。樋口一葉と比較して、一葉には「千古に渉つて、之一つといふ作品」、つまり一葉独特のものがないが、晶子には「どうしても晶子でなければ、又それが歌と言ふ形式でなければ歌へない自己特得の天地に押しも押されもせずに立つてると言ふ処が有る」と言い、「時代と言ふものを超越して一個のものを築き上げて居る」とも主張する。ここで言っている「論理」的でないというのは、逆に論理的であったら、歌としての魅力が欠ける。さらに寛によって「縦横無尽に歌ふと言ふ大胆なふるまひ」もでき、歌人として成功したと見ている。最後に草平は短歌の形式が晶子によって「始めて世界に誇るべき芸術の一種」になったと言って「唯一の婦人」として最高の賛辞を送っている。草平とは閨秀文学会で共に講師として出講した仲であった。

次の窪田空穂の「強烈に我が生を愛す」では『みだれ髪』と『春泥集』を比較している。「ぎらぐと見る眼も眩しいやうだつた」ものが「しつとりと底光りのする物」となり、難解が「極めて解りやすいもの」になったと、変化のあとを示している。両歌集に一貫しているのは「強烈に我が生を愛して居る心持」だと指摘し、「何の集を読んで見ても」「純粋な心を以て我が生を愛して居るといふ心が流れて居る」と言い、生への純粋な愛着が多彩な形態で表現され、そこに激しい情熱の燃焼が脈打っていたと書いている。最後に空穂は「自らに対する真摯と詩才と調和した美しさといふものを」感ずると言って結んでいる。

次に藤島武二の「尋常一般の女流作家に非ず」において、「不断奮闘的態度を以て能く現代の文芸に貢献」していること。初対面の印象は「如何にも大人しやかで、言ふ言葉もひかへ目勝ちに、純日本婦人の特点」をもち、「日常の態度のきはめて慎み深く」言葉に表す代わりに「内部に深く入つて筆にのみ」で大胆に放言し、独自な表現をしていることが晶子の「詩人としての態度と価値を高く」しているとも言う。また晶子の歌集の装丁をする時は「花束で詩神を飾る様な気持で描」く、と言って晶子の才能を強く賛じた。武二も草平と同様に晶子の小説や脚本より短歌を高く評価している。武二の装丁の歌集は当時としてモダンであったことは誰しも認めるところであった。

次は馬場孤蝶で、与謝野夫妻の生活を「趣味中心」で王朝貴族の「上品で優美な趣味を根柢にして」物を観、感じており、それは二人が「真底から歌人、即ち詩人」であり、生活一切が芸術的であったが、その思想や着眼が実人生に透徹しつつあるのは、それまでの浪漫的傾向が現実に眼を向けるようになってきたからだと言う。確かに四〇年代になって晶子の小説にはリアルな面を暴露したものが多く、歌や詩にもその傾向が見られるのは時代の趨勢の然らしむるところと言えよう。当時晶子のように大胆に歌い、評論するような女は異端視されていた。しかし現実の晶子は「つゝましやか」で「女らしい立居振舞の婦人」であったが「心がシツカリして」いて「頭脳明晰」「理智」の人、子供に対しても「物和かな」「母らしい態度、言語」で多忙の執筆の合間にも裁縫をしたりする家庭的な一面のあることを書いて賛嘆している。また草平と同様に「寛君あつて、晶子君」と祝し、晶子の先天的な「綿密な作風が反射的に寛君に感化」したとも言って影響し合っていると見ている。これは万人の認めるところである。

さいごに河井酔茗の「和歌の創作三千余首」という長論文である。その内容は（一）前提、（二）『みだれ髪』時代、（三）『小扇』と『毒草』、（四）『恋衣』と美男、（五）『夢之華』と姉妹集、（六）『舞姫』、（七）『常夏』の新生面、（八）『佐保姫』と人妻、（九）新しき『春泥集』、（十）終りに一言す、である（筆者註―括弧内の番号は仮番号）。酔茗は晶子と同郷の詩人で「文庫」の記者であり「よしあし草」「明星」そして与謝野夫妻と関わりが深く、晶子の才能をいち早く認めた人である。（一）では同郷の誇りを示した上で敬意を表し、和歌における晶子の功績を取り上げ、その後で各歌集について検討を加えている。（二）では明治詩壇の曙光は『若菜集』と『みだれ髪』とし、明治歌壇を震駭させたのは寛の『東西南北』だったこと、『みだれ髪』出版当時、毀誉褒貶はあったが、その後一〇年たった文壇は「顧みて『みだれ髪』が如何に新思想の予匠を成した」かと言って、『みだれ髪』の再認識を主張した。集中の「青春の燃ゆるやうな」若さが「真の詩人らしい血」を盛り上げ、「やは肌」の歌は「夫人一代を通じての芸術的信念」を表し、これを晶子の「堅固な自信」とし、ここから「処女の誇り」「女性の権威」が生まれたと見ている。また晶子の想像力の豊かさを指摘し、時代は平安、地は京都の感化を受けて『みだれ髪』の歌は歌われたのだが、「思想は何処までも現代に向つて進まうとした努力を、忘れてはならぬ」と言って四、五首を引いている。㈢では『小扇』『毒草』が、技巧に囚われすぎて「天真の思想」が傷つき「夫人の遅疑し、躊躇し、且最も苦んだ時代の集」と言い、晶子は昏迷し、そのため『みだれ髪』以上に『小扇』は難解歌が多く、『毒草』の方が比較的分かりやすいとある。㈣では「鎌倉や」の歌を引き「思想に於て破天荒なところを認める」とし、この他に『恋衣』の「春曙抄に」以下六首を引いている。『恋衣』は当時評判が高かった。㈤では『夢之華』『舞姫』が姉妹集、『夢之華』になって「『みだれ髪』時代の思想が、更に円熟し」「歌の絶頂に達した集」となったこと、「力の限りを投げ入れ」た感がして平均して佳作が多いこと、誇張の技巧、感情の誇張が面白いとし、多くの歌を引いている。㈥『舞姫』では動いている人間、心、場所を捉えて読者に時間の観念を与える歌や「爽快無比」の歌、「若き日の幸を極端に誇張した」歌などのあることをあげ、真に晶子の歌を味うにはこの姉妹集は必読せねばと言っている。つまり晶子短歌の円熟期と見做している。㈦『常夏』にはこれまでの歌集には見られなかった哀愁の言葉の多いこと、それは「わが生の態を偽らぬ作者としては然もあるべき」で、「しんみりとした生活の味ひが表はれてきた」と酔茗は評し、歌を引いている。しかし一面華やかで印象的なものもあって、晶子の「出発して来た詩歌の一路」は厳存しているなどと記し、それらは晶子独自の歌風だと酔茗は言っている。㈧『佐保姫』には人妻らしい想いが歌われ、「人間の衰へ」を「表白し得る力」のあることとは、遂に晶子の衰えていないことを証明すると言っている。『常夏』と『佐保姫』の内容には「明星」廃刊前後の晶子の不穏な心情と生活上の不安があったことは事実である。㈨『春泥集』に至って始めの「感興に任せて歌ふと云ふより、思索して歌ふ」傾向になり、「現実界の底の暗流に自己の影を見出して、やるせない感じ」となったことが指摘されている。そして「おとろへをうれふるきはにあらねども歌のあはれになりにけるかな」と歌うほど「歌のあはれに新しい生命を与」えたのが晶子だと酔茗は言っている。（十）自分の説は、晶子の実力を認めた識者に何等かの暗示を与えるだろうと言い、また晶子の歌を評するのは文壇の大事業だが、是非やらねばならぬとも言っている。さらに晶子の歌が、歌や思想に何ほど感化を及ぼしているかを通して女性というものが研究されることになれば、晶子の業績は女性の事業として大変なことであったと酔茗は結んでいる。以上で晶子論は終わる。

新詩社の歌は空疎、浅薄、脆弱という批判が多く、衰退していたころに、当時の知名人六名の批評を仰いだことは晶子の歌に対する真価が見失われていなかったことが証明されると言えよう。当時の高名な人々の批評は必ずしも肯首すべきもの許りではない。批評が観念的である。それは作品を正確に読みこんでいないからであろう。

㈢　この年の二人の誌紙掲載の作品

この年の晶子の評論・随想は「女学世界」掲載のものが比較的多い。その殆どが『一隅より』に採られているが、評論としては一月の「太陽」に「婦人と思想」が載った。これは婦人に関わる新しい評論の嚆矢と言えるほどであった。また「女学世界」では八月に「女子と社会的智識」、一〇月に「雑記帳」（無駄な女子教育）。「女子文壇」では一〇月、一一月に「私の貞操観」（上・下）、一〇月の「早稲田文学」に「偶感と直覚と」。一一月の「グラヒック」に「私の結婚観」などがある。また古典研究として一月の「早稲田文学」に「清少納言の事ども」、一〇月の「みつこし」に「源氏玉かづら」がある。この他に随想として「婦人画報」の五月に「病院日記」、七月に「我家に来る客の」、一〇月に「番町より」がある。「新日本」の七月に「夏の旅」。「二六新報」（8月2日）に「旅先より㈠」（寛・晶子）がある。寛は六月の「精神修養」に「酒の語原」のみ。

小説として寛は一月の「文章世界」に「旧友」一篇のみ。晶子は「スバル」に三篇（1月「ある日の朝」、6月「四人娘」、9月「読合わせ」）、一月の「新小説」に「養子」。「女子文壇」に「ひまなひと」。三月の「みつこし」に「呂行の手紙」。八月の「三田文学」に「故郷の夏」など七篇の小説を発表している。

韻文（詩）としては「早稲田文学」の一月に寛は「詩七編」、一一月に晶子は詩「臙脂」。「三田文学」の一月に寛は「冬のうしろで」、晶子は六月に「線と影」、一〇月に「おもひなし」がある。寛は四月の「精神修養」に「灌仏の歌」。晶子は「青鞜」の九月に「そぞろごと」、一〇月に「人ごみの中を行きつつ」、一一月に「風邪」。九月一〇日の「読売新聞」に「暴雨」、一一月の「文章世界」に「片袖」、などの詩がある。

この年に発表した新聞八紙（万朝報・都新聞・二六新聞・大阪毎日新聞・東京毎日新聞・読売新聞・毎日電報・京都日出新聞）に晶子は一二九八首、寛は二四首載せた。一二の雑誌（早稲田文学・三田文学・太陽・女学世界・スバル・新日本・学生文芸・精神修養・女子文壇・青鞜・ザムボア・ニコニコ）に晶子は五一九首、寛は一一一首載せた。これらの中には重複した歌もあるので正しい歌数は変わってくる。短歌の方は晶子が圧倒的に多いが、詩の方は寛が多かった。いずれにせよ、全体的に見て晶子の多作は寛と比較にならなかった。

四四年は晶子にとって文学上、思想上においての一大転換期であった。思想面で『一隅より』を出版したことは女性評論家の第一声として評価すべきだが、詩においても新しい女性らが創刊した「青鞜」冒頭に

山の動く日来《きた》る。
かく云へども人われを信ぜじ。
山は姑《しばら》く眠りしのみ。
その昔に於て
山は皆火に燃えて動きしものを。
されど、そは信ぜずともよし。
人よ、ああ、唯これを信ぜよ。

すべて眠りし女《をなご》今ぞ目覚めて動くなる。

（「そぞろごと」）

を発表したことは画期的であった。「青鞜」主宰の平塚雷鳥は「明星」に歌を発表したこともあり、四〇年の閨秀文学会では晶子の教え子であった。その意味で晶子を女流の大先輩として敬意を表し、創刊号の巻頭に右の詩を載せたのであろう。これは女性覚醒の一矢を放った詩として人口に膾炙されている。この詩が『一隅より』と同じ年に発表されたことに意味があったと言えよう。その後、雷鳥とは大正期に「母性」を巡って論争を展開させるようになる。

明治四四年以降、寛は詩歌集『鴉と雨』で単独の著作は終わりになるが、晶子の方は歌集の他に色々のジャンルの作品が加わるため、この年を含めて短歌の作風展開を省略することにした。

〈著者略歴〉逸見 久美　いつみ くみ

早稲田大学文学部国文学科卒業、同大学院修了、文学博士。
女子聖学院短期大学教授、徳島文理大学教授、聖徳大学教授を歴任。

〔編著書〕
『評傳 與謝野鉄幹晶子』（1975年、八木書店）
晶子歌集—『みだれ髪全釈』（1978年、桜楓社）・『小扇全釈』（1988年、八木書店）・『夢之華全釈』（1994年、八木書店）・『新みだれ髪全釈』（1996年、八木書店）・『舞姫全釈』（1999年、短歌新聞社）
寛 歌 集—『むらさき全釈』〔鉄幹〕（1985年、八木書店）・『鵜と雨抄評釈』〔寛〕（1992年、明治書院）・『鵜と雨全釈』〔寛〕（2000年、短歌新聞社）
随　　想—『わが父翁久允』（1978年、オリジン出版センター）・『女ひと筋の道』（1980年、オリジン出版センター）・『在米十八年の軌跡 翁久允と移民社会』（2002年、勉誠出版）・『回想 与謝野寛晶子研究』（2006年、勉誠出版）
歌　　集—『わが夢の華』（2000年、短歌新聞社）
編　　纂—『翁久允全集』全10巻（1974年、翁久允全集刊行会）・『与謝野晶子全集』全20巻（1981年、講談社）・『天眠文庫蔵 与謝野寛晶子書簡集』（植田安也子共編、1983年、八木書店）・『与謝野寛晶子書簡集成』全4巻（2001-2003年、八木書店）・『与謝野晶子「みだれ髪」作品論集成』（2001年、大空社）『鉄幹晶子全集』（2001年より刊行中、勉誠出版）

新版 評伝 与謝野寛晶子 明治篇

2007年8月30日　初版第一刷発行　　定価（本体12,000円＋税）

著　者　逸　見　久　美
発行者　八　木　壮　一
発行所　株式会社　八　木　書　店
〒101-0052 東京都千代田区神田小川町3-8
電話 03-3291-2961（営業）
03-3291-2969（編集）
03-3291-6300（FAX）
E-mail pub@books-yagi.co.jp
Web http://www.books-yagi.co.jp/pub

印　刷　上毛印刷
製　本　牧製本印刷
用　紙　中性紙使用
装　幀　大貫伸樹

ISBN978-4-8406-9035-5